W0370861

grafit

Chemnitzer Str. 31, D-44139 Dortmund
Internet: http://www.grafit.de
E-Mail: info@grafit.de

Umschlagillustration: Peter Bucker
Druck und Bindearbeiten: Elsnerdruck GmbH, Berlin
ISBN 3-89425-273-1
1. 2. 3. 4. 5. / 2004 2003 2002

Andreas Hoppert

Der Fall Helms

Kriminalroman

grafit

Andreas Hoppert wurde 1963 in Bielefeld geboren. Nach dem Jurastudium war er wissenschaftlicher Mitarbeiter an der Uni/GHS Siegen, seit 1990 ist er Richter an einem Sozialgericht in Ostwestfalen. Der vorliegende Politthriller ist sein Debüt als Krimiautor.

Prolog

Juni 1993

Kriminaldirektor Weißkirch schaute besorgt in den tief hängenden Himmel über dem Bahnhof der mecklenburgischen Kleinstadt Bad Reichen. Dann tat er etwas, das er seit seinem achten Lebensjahr nicht mehr getan hatte: Er bewegte lautlos die Lippen und betete. *Bitte, bitte, lass es jetzt nicht regnen.*

Aber wer hatte im Mai schon ahnen können, dass mitten im Hochsommer dieses verdammte Tief aufziehen würde. Regen war das große Risiko, das die gesamte wochenlange Planung in letzter Sekunde wieder zunichte machen konnte. Er konnte dazu führen, dass die Zielpersonen ihre Pläne änderten oder sie sogar ganz aufgaben. Und das war wahrhaft das Schlimmste, was Weißkirch sich vorstellen konnte, wo doch bisher alles so gut gelaufen war. Es war schon fast ein Gesetz: Wenn es *zu* glatt lief, kam in letzter Minute etwas dazwischen. Für diese zu erwartende Panne war Regen heute ein ganz heißer Kandidat, wenn nicht endlich …

Der Kriminaldirektor wurde aus seinen Gedanken aufgeschreckt, denn er hörte ein knisterndes Geräusch aus seinem Hand-Funkgerät. Mit einer schnellen Bewegung führte er es an sein Ohr.

»Rose 4 an Rose 1«, vernahm er eine krächzende Stimme. »Sie kommen. Ich wiederhole: Alle drei ZPs haben die Gaststätte soeben verlassen.«

Weißkirch nahm das Funkgerät wieder vom Ohr, schaute zu seinem Mann auf dem gegenüberliegenden Bahnsteig, von dem die Meldung gekommen war, und nickte ihm kurz zu. Dann atmete er noch einmal tief durch. Jetzt konnte es losgehen.

»Rose 1 an Rose 4, verstanden«, bestätigte Weißkirch und konzentrierte seine Aufmerksamkeit auf die Mitropa-

Gaststätte *Billard-Café*, die sich keine zwanzig Schritte von ihm entfernt auf einer Plattform genau in der Mitte der vier Gleise des Bahnhofs befand.

Nun kamen die drei Zielpersonen auch in sein Blickfeld, zwei Männer und eine Frau, die in einem Abstand von etwa zehn Metern langsam in Richtung der Unterführung schlenderten, die die Bahnsteige 1/2 und 3/4 miteinander verband.

Der Mann an der Spitze, ZP 1, sah fast aus wie ein Südländer. Er war Anfang vierzig, eins achtzig groß, hatte schwarzes Haar, einen großen Schnauzer und war mit einem weinroten T-Shirt mit Reißverschluss, einem lilafarbenen Pullunder, einer grauen Hose sowie Turnschuhen bekleidet. Auf dem Rücken trug er einen großen Rucksack. Der Mann war offenbar nervös, denn er schaute sich pausenlos nach allen Seiten um, als wittere er irgendeine Gefahr.

Auch ZP 2, die Frau, die hinter ihm ging, ließ ihre Blicke ständig in alle Richtungen schweifen. Sie war einige Jahre jünger und etwa zehn Zentimeter kleiner als ZP 1. Bekleidet war sie mit einer grauen Regenjacke, deren Kapuze sie sich über den Kopf gezogen hatte, obwohl es immer noch nicht angefangen hatte zu regnen. Sie schien leicht gehbehindert zu sein, denn sie zog das rechte Bein etwas nach.

Der zweite Mann, der am Ende der kleinen Gruppe ging, war Anfang dreißig und trug ein grünes Sweatshirt, Jeans und Nike-Turnschuhe. Im Gegensatz zu seinen beiden Begleitern wirkte er vollkommen unbekümmert, als befände er sich auf einem Betriebsausflug.

Weißkirch sah noch einmal auf die große Bahnhofsuhr, die gerade eine Minute weiter sprang.

Es war jetzt genau 15.13 Uhr. Noch konnte der Kriminaldirektor nicht ahnen, dass soeben die letzten zehn Minuten seiner Tätigkeit als Einsatzleiter beim Bundeskriminalamt angebrochen waren.

Weißkirch drückte den Sprechknopf seines Funkgerätes und hörte sich selbst zu wie einem Fremden: »Rose 1 an alle: Die Zielpersonen betreten in wenigen Sekunden die Unterführung. Sobald sie unten sind, ist der Zugriff freigegeben.

Ich wiederhole: Zugriff an alle Kräfte, sobald die ZPs in der Unterführung sind. Die ZPs dürfen den Tunnel auf keinen Fall verlassen.«

Er schaltete sein Gerät wieder ab. Zu seiner Erleichterung stellte er fest, dass seine Durchsage die jungen Beamten in Aktion versetzt hatte, die vorher als harmlose Zivilisten, mit leichter Sommerkleidung getarnt, auf dem Bahnsteig herumgelungert hatten.

Weißkirch konnte erkennen, wie der Kopf der dritten Zielperson im Dunkel des Untergrundes verschwand, dann beobachtete er die Beamten, die dem Mann mit einem Abstand von wenigen Metern in den Tunnel folgten. Der Kriminaldirektor hielt den Atem an und schickte ein letztes Stoßgebet zum Himmel. Er hatte alles getan, was in seiner Macht stand, und konnte die Dinge ab sofort nicht mehr beeinflussen. Nun kam es nur noch auf seine Männer an. Ganz ruhig ein- und ausatmen, ermahnte er sich immer wieder, während er auf die erlösende Meldung wartete, aber sein Funkgerät gab nur ein statisches Rauschen von sich. Nach schier endlosen Sekunden hörte er endlich ein Geräusch aus seinem Walkie-Talkie. Er riss das Gerät hoch, das ihm dabei fast zwischen den schweißnassen Fingern durchgeflutscht wäre.

»Achtung, wir ...«, sagte jemand. Es folgte ein Rauschen und dann weitere unverständliche Laute. Weißkirch fluchte leise vor sich hin. Dieses verdammte Funkloch in der Unterführung! Plötzlich vernahm er wieder bruchstückhafte und verzerrte Stimmfetzen.

»Funk funktioniert ... Kommen von der Seite ... PKW Opel Kadett ...ste Fahrpläne.« Die Verbindung brach zusammen, um gleich danach wieder aufzuleben. »... gehen jetzt ... Vorsicht! ...« und endlich das erlösende: »Zugriff erfolgt!«

Gott sei Dank! Weißkirch ließ die angestaute Luft langsam zwischen den Lippen entweichen und wischte sich den Schweiß aus Stirn und Nacken. Geschafft, dachte er und gestattete sich ein leichtes Triumphgefühl. Der größte Fang seines Lebens! Er warf einen erneuten Blick auf die Bahnhofsuhr und stellte zu seinem Erstaunen fest, dass sie nicht einen Strich weiter gerückt war. Die ganze Aktion hatte also keine Minute gedauert, obwohl es ihm wie eine Ewigkeit vorgekommen war. Auf jeden Fall hatte sich die Operation ›Traubenernte‹ allen Zweiflern im BKA zum Trotz als voller Erfolg erwiesen. Er freute sich schon auf die Gesichter der ewigen Nörgler, wenn er morgen früh wieder seinen Dienst in Wiesbaden antreten würde. Wahrscheinlich würde er gleich zum Präsidenten bestellt werden, damit der ihm seine Glückwünsche ausrichten konnte. Aber das hatte er sich schließlich auch verdient. Er konnte die vielen Stunden, die er mit der Planung dieser Operation verbracht hatte, gar nicht mehr zählen. Und all das hätte nicht so reibungslos geklappt, wenn er nicht seine Männer gehabt hätte.

Verdammt noch mal, wo blieben sie eigentlich? Bis jetzt war noch keiner von ihnen wieder im Tageslicht aufgetaucht. Weißkirch schaute zu dem von ihm aus rechts gelegenen Tunnelausgang hinüber.

Von diesem Moment an lief alles schief. Zu seinem unsagbaren Entsetzen musste der Kriminaldirektor beobachten, wie die Zielperson 1 die Treppe zum Bahnsteig 3/4 hochstürmte. Gleichzeitig brach hinter ihm ein Höllenlärm aus.

»Halt, stehen bleiben, Polizei!«

Der Schwarzhaarige machte keinerlei Anstalten, dieser Aufforderung Folge zu leisten, sondern rannte die Stufen weiter nach oben. Weißkirch konnte nur ohnmächtig zusehen, wie sich seine Karriere im Nichts auflöste. Wo verdammt noch mal war Rose 4, der diesen Aufgang des Bahnhofstunnels hätte sichern sollen? Seine Anweisungen waren schließlich eindeutig gewesen und vor nicht einmal zwei Minuten hatte der Kriminaldirektor ihn dort doch auch noch stehen sehen und sogar über das Funkgerät mit ihm gesprochen. Nun schien er sich in Luft aufgelöst zu haben. Doch es hatte keinen Zweck, sich den Kopf darüber zu zerbrechen, was aus dem Mann geworden war. Das Einzige, was jetzt zählte, war, dass Rose 4 nicht auf seinem Posten stand und die Zielperson 1 nicht aufhalten konnte.

Zielperson 1 hatte inzwischen die letzte Treppenstufe erreicht und sah sich hastig um. Hinter ihm stürmten mehrere Männer aus der Unterführung auf ihn zu und brüllten unablässig: »Polizei! Bleiben Sie stehen! Geben Sie auf!«

Aber der Schwarzhaarige dachte nicht daran. Während er weiterlief, rasten Tausende von Gedanken gleichzeitig durch seinen Kopf. Er hatte es ja geahnt. Dieses ganze Treffen in diesem Kaff war ihm von Anfang an merkwürdig vorgekommen. Überall diese jungen Männer ohne familiären Anhang, die auffällig unauffällig den ganzen Bahnhof bevölkert hatten. Und das an einem Sonntagnachmittag, an dem jeder normale Mensch etwas Besseres zu tun hatte, als mit dem Zug zu verreisen. Er hatte die Falle beinahe riechen können. Nach den vielen Jahren im Untergrund hatte er für so was fast einen untrüglichen Instinkt entwickelt. Aber jetzt war es natürlich zu spät, um sich Selbstvorwürfe zu machen.

Aus den Augenwinkeln bemerkte er, dass sein nächster Verfolger, der nur noch knapp fünf Meter hinter ihm war, seine Waffe noch immer nicht gezogen hatte. Auch eine schusssichere Weste war bei ihm nicht auszumachen. Das war seine Chance!

Der Schwarzhaarige rannte weiter auf die Gleise zu, gleichzeitig tastete er mit der rechten Hand nach der 9-Millimeter in seinem Hosenbund. Der Bulle war jetzt so dicht hinter ihm, dass er seinen keuchenden Atem hören konnte. Der Flüchtende hatte die Gleise fast erreicht, als er sich plötzlich umdrehte und vier Schüsse auf seinen nächsten Verfolger abgab. Eine Kugel durchschlug die Brust des Mannes und zeichnete dabei ein rotes Loch, das schnell größer wurde, auf das weiße T-Shirt. Der Beamte stoppte im vollen Lauf, als sei er von einer riesigen, unsichtbaren Hand zurückgerissen worden, und griff sich an die Einschussstelle. Er sah fassungslos auf, als könne er nicht glauben, was soeben geschehen war, und brach auf der Stelle zusammen.

Ein unglaubliches Hochgefühl erfasste den Schwarzhaarigen. Er hatte das verdammte Bullenschwein erwischt! Doch das Hochgefühl hielt nur kurz, denn die anderen Beamten stürmten einer nach dem anderen aus der Unterführung nach oben. Instinktiv bewegte sich der Schwarzhaarige rückwärts auf die Gleise zu und gab dabei mehr als ein halbes Dutzend Schüsse auf seine Verfolger ab, die sofort auf den tieferen Treppenstufen in Deckung gingen und blind über die Brüstung des Geländers zurückschossen. Die Kugeln pfiffen rechts und links dicht an dem Gejagten vorbei, ohne ihm etwas anzuhaben. Eine neue Welle der Euphorie erfasste ihn. Das war also die berühmte GSG 9, dachte er. Und jetzt verkrochen sie sich ängstlich wie kleine Kinder hinter Pfeilern und Bänken, obwohl sie ihm zahlenmäßig weit überlegen waren. Aber sie würden ihn auch diesmal nicht packen – er fühlte sich unverwundbar.

ZP 1 schaute sich nach einem Fluchtweg um und ging einen weiteren Meter nach hinten. Jetzt musste er nur noch … Im gleichen Augenblick registrierte er einen Schlag gegen seinen Oberschenkel. Eine lange Sekunde spürte er gar nichts und er dachte schon, sich getäuscht zu haben, aber dann hatte der Schmerz sein Nervenzentrum erreicht. Der Schwarzhaarige taumelte einen Schritt zurück, dann verlor er das Gleichgewicht. Langsam kippte er über die Bahnsteigkante und sah fast staunend dabei zu, wie der Himmel wie in Zeitlupe an ihm vorbeizog.

Das war's dann wohl, schoss es ihm unvermittelt durch den Kopf, als er mit dem Rücken auf den Gleisen aufschlug.

Kapitel 1

August 2002

Marc Hagen starrte blicklos in den strahlend blauen Sommerhimmel, bis er von der synthetischen Stimme aus seiner Versunkenheit gerissen wurde.

»Springer d5 auf c3.«

Er wandte sich dem Schachbrett zu und führte den angegebenen Zug aus. Dann legte er die Handflächen flach gegen die Schläfen und betrachtete die neue Stellung durch den sich bildenden Tunnel. Nach wenigen Sekunden zog er erstaunt die Augenbrauen hoch und blinzelte ein paarmal wie Gari Kasparov, wenn der einen Gegner bei einer ausgemachten Dummheit ertappte. Der Computer würde in drei Zügen matt sein, daran konnte es keinen Zweifel geben. Marc ersparte seinem elektronischen Gegner die Schmach und drückte die End-Taste. Anschließend stellte er die Figuren in die Ausgangsposition zurück und überlegte, ob er ein neues Spiel beginnen sollte. Es war zwar erst kurz nach elf Uhr morgens, aber er hatte bereits vier Partien gespielt, die er sämtlich gewonnen hatte. Seine Statistik wurde von Tag zu Tag besser, was aber nicht weiter verwunderlich war. Schließlich hatte er mehr Zeit zum Üben, als ihm lieb war.

Marc kam zu dem Schluss, dass er seine heutige Bilanz nur noch verschlechtern konnte, schob das Brett auf die hinterste Ecke seines Schreibtisches und reckte die Arme hinter seinen Kopf, bis die Gelenke knackten.

Diese verfluchte Hitze! Seit Tagen herrschten Temperaturen von über dreißig Grad und die Schwüle lastete schwer über der ganzen Stadt. Marc warf einen sehnsüchtigen Blick durch die nach außen einseitig blau verspiegelten Fenster, die zwar vor grellem Sonnenlicht schützten, allerdings den gravierenden Nachteil hatten, dass sie sich nicht öffnen ließen. In Verbindung mit der ausgefallenen Klimaanlage hatte das dazu geführt, dass in seinem Büro Treibhausatmosphäre herrschte.

Marc gähnte und reckte sich noch einmal. Plötzlich spürte er einen Stich im unteren Rückenbereich und erstarrte. Verdammt, ging das schon wieder los? Vor einem halben Jahr hatte er einen Bandscheibenvorfall gehabt. Ein Gefühl, als habe jemand ein Messer in seinen Rücken gestoßen. Obwohl er erst einunddreißig Jahre alt war, hatte er nach Ansicht seines Orthopäden die Wirbelsäule eines alten Mannes. Marc veränderte vorsichtig seine Haltung und versuchte aufzustehen. Mit einem saugenden Geräusch löste sich sein schweißnasses Hemd von der ledernen Rückenlehne. Irgendwie schaffte er es, auf die Beine zu kommen und drei Schritte bis zu der Fensterfront an der Südseite seines Büros zurückzulegen. Hinter ihm drehte sich sein Chefsessel um die eigene Achse. Marc musste grinsen. Chefsessel! Er war zwar sein eigener Herr, hätte aber im Moment liebend gerne mit so ziemlich jedem Arbeitnehmer in Deutschland getauscht. Versicherungsvertreter, Schuhverkäufer, Einkaufswagenzusammenschieber und Zeitschriftendrücker eingeschlossen.

Nach dem Ausscheiden aus dem Richterdienst vor achtzehn Monaten hatte er sich als Rechtsanwalt selbstständig gemacht, ein Büro angemietet, Fachbücher und Möbel gekauft, einen Kopierer geleast und die *Neue Juristische Wochenschrift* abonniert. Der einzige Luxus, den er sich gegönnt hatte, war der lederne Drehsessel gewesen, der jetzt hinter dem einfachen Schreibtisch aus Buchenholz stand. Zur Finanzierung des Ganzen hatte Marc einen Kredit über 50.000 DM aufgenommen, doch ohne Mandanten konnte er seine Schulden nicht reduzieren. Die Mahnbriefe seiner Gläubiger hatten inzwischen einen unangenehmen Ton angenommen und waren zuletzt mit eingerückten und unterstrichenen ultimativen Fristen in Fettdruck versehen worden. Einer hatte sogar angekündigt, ein »russisches Inkassobüro« mit der Eintreibung seiner Forderungen zu beauftragen, ein Schritt, der aber selbstverständlich nicht als Drohung zu verstehen sei.

Und auch sonst war es mit dem ›Chef‹ nicht weit her. Marc beschäftigte genau eine Arbeitskraft, eine Studentin auf Dreihundertfünfundzwanzig-Euro-Basis, die er sich eigentlich zwar gar nicht leisten konnte, aber dennoch dringend benötigte, weil er für das Tippen einer einzigen Schreibmaschinenseite mehr als eine Stunde brauchte.

Mit einem Seufzer wandte Marc sich zu dem linken seiner drei Fenster, die alle auf eine stark befahrene Ausfallstraße hinausgingen. Drei Stockwerke tiefer krochen die Autos und Lkws Stoßstange an Stoßstange über den weichen Asphalt in Richtung Innenstadt. Zum Glück funktionierte wenigstens die Geräuschisolierung.

Marc hatte den Kanzleistandort mitten in einem der größten Bielefelder Gewerbegebiete gewählt, weil er gehofft hatte, dass durch das Detektiv- und Bewachungsunternehmen, das den gesamten Rest des Bürogebäudes belegte, ein paar Mandanten für ihn abfallen würden. Misstrauische Ehefrauen, die durch die Detektive nebenan Beweise für die Untreue ihres Mannes erhielten, brauchten nur ein Büro weiter zu gehen, wenn sie einen Anwalt für ihre Scheidung suchten. So hatte er sich das vorgestellt. Doch diese Erwartung war schnell enttäuscht worden.

So saß er jetzt seit anderthalb Jahren fast beschäftigungslos in seiner Kanzlei herum und wartete auf den großen Mandanten, der ihn aus seiner Misere befreite.

Marc merkte, dass der Schmerz in seinem Rücken nachließ und seine Muskulatur sich langsam entspannte. Behutsam nahm er wieder auf seinem Sessel Platz und ließ den Blick über sein kleines Reich schweifen: ein Rollschrank, zwei Regale mit Glastüren, hinter denen seine juristischen Fachbücher verstaubten, der Schreibtisch mit zwei Besucherstühlen davor und die weiße Tür, die sein Büro mit dem kleinen Vorzimmer verband. Wie lange würde er seine Kanzlei wohl noch halten können? Nahezu alles hing vom fehlenden Geld ab. Und dann war da ja auch noch diese andere Sache. Aber damit würde er sich in einer knappen Stunde ohnehin noch befassen müssen.

Er hätte ohne weiteres einfach nach Hause fahren und sich ins Bett legen können, doch das hätte das endgültige Eingeständnis bedeutet, dass er einfach überflüssig war und niemand seine Dienste in Anspruch nehmen wollte. Niemand, bis auf die lächerlichen fünf Mandanten, die ihn zurzeit mit ihren lächerlichen Problemen behelligten. Eine Lohnfortzahlung für einen Tag – Streitwert knapp 100 Euro –, eine Beleidigungsklage, eine alte Frau, die ihr Bügeleisen von ihrer Nachbarin wiederhaben wollte, und zwei Verkehrsunfälle mit geringen Blechschäden. Keine Grundstücksachen, keine Bausachen, keine lukrativen Beraterverträge mit mittelständischen Unternehmen.

Ein energisches Klopfen an der Tür ließ Marc hochfahren. Bevor er antworten konnte, stürmte Melanie Rückert schon in sein Büro. In einer Art sentimentaler Aufwallung bedachte Marc seine Vorzimmerkraft mit einem fast väterlichen Blick, obwohl er nur knapp sechs Jahre älter war als sie. Immerhin half er ihr, ihr Jurastudium zu finanzieren und vielleicht sogar zu Ende zu bringen. Noch eine Rechtsanwältin mehr auf dem ohnehin schon vollkommen überlaufenen Markt. Melanies Äußeres ähnelte stark dem einer japanischen Zeichentrickfigur: riesige grüne Kulleraugen, eine winzige Stupsnase, ein kleiner Mund und eine Unmenge Sommersprossen. Marc hatte allerdings sehr schnell herausgefunden, dass man sich von dem niedlichen Aussehen nicht täuschen lassen durfte. Diese Frau hatte Haare auf den Zähnen. Marc zählte nicht mehr, wie oft er sich in den letzten Monaten mit ihr herumgestritten und sich fest vorgenommen hatte, sie rauszuschmeißen. Andererseits war sie absolut Spitze, wenn es darum ging, aufdringliche Mandanten und wütende Gläubiger abzuwimmeln. So hatten sie sich schließlich immer wieder zusammengerauft.

Jetzt stand Melanie in der Mitte des Raumes und deutete mit dem Kinn in das Vorzimmer. »Herr Hagen, da draußen wartet eine junge Dame, die sagt, dass sie Ihre Hilfe braucht. Kann ich sie gleich reinlassen?«

Marc brauchte eine Weile, bis er die ganze Tragweite dieser Mitteilung erfasst hatte. »Dame«, hatte Melanie gesagt. Das versprach die Aussicht auf Geld. Und diese Dame mit Geld brauchte seine Hilfe. Eine neue Mandantin! Die zweite in diesem Monat und schon die – er überschlug die Zahlen kurz im Kopf – fünfzigste insgesamt. Zumindest ungefähr. Also praktisch ein kleines Jubiläum! Von nun an würde alles besser werden. Von nun an würde es mit seiner Kanzlei aufwärts gehen. Das hatte er im Gefühl! Eine warme Woge des Glücks durchflutete Marc.

»Gut, Melanie, wir machen es wie folgt«, sagte er schnell. »Lassen Sie die Dame noch fünf Minuten warten und führen Sie sie dann zu mir herein. Und dann …« Er machte eine bedeutungsvolle Pause und senkte den Blick. »Plan B, Sie wissen schon.«

Melanie verdrehte genervt die Augen. »Plan B. Natürlich, wie immer. Also, bis gleich.«

Sie hatte kaum die Tür hinter sich zugezogen, als Marc in eine hektische Aktivität verfiel. Der Schachcomputer und die Zeitschriften verschwanden in dem Rollschrank, stattdessen platzierte er den Terminplaner mit ledernem Einband und den Mont-Blanc-Kugelschreiber, beides Geschenke seiner Mutter zur Kanzleieröffnung, auf dem Schreibtisch. Vor sich legte er eine aufgeschlagene Akte. Zuletzt öffnete er seinen Laptop, aktivierte ihn und schob ihn griffbereit auf die linke Seite der Tischplatte. Zufrieden betrachtete Marc sein Werk. Genau so musste der Arbeitsplatz eines viel beschäftigten und erfolgreichen Anwalts aussehen. Glaubte er.

Im gleichen Moment klopfte es erneut und die Tür ging einen Spalt breit auf.

»Darf ich dann bitten?«, hörte er Melanie im Vorzimmer sagen. »Herr Hagen wird Sie jetzt empfangen.«

Marc fluchte leise, zog sich hastig das Jackett über und schaffte es gerade noch, seinen Krawattenknoten zurechtzurücken. Dieses kleine Biest. Das waren keine fünf Minuten, das waren höchstens ein paar Sekunden gewesen. Wahrscheinlich würde er sie doch bald feuern, väterliche Gefühle hin oder her.

Er ließ sich rasch in seinen Sessel fallen und unmittelbar darauf betrat Melanie sein Büro mit einer jungen Frau im Schlepptau. Ohne aufzusehen, gebot Marc den beiden mit einer knappen Handbewegung, noch einen Moment zu warten. Dabei warf er einen letzten Blick in die vor ihm liegende Akte, seufzte kurz, schlug die Akte zu und schüttelte den Kopf, um seinen Unverstand über die Dummheit der Menschheit im Allgemeinen und die der gegnerischen Anwälte im Besonderen angemessen zum Ausdruck zu bringen.

Endlich stand er auf, wobei er den mittleren Knopf seines Jacketts schloss, und knipste sein strahlendstes Lächeln an, das aber sofort wieder verschwand, als er seine potenzielle Mandantin, die sich schüchtern hinter Melanies Rücken versteckt hatte, entdeckte. Marc schätzte die junge Frau auf Mitte zwanzig. Sie war schlank und durchschnittlich groß. Ihre Augen standen weit auseinander, die hohen Wangenknochen fielen sanft zu dem kleinen Kinn hin ab. Die glatten blonden Haare waren in der Mitte gescheitelt und hingen offen bis auf den Rücken. Bekleidet war die Frau mit einem T-Shirt in Tarnfarbenoptik, das knapp oberhalb ihres mit einem Piercing versehenen Bauchnabels endete, und verschlissenen Blue Jeans, die oben eng saßen und unten einen so weiten Schlag hatten, dass man die Schuhe nicht sehen konnte. An ihrer rechten Schulter baumelte eine Umhängetasche mit indianischen Motiven.

Marcs gute Laune verflog genauso schnell, wie sie gekommen war. Bei dieser Mandantin würde nicht viel zu holen sein, dafür hatte er mittlerweile einen Blick. Offensichtlich eine Schülerin oder Studentin und nicht die Geschäftsfrau im grauen Kostüm, die er erwartet hatte.

»Dame« hatte Melanie gesagt. Wieder ein Grund, sie hinauszuwerfen. Er warf seiner Sekretärin einen fiesen Blick zu, der von Melanie mit einem ausdruckslosen Gesicht quittiert wurde. Irgendwie kam ihm allerdings der Verdacht, sie versuche ein boshaftes Grinsen zu unterdrücken. Marc zwang sich zu einem unverbindlichen Lächeln. Jetzt musste er gute Miene zum bösen Spiel machen.

»Herr Hagen, das ist Frau Helms«, stellte Melanie die junge Frau vor. »Frau Helms, Herr Hagen.«

Marc streckte die Hand aus und ging seiner Besucherin entgegen. »Guten Tag, Frau Helms. Bitte nehmen Sie doch Platz.« Er deutete auf einen der beiden Freischwinger vor seinem Schreibtisch.

»Vielleicht einen Kaffee?«, fragte er, nachdem sie sich beide gesetzt hatten.

Die blonde Frau schüttelte wortlos den Kopf und Marc gab Melanie ein kurzes Zeichen. »Danke, Frau Rückert, das wäre im Moment alles.«

Er wartete einen kurzen Moment, bis die Tür hinter seiner Mitarbeiterin ins Schloss gefallen war. »Nun, was kann ich für Sie tun?«, fragte er dann.

Die junge Frau lächelte nervös, stellte ihre Umhängetasche neben sich auf den Boden und schlug die Beine übereinander. »Wie schon gesagt, mein Name ist Helms«, begann sie. »Christina Helms, um genau zu sein. Ich bin die Tochter von Klaus Helms.«

Sie ließ ein paar Augenblicke verstreichen und sah Marc dabei erwartungsvoll an, als müsse sich ihm bei der Nennung dieses Namens sofort die Bedeutung der ganzen Angelegenheit erschließen.

Marc starrte mit unbewegtem Gesichtsausdruck zurück und kramte dabei fieberhaft in seinem Gedächtnis. Der Name kam ihm vage bekannt vor, aber er konnte ihn nicht unterbringen. Ein Schauspieler vielleicht? Oder ein Sportler?

»Klaus Helms«, wiederholte Christina Helms, nun mit einem deutlichen Unterton der Enttäuschung in der Stimme. »Mein Vater ist vor neun Jahren in Bad Reichen von der GSG 9 erschossen worden.«

Richtig! Langsam begann es Marc zu dämmern. Klaus Helms war der RAF-Terrorist gewesen, der vor einigen Jahren auf dem Bahnhof in diesem Provinznest ums Leben gekommen war. Die GSG 9 hatte damals versucht, Helms und seine Freundin festzunehmen. Die Aktion war allerdings ziemlich danebengegangen. Nicht nur, dass Helms bei dem Einsatz gestorben war, er hatte vorher auch noch einen Polizisten erschossen. Kurz darauf hatte der Bundesinnenminister zurücktreten müssen.

»Entschuldigen Sie bitte, dass ich nicht gleich etwas mit dem Namen anfangen konnte«, sagte Marc. »Aber jetzt bin ich wieder im Bilde. Klaus Helms war das RAF-Mitglied, das 1994 auf diesem Bahnhof gestorben ist.«

»Mein Vater ist nicht einfach ›gestorben‹«, korrigierte Christina Helms sofort. »Er wurde von der GSG 9 erschossen. Und es war 1993 und nicht 1994.«

»Na gut. Mir ist allerdings nicht klar, was ich für Sie tun kann.«

Ehe Christina antworten konnte, hörte Marc ein knackendes Geräusch in der Gegensprechanlage.

»Ja, Frau Rückert, was ist denn noch?«

»Entschuldigen Sie, Herr Hagen, aber Sie hatten mich ausdrücklich gebeten, Ihnen sofort Bescheid zu geben, wenn das Urteil vom Oberlandesgericht kommt. Sie wissen schon, die Sache Marzannek. Meinen Glückwunsch, ein Sieg auf der ganzen Linie. Die haben praktisch nur Ihre Berufungsbegründung abgeschrieben.«

Marc stutzte einen Moment. Den Namen Marzannek hatte er noch nie gehört. Aber dann fiel es ihm wieder ein: Plan B, natürlich. Er war zwar gar nicht als Anwalt beim Oberlandesgericht zugelassen, aber das brauchte er den Leuten ja nicht unbedingt auf die Nase zu binden. Was er dagegen dringend brauchte, waren Mandanten, die Vertrauen in seine juristischen Fähigkeiten hatten. Und von diesen Fähigkeiten musste man sie schließlich irgendwie überzeugen.

Marc beugte sich leicht vor, um besser in das Mikrofon sprechen zu können. »Vielen Dank, Frau Rückert, aber ab sofort möchte ich dann nicht mehr gestört werden.« Mit einem kleinen Lächeln wandte er sich wieder Christina Helms zu. »Entschuldigen Sie die Unterbrechung. Bitte, fahren Sie doch fort.«

Die junge Frau setzte sich auf ihrem Stuhl zurecht und spreizte die Finger. »Ich weiß gar nicht, wo ich anfangen soll.«

»Am besten, Sie erzählen mir alles der Reihe nach. Meine Aufgabe besteht dann darin, für das Gericht alles wieder durcheinander zu bringen.« Marc sah ihr erstauntes Gesicht und fügte schnell hinzu: »Ein Scherz, Frau Helms, nur ein Scherz. Legen Sie einfach los.«

Christina Helms nickte ernsthaft. »Nachdem mein Vater erschossen worden war, gab es zunächst Ermittlungen der Staatsanwaltschaft Schwerin gegen die GSG-9-Beamten, die an dem Einsatz beteiligt waren. Leider wurden diese Ermittlungen dann im Januar 1994 eingestellt. Meine Großeltern haben damals noch versucht, eine Anklage gegen die GSG-9-Männer gerichtlich durchzusetzen.«

»Ein Klageerzwingungsverfahren«, warf Marc ein.

»Genau, so hieß das.« Sie bedankte sich mit einem Lächeln. Nachdem die ersten Sätze heraus waren, fiel es ihr sichtlich leichter, über die Sache zu reden. »Allerdings ist auch das vom Oberlandesgericht abgelehnt worden. Meine Großeltern sind dann davon ausgegangen, dass alle Möglichkeiten ausgeschöpft waren, die Sache vor ein Gericht zu bringen und die Verantwortlichen zu bestrafen, und haben resigniert. Auch ich habe die ganzen Jahre gedacht, dass diese Mörder straffrei ausgehen würden, bis ich vor einigen Monaten diesen Zeitungsartikel gefunden habe.«

Christina Helms nahm ihre Umhängetasche hoch und fischte einen dicken Ordner heraus. Sie öffnete den Aktendeckel, entnahm das oberste Blatt und reichte es an Marc weiter. Es handelte sich um einen Artikel aus einer Bielefelder Tageszeitung, in dem über das Gesetz über die Entschädigung für Opfer von Gewalttaten berichtet wurde. Verbrechensopfer wurden darin dazu aufgerufen, beim Versorgungsamt einen Antrag nach dem so genannten Opferentschädigungsgesetz zu stellen und die Zahlung einer Rente zu beantragen, wenn sie nach einem Überfall, einer Vergewaltigung oder einer sonstigen Gewalttat einen bleibenden Schaden davongetragen hatten. Marc gab den Zettel an Christina Helms zurück.

»Weiter«, sagte er nur. Die Frau war ohne Zweifel attraktiv. Jedenfalls attraktiv genug, um ihr noch ein bisschen zuzuhören.

»Nun, da mein Vater eindeutig Opfer einer Gewalttat geworden ist, habe ich natürlich eine Gelegenheit gesehen, die Sache doch noch weiter verfolgen zu lassen. Ich habe den Verfasser also beim Wort genommen und beim Versorgungsamt einen Antrag gestellt. Ich war zwar nicht selbst das Opfer, in dem Artikel heißt es aber, dass auch die Waisen des Verbrechensopfers einen Antrag einreichen können und Anspruch auf Waisenrente haben, solange sie noch nicht achtzehn Jahre alt sind oder sich noch in einer Schul- oder Berufsausbildung befinden. Sie müssen wissen, dass meine Mutter vor knapp zwei Jahren an Krebs gestorben ist, ich bin mittlerweile also Vollwaise. Und da ich mein Pädagogikstudium noch nicht abgeschlossen habe, habe ich mir gedacht, ich versuche es halt mal.«

Marc schloss die Augen und stöhnte innerlich auf. Spätestens, als er das Stichwort ›Waisenrente‹ gehört hatte, war das kurzzeitige Interesse, das sich bei ihm eingestellt hatte, erloschen. Verfahren auf die Gewährung einer Hinterbliebenenrente nach dem Opferentschädigungsgesetz wurden vor den Sozialgerichten verhandelt. Das bedeutete eine in der Regel mehrmonatige oder sogar mehrjährige Verfahrensdauer bei Gebühren, die nicht einmal den Arbeitsaufwand deckten. Er hatte zwar kaum etwas zu tun und war eigentlich auf jeden Euro angewiesen, aber das musste er sich nun wirklich nicht antun. Zudem hatte er offensichtlich auch noch eine mittellose Studentin vor sich, eine Klientel, die erfahrungsgemäß glaubte, ein Rechtsanwalt übe seinen Beruf hauptsächlich deshalb aus, um der Wahrheit zum Sieg zu verhelfen. Wahrscheinlich würde er wieder wochenlang hinter seinem Honorar herlaufen müssen wie bei diesem Typen, den er mal wegen einer Sitzblockade vor einem Castor-Transport verteidigt hatte. Nein danke. Nicht noch einmal, nicht mit ihm! Hier gab es nur noch eines zu tun. Er musste diese Frau so schnell wie möglich wieder loswerden.

»Ich fürchte, an dieser Sache werden Sie nicht viel Freude

haben, selbst wenn Sie mit Ihrem Antrag Erfolg haben sollten«, unterbrach er sie. »Soweit mir bekannt ist, würden Sie eine Waisenrente ohnehin höchstens bis zur Vollendung des siebenundzwanzigsten Lebensjahres bekommen, selbst wenn Sie noch studieren. Darf ich fragen, wie alt Sie sind?«

»Ich bin schon siebenundzwanzig«, gab Christina Helms unumwunden zu. »Aber den Antrag habe ich noch sechs Wochen vor meinem Geburtstag beim Versorgungsamt eingereicht. Und mir wurde gesagt, der Tag der Antragstellung sei das entscheidende Datum. Außerdem geht es mir gar nicht um das Geld. Ich will nur endlich, dass die Leute, die meinen Vater ermordet haben, vor Gericht kommen.«

»Aaaah, ich verstehe.« Marc dehnte die Worte ins Unendliche, wie er es immer tat, wenn er einen Spinner oder Querulanten vor sich sitzen hatte. »Und was ist nun aus Ihrem Antrag beim Versorgungsamt geworden?«

»Der ist natürlich abgelehnt worden. Aber damit habe ich gerechnet. Nein, es war mir sogar sehr recht. Denn jetzt kann ich endlich vor einem Gericht nachweisen, was damals wirklich passiert ist. Ich habe schon vor einiger Zeit Klage beim Sozialgericht erhoben und jetzt suche ich einen Anwalt, der mich in diesem Verfahren vertritt und die Klagebegründung für mich anfertigt.«

Marc nickte bedächtig. »Kann ich den Bescheid des Versorgungsamtes mal sehen?«

»Natürlich.« Christina Helms suchte in ihren Unterlagen herum und zog schließlich drei weitere Blätter aus dem Stoß. »Die ersten beiden Papiere sind der Bescheid und der Widerspruchsbescheid und dahinter ist die Eingangsbestätigung meiner Klage beim Sozialgericht.« Sie gab alles an Marc weiter.

Der überflog das Schreiben des Versorgungsamtes. Die Behörde hatte den Antrag mit der kurzen Begründung abgelehnt, nach den Ermittlungsergebnissen der Staatsanwaltschaft Schwerin sei Klaus Helms nicht erschossen worden, sondern habe in Bad Reichen Selbstmord begangen, um in einer ausweglosen Situation seiner Festnahme zu entgehen.

Also sei er kein Opfer einer Gewalttat geworden und die Waise habe daher keinen Anspruch auf eine Rente.

»Nun, Frau Helms, Sie wissen ja, was da steht«, sagte Marc, als er wieder aufsah. »Das Versorgungsamt geht wie die Staatsanwaltschaft davon aus, dass Ihr Vater sich selbst getötet hat. Und wo es keinen Täter gibt, gibt es naturgemäß auch kein Opfer und keine Leistungen nach dem Opferentschädigungsgesetz.«

»Mein Vater hat sich aber nicht selbst getötet! Er ist von der GSG 9 erschossen worden!« Christina Helms schrie die Worte fast.

Marc zuckte unwillkürlich zusammen. »Also gut«, erwiderte er beschwichtigend. Jetzt musste er diese Frau erst mal beruhigen. Schließlich hatte er keine Lust, den ersten Nervenzusammenbruch in seiner Kanzlei mitzuerleben. »Lassen Sie uns für einen Augenblick unterstellen, Ihr Vater sei tatsächlich von der GSG 9 erschossen worden. Warten Sie mal.« Er stand auf, trat an den Bücherschrank und kehrte mit einer dicken roten Gesetzessammlung an seinen Schreibtisch zurück.

»Ich möchte versuchen, Ihnen zunächst einmal die Voraussetzungen für die Gewährung von Leistungen nach dem OEG zu erläutern, bevor wir uns weiter unterhalten«, hob er an, während er das Sachregister durchging. »Ah, da. Gesetz Nummer 20/25. Wollen wir doch mal schauen.«

Marc blätterte zu der richtigen Stelle, las sich die ersten Paragrafen des OEG durch und sah dann wieder hoch. »Da haben wir es, Frau Helms. Anspruch auf Leistungen nach dem Gesetz hat nur jemand, der Opfer eines vorsätzlichen, *rechtswidrigen* tätlichen Angriffs gegen seine Person geworden ist.«

Christina schien sich nach ihrem Ausbruch wieder etwas gefangen zu haben. »Und was bedeutet das?«, fragte sie ruhig.

»Nun, wenn man etwas vorsätzlich tut, heißt das, vereinfacht ausgedrückt, dass man weiß, was man tut, und dass man das, was man tut, auch tun will.«

»Ja, aber genau das ist hier doch der Fall«, schnitt ihm

Christina das Wort ab. »Die GSG 9 wollte meinen Vater töten und sie wusste, was sie da tat.«

»Das mag ja sein«, entgegnete Marc. »Aber ich hatte Ihnen doch schon gesagt, dass Vorsatz alleine nicht ausreicht. Die Tat der Polizisten muss auch rechtswidrig gewesen sein, und das war sie nicht, wenn die GSG-9-Männer einen so genannten Rechtfertigungsgrund hatten. Der bekannteste Rechtfertigungsgrund ist übrigens Notwehr und der dürfte hier wahrscheinlich vorgelegen haben. Man darf sich verteidigen, wenn man von einem anderen angegriffen wird. Soweit mir bekannt ist, wollte sich Ihr Vater damals seiner Festnahme entziehen. Er hat dabei auf die Beamten geschossen und sogar einen von ihnen getötet. Ich will Ihnen wirklich nicht zu nahe treten, Frau Helms, aber selbst wenn die Polizisten in dieser Situation zurückgeschossen hätten und Ihr Vater dabei getötet worden wäre, wäre diese Handlung durch Notwehr gerechtfertigt gewesen.«

»Aber so war es nicht!«, widersprach Christina Helms heftig. »Mein Vater ist nicht bei dem Schusswechsel getötet worden. Der war zu dem Zeitpunkt schon lange beendet. Mein Vater lag bereits bewegungslos und kampfunfähig auf den Schienen, als zwei GSG-9-Männer auf ihn zugekommen sind und ihm einen Kopfschuss aus unmittelbarer Nähe verpasst haben. Sie werden mir ja wohl nicht erzählen wollen, dass es Notwehr ist, wenn man einen wehrlosen Menschen erschießt.«

»Natürlich nicht«, räumte Marc ein. »Ich kann mich jetzt auch wieder daran erinnern, dass es 1993 viele Spekulationen gab, ob Ihr Vater Selbstmord begangen hat oder ob er erschossen wurde. Aber soweit ich weiß, haben die Ermittlungen damals keinen Anhaltspunkt dafür ergeben, dass es sich um eine Fremdtötung handelte. Sie haben ja eben selbst gesagt, dass das Verfahren gegen die GSG-9-Männer 1994 eingestellt worden ist.«

Christina schnaubte empört. »Natürlich sind die Ermittlungen damals eingestellt worden, aber nur, weil sie von Anfang an mit diesem Ziel durchgeführt wurden. Haben Sie schon einmal gehört, dass Polizisten, die so genannte Terroristen erschossen haben, jemals verurteilt worden wären? Diese Einstellung des Verfahrens ändert nichts an der Wahrheit. Und die lautet, dass mein Vater ermordet wurde.«

Marc schüttelte ärgerlich den Kopf. Er spürte, dass er langsam die Geduld verlor. »Und Ihre Meinung ändert nichts daran, dass Sie das, was Sie da behaupten, auch beweisen müssen. Und wenn das schon vor neun Jahren nicht gelungen ist, wird Ihnen das heute auch nicht gelingen. Oder haben Sie neue Beweise?«

Bevor sie etwas sagen konnte, verriet ihm ihr Blick bereits die Antwort.

»Nicht wirklich«, gestand sie schließlich ein. Während Marc noch darüber nachdachte, wann die Unsitte aufgekommen war, statt eines schlichten, klaren ›Nein‹ ›nicht wirklich‹ zu sagen, sprach Christina schon weiter: »Genauer gesagt habe ich *noch* keine neuen Beweise. Aber es gibt immerhin zwei Augenzeugen, die genau gesehen haben, dass mein Vater von der GSG 9 praktisch hingerichtet worden ist. Diese Zeugen waren der Staatsanwaltschaft auch schon 1993 bekannt.«

»Hingerichtet?« Marc hob die Augenbrauen. »Aber warum hätte die GSG 9 Ihren Vater denn ›hinrichten‹ sollen? Ich denke, die wollten ihn festnehmen?«

Christina warf den Kopf ungeduldig in den Nacken. »Weil er vorher bei seinem Fluchtversuch angeblich einen von denen erschossen hat. Sie kennen diese GSG-9-Typen nicht. Das sind Killer. Bei denen gibt es so eine Art Schwur: Wenn einer von ihnen getötet wird, muss er sofort gerächt werden. Und das haben diese Schweine dann ja auch getan.« Unvermittelt brach sie ab und sah Marc direkt in die Augen. »Ich weiß gar nicht, warum ich Ihnen das alles erzähle. Wollen Sie sich keine Notizen machen?«

Marc seufzte fast unhörbar und öffnete seinen Terminplaner. Dann schraubte er seinen Kugelschreiber auf und begann, auf der leeren Seite herumzukritzeln. *Rhabarber*, schrieb er so, dass Christina es nicht sehen konnte. *Rhabar-*

ber, Rhabarber, Rhabarber. Er hatte einmal gehört, dass Schauspieler, die auf der Bühne im Hintergrund eine Unterhaltung vortäuschen mussten, dieses Wort lautlos vor sich hin sprachen.

Als er Christina Helms wieder anschaute, sagte er: »Diese angeblichen Augenzeugen sind doch sicherlich schon vor Jahren befragt worden, oder etwa nicht? Offenbar haben ihre Aussagen nicht gereicht, um die GSG-9-Männer anklagen zu können.«

»Dann müssen diese Zeugen eben noch einmal vernommen werden«, beharrte Christina trotzig. »Dafür bin ich ja vor Gericht gegangen. Damit die beiden in aller Öffentlichkeit erzählen können, was damals wirklich passiert ist.«

»Und was soll dabei herauskommen, Frau Helms?«, fragte Marc in gehobener Lautstärke. Er musste sich förmlich zur Ruhe zwingen. »Frau Helms, *Sie* müssen vor Gericht nachweisen, dass Ihr Vater gezielt von der GSG 9 erschossen wurde, und zwar zu einem Zeitpunkt, als er bereits wehrlos auf dem Boden lag. Dieser Nachweis ist bereits vor neun Jahren nicht gelungen und er wird heute umso weniger möglich sein, zumal Sie offenbar keine neuen Beweismittel haben. Sie sollten sich daher überlegen, ob es nicht sinnvoller ist, Ihre Klage wieder zurückzunehmen. Das würde Ihnen viel Zeit und Nerven sparen.«

»Das werde ich ganz bestimmt nicht tun«, entgegnete Christina und schob das Kinn vor. »Ich werde diese Sache durchziehen, und wenn es das Letzte ist, was ich tue.«

Marc stieß die angesammelte Luft aus seiner Lunge. So kam er nicht weiter. Vielleicht konnte er sie anders packen.

»Ihnen ist bekannt, dass so ein Verfahren auch Geld kostet, nicht wahr?«, fragte er. »Sie werden verstehen, dass ich dieses Thema anschneiden muss. Schließlich ist das hier mein Beruf, mit dem ich meinen Lebensunterhalt bestreite.«

»Tja, ich weiß nicht.« Die junge Frau wurde merklich kleinlauter. »Sie können sich sicherlich denken, dass ich als Studentin nicht allzu viel Geld zur Verfügung habe. Mit wie viel müsste ich denn rechnen?«

»Insofern haben Sie zumindest teilweise Glück«, musste Marc eingestehen. »Verfahren vor den Sozialgerichten sind gerichtskostenfrei. Allerdings werden Sie natürlich für die Kosten meiner Bemühungen aufkommen müssen, falls Sie das Verfahren verlieren.« Und das ist so sicher wie das Amen in der Kirche, setzte er in Gedanken hinzu. »Meine Gebühr dürfte sich in einer Größenordnung von mindestens eintausend Euro bewegen.« Schnell fuhr er sich mit der Hand über den Mund, als könne er die Lüge so ungeschehen machen. Er hatte die Kosten bewusst hoch angesetzt, in der Hoffnung, Christina Helms damit beeindrucken zu können, sah sich aber getäuscht.

»Ich habe gehört, dass die Möglichkeit besteht, Prozesskostenhilfe zu beantragen«, wandte sie umgehend ein.

»Schon. Aber das setzt voraus, dass das Gericht Ihrer Klage eine hinreichende Aussicht auf Erfolg beimisst. Und damit können Sie zum gegenwärtigen Zeitpunkt nicht rechnen.« Gespannt wartete er auf ihre Reaktion.

»Hm. Ich habe mir noch etwas anderes überlegt. Wenn Sie mich in dieser Sache vertreten, werden Sie mit Sicherheit bekannt werden und bekommen so viele neue Mandanten. Der Tod meines Vaters war schließlich eine spektakuläre Geschichte, die damals durch die Medien gegangen ist. Vielleicht können Sie über dieses Verfahren sogar ein Buch schreiben. Ich bin bereit, sämtliche Rechte an Sie abzutreten. Soweit ich weiß, werden in den USA viele Anwälte auf diese Weise bezahlt.«

Das wurde ja immer besser. Diese Sache gehörte nun mit Sicherheit nicht zu denen, mit denen Marc bekannt werden wollte. Als Terroristenanwalt würde er kaum zu zahlungskräftigen Mandanten kommen, die er so dringend brauchte. Und überhaupt: »Frau Helms, ich fürchte, Sie überschätzen das Potenzial dieser Sache«, sagte er. »Der Tod Ihres Vaters liegt mehrere Jahre zurück und inzwischen ist viel passiert. Und noch etwas: Selbst wenn, ich sage *wenn,* wir beweisen könnten, dass Ihr Vater ermordet wurde, wie Sie es behaupten: Wen interessiert das schon? Die meisten Menschen freuen sich doch, wenn ein RAF-Mitglied tot ist. Wie es umkommt, ist den Leuten egal. Hauptsache, der Staat spart das Geld für die teure Unterbringung in einem Hochsicherheitstrakt.«

»Aber wir könnten es doch wenigstens versuchen.« Als sie die Skepsis in Marcs Augen sah, sprach sie hastig weiter: »Das Geld werde ich irgendwie auftreiben. Notfalls werde ich meine Großeltern anpumpen. Ich habe ihnen bisher noch nichts von meiner Klage erzählt, weil ich sie nicht aufregen wollte. Ich bin aber überzeugt, dass sie hundertprozentig hinter mir stehen.«

Marc fuhr sich mit der Hand durch die Haare. Jetzt gab es nur noch eine letzte Möglichkeit. »Frau Helms, ich will ganz offen sein. Es geht mir nicht so sehr um das Geld. Ich glaube einfach nicht, dass an dieser Sache etwas dran ist.«

Zack, das hatte gesessen und für einen Moment herrschte tatsächlich Schweigen. Marc wagte schon zu hoffen, dass sie es endlich begriffen hatte, aber dann schüttelte Christina den Kopf, als ob sie Marcs letzten Satz auf diese Weise einfach wegwischen könnte, und sagte: »Na gut, ich mache Ihnen noch einen Vorschlag: Ich lasse Ihnen alle Unterlagen hier, die ich über den Fall habe, und bitte Sie nur, sich die einmal anzusehen. Wenn Sie dann immer noch sagen, es hat keinen Zweck, werde ich Sie nicht mehr behelligen und mir einen anderen Anwalt suchen oder die Sache alleine durchziehen. Einverstanden?«

Christina starrte ihn mit weit aufgerissenen Augen an. Marc begann zu ahnen, dass er auf ihr Angebot eingehen musste, wenn er es vermeiden wollte, noch stundenlang mit ihr herumzudiskutieren. Und in knapp fünfzehn Minuten war er zum Mittagessen verabredet.

»Gut«, gab er sich schließlich geschlagen. »Ich sehe mir die Sachen durch und melde mich dann wieder bei Ihnen. Dazu brauche ich noch Ihre Adresse und Ihre Telefonnummer.«

Christina nannte ihm eine Straße im Bielefelder Westen und eine sechsstellige Nummer, die er in seinen Terminplaner übertrug. Dann zog sie einen weiteren umfangreichen Aktenordner aus ihrer Tasche und schob ihn zu Marc herüber.

»So, das ist alles, was ich in den Jahren gesammelt habe. Wann kann ich mit Ihrer Nachricht rechnen?«

»Ein paar Tage werden Sie schon Geduld haben müssen«, erwiderte Marc ausweichend. »Ich habe noch andere Mandanten zu betreuen.«

Christina sah auf den Boden. Dann blickte sie ihn von unten an. Marc hatte auf einmal das Gefühl, einen bettelnden Hund vor sich zu haben.

»Es ist wirklich sehr dringend. Ich habe Ihnen das Wichtigste noch gar nicht gesagt ... Ich habe vom Sozialgericht bereits eine Ladung erhalten. Der Termin ist in sechs Tagen, also am nächsten Donnerstag. Es wäre mir sehr lieb, wenn Sie sich die Unterlagen noch heute ansehen könnten.«

Marc schloss erneut die Augen. Nach dem Mittagessen hatte er um sechzehn Uhr einen Termin in der Commerzbank. Vielleicht konnte er diese Nervensäge irgendwie dazwischenschieben.

»In Ordnung. Ich schaue mir die Akte heute Mittag an. Sie können um halb drei noch einmal vorbeikommen. Ich denke, dass ich mir bis dahin ein Urteil gebildet habe.«

»Wunderbar.« Christina strahlte jetzt über das ganze Gesicht. »Ich bin dann heute Nachmittag um kurz vor halb drei wieder hier. Bis dahin habe ich hoffentlich auch die Geldfrage mit meinen Großeltern geklärt. Und eines kann ich Ihnen jetzt schon versprechen, Herr Hagen: Sie werden es nicht bereuen.«

Marc lächelte etwas gequält und stand von seinem Platz auf, um Christina zu verabschieden. Nachdem sie sein Büro verlassen hatte, ließ er sich erschöpft in seinen Sessel zurückfallen. Irgendwie hatte er das Gefühl, gerade von einem Panzer überrollt worden zu sein. Und noch ein Gefühl machte sich in ihm breit: die unbestimmte Ahnung, dass es ein Fehler gewesen war, sich überhaupt mit dieser Frau zu unterhalten.

Kapitel 2

Als Marc eine halbe Stunde später das *Bernstein* betrat, war das Szenebistro, das den gesamten obersten Stock eines Kaufhauses einnahm, bereits gut gefüllt. Trotzdem fand er einen freien Tisch auf der Dachterrasse, von wo aus sich ihm ein Panoramablick auf die aus einem Hochhaus und zwei Kirchturmspitzen bestehende Skyline der Bielefelder Innenstadt bot.

Marc setzte seine Sonnenbrille auf, bestellte eine Quiche und einen Apfelsaft und sah sich um. Gabriel Wagner war wieder einmal zu spät. Gabriel war gleich nach seinem Assessorexamen vor zwei Jahren in eine auf Strafrecht spezialisierte Bielefelder Rechtsanwaltskanzlei eingestiegen und arbeitete mindestens sechzig Stunden pro Woche. Marc hatte ihn im ersten Semester des Jurastudiums kennen gelernt und seitdem waren die beiden praktisch unzertrennlich. Zumindest bis vor einem Jahr, als Gabriel geheiratet hatte. Inzwischen war er Vater geworden und ihre gemeinsamen Aktivitäten beschränkten sich auf das freitägliche Mittagessen und den einmal wöchentlich stattfindenden Juristenstammtisch am Montagabend.

Gabriel tauchte auf, als der Kellner das Essen brachte. Gabriel war in Marcs Alter und trug einen klassischen blauen Nadelstreifenanzug, dazu eine blau-gelb gestreifte Seidenkrawatte. Seine auf Hochglanz polierten Schuhe reflektierten die fast im Zenit stehende Sonne im gleichen Maß wie die verspiegelte Pilotenbrille, die auf seiner Nase saß. Erschöpft ließ er sich auf den Stuhl neben Marc fallen und strich die messerscharfe Bügelfalte seiner Hose glatt.

»Das sieht gut aus, das nehme ich auch«, sagte er mit einem schnellen Blick auf den Tisch zu der Bedienung, bevor er sich Marc zuwandte. »Entschuldige die Verspätung, aber ich hatte noch einen Mandanten. Ein Riesenfall. Aber du kennst das ja.«

Nein, das kenne ich leider nicht, dachte Marc. Laut sagte er: »Wo hast du denn gestern Abend gesteckt? Ich habe ein paarmal versucht, dich zu erreichen.«

Gabriel musste einen Moment nachdenken, bevor er antwortete. »Gestern, gestern? Ach ja, da haben wir Lisa zu meinen Schwiegereltern gebracht, weil ich mit Julia nach langer Zeit mal wieder ins Kino wollte. *Fahrraddiebe* in der *Kamera.*«

Marc musterte seinen Freund verwundert. Gabriel war zwar als Cineast bekannt, der sich während seines Studiums häufiger in Kinos und auf Filmfestivals als im Hörsaal herumgetrieben hatte, aber so ein Film? Vielleicht war das normal, wenn man Vater wurde?

»Fahrraddiebe?«, fragte Marc. »Seit wann siehst du dir Kinderfilme an?«

Gabriel rückte seine Sonnenbrille zurecht und seufzte theatralisch. »Bei den *Fahrraddieben*, mein Lieber, handelt es sich keineswegs um einen Kinderfilm«, dozierte er. »Dieser Film ist vielmehr das Meisterwerk des italienischen Neorealismus aus dem Jahr 1948 von Vittorio de Sica. Solltest du dir mal ansehen. Es stimmt mich unendlich traurig, dass ein Bewohner der Geburtsstadt Friedrich Wilhelm Murnaus so gar keine Ahnung vom Kino hat.«

Gabriel betrachtete eine Weile Marcs ausdrucksloses Gesicht und fuhr dann fort: »Ah, ich sehe, der Name Murnau sagt dir auch nichts. Warum wundert mich das jetzt nicht? Hast du vielleicht schon einmal was von *Nosferatu* gehört?«

»Nein. Doch. Ein Vampirfilm mit Klaus Kinski.«

»Knapp daneben. Was du meinst, ist das Remake aus dem Jahr 1979 von Werner Herzog. Murnau hat 1922 das Original gedreht, mit Max Schreck in der Hauptrolle. Einer der größten Regisseure aller Zeiten. Murnau hat Bielefeld allerdings bereits im zarten Alter von drei Jahren mit seinen Eltern verlassen. Ein großes Glück für die Welt, denn in diesem Kaff hätte er wohl kaum je einen Film gedreht. Aber in der Bahnhofstraße hängt an seinem Geburtshaus immerhin eine Gedenktafel.«

»Es tut mir Leid, dass ich dich so enttäusche, Gabriel«, sagte Marc mit falschem Bedauern. »Aber ich gehe nun mal nur selten ins Kino. Im Fernsehen kenne ich mich wesentlich besser aus. Ich habe zum Beispiel alle Dallas-Folgen gesehen.«

Sie wurden gestört, weil der Kellner Gabriels Quiche brachte. Gabriel aß drei Bissen und nahm den Gesprächsfaden wieder auf. »Du behauptest, ein Dallas-Experte zu sein? Dann hast du ja wohl nichts dagegen, wenn ich dich auf die Probe stelle. Also, wie heißt die erste Frau von Bobby?«

Marcs Antwort kam wie aus der Pistole geschossen. »Das ist nun wirklich simpel. Die Antwort lautet Pamela, gespielt von Victoria Principal.«

»Dann wollen wir es jetzt mal etwas schwieriger machen: Wie ist der Name von Pams Vater?«

Diesmal brauchte Marc tatsächlich etwas länger. Dann sagte er: »Ist das alles, was du draufhast? Pamela ist eine geborene Barnes, die Schwester von Cliff Barnes. Und der Vater der beiden heißt Digger Barnes.«

Gabriel lehnte sich befriedigt zurück. »Leider daneben. Digger ist zwar der Vater von Cliff, aber nicht der Vater von Pamela. Pamelas Vater heißt Hutch McKinney, dessen Leiche nach Jahrzehnten mit einer Kugel im Kopf auf Southfork gefunden wurde. Jock Ewing ist anschließend sogar unter Mordverdacht geraten und es gab einen Prozess. Erinnerst du dich? Aber was wolltest du eigentlich gestern Abend von mir? Du rufst doch sonst nicht mehr bei mir zu Hause an.«

Marc wurde sofort ernst und sah sich unbehaglich um, um sicherzugehen, dass niemand vom Nachbartisch ihr Gespräch belauschte. Dann beugte er sich vor und senkte die Stimme. »Es kann sein, dass ich demnächst deine Hilfe brauche«, begann er zögernd. »Beruflich, meine ich.« Er nahm einen Umschlag aus dem Diplomatenkoffer, den er neben sich auf dem Boden abgestellt hatte, und gab ihn an Gabriel weiter. »Das bleibt aber unter uns«, fügte er hinzu, während er den dreiseitigen Schriftsatz aus dem Kuvert zog. »Ich habe keine Lust, nächste Woche Gesprächsgegenstand Nummer eins am Stammtisch und in der Gerichtskantine zu sein.«

Gabriel warf einen Blick auf das Schriftstück. »Aha, und was ist das?«

»Das ist ein Antrag des Vorstandes der Rechtsanwaltskammer bei der Staatsanwaltschaft Bielefeld, gegen mich ein anwaltsgerichtliches Verfahren einzuleiten. Ich habe ihn gestern schon vorab bekommen, frag mich aber bitte nicht, wer mir das zugespielt hat.«

»Wollen wir doch mal sehen, was gegen dich vorliegt.« Gabriel war jetzt ganz Profi und las das Schreiben bis zum Ende durch. Als er fertig war, sah er Marc unverwandt in die Augen. »Wenn es stimmt, was hier steht, dann hast du mehrere Wochen lang ein Praxisschild mit Neonleuchtschrift an deiner Kanzlei angebracht. Außerdem hast du auf deinem Briefkopf Kooperationspartner in renommierten Anwaltskanzleien in Paris und London aufgeführt, die davon aber nichts wissen, und du hast Untersuchungshäftlinge ohne Mandat aufgrund des Hinweises eines Informanten in der JVA aufgesucht. Stimmen diese Vorwürfe?«

Marc wand sich auf seinem Stuhl wie ein Aal. Aber leugnen hatte keinen Zweck. Und Gabriel war sowieso der einzige Mensch auf dieser Welt, dem er hundertprozentig vertraute.

»Irgendwie muss ich ja schließlich an Mandanten kommen«, gab er schließlich wiederstrebend zu. »Und wenn es auf die herkömmliche Methode nicht klappt, muss man sich eben was einfallen lassen.«

Gabriel Wagner schüttelte langsam den Kopf und wedelte mit dem Schriftsatz durch die Luft. »Du solltest das nicht auf die leichte Schulter nehmen, Marc. Das sind erhebliche Anschuldigungen.«

Marc warf verzweifelt die Arme in die Höhe. »Herrgott, ich weiß.« Er hatte jetzt Mühe, das Gespräch auf Flüsterlautstärke zu halten. »Das Problem ist nur, dass alles noch viel schlimmer ist. Das ist nämlich nicht das erste Mal. Ich habe schon diverse Rügen der Rechtsanwaltskammer kassiert und sogar ein anwaltsgerichtliches Verfahren hinter mir. Ich bin damals allerdings gar nicht erst zur Hauptverhandlung erschienen und die Sache ist auch relativ glimpflich mit einer Verwarnung ausgegangen. Ich fürchte nur, diesmal wollen sie mir ernsthaft an den Kragen. Und deshalb brauche ich einen Verteidiger.«

Er sah seinen Freund bittend an. Das Schweigen lag eine halbe Minute schwer in der Luft, bis Gabriel sagte: »Das sehe ich allerdings genauso. Du musst dich warm anziehen, Marc. Aber warum bist du nicht schon beim ersten Verfahren zu mir gekommen?«

Marc zuckte wortlos die Achseln. Er hatte auf einmal das Gefühl, einem Onkologen gegenüberzusitzen. *Mein Gott, warum sind Sie nicht früher gekommen?*

Gabriel schien Marcs Verzweiflung zu spüren. »Weißt du, ob die Staatsanwaltschaft das Verfahren vor dem Anwaltsgericht bereits eingeleitet hat?«, fragte er.

»Ich habe nicht die geringste Ahnung«, gestand Marc. »Aber ich würde dich trotzdem bitten, dich schon mal kundig zu machen, was mich in der Sache erwarten kann. Du hast doch Erfahrung in Verfahren vor dem Anwaltsgericht, oder?«

Gabriel seufzte ergeben. »Ich werde mir das mal ansehen. Aber du musst mir unbedingt sofort Bescheid geben, wenn du etwas Neues in der Sache hörst. Das könnte sonst übel für dich enden.«

Marcs Magen zog sich zu einem einzigen Knoten zusammen.

Als Gabriel seinen gequälten Gesichtsausdruck sah, sagte er schnell: »Kopf hoch, Marc. Nichts wird so heiß gegessen, wie es gekocht wird. Vielleicht hast du ja Glück und das Verfahren wird doch noch eingestellt.« Er warf einen Blick auf seine Armbanduhr. »So, jetzt muss ich aber los. Kannst du für mich bezahlen? Ich gebe dir das Geld spätestens am Montag zurück.«

Mit diesen Worten sprang er auf und ließ seinen geknickten Freund zurück.

Marc schüttelte deprimiert den Kopf. Nein, Glück würde er in dieser Sache mit Sicherheit nicht haben. Glück war etwas, das immer nur die anderen hatten. Auch um diese Erfahrung war er in den letzten zwei Jahren reicher geworden.

Als Marc in seine Kanzlei zurückkehrte, war auch Melanie in ihre Mittagspause verschwunden. Er setzte eine Kanne Kaffee auf, sah die unerledigte Post im Vorzimmer durch und begab sich in sein Büro. Dort fiel sein Blick als Erstes auf die Unterlagen, die Christina Helms ihm heute Vormittag dagelassen hatte. Er sah auf seine Armbanduhr und stellte fest, dass die junge Frau in knapp zwei Stunden schon wieder bei ihm auflaufen würde. Und es konnte nicht den geringsten Zweifel geben, dass sie den Termin auch einhalten würde. Ärgerlich rieb er sich die Stirn. Hatte er nicht genug eigene Probleme? Konnten ihn diese Leute nicht einfach in Ruhe lassen?

Inzwischen war der Kaffee durchgelaufen und Marc machte es sich mit der dampfenden Tasse in der Hand an seinem Schreibtisch bequem. Er kippte den Sessel nach hinten, legte die Füße auf die Schreibtischplatte und nahm sich den Ordner vor. Er enthielt hauptsächlich Kopien der staatsanwaltschaftlichen Ermittlungsakten aus den Jahren 1993 und 1994 sowie diverse Zeitungsartikel, in denen über die Aktion in Bad Reichen berichtet wurde. Marc brauchte nicht lange, bis er sich einen Überblick verschafft hatte. Er markierte die wichtigsten Stellen mit gelben Post-it-Zetteln, dann kritzelte er Notizen, Pfeile und Querverweise auf mehrere DIN-A4-Blätter und fasste darin die wesentlichen Erkenntnisse über die damaligen Ereignisse zusammen.

So ergab sich rasch ein relativ klares Bild:

Christinas Vater, Klaus Helms, gehörte seit 1977 zunächst zur legalen Sympathisantenszene der RAF, verließ 1984 endgültig seine Frau und seine einzige Tochter und tauchte in den Untergrund ab. Seitdem war er zusammen mit seiner neuen Lebensgefährtin Sonja Boge zur Kommandoebene der so genannten dritten Generation der Stadtguerilla gezählt worden. Das Bundeskriminalamt verdächtigte Helms, an zahlreichen Anschlägen beteiligt gewesen zu sein. Im Februar 1992 war es dem Verfassungsschutz gelungen, einen V-Mann an Sonja Boge heranzuführen, das erste Mal überhaupt, dass die Polizei in den innersten Kreis der aktiven RAF vorgedrungen war. Sonja Boge war anschließend über mehrere Monate observiert worden, da man davon ausging, dass sie das BKA zu weiteren RAF-Mitgliedern führen würde. Tatsächlich kam es im April 1993 zu einem weiteren Treffen des V-Mannes mit Sonja Boge in Bingen am Rhein. Bei diesem Treffen war auch Klaus Helms erstmals mit dabei gewesen und man verabredete sich für ein weiteres Treffen Ende Juni in der mecklenburgischen Kleinstadt Bad Reichen. Daraufhin hatte sich das BKA zur Festnahme der beiden Top-Terroristen entschlossen und dazu die – seit dem Einsatz in Mogadischu im Jahr 1977 legendäre – GSG 9 um Amtshilfe gebeten.

Die Aktion sollte am 27. Juni 1993, einem Sonntag, auf dem Bahnhof von Bad Reichen durchgeführt werden, wo Helms und Boge sich mit dem V-Mann treffen wollten. Zuerst war auch alles nach Plan verlaufen. Helms, Boge und der V-Mann waren kurz nacheinander mit dem Zug in Bad Reichen angekommen und hatten sich in der Bahnhofsgaststätte getroffen, wo sie gemeinsam zu Mittag gegessen hatten. Die Ermittler des BKA hatten in den Akten sogar fein säuberlich festgehalten, was die drei zu sich genommen hatten: einen gebackenen Camembert, Wiener Würstchen mit Pommes frites, Würzfleisch, drei Tassen Kaffee, einen Cappuccino und ein Glas Sprite. Anschließend hatten die drei das Mitropa-Restaurant wieder verlassen. Die Festnahme von Helms und Boge sollte im Tunnel des Bahnhofs erfolgen, um möglichst keine Passanten zu gefährden. In der Unterführung trennte sich Sonja Boge kurz von Klaus Helms und dem V-Mann, um einen Fahrplan zu studieren. Als das Zugriffszeichen erteilt wurde, befand sich Helms etwa acht bis zehn Meter von ihr entfernt vor dem Treppenausgang, der zum Bahnsteig 3/4 hinaufführte. Er hatte zugesehen, wie seine Freundin gepackt wurde. Auch der V-Mann hob die Hände und ließ sich zum Schein widerstandslos festnehmen. Währenddessen stürmte das aus insgesamt acht Leuten bestehende Spezialeinsatzteam der GSG 9 auf Helms zu. Doch der flüchtete die Treppe hoch. Bei der anschließenden Verfolgungsjagd erschoss Helms den GSG-9-Mann Michael Zöllner und verletzte einen anderen schwer. Außerdem wurde eine unbeteiligte Schaffnerin durch Geschosssplitter im linken Oberarm verletzt, eine weitere Passantin brach mit einem Schock zusammen. Insgesamt feuerten die GSG-9-Männer mindestens dreiunddreißigmal auf Klaus Helms. Dann wurde er in den Oberschenkel getroffen und fiel auf die Gleise.

Marc massierte seine Schläfen, um sich zu konzentrieren. Über den weiteren Verlauf der Geschehnisse gab es verschiedene Versionen. Fest stand nur, dass Helms noch auf den Gleisen durch einen aufgesetzten Kopfschuss starb. Unklar blieb, wer Helms die tödliche Kugel verpasst hatte. Die Staatsanwaltschaft Schwerin hatte hundertfünfundvierzig Zeugen vernommen, alles Personen, die sich zum Zeitpunkt des Eingriffs auf dem Bahnhofsgelände aufgehalten hatten, davon einhundertneununddreißig Angehörige des BKA, der GSG 9 und der örtlichen Polizei, die zur Unterstützung hinzugezogen worden war. Die Staatsanwälte hatten feststellen müssen, dass nicht ein Beamter die tödlichen Schüsse gesehen haben wollte. Marc ging die Aussagen durch. Alle hatten behauptet, so gestanden zu haben, dass sie die Gleise nicht hatten sehen können, durch den vorangegangenen Schusswechsel abgelenkt worden zu sein oder gerade in eine andere Richtung geschaut zu haben, wie der Fahnder, der oben auf dem Stellwerk gesessen und von dort einen Überblick über das Gelände gehabt hatte. Erschwert wurde das Studium der Akte dadurch, dass die Beamten nicht mit ihren Klarnamen, sondern sämtlich mit Nummern bezeichnet worden waren. So war das unmittelbare Zugriffskommando der GSG 9 mit den Codenummern 1 bis 8 versehen worden, die Aussagen dieser acht Männer füllten dutzende Seiten. Besonders ins Kreuzfeuer der Staatsanwälte waren die Nummern 6 und 8 geraten, die Helms nach der Schießerei als Erste auf den Gleisen erreicht hatten. Auch diese beiden Männer wollten von dem tödlichen Schuss nichts gesehen haben, wurden aber in einigen Zeitungen und Magazinen verdächtigt, Helms gezielt getötet zu haben, um den Tod an ihrem von Helms erschossenen Kameraden zu rächen. Genährt wurden diese Spekulationen durch die Aussagen zweier Zeugen, die eine regelrechte Hinrichtung von Helms beobachtet haben wollten. Bei dem einen Zeugen handelte es sich um einen Herrn Graf, der auf dem Bahnhof einen Kiosk betrieb, der andere war ein namentlich nicht genannter Angehöriger des BKA, der sich dem Hamburger Magazin *Spiegel* anvertraut hatte. Aber genauso schnell, wie die Gerüchte aufgekommen waren, waren sie auch wieder verstummt, nachdem das rechtsmedizinische Gutachten der Universität Münster und die Untersuchungen des renommierten Wissenschaftlichen Dienstes der Stadtpolizei Zürich bekannt geworden waren.

Die kriminaltechnischen Untersuchungen hatten ergeben, dass der Oberschenkelschuss auf Helms aus einer Entfernung von mehr als zwei Metern abgeben worden war und aus einer Polizeiwaffe stammte. Genauso unzweifelhaft war, dass die Kugeln, die den GSG-9-Mann Zöllner getötet hatten, aus Helms tschechischer Bruenner C2M75 – Czeska – gekommen waren.

Ebenfalls war eindeutig, dass der Kopfschuss, der Helms getötet hatte, aus seiner eigenen Waffe stammte, da das so genannte Stanzmarkenprofil an Helms Schläfe genau mit dem Mündungsprofil seiner Waffe übereinstimmte. Und auch die Frage, wer den tödlichen Schuss abgegeben hatte, wurde jetzt ohne begründeten Zweifel beantwortet: Die unabhängigen Rechtsmediziner der Universität Münster waren in ihrem Gutachten zu dem Schluss gekommen, dass alles auf einen Selbstmord Helms hindeutete, da sich das gefundene Spurenmuster widerspruchsfrei durch Selbstbeibringung erklären ließ. Der Wissenschaftliche Dienst der Polizei Zürich kam zu einem ähnlichen Ergebnis. Es gebe keine Erkenntnisse, »die zwingend gegen eine Selbstbeibringung des Nahschusses durch Helms sprechen« würden. Die Zeugen für die angebliche Hinrichtung waren danach schnell in Vergessenheit geraten. Der Kioskbesitzer entpuppte sich als Alkoholiker, dem niemand mehr glaubte, und der BKA-Mann, dessen Version im *Spiegel* veröffentlicht worden war, hatte nie eine Aussage gegenüber der Staatsanwaltschaft gemacht und war abgetaucht. Als sich der *Spiegel* unter Hinweis auf den presserechtlichen Informantenschutz weigerte, gegenüber den Ermittlungsbehörden seinen Namen offen zu legen, war die Sache schließlich vollends im Sande verlaufen und das Rauschen im Blätterwald endete abrupt.

Marc las sich den Abschlussbericht der Bundesregierung vom 3. März 1994 zu der Polizeiaktion in Bad Reichen noch einmal durch:

> *Die Staatsanwaltschaft Schwerin hat die Verfahren gegen zwei Beamte der GSG 9 wegen des Todes von Klaus Helms gemäß § 170 Abs. 2 der Strafprozessordnung eingestellt. Die Ermittlungen haben keinen hinreichenden Tatverdacht gegen die als Beschuldigte ermittelten Beamten der GSG 9 oder andere Personen ergeben. Es steht vielmehr fest, dass die auf Klaus Helms am 27.6.1993 auf dem Bahnhof in Bad Reichen abgegebenen Schüsse für die mit seiner Festnahme beauftragten Polizeibeamten der GSG 9 durch Notwehr gerechtfertigt waren. Den tödlichen Kopfschuss hat Klaus Helms sich selbst in Suizidabsicht beigebracht.*

Marc klappte den Aktenordner zu und rieb sich müde die Augen. Er hatte es ja geahnt. Es gab nur eines, das schlimmer war, als ein Sozialgerichtsverfahren, und das war ein aussichtsloses Sozialgerichtsverfahren. Alles deutete auf einen Selbstmord von Klaus Helms hin, für einen Mord gab es weit und breit nicht den Hauch eines Beweises. Aber irgendwie verstand er Christina Helms sogar. Sie hatte beide Elternteile durch unfassbare Ereignisse verloren und suchte jetzt nach einer Erklärung, oder besser gesagt: einen Schuldigen, der dafür zur Verantwortung gezogen werden konnte, wobei es ihr letztlich egal war, um wen es sich handelte. Die GSG 9, der Staat, das Schicksal, Gott oder wer auch immer. Eigentlich eine zutiefst menschliche Reaktion.

Marc hatte allerdings nicht die geringste Ahnung, wie er ihr helfen sollte. Wahrscheinlich brauchte Christina Helms eher einen Psychiater oder Psychologen als einen Rechtsanwalt. Mit diesem Gedanken schlief er in seinem Sessel ein.

Kapitel 3

Marc wurde geweckt, als ein Aktenschrank in seinem Vorzimmer mit einem lauten Knall zugeschlagen wurde. Melanie war anscheinend aus ihrer Mittagspause zurückgekehrt. Mit noch fast zugeklebten Augen sah Marc auf seine Uhr und schreckte hoch. Viertel nach zwei, Christina Helms konnte jeden Moment wieder in der Kanzlei erscheinen.

Im gleichen Augenblick klopfte es an der Tür und Melanie steckte ihren Kopf in sein Büro. »Die junge Dame, die heute Vormittag schon mal da war, wartet draußen. Soll ich sie gleich durchlassen?«

Marc nickte und nutzte die verbleibenden Sekunden, um die Füße von seinem Schreibtisch zu nehmen und seine verknitterte Kleidung zu ordnen. Dann wurde die Tür aufgerissen und Christina Helms schneite herein.

»Hallo, Herr Hagen, haben Sie sich meine Unterlagen angesehen?«

Marc ließ sie mit einer knappen Handbewegung Platz nehmen und schlug den Ordner wieder auf. »Bin gerade fertig geworden.«

»Und, was meinen Sie?«

Christina hatte vor Aufregung rote Flecken im Gesicht und musterte Marc gespannt. Doch als sie seine Miene sah, verzog sie enttäuscht den Mund. »Sie halten nichts von der Sache, stimmt's?«

Marc wiegte bedächtig den Kopf hin und her und zeigte auf die Akte. »Ich würde das gerne noch einmal mit Ihnen durchsprechen, Frau Helms. Aber ich will ganz offen zu Ihnen sein. Ihre Chancen, dieses Verfahren zu gewinnen, stehen gleich null.«

»Gleich null ist aber etwas besser als ganz null, nicht wahr?« Christina rang sich ein schwaches Lächeln ab. »Mir war natürlich immer klar, dass die Sache schwer werden würde, aber ich denke, so schlecht sind unsere Aussichten nicht.«

Marc sah sie mit unbewegtem Ausdruck an. Wahrscheinlich war es leichter, einen afghanischen Taliban-Krieger zum Christentum zu bekehren, als diese Frau von ihrer Klage abzubringen.

»Nun, wir werden sehen«, sagte er schließlich behutsam. »Frau Helms, ich schlage vor, wir veranstalten so eine Art vorweggenommene Gerichtsverhandlung, in der wir unsere Argumente austauschen. Ich spiele dabei den Advocatus Diaboli und trage Ihnen zunächst vor, was mir aufgefallen ist und aus meiner Sicht gegen eine Fremdtötung Ihres Vaters spricht. Sie können dann ja anschließend versuchen, meine Auffassung zu widerlegen. Einverstanden?«

Christina nickte eifrig und Marc wollte fortfahren, als er Melanies Stimme in der Gegensprechanlage hörte.

»Herr Hagen, Herr Dr. Becker vom OLG hat gerade angerufen und mitgeteilt, Ihre Revision sei ein voller …«

»Ja, ja, schon gut.«

»Aber Sie sagten doch …«

»Schon gut.« Er drückte Melanie weg und schaute entschuldigend zu Christina herüber. »Es ist heutzutage leider nicht ganz leicht, gutes Personal zu finden. Also, wo waren wir stehen geblieben? Ah ja. Entscheidend gegen die Mordtheorie dürfte das rechtsmedizinische Gutachten aus Münster sprechen. Danach deuten alle Spuren auf einen Suizid Ihres Vaters hin.« Marc machte eine Pause, um Christina die Gelegenheit zu geben, sich zu äußern.

»Bin ich jetzt dran?«, fragte sie auch sofort. »Also, das rechtsmedizinische Gutachten, das Sie ja offenbar gelesen haben, schließt eine Fremdtötung keinesfalls aus. Es ›geht nur davon aus‹, dass mein Vater sich selbst getötet hat. Die haben also eine sehr vorsichtige Formulierung gewählt. Außerdem haben meine Großeltern schon 1994 ein Gegengutachten bei dem Düsseldorfer Rechtsmediziner Professor Dr. Ernst in Auftrag gegeben, in dem die Schlussfolgerungen aus Münster widerlegt wurden. Das müssten Sie doch auch gelesen haben.« Sie hob herausfordernd den Kopf.

Marc konsultierte kurz seine Notizen und sah dann wieder auf. »Natürlich habe ich es gelesen. Aber Sie wissen doch sehr gut, dass diese Sachverständigen immer zu dem Ergebnis kommen, das derjenige hören will, der sie bezahlt. Außerdem geht ja auch Professor Ernst davon aus, dass der tödliche Schuss aus der Czeska Ihres Vaters stammte, er kann nur nicht mit Sicherheit sagen, dass Ihr Vater die Waffe bei der Schussabgabe in der Hand hatte. Auf jeden Fall wurde die Czeska aufgesetzt und der Winkel des Einschusskanals stimmt mit dem bei einem Selbstmord überein.«

Christina widersprach sofort: »Die Tatsache, dass er mit einem Schuss aus seiner eigenen Waffe getötet wurde, bedeutet noch lange nicht, dass er sie zu diesem Zeitpunkt auch in der Hand gehabt hat. Erstaunlicherweise hat man auf der Waffe keinerlei Fingerabdrücke gefunden. Außerdem fehlen Schmauch- und Blutspuren an der Hand meines Vaters, wie sie bei einer Selbsttötung üblich sind. Wie Sie vielleicht wissen, spritzt bei einem aufgesetzten Schuss stets Blut und Gewebe auf die Hand des Schützen. Und eben diese Rückstoßspuren konnten bei meinem Vater nicht festgestellt werden.«

Marc stutzte. Hatte er da etwas übersehen? Er nahm die Akte noch einmal zur Hand und blätterte sie durch. Nach wenigen Minuten hatte er die entscheidende Stelle gefunden. »Fingerabdrücke konnten schlicht und einfach nicht festgestellt werden, weil Ihr Vater die Waffe vorher eingefettet hatte. Fett kann verlaufen und dann sind eben auch die

Abdrücke weg. Und hier haben Sie auch die Erklärung für die fehlenden Schmauch- und Blutspuren: Die Hände Ihres Vaters wurden noch am Abend des 27. Juni 1993 auf Veranlassung des BKA in der Lübecker Uniklinik gereinigt, weil man seine Fingerabdrücke nehmen wollte, um ihn eindeutig identifizieren zu können. Man musste schließlich erst einmal sicher sein, mit wem man es zu tun hatte.«

Christina schnaubte aufgebracht. »Das ist ja lächerlich. Die wussten doch schon vor dem Treffen genau, dass es sich um meinen Vater gehandelt hat. Außerdem können Sie jeden Kriminalisten fragen, was er von so einer Vorgehensweise hält. Zuerst einmal müssen immer die so genannten flüchtigen Spuren, wie zum Beispiel die Blutspuren, gesichert werden. Eine Identifizierung des Toten hätte dagegen noch Wochen Zeit gehabt. Nein, hier wurden Spuren systematisch vernichtet.«

»Aber wenn Ihre Mordtheorie stimmt, hätten diese so genannten Spray-Spuren ja auch bei den GSG-9-Männern 6 und 8, die Ihrem Vater in den Kopf geschossen haben sollen, festgestellt werden müssen. Das war aber nicht der Fall und ein Ausweichen vor solchen Spuren ist unmöglich.«

»Das war doch der Fall! Es ist Blut meines Vaters an der Rückseite des Ärmels von Nummer 6 gefunden worden.«

»Dabei handelt es sich aber nach dem Gutachten von Professor Dr. Welling aus Münster um eine Wisch- oder Kontaktspur, während eine Entstehung durch Aufspritzen bei der Abgabe des Schusses oder Herabregnen danach ausscheidet.«

»Da ist Professor Dr. Ernst anderer Meinung«, konterte Christina. »Er bestätigt die Möglichkeit, dass mein Vater durch diesen GSG-9-Mann Nummer 6 erschossen wurde. Komischerweise ist seine Jacke später dann ja auch plötzlich verschwunden und nie wieder aufgetaucht.«

Marc lehnte sich in seinem Stuhl zurück und atmete tief durch. Diese Christina Helms hatte sich gut vorbereitet, das musste man ihr lassen. Trotzdem ... »Das Problem ist, Frau Helms, dass uns vor Gericht die reine Möglichkeit nicht ausreichen wird. *Sie* müssen ohne das Vorliegen eines vernünftigen Zweifels beweisen können, dass Ihr Vater ermordet wurde. Dafür reichen die gefundenen Indizien auf keinen Fall. Wie Sie ja selbst erkannt haben, sind die Spuren widersprüchlich und lassen verschiedene Deutungsmöglichkeiten zu. Also haben wir nur noch zwei sehr dubiose Zeugen, wobei bei dem einen nicht einmal sicher ist, ob er überhaupt existiert oder ob ein *Spiegel*-Reporter ihn sich nur ausgedacht hat.«

Christina runzelte die Stirn. »Die einzigen dubiosen Zeugen sind die vom BKA und der GSG 9«, sagte sie verächtlich. »Sie haben deren Aussagen doch gelesen. Selbst dem Dümmsten muss klar sein, dass hier etwas vertuscht werden soll. Stellen Sie sich das mal vor: In Bad Reichen waren weit über hundert Beamte des BKA und der GSG 9 anwesend. Und keiner dieser perfekt ausgebildeten Spezialisten will gesehen haben, wie mein Vater ums Leben gekommen ist! In dem entscheidenden Moment haben alle zufällig weggeschaut, eine kollektive Wahrnehmungslücke. Das glauben Sie ja wohl selbst nicht! Dann müssen diese Herren, insbesondere diese geheimnisvollen GSG-9-Männer 6 und 8, eben noch einmal vor Gericht als Zeugen aussagen. Vielleicht sagen sie dann endlich die Wahrheit. Ein Meineid ist schließlich kein Kavaliersdelikt.«

Christina hatte sich immer weiter in Rage geredet und sprang jetzt sogar von ihrem Platz auf. Sie lief in dem Büro auf und ab, bis Marc sie bat, sich wieder zu setzen. Erschöpft ließ sie sich auf dem Besucherstuhl nieder.

»Frau Helms, Sie müssen begreifen, dass ich nicht Ihr Feind bin«, sagte Marc. »Aber das Gericht wird Ihnen genau solche Vorhaltungen machen. Darauf müssen Sie reagieren können. Und zwar ruhig und sachlich und nicht so, wie Sie das eben getan haben. In einem Gerichtssaal können Sie nicht einfach rauslaufen, wenn Ihnen etwas nicht passt. Es bringt übrigens auch nicht viel, Menschen, die Ihnen nicht gleich folgen können oder wollen, als dumm zu beschimpfen. Damit machen Sie sich keine Freunde, ist das klar?«

Christina verschränkte die Arme vor der Brust, nickte aber.

Marc vertiefte sich wieder in seine Notizen. »Also weiter. Natürlich ist mir aufgefallen, dass kein Beamter die entscheidenden Sekunden mitbekommen haben will, aber das hilft uns nicht weiter. Diese Männer können nicht als Zeugen geladen werden, weil ihre Klarnamen nicht bekannt sind. Außerdem brauchen wir Zeugen, die etwas gesehen haben, nicht solche, die etwas nicht gesehen haben. Kommen wir zu den unbeteiligten Zeugen. Ein Lokführer und zwei Bahngäste haben ebenfalls ausgesagt, nichts bemerkt zu haben, was auf eine Hinrichtung hindeutet. Und diese Leute haben ja nun nichts davon, wenn sie lügen.«

Christina schüttelte den Kopf. »Das weiß ich nicht. Mir ist nicht bekannt, ob diese Leute vom Staat bestochen worden sind.« Als sie Marcs gequälten Blick bemerkte, sprach sie schnell weiter. »Abgesehen davon war ich schon mehrfach in Bad Reichen und habe mir die Örtlichkeiten dort sehr genau angesehen. Ich kann Ihnen versichern, dass dieser Lokführer und die Fahrgäste von ihrem Standpunkt aus tatsächlich nichts gesehen haben können. Dagegen hatte ein anderer Zeuge, nämlich dieser Kioskbesitzer, eine völlig freie Sicht. Ich habe auch keinen Zweifel daran, dass es diesen bis heute unbekannten BKA-Mann gibt. Das Magazin, an das er sich gewandt hat, ist schließlich eines der bekanntesten und angesehensten Blätter in Deutschland.«

Marc musste lächeln. »Das war der *Stern* vor den Hitlertagebüchern auch.«

Christina überging die Bemerkung und hob den Blick kurz zur Decke. Als sie Marc wieder ansah, sagte sie unbeeindruckt: »Ich stelle mir den Ablauf in etwa so vor: Mein Vater wird am Bein getroffen und fällt auf die Gleise. Dabei verliert er seine Waffe. Kurz darauf sind die beiden GSG-9-Männer, die in den Akten nur 6 und 8 genannt werden und deren Namen wir nicht kennen, neben ihm. Einer von ihnen hebt die Waffe auf oder nimmt sie meinem Vater aus der Hand, setzt sie an seine Schläfe und drückt ab. Ich will ja gar nicht behaupten, dass das von Anfang an so geplant war. Aber nachdem die Festnahme schief gegangen ist und mein Vater einen von ihnen erschossen hat, sind sie halt durchgedreht und haben ihn einfach gelyncht. So einfach ist das.«

Marc konnte kaum glauben, was er da hörte. »Aha, so einfach ist das«, sagte er ironisch. »Leider hat Ihre Geschichte einen winzigen Nachteil: Sie haben dafür nicht den Hauch eines Beweises.«

Christina schüttelte erneut den Kopf. »Ich habe sehr wohl Beweise für meine Theorie. Zwei Augenzeugen, die alles genau so beobachtet haben, wie ich es eben geschildert habe.«

Marc holte tief Luft und starrte aus dem Fenster. Ihn überkam das Gefühl, dass sie ihm überhaupt nicht zuhörte. Er war kurz davor, diese Frau rauszuwerfen, doch dann zwang er sich noch einmal mühsam zur Gelassenheit. »Diese Zeugen nutzen uns nichts, Frau Helms«, sagte er, wobei er jedes Wort des Satzes einzeln betonte. »An diesen angeblichen BKA-Mann, der sich an den *Spiegel* gewandt hat, kommen wir nicht heran, weil wir seinen Namen nicht kennen, und die Aussage dieses Kioskbesitzers ist vollkommen unbrauchbar. Ich habe während meines immerhin fünfjährigen Jurastudiums eines lernen müssen: Zeugen sind die unzuverlässigsten Beweismittel. Von hundert Zeugenaussagen ist die Hälfte objektiv falsch. Fünfundzwanzig Prozent der Zeugen lügen bewusst, um jemandem zu helfen oder zu schaden, ein weiteres Viertel der Zeugen meint subjektiv, die Wahrheit zu sagen, obwohl die Aussage objektiv falsch ist. Das liegt zum Beispiel daran, dass starke Emotionen die Wahrnehmung beeinträchtigen oder gar ausschließen können.«

Christina winkte unwirsch ab. »Das sind doch alles nur Theorien und Statistiken. Ich glaube kein Wort davon.«

»O nein, das ist durchaus nicht nur Theorie. Ich will Ihnen jetzt mal eine Geschichte erzählen, die ich von einem befreundeten Polizisten gehört habe. Ihm – und mehreren seiner Kollegen – wurde gesagt, er solle an einem Test zur Erprobung eines neuen Lügendetektors teilnehmen. Dazu wurde er auf einen Stuhl geschnallt und an alle möglichen Drähte und Geräte angeschlossen. Plötzlich kam ein Mann mit einem weißen Kittel und einer Spritze in der Hand ins Zimmer, der fragte, ob die Testperson schon fertig vorbereitet sei. Hinterher wurde der Polizist befragt, wie denn der Mann mit der Spritze ausgesehen habe. Was glauben Sie, was dabei herausgekommen ist? Er wusste es schlicht und einfach nicht, er konnte nicht *ein* Detail des Aussehens dieses Mannes beschreiben. Und wie ihm ging es allen seinen Kollegen, obwohl es sich um ›Zeugen‹ gehandelt hat, die in Beobachtungen besonders geschult sind. Aber etwas hatte sich allen genau eingeprägt: die Spritze in der Hand des Mannes mit dem weißen Kittel. Die konnten sie in allen Einzelheiten beschreiben. Als sie drei Wochen später noch einmal befragt wurden, konnten sie das Aussehen der Spritze immer noch genau schildern, nur war die auf einmal bei allen zehn oder sogar zwanzig Zentimeter länger geworden.«

Christina machte ein gelangweiltes Gesicht. »Ich weiß nicht, was das mit diesem Fall zu tun haben soll«, sagte sie gleichgültig.

»Das glaube ich Ihnen nicht. Versetzen Sie sich mal in die Lage dieses Kioskbesitzers, dem auf dem Bahnhof die Kugeln um die Ohren geflogen sind. Also ich wäre danach zu keiner klaren Aussage mehr fähig. Zu diesem Schluss ist ja 1994 auch die Staatsanwaltschaft gekommen. Der Mann hatte sich nach dem Schusswechsel noch mindestens vierzig Minuten in Todesangst in seinem Kiosk versteckt.«

»Das kann ich allerdings sehr gut verstehen«, warf Christina schnell ein, weil sie die Gelegenheit witterte, wieder in die Offensive gehen zu können. »Immerhin musste er als Augenzeuge Angst haben, dass er der Nächste ist, der von der GSG 9 liquidiert wird.« Bevor Marc widersprechen konnte, fuhr sie fort: »Aber wenn Sie objektive Beweise wollen, kann ich Ihnen auch die liefern. Was halten Sie zum Beispiel davon: Sie haben ja gelesen, dass mein Vater zuerst von einer Polizeikugel in den Oberschenkel getroffen worden ist. Später hat sich herausgestellt, dass es sich um so genannte Action-1-Munition gehandelt hat. Das Interessante daran ist, dass dies eine Kugel mit so genannter *man stopping power* ist. Ich habe mich bei einem Spezialisten erkundigt. Er hat mir erklärt, dass ein Treffer durch so eine Kugel, egal wo, einen Nervenschock bewirkt, der den Getroffenen normalerweise sofort außer Gefecht setzt. Nach einem solchen Treffer wäre meinem Vater für einen Freitod noch eine Zeit von maximal drei Sekunden geblieben. Ich halte es für sehr unwahrscheinlich, dass er sich in einer derart kurzen Zeit das Leben genommen haben soll.«

»Das kann man auch genau anders sehen«, entgegnete Marc sofort. »Er hatte *immerhin* noch drei Sekunden Zeit, um sich selbst zu töten. Das dürfte mehr als genug sein, um sich in den Kopf zu schießen. Außerdem war er wahrscheinlich so voller Adrenalin, dass er den Treffer gar nicht bemerkt hat.«

»Mein Vater hätte sich aber nie selbst umgebracht«, schrie Christina. »Nie! Das hat ja sogar dieses Schwein, dieser Polizeispitzel, der meinen Vater verraten hat, in einem Zeitungsinterview gesagt. Selbst das BKA geht davon aus, dass RAF-Mitglieder bei ihrer Verhaftung keinen Selbstmord begehen. Das hat es bei unzähligen Festnahmen vorher auch nie gegeben.«

Marc wurde nachdenklich, blieb aber skeptisch. »Das sind doch wieder nur Vermutungen. Sie haben Ihren Vater schließlich nicht richtig gekannt. Als Ihr Vater 1984 in den Untergrund gegangen ist, waren Sie erst ...«, er rechnete kurz nach, »... neun Jahre alt. Ich habe meinen Vater noch nicht gekannt, als ich so jung war.«

Zu Marcs Erstaunen reagierte Christina mit einem überlegenen Lächeln. »Da unterliegen Sie einem weit verbreiteten Irrtum. Sie denken wahrscheinlich, dass RAF-Mitglieder in der Illegalität keinerlei Kontakt zu ihren Verwandten haben. Ich kann Ihnen aber versichern, dass dem nicht so ist. Mein Vater hat über die ganzen Jahre die Verbindung zu mir aufrechterhalten. Er hat mir bespielte Kassetten mit seiner Stimme und seinen Lieblingsliedern geschickt, Briefe geschrieben und zweimal im Jahr haben wir uns auch getroffen. Immer genau dreizehn Tage nach meinem Geburtstag und nach Weihnachten. Der Kontakt zu meinem Vater war also zwar selten, aber dafür umso intensiver. Wahrscheinlich sogar intensiver als der von anderen Kindern zu ihren Vätern, die den ganzen Tag arbeiten und sich abends vor den Fernseher setzen.« Sie verstummte plötzlich, als habe sie dem Anwalt, ohne es zu wollen, ein Geheimnis verraten.

Marc musste sich eingestehen, dass er verblüfft war. Das hatte er tatsächlich nicht gewusst.

»Ich habe mich mit meinem Vater lange über seinen Kampf, den Sinn des Lebens und den Tod unterhalten«, sprach Christina weiter. »*Ich weiß*, dass er sich nie selbst getötet hätte. Dazu war ihm die Sache, für die er gekämpft hat, viel zu wichtig. Das haben mir auch meine Großeltern immer bestätigt. Und die haben ihn seit seiner Geburt gekannt.«

»Immerhin befand sich Ihr Vater in einer verzweifelten Lage und ihm drohte eine langjährige Freiheitsstrafe«, gab Marc zu bedenken. »Und wer kann schon sicher beurteilen, warum ein Mensch beschließt, sich das Leben zu nehmen. Frau Helms, ich habe wirklich Verständnis für Ihre Gefühle und ich gebe gerne zu, an Ihrer Theorie könnte«, er hob warnend den Zeigefinger, »*könnte* vielleicht etwas dran sein. Aber Gefühle und Spekulationen zählen vor Gericht rein gar nichts. Nein, Frau Helms, es hat wirklich keinen Zweck, glauben Sie mir. Ich gehe davon aus, dass Sie mich aufgesucht haben, um den Rat eines Fachmannes einzuholen. Und der lautet: Schonen Sie Ihre Nerven und lassen Sie die Finger von der Sache.«

Christina blickte ihn verwirrt an, als habe sie gar nicht verstanden, was Marc gesagt hatte. Wie betäubt saß sie da. »Aber ich habe Geld«, stammelte sie schließlich und zog einen dicken Umschlag aus ihrer Tasche. »Ich habe vor einer Stunde mit meinen Großeltern gesprochen. Sie sind bereit, mich bei dieser Klage zu unterstützen und mir jeden Betrag zur Verfügung zu stellen, den ich brauche.«

Sie schmiss den Packen vor Marc auf den Tisch. Der betrachtete den Umschlag mit einem begehrlichen Blick, doch dann widerstand er der Versuchung und schob ihn auf Christinas Seite zurück. »Frau Helms, sparen Sie Ihr Geld für etwas anderes. Das ist reine Verschwendung.«

Christina setzte sich steif auf und betrachtete ihn mit einer Mischung aus Traurigkeit und Zorn. Ihre Stimme zitterte, als sie sagte: »Sie sind auch nicht anders als die anderen.« Sie begann mit hastigen Bewegungen, ihren Aktenordner und das Geld zusammenzuraffen. »Und ich hatte gedacht, Sie würden mir helfen«, stieß sie hervor. »Ich ...« Ihre Stimme verlor sich.

»Es tut mir wirklich Leid«, erwiderte Marc hilflos. »Vielleicht sollten Sie es noch einmal bei einem Kollegen von mir versuchen?«

Christina sprang so schnell auf, dass sie fast ihren Stuhl umgeworfen hätte. Kurz vor der Tür blieb sie noch einmal ruckartig stehen und drehte sich um. »Sie schicken mir Ihre Rechnung zu?«

»Das ist schon in Ordnung, Frau Helms. Betrachten Sie unser Gespräch als eine kostenlose Information.«

Ohne noch etwas zu sagen, riss Christina die Tür auf und stürmte hinaus. Dabei wäre sie fast mit Melanie zusammengeprallt, die sich für heute von Marc verabschieden wollte.

Kopfschüttelnd sah die Sekretärin der jungen Frau nach. »Hey, hey. Das ist zwar nicht die erste Mandantin, die vor Ihnen Reißaus nimmt, aber so schnell war noch keine.«

Marc nickte ungeduldig. Er hatte jetzt keine Lust auf eine weitere Auseinandersetzung. »Sagen Sie, was Sie zu sagen haben, und dann kümmern Sie sich um Ihre eigenen Angelegenheiten.«

Melanie setzte ein beleidigtes Gesicht auf. »Ich wollte Sie nur daran erinnern, dass Sie in einer halben Stunde einen Termin bei der Commerzbank haben. Aber wenn Sie das nicht interessiert ...« Sie hob die Hände zu einer Rückzugsgebärde.

Marc schreckte hoch. Verdammt! Die Sache hätte er fast

vergessen. Oder besser gesagt verdrängt. Aber immerhin hatte er heute schon ein Problem erfolgreich gelöst. Diese Christina Helms war er für immer los.

In der Commerzbankfiliale in der Stapenhorststraße wurde Marc sofort zu dem für ihn zuständigen Kreditsachbearbeiter durchgelassen. Als Herr Hagedorn Marc erblickte, stand er auf, reichte ihm seine feuchte Hand und bat ihn, Platz zu nehmen. Das blonde Haar auf dem viereckigen Schädel des Bankmenschen war millimeterkurz geschnitten. Auf der geraden Nase saß eine Designerbrille aus Metall, die das Stahlblaue in seinen Augen betonte.

Nachdem sie sich gesetzt hatten, hatte Marc einen Moment Zeit, Hagedorns Laune abzuchecken, während der seine Unterlagen zusammensuchte. Er musste feststellen, dass der Banker heute nicht halb so jovial und aufgeräumt wirkte wie vor anderthalb Jahren, als er Marcs Kredit bewilligt hatte.

Hagedorn beugte sich leicht vor, verschränkte die Finger ineinander und legte sie gefaltet auf die Tischplatte. Dann kam er mit ernstem Gesicht und ohne Umschweife zur Sache. »Herr Hagen, ich will nicht um den heißen Brei herumreden. Wir machen uns ein wenig Sorgen um das Existenzgründerdarlehen, das wir Ihnen gewährt haben. Deshalb ist es schön, dass Sie so schnell Zeit für uns hatten.«

»Zeit ist nicht mein größtes Problem, wie Sie ja offensichtlich schon bemerkt haben.« Marc grinste nervös und auch Hagedorn verzog seine Lippen zu einem bemühten Lächeln, das allerdings auf seine Mundpartie beschränkt blieb.

»Nun, Herr Hagen, wir haben leider feststellen müssen, dass Sie …«, Hagedorn hielt inne und suchte offenbar nach einem freundlicheren Synonym für ›Betrüger‹, »… dass Sie Ihren Kredit in den letzten Monaten nur sehr unregelmäßig bedient haben, wenn ich es einmal so umschreiben darf. Und da es zu unseren vornehmlichsten Aufgaben gehört, unsere Kunden kompetent zu beraten, halten wir es für sinnvoll, zusammen mit Ihnen nach den Ursachen dieses Problems zu fahnden.«

Marc rutschte unruhig auf seinem Stuhl hin und her. Die Art von Hagedorn, die Hände einfach so auf den Tisch zu legen und sie dann nicht mehr zu bewegen, machte ihn wahnsinnig. »Nun, äh, ich muss zugeben, dass ich in letzter Zeit einige finanzielle Probleme hatte. Es kommt leider immer häufiger vor, dass Mandanten ihre Rechnungen entweder gar nicht oder nur mit großer Verspätung bezahlen. Leider ist die Zahlungsmoral heutzutage nicht mehr die beste.« Er wagte ein schnelles Lächeln, das er aber sofort wieder verschwinden ließ, als er sah, dass der Banker für seine Selbstironie nicht empfänglich war. »Außerdem waren wir uns doch bei unserem Gespräch vor achtzehn Monaten darüber einig, dass die Anfangszeit hart werden würde und es auch zu gewissen Engpässen kommen könnte.«

Herr Hagedorn legte den Kopf in den Nacken und ließ ihn dort langsam kreisen, als müsse er eine Verspannung in seiner Halswirbelsäule lockern. »Das ist richtig, Herr Hagen. Allerdings wissen wir aufgrund unserer Erfahrung mit anderen Rechtsanwälten, dass Sie nach fast zwei Jahren eigentlich aus dem Gröbsten heraus sein müssten. Verstehen Sie uns bitte nicht falsch. Wir hatten ja durchaus mit einer Anlaufzeit von bis zu fünf Jahren für Ihre Kanzlei gerechnet. Was wir allerdings ein wenig vermissen, ist, ich weiß nicht genau, wie ich mich ausdrücken soll, ein Licht am Ende des Tunnels, das uns hoffen lassen kann, dass es aufwärts geht.«

Er nickte Marc erwartungsvoll zu, als habe er ihm gerade ein Stichwort geliefert. Doch Marc kämpfte mit der Leere in seinem Kopf.

»Ein Licht am Ende des Tunnels, ja, ich glaube, ich verstehe, was Sie meinen.« Marc wischte sich die nassen Handflächen an der Hose ab. »Aber ich hatte Ihnen doch schon mitgeteilt, dass ich vor einem halben Jahr diesen Bandscheibenvorfall hatte, der operiert werden musste. Danach war ich noch sechs Wochen in der Reha. In der Zeit konnte ich natürlich kaum etwas verdienen.« Er sah Hagedorn um Verständnis heischend an.

Doch der behielt sein ausdrucksloses Gesicht bei. »Vielleicht haben Sie mich eben nicht richtig verstanden, Herr Hagen. Was in der Vergangenheit war, ist mir egal. Ich bin ausschließlich an der Zukunft interessiert. Gibt es denn niemanden, der Ihnen finanziell zur Seite stehen könnte, zumindest für eine Übergangszeit? Ich denke an Ihre Eltern oder Großeltern.«

Marc zuckte unwillkürlich zusammen. Seine Eltern waren wirklich die letzten Menschen auf diesem Planeten, die von seiner drohenden Pleite erfahren durften. Er hatte die Prophezeiungen seines Vaters, die dieser von sich gegeben hatte, als er seinen Richterjob gekündigt hatte, noch im Ohr.

»Ich fürchte, das wird nicht gehen, Herr Hagedorn«, sagte er hastig und dachte fieberhaft nach. Er musste irgendwie Zeit gewinnen. »Aber ich denke, ich kann Sie trotzdem beruhigen. Ich habe gerade vorhin noch mit einer neuen Mandantin gesprochen. Ich darf hier natürlich nicht über Einzelheiten reden, aber alles in allem dürfte es sich um einen auch finanziell sehr interessanten Fall handeln. Und dann hoffe ich natürlich, dass ich meine Tätigkeit als Nachlasspfleger noch weiter ausbauen kann.«

»Nachlasspfleger?« Hagedorn hob zum ersten Mal interessiert die Augenbrauen.

Marc konnte förmlich sehen, wie der Begriff ein kleines Rädchen in dem Hinterkopf des Bankers in Bewegung gesetzt hatte: Das klang irgendwie nach Erbschaft. Und Erbschaften waren häufig mit Geld verbunden.

Hagedorn lehnte sich zurück und führte die aneinander gelegten Fingerspitzen so an den Mund, dass sie dort ein kleines Dach bildeten. »Wären Sie vielleicht so freundlich, mir mehr über diese Tätigkeit zu erzählen, Herr Hagen?«

»Aber gerne. Allerdings muss ich dazu etwas ausholen. Ein alter Bekannter von mir ist Rechtspfleger und in der Nachlassabteilung des Amtsgerichts Bielefeld tätig. Vor einiger Zeit hat er mich gefragt, ob ich an einer Arbeit als

Nachlasspfleger interessiert sei. Dabei handelt es sich um eine Art Vermögensverwaltung.« Marc ließ dieses Wort einen Moment im Raum stehen, um es angemessen auf den Banker wirken zu lassen. Die Tatsache, dass er es meist mit völlig überschuldeten Nachlässen zu tun hatte, verschwieg er wohlweislich. »Nachlasspfleger werden häufig dann vom Nachlassgericht bestellt, wenn die Erben nach einem Todesfall unbekannt sind. Es gehört zu meinen Aufgaben, die Identität der Erben zu ermitteln und, vor allem, den Nachlass bis zur Annahme der Erbschaft zu sichern und zu erhalten. Ich nehme also praktisch die Vermögensinteressen der noch festzustellenden Erben wahr. Dazu gehe ich in die Wohnung des Verstorbenen und nehme die wichtigen Nachlasssachen wie Bargeld, Sparbücher, Schmuck und Lebensversicherungen in meinen Besitz. Tja, das wäre es im Wesentlichen.«

»Ah ja, und wie sieht es mit Ihrer Bezahlung aus?«, wollte Hagedorn wissen. »Ich meine, was passiert, wenn Sie keinen Erben ausfindig machen können? Vom wem bekommen Sie dann Ihr Geld?«

»Grundsätzlich werde ich vom Erben bezahlt, wenn ich einen ermitteln kann. Wenn das nicht der Fall ist, oder bei einer Mittellosigkeit des Nachlasses, springt die Staatskasse ein. Meine Entlohnung ist also vollkommen abgesichert.«

Marc strahlte den Banker an. Als der keine Reaktion zeigte, setzte er einen drauf: »Das ist also eine ganz sichere Sache. Ich werde in letzter Zeit mit immer mehr Verfahren betraut und rechne fest damit, dieses Standbein weiter ausbauen zu können. Ich kann Ihnen sogar sagen, dass ich schon morgen eine weitere Wohnungsöffnung in einer Nachlasssache habe. Sie sehen also, es gibt ein Licht.«

»Nun, das wird sich zeigen.« Hagedorn schien noch nicht überzeugt zu sein. »Sie werden verstehen, Herr Hagen, dass wir trotzdem die Entwicklung Ihres Kontos in nächster Zeit mit besonderer Aufmerksamkeit verfolgen werden. Zudem müssen wir darauf bestehen, dass die nächsten Raten pünktlich und vor allem auch vollständig bezahlt werden. Falls wir feststellen *müssten* …«, er betonte dieses Wort und hob den Zeigefinger, um deutlich zu machen, dass noch nicht aller Tage Abend war, »… dass Sie Ihren Zahlungsverpflichtungen weiterhin nur unregelmäßig nachkommen, würden wir uns leider gezwungen sehen, Ihr Konto zu sperren und den gesamten Kredit sofort fällig zu stellen. Ich muss Ihnen nicht sagen, was das bedeutet, Herr Hagen.«

Nein, das musste er nicht. Das wäre das Ende, das absolute Ende. Marc rang verzweifelt nach Worten. Er hatte nicht damit gerechnet, dass es schon so schlimm stand. Sein Mund war staubtrocken.

»Hat es Zweck, über diese Sache noch einmal mit Ihrem Vorgesetzten zu sprechen?«, fragte er schließlich halbherzig.

Hagedorn verschränkte die Arme vor der Brust. »Das steht Ihnen selbstverständlich frei«, sagte er leicht indigniert. »Aber ich kann Ihnen versichern, dass dabei nichts anderes herauskommen wird. Dieses Gespräch findet mit der ausdrücklichen Zustimmung und Ermächtigung des Filialleiters statt.«

Marc nickte, das hatte er sich gedacht.

Hagedorn redete weiter: »Bitte verstehen Sie uns nicht falsch, Herr Hagen. Wir sind natürlich sehr daran interessiert, Sie als unseren Kunden zu behalten. Wir haben allerdings auch eine Verpflichtung gegenüber unseren anderen Kunden. Doch ich bin mir sicher, dass wir nicht zum äußersten Mittel greifen müssen, nicht wahr? Wenn Sie mich entschuldigen wollen. Ich habe noch andere Termine.«

Marc stand mechanisch auf und ließ sich von Hagedorn zur Tür schieben.

Als er wieder auf der Straße stand, sog er wie ein Erstickender die frische Luft ein. Es musste Geld her. Egal wie. Und das so schnell wie möglich.

Kapitel 4

Als Marc am nächsten Tag vor dem Haus Hermannstraße 42 eintraf, wurde er bereits von Nikolaus Müller erwartet. Marc arbeitete jetzt seit knapp zwei Monaten mit dem Sachverständigen zusammen, der ihn bei jeder Wohnungsbegehung in Nachlasssachen begleitete. Müller war Anfang vierzig und studierter Kunsthistoriker, hatte in diesem Bereich aber keine Stelle gefunden und daher beschlossen, sich für eine Übergangszeit auf diese Weise durchs Leben zu schlagen. Aus der Übergangszeit waren mittlerweile schon mehr als zehn Jahre geworden, aber Marc wusste, dass Müller immer noch von einer Zukunft als Leiter eines bedeutenden Museums träumte.

»Hallo, Marc, was liegt heute an?«, fragte Müller, als er dem Rechtsanwalt die Hand schüttelte.

Marc warf einen Blick in die dünne Akte, die er vom Nachlassgericht bekommen hatte. »Das hatten wir noch nie. Ein leibhaftiger Professor. Professor Dr. Seidler, ehemals Inhaber eines Lehrstuhls für Psychologie an der Universität Bielefeld. Er ist einundsiebzig Jahre alt geworden. Mal sehen, ob bei dem was zu holen ist.«

Der Sachverständige betrachtete skeptisch die graue Straße, die auf beiden Seiten von eng aneinander gebauten zweistöckigen Mietskasernen gesäumt wurde. »Ein emeritierter Professor? In so einer Gegend? Ich weiß nicht. Ich fürchte, da wird auch nicht mehr rausspringen als bei den anderen. Wahrscheinlich hat er seine Pension versoffen oder verspielt.«

Marc hatte inzwischen den Wohnungsschlüssel des Toten aus seinem Aktenkoffer geholt und schickte sich an, die Haustür zu öffnen. »Sesam öffne dich. So, dann wollen wir mal.«

Gemeinsam betraten sie das mit gelben Kacheln geflieste Treppenhaus. Gleich rechts hinter dem Eingang befand sich eine Galerie sechs nebeneinander angebrachter Metallbriefkästen. Sie brauchten sich nicht die Mühe zu machen, die Namensschilder abzulesen, denn der Kasten von Professor Seidler war anhand der aus dem Schlitz quellenden Werbeprospekte von Pizzataxis und Gratiszeitungen sofort auszumachen. Marc wechselte einen viel sagenden Blick mit Müller. Sie wussten beide, was das zu bedeuten hatte. Der Tote hatte offenbar mehrere Tage oder gar Wochen unentdeckt in seiner Wohnung gelegen, bevor er gefunden worden war. Und das bei der momentanen Hitzewelle.

Auf dem Weg nach oben nahm Marc eine erste Grobdurchsicht der Post vor. Die Werbung packte er nach hinten, interessant schienen nur einige wenige Briefe, die er sich später noch genauer ansehen würde.

Im ersten Stock stellten sie fest, dass die Tür vor Seidlers Wohnung schief in ihren Angeln hing. Auch das war für die beiden kein ungewohnter Anblick. Wahrscheinlich war sie von der Polizei oder der Feuerwehr aufgebrochen und anschließend nur notdürftig wieder verschlossen worden.

»Wer ist heute dran?«, fragte Müller unbehaglich.

»Ich fürchte, ich.« Marc schloss auf und holte tief Luft. Dann stieß er die ramponierte Tür mit der Fußspitze ins Innere und hielt sich schnell ein Taschentuch vor Mund und Nase. Er hatte sich nicht geirrt – ein süßlicher Verwesungsgeruch schlug ihm entgegen. Marc merkte, wie die Übelkeit kam und sein Magen revoltierte. Mit angehaltener Luft stürmte er durch den Flur bis zu einer Tür, hinter der er das Wohnzimmer vermutete. Richtig geraten. Er rannte durch den Raum, riss die Gardinen zur Seite und die Fensterflügel auf. Die frische Luft strömte in den Raum und Marc atmete sie so gierig ein, dass er nicht merkte, dass bei seiner Aktion ein paar vertrocknete Topfpflanzen polternd zu Boden gegangen waren. Als es ihm wieder etwas besser ging, hastete er weiter und öffnete die Fenster in den übrigen Zimmern, um anschließend aus der Wohnung zu flüchten und die Tür hinter sich zuzuschlagen.

Nikolaus Müller warf ihm einen mitleidigen Blick zu. »Du bist ja ganz grün im Gesicht. War's so schlimm?«

»Schlimmer. Ich schätze, wir müssen mindestens eine halbe Stunde warten, bevor wir uns da reinwagen können. Es stinkt immer noch bestialisch. Wahrscheinlich hat wieder mal kein Mensch daran gedacht zu lüften.«

Müller schüttelte angeekelt den Kopf. »Mich wundert nur, dass sich die Vermieter nie um so was kümmern. Weißt du, wie es passiert ist?«

»Du meinst, wie er gestorben ist? Er hat Selbstmord begangen. Im Wohnzimmer aufgehängt. Warum er das getan hat, weiß ich allerdings nicht.«

»Schrecklich. Du sagtest, er war einundsiebzig, nicht wahr? Warum bringt sich jemand in dem Alter noch um? Die paar Jahre hätte er doch auch noch warten können. Und dann ausgerechnet ein Psychologe. Aber ich habe schon oft gehört, dass die alle selbst einen an der Klatsche haben. Hatte er Angehörige?«

Marc hob die Schultern. »Auf jeden Fall war er nicht verheiratet und hatte keine Kinder. Ob er sonst noch Verwandte hatte, werden wir herausfinden müssen. Dazu sind wir schließlich unter anderem hier.« Er sah auf sein Handgelenk. »So, was machen wir jetzt? Bis sich der Gestank verzogen hat, wird es noch ein wenig dauern. Ich schlage vor, wir befragen zuerst einmal die Nachbarn. So kriegen wir die Zeit rum und erfahren vielleicht schon was über Seidler und etwaige Erben. Du fängst unten an, ich oben.«

Im zweiten Stock schellte Marc zuerst an der Tür zu seiner Linken. Keine Reaktion. Er probierte es noch einmal und wollte sich schon abwenden, als er hörte, wie im Inneren der Wohnung nacheinander eine Reihe Schlösser entriegelt und ein Schlüssel umgedreht wurde. Sekundenbruchteile später wurde die Tür so weit geöffnet, wie eine eiserne Sicherheitskette dies zuließ. Durch den Spalt erkannte Marc das faltige Gesicht einer Frau, die über achtzig Jahre alt sein musste.

»Was ist denn los?«, rief sie und musterte ihn dabei von oben bis unten. »Ich kaufe nichts, ich habe alles.«

Marc kramte die Bestallungsurkunde des Nachlassgerichts

aus seiner Tasche und hielt sie so nahe wie möglich vor die Nase der alten Frau. »Ich möchte Ihnen nichts verkaufen, Frau ...«, er warf einen schnellen Blick auf das Namensschild neben der Tür, »... Frau Krüger. Mein Name ist Hagen und ich bin im Auftrag des Amtsgerichts Bielefeld als Nachlasspfleger unterwegs.«

»Ich brauche keinen Pfleger«, sagte Frau Krüger. »Die Caritas kommt zweimal täglich, morgens und abends, um mir zu helfen.«

»Nein, nein, Frau Krüger, Sie haben mich falsch verstanden. Ich ...«

»Wie bitte? Ich höre nicht mehr so besonders. Sie müssen schon lauter sprechen.«

Marc seufzte und hob die Stimme. »Ich sagte, ich bin *Nachlass*pfleger, kein *Alten*pfleger. Ich bin für den Nachlass Ihres verstorbenen Nachbarn, Herrn Seidler, zuständig.« Um seine Worte zu unterstreichen, deutete er mit dem Zeigefinger auf die Etage unter sich.

»Was wollen Sie da denn noch wissen?«, fragte die alte Frau misstrauisch. »Ich habe der Polizei doch schon alles gesagt.«

»Ich weiß«, erwiderte Marc. »Aber ich habe trotzdem noch ein paar Fragen an Sie. Vielleicht könnten Sie mich erst mal reinlassen. Es spricht sich dann viel leichter.«

»Wie bitte?« Sie hielt sich eine Hand hinter das Ohr und formte einen Trichter.

»Ich sagte, wenn Sie mich reinlassen, könnten wir uns besser unterhalten«, schrie Marc.

»Kommt nicht in Frage«, wehrte Frau Krüger erschrocken ab. »Ich kenne Sie schließlich nicht, junger Mann. Und man liest ja in letzter Zeit so viel in der Zeitung von diesen Betrügern, die es auf alte Leute abgesehen haben.«

Marc holte tief Luft und fuhr mit gehobener Lautstärke fort. »Frau Krüger, ich kann Ihnen versichern, dass ich kein Betrüger bin.« Er kam einen Moment aus dem Takt, weil ihm bewusst wurde, dass ein richtiger Verbrecher wohl kaum etwas anderes behauptet hätte. Als er wieder Tritt gefasst hatte, war es zu spät. Die alte Frau hatte die Tür bereits mit solcher Wucht zugeknallt, dass er den Luftzug im Gesicht spürte und unwillkürlich einen Schritt zurückwich.

»Na, dann eben nicht«, murmelte er und machte kehrt, um es an der gegenüberliegenden Tür zu versuchen. Langsam kam er sich vor wie ein Staubsaugervertreter. Doch bevor er den Klingelknopf auch nur berühren konnte, wurde die Tür schon aufgerissen.

»Kommen Sie nur rein«, wurde er von einer knapp sechzigjährigen korpulenten Frau mit Pudelfrisur begrüßt. »Ich habe schon mitbekommen, um was es geht. Ihr Gespräch mit der alten Krüger war ja nicht zu überhören. Nun kommen Sie schon, kommen Sie.«

Marc beschlich das ungute Gefühl, in einem Hinterhalt gelandet zu sein. Zögernd folgte er der Frau durch einen langen Flur in ein Wohnzimmer, das mit altdeutschen Möbeln voll gestellt war. Frau Meinhard, diesen Namen hatte Marc im Vorbeilaufen gerade noch auf dem Namensschild entziffern können, bot ihrem Besucher einen Platz auf der Couch an. Sie selbst setzte sich in einen Sessel, der im stumpfen Winkel dazu stand.

»Kann ich Ihnen vielleicht etwas zu trinken anbieten? Einen Kaffee vielleicht? Ist gerade frisch durchgelaufen. Und dazu ein Stück Kuchen?«

Marc setzte ein bedauerndes Gesicht auf. »Danke, aber nein danke. Meine Zeit ist nur sehr begrenzt und ich muss auch gleich wieder los. Also zuerst einmal, mein Name ist Hagen und …«

»… und Sie wollen etwas über Professor Seidler wissen. Habe ich doch alles schon gehört.« Die Frau schenkte ihm ein wissendes Lächeln. »Wenn Sie irgendetwas über die Bewohner dieser Straße erfahren wollen, sind Sie bei mir genau an der richtigen Adresse.«

Marc zweifelte nicht einen Augenblick am Wahrheitsgehalt dieser Aussage. »Gut, dann kann ich mir die Einleitung sparen«, fuhr Marc fort. »Mich würde zunächst interessieren, was Professor Seidler für ein Mensch war.«

Frau Meinhard lehnte sich in ihrem Sessel zurück. »Das ist eine gute Frage. Ja, was war er für ein Mensch? Auf jeden Fall war der Herr Professor in der Tat ein ganz besonderes Exemplar. Ein komischer Kauz, wirklich. Besonders umgänglich war er nie, aber in den letzten Monaten hat er seine Wohnung überhaupt nicht mehr verlassen.«

Marc sah sie verwundert an. »Sind Sie sicher? Gar nicht mehr? Ich meine, er muss doch zumindest ab und zu mal eingekauft haben.«

Frau Meinhard wedelte tadelnd mit dem Zeigefinger vor Marcs Gesicht. »Wenn ich sage, er hat sie nicht mehr verlassen, dann meine ich das auch so. Er hat sich seine Lebensmittel einmal wöchentlich bringen lassen. Ich habe das ganz genau beobachtet. Jeden Montag pünktlich um halb zehn das gleiche Spiel. Der Lieferant vom Supermarkt durfte aber nicht in seine Wohnung, sondern musste alles vor Seidlers Haustür abstellen. Dann hat er dreimal geklingelt und ist verschwunden. Der Professor hat ein paar Minuten gewartet und die Sachen in seine Wohnung geholt. So habe ich schließlich auch entdeckt, dass da etwas nicht stimmte. Vor zwei Wochen habe ich gesehen, dass sich die Lebensmittel vor seiner Tür gestapelt haben, obwohl ich wusste, dass er in seiner Wohnung sein musste. Ich habe die Polizei gerufen, aber da war es schon zu spät. Die haben gesagt, er habe schon eine oder sogar zwei Wochen dagelegen und das bei der Hitze. Können Sie sich das vorstellen? Ach, übrigens, wollen Sie wirklich nichts zu trinken?«

»Wirklich nicht«, versicherte Marc, schob sich dafür aber ein staubtrockenes Plätzchen aus der Schale auf dem Tisch vor sich in den Mund. Er musste zweimal kurz husten, dann fragte er: »Haben Sie eine Ahnung, warum der Professor sich so merkwürdig verhalten hat? War er vielleicht krank?«

»Wenn er krank war, dann ganz bestimmt nicht körperlich. Er war höchstens ein wenig verrückt. Immerhin hat er seine Mitbewohner nicht gestört. Was man nicht von allen Bewohnern dieses Hauses behaupten kann. Die Pawlitzkis im Erdgeschoss beispielsweise …«

»Hatte Professor Seidler Freunde, Bekannte oder Verwandte, die ihn besucht haben?«, schnitt Marc ihr das Wort ab.

Frau Meinhard lachte auf. »Besucher? Der Professor? Nein, das hätte ich mitbekommen. Sie können mir glauben: Er hat seine Wohnung nicht verlassen und es ist auch niemand zu ihm gekommen. Kein Mensch.«

Marc dachte einen Moment nach, aber es fiel ihm keine gescheite Frage mehr ein. »Sonst noch etwas, das Ihnen an Professor Seidler aufgefallen ist?«

»Ja, reicht das denn nicht? Wie muss ein Mensch denn noch sein, damit Sie ihn auffällig finden? Von allen komischen Typen hier im Haus war der Professor mit Abstand der absonderlichste. Doch was soll ich groß über einen Mann erzählen, den ich seit einem halben Jahr nicht mehr zu Gesicht bekommen habe?«

»Gut, Frau Meinhard. Das wäre es dann.« Marc überlegte einen Moment, ob er der Frau seine Visitenkarte für den Fall geben sollte, dass ihr später noch etwas einfiel, verwarf die Idee jedoch schnell wieder. Dem Gedanken, dass diese Frau in den Besitz seiner Telefonnummer und Anschrift kam, konnte er nichts abgewinnen. »Wie gesagt, meine Zeit ist nur begrenzt und ich möchte Ihre Gastfreundschaft nicht über Gebühr in Anspruch nehmen.« Mit diesen Worten klopfte Marc sich auf die Knie und stand auf.

Frau Meinhard erhob sich ebenfalls. »Aber Sie stören wirklich nicht. Vielleicht können Sie ja später noch einmal vorbeischauen?«

»Ja, vielleicht«, nickte Marc vage. Er wusste, was er ganz bestimmt nicht tun würde. Mit einem letzten geheuchelten Lächeln verabschiedete er sich.

Ein Stockwerk tiefer traf er Nikolaus Müller wieder, der an dem Türrahmen von Seidlers Wohnung lehnte und mit dem rechten Fuß ungeduldig auf den Boden klopfte.

»Mein Gott, wo bleibst du denn? Meinst du, es macht mir Spaß, mir hier die Beine in den Bauch zu stehen?«

Marc machte eine unbestimmte Handbewegung. »Tut mir

Leid, war nicht zu ändern. Und, hast du irgendetwas rausbekommen?«

»Nicht viel. Unten links war niemand zu Hause und die Mieterin unten rechts ist erst vor einem Dreivierteljahr hier eingezogen. Der Professor scheint ein merkwürdiger Vogel gewesen zu sein. Hat wohl seit Monaten seine Wohnung nicht mehr verlassen. Die Frau hat gesagt, sie habe ihn die ganze Zeit nicht einmal gesehen.«

Marc nickte bedächtig. »Das stimmt mit dem überein, was ich oben erfahren habe. Offenbar war Seidler so eine Art Eremit.« Marc befragte noch einmal seine Armbanduhr. Seit dem ersten Betreten der Wohnung waren knapp dreißig Minuten vergangen. »Ich denke, wir können es jetzt versuchen.«

Von dem Sachverständigen kam kein Widerspruch und Marc öffnete zum zweiten Mal Seidlers Wohnungstür. Dabei versuchte er, so flach wie möglich zu atmen. Der Leichengestank war nur wenig verflogen. Aber da war noch ein anderer Duft, der ihm vorhin nicht aufgefallen war: das scharfe Aroma vergammelter Nahrung und saurer Milch. Marc glaubte zu fühlen, wie sich der Gestank in seinen Kleidern und seinem Haar einnistete. Sofort stieg der Würgreiz wieder in ihm hoch und er brauchte einen Moment, bis er sich unter Kontrolle hatte.

Nun sah er sich richtig um und stellte fest, dass die Wohnung in einem völlig desolaten Zustand war. Jede Ablagemöglichkeit war mit leeren Flaschen, Konservendosen, Lebensmittelresten, Klarsichtfolien, Plastiktüten, schimmeliger Kleidung und Geschirr mit festgetrockneten Essensresten bedeckt.

»Mein Gott, das sieht hier ja aus wie auf einer Mülldeponie«, hörte Marc Müller hinter sich sagen, der ihm inzwischen in die Wohnung gefolgt war. Mit angewidertem Gesicht begann der Sachverständige, sich dicke Handschuhe überzuziehen.

Marc nickte. »Wenn wir heute noch fertig werden wollen, müssen wir uns aufteilen.« Er zeigte den schmalen Flur hinunter. »Ich fange da hinten im Wohnzimmer an, du kannst dir schon mal die Küche und das Schlafzimmer vornehmen.«

Müller musterte zweifelnd seine Umgebung. »Ich kann immer weniger glauben, dass hier ein Professor gelebt haben soll«, sagte er. »Ich bin durch diesen Job ja mittlerweile einiges gewohnt, aber das übertrifft alles. Wie heißen noch mal diese Leute mit dem Vermüllungssyndrom, die alles sammeln und sich von nichts trennen können? Richtig, Messies. So einer scheint Seidler gewesen zu sein. Also gut. Wer zuerst fertig ist, hilft dem anderen.«

Während Müller in dem nächstliegenden Raum verschwand, tastete sich Marc vorsichtig über die wenigen müllfreien Inseln in dem knöcheltiefen Gerümpel und Dreck vor, bis er wieder in das Wohnzimmer gelangte, wo der Gestank sogar an Intensität zuzunehmen schien.

Hier war es also passiert. Hier hatte Professor Seidler seinem Leben im Alter von einundsiebzig Jahren selbst ein Ende gesetzt. Marc sah zu der Lampe an der Decke, an der sich Seidler laut des Polizeiberichts aufgehängt hatte, und suchte nach irgendwelchen Spuren, die ihm weiteren Aufschluss über das Drama geben konnten, das sich hier abgespielt haben musste.

Aber natürlich hatten die Polizei oder die Ärzte den Strick schon lange abgenommen. Marc lief ein Schauer über den Rücken. Er hatte das unbestimmte Gefühl, etwas Verbotenes zu tun und in ungerechtfertigter Weise in die Privatsphäre eines anderen Menschen einzudringen. Doch dann schüttelte er die lästigen Gedanken ab. Du tust hier nur deine Arbeit, sagte er sich. Einer muss es schließlich machen.

Er wandte den Blick von der Lampe ab und verschaffte sich schnell einen Überblick über den Rest des Wohnzimmers. Drei der vier Wände waren – bis auf den Platz, den eine schmale Tür beanspruchte – nahezu komplett mit Bücherregalen bedeckt, die vom Boden bis zur Decke reichten. Die vierte Wand wurde durch zwei Fenster gegliedert, die zur Straße hinausgingen. Davor hingen vergilbte Gardinen und stockfleckige grüne Vorhänge. Die ursprüngliche Farbe des Teppichbodens, der mit Unrat, Zigarettenkippen und leeren Flaschen übersät war, war dagegen nicht einmal mehr zu erahnen. Die übrigen Möbel – ein Sofa, zwei Sessel, eine Kommode und ein Eichensekretär – waren ebenfalls nahezu vollständig mit Müll bedeckt. Nur der pseudomarmorierte Couchtisch war zu Marcs großem Erstaunen wie leer gefegt, ein einsames DIN-A5-Blatt war genau in der Mitte der weißen Platte platziert worden. Auf dem Blatt lag ein Schlüssel, der an einen Tresor oder ein Schließfach denken ließ. Marc nahm das Papier an sich und betrachtete es genauer. Zu seiner Verblüffung stellte er fest, dass darauf nur eine einzige sechsstellige Zahl stand: *823543*. Darunter hatte jemand zwei eng nebeneinander stehende, halbkreisförmige Bögen gemalt.

Marc drehte den Zettel um, aber die Rückseite war unbeschrieben. Merkwürdig. Seidler schien viel daran gelegen zu haben, dass man in dem allgemeinen Chaos gerade diesen Zettel mit der Zahl, den merkwürdigen Bögen und dem Schlüssel fand, sonst hätte er ihn wohl kaum an einer derart exponierten Stelle deponiert. Marc kam ein Gedanke. Der Schlüssel passte wahrscheinlich zu einem Tresor und die Nummer war die dazugehörige Kombination. Also gab es trotz des verwahrlosten Zustandes der Wohnung offensichtlich irgendwo etwas Verwertbares. Marc sah sich in dem Zimmer um, ob er einen Geldschrank entdecken konnte. Doch schon nach wenigen Minuten war ihm klar, dass es zumindest im Wohnzimmer kein Versteck für einen Tresor gab. Aber vielleicht fand er andere Wertgegenstände.

Mit spitzen Fingern hob er Sofapolster und Kissen hoch, wobei die Inspektion durch den unglaublichen Dreck erheblich erschwert wurde. Anschließend wandte sich Marc den Bücherregalen zu. Sie enthielten hauptsächlich wissenschaftliche Werke über Psychologie, aber er konnte auch einige Abhandlungen und Bildbände über Archäologie und erstaunlicherweise auch zahlreiche Märchenbücher entdecken. Alle waren sie hier vertreten: die Hausmärchen der Gebrüder Grimm, Hauff, Märchen aus Tausendundeiner Nacht,

Hans Christian Andersen und viele andere Werke von Autoren, deren Namen er vorher noch nie gehört hatte. Marc wunderte sich immer mehr. Ein Professor, der wie ein Penner lebte und Märchenbücher zu lieben schien.

Auf einem Regal entdeckte der Anwalt ein verblichenes Schwarz-Weiß-Foto mit gezacktem Rand, das offenbar bereits mehrere Jahrzehnte alt war. Es zeigte sieben junge Männer, die zwischen zwanzig und dreißig Jahre alt sein mochten. Sie hatten wie eine Fußballmannschaft nebeneinander Aufstellung genommen, sich die Arme um die Schultern gelegt und lachten fröhlich in die Kamera. Vor ihnen stand ein etwa sieben oder acht Jahre altes Mädchen mit zwei hellblonden Zöpfen, es war mit einem langen dunklen Rock und einer weißen Bluse bekleidet. Sonstige Bilder oder Fotoalben konnte Marc nicht finden. Auch das wunderte ihn. Nach seiner Erfahrung umgaben sich ältere Menschen gern mit einer ganzen Batterie von Fotos ihrer Angehörigen.

Hinter dem Sofa machte Marc eine weitere Entdeckung. Auf einem kleinen Beistelltisch fand er ein Schachbrett, auf dem die Partie voll im Gange war. Marc analysierte neugierig die Stellung. Die Lage für Schwarz war praktisch hoffnungslos. Mit wem Seidler wohl gespielt haben mochte? Hatte er gegen sich selbst gespielt? Das würde zumindest in das Bild passen, das seine Nachbarin von ihm gezeichnet hatte.

Eine halbe Stunde später hatte er die Inspektion des Wohnzimmers fast beendet, ohne irgendwelche Wertgegenstände gefunden zu haben. Die aussichtsreichste Ecke hatte er sich wie immer bis zum Schluss aufgehoben. Mit neuer Hoffnung schob Marc den Holzrollladen des großen Sekretärs nach oben und zog die dahinter verborgenen kleinen Schubladen heraus. Und tatsächlich wurde er fündig. In einem Fach lagen drei Ringe, eine Brosche und ein Paar Ohranhänger aus Weißgold, die mit kleinen Brillanten besetzt waren. Offenbar handelte es sich um Damenschmuck. Eine weitere Überraschung, denn nach allem, was Marc bekannt war, war der Professor ledig gewesen. Marc hielt die Steine gegen das Licht. Besonders wertvoll schienen sie nicht zu sein, aber um das zu beurteilen, hatte er schließlich Müller mitgenommen. Marc durchsuchte die anderen Fächer, konnte aber außer dem Mietvertrag, uralten Kontoauszügen der Sparkasse Bielefeld, Rechnungen und Steuerbescheiden nichts mehr finden. Keine Lebensversicherung, kein Testament, keine Aktien, kein Bargeld, nichts. Marc notierte sich Seidlers Kontonummer und legte den ganzen Papierkram zurück.

Nachdem er im Wohnzimmer fertig war, machte er sich auf den Weg in das Badezimmer, wo es nicht anders aussah als in den übrigen Räumen. Jede Fläche, inklusive der Fensterbretter und der Heizkörper, war mit Müll übersät. Die Badewanne war mit schwarzen Schmutzrändern verkrustet, darin lagen ein Fahrrad ohne Räder und die Tür einer Waschmaschine. Als Marc den Badezimmerschrank öffnete, wollte ihm eine ganze Ladung Medikamente entgegenkommen. Er konnte die zahlreichen Flaschen und Dosen gerade noch festhalten und mühsam wieder in die Fächer zurückstopfen. Mit dem Inhalt des Schrankes hätte man problemlos eine mittlere Apotheke ausstatten können, allerdings waren die Haltbarkeitsdaten fast ausnahmslos abgelaufen. Ein Etikett fiel Marc besonders ins Auge. *Tavor,* seines Wissens ein starkes Antidepressivum. Aber warum sollte ein Professor für Psychologie nicht schwermütig sein? Schließlich gab es auch genug Juristen, die straffällig wurden.

Marc schloss die Durchsicht des Badezimmers ab und ging in das Schlafzimmer, wo Müller gerade dabei war, den Kleiderschrank zu durchstöbern. Seidler hatte ein Doppelbett und beide Seiten waren bezogen. Allerdings war nur die linke Seite zerwühlt. Fast schien es Marc, als habe Seidler auf einen anderen Menschen gewartet. Ihn durchschoss das Gefühl, der Professor habe seine Wohnung nur kurz verlassen und könne jederzeit zurückkehren. Marc sah sich unbehaglich um, doch dann wurde ihm bewusst, dass dieser Gedanke kindisch war. Seidler war tot und begraben und würde diesen Raum nie wieder betreten.

»Hast du schon was gefunden?«, fragte er Müller.

Der verschwitzte rote Kopf des Sachverständigen erschien vor der Schranktür. Er bedachte Marc mit einem mitleidigen Blick. »Hier?« Er zog mit seinem Arm einen Halbkreis durch den Raum. »Du siehst doch, wie es hier aussieht. Ich bin froh, wenn ich hier ohne Infektionskrankheit wieder herauskomme.«

»Ich glaube, ich habe drüben was entdeckt. Vielleicht kannst du da mal einen Blick draufwerfen.«

Müller seufzte tief, doch er unterbrach seine Arbeit und folgte Marc in das Wohnzimmer.

»Hier ist zunächst einmal Schmuck, den ich da drin gefunden habe.« Marc deutete auf den Sekretär. »Zumindest die Ohrhänger mit den Brillanten könnten interessant sein. Ich finde, die wirken wie außergewöhnliche Stücke.«

Müller warf einen kurzen Blick auf den Schmuck und rümpfte die Nase. »Wertloser Krempel«, urteilte er. »War das alles?«

Marc konnte seine Enttäuschung nur schlecht verbergen. »Wie sieht es mit den Büchern aus?«, fragte er. »Soweit ich das beurteilen kann, sind ein paar alte Erstausgaben darunter.«

Müller zog missmutig den einen oder anderen Band aus dem Regal, wobei er sorgfältig darauf achtete, nichts von dem Staub einzuatmen, der jedes Buch fast zentimeterdick bedeckte. »Das kann ich dir nicht genau sagen«, meinte er dann. »Ich bin kein Experte für Bücher. Wenn du darauf bestehst, kann ich sie ja mal einem befreundeten Archivar zeigen. Vielleicht weiß der mehr zu sagen.«

Marc nickte. »Sonst habe ich nur noch diesen Zettel und den Schlüssel gefunden.« Er nahm beides von dem Couchtisch und gab es an Müller weiter. »Vielleicht kannst du damit was anfangen. Der Schlüssel passt vielleicht zu einem Tresor oder einem Schließfach. Hast du so was gefunden?«

Müller schüttelte den Kopf. »Nein, nichts. Für einen Tresor oder ein Schließfach ist der Schlüssel wohl auch zu klein. Dürfte eher zu einer Kassette gehören. Doch auch so was habe ich nicht entdeckt. Und was soll diese Zahl bedeuten?«

Marc zuckte die Achseln. »Keine Ahnung. Ich hatte gehofft, du hättest eine Idee.«

»Hm, mal sehen. 823543. Vielleicht doch die Kombination für einen Safe oder Tresor. Aber so etwas gibt es in dieser Wohnung ja nicht. Sechs Zahlen. Moment, das könnte auch eine Telefonnummer sein, oder nicht?«

Marc schnippte mit den Fingern und zeigte anerkennend auf Müller. Eine Telefonnummer, natürlich. In der Diele hatte er ein altmodisches beiges Telefon auf einem hohen Tischchen gesehen. Vielleicht war das noch nicht abgemeldet. Er ging in den Flur und nahm den Hörer ab. Tatsächlich hörte er ein Freizeichen.

»Wir haben Glück. Also los, lass es uns probieren.«

Müller wiederholte die Zahlen langsam und Marc tippte sie nacheinander in den Apparat ein. Es klingelte fünfmal, dann wurde der Hörer auf der anderen Seite abgenommen.

»Kramer.«

»Guten Tag, Frau Kramer. Mein Name ist Hagen. Ich rufe Sie aus der Wohnung eines Professor Dr. Seidler an. Sagt Ihnen dieser Name vielleicht irgendetwas?«

»Seidler, Seidler? Nein, nie gehört. Aber vielleicht kann Ihnen mein Mann weiterhelfen. Einen Moment.«

Marc hörte, dass Frau Kramer etwas rief, dann wurde der Hörer weitergegeben und eine energische männliche Stimme meldete sich. »Kramer. Was gibt es?«

Marc sagte seinen Spruch noch einmal auf, wurde aber erneut enttäuscht.

»Ich kenne keinen Seidler. Worum geht es denn?«

»Das kann ich Ihnen leider nicht sagen. Wohnt vielleicht sonst noch jemand bei Ihnen in der Wohnung?«

»Nur unser Sohn. Aber der ist erst drei und schläft gerade.«

»Dann bringt uns das nicht weiter. Und Sie sind sich ganz sicher, dass Sie mit dem Namen nichts anfangen können?«

»Das habe ich Ihnen doch gerade gesagt. Kann ich sonst noch was für Sie tun?«

Der Tonfall, in dem Kramer diese Frage gestellt hatte, verriet Marc, dass er besser nicht noch einmal nachhakte.

»Nein, das war's schon. Und entschuldigen Sie bitte vielmals die Störung.«

Nachdem Marc aufgelegt hatte, sah er Müller fragend an. »Das war schon mal nichts. Hast du sonst noch eine Idee, was die Zahlen bedeuten könnten?«

»Vielleicht handelt es sich um eine Telefonnummer in einer anderen Stadt?«, dachte Müller laut und schob die Antwort selbst nach. »Aber dann hätte Seidler ja wohl die Vorwahl dazugeschrieben. Was ist eigentlich mit diesen beiden Bögen? Vielleicht haben die auch eine Bedeutung.«

»Meinst du?« Marc nahm sich den Zettel noch einmal zur Hand. »Ich hatte bisher angenommen, die seien nur so eine Art Verzierung für die Zahl.«

»Ich finde eher, die sehen wie zwei nebeneinander stehende Hügel aus. Oder wie zwei Wellen. Oder wie eine auf den Rücken gefallene 3. Oder ... Ach, was weiß denn ich. Bist du dir sicher, dass dieser Zettel überhaupt etwas aussagen soll?«

Marc hob unschlüssig die Augenbrauen. »Woher soll ich das wissen? Mir ist nur aufgefallen, dass der Professor das Blatt und den Schlüssel als die einzigen Gegenstände in seiner Wohnung so hinterlassen hat, dass man darauf aufmerksam werden musste. Und da er seinen Tod ja vorausgeplant hat, vermute ich, dass er damit irgendeine Absicht verfolgt hat.«

»Du meinst also, die Zahl ist der Hinweis auf einen geheimen Schatz?« Müller grinste über das ganze Gesicht. »Also, wenn ich mich hier so umsehe, dürfte Seidler nicht unbedingt zu den oberen Zehntausend gehört haben.«

»Als ehemaliger Professor muss er doch zumindest eine anständige Pension bezogen haben. Und irgendwo muss das Geld schließlich geblieben sein. In teure Möbel oder eine Putzfrau hat er es ja nun nicht investiert.«

»Nein, aber vielleicht hat er es einfach im Klo runtergespült. Man sieht doch an dem Zustand seiner Wohnung, dass der Typ nicht ganz echt war. Ich glaube, er wollte seine Nachwelt schlicht und einfach verarschen und hat die erstbeste Nummer, die ihm eingefallen ist, auf diesen Zettel gekritzelt. Und wir Idioten fallen glatt darauf rein und zerbrechen uns jetzt den Kopf über diesen Unsinn.«

Marc rieb sich langsam den Nacken. »Und der Schlüssel?«, fragte er Müller. »Ist das auch ein Scherz? Glaub ich nicht. Dazu hätte der Zettel mit der Zahl schließlich gereicht. Nein, ich bin davon überzeugt, dass Seidler irgendwo Geld versteckt hat. Und wenn es nicht in der Wohnung ist, muss es eben woanders sein.«

Müller schüttelte skeptisch den Kopf. »Und was, bitte schön, haben wir davon? Ich habe diese Wohnung durchsucht und damit ist meine Arbeit getan. Wenn die Erben, von denen wir gar nicht wissen, ob es überhaupt welche gibt, noch nach Geld oder anderen Wertgegenständen suchen wollen, dann sollen sie es tun. Das ist dann nicht mehr mein Bier. Schließlich werden wir nicht nach dem Wert des Nachlasses bezahlt. Was soll also die Mühe? Ich werfe jetzt noch einen letzten Blick in die Küche und dann ist für mich hier Schluss.«

Mit diesen Worten verließ er den Flur. Marc hörte dem Geklapper von Tellern, Geschirr und Besteck zu und dachte nach. Natürlich hatte der Sachverständige Recht. Er wurde nicht nach dem Wert des Nachlasses bezahlt, sondern hauptsächlich nach dem Umfang und der Schwierigkeit der Sache. Aber genau darin lag auch seine Chance. Solange die Möglichkeit bestand, dass irgendwo Gegenstände von Wert versteckt waren, konnte er dem Nachlassgericht gegenüber vertreten, weitersuchen zu müssen. Und dazu war es erforderlich, die Bedeutung der sechsstelligen Zahl und des Schlüssels herauszufinden. Bis zu diesem Tag musste das Nachlassgericht ihn für seinen Zeitaufwand bezahlen.

Mit sich selbst zufrieden zog er eine Stenorette aus seiner Aktentasche und begann, den Zuschnitt und den Zustand der Wohnung für seinen Bericht zu protokollieren. Dabei fiel sein Blick auf Seidlers Post, die er vorhin auf einem Sessel abgelegt hatte. Er legte die Werbung zur Seite und übrig blieben einige Rechnungen und ein privater Brief, den Marc zuletzt öffnete. Sein Inhalt bestand aus einem einzigen Blatt, auf dem zwei Buchstaben und eine Ziffer standen: *Te6.*

Noch ein Zahlenrätsel? Doch dann wurde Marc alles klar. Natürlich, das Schachspiel! Te6 war das in Schachkreisen gebräuchliche Kürzel für den Zug Turm auf das Feld e6. Marc betrachtete die Stellung auf dem Brett. Es konnte keinen Zweifel geben: Seidler hatte mit einem Partner Fernschach gespielt.

Marc entzifferte den Absender. *Norbert Galetzke, Mozartstraße 16* in Bielefeld. Immerhin hatte er jetzt einen Ansatzpunkt für weitere Ermittlungen und ganz so einsam, wie seine Nachbarin vermutet hatte, war Seidler dann wohl doch nicht gewesen.

Marc verstaute Galetzkes Brief und die Rechnungen zusammen mit dem gefundenen Schlüssel und dem Zettel mit der ominösen Zahlenkombination in seinem Koffer und sah sich ein letztes Mal um. Dabei fiel sein Blick auf die Fotografie in dem Bücherregal. Er überlegte ein paar Sekunden, dann steckte er sie ebenfalls ein.

Im Flur traf er auf Müller, der sich seine Handschuhe ausgezogen hatte und die Hände mit einem Desinfektionsmittel reinigte.

»So, das war's«, sagte der Sachverständige. »Außer schmutzigen Tassen und Tellern gibt es auch in der Küche nichts zu sehen. Jedenfalls keinen Safe und keine Kassette.«

Marc warf einen kurzen Blick an Müller vorbei auf den versifften Herd und fand dessen Worte voll bestätigt. »Gut, dann denke ich, dass wir hier nichts mehr verloren haben.«

Als Marc auf den Parkplatz vor dem Bürohaus einbog, ging gerade die Sonne unter. Der pastellblaue Himmel war mit rosafarbenen Streifen durchsetzt, die die verspiegelte Fassade in ein sanftes Licht tauchten. Nachts wirkte der futuristische Komplex durch die Neonreklame der zwei hell erleuchteten Tankstellen, die das Gebäude rechts und links einzwängten, fast wie der Bestandteil eines Rotlichtbezirkes. Und tatsächlich befand sich das ›Knusperhäuschen‹, das einzige offiziell erlaubte Bordell der Stadt, auch nur wenige Häuser weiter die Straße herunter.

Marc stellte seinen Golf auf einem der beiden für die *Rechtsanwaltskanzlei Hagen* reservierten Plätze ab und stieg aus. Der Rest des Hofes war mit den grün-weiß lackierten Autos des Bewachungsunternehmens zugestellt, deren Kennzeichen alle mit den Buchstaben BI-SD begannen. Die Kombinationen HJ, SS und SA waren wegen ihrer Bedeutung im Dritten Reich verboten, von Reinhard Heydrichs Sicherheitsdienst dagegen hatte man beim Bielefelder Straßenverkehrsamt offenbar noch nie etwas gehört. Marc verspürte ein leeres Gefühl im Magen, das ihn daran erinnerte, dass er seit Stunden nichts mehr gegessen hatte. Also ging er in den kleinen Shop der rund um die Uhr geöffneten Shell-Tankstelle, die auf der rechten Seite an das Grundstück grenzte, und studierte das Angebot an Süßwaren. Schließlich entschied er sich für zwei Riegel Mars und eine kalte Dose Cola.

In seinem Büro hielt er sich die Getränkedose erst einmal sekundenlang vor die Stirn, um die aufkommenden Kopfschmerzen zu bekämpfen. Für einen Moment genoss er die Stille. Dann öffnete er das Blechgefäß, trank es mit ein paar gierigen Schlucken leer und beförderte es mit einem Drei-Punkte-Wurf aus einer Entfernung von mehreren Metern in seinen Papierkorb.

Sich etwas besser fühlend, ging er zurück in sein Vorzimmer und legte die Kassette mit dem Protokoll der Wohnungsdurchsuchung bei Professor Seidler zusammen mit einem *Eilt*-Vermerk auf Melanies Schreibtisch. Dabei weckte ein ungeöffneter Umschlag seine Aufmerksamkeit. Marc las den Absender und sein Herz setzte zwei Schläge aus. Post vom Anwaltsgericht. Das muss nichts bedeuten, sagte er sich. Vielleicht geht es gar nicht um das Verfahren, sondern um etwas ganz Harmloses. Vielleicht nur eine Einladung zu einem Juristenball oder ...

Hastig riss er den Umschlag auf und zerrte das Schreiben heraus. Scheiße! Natürlich handelte es sich um den Beschluss des Anwaltsgerichts, das das Hauptverfahren gegen ihn auf Antrag der Anwaltskammer eröffnet hatte, samt einer Ladung zu einem Termin in vier Wochen. Marc ließ sich wie ein alter Mann auf einen Stuhl fallen und schloss die Augen. Dann wählte er mit zitternden Fingern eine Nummer und betete, dass das Läuten bald aufhörte. Endlich hörte er ein Klicken in der Leitung.

»Wagner.«

»Hallo, Gabriel, Marc hier. Entschuldige bitte, dass ich dich zu Hause anrufe, aber es ist wirklich sehr dringend. Es geht um diese Sache mit der Anwaltskammer, von der ich dir gestern erzählt habe. Das Ganze scheint sich jetzt doch schneller zu entwickeln, als ich gedacht habe. Mir ist der Eröffnungsbeschluss des Anwaltsgerichts zugestellt worden und ich möchte dich jetzt auch offiziell bitten, mich zu verteidigen.«

Marc konnte hören, dass Gabriel am anderen Ende der Leitung tief Luft holte. »Ja, das ist wohl sinnvoll. Ich habe mich mit der Materie heute schon etwas näher beschäftigt. Leider gibt es keine guten Neuigkeiten. Wenn es stimmt, was du mir erzählt hast, und du wegen ähnlicher Sachen schon mal eine Warnung vom Anwaltsgericht bekommen hast, musst du jetzt mit härteren Maßnahmen rechnen.«

Marc spürte, wie ihn die Panik überfiel. Er wagte kaum, die nächste Frage zu stellen. »Aber sie können mich doch nicht wegen dieser Kleinigkeiten aus der Rechtsanwaltschaft ausschließen, oder?« Vor lauter Angst hatte er fast in den Hörer geschrien.

»Nein, nein«, hörte er Gabriels beruhigende Stimme. »So schlimm wird es schon nicht werden. Aber mit einem Verweis oder sogar mit einer Geldbuße wirst du wohl rechnen müssen.«

Diese Auskunft besänftigte Marc nicht. Eine Geldstrafe war so ziemlich das Letzte, das er im Moment gebrauchen konnte. »Eine Geldbuße, sagst du? Und wie hoch kann die sein?«

Gabriel machte eine kleine Pause. »Bis zu 25.000 Euro.

Aber ich glaube nicht, dass die bei dir bis an diese Grenze gehen«, fügte er schnell hinzu. »Ich denke, es ist das Beste, wenn du mir eine Vollmacht unterschreibst, damit ich Akteneinsicht nehmen kann. Danach müssen wir halt weiterschauen. Wir sehen uns ja am Montagabend beim Stammtisch. Da kann ich dir den Vordruck gleich mitbringen.«

»Nee, lass mal.« Der Gedanke, dass ihn die schadenfrohe Meute der anderen Juristen dabei beobachtete, wie er einen Anwalt beauftragen musste, verursachte bei Marc ein neues flaues Gefühl in der Magengegend. »So eilig ist die Sache nun auch nicht. Ich komme im Laufe der nächsten Woche bei dir vorbei.«

»Wie du willst. Aber du kommst doch trotzdem zum Stammtisch, oder?«

Marc überlegte einen Moment. Einerseits hatte er nicht die geringste Lust, sich die üblichen Lügenmärchen seiner Kollegen über ihre angeblich so fabelhaften Karrieren anzuhören, andererseits durfte er sich gerade in seiner jetzigen Situation keine Blöße geben und dadurch Anlass für Spekulationen und Gerüchte liefern. »In Ordnung, ich komme. Bis übermorgen. Ach, und grüß Julia von mir. Und Lisa natürlich auch.«

Er legte den Hörer auf. Mein Gott, jetzt kommt alles zusammen, dachte er. Erst die Forderung der verdammten Bank, den Kredit zurückzuzahlen, und jetzt auch noch die drohende Geldstrafe. Geld, das er im Moment einfach nicht hatte. Der Zeitpunkt für eine Verzweiflungstat war gekommen!

Er suchte die Nummer aus seinem Terminplaner heraus und gab sie ein. Es schellte viermal, dann sprang ein Anrufbeantworter an. Eine weibliche Stimme teilte mit, sie sei zurzeit leider nicht zu Hause, man wisse ja, was zu tun sei. Marc seufzte. Eigentlich hätte er lieber mit ihr persönlich gesprochen.

»Guten Abend, Frau Helms. Hier ist Rechtsanwalt Hagen. Sie sind offenbar schwer zu erreichen.« Vergeblich versuchte er den vorwurfsvollen Unterton in seiner Stimme zu unterdrücken. Denk positiv, sagte er sich. Schließlich will sie auch was von dir. Immer wieder gingen ihm ihre Worte durch den Kopf. *Geld spielt keine Rolle.* Das hatte sie gesagt. Oder zumindest etwas in der Richtung. »Frau Helms, ich habe mir diese Sache mit Ihrem Vater noch einmal überlegt und bin zu dem Schluss gekommen, dass wir es vielleicht doch versuchen sollten. Falls Sie also noch daran interessiert sein sollten, dass ich Sie vertrete, würde ich Sie bitten, morgen um 11 Uhr in meine Kanzlei zu kommen. Ich weiß, es ist Sonntag, aber ich werde da sein. Vielleicht bis morgen dann.«

Er legte den Hörer schnell auf, als wäre der zu heiß geworden. Jetzt konnte er nur noch beten, dass der Goldesel auch mitspielte. Er entfernte das Papier von den beiden Mars und schob die Riegel nacheinander in den Mund. Was für ein erbärmliches Abendessen.

Er wollte aufstehen, um nach Hause zu fahren, als ihm einfiel, dass er noch etwas zu erledigen hatte. Er wählte die Nummer der sündhaft teuren Auskunft der Telekom. Wenn er schon mit seiner Kanzlei untergehen musste, dann wenigstens erster Klasse.

Am anderen Ende meldete sich eine ölige Stimme.

»Deutsche Telekom, guten Tag. Mein Name ist Peter Leistner. Was kann ich für Sie tun?«

»'n Abend. Ich hätte gerne die Nummer von einem Norbert Galetzke in der Mozartstraße in Bielefeld. G, A, L, E, T, Z, K, E. Danke, ich warte.«

Er notierte die durchgesagte Telefonnummer auf einen Zettel und ließ sich direkt verbinden. Am anderen Ende wurde sofort abgehoben, als habe der Mann gleich neben dem Telefon gesessen und auf einen Anruf gewartet.

»Galetzke.«

Marc schätzte ihn aufgrund seiner Stimme auf über sechzig. »Guten Abend, Herr Galetzke. Bitte entschuldigen Sie die späte Störung an einem Samstagabend. Mein Name ist Hagen. Ich bin der vom Amtsgericht Bielefeld bestellte Anwalt, der den Nachlass des kürzlich verstorbenen Professor Dr. Seidler verwalten soll. Und in diesem Zusammenhang hätte ich einige Fragen an Sie.«

In der Leitung entstand eine sekundenlange Pause. Marc befürchtete fast, sein Gesprächspartner habe einen Herzinfarkt bekommen. »Herr Galetzke, sind Sie noch da?«

»Mein Gott, ja. Was sagen Sie da? Hans ist tot. Stimmt das?«

»Wenn Sie mich überprüfen wollen, können Sie gerne in meiner Kanzlei zurückrufen. Warten Sie, ich gebe Ihnen meine Nummer.«

»Nein, nein, das wird nicht nötig sein«, wehrte Galetzke ab. »Ich glaube Ihnen natürlich. Früher oder später musste es ja so kommen. War es ein Selbstmord?«

Marc fehlten für einen Moment die Worte. »Ja, wie es aussieht, hat Herr Professor Seidler sich tatsächlich das Leben genommen.«

»Ich wusste nichts von seinem Tod. Wir hatten nur noch einen sehr unregelmäßigen Kontakt im Abstand von mehreren Tagen oder gar Wochen. Am Ende war Fernschach unsere einzige Verbindung und seine Lebenszeichen beschränkten sich auf die Briefe, in denen er mir seinen neuen Zug mitgeteilt hat. Wie ist es denn genau passiert?«

Marc zögerte. »Alles Weitere würde ich Ihnen lieber in einem persönlichen Gespräch erzählen«, sagte er. »Ich möchte Ihnen auch gerne etwas zeigen, das kann ich am Telefon natürlich nicht. Hätten Sie vielleicht morgen Nachmittag eine Stunde Zeit für mich?«

Darüber schien Galetzke erst einmal nachdenken zu müssen. »Jaa-a, das müsste gehen«, sagte er schließlich langsam. »So um 16 Uhr? Ist das für Sie in Ordnung? Ich müsste Sie allerdings bitten, mich aufzusuchen. Ich bin nicht mehr ganz so gut zu Fuß.«

»Das geht klar, Herr Galetzke. Ihre Adresse habe ich schon. Also dann, bis morgen Nachmittag um vier.«

Marc legte den Hörer auf und trug den Termin unter dem von Christina Helms in seinem Planer ein. Zufrieden schlug er die Seiten wieder zu. Wenigstens ein Mensch, der den

Professor näher gekannt zu haben schien. Wenn morgen auch noch diese Christina Helms auftauchte, war der Sonntag gerettet.

Kapitel 5

Zehn Minuten nach elf. Er hatte es ja geahnt – sie würde nicht mehr kommen. Zum zwanzigsten Mal verfluchte Marc sich für seine Dummheit, Christina einfach weggeschickt zu haben. Er hatte schließlich schon Mandate in noch aussichtsloseren Fällen übernommen. Na ja, fast, immerhin. Kein Wunder, wenn sie sauer auf ihn war und sich längst einen anderen Anwalt gesucht hatte.

Melanie war heute natürlich nicht da, deshalb hatte er die Tür zu dem Vorzimmer weit geöffnet und lauschte sorgfältig auf jedes noch so kleine Geräusch, das vom Flur hereindrang.

Mit einem Seufzer griff er wieder nach der *Bild am Sonntag* und versuchte zum dritten Mal den Sinn eines simplen Berichts über ein Fußballspiel zu erfassen.

Ein Klopfen beendete seine Bemühungen. Christina! Mit einer einzigen Bewegung sprang er auf, sprintete die knapp zehn Meter bis zur Tür und riss sie auf. Tatsächlich, da stand sie. Mit einem strahlenden Lächeln gab er ihr die Hand.

»Frau Helms, wie schön, dass Sie es noch geschafft haben.«

Zögernd schlug die junge Frau ein, sagte aber nicht ein einziges Wort. Dafür verriet ihr Gesicht deutlich, was sie dachte. Marc führte sie durch das Vorzimmer in sein Büro und ließ sie auf ihrem fast schon angestammten Stuhl Platz nehmen. Auf die Frage nach einem Getränk schüttelte sie stumm den Kopf. Stattdessen saß sie mit verschränkten Armen, zusammengepressten Lippen und erhobenem Kinn einfach nur steif da und beobachtete ihn mit unverhohlener Skepsis. Ihre Umhängetasche hatte sie wie eine Barriere vor sich auf den Tisch gestellt.

Oha, das würde nicht leicht werden, dachte Marc. Er öffnete den mittleren Knopf seines Jacketts und ließ sich in seinen Sessel gleiten. Dann richtete er seine Notizen und Schreibutensilien noch einmal ordentlich an der Tischkante aus und begann mit seiner vorbereiteten und geprobten Einleitung.

»Frau Helms, wahrscheinlich haben Sie sich über meinen gestrigen Anruf ziemlich gewundert. Wir sind ja nicht unbedingt als gute Freunde auseinander gegangen. Aber ich denke, ich kann Ihnen das erklären.«

Er legte die geplante Pause ein, um ihr Gelegenheit zu geben nachzufragen. Als sie ihm den Gefallen nicht tat, sprach er weiter. »Nun, ich habe mir das Ganze in den letzten beiden Tagen einfach noch einmal durch den Kopf gehen lassen und mir überlegt, dass an der Sache vielleicht doch etwas dran sein könnte.«

Christina verzog noch immer keine Miene, aber wenigstens schien sie jetzt ihre Sprache wieder gefunden zu haben. »Ach, und darf ich auch wissen, wie es zu diesem plötzlichen Sinneswandel gekommen ist? Ihre Absage war doch an Deutlichkeit nicht zu überbieten und schien mir auch recht endgültig gewesen zu sein.«

Marc hob die Hände zu einer beschwichtigenden Geste. »Ich kann Ihnen nicht verdenken, dass dieser Eindruck bei Ihnen entstanden ist. Im alten Preußen gab es eine sehr sinnvolle Regel, nach der man keine Beschwerde vorbringen durfte, bis man die Sache nicht mindestens eine Nacht überschlafen hatte. Aus gutem Grund. In der ersten Erregung tut und sagt man häufig Dinge, die man später bereut. In Ihrem Fall ist es mir ähnlich gegangen. Ich musste mir selbst eingestehen, dass ich mich Ihren Argumenten nicht gänzlich verschließen kann. Ich finde nun, wir sollten es versuchen.«

Er sah kurz zur Decke und hoffte inständig, dass es nicht irgendwo im Universum einen Gott gab, der diese Lüge gerade in ein großes goldenes Buch eintrug.

Christina schien noch nicht sehr überzeugt zu sein. »Aha, und wie haben Sie sich das weitere Vorgehen vorgestellt?«, fragte sie zögernd.

Marc war froh, dass sie jetzt offenbar gewillt war, das peinliche Thema seiner Wandlung vom Saulus zum Paulus nicht weiter zu vertiefen, und spürte schon wieder etwas festeren Boden unter den Füßen. Auf diese Frage hatte er schließlich gewartet. »Zuerst einmal werde ich die Klagebegründung anfertigen und mit Ihnen zusammen den Gerichtstermin am kommenden Donnerstag wahrnehmen. Da wir noch nicht viel in der Hand haben, wird es natürlich erst einmal darum gehen, Zeit zu gewinnen und bei dem Richter ein bisschen gut Wetter zu machen.«

»Darf ich fragen, was Sie genau geplant haben?« Christinas Stimme war jetzt deutlich freundlicher und entspannter.

Marc glaubte zum ersten Mal an seine Chance. Jetzt kam es darauf an. »Nun, ich würde gerne diesen Kioskbesitzer, Herrn Graf, der den Todesschuss auf Ihren Vater beobachtet haben will, befragen. Das habe ich mir gleich für morgen vorgenommen.«

Christina sah ihn mit großen Augen an. »Ach, vorgestern sagten Sie doch noch, die Aussage dieses Mannes sei vollkommen unbrauchbar.«

Marc biss sich auf die Lippen. Das hatte er schon wieder vergessen. »Nun, äh, das ist sie ja auch.« Er räusperte sich. »Zumindest vor Gericht. Aber vielleicht kriegen wir doch noch etwas aus ihm raus, was er bisher bewusst oder unbewusst verschwiegen hat und das uns auf eine neue Spur führen kann. Es ist bekannt, dass Zeugen häufig noch nach Jahren entscheidende Details einfallen, denen sie vorher überhaupt keine Bedeutung beigemessen haben.« Marc spürte, dass er rot anlief.

Christina hatte ihre Arme jetzt endlich aus ihrer eisernen Verschränkung gelöst und die Hände locker auf die Armlehnen ihres Stuhls gelegt. »Das hört sich gut an. Was weiter?«

»Moment, ich habe mir hier ein paar Notizen gemacht.« Marc zog den vor ihm liegenden Block zu Rate. »Ah ja. Meiner Meinung nach gibt es noch zwei weitere Erfolg versprechende Ansatzpunkte«, sagte er eifrig. »Es wäre natürlich zum einen sehr hilfreich, wenn wir den Namen des zweiten Augenzeugen in Erfahrung bringen könnten, der die Ermordung Ihres Vaters gesehen haben will. Sie wissen schon, dieser BKA-Mann. Soweit ich weiß, ist der außer vom *Spiegel* bis heute noch von niemandem befragt worden.«

»Aber wie wollen Sie an den rankommen? Der *Spiegel* hat sich doch schon vor acht Jahren geweigert, seinen Namen preiszugeben. Ich glaube nicht, dass die uns heute etwas anderes sagen werden als der Staatsanwaltschaft damals.«

Marc tat ihren Einwand mit einer kurzen Handbewegung ab. »Da bin ich mir nicht so sicher. Der entscheidende Unterschied besteht doch gerade darin, dass wir Privatleute sind. Von uns hat dieser BKA-Mann doch nichts zu befürchten. Die ganze Sache ist ja nun auch schon, wie Sie sagen, ein paar Jahre her. Vielleicht haben er oder der *Spiegel* es sich ja inzwischen anders überlegt. Ich werde da auf jeden Fall mal nachfragen.«

»Ich weiß nicht.« Christina verzog den Mund. »Und der zweite mögliche Ansatzpunkt?«

»Dann bleiben noch die beiden GSG-9-Männer 6 und 8, die als Erste bei Ihrem Vater waren und ihn erschossen haben sollen. Die müssen schließlich am ehesten wissen, was damals passiert ist.«

Christina richtete sich auf, rutschte bis an die vorderste Kante ihres Stuhls und stützte ihre Ellenbogen auf den Schreibtisch. Ihre Augen leuchteten. Marc stellte befriedigt fest, dass er jetzt endlich ihre volle und ungeteilte Aufmerksamkeit hatte.

»Nicht erschossen haben sollen, erschossen haben!«, verbesserte sie ihn. »Das habe ich Ihnen schon bei unserem letzten Gespräch vorgeschlagen. Da haben Sie mir noch gesagt, dass die beiden nicht als Zeugen geladen werden könnten, weil sie in den Akten nur als Nummern geführt werden und ihre Identitäten nicht bekannt sind.«

»Das könnte in der Tat ein Problem werden. Haben Sie oder Ihre Großeltern denn keine näheren Informationen über die Klarnamen der Beamten?«

Christina schüttelte den Kopf. »Nein. Die Namen wurden weder der Öffentlichkeit noch mir oder meinen Großeltern jemals genannt. Die Anwälte meiner Großeltern durften die Akten der Staatsanwaltschaft sogar erst nach der Einstellung des Verfahrens einsehen und auch da drin wurden die GSG-9-Männer nur als Nummern geführt. Es ist mir also ein völliges Rätsel, wie Sie herausbekommen wollen, wer die beiden sind.«

»Ganz einfach.« Marc grinste breit. »Wir machen es wie mit diesem *Spiegel*-Informanten. Wir fragen einfach.«

Christina ließ sich enttäuscht wieder in ihren Stuhl zurücksinken. »Aber das hat doch keinen Zweck«, sagte sie in völlig verändertem Ton. »Die werden die Namen doch nie und nimmer herausgeben.«

Marc ließ einen Augenblick verstreichen und musterte die junge Frau. Nicht zum ersten Mal fiel ihm auf, dass ihre Stimmungen abrupt wechselten. Eben noch war sie fast euphorisch gewesen, jetzt vermittelte sie den Eindruck tiefster Niedergeschlagenheit. Marc bekam sofort wieder Angst, dass sie ihm entglitt.

»Da wäre ich mir nicht so sicher. Wir würden mit Sicherheit eine negative Auskunft erhalten, wenn wir uns an das BKA oder die GSG 9 wenden würden. Aber ich verrate Ihnen jetzt mal einen kleinen Anwaltstrick.« Er beugte sich vor und senkte die Stimme. Langsam und sorgfältig abwägend, als verrate er ihr ein seit Jahrhunderten gehütetes Familiengeheimnis, sagte er: »Wenn Sie von einer Behörde etwas wissen wollen, dürfen Sie nie unten anfangen, sondern Sie müssen sich immer gleich an die ganz hohen Tiere wenden. Das hat sogar zwei Vorteile: Zunächst einmal erzeugen Sie politischen Druck. Auch wenn wir rechtlich keinen Anspruch haben, müssen die Damen und Herren in Berlin immer damit rechnen, dass wir uns an die Presse wenden. Und dann könnte natürlich sehr leicht der Eindruck entstehen, dass die was zu vertuschen haben. Stellen Sie sich mal die Schlagzeile in der Bildzeitung vor: *Was verschweigt Innenminister Schneider über die Schießerei in Bad Reichen?* Das im

Fettdruck über die halbe Frontseite. Sie wissen doch bestimmt, wie Schneider und die *Bild* sich hassen, seitdem er sich 1968 mit seinem Hintern vor das Springerhochhaus gesetzt und versucht hat, die Auslieferung der Zeitungen zu verhindern.«

Zu seiner Freude stellte er fest, dass Christina wieder an seinen Lippen hing. »Und der zweite Vorteil?«, fragte sie.

Marc ließ geräuschvoll die Finger knacken. »Zweitens werden sich die unteren Chargen bei Fragen von einer solchen Bedeutung ohnehin immer rückversichern, bevor sie etwas tun. Sie können unter Umständen also Wochen oder gar Monate sparen, wenn Sie nicht den Dienstweg einhalten und gleich oben anfangen. Sie kennen ja die beiden deutschesten aller Fragen: ›Warum gerade ich?‹ und ›Ja, dürfen die das überhaupt?‹«

»Und, dürfen wir?«

Verdammt, diese Frau ließ einfach nicht locker. Mit einem überheblichen Gesichtsausdruck lehnte Marc sich in seinem Sessel zurück. »Das habe ich noch nicht abschließend geprüft«, antwortete er unverbindlich. »Aber das ist im Moment auch noch gar nicht nötig. Noch ein alter Anwaltstrick: Man denkt über Probleme erst dann nach, wenn sie sich tatsächlich stellen. Solange unsere Anfrage also noch nicht abgelehnt worden ist, muss ich mich damit nicht befassen.«

Marc war sehr mit sich zufrieden. Das war fast genauso gut wie die beiden anderen Standardantworten, die er sich für seine Mandanten zurechtgelegt hatte, wenn er von etwas keine Ahnung hatte: »Das kommt darauf an« und »Das ist ja eine Riesensauerei. Da müssen wir unbedingt was gegen tun«. Bevor Christina weiter auf dem unangenehmen Thema herumreiten konnte, sagte er schnell: »Ich habe auf jeden Fall schon mal ein Schreiben an das Bundesinnenministerium in Berlin vorbereitet. Das ist nämlich die oberste Dienstbehörde des Bundeskriminalamtes und der GSG 9. Die GSG 9 gehört zum Bundesgrenzschutz und der untersteht dem Bundesinnenministerium. Falls Sie sich also dazu entschließen sollten, mir Ihr Mandat zu übertragen, könnte ich die Anfrage noch heute rausschicken.«

Jetzt würde sich herausstellen, ob er sie am Haken hatte. Er hatte versucht, seine Stimme gelassen klingen zu lassen, war sich aber nicht sicher, ob er das leichte Zittern hatte verbergen können.

Christina wollte ihm den Gefallen einer Unterschrift unter eine Prozessvollmacht noch immer nicht tun: »Warum sollte das Bundesinnenministerium die Namen der GSG-9-Männer herausrücken? Die sind doch geheim, oder nicht? Sonst wären sie in den Akten ja erst gar nicht geändert und durch Zahlen ersetzt worden.«

»Ich bin da nicht so pessimistisch, Frau Helms. Wir werden dem Ministerium offen mitteilen, dass wir beabsichtigen, die beiden Herren in einem förmlichen Beweisantrag als Zeugen in einem Verfahren vor dem Sozialgericht zu benennen. Und grundsätzlich hat zunächst einmal jeder Einwohner dieses Landes die Pflicht, vor einem deutschen Gericht zu erscheinen und als Zeuge, gegebenenfalls unter Eid, die Wahrheit zu sagen. Damit es so weit kommen kann, ist es natürlich erforderlich, den Namen und die ladungsfähige Anschrift dieses Zeugen zu wissen. Unsere Anfrage ist also ganz legitim. Dann hat das Ministerium den schwarzen Peter.«

Christina schien immer noch zu überlegen, deshalb fuhr Marc fort. »Und dann dürfen Sie eines nicht vergessen: Vor neun Jahren war noch eine CDU/FDP-Regierung an der Macht und sie hatte den missglückten Einsatz in Bad Reichen zu verantworten. Jetzt haben wir ja bekanntlich eine rot-grüne Koalition in Berlin. Die haben mit der verpatzten Aktion 1993 nichts zu tun und sind vielleicht auskunftsfreudiger. Vielleicht glauben sie sogar, der jetzigen Opposition schaden zu können, wenn sie die Sache noch einmal hoch kochen lassen. Sie wissen ja: Nächsten Monat ist Bundestagswahl.«

Christina sah kurz aus dem Fenster, dann hatte sie einen Entschluss gefasst. »Also gut. Wir können es ja zumindest versuchen. Wo muss ich unterschreiben?«

Marcs Herz machte vor Freude einen kleinen Satz. Die Hälfte des Weges war geschafft. Aber der schwierigere Teil stand ihm vielleicht sogar noch bevor. Er überlegte einen Moment, dann entschloss er sich, die Katze einfach aus dem Sack zu lassen.

»Tja, es gibt da noch ein kleines Problem, das ich vorher mit Ihnen erörtern muss, Frau Helms.«

Er wartete auf eine Reaktion, doch Christina sah ihn einfach nur an. Er begann, dieses Gespräch zu hassen, aber für Skrupel saß er zu tief in der Tinte. »Wir müssen uns noch über die finanzielle Seite unterhalten. Ich ...«

»Das ist kein Problem«, unterbrach sie ihn fröhlich. »Ich habe das Geld vorsichtshalber schon mal mitgebracht.« Sie kramte in ihrer Umhängetasche herum und zog ein Geldbündel Hunderter heraus. Dann begann sie, die Scheine abzuzählen. »Tausend Euro hatten Sie bei unserem ersten Gespräch gesagt, nicht wahr?«

Sie warf die Scheine auf den Tisch. Marc konnte sein Glück kaum fassen. Fasziniert starrte er auf die Hunderter, streckte die Hand aber noch nicht danach aus. »Tausend Euro hatte ich gesagt, ja. Das bezog sich allerdings auf das durchschnittliche Honorar eines *Anwalts* in einem Sozialgerichtsverfahren. Was Sie dagegen brauchen, ist kein Anwalt, oder besser gesagt nicht nur ein Anwalt, sondern auch ein Privatdetektiv.«

Er hielt kurz inne und ließ seine Worte wirken: »In diesem Verfahren wird es erforderlich sein, mehrere potenzielle Zeugen ausfindig zu machen und zu befragen. Das ist nicht die Arbeit eines Rechtsanwalts. Ich berate Mandanten, verfasse juristische Schriftsätze und verbringe meine übrige Arbeitszeit in Gerichtssälen. Auf jeden Fall fahre ich nicht in der Gegend herum und suche nach Zeugen. Das macht höchstens Petrocelli in dieser amerikanischen Fernsehserie.« Er lachte kurz auf, um die Abwegigkeit dieses Gedankens zu unterstreichen. »Nein, was Sie brauchen, ist ein richtiger Privatdetektiv. Jemand, der neue Spuren ausgräbt und ihnen nachgeht. Sie haben allerdings insofern Glück, weil Sie nur aus dieser Tür hinausgehen müssen und in das nächste Büro auf dem Flur wieder hinein. Wie Sie vielleicht schon bemerkt haben, befindet sich in diesem Gebäude nicht nur meine Kanzlei, sondern auch ein Detektiv- und Bewachungsunternehmen.«

Christinas Stimmung schlug schon wieder um. »Aber die sind doch bestimmt sehr teuer, oder?«, fragte sie zurückhaltend.

Marc konnte seine Freude kaum noch unterdrücken.

»Genau weiß ich das natürlich nicht«, sagte er zögernd. »Aber soweit ich gehört habe, müssen Sie mit einem Stundensatz von mindestens fünfundsiebzig Euro rechnen.«

Christinas Gesicht war noch länger geworden. »Fünfundsiebzig Euro pro *Stunde*?«, fragte sie schließlich entgeistert.

Marc wich ihrem Blick aus. »Das gilt natürlich nur wochentags von morgens 8 Uhr bis abends 18 Uhr. Dazu kommen noch Zuschläge für Nacht-, Wochenend- und Feiertagsarbeit. Die betragen zwischen fünfundzwanzig und hundert Prozent des Stundenhonorars.«

Christina starrte ihn mit großen Augen an.

»Nicht zu vergessen das Grundhonorar, Kosten für Einsatzfahrzeuge und technische Sonderausrüstung, Spesen und Einsatzstunden eines unter Umständen erforderlichen zweiten Mitarbeiters«, setzte er nach. »Alles in allem kommen da schnell zehntausend Euro die Woche zusammen.«

Christina schüttelte resigniert den Kopf. »Das kann ich mir unmöglich leisten. Meine Großeltern haben mir zwar zugesagt, alle Kosten zu übernehmen, aber das ist einfach zu viel. Gibt es denn keine andere Möglichkeit?«

Das lief ja immer besser! Marc sah sich theatralisch nach links und rechts um und näherte sich ihrem Ohr. »Vielleicht gibt es die wirklich, Frau Helms«, sagte er mit leiser Stimme. »Der Weg, den ich Ihnen eben aufgezeigt habe, ist nur der offizielle. Ich bin nach meinem Mietvertrag verpflichtet, auf die Firma *Bielefeld-Security* hinzuweisen, sobald einer meiner Mandaten einen Detektiv benötigt. Damit habe ich meine Pflicht und Schuldigkeit getan. Ich kann Sie selbstverständlich nicht zwingen, sich bei der *Bielefeld-Security* einen Detektiv zu nehmen. Und ich habe einen anderen Vorschlag.« Seine Stimme wurde noch leiser. »Im Augenblick habe ich etwas Freiraum.« Langsam blätterte er durch seinen Terminplaner. »Lassen Sie mich mal sehen, ja. Der große Wirtschaftsprozess beginnt erst in vier Wochen. Bis dahin könnte ich Ihnen helfen.«

Christina sah ihn verwirrt an. »Wie, helfen? Wollen Sie etwa als Privatdetektiv für mich arbeiten? Aber Sie sind doch gar kein ausgebildeter Detektiv, oder?«

»Nein, das bin ich nicht. Aber dafür bin ich auch erheblich billiger als die Profi-Detektive. Und unter uns.« Er beugte sich wieder nach vorne. »Es gibt gar keine ausgebildeten Privatdetektive. Jeder darf sich so ein Schild vor die Tür hängen. Sie können sich daher vorstellen, wie viele verkrachte Existenzen und schwarze Schafe sich in diesem Bereich tummeln.«

Christina schürzte die Lippen, als würde sie intensiv über etwas nachdenken. »Ist das denn überhaupt zulässig, als Rechtsanwalt *und* als Privatdetektiv zu arbeiten?«

»Das will ich doch hoffen.« Marc lachte etwas unsicher. »Ich kenne mich in der Bundesrechtsanwaltsordnung mittlerweile ganz gut aus. Und mir ist keine Vorschrift bekannt, die das verbieten würde.« Ansonsten wird meine Anklage vor dem Anwaltsgericht bald um einen weiteren Punkt erweitert, ging es ihm durch den Kopf. Immerhin schien er erreicht zu haben, dass Christinas Bedenken schwanden, denn sie sagte: »Und wie haben Sie sich das gedacht?«

»Nun, ich würde für Sie die gleichen Aufgaben übernehmen wie ein professioneller Detektiv, also Zeugen ausfindig machen, aufsuchen und befragen. Wenn ich als Detektiv tätig werde, hat das auch den Vorteil, dass ich genau weiß, worauf es später bei Gericht ankommt.«

»Was würde mich das denn kosten?«

»Darüber habe ich mir noch keine Gedanken gemacht«, log Marc. Tatsächlich dachte er seit achtundvierzig Stunden an nichts anderes, aber er durfte jetzt nicht zu eifrig klingen.

Unbehaglich verrenkte er den Hals. »Wie wäre es denn mit einem Tagessatz von pauschal, na sagen wir mal, vierhundert Euro plus Spesen. Ohne jeden Zuschlag. Nebenan müssten Sie mit einem Vielfachen dieser Summe rechnen. Und damit wären dann schon beide Tätigkeiten, also die als Detektiv und die als Anwalt, abgegolten.« Langsam kam er sich vor wie ein Gebrauchtwagenhändler, der einem Kunden einen rostigen Ladenhüter andrehen wollte.

Christina atmete hörbar aus und taxierte ihn mit geneigtem Kopf. »Ich werde darüber nachdenken«, versprach sie dann. »Ich muss natürlich erst mit meinen Großeltern sprechen. Schließlich sind sie es, die am Ende alles bezahlen müssen. Aber ich denke, dass sie nichts dagegen haben werden und wir das so machen können.«

»Sehr schön.« Marc hatte bereits begonnen, die Zahlen im Kopf zu addieren. Mit zwei Wochen Arbeit würde er locker auf über fünftausend Euro kommen. Mehr als genug für die nächsten Raten bei der Commerzbank. Jetzt kam es nur darauf an, diese Sache möglichst lange auf kleiner Flamme am Köcheln zu halten. Er rieb sich die Hände und stand auf. »Dann hätten wir wohl das Wesentliche besprochen, Frau Helms. Was meinen Sie, wann Sie die Angelegenheit mit Ihren Großeltern geklärt haben? Ich würde meine Arbeit gerne so bald wie möglich aufnehmen. Sie wissen ja, bis zum Termin am Donnerstag bleibt uns nicht mehr viel Zeit. Und, wie gesagt, am liebsten würde ich gerne gleich morgen nach Bad Reichen fahren.«

Christina steckte ihr Geld wieder ein und erhob sich ebenfalls. »Ich denke, ich kann Ihnen noch heute meine Entscheidung mitteilen. Ich melde mich auf jeden Fall.«

Scheinbar gleichmütig schüttelte Marc ihr die Hand und Christina machte sich auf den Weg zur Tür.

»Ach, auf ein Wort noch, Frau Helms.«

Sie blieb stehen. »Ja?«

»Ich habe da noch eine Frage, die mich schon seit Ihrem ersten Besuch beschäftigt. Wie sind Sie eigentlich gerade auf mich gekommen?«

Um Christinas Lippen spielte ein feines Lächeln. »Es war Ihr Name, sonst nichts. Mein Vater ist in Hagen geboren worden. Als ich dann im Branchenverzeichnis Ihren Namen gelesen habe, dachte ich, das sei vielleicht ein gutes Omen. Ich hoffe, ich habe mich da nicht getäuscht.«

Kapitel 6

»Ich finde immer noch, du solltest die Finger von diesem Interview lassen. Wir begeben uns dadurch ohne Not auf ein gefährlich glattes Eis.« Dr. Elisabeth Günther stand in dem knapp achtzig Quadratmeter großen eichengetäfelten Büro des Bundesinnenministers und sah ihren Chef erwartungsvoll an. Irgendwann musste er doch zur Einsicht kommen.

Aber auch diesmal schüttelte Sascha Schneider nur energisch den Kopf. »Elisabeth, wir haben das doch schon bis zum Erbrechen durchdiskutiert.« Der Minister sog ungeduldig die Luft ein. »Diese Typen schreiben sonst, was sie wollen. Es kann ja wohl nichts schaden, wenn ich die Geschichte mal aus meiner persönlichen Sicht richtig stelle.«

»Aber das hast du in den letzten Wochen und Monaten schon mehrfach getan«, wandte Elisabeth Günther ein. »Wir haben gesehen, was dabei rauskommt und wie sie dir das Wort im Munde verdrehen.«

»Ja, ja. Ich gebe ja zu, dass ich mich manchmal ein bisschen dämlich angestellt habe. Aber die Sache mit Conzen läuft anders, das kann ich dir garantieren. Ein bisschen Herz, ein bisschen Schmerz, das Ganze garniert mit ein paar Fakten. Die Leute werden mich lieben.«

»Aber …«

»Elisabeth.« Schneider schlug mit der flachen Hand auf seinen Schreibtisch. »Du bist meine parlamentarische Staatssekretärin und sollst mich beraten. Aber die Entscheidungen treffe immer noch ich. Und dieses Interview findet statt. Endgültig. Conzen muss übrigens jede Minute hier sein.«

Wie auf ein Stichwort ging in diesem Moment die Tür zu

Schneiders Büro auf und eine der Vorzimmersekretärinnen betrat den Raum.

»Herr Conzen wäre jetzt da«, gab sie bekannt. »Soll ich ihn gleich durchlassen?«

Obwohl Dr. Günther abwehrend mit der Hand wedelte, antwortete Schneider: »Herein mit ihm.« Und an seine Staatssekretärin gewandt: »Das ist doch eine gute Gelegenheit für dich, ihn einmal kennen zu lernen. Du wirst sehen, dass von diesem versoffenen Wrack nun wirklich keinerlei Gefahr ausgeht. Wenn ich mit dem fertig bin, frisst er mir aus der Hand.«

Er drehte sich um, als die Sekretärin mit einem Mann Mitte fünfzig in das Zimmer zurückkehrte. Schneider hatte einigermaßen Mühe, die Fassung zu bewahren, als er sah, was aus seinem alten Freund geworden war. Er hatte zwar schon Gerüchte gehört, aber so schlimm hatte er sich das nicht vorgestellt. Martin Conzen war mindestens dreißig Kilogramm schwerer als bei ihrer letzten Begegnung. Das wirre graue Haar fiel ihm bis in den Nacken und wurde am Hinterkopf schon dünn. Sein aufgedunsenes rotes Gesicht war von tiefen Falten durchzogen und mit dichten weißen Bartstoppeln bedeckt. Er trug eine ausgebeulte Cordhose, ein Hemd mit riesigen dunklen Flecken unter den Achseln sowie eine billige braune Glattlederjacke, an der ein in Plastik eingeschweißter Besucherausweis baumelte.

Der Minister fing sich und stürmte mit einem strahlenden Lächeln und ausgebreiteten Armen auf den Neuankömmling zu. »Martin, wie schön, dich mal wieder zu sehen. Du hast dich ja überhaupt nicht verändert.«

»Du dich dagegen schon. Brioni?« Conzen fühlte mit Daumen und Zeigefinger seiner rechten Hand prüfend den feinen Stoff am Revers des Ministers. Der ließ die despektierliche Berührung widerspruchslos über sich ergehen.

»Armani«, antwortete er kurz und lachte freundlich. »Du scheinst mich mit dem Kanzler zu verwechseln. So weit ist es noch nicht.« Schneiders Lachen wurde noch breiter. »So, jetzt wollen wir uns aber nicht mit Äußerlichkeiten aufhalten. Das ist sowieso nur Arbeitskleidung. Manchmal verlangt ein neues Amt eben auch eine gewisse Anpassung an die Konventionen. Denk nur an Klaus, wie der früher rumgelaufen ist.«

Sie wechselten einen wissenden Blick in Erinnerung an die Parka- und Palästinensertuchzeit des Bundesumweltministers.

»Doch auch in Sachen Mode gab es bei den Grünen ja schon immer positive Ausnahmen. By the way, darf ich dich mit meiner parlamentarischen Staatssekretärin, Frau Dr. Günther, bekannt machen. Elisabeth, das ist Martin Conzen, ein sehr alter und sehr guter Freund von mir.«

Schneider ging einen halben Schritt zur Seite und gab dadurch den Blick auf Elisabeth Günther frei, die sich bisher diskret im Hintergrund gehalten hatte. Conzen ergriff ihre Hand, schüttelte sie und verbeugte sich dabei leicht nach vorne.

Die Staatssekretärin verspürte das Gefühl, sich übergeben zu müssen, als ihr der Gestank nach einer Mischung aus Nikotin und Alkohol voll ins Gesicht schlug. »Nett, Sie kennen zu lernen, Herr Conzen«, brachte sie schließlich hervor. »Ich habe schon viel von Ihnen gelesen.«

»So? Das muss aber ein paar Jahre her sein.« Conzen lachte gutmütig. »Sie dagegen sind ja ganz aktuell so richtig berühmt geworden. Es gibt, glaube ich, kaum noch eine Zeitung, in der ich nicht zumindest einmal wöchentlich etwas über Sie lese, Yellow Press eingeschlossen. Sie sehen übrigens in natura noch weitaus besser aus als auf den Fotos.«

Elisabeth Günther lächelte routiniert. Dieses Kompliment hörte sich nicht zum ersten Mal.

»Was ich Sie immer schon fragen wollte, Frau Dr. Günther. Stimmt eigentlich das Gerücht über Sie und diesen Schauspieler?« Martin Conzen sah sie gespannt an.

Elisabeth Günther warf belustigt den Kopf in den Nacken. »Meine Gegendarstellung können Sie nächsten Donnerstag in der *Bunten* lesen«, sagte sie. »Nun, ich denke, dass ihr jetzt alleine sein wollt.«

Nachdem die Staatssekretärin den Raum verlassen hatte, konzentrierte Schneider sich auf seinen Gast. »Lass uns doch dort drüben hingehen. Da sitzt man einfach bequemer.«

Er führte Conzen zu einer Ledergarnitur an der Südseite seines Büros, von wo aus sich durch das zentimeterdicke Glas ein spektakulärer Blick auf die Spree bot, die sich unter der hellen Sonne wie ein silbernes Band an dem neuen Bundesinnenministerium im Norden des Bezirks Tiergarten vorbeischlängelte. »Nimm bitte Platz.«

Conzen musste grinsen. Schneider hatte immer noch die Gabe, selbst Höflichkeiten wie Befehle klingen zu lassen.

»Du bedienst dich selbst, ja?«, sagte der Minister und deutete auf die Mineralwasserflaschen auf dem niedrigen Tisch. »Oder möchtest du was Stärkeres? Ich kann alles kommen lassen.« Es klang zweideutig.

Conzen schüttelte den Kopf. »Wasser ist schon in Ordnung. Und noch mal vielen Dank für diese Audienz, noch dazu an einem heiligen Sonntag.«

Schneider machte eine wegwerfende Handbewegung. »Als Minister ist man eben immer im Dienst. Ich hatte noch eine dringende Konferenz und war eh im Hause. Und für meine alten Freunde bin ich sowieso immer zu sprechen. Wie ist es dir denn so ergangen, Martin? Ich muss zugeben, dass ich dich in den letzten Jahren etwas aus den Augen verloren habe. Umso erfreuter war ich natürlich, als ich von deinem Interviewwunsch erfahren habe. Ich habe mir gedacht, das wäre doch mal eine gute Gelegenheit, alte Erinnerungen aufzufrischen.«

Conzen lächelte verkniffen. Er war davon überzeugt, dass die Günther ihren Chef vor diesem Gespräch über alle Einzelheiten seines Werdeganges informiert hatte. Aber jetzt musste er erst einmal mitspielen. Seine Zeit würde später kommen und schließlich lachte immer noch der am besten, der zuletzt dran war.

»Ich weiß gar nicht mehr genau, wann wir uns das letzte Mal gesehen haben, Sascha«, hob Conzen zögernd an. »Das muss irgendwann Anfang der Achtzigerjahre gewesen sein, als du für die Grünen in den hessischen Landtag eingezogen bist. Ich war damals ja schon beim *Spiegel.* Leider hatte ich seit Beginn der Neunziger nicht mehr allzu viel Glück. Jetzt bin ich seit drei Jahren freier Mitarbeiter bei der *Süddeutschen Zeitung.* Ich bin also praktisch mein eigener Herr, werde aber nur bezahlt, wenn ich auch brauchbare Artikel abliefere. Und deshalb bin ich unter anderem hier. Ich dachte mir, wenn ich den zukünftigen Bundeskanzler schon aus meiner wilden Jugend kenne, kann ich diese Verbindung vielleicht für meinen Beruf nützen.«

»Zukünftiger Bundeskanzler?«, echote Schneider belustigt. »Wer hat dir denn den Floh ins Ohr gesetzt?«

»Nun, immerhin hast du es schon zum Vizekanzler gebracht. Außerdem bist du nach den Umfragen der mit Abstand beliebteste Politiker in diesem Land.«

Schneider lachte immer noch. »Du vergisst aber eines: Ich bin bei den Grünen. Bis wir den Kanzler stellen, werden wohl noch ein paar Jahrzehnte ins Land gehen. Schau dir die FDP an, die hat es auch nie geschafft.«

»Du könntest doch in die SPD wechseln«, schlug Conzen vor. »Du wärst schließlich nicht der erste Grüne, der übertritt. Außerdem ist dir dieser Schritt von deinen Fundi-Parteifreunden schon mehrfach nahe gelegt worden.«

»Das ist doch alles Kokolores. Hast du auch ernsthafte Fragen?«

Conzen zog ein schwarzes Diktiergerät aus seiner Jackentasche und stellte es vor sich auf den Tisch. »Hast du etwas dagegen, wenn ich unser Gespräch aufzeichne?«

Schneider vollführte eine einladende Handbewegung. »Ich bestehe sogar darauf. Ich weiß schließlich, wie einige von euch arbeiten. Damit meine ich natürlich nicht dich«, fügte er schnell hinzu.

»Natürlich nicht.« Conzen sah sich ostentativ nach einem Aschenbecher um. »Darf man hier rauchen?«

Schneider verzog leicht den Mund. »Mir wäre es lieber, wenn du dich für die Dauer unseres Gesprächs beherrschen könntest.«

Conzen hob die Hände. »Schon okay. Ich hatte vergessen, dass du neuerdings auf dem Gesundheitstrip bist.« Er drückte den Aufnahmeknopf des Diktiergeräts.

»Soll das heißen, dass der gemütliche Teil unseres Gesprächs vorbei ist?«, wollte der Minister wissen. »Ich frage nur, damit ich Bescheid weiß, ab wann ich ins Reine reden muss.«

»Von mir aus können wir gleich anfangen«, nickte der Journalist. »Ich möchte deine kostbare Zeit so wenig wie möglich vergeuden.«

Und so schnell wie möglich wieder eine Zigarette durchziehen und einen Whiskey runterkippen, dachte Schneider. »Schade, ich hätte gerne noch ein bisschen mit dir über die alten Zeiten geplaudert. Aber bitte, leg los.«

»Ich denke, dass wir auf die ›alten Zeiten‹, wie du sie nennst, noch zurückkommen werden. Wie ich dir ja schon geschrieben habe, arbeite ich zurzeit an einer Artikelserie über dein Leben. Vom armen Flüchtlingskind aus Ostpreußen zum ersten grünen Bundesinnenminister, so in der Art. Die meisten Fakten habe ich natürlich schon beisammen. Aber zur Abrundung fände ich es nicht schlecht, wenn du alles noch einmal aus deiner Sicht darstellen könntest.«

Schneider lehnte sich entspannt zurück und setzte sein professionelles Gesicht auf, das er für Anlässe dieser Art bereithielt. »Bitte sehr. Ich weiß allerdings nicht, was du da noch viel Neues erfahren willst. Schließlich habe ich allein im letzten Jahr Dutzende von Interviews zu meiner Vergangenheit gegeben.«

»Das ist mir natürlich nicht entgangen. Aber da ging es ja eher um deine Frankfurter Spontizeit in den Siebzigern. Was ich in diesen ganzen Gesprächen ein wenig vermisst habe, ist die Frage, wie es zu dem Bruch mit deinem bürgerlichen Elternhaus gekommen ist, der zu dieser Entwicklung geführt hat.«

»Du bist der Erste, der sich dafür interessiert.« Schneider warf Conzen einen dankbaren Blick zu. »Die anderen wollten mich nur fertig machen und durch den Dreck ziehen.

Also, mein Vater ist 1949 aus amerikanischer Kriegsgefangenschaft nach Deutschland zurückgekehrt und ein Jahr später wurde ich geboren. Bis Mitte der Sechzigerjahre hat es gedauert, bis ich erfahren habe, was er im Krieg getan hat. Er ist schon 1937 in die SS eingetreten und hat dann als Angehöriger der Waffen-SS am Zweiten Weltkrieg teilgenommen. 1944 hat seine Division ein französisches Dorf mit allen Einwohnern als Rache für einen Partisanenangriff ausgelöscht. Über sechshundert unschuldige Männer, Frauen und Kinder wurden bei diesem Einsatz ermordet – und mein Vater war dabei. Nach dem Krieg hat er eine bescheidene Karriere gemacht. Für mich und meinen Bruder gab es nur Druck. Vor dem Essen wurde gebetet, danach mussten wir unsere Noten beichten und es setzte Prügel. Irgendwann habe ich dann für mich entschieden, dass ich nicht mehr länger mit einem Mörder unter einem Dach leben kann. Ich bin mit siebzehn von zu Hause abgehauen, zuerst nach Berlin und dann nach Frankfurt.«

»Hattest du wegen der Verbrechen deines Vaters Schuldgefühle?«

Schneider zögerte einen Moment. »Ich weiß nicht. Vielleicht. Auf jeden Fall habe ich mich geschämt und mir geschworen, alles anders und besser zu machen als er.«

»Hast du nie versucht, mit ihm darüber zu sprechen?«

»O doch, das habe ich. Mehrfach sogar. Aber er hat immer nur abgeblockt. Er sei ein Soldat gewesen wie alle anderen auch, er habe nur Befehle befolgt und so weiter und so weiter. Ich glaube, er hat nie verstanden, was ich gedacht und gefühlt habe.«

»Dein Vater ist vor zehn Jahren gestorben. Hast du damals geweint?«

Wieder ließ sich Schneider mit der Antwort Zeit. »Gute Frage, nächste Frage«, sagte er schließlich nur.

Conzen hielt einen Moment inne. Das Vorspiel war beendet. Jetzt war es an der Zeit für das Eingemachte. »Kommen wir nun zu deiner Zeit in Frankfurt, Anfang der Siebzigerjahre. Was hast du damals gemacht?«

Schneider lachte kurz auf. »Als ob du das nicht wüsstest, Martin. Du warst schließlich dabei.«

»Ich schon, aber unsere Leser würde es vielleicht auch interessieren.«

»Meinst du wirklich? So viel, wie in den letzten Monaten über diese alten Geschichten geschrieben wurde, muss es den Leuten aus den Ohren rauskommen. Das Thema ist doch nun wirklich lange durch.«

»Du willst also nicht mehr darüber sprechen?«

Schneider seufzte ergeben. »Mein Gott, wenn du es wirklich zum tausendsten Mal hören willst. Ich habe das getan, was damals viele Jugendliche in der Szene gemacht haben, dich eingeschlossen. Ich habe an Demonstrationen teilgenommen und in einem besetzten Haus im Frankfurter Westend gewohnt. Das habe ich zum einen getan, um ein Dach über dem Kopf zu haben, und zum anderen, um etwas gegen die Spekulanten zu unternehmen, die damals systematisch ganze Straßenzüge aufgekauft haben, nur um die Häuser dann leer stehen und verfallen zu lassen. Ich sehe auch heute noch keinen Anlass, deswegen ein schlechtes Gewissen zu haben.«

»Dabei ist es auch zu Schlägereien mit der Polizei gekommen ...«, erinnerte Conzen.

»Auch das weiß inzwischen jeder und ich habe das nie verschwiegen. Wenn ein Haus geräumt wurde, haben wir uns gewehrt, ja. Ich habe übrigens weitaus mehr einstecken müssen, als ich ausgeteilt habe. Bei meinem Körperbau ist das kein Wunder. Ich bin schließlich nicht gerade ein Riese.«

Conzen hakte sofort nach. »Vor dreißig Jahren hast du dich mit der Polizei herumgeprügelt, heute bist du selbst der oberste Dienstherr eben dieser Polizei. Eine Ironie des Schicksals?«

Schneider zuckte die Achseln. »Wenn du es so nennen willst. Ein kluger Mann hat einmal gesagt, wer mit achtzehn kein Revolutionär ist, der hat kein Herz, und wer mit dreißig immer noch Revolutionär ist, der hat keinen Verstand.

Ich kann von mir sagen, dass ich mich genau an dieses Lebensmotto gehalten habe.« Er lachte vergnügt.

»Gab es denn in der Polizei keinen Widerstand, als bekannt wurde, dass du Bundesinnenminister werden solltest?«

»Natürlich gab es den, aber diese Debatte war ja nicht neu. Das hatten wir ja alles schon, als ich 1985 zum hessischen Innenminister ernannt worden bin. Ich habe mich bereits damals mehrfach bei der Polizei entschuldigt und ich glaube, das ist von den Beamten auch akzeptiert worden, im Gegensatz zu einigen Damen und Herren von der CDU, die aus meiner Vergangenheit immer noch Kapital schlagen wollen. Aber die Polizisten auf der Straße haben eben verstanden, dass man sich ändern kann. Und sie haben nicht vergessen, dass sie in der Hysterie der Siebzigerjahre mit einer zum Teil unangemessenen Härte gegen uns vorgegangen sind. Man muss das im Kontext des damaligen gesellschaftlichen Klimas sehen.«

»Es gibt aber Gerüchte, dass es bei einfachen Schlägereien mit der Polizei nicht geblieben sein soll. Ich habe in den letzten Wochen mit einigen Leuten aus der damaligen Szene gesprochen. Einige haben behauptet, du seiest bei dem Angriff auf das chilenische Konsulat 1974 dabei gewesen, bei dem mehrere Polizeibeamte durch Molotow-Cocktails verletzt wurden. Du bist damals ja sogar festgenommen worden.«

Schneiders Dauerlächeln gefror für den Bruchteil einer Sekunde und Conzen hatte kurz das Gefühl, als sei es in dem ganzen Raum spürbar kälter geworden.

Doch der Minister hatte sich wieder im Griff. »Ich kann diese Gerüchte mittlerweile nicht mehr hören. Dazu ist alles gesagt worden, was es zu sagen gibt. Aber für dich wiederhole ich es gerne noch einmal: Ich bin in meinem ganzen Leben nie wegen einer Straftat rechtskräftig verurteilt worden. Und ich habe nie einen Molotow-Cocktail geworfen. Punkt. Aus.«

»Es gibt Fotos, die dich bei einer Demonstration 1973 in

Frankfurt mit einem Molli in der Hand zeigen«, beharrte Conzen.

»Diese Fotos sind mir bekannt. Aber einen Molotow-Cocktail in der Hand zu halten bedeutet schließlich noch lange nicht, dass man ihn auch geworfen haben muss.«

»Aha, das ist interessant«, grinste Conzen. »Du meinst, du hast an dem Joint gezogen, aber nicht inhaliert.«

Schneider konnte daran nichts Witziges finden. »Ich meine, dass ich nie einen Scheiß-Molotow-Cocktail geworfen habe«, sagte er ernst. »Und wer etwas anderes behauptet, kriegt von mir in Zukunft eine Verleumdungsklage an den Hals. *Das* kannst du gerne schreiben.«

Conzen registrierte zu seiner Zufriedenheit, dass Schneider immer dünnhäutiger auf seine Fragen reagierte. Jetzt war es an der Zeit, zu dem entscheidenden Schlag anzusetzen. »Ich würde gerne noch zu einem weiteren Punkt kommen. Gerüchten zufolge sollst du in einer deiner Frankfurter Wohngemeinschaften auch Kontakte zu RAF-Mitgliedern gehabt haben. Was kannst du dazu sagen?«

Schneider lehnte sich befriedigt in seinem Sessel zurück. »Ah, jetzt kommen wir endlich zu dem, was du eigentlich willst, Martin. Ich habe es sofort geahnt, als ich deine Interviewanfrage auf den Schreibtisch bekommen habe. Du bist gar nicht an dem Artikel interessiert. Du willst mich fertig machen. Und wir kennen auch beide ganz genau den Grund dafür, nicht wahr?«

Conzen hielt dem bohrenden Blick des Ministers mehrere Sekunden lang stand. »Ich weiß nicht, was du meinst«, sagte er dann ruhig. »Du willst also zu diesem Komplex nichts sagen?«

Schneider holte tief Luft und rieb sich dabei mit der Hand über die müden Augen. Dann sprach er langsam und mit deutlichen Pausen zwischen den Worten, als wolle er den Journalisten zum Mitschreiben auffordern: »Ich habe in meiner Wohngemeinschaft für kurze Zeit mit Leuten, die *später*, ich bitte die Betonung zu beachten, der RAF beitraten, zusammengelebt. Aber was soll die dämliche Frage? Du weißt es doch ganz genau. Schließlich hast du in der gleichen WG gelebt. Von dir behauptet auch keiner, du hättest Kontakte zur RAF gehabt.«

»Ich bin ja auch nicht der Bundesinnenminister. Und ich hatte auch keine sexuelle Beziehung zu Petra Lessing.«

»Nein, hättest du aber gerne gehabt. Im Übrigen hatte ich damals zu vielen Frauen eine sexuelle Beziehung. Und das ist ja wohl auch der wahre Grund dafür, warum du damals die WG verlassen hast und mich nach über einem Vierteljahrhundert immer noch hasst.«

Conzen schluckte mühsam seine Erregung herunter. Er will dich nur provozieren, sagte er sich im Stillen. Bleib ruhig, bleib ganz ruhig. Dies ist der Tag, auf den du lange gewartet hast.

»Immerhin ist Petra Lessing wegen ihrer Beteiligung an der Schleyer-Entführung zu lebenslanger Haft verurteilt worden«, fuhr er unbeirrt fort. »Und seitdem halten sich die Gerüchte, dass du aufgrund deiner Beziehung zu Petra im Vorfeld von dieser Entführung gewusst hast.«

Volltreffer. Fasziniert beobachtete der Journalist, wie sich Schneiders Hals oberhalb seines blütenweißen Hemdkragens rot zu verfärben begann. Der Streifen wurde rasch breiter und wanderte höher. Wie eine Flutwelle, ging es Conzen durch den Kopf. Nach Jahrzehnten würde er gleich wieder einmal Zeuge einer der berühmten cholerischen Anfälle Sascha Schneiders werden, für die er schon zu seinen WG-Zeiten berüchtigt gewesen war.

»Das ist eine infame Lüge!«, zischte der Minister. Seine Stimme klang gepresst vor Wut. »Meine Beziehung zu Petra Lessing war 1974 endgültig beendet. Sie hat die WG damals verlassen und ich hatte seitdem keinen Kontakt mehr zu ihr. Ich werde jeden, der das Gegenteil behauptet, zivil- und strafrechtlich verfolgen.«

Die Röte hatte mittlerweile Schneiders Wangen erreicht und bedeckte fast sein ganzes Gesicht. Conzen sagte nichts, aber das brachte den Minister nur noch mehr in Rage. Er griff vor sich und schaltete das Aufnahmegerät aus. »Wenn du es wagen solltest, auch nur einen Satz über diese Lügen zu drucken, werde ich dafür sorgen, dass du in diesem Land kein Bein mehr auf die Erde bekommst. Ich werde dich zerquetschen wie eine Wanze!«

Als wäre nichts gewesen, drückte Schneider den Aufnahmeknopf und entspannte sich. Auch seine Miene hatte die alte Sicherheit zurückgewonnen. »Die nächste Frage, bitte. Oder ist das Interview schon beendet?«

Conzen konnte nicht anders. Er musste Schneider für seine Kaltblütigkeit bewundern. Er überlegte, ob er Schneider tatsächlich zu dem jüngsten Gerücht befragen sollte, das er erst letzte Woche im Zuge seiner Recherchen gehört hatte. Er hatte bis jetzt noch keine Gelegenheit gehabt, die Geschichte zu verifizieren, aber die Gelegenheit war einfach zu günstig. Wahrscheinlich würde er Schneider nach diesem Interview ohnehin nie wieder sehen. Also gab er einen Schuss ins Blaue ab.

»Ich habe einen Informanten, der behauptet, du hättest den Wagen angemietet, in dem Schleyer später ermordet aufgefunden wurde. Wie lautet dein Kommentar dazu?« Gespannt sah er in das Gesicht seines Gegenübers.

Das Ergebnis übertraf all seine Erwartungen. Der Blutschwall stieg noch höher und verschwand unter Schneiders Haaransatz. Der Minister explodierte förmlich in seinem Sessel und vergaß sogar, das Tonband abzustellen.

»Wenn du das noch einmal sagst, haue ich dir gleich hier ein paar in die Fresse!«, brüllte er los. »Was soll ich denn noch alles getan haben? Morgen kommt so ein Arschloch daher und behauptet, ich hätte Kennedy erschossen. Muss ich mir eigentlich alles bieten lassen? Ich sage es ein allerletztes Mal: Ich habe mit der Schleyer-Entführung nicht das Geringste zu tun. Im Gegenteil, dieses Verbrechen und die Entführung der Lufthansamaschine waren für mich im Herbst 1977 das Fanal, mich aus der Szene zurückzuziehen. Ich hatte endlich erkannt, dass die RAF nichts anderes tat als mein Vater, nämlich unschuldige Menschen zu ermorden.«

Schneider erlangte seine ministerielle Würde zurück. »Ich

habe die Kämpfer der RAF damals öffentlich aufgefordert, die Waffen niederzulegen«, sagte er leiser. »*Dafür* gibt es in der Tat Beweise. Danach habe ich mich jahrelang als Pflastermaler in ganz Europa durchgeschlagen. Glaubst du, das wäre ein Zuckerschlecken gewesen? Und jetzt kommst du und behauptest, ich hätte etwas mit der Schleyer-Sache zu tun. Wo ist er denn, dein angeblicher Informant? Den würde ich mir gerne einmal ansehen. Aber so warst du ja schon immer. Große Klappe und nichts dahinter.«

Conzen sah sich bestätigt, er musste mit seinem Verdacht irgendeinen wunden Punkt in Schneiders Innerem berührt haben. Sein alter Kumpan reagierte eigentlich wie immer, wenn man ihn getroffen hatte: Er ging zum Gegenangriff über.

»Ich weiß noch, wie du damals die freie Liebe gepredigt hast, Martin«, fuhr der Minister fort. »Und was ist passiert, nachdem ich mit deiner Frau im Bett war? Am nächsten Tag hast du den Schwanz eingezogen und bist bei Nacht und Nebel abgehauen. Und weißt du, was das Komische daran ist? Dein Verschwinden war völlig überflüssig. Nach zwei Wochen hatte ich von deiner Alten genug. Du hättest Karin gerne wiederhaben können, aber da hattest du dich ja schon in Luft aufgelöst. Tja, da hast du wohl mal wieder Pech gehabt. Nein, Pech ist das falsche Wort für einen geborenen Versager.«

Conzen spürte, wie jetzt auch ihn die Wut packte, die er nicht mehr zurückhalten konnte und wollte. »Lass Karin aus dem Spiel!«, schrie er los. Er merkte, dass er am ganzen Körper vor Erregung zitterte. »Sie hat mit dieser Sache nichts, aber auch gar nichts zu tun! Aber wo wir gerade bei dem Thema sind: Du hast sie auf dem Gewissen! Du hast sie benutzt und dann weggeworfen, wie so viele Menschen. Und wegen dir hat sie sich umgebracht.«

Schneider schloss die Augen. »Dieses Interview ist jetzt für mich beendet«, sagte er. Als ob er die Bedeutung seines letzten Satzes unterstreichen wollte, stellte er das Aufnahmegerät ab und stand von seinem Platz auf.

Conzen erhob sich ebenfalls. »Du hast einen Fehler gemacht, als du gedroht hast, mich fertig zu machen, Sascha«, sagte der Journalist. »Du hast dabei nämlich etwas übersehen. Einen Menschen, der bereits am Boden liegt, kann man nicht noch tiefer stürzen. Es stimmt, früher in meinem Leben habe ich häufig den Schwanz eingezogen, aber das wird nie wieder passieren. Nie wieder. Du wirst noch von mir hören.«

Mit diesen Worten ging der Journalist aus dem Büro und ließ einen ratlosen Minister zurück.

Schneider ließ sich schwer in seinen Sessel fallen und starrte aus dem Fenster, vor dem auf dem spiegelglatten Fluss gerade ein Ausflugsdampfer mit winkenden Touristen vorbeiglitt. Doch der Minister hatte jetzt keinen Blick für fröhliche Menschen. Irgendwie hatte er sich den Verlauf dieses Interviews anders vorgestellt.

Kapitel 7

Der weiße Flachdachbungalow Norbert Galetzkes lag im Musikerviertel, der vornehmsten und teuersten Bielefelder Wohngegend am Hang des Teutoburger Waldes.

Marc drückte die Klingel an dem niedrigen Gartenzaun, der das Grundstück von der Straße abgrenzte. Nach einer halben Minute, die ihm wie eine kleine Ewigkeit vorkam, ertönte endlich ein Summer und die Pforte sprang auf. Marc folgte einem Kiesweg durch einen adretten Vorgarten und erreichte nach wenigen Metern die Eingangstür. Er wollte gerade ein weiteres Mal klingeln, als sich die Tür vor ihm öffnete und ein etwa siebzig Jahre alter Mann in einem Rollstuhl sichtbar wurde.

»Es tut mir Leid, dass es so lange gedauert hat«, begrüßte ihn der Mann und sah zu Marc hoch. »Aber wie Sie sehen, bin ich etwas gehandikapt.«

Marc war auf einmal peinlich berührt ob seiner Ungeduld. »Ich bin derjenige, der sich entschuldigen muss. Herr Galetzke? Mein Name ist Hagen. Wir waren für 16 Uhr verabredet.«

Der ältere Mann nickte, rollte ein Stück zurück und gab dadurch den Weg frei. »Kommen Sie rein, Herr Hagen. Ich habe schon auf Sie gewartet.«

Er ließ Marc in ein großzügiges Wohnzimmer vorgehen, das von englischen Stilmöbeln dominiert wurde. An den Wänden hingen beleuchtete Stiche, auf denen Pferde und Jagdszenen zu sehen waren, die Decke war mit Holzkassetten ausgekleidet. Auf einem kleinen Teak-Tisch entdeckte Marc ein Schachbrett. Die Stellung der Figuren war Marc sofort vertraut. Er trat an das große Fenster, das den Blick auf einen parkähnlichen Garten freigab, der in mehreren Terrassen angelegt war.

»Wunderschön haben Sie es hier«, bemerkte Marc bewundernd.

»Ja, nicht wahr? Wenn Sie wollen, können Sie sich draußen gerne etwas umsehen.«

Galetzke entriegelte die große Schiebetür und Marc betrat die mit Terrakottafliesen ausgelegte Terrasse. Sofort stieg ihm der Geruch von frisch gemähtem Gras in der Nase. Dann nahm er einen leichten Chlorgeruch wahr. Er blickte nach rechts und sah zwischen den Bäumen und Sträuchern das Blau eines Swimmingpools schimmern. Es herrschte eine fast vollkommene Stille, die nur durch das rhythmische Zischen eines Wassersprengers beeinträchtigt wurde.

»Leider kann ich den Garten wegen der Hanglage heute nicht mehr gut nutzen.«

Galetzke war Marc gefolgt. »Ist schon irgendwie komisch. Früher habe ich wie ein Verrückter gearbeitet und war praktisch nie zu Hause. Und jetzt, wo ich Zeit hätte, kann ich mich kaum noch bewegen.«

Marc drehte sich um. »Was haben Sie beruflich gemacht, Herr Galetzke?«

»Ich war selbstständiger Versicherungsmakler. Und das sehr erfolgreich. Ich habe bis zu meinem dreiundsechzigsten Lebensjahr gearbeitet, dann habe ich aufgehört, um meine

Frau pflegen zu können. Seit ihrem Tod vor zwei Jahren bin ich allein.« Er starrte gedankenverloren in seine Idylle, bis er wieder in die Realität zurückzukehren schien und seinen Rollstuhl wendete.

»Lassen Sie uns reingehen«, sagte er. »Ich habe drinnen schon alles vorbereitet.«

Er ließ Marc auf einem Chesterfield-Sofa aus blutrotem Leder Platz nehmen. »Darf ich Ihnen etwas zu trinken anbieten? Einen Apfelsaft vielleicht? Gut.«

Galetzke rollte zu einem kleinen Teewagen, auf dem mehrere Flaschen standen, und schenkte zwei Gläser aus einer Karaffe ein. Eines reichte er an Marc weiter, das andere behielt er in der Hand.

»Sie sagten, Sie seien Nachlasspfleger, Herr Hagen?«, kam der Hausherr zur Sache.

Marc setzte sich in seinem Sessel zurecht und räusperte sich. »Das ist richtig. Ich muss mich aber zuerst entschuldigen, dass ich Sie mit der Nachricht vom Tod Ihres Freundes einfach so am Telefon überfallen habe.«

Galetzke lächelte ihn freundlich an. »Wissen Sie was, Herr Hagen? Sie entschuldigen sich zu oft. Davon abgesehen waren wir keine Freunde im eigentlichen Sinne. Eher gute Bekannte. Sie müssen wissen, dass Hans Seidler ein etwas, ja, wie soll ich sagen, schwieriger Mensch war. Ich glaube nicht, dass er richtige Freunde gehabt hat. Zumindest nicht in den letzten Jahren. Aber es ist für einen Menschen, der sein Haus nicht mehr verlässt, natürlich auch schwierig, Beziehungen zu pflegen oder neue Leute kennen zu lernen.«

Marc nahm einen Schluck Apfelsaft. Neben den beiden Nachbarinnen von Seidler war Galetzke jetzt schon die dritte Person, die angab, dass der Professor sich nicht mehr unter die Leute gewagt hatte. »Wie haben Sie Professor Seidler kennen gelernt?«, fragte er.

Galetzke sah angestrengt zum Fenster hinaus. »Das muss, warten Sie, ja, ungefähr 1990 gewesen sein«, sagte er nachdenklich. »Wir haben uns damals auf dem Numerologen-Kongress in Mainz getroffen.«

Marc warf Galetzke einen irritierten Blick zu. »Numerologen-Kongress? Was ist denn das?«

Der alte Mann bedachte ihn mit einem nachsichtigen Lächeln. »Es wundert mich nicht, dass Sie noch nie etwas von Numerologie gehört haben. Diese faszinierende Wissenschaft ist den meisten Menschen leider völlig unbekannt. Es geht schlicht und einfach um die Einsicht, dass Zahlen in unserem Leben eine besondere Bedeutung haben. Aber eben nicht nur als einfache Hilfsmittel für die Wirtschaft, sondern für jeden einzelnen Menschen. Zahlen können uns helfen, unser Schicksal besser zu meistern.«

»Aha«, sagte Marc nur. In ihm keimte der Verdacht, dass er an einen esoterischen Spinner geraten war. Kein Wunder, dass Galetzke mit Seidler, der ja auch merkwürdig gewesen sein musste, offenbar gut ausgekommen war.

Galetzke schien Marcs Skepsis zu bemerken, denn er sagte: »Ich will Ihnen das gerne näher erläutern. Sie müssen eine Zahl einfach als eine Art Symbol mit einer bestimmten Bedeutung begreifen. Jede einstellige Zahl von eins bis neun steht für bestimmte Prinzipien, Eigenschaften und Fähigkeiten.«

»Und was ist mit den mehrstelligen Zahlen?«, unterbrach ihn Marc.

»Die Zahlen ab zehn sind bloße Wiederholungen der ersten neun, wenn man sie auf ihre Quersumme reduziert«, dozierte Galetzke eifrig. »Jedem Menschen sind bestimmte Zahlen zugeordnet, die etwas über ihn aussagen. Da gibt es zum Beispiel die Schicksalszahl, die Persönlichkeitszahl und die Namenszahl. Für Sie als junger Mensch dürfte insbesondere die Herzzahl von Interesse sein. Wenn Sie Ihre Herzzahl und die Ihrer Partnerin kennen, können Sie an der Kombination ablesen, ob die Beziehung funktionieren wird.«

Marc nickte langsam. »Ich glaube, ich beginne zu verstehen. Das ist so ähnlich wie bei den Sternzeichen. Also, ob Löwen und Fische zueinander passen.«

»Wenn Sie so wollen«, pflichtete Galetzke ihm etwas unwirsch bei. »Es gibt in der Tat eine Verbindung und einige Entsprechungen zwischen der Numerologie und der Astrologie. Leider tummeln sich auf dem Gebiet der Astrologie zahlreiche Scharlatane. Außerdem ist die Numerologie auch wesentlich aussagekräftiger und genauer, zumal es einiger Anstrengung bedarf, seine individuellen Zahlen zu ermitteln. Da reicht es nicht aus, nur sein Geburtsdatum zu kennen.«

Auf einmal fiel Marc die sechsstellige Zahl ein, die er in der Wohnung des Professors gefunden hatte. Konnte es sein, dass die etwas mit dem Interesse des Toten an der Numerologie zu tun hatte?

»Wie komme ich denn zu den Zahlen, die für mich wichtig sind?«, fragte er ungeduldig.

Galetzke hob den Zeigefinger. »Ich werde Ihnen erklären, wie Sie Ihre Namenszahl ermitteln können. Dazu müssen Sie Ihren vollen Namen, also Vor- und Zunamen auf ein Blatt Papier schreiben und jedem Buchstaben eine Zahl zuordnen. Dazu nehmen Sie das alte hebräische Alphabet quasi als Umrechnungstabelle. In diesem Alphabet stehen für jede Zahl zwischen eins und acht mehrere Buchstaben. Zum Beispiel für die 2 die Buchstaben B, K und L.«

»Und was ist mit der 9?«

»Die taucht nicht auf, weil der hebräische Buchstabe, der für diese Zahl steht, in unserem Alphabet nicht existiert. Sie ordnen also jedem Buchstaben Ihres Namens eine Zahl zu, addieren diese Zahlen anschließend und ziehen daraus die Quersumme, bis Sie auf eine einstellige Zahl kommen. Also, die Quersumme aus 85 ist 13, daraus ist die Quersumme wiederum 4. In unserem Beispiel wäre Ihre Namenszahl die 4. Die Schicksalszahl wird berechnet, indem Sie aus Ihrem Geburtsdatum die Quersumme bilden. Aus diesen Zahlen können Sie dann Rückschlüsse auf Ihren Charakter und Ihre Anlagen gewinnen. Sie können das ja mal selbst versuchen, wenn Sie wieder zu Hause sind. Ich kann Ihnen dann anschließend etwas zu Ihrer Bestimmung sagen.«

Marc nickte gedankenverloren und fragte sich, wie ein biederer Versicherungsmakler in Kontakt zur Esoterik gekommen war. Er hatte sich diese Leute bisher immer ganz anders, vor allem wesentlich jünger, vorgestellt.

»Wenn Sie Professor Seidler auf einem Numerologen-Kongress kennen gelernt haben, schließe ich daraus, dass er sich ebenfalls für dieses Thema interessiert hat«, brachte er seinen Gastgeber wieder auf den Punkt.

»O ja. Hans Seidler hat diese Sache sogar sehr ernst genommen.«

»Also hat er offenbar im Jahr 1990 sein Haus noch verlassen. Sonst hätten Sie ihn ja nicht auf diesem Kongress treffen können.«

Galetzke wirkte plötzlich niedergeschlagen. »Sie haben Recht. Hans' ganz schlimme Phase, in der er gar nicht mehr vor die Tür gegangen ist, begann erst vor etwa einem halben Jahr. Dem Ganzen ging eine längere Entwicklung voraus. Eine sehr traurige Sache. Und vielleicht ist die Numerologie nicht ganz unschuldig.«

Marc musterte ihn erstaunt. »Wie darf ich das verstehen, Herr Galetzke? Hat Professor Seidler etwa durch seine Schicksalszahl einen Befehl bekommen, nicht mehr auf die Straße zu gehen?« Er hatte den Satz kaum zu Ende gebracht, da merkte er schon, dass er etwas Falsches gesagte hatte.

Galetzke lief krebsrot an. »Sie halten uns wohl für durchgeknallte Spinner, Herr Hagen«, brauste er auf. »Ich kann Ihnen aber versichern, dass dem nicht so ist. Wir haben in unserem Verein zahlreiche Rechtsanwälte, Ärzte und Physiker. Ernst zu nehmende Menschen. Leider hatte Professor Seidler erhebliche andere Probleme psychischer Art, die mit der Numerologie nicht das Geringste zu tun hatten.«

»Können Sie mir sagen, was das für Probleme waren?«, fragte Marc, um von seinem Fehler abzulenken.

»Das ist schwer zu benennen«, antwortete Galetzke. »Wir haben uns über unser Privatleben praktisch nicht unterhalten und wer kann schon in den Kopf eines anderen Menschen sehen? Ich weiß nur, dass Hans allein gelebt hat, seitdem ich ihn kenne. Mir sind allerdings einige Gerüchte zu Ohren gekommen. Vor vielen Jahren muss er wohl von einer Frau sehr enttäuscht worden sein und das soll ihn angeblich so aus der Bahn geworfen haben, dass er deswegen sogar seinen Beruf aufgegeben hat. Das sind aber, wie gesagt, nur Gerüchte. Ich wollte nur deutlich machen, dass die Numerologie nicht die Ursache seiner Ängste war. Die liegt wesentlich tiefer.«

»Aber die Beschäftigung mit der Numerologie hat zu einer Verschlimmerung seines Zustandes beigetragen«, half Marc vorsichtig nach.

Galetzke überlegte lange, bevor er antwortete. Er seufzte tief. »Ich fürchte, das wird man in diesem Fall zugeben müssen. Grundsätzlich soll die Beschäftigung mit Zahlen den Menschen natürlich helfen, mit ihren Problemen besser fertig zu werden. Leider schlägt das bei einigen manchmal ins Gegenteil um. Die Macht der Zahlen ist nämlich nicht zu unterschätzen. Das ist aber eine große Ausnahme«, fügte er sofort hinzu.

»Und der Professor war eine solche Ausnahme?«, bohrte Marc weiter.

»Das ist wohl richtig. Ich muss ein wenig ausholen. Ihnen ist ja vielleicht bekannt, dass einige Zahlen für manche Menschen, auch solche, die sich eigentlich nicht mit der Numerologie beschäftigen, eine besondere Bedeutung haben. Nehmen Sie nur die 13, die viele Menschen in Angst und Schrecken versetzt. Und für den Professor gab es eben auch eine solche Zahl. Nur war das nicht die 13, sondern die 666.«

»Warum gerade die?«

»Nun, die Zahl 666 ist die Zahl des großen Tieres aus der Bibel. Offenbarung des Johannes, Kapitel 13, Vers 18. Moment, vielleicht bekomme ich es noch zusammen.« Er legte den Kopf in den Nacken, schloss die Augen und begann aus dem Gedächtnis zu rezitieren: *»Ich sah ein Tier aufsteigen aus der Erde; und es hatte zwei Hörner gleich wie ein Lamm und redete wie ein Drache. Und tut große Zeichen, dass es auch machet Feuer vom Himmel fallen vor den Menschen …* Und dann heißt es in Vers 18: *Wer Verstand hat, der kann herausfinden, was die Zahl des Tieres bedeutet, denn sie steht für die Zahl eines Menschen. Es ist die Zahl 666.«* Er hielt inne und lächelte Marc stolz an. »So in etwa dürfte es lauten.«

Marc war ein eiskalter Schauer über den Rücken gefahren. »Und von was für einem Tier ist da die Rede?«, fragte er. »Ich verstehe das alles noch nicht ganz.«

»Das ›große Tier‹ ist eine andere Bezeichnung für den Antichristen, der eines Tages die Herrschaft über die ganze Welt erringen wird. Manche Numerologen behaupten sogar, man könne auch die Namen von Hitler und Nero auf die 666 zurückführen. Um es kurz zu machen: Diese Zahl steht für den Teufel.«

Langsam verstand Marc. Er ging zwar nicht so häufig ins Kino wie Gabriel, aber *Das Omen* hatte er auch gesehen. Sogar alle drei Teile. Allerdings war ihm nicht bewusst gewesen, dass es Menschen gab, die sich tatsächlich vor solchen Schauermärchen fürchteten.

»Sie wollen also zum Ausdruck bringen, dass Professor Seidler sein Haus aus Angst vor dem Teufel nicht mehr verlassen hat?«, vergewisserte er sich.

»Nicht direkt vor dem Teufel, Herr Hagen«, verbesserte ihn Galetzke. »Vor den Illuminaten. Aber grundsätzlich haben Sie Recht. Die Illuminaten waren für Hans tatsächlich so etwas wie der Teufel. Haben Sie schon einmal von den Illuminaten gehört? Es handelt sich dabei um eine Art Geheimorganisation, die schon seit Jahrhunderten existieren soll. Hans war sich sicher, dass diese Illuminaten der Antichrist aus der Apokalypse des Johannes sind. Sie streben nach seiner Überzeugung die Weltherrschaft an und wollten ihn vernichten, weil er sie durchschaut hat. Hans glaubte nämlich, sie erkennen zu können, und zwar durch die Zahl 666, die Zahl des Antichristen aus der Bibel.«

Marc schielte zur Tür. Diese Sache war ihm nicht mehr ganz geheuer. »Und Sie?«, fragte er Galetzke vorsichtig. »Glauben Sie das auch?«

»Natürlich nicht«, fauchte der alte Mann. »Ich habe Ihnen doch gerade lang und breit erklärt, dass Hans schwere psychische Probleme gehabt hat, die nichts mit der Numerologie zu tun hatten. Diese panische Angst vor den Illuminaten und der Zahl 666 war in meinen Augen nur das, was nach außen sichtbar geworden ist. Die wahren Gründe lagen woanders.«

»Und wie hat sich diese Angst vor der 666 geäußert?«

»Nun, er hat diese Zahl überall gesehen. Zum Beispiel auf Preisschildern in Supermärkten hat auf einmal alles 6,66 DM oder 666 DM gekostet. Er hat mich jedes Mal angerufen, wenn er die Zahlenkombination wieder irgendwo entdeckt hatte. Sie wissen ja vielleicht, wie das ist: Wenn man gezielt nach etwas Ausschau hält, dann findet man es auch an jeder Ecke. Mein Telefon stand eine Zeit lang keine Stunde mehr still.«

»Zu der Zeit hat er seine Wohnung also noch verlassen?«

»Ja, aber es wurde immer schlimmer und er hat sich immer weiter in diese Sache hineingesteigert. Ich habe mich damals sehr um ihn gekümmert und versucht, ihn davon zu überzeugen, dass er sich keine Sorgen zu machen braucht. Soweit ich weiß, war er sogar in psychiatrischer Behandlung. Ein paar Wochen oder Monate schien es, als würde es ihm tatsächlich immer besser gehen. Aber dann trat das Ereignis ein, das alles wieder zunichte machte.«

Marc hatte mit großen Augen zugehört. »Und was war das?«

»Das Internet. Das World Wide Web, abgekürzt WWW. Sie müssen wissen, dass der Buchstabe W im hebräischen Alphabet für die Zahl 6 steht. Seidler las die Buchstaben WWW also nur als 666. Man kann übrigens auch das Wort Computer numerologisch auf die Zahl 666 zurückführen. Und je mehr Menschen in aller Welt begannen, sich mit dem Internet zu beschäftigen, umso panischer wurde Hans. Für ihn war das ein untrügliches Zeichen, dass die Illuminaten kurz davor standen, die Weltherrschaft zu übernehmen, und wir von ihnen bereits kontrolliert werden.«

»Das war also der Auslöser, der dazu führte, dass er seine Wohnung nicht mehr verlassen hat?«

»Nein, immer noch nicht. Er hat sich zwar immer seltener auf die Straße gewagt, aber es ging noch. Der endgültige Zusammenbruch fand vor etwa einem halben Jahr statt. Wir hatten uns an diesem Tag zum Schachspielen verabredet und Hans wollte mich besuchen. Ich komme ja nur noch schlecht raus.« Er deutete auf seinen Rollstuhl. »Ich habe hier auf ihn gewartet, als der Anruf kam. Hans war am Apparat. Er war vollkommen aufgelöst. Es hat eine ganze Weile gedauert, bis ich endlich verstanden hatte, was passiert war. Er hatte sich wohl ein Taxi gerufen, um zu mir zu fahren. Als er gerade einsteigen wollte, fiel sein Blick auf das Nummernschild. BI-IL 666. Er wäre fast gestorben vor Angst, denn er war davon überzeugt, dass die Illuminaten gekommen waren, um ihn abzuholen und zu töten. Er ist sofort zurück in seine Wohnung gerannt und hat sie, soweit ich weiß, seit diesem Tag nicht mehr verlassen.«

Marc trank einen Schluck von dem Apfelsaft und stellte das Glas auf den Tisch zurück. »Und dann sind Sie auf die Idee mit dem Briefschach gekommen?«

»Genau. Ich konnte ihn schließlich auch nicht besuchen. Also habe ich ihm diesen Vorschlag gemacht und Hans war einverstanden. Ich bezweifle allerdings, dass er mich in seine Wohnung gelassen hätte, selbst wenn ich noch hätte gehen können. Meiner Meinung nach hatte Hans mich am Ende ebenfalls stark in Verdacht, für die Illuminaten zu arbeiten. Vor ein paar Wochen hat er mich sogar am Telefon gefragt: ›Gehörst du auch dazu?‹«

»Dann erübrigt sich wahrscheinlich die Frage, ob er außer Ihnen noch weitere Freunde oder Bekannte hatte?«

Galetzke schüttelte den Kopf. »Die hatte er mit Sicherheit nicht. Den einzigen Kontakt, den er außer dem zu mir noch mit der Außenwelt hatte, war der zu den Leuten, die ihm das Essen gebracht haben. Aber sogar der hat sich auf ein Minimum beschränkt. Sie haben alles vor seine Tür gestellt und er hat es dann zu sich reingeholt. Als Sie mir gesagt haben, er sei tot, war ich nicht allzu verwundert. Er muss schließlich eine solche Angst vor den Illuminaten gehabt haben, dass er lieber sterben wollte.«

Marc nickte bedächtig. Nun war ihm klar, warum Galetzke sofort an einen Selbstmord gedacht hatte, als er die

Nachricht vom Tod des Professors erhalten hatte. Er zog den Zettel, den er in der Wohnung gefunden hatte, aus seiner Jackentasche und reichte ihn an den alten Mann weiter. »Vielleicht können Sie sich das mal ansehen«, sagte er. »Diese sechsstellige Zahl lag zusammen mit einem Schlüssel in Seidlers Wohnzimmer. Handelt es sich dabei vielleicht um einen numerologisch verschlüsselten Namen? Jeder Hinweis könnte mir helfen.«

Marc beobachtete Galetzke gespannt, während der den Zettel studierte.

»Da haben Sie in der Tat eine ganz besondere Zahl«, sagte der alte Mann endlich. »Sie erinnern sich, dass Numerologen mehrstellige Zahlen auf eine einstellige reduzieren? Wenn Sie die Quersumme aus der Zahl 823543 bilden, erhalten Sie die 7. Aber nicht nur das. Die Zahl 823543 ist auch die siebte Potenz der Zahl 7. Es scheint also so zu sein, dass Hans auf die Zahl 7, wenn auch in verschlüsselter Form, ganz besonders hinweisen wollte.«

Marc nahm den Zettel wieder an sich und starrte darauf. »Aber warum sollte er das getan haben?«, fragte er dann.

Galetzke zuckte die Achseln. »Keine Ahnung, da kann ich Ihnen leider nicht helfen. Vielleicht ist diese Zahl ein Hinweis auf seinen Nachlass. Oder haben Sie da schon etwas gefunden?«

»Nein.« Marc war wie elektrisiert. Galetzke schien die gleichen Gedanken zu haben wie er. »Ich habe nichts gefunden, zumindest nichts von Wert. Die Wohnung war in einem schlimmen Zustand. Aber irgendwo muss er seine Wertsachen aufbewahrt haben. Er bekam als Professor doch bestimmt eine ordentliche Pension. Haben Sie eine Idee, was er mit dem Geld gemacht haben könnte?«

Seine Frage rief nur ein bedauerndes Kopfschütteln hervor. »Ich fürchte, nein. Ich weiß nicht, ob er Vermögen besessen hat. Das heißt, er hat mir mal was von Goldmünzen erzählt. Kruegerrand und Maple Leaf. Er hatte plötzlich die Idee, sein ganzes Geld in Gold anzulegen. Wenn die Illuminaten kämen, könne man das am leichtesten wieder verwerten, hat er mir erklärt. Aber das ist schon ein paar Jahre her. Vielleicht hat er die Münzen inzwischen verkauft, vielleicht hat er sie auch aus Angst vor den Illuminaten irgendwo verscharrt.«

Es gab also wahrscheinlich doch irgendwo Wertgegenstände. Vor Marcs geistigem Auge tauchte eine ganze Kiste voll mit Goldmünzen auf, die Seidler irgendwo vergraben hatte. Er musste nur noch herausfinden, wo. Mit glänzenden Augen sah er Galetzke an. »Ist es möglich, dass Professor Seidler mit dem Hinweis auf die 7 auf einen bestimmten Ort aufmerksam machen wollte?«

Galetzke dachte eine Weile nach. »Nun, vielleicht sollten wir uns mal in seine Lage versetzen. Also, was wissen wir? Er hatte vor, sich zu töten, musste aber sicherstellen, dass sein Vermögen nicht in falsche Hände gerät. Wobei ich jetzt natürlich unterstelle, dass er etwas von Wert besaß. Hans konnte nicht wissen, wer ihn nach seinem Tod findet. Das hätten in seiner Vorstellung ja auch seine vermeintlichen Feinde, die Illuminaten, sein können. Daher musste er dafür Sorge tragen, dass nur ein Eingeweihter den Hinweis versteht, damit sein Erbe auch in die richtigen Hände gelangt.«

Marc nickte. So ähnlich hatte er sich das auch gedacht. »Vielleicht wollte er, dass Sie alles bekommen«, schlug er vor. »Wir haben zwar kein Testament gefunden, aber Sie waren immerhin sein einziger Ansprechpartner und sind in der Lage, die Zahl zu entschlüsseln.«

»Das glaube ich kaum.« Galetzke lächelte. »Wenn ich eben gesagt habe, Seidler habe außer mir keine Freunde oder Bekannten gehabt, dann stimmt das nur halb. Er hatte noch eine Schwester in München, mit der er sich immer sehr gut verstanden hat. Ich habe sie vor einigen Jahren kennen gelernt und weiß, dass sie sich ebenfalls für Numerologie interessiert. Sie kann den Hinweis also auch verstehen. Ich bin mir ziemlich sicher, dass alles für sie bestimmt ist.«

Eine Schwester! Wenn es kein Testament gab, würden nach der gesetzlichen Regelung Seidlers nächste Verwandte seine Rechtsnachfolge antreten. Da seine Eltern wahrscheinlich schon lange tot waren und er auch keine Ehefrau und Kinder gehabt hatte, konnte es gut sein, dass die Schwester erben würde. Marc hatte eine Eingebung. Er zog die Schwarz-Weiß-Aufnahme, die er in Seidlers Wohnung gefunden hatte, aus seiner Jackentasche und zeigte sie Galetzke.

»Werfen Sie doch mal bitte einen Blick auf dieses Foto.«

Galetzke hielt sich die Aufnahme dicht vor die Augen, bevor er sie vor sich auf dem Tisch ablegte. »Ja, genau.« Er zeigte mit dem Zeigefinger auf das Bild. »Das kleine Mädchen ist die Schwester von Professor Seidler. Die Männer sind seine sechs Brüder. Hans ist der ganz rechts. Er hat mir das Foto vor ein paar Jahren mal gezeigt. Stimmt, jetzt fällt es mir wieder ein. Die Eltern haben zuerst nur Jungen zur Welt gebracht, wollten aber unbedingt ein Mädchen haben. Das hat lange nicht geklappt. Erst als die Mutter schon weit über vierzig war, ist das Wunder geschehen, und Hans bekam noch eine Schwester. Die Tochter ist deshalb die weitaus Jüngste, wie Sie auf dem Bild sehen können. Aber dann hing wieder alles am seidenen Faden. Hans hat mir erzählt, dass seine Schwester kurz nach ihrer Geburt schwer erkrankt ist und wochenlang im Krankenhaus lag. Sie hatte sogar schon die katholische Nottaufe erhalten. Sie ist damals nur ganz knapp durchgekommen.«

Marc nahm das Foto in die Hand und betrachtete es noch einmal eingehend. »Sieben Brüder«, dachte er laut. »Könnte das etwas mit dem Hinweis auf die Zahl 7 zu tun haben?«

Galetzke hob die Schultern. »Ich wüsste nicht, wie. Hans' Brüder sind schon lange tot. Nein, ich bin mir sicher, dass er seiner Schwester mit dem Hinweis auf die 7 etwas sagen wollte. Vielleicht hatte diese Zahl für die beiden ja eine besondere Bedeutung, wer weiß?«

»Und Sie haben keine Idee, was das für eine Bedeutung gewesen sein kann?«, fragte Marc beharrlich.

Galetzke fuhr mit der Hand durch die Luft. »Mein Gott, das kann so vieles heißen. Es kommt immer auf den Zusammenhang an. Rein numerologisch betrachtet, ist die 7 eine sehr interessante und faszinierende Zahl. Allein das Alte Testament steckt voller Siebener. Denken Sie an die sieben Todsünden und die sieben Sakramente im christlichen Glauben. Auch sonst ist die 7 eine mystische Zahl. Die Katze hat sieben Leben, zerbrochene Spiegel bringen sieben Jahre Pech, die Hydra hat sieben Köpfe, die Woche hat sieben Tage.«

Marc hatte während Galetzkes Vortrag einen Notizblock hervorgeholt und schnell mitgeschrieben. Nun blickte er auf. »Was ist mit diesen beiden nebeneinander stehenden Bögen, die Seidler unter die Zahl gemalt hat? Können Sie damit etwas anfangen?«

»Nein, wirklich nicht. Reden Sie mit seiner Schwester. Wenn die Nachricht für sie bestimmt war, wird sie Ihnen mit Sicherheit helfen können.«

Marc nickte zustimmend. »Ich werde sie sofort anrufen. Können Sie mir vielleicht den Namen und die Anschrift nennen?«

Galetzke rieb sich angestrengt die Stirn. »Darüber denke ich schon die ganze Zeit nach. Ich weiß, dass sie in München lebt. Hans hat mir auch erzählt, dass sie nie geheiratet hat. Sie müsste also immer noch Seidler heißen. Und auf den Vornamen komme ich auch noch. Ja, richtig. Franziska heißt sie. Mit diesen Angaben müssten Sie die Anschrift eigentlich rausbekommen können.«

»Das denke ich auch.« Marc notierte sich den Namen und klappte seinen Block zu. »Herr Galetzke, ich danke Ihnen, dass Sie mir so viel Zeit geopfert haben. Kann ich vielleicht noch etwas für Sie tun?«

Der alte Mann schüttelte den Kopf. »Vielleicht wären Sie so freundlich, mir Ihre Adresse und Telefonnummer zu geben. Wenn mir noch etwas einfällt, werde ich mich bei Ihnen melden.«

»Gerne.« Marc kramte eine Visitenkarte heraus und legte sie vor Galetzke auf den Tisch. »Da steht auch meine Handynummer drauf. Ich bin also praktisch die ganze Zeit zu erreichen.«

Er machte Anstalten, aufzustehen, als sein Blick noch einmal auf das Schachbrett fiel. »Übrigens, Herr Galetzke. Die letzte Partie gegen den Professor hätten Sie verloren.«

Der Mann lachte auf einmal wie ein kleines Kind. »Ich habe fast jede Partie verloren. Hans war zwar etwas eigenartig, aber ein brillanter Kopf. Wenn Sie Lust haben, können wir vielleicht mal gegeneinander spielen, jetzt, wo mein Partner tot ist.«

Marc streckte abwehrend die Hände vor seinen Körper. »Nein, bitte nicht. Ich spiele ausschließlich gegen den Computer, niemals gegen Menschen. Ich bin ein schlechter Verlierer und beim Schach kann man sich nicht einfach auf Pech herausreden, wenn man nicht gewinnt, wie bei Würfel- oder Kartenspielen.«

Galetzke zog eine Augenbraue hoch. »Das verstehe ich nicht. Gegen den Computer können Sie doch auch verlieren.«

»Schon, aber das ist bei weitem nicht so frustrierend wie der Gedanke, einem anderen menschlichen Gehirn unterlegen zu sein. Sie sehen, jeder hat seine Macken. Danke, dass Sie Zeit für mich hatten.«

Als Marc seine Wohnungstür aufschloss, war er in Gedanken immer noch bei seinem Gespräch mit Galetzke. Er warf seine Jacke achtlos über einen Stuhl, ließ sich in den Zweisitzer in seinem Wohnzimmer fallen und schaltete den Fernseher ein, um Gesellschaft und Ablenkung zu haben. Er zappte durch alle Kanäle, bis er auf dem ersten mitten in einer Folge der *Lindenstraße* landete. Er stellte den Ton aus, während in seinem Kopf die Gedanken wild durcheinander schossen. Die 7 musste auf einen bestimmten Ort hinweisen. Dazu würde auch der Schlüssel passen, der wahrscheinlich zu einer Kassette gehörte, die sich an diesem Ort befand. Marc machte sich im Geist eine Notiz, gleich morgen früh bei der Sparkasse Bielefeld, bei der Seidler sein Konto gehabt hatte, und außerdem noch bei anderen Banken, Hotels und dem Bahnhof nachzufragen, ob jemandem der Schlüssel bekannt vorkam. Die Zahl rotierte in seinem Kopf wie die Walzen eines einarmigen Banditen. Was war die Verbindung zwischen der 7 und einem Ort, an dem er das finden würde, was Seidler der Nachwelt hinterlassen hatte? Was hast du dir in deinem kranken Gehirn nur dabei gedacht, fragte Marc im Stillen den toten Professor. Und was hatten diese beiden Bögen zu bedeuten, wenn sie überhaupt eine Bedeutung besaßen? Welche Orte und Plätze hatten etwas mit der 7 zu tun? Vielleicht Siebenbürgen in Rumänien? Marc fiel ein, was Nikolaus Müller in der Wohnung von Seidler zu der Zeichnung gesagt hatte. Zwei Hügel! Sollten die beiden Hügel etwa ein ganzes Gebirge symbolisieren? Marc schlug sich mit der Hand vor die Stirn. Natürlich, da gab es doch das Siebengebirge im Rheinland. Aber sofort wich seine aufkommende Euphorie tiefer Ernüchterung. Was sollte er damit anfangen? Er konnte schließlich nicht ein ganzes Gebirge umgraben. Marc starrte auf den stummen Fernseher. Nein, so kam er nicht weiter. Er brauchte einfach mehr Informationen über das Leben des Professors. Und da gab es nur einen Weg.

Er nahm den Telefonhörer von seiner Ladestation und wählte die Nummer der Auskunft. Gleichzeitig suchte er die richtige Seite in seinem Notizblock.

»Deutsche Telekom, guten Tag. Mein Name ist Thomas Günther. Was kann ich für Sie tun?«

Marc klemmte den Hörer zwischen Schulter und Ohr fest und hielt den Kuli schreibbereit. »Ja, guten Tag. Ich hätte gerne die Anschriften und Telefonnummern aller Personen, die in München unter dem Namen Franziska Seidler eingetragen sind. In München, ja. Danke, ich warte.«

Eine halbe Minute später hatte er eine Liste mit Telefonnummern von drei F. Seidlers vor sich liegen. Eine Franziska gab es nicht. Marc wählte die ersten beiden Nummern, hatte aber keinen Erfolg. Einmal meldete sich ein Franz, das andere Mal ein Friedrich Seidler. Bei der dritten Nummer ließ er es lange klingeln, aber es nahm niemand ab. Marc legte den Hörer auf die Station zurück und beschloss, es später noch einmal zu probieren.

Er stellte den Ton des Fernsehers wieder laut und ging in die Küche, um sich etwas zu trinken zu holen. Als er mit der Veltins-Dose zurückkam, war die *Lindenstraße* vorbei. Marc wechselte den Kanal und geriet in einen Krimi. Er sah einen Moment zu, konnte der Handlung aber nicht folgen, weil er den Anfang verpasst hatte.

Als er den Fernseher ausmachte, klingelte das Telefon. Marc nahm den Hörer und meldete sich.

»Hallo, Herr Hagen. Hier ist Christina Helms. Ich hoffe, ich störe Sie gerade nicht bei etwas Wichtigem.«

Es gab im Moment nichts, was für ihn wichtiger war als diese Mandantin, aber das sagte er nicht laut. »Sie stören überhaupt nicht, Frau Helms«, antwortete er in einem um Gelassenheit bemühten Tonfall. »Was kann ich für Sie tun?«

»Ich wollte Ihnen eigentlich nur abschließend mitteilen, dass die Sache klargeht. Ich habe die finanzielle Seite mit meinen Großeltern besprochen und sie sind einverstanden. Sie können also gleich morgen mit Ihrer Arbeit anfangen.«

Marc ballte vor Freude die rechte Faust. Ja!

»Es hört sich jetzt vielleicht überheblich an, aber ich habe gewusst, dass Sie sich so entscheiden werden«, sagte er und versuchte dabei, nicht zu enthusiastisch zu klingen. »Die Anträge auf Offenlegung der Identitäten der Zeugen beim Bundesinnenministerium und beim *Spiegel* liegen bereits bei meiner Sekretärin auf dem Schreibtisch und gehen gleich morgen früh raus. Ansonsten bleibt es dabei, was ich Ihnen schon gesagt hatte. Ich werde morgen nach Bad Reichen fahren und mit dem Augenzeugen sprechen.«

»Gut. Aber Sie melden sich bitte sofort bei mir, wenn Sie etwas Neues erfahren. Meine Handynummer haben Sie ja. Und ansonsten: Viel Glück morgen.«

Nachdem sie aufgelegt hatte, machte Marc sich auf seiner Couch lang und radelte mit beiden Beinen in der Luft. Er hatte es geschafft, seine Zukunft war fürs Erste gesichert. Nach der Uhr seines Videorekorders war es jetzt Viertel vor zehn. Er überlegte kurz, ob er noch einen Anrufversuch bei F. Seidler wagen sollte, und drückte auf die Wahlwiederholung. Aber auch diesmal nahm in München niemand den Hörer ab. Marc stieß einen kurzen Seufzer aus. Dann eben nicht. Morgen war schließlich auch noch ein Tag.

Apropos. Er wuchtete sich von dem Sofa hoch und holte eine Straßenkarte von Norddeutschland aus einer Schublade. Bad Reichen hatte er schnell gefunden. Er schätzte, dass er vier bis fünf Stunden für die Fahrt benötigen würde, je nach Verkehr. Vor dem Schlafengehen legte er die Karte in den Flur vor seine Wohnungstür, damit er sicher sein konnte, sie am nächsten Tag nicht zu vergessen. Dann schloss er zufrieden die Augen.

Kapitel 8

Eine fast weiße Sonne brannte von dem wolkenlosen Himmel und brachte die Wellblechdächer über den Bahnsteigen zum Glühen. Marc ließ seinen Blick über die öde Betonlandschaft schweifen. Das einzige Grün stammte von dem Unkraut, das an einigen Stellen durch die rissige Oberfläche des Bodens gebrochen war. Der Bad Reichener Bahnhof war um die Mittagszeit fast menschenleer, nur ein paar Penner lungerten am Eingang der Unterführung herum. Marc schob sich an ihnen vorbei und begab sich nach unten in den Tunnel.

Hier hatte also alles begonnen, dachte er. Hier hatte die GSG 9 vor neun Jahren versucht, Klaus Helms festzunehmen, und war dabei so kläglich gescheitert. Mit der Skizze in der Hand, die Marc mithilfe von Christinas Unterlagen angefertigt hatte, ging er den Fluchtweg ihres Vaters nach. Einmal durch den Tunnel und dann die Treppe hoch zu den Gleisen 3 und 4. Marc trat wieder in das gleißende Sonnenlicht und erinnerte sich an die Fotos in den Ermittlungsakten. Obwohl derartige Aufnahmen die Wirklichkeit fast immer entstellten, hatte er den Eindruck, dass sich hier seit 1993 praktisch nichts verändert hatte. Er sah die Pfeiler, hinter denen die Beamten Deckung gesucht hatten, als auf sie geschossen wurde, und die Stelle, an der Helms zum ersten Mal getroffen worden war. Marc schritt bis an den äußersten Rand der Bahnsteigkante, ging in die Hocke und schaute auf die Schienen, zwischen denen grünes und braunes Glas glitzerte. In der irrationalen Hoffnung, dass ihm das weiterhelfen würde, starrte er minutenlang auf das Gleisbett. Aber natürlich erinnerte jetzt nichts mehr an die Tragödie, die sich hier abgespielt hatte. Nur auf einer gegenüberliegenden Lagerhalle konnte er die verblassende trotzige Parole *RAF lebt* und die Umrisse eines fünfzackigen roten Sterns ausmachen, die ein Sympathisant wahrscheinlich bereits vor Jahren an die Wand gesprüht hatte.

Marc richtete sich wieder auf und schaute zu dem kleinen Kiosk hinüber, der sich etwa zwanzig Meter entfernt auf dem Bahnsteig befand. Langsam näherte er sich der Bude und bemerkte erst jetzt das Schild mit der Aufschrift *Vorübergehend geschlossen* an der vernagelten Tür. Nach dem Zustand des Schildes zu urteilen, wurden hier schon lange keine Getränke, Würstchen und Zeitungen mehr verkauft. Marc drehte sich um und blickte zu der Stelle zurück, an der Helms gelegen hatte. Ein tadelloses Sichtfeld, stellte er für sich fest und machte einen entsprechenden Vermerk auf seinem Spiralblock. Keinerlei Hindernisse, die den Blick auf den mutmaßlichen Tatort verstellten. Nur eine sehr stark kurzsichtige Person konnte auf diese Entfernung Schwierigkeiten haben, so ein Ereignis zu verfolgen. Marc machte sich eine weitere Notiz, Herrn Graf danach zu fragen, ob er Probleme mit den Augen hatte.

Um halb zwei verließ Marc den Bahnhof und fuhr über Kopfsteinpflaster zu der Adresse, die der ehemalige Kioskbesitzer ihm am Telefon genannt hatte. In Bad Reichen schien die Zeit seit Jahrzehnten stillgestanden zu haben. Die Häuser in der Innenstadt waren rußgeschwärzt und stammten wohl aus der Vorkriegszeit, nur die gewaltigen Satellitenschüsseln, die an fast jedem Giebel angebracht waren, verrieten Marc, dass er sich im 21. Jahrhundert befand.

Die Reuterstraße erwies sich als eine aus mehreren achtgeschossigen Häusern bestehende Plattenbausiedlung am Stadtrand von Bad Reichen. Zwischen den Gebäuden waren größere Grünflächen und ein einsamer Spielplatz angelegt worden, auf dem allerdings keine Rutschen und Schaukeln, sondern ein defekter Kühlschrank und ein ausgeschlachtetes Autowrack als Spielzeug für die Kinder zur Verfügung standen. Marc konnte anhand der fehlenden Vorhänge vor den Fenstern schon von außen erkennen, dass die Hälfte der Wohnungen leer stand. Dieser Eindruck bestätigte sich, als er auf das große Klingelbrett von Haus Nummer 88 sah, auf dem kaum Namen aufgeführt waren. So hatte er keine Mühe, Peter Grafs Schild zu finden, und drückte auf den daneben angebrachten Knopf.

Nach einer Weile hörte er ein Rauschen in der Gegensprechanlage, aber niemand meldete sich. Marc beugte sich vor und rief: »Herr Graf? Mein Name ist Hagen. Wir sind für vierzehn Uhr verabredet. Es tut mir Leid, dass es etwas früher geworden ist. Ich hoffe, das macht nichts?«

Statt einer Antwort ging der Türsummer. Marc drückte die Tür mit der Schulter nach innen und begab sich zu dem Fahrstuhl, vor dem das Schild *Außer Betrieb* angebracht war. Er suchte vergebens nach einem Lichtschalter und tastete sich schließlich im Dunkeln durch das nach Urin und verbranntem Essen riechende Treppenhaus nach oben. Vor einer Wohnung im siebten Stock stand eine Gestalt, die aussah wie ein Klischee: ein etwa fünfzigjähriger Mann mit schütteren, strähnigen Haaren in einem blauen Jogginganzug.

»Herr Graf?«, wagte Marc zu fragen.

»Jawohl. Allerdings mit der Tennisspielerin weder verwandt noch verschwägert.«

Das war wahrscheinlich seine Standardbegrüßung, mutmaßte Marc und streckte ihm seine Hand entgegen.

Peter Graf ignorierte sie und brummte: »Kommen Sie rein.«

Er ging dem Anwalt durch einen engen Flur in das Wohnzimmer voraus. Das Fenster gab die Aussicht auf die vollkommen identischen Nachbarhochhäuser der Anlage und das kürzlich fertig gestellte Autobahnteilstück frei. Direkt dahinter verliefen Eisenbahngleise, auf denen gerade ein ICE vorbeidonnerte. Eine Wohnungslage, die Immobilienmakler in ihren Exposees im Allgemeinen als ›besonders verkehrsgünstig‹ umschrieben, kam es Marc in den Sinn.

Peter Graf schloss schnell die Fenster und sperrte so den letzten Hauch Frischluft aus der muffigen Wohnung aus. Das Sonnenlicht fiel durch die schlierigen Scheiben und zeichnete helle Vierecke auf dem schmutzigen Teppichboden.

»Sonst kann man sich hier nicht unterhalten«, erklärte der Mann mit einem Fingerzeig nach draußen, als er sich Marc wieder zuwandte. »Nehmen Sie doch Platz.«

Marc warf einen misstrauischen Blick auf das angebotene Sofa, überwand aber seine Zweifel und setzte sich vorsichtig. Die ausgeleierten Federn sackten etwa zwanzig Zentimeter durch, Myriaden von Staubkörnern wurden aufgewirbelt und tanzten im hellen Licht. Die Wohnungseinrichtung war beim Bau des Hauses Anfang der Sechzigerjahre wahrscheinlich der letzte Schrei der noch jungen DDR gewesen, seitdem aber offenbar nicht mehr erneuert worden: Polstermöbel mit schalenförmigen Sitzen, zierliche bunte Plastiktischchen mit dünnen, schräg stehenden Beinen und eine große Stehlampe mit einem pastellfarbenen Tütenschirm. In der trapezförmigen Schrankwand verstaubten kleine Porzellanfiguren und Pyramiden aus dem Erzgebirge. Die ganze Wand hinter Marc wurde von einer Fototapete eingenommen, auf der die Sonne hinter einem Südseepalmenstrand unterging. Vermutlich Peter Grafs einzige Neuanschaffung nach der Wende. Auf dem nierenförmigen Couchtisch standen und lagen etliche leere Wodkaflaschen.

Graf richtete seine gelblichen Augen auf Marc. »Möchten Sie was trinken?«

Marc unterdrückte den Impuls, auf die Wodkaflaschen zu schauen, und schüttelte schnell den Kopf, obwohl er vor Durst beinahe umkam.

»Aber Sie haben doch nichts dagegen, wenn ich mir einen Kleinen genehmige, oder?«

Marc schüttelte noch einmal wortlos den Kopf und Peter

Graf verschwand in der Küche. Eine Minute später kehrte er mit einem Glas, in dem er eine verdächtig blasse Flüssigkeit schwenkte, zurück.

»Mein spezieller Cuba Libre«, sagte er, als er Marcs fragende Blicke bemerkte. »Sie wundern sich vielleicht über die helle Farbe, aber früher in der DDR war Wodka leichter zu bekommen als Cola. Heutzutage ist es eher umgekehrt, aber nun habe ich mich an meine Mischung gewöhnt. Prost.«

Er nahm einen langen Zug von dem fast unverdünnten Wodka und schüttelte sich behaglich. »Brrrh.« Dann trank er gleich noch einen Schluck und stellte das Glas vor sich ab. »Also, was kann ich für Sie tun?«

Marc drückte die Schultern durch. »Nun, Herr Graf, ich hatte Ihnen ja schon am Telefon gesagt, dass ich Rechtsanwalt bin und Christina Helms vertrete, die Tochter des vor neun Jahren auf dem Bahnhof hier erschossenen Klaus Helms. Und in diesem Zusammenhang habe ich ein paar Fragen an Sie.«

Peter Graf verzog leicht den Mund. »Ich weiß gar nicht, was das soll«, sagte er unwillig. »Ich habe doch damals schon alles berichtet, was ich gesehen habe.«

Marc zwinkerte ihm beruhigend zu. »Sicher. Aber vielleicht fällt Ihnen aus der Distanz ja noch etwas ein, dem Sie 1993 keine Bedeutung beigemessen haben. Ich will ganz offen zu Ihnen sein. Wir, das heißt Frau Helms und ich, beabsichtigen, das Verfahren neu aufzurollen, und dazu brauchen wir Ihre Hilfe. Vielleicht erzählen Sie die ganze Geschichte einfach noch einmal von Anfang an, und zwar so, wie Sie sie heute in Erinnerung haben.«

»Also gut, aber zuerst will ich wissen, was dabei für mich rausspringt.«

Marc ließ sich nichts anmerken, aber in seinem Kopf gingen sämtliche Alarmlampen an. Ein Zeuge, der sofort nach Geld fragte. Das fing ja gut an.

»Ich bin sicher, dass Frau Helms sich erkenntlich zeigen wird«, sagte er unverbindlich. »Aber versprechen kann ich Ihnen natürlich nichts. Jetzt erzählen Sie doch erst einmal.«

Graf trank noch einen Schluck und seufzte ergeben. »Na gut, dann will ich mal. Es war, wie gesagt, im Sommer 1993. Das genaue Datum weiß ich heute nicht mehr, aber es war an dem Tag bei weitem nicht so heiß wie heute. Ich stand in meinem Kiosk und habe auf Kunden gewartet. Plötzlich habe ich aus dem Tunnel lautes Geschrei gehört und natürlich in die Richtung gesehen, aus der die Rufe kamen. In dem Moment ist dann auch schon ein dunkelhaariger Mann auf den Bahnsteig gestürmt. Hinter ihm waren andere Männer, die ihn verfolgten. Ich dachte zuerst, die drehen da einen Film, aber dann ging auch schon die Schießerei los und ich habe sofort gewusst, das ist ja echt. Ich bin hinter meinem Tresen in Deckung gegangen und habe nichts mehr mitgekriegt. Das Geballere ging dann die nächsten Minuten weiter, doch auf einmal herrschte Totenstille. Ich bin dann ganz vorsichtig wieder hochgekommen, schließlich wusste ich nicht, was los war, und habe über den Rand meiner Theke gelugt. Als ich gesehen habe, dass keine Gefahr mehr bestand, bin ich ganz aufgestanden. Auf dem Bahnsteig lag ein junger Mann, der laut gestöhnt hat. ›Ich bin getroffen‹ und ›Ich sterbe, ich sterbe‹, hat er gerufen. Außerdem hat er nach seiner Mutter geschrien. Die Stimme wurde immer leiser und auf einmal war es wieder ganz ruhig.«

Peter Graf räusperte sich. »Hinterher habe ich dann erfahren, dass der junge Mann Polizist war und tatsächlich gestorben ist. Ich habe zuerst gedacht, dass dieser Polizist der Einzige war, der bei der Schießerei etwas abbekommen hat, aber dann habe ich den schwarzhaarigen Mann gesehen, der zuerst auf den Bahnsteig gerannt ist. Er lag reglos mitten auf den Gleisen und ich habe noch so bei mir gedacht, mein Gott, wenn jetzt ein Zug kommt. Aber es kam keiner. Stattdessen sind zwei Männer ganz langsam und vorsichtig mit vorgehaltenen Pistolen auf ihn zugegangen. Das sah aus wie im Fernsehen, wie in diesen amerikanischen Serien, Sie wissen schon. Der eine der Männer war hellblond, der andere braunhaarig, das weiß ich noch. Sie haben sich leise unterhalten, was sie gesagt haben, konnte ich nicht verstehen. Der

Blonde hat sich schließlich gebückt und eine Pistole, die auf den Gleisen lag, aufgehoben. Seine eigene Waffe hat er vorne in seinen Hosenbund gesteckt. Und dann habe ich gedacht, ich traue meinen Augen nicht. Der Blonde hat sich einfach gebückt und die Waffe, die er gerade aufgehoben hatte, an die Schläfe des leblosen Mannes gehalten. Ich denke noch so bei mir, was macht der denn da, dann habe ich schon den Blitz aus der Mündung gesehen und einen lauten Knall gehört. Der Mann auf dem Boden ist noch einmal zusammengezuckt und dann war wieder Stille. Ich meine, es war schrecklich, was mit dem jungen Polizisten passiert ist, aber doch wohl noch lange kein Grund, den Mann einfach so abzuknallen, oder?«

Marc hatte mit angehaltenem Atem zugehört. »Wie ging es weiter?«

»Nachdem der Blonde abgedrückt hatte, hat er sich nach allen Seiten umgedreht, ob ihn jemand beobachtet hat. Ich bin sofort wieder abgetaucht und habe mich in den winzigen Wandschrank in meinem Kiosk gezwängt. Ich hatte wirklich Angst, dass ich der Nächste bin. Ich glaube, ich war dann über eine Stunde in dem Schrank, bis ein Bekannter mich befreit hat. Das habe ich den Herren von der Polizei und der Staatsanwaltschaft aber damals alles schon genau so erzählt, wie ich es Ihnen eben gesagt habe.«

Marc hatte sich Notizen auf seinem Spiralblock gemacht und ging seine Aufzeichnungen noch einmal durch. »Und Sie sind sich auch heute noch ganz sicher, dass sich die Sache genau so abgespielt hat?«

»Hundertprozentig. Das nehme ich vor jedem Gericht auf die Gabel.« Er hob die Hand und spreizte zwei Finger ab, um einen Schwur zu simulieren. Dann nahm er noch einen Schluck Wodka, um das Gesagte auch vor seinem Gott zu bekräftigen.

Marc zögerte einen Moment, bevor er die nächste Frage stellte. Der Mann war zwar ohne Zweifel ein Trinker, aber irgendwie hatte er das Gefühl, dass er die Wahrheit sagte. »Mhm. Können Sie sich daran erinnern, was die beiden

Männer, die auf den leblosen Mann zugegangen sind, anhatten?«

»O ja, das weiß ich noch, als wenn es erst gestern gewesen wäre. Ich habe später natürlich erfahren, dass die beiden Polizisten gewesen sind, konnte das aber nicht glauben.« Er zählte seine Argumente an den Fingern ab. »Erst mal machen Polizisten so was ja wohl nicht, oder? Und zweitens haben sie auch nicht wie Polizisten ausgesehen. Beide waren mit Jeans und Turnschuhen bekleidet. Der Braunhaarige trug außerdem ein bordeauxrotes Polohemd, so eins mit einem Krokodil. Der Blonde hatte eine blaue Windjacke an.«

Marc schrieb Grafs Angaben mit und sah wieder auf. »Betreiben Sie den Kiosk heute eigentlich noch, Herr Graf?«, wollte er als Nächstes wissen.

»Ich? Wo denken Sie hin? Rausgeschmissen haben sie mich, gleich nachdem diese Sache passiert ist. Keine Ahnung, wer den Kiosk heute macht. Aber der wird sich wundern. Viel abwerfen tut der nämlich nicht. Kein Wunder, in diesem Kaff.«

Marc stellte sich die Szenerie auf dem Bahnhof vor. »Herr Graf, darf ich fragen, ob Sie eine Brille tragen?«

»Nein, ich habe sehr gute Augen«, erwiderte er stolz. »Immer gehabt. Eine Brille brauche ich nicht und habe sie auch nie gebraucht. Leider klappt es dafür seit zwei Jahren mit dem Hören nicht mehr ganz so gut.«

Marc nickte bedächtig. Der Mann war eigentlich ein hervorragender Zeuge. Eine sehr detaillierte und klare Aussage. Außerdem hatte er, soweit Marc das beurteilen konnte, keinerlei Anlass, jemandem zu helfen oder zu schaden. Wenn da nicht diese eine Sache wäre …

Er warf einen kurzen Blick auf die Flaschen auf dem Couchtisch. »Noch eine Frage, Herr Graf. Und ich möchte Sie bitten, mich jetzt nicht falsch zu verstehen.« Er ließ ein paar Augenblicke verstreichen.

»Jaaaa«, nickte Peter Graf gedehnt. Offenbar ahnte er, was Marc von ihm wissen wollte.

»Darf ich fragen, ob Sie ein Alkoholproblem haben?«

»Das kann man wohl sagen«, antwortete er umgehend. »Mir geht nämlich langsam der Wodka aus.« Er grinste breit und zeigte Marc dabei zwei lückenhafte Zahnreihen.

Marc lachte über den alten Scherz bereitwillig mit. »Nein, bitte im Ernst, Herr Graf. Diese Frage ist für meine Mandantin sehr wichtig.«

Das Lächeln auf Peter Grafs Gesicht erlosch. »Ich habe es auch ernst gemeint. Ich weiß doch, was Sie damit andeuten wollen. Sie wollen sagen, ich sei damals zu besoffen gewesen, um das alles richtig verfolgen zu können. Das haben diese Leute damals auch schon behauptet, um mich vor aller Welt lächerlich zu machen. Ich kann Ihnen aber versichern: Ich bin kein Säufer.«

Marc hob zweifelnd die Augenbrauen. »Aber ich habe den Akten entnommen, dass Sie schon vor 1993 zwei erfolglose Entziehungskuren hinter sich hatten«, wandte er ein.

»Na und, was soll das heißen? An dem Tag, an dem diese Sache auf dem Bahnhof passiert ist, war ich stocknüchtern, das kann ich beschwören. Wenn ich mal ein Glas trinke, dann höchstens abends, und das wird ja wohl noch erlaubt sein.«

Marc warf einen verstohlenen Blick auf seine Uhr und das inzwischen leere Wodkaglas. Kurz vor halb drei. Er beschloss, die offensichtliche Lüge zu ignorieren. »Gut, dann noch eine letzte Sache. Ich würde Ihnen gerne etwas vorlesen, und zwar Ihre Aussage vor neun Jahren gegenüber der Staatsanwaltschaft. Einverstanden?«

»In Ordnung. Aber vorher brauche ich noch was zu trinken.«

Marc wartete, bis Graf wieder mit einem vollen Glas auf dem Sessel vor ihm Platz genommen hatte. Er rutschte ganz nach hinten und umklammerte die Lehnen, als erwartete er einen Angriff.

»Können wir?«, vergewisserte er sich. »Also gut, ich zitiere: ›Der eine Beamte bückte sich und schoss aus nächster Nähe *mehrmals* auf Helms. Dann schoss auch der zweite Beamte auf Helms, aber mehr auf Bauch und Beine. Auch der Beamte schoss *mehrmals.‹* Zitat Ende. Nun, Herr Graf, Ihre damalige Darstellung weicht doch in zwei wichtigen Details von Ihrer heutigen ab. Wenn ich Sie richtig verstanden habe, haben Sie eben gesagt, nur *einer* der Beamten habe *ein Mal* auf den Kopf von Helms geschossen. Was stimmt denn nun?«

»Das, was ich Ihnen eben gesagt habe. Ich habe hinterher erfahren, dass dieser Helms nur zweimal getroffen worden ist und davon einmal aus weiterer Entfernung. Also kann es danach nur noch einen Nahschuss gegeben haben. Das ist doch logisch, oder?«

Marc runzelte die Stirn. »Logisch schon, leider passt die Logik nicht zu Ihren ersten Angaben, wonach beide Beamte mehrfach geschossen haben sollen. Das haben Sie ja später sogar im Fernsehen wiederholt. Welche Version stimmt denn nun?«

»Das habe ich Ihnen doch gerade erklärt«, brauste Peter Graf auf. »Ich habe nur einen Schuss gesehen. Der Blonde hat aus nächster Nähe auf den Kopf von Helms geschossen, und zwar mit der Pistole, die er vorher aufgehoben hat. Es kann sein, dass ich da zuerst was durcheinander gebracht habe. Kein Wunder bei den vielen Schüssen, die gefallen sind. Das war ja eine einzige Knallerei. Vielleicht war ich deshalb etwas verwirrt und habe die ersten Schüsse mit den letzten verwechselt. Aber diesen einen Kopfschuss, den habe ich gesehen, so wahr ich hier sitze. Ich habe das schon 1993 vor dem Ermittlungsrichter beeidigt und würde das auch jederzeit wieder tun. Mehr habe ich dazu nicht zu sagen.«

Kapitel 9

Um kurz vor zwanzig Uhr traf Marc in dem in der Bielefelder Altstadt gelegenen irischen Pub *Limerick* ein. Der Raum war von Stimmengewirr, Gläserklirren, Gelächter, Bier- und Schweißgeruch erfüllt. Marc kämpfte sich durch die dicht stehenden Leiber bis zu dem Tisch in der hintersten Ecke des Lokals vor, an dem sich bereits acht aufstrebende junge Rechtsanwälte versammelt hatten. Als Marc an den Tisch trat und sich auf einen freien Platz setzte, nickten sie ihm kurz zu. Er gehörte nicht zu den Juristen, derentwegen man ein Gespräch unterbrechen oder gar aufstehen musste.

Gabriel war noch nicht da. Also bestellte Marc ein Pils und ließ das Gespräch mit Peter Graf noch einmal Revue passieren. Vor Gericht würde er mit diesem Zeugen nicht den Hauch einer Chance haben, so viel stand fest. Der Richter und der Vertreter des Versorgungsamtes würden Graf in der Luft zerfetzen. Andererseits hatte Marc den Eindruck gewonnen, dass der Mann ihm die Wahrheit gesagt hatte. Oder zumindest fest daran glaubte, sie gesagt zu haben, wer konnte das bei einem Alkoholiker schon so genau wissen. Die Worte seines Ausbilders während seines Referendariats beim Landgericht fielen ihm wieder ein: Die Hälfte aller Zeugen lügt, man weiß leider nur nicht, welche Hälfte. Bei Peter Graf fiel es nicht allzu schwer, Gründe dafür zu finden, warum er sich geirrt haben konnte. Er war eine Trinker, die Sekunden vor seiner vermeintlichen Beobachtung in einen regelrechten Kugelhagel geraten war. Da hätten auch nüchterne Zeugen Schwierigkeiten gehabt, die Fassung und die Übersicht zu behalten. Andererseits hatte 1993 nicht einmal die Staatsanwaltschaft behauptet, Peter Graf habe bewusst gelogen. Es hätte der Anklagebehörde aber wohl auch schwerlich gelingen können, aus einem kleinen Kioskbetreiber einen RAF-Sympathisanten zu machen. Marc schüttelte den Kopf, um seine Gedanken zu ordnen. Leider nutzte ihm sein Eindruck vor Gericht gar nichts. Peter Graf war schlicht und einfach ein alter Säufer, der außerdem noch seine ersten Angaben hatte völlig revidieren müssen. Immerhin hatte Marc Grafs Aussage als ein Indiz für einen Mord an Klaus Helms in seiner Klagebegründung für das Sozialgericht verwenden können, die er direkt vorhin noch zu Hause diktiert hatte. Vielleicht würde das den Richter dazu bewegen, die Klage nicht sofort in Bausch und Bogen abzuweisen.

Darüber hinaus hatte sich die Fahrt nach Mecklenburg finanziell gelohnt. Der erste Tag, den er Christina Helms voll in Rechnung stellen konnte. Die Bedienung brachte sein Pils und Marc prostete sich selbst zu. Die ersten vierhundert Euro waren eingefahren, stellte er zufrieden fest, während er den Schaum abtrank.

Als er von seinem Glas hochschaute, entdeckte er Gabriel, der sich aus der Menge löste und auf ihn zusteuerte. Mit ein paar Handbewegungen versuchte Marcs Freund die über dem Tisch hängenden Rauchschwaden beiseite zu wedeln.

»Puh, hier ist ja mehr Qualm als in einem Ridley-Scott-Film.« Gabriel klopfte auf den Tisch, um die Runde zu begrüßen, und nahm dann auf dem letzten freien Stuhl neben Marc Platz.

»Na, Meister, was macht die Kunst? Ich habe versucht, dich in deiner Kanzlei zu erreichen, um dir zu sagen, dass es bei mir heute etwas später wird, aber du warst offenbar den ganzen Tag ausgeflogen.«

Marc nickte zustimmend. »Ich bin erst vor einer knappen Stunde zurückgekommen. Ein auswärtiger Termin in Bad Reichen.«

Auf Gabriels Stirn erschien eine nachdenkliche Falte. »Bad Reichen? Den Namen habe ich doch schon mal gehört?«

»Das ist gut möglich. Die Stadt ist 1993 in die Schlagzeilen geraten, als dort ein RAF-Mitglied bei seiner Festnahme ums Leben gekommen ist. Das ist aber auch schon das einzig Bemerkenswerte an diesem Kaff.«

»Nein, nein, da war noch was anderes.« Gabriel lehnte sich zurück und starrte an die Decke der Kneipe, als stünde da die Antwort auf seine stumme Frage geschrieben. Dann verzog sich sein Mund zu einem breiten Grinsen. »Ah, ich beginne etwas zu ahnen. Lass mich raten. So Mitte zwanzig, lange blonde Haare, gute Figur, eigentlich ganz hübsch. Mensch, wie hieß die noch? Nein, nichts verraten. Warte mal. Ach ja, Helms. Katharina Helms.«

»Christina«, korrigierte Marc verstört. »Was weißt du von

ihr? Willst du etwa damit sagen, dass sie dich auch aufgesucht hat?«

Gabriel brach in ein meckerndes Gelächter aus. »Das ist gut. Das ist echt gut! Ob sie mich auch aufgesucht hat?! He, Thomas, hast du das gehört?« Er sah zu einem Mann am anderen Ende des Tisches herüber, der in einer der größten Bielefelder Kanzleien arbeitete. Thomas Wolters war dafür bekannt, dass er abends regelmäßig bis 22 Uhr arbeitete. Wahrscheinlich war er heute direkt von seinem nahe gelegenen Büro ins *Limerick* marschiert. Darauf ließ zumindest sein Freizeitlook schließen, der darin bestand, dass er den obersten Knopf seines Hemdes geöffnet und seine Krawatte etwas gelockert hatte.

»Was soll ich gehört haben?«, brüllte Wolters über den Tisch zurück. Sofort wurde es in der Runde still.

Marc wollte Gabriel zurückhalten, aber es war bereits zu spät.

»Unsere alte Freundin Christina Helms hat anscheinend doch noch einen Dummen gefunden. Marc hat ihr Mandat übernommen. Und eben hat er mich gefragt, ob sie vorher schon bei mir war.«

Für den Bruchteil einer Sekunde herrschte Ruhe. Dann brüllte der ganze Tisch vor Lachen. Marc merkte, dass er knallrot anlief. Irgendwas hatte er anscheinend wieder mal nicht mitbekommen.

Gabriel wischte sich die Tränen aus den Augen und schniefte geräuschvoll, bevor er sich Marc zuwandte. »Ah, das war gut. Aber jetzt mal im Ernst, Marc. Diese Dame macht doch schon seit Wochen die große Tour durch sämtliche Bielefelder Kanzleien. Angefangen hat sie bei den großen Sozietäten und jetzt ist sie offenbar bei den kleinen Krautern angekommen.«

Er hielt einen Moment inne, als er Marcs gequälten Gesichtsausdruck sah. »Oh, entschuldige bitte den Ausdruck. Aber du musst doch von ihr gehört haben. Die Warnung vor dieser Frau ist von Kanzlei zu Kanzlei gegangen. Hast du die E-Mail nicht bekommen?«

Marc schüttelte stumm den Kopf. Bei ihm hatten die Buschtrommeln offenbar mal wieder nicht funktioniert.

Gabriel sprach inzwischen schon weiter. »Als sie zu mir kam, war mir sofort klar, dass es sich um diese Christina Helms handelt. Ich habe sie gleich wieder rausgeschmissen. Nicht so direkt natürlich, aber du weißt ja, wie das geht. Ich habe ihr gesagt, dass ich im Moment keine Zeit hätte und dass sozialgerichtliche Fälle ohnehin nicht zu meinem Spezialgebiet gehörten. Ich habe ihr geraten, sich wegen der Komplexität der Materie doch lieber an einen Experten zu wenden. Und den hat sie ja nun offensichtlich gefunden.« Er lachte wiehernd auf, beruhigte sich diesmal aber schnell wieder und legte Marc die Hand auf die Schulter. »Entschuldige, war nicht so gemeint.«

Marc zuckte hilflos die Achseln. Sie hatte ihn also reingelegt. Hatte behauptet, ihn wegen seines Namens und dem Geburtsort ihres Vaters aufgesucht zu haben, dabei war er wahrscheinlich buchstäblich der letzte Name eines Anwalts auf ihrer Liste gewesen. Kein Wunder, dass sie ihn doch für viel Geld engagiert hätte, nachdem er sie vorher praktisch vor die Tür gesetzt hatte. Es gab schlichtweg keinen anderen Anwalt, der zu ihrer Vertretung bereit gewesen wäre. Egal, Hauptsache, sie half ihm aus seiner finanziellen Notlage. Aber davon brauchten diese Idioten schließlich nichts zu erfahren. Trotzdem hatte er das Bedürfnis, sich zu rechtfertigen.

»Wie könnt ihr eigentlich alle so sicher sein, dass an der Sache nichts dran ist?«, fragte er. »Ich wette, dass sich keiner von euch ihre Geschichte zu Ende angehört hat.«

»Das brauchten wir gar nicht.« Gabriel sah ihn mitleidig an. »Wichtig ist nicht das Ende ihrer Geschichte, sondern der Anfang. Thomas, erzähl es ihm.«

Alle Augen richteten sich auf Wolters, der die allgemeine Aufmerksamkeit sichtlich genoss. Er ließ sich lange Zeit, bis er endlich anfing zu sprechen. »Nun, die junge Dame war natürlich zuerst bei uns. Schließlich sind wir das erste Haus am Platze. Irgendwie ist sie bei mir gelandet. Einer unserer Partner hat sie an mich verwiesen und mir gleich zugeraunt, ich solle sie irgendwie loswerden. Ich habe mir zuerst ihre wilden Beschuldigungen angehört und ihr dann mitgeteilt, dass wir uns ausschließlich mit Wirtschaftsrecht beschäftigen und ihr deshalb leider nicht weiterhelfen könnten. Stellt euch das mal vor! Möller, Becker und Partner sollen die Tochter eines RAF-Terroristen vertreten. Na ja, irgendwann ist sie wieder abgeschwickert und wir waren sie los. Eine Woche später habe ich die Geschichte von dieser Helms bei einem Familientreffen zum Besten gegeben und ihr werdet nicht glauben, was dann passiert ist. Mein Bruder kannte sie auch. Er ist Psychiater im Westfälischen Landeskrankenhaus in Gütersloh, mit anderen Worten: Er arbeitet in der Klapsmühle. Und wer war da bis vor einem halben Jahr in Behandlung? Richtig, unsere Christina. Da war der Fall für mich natürlich endgültig klar.«

Marc fiel von einem Loch ins nächste. Er war einer Verrückten aufgesessen! »Und weshalb war sie im Landeskrankenhaus?«, fragte er halbherzig. Eigentlich wollte er die Antwort gar nicht wissen.

Thomas Wolters hob langsam die Schultern. »Das hat mein Bruder mir nicht so genau gesagt. Du weißt schon, ärztliche Schweigepflicht und so. Aber für mich steht die Diagnose ohnehin fest. Paranoide Schizophrenie. Du darfst dreimal raten, wie sie auf die Idee gekommen ist, ihr Vater sei ermordet worden. Das hat sie sich alles fein säuberlich in ihrem kranken Hinterstübchen zusammengereimt.« Er vollführte mit dem Zeigefinger kleine kreisende Bewegung an seiner Schläfe. »Auf jeden Fall war mir klar, dass diese Helms einen ernsten Schaden hat und sich mit einem einfachen Nein nicht so ohne weiteres zufrieden gibt, sondern zum nächsten Anwalt rennt. Tja, und da habe ich die anderen eben vorgewarnt und ein Rundschreiben per E-Mail losgeschickt. Und es gibt hier keinen am Tisch, den sie nicht aufgesucht hat. Leider ist die Warnung offenbar nicht bis zu dir durchgedrungen.« Wolters hob entschuldigend die Schultern, eine Geste, die von seinem breiten Grinsen Lügen gestraft wurde.

Marc startete einen letzten verzweifelten Versuch, seinen Ruf zu retten. »Ich glaube nicht, dass sie wirklich verrückt ist«, sagte er. »Ihre Argumente waren durchaus logisch und hatten alle etwas für sich.«

»Ja, ja, ich weiß.« Wolters machte ein abfällige Handbewegung. »Mein Bruder hat mir von diesen Paranoikern und Schizophrenen erzählt, die bei ihm in Behandlung sind. Auf den ersten Blick wirken die völlig gesund. Der Wahnsinn bricht nur manchmal durch. Wenn die mit Psychopharmaka eingestellt sind, kann man sie von den Normalen gar nicht unterscheiden. Aber die haben sich halt etwas in den Kopf gesetzt und halten unbeirrbar daran fest.«

»So wie du daran, dass Arminia Bielefeld mal deutscher Fußballmeister wird«, sagte Gabriel, der das Gefühl hatte, es sei jetzt an der Zeit, Marc zu Hilfe zu kommen.

Wolters stimmte gutmütig in das Lachen ein und hob sein Glas. »Ach, was soll's, Marc. Du bist vielleicht nicht der erfolgreichste Anwalt, aber dafür wirst du jetzt bestimmt der Anwalt der Herzen.«

Wieder prustete die ganze Tischrunde los. Marc war kurz davor aufzustehen und zu gehen, wurde aber von Gabriel am Arm zurückgehalten. »Es tut mir Leid, Marc. Wenn ich gewusst hätte, was dabei rauskommt, hätte ich das Thema nicht angeschnitten.«

Marc hätte seinen Freund am liebsten auf der Stelle verprügelt. Aber das brachte jetzt schließlich auch nichts mehr.

»Mach dir keine Gedanken«, sagte er also. »Ich komme mit der Frau schon klar. Außerdem kann ich dir sofort die Gelegenheit geben, die Sache wieder gutzumachen. Was fällt dir zu der Zahl 7 ein?«

Gabriel schien froh zu sein, dass Marc das Thema wechseln wollte. Mit demonstrativem Eifer versuchte er sich wieder einzuschmeicheln. »Zu der 7? Nun, dazu fällt mir eine ganze Menge ein. Ich bin im Juli, also im siebten Monat, geboren. Davon abgesehen gibt es natürlich viele Filme, in denen diese Zahl eine Rolle spielt. Da gibt es zum Beispiel den Film *Sieben* mit Brad Pitt. Der heißt übrigens so, weil es darin um die sieben Todsünden geht. Dann fällt mir noch der Western *Die glorreichen Sieben* mit Steve McQueen, Yul Brynner und Horst Buchholz ein. Und das japanische Vorbild für diesen Film, *Die sieben Samurai* von Kurosawa. Dann gibt es noch *Das siebte Siegel* von Bergman und den Film *Sieben Tage im Mai* mit Burt Lancaster und Kirk Douglas von Frankenheimer. Wenn du mir noch ein paar Minuten Zeit lässt, kann ich dir mit Sicherheit noch einmal so viele Filme aufzählen.«

Marc trank sein Bier aus und schüttelte den Kopf. »Nein, ich glaube nicht, dass mir das weiterhilft. Ich suche mehr die Verbindung zu einem Ort. Warte mal. Hast du was zu schreiben?«

Gabriel sagte nichts und begann in der Innentasche seiner Jacke herumzusuchen. Nach wenigen Sekunden zog er einen Kugelschreiber hervor. »Reicht dir das?«

Marc nahm ihm den Kuli aus der Hand und bemühte sich, die zwei eng nebeneinander stehenden Bögen, die unter der verschlüsselten Zahl auf Seidlers Zettel gemalt waren, auf einen Bierdeckel zu übertragen. Nach ein paar Augenblicken betrachtete er zufrieden sein Werk und zeigte es Gabriel. »Sieh dir das mal an. Was könnte das deiner Meinung nach bedeuten?«

Gabriel warf nur einen kurzen Blick auf die Zeichnung. »Ganz klar, das ist ein Busen.«

»Ein Busen?« Marc sah seinen Freund an, als sei der nicht ganz richtig im Kopf. »Was hat das denn mit einem Busen zu tun?«

»Schau doch mal genau hin. Das sind zwei weibliche Brüste von oben gesehen. Allerdings fehlen die Nippel. Könnte natürlich auch ein Hintern sein. Auch von oben.«

Marc schüttelte ärgerlich den Kopf. »Ich meine es ernst, Gabriel. Also, was könnte das sonst sein? Und lass mal deine pubertäre Fantasie beiseite.«

»Hm, lass mich nachdenken. Sieht irgendwie aus wie das McDonald's-Zeichen, oder nicht? Die ›Golden Arches‹.«

Für einen kurzen Moment war Marc verdutzt. Dann sagte

er: »Nein, das kann auch nicht sein. Dazu sind die beiden Bögen zu flach. Das McDonald's-Zeichen ist viel höher und steiler. Aber die Idee war schon nicht schlecht. Mach einfach weiter.«

»Dann fällt mir dazu noch ein Vogel ein.«

»Ein Vogel?«

»Ja, die beiden Bögen könnten die Schwingen eines Vogels sein.«

Marc betrachtete seine eigene Zeichnung, bis er es auch sah. »Du hast Recht«, sagte er zu Gabriel. »Das könnte ein stilisierter Vogel sein, wie ihn kleine Kinder malen.«

»Oder van Gogh«, fügte Gabriel hinzu.

»Oder van Gogh«, stimmte Marc zu. »Das Problem ist nur, ich suche mehr nach einem Platz oder Ort.«

»Vielleicht sollen diese Bögen ja auch Hügel oder Berge darstellen«, schlug Gabriel vor.

»Darauf bin ich auch schon gekommen«, erwiderte Marc. »Ich habe sogar schon eine Verbindung zur Zahl 7 gefunden. Das Siebengebirge. Aber vielleicht hast du noch eine andere Idee?«

»Da muss ich nachdenken. Aber zuerst muss ich mal aufs Klo.« Gabriel stand auf und verschwand.

Als er fünf Minuten später zurückkam, hatte er ein frisches Glas Bier in der Hand. »Ich glaube, mir ist noch was eingefallen«, nahm er den Faden wieder auf. »Es gibt in Bielefeld eine Straße, die Sieben Hügel heißt. Teure Wohngegend übrigens. ›Sieben Hügel‹ ist aber auch ein Synonym für Rom, das ja bekanntlich auf sieben Hügeln erbaut wurde. Hilft dir das?«

Marc sah seinen Freund erstaunt an. Warum war er nicht selbst darauf gekommen?

»Das hört sich für den Anfang ganz gut an«, sagte er langsam. »Fällt dir noch mehr ein?«

»Im Augenblick nicht. Vielleicht, wenn du mir noch etwas Zeit gibst und mir endlich sagst, wonach genau du eigentlich suchst.«

»Wenn ich das nur wüsste. Wahrscheinlich einen Ort, an

dem ein Tresor, ein Schließfach, eine Kassette oder etwas in der Art versteckt ist. Vielleicht befindet sich der gesuchte Gegenstand ja wirklich in Rom, aber ich kann ja schlecht die ganze Stadt absuchen.«

»Mehr hast du nicht?«

»Leider nicht, aber wenn ich einen neuen Hinweis bekomme, werde ich mich auf jeden Fall bei dir melden. Du hast wirklich gute Einfälle.«

Auf dem Nachhauseweg kam Marc an seiner Kanzlei vorbei. Als er das Spiegelbild seines Wagens in der Fassade des Gebäudes sah, fiel ihm ein, dass er die Kassette mit der Klagebegründung für das Sozialgericht noch auf Melanies Schreibtisch hinterlegen musste, damit der Schriftsatz gleich morgen früh geschrieben werden konnte. Außerdem hatte er die heutige Post noch nicht durchgesehen. Also setzte er den Blinker und steuerte den Golf auf den Parkplatz.

Die Post bestand zur einen Hälfte aus Werbung und zur anderen aus Rechnungen und Mahnungen. Alles wie immer. Er wollte gerade gehen, als sein Blick auf das Telefon fiel. Eigentlich konnte er es noch einmal in München versuchen. Er gab die Nummer von F. Seidler ein, die er nach seinen gestrigen Versuchen auswendig kannte. Es klingelte und klingelte. Am anderen Ende war offenbar noch immer niemand zu Hause.

Marc dachte einen Augenblick nach, dann wählte er die Nummer der Auskunft der Telekom und ließ sich die Namen aller Anschlussinhaber geben, die in dem gleichen Haus wie die oder der unerreichbare F. Seidler wohnten. Er bekam sieben Namen und Telefonnummern, bedankte sich und legte auf. Auch die ersten beiden Nachbarn von F. Seidler in der Münchner Dragonerstraße schienen nicht zu Hause zu sein. Bei Marcs drittem Versuch meldete sich eine weibliche Stimme, die sich als Herta Krause vorstellte.

Marc begann wohl zum zehnten Mal in den letzten beiden Tagen seine Litanei herunterzubeten: »Guten Abend, Frau Krause. Mein Name ist Hagen. Ich bin der vom Amtsgericht

Bielefeld bestellte Nachlasspfleger in der Nachlasssache Hans Seidler. In dieser Eigenschaft obliegt es mir, die Erben des verstorbenen Herrn Seidler ausfindig zu machen. Es besteht die Möglichkeit, dass die oder der in Ihrem Haus wohnende F. Seidler mit dem jüngst verstorbenen Hans Seidler verwandt sein könnte. Leider kann ich Herrn oder Frau Seidler seit Tagen nicht erreichen. Vielleicht wären Sie so freundlich, mir zu sagen, ob F. Seidler weiblich ist und Franziska heißt?«

»Amtsgericht Bielefeld, sagen Sie? Na, dann wird das wohl in Ordnung gehen. Frau Seidler hieß tatsächlich Franziska.«

Marc hatte für einen Augenblick das Gefühl, als würde ihm der Boden unter den Füßen weggezogen. »Haben Sie gesagt ›hieß‹?«

»Jawohl, Frau Seidler ist vor einer Woche ganz überraschend gestorben. Ich war mit dabei, als der Hausmeister die Tür geöffnet hat. Wir haben sie tot in ihrem Wohnzimmer gefunden.«

Marc konnte es nicht fassen. »Sind Sie sich sicher?«

»Na, hören Sie mal! Was meinen Sie, auf wessen Beerdigung ich vorgestern war.«

»Entschuldigen Sie bitte, Frau Krause. Es ist nur so ... so unfassbar.« Auf einmal durchzuckte Marc ein schrecklicher Gedanke. »Frau Krause, es tut mir Leid, aber ich muss diese Frage stellen: Hat es sich um Selbstmord gehandelt?«

Marc konnte durch die Leitung fast spüren, wie Frau Krause bei dem Wort zusammenzuckte und ein Kreuz schlug.

»Selbstmord? Gott bewahre, wo denken Sie hin! Nein, Frau Seidler ist ganz friedlich auf ihrem Sofa eingeschlafen. Sogar der Fernseher lief noch. Außerdem hat der Arzt bestätigt, dass ihr Herz ganz einfach aufgehört hat zu schlagen. Und das in ihrem Alter. Sie war ja erst Ende fünfzig.«

»Mhm.« Marc überlegte. »Noch eine Sache, Frau Krause. Ist Ihnen bekannt, ob Frau Seidler Verwandte hatte?«

»Ich weiß nur von einem Bruder, der Professor in Bielefeld ist oder war. Aber sagten Sie nicht, dass Sie aus Bielefeld anrufen? Dann ist der Tote, den Sie da haben, ja womöglich der Bruder von Frau Seidler.«

»Davon muss ich jetzt ausgehen, ja.«

»Schrecklich, dann sind die beiden Geschwister ja in ganz kurzem Abstand gestorben.«

»So sieht es aus. Frau Krause, sind Ihnen vielleicht noch die Namen weiterer Verwandter oder Freunde von Frau Seidler bekannt?«

»Nein.« Sie sprach sehr zögernd, als dächte sie angestrengt über seine Frage nach. »Nein, ich bin mir sogar sicher. Ich hatte zu Frau Seidler zwar keinen sehr engen Kontakt, aber man unterhält sich ja mal im Treppenhaus. Sie hat immer nur von ihrem Bruder, dem Professor, erzählt. Sie war wohl sehr stolz auf ihn. Halt, da fällt mir ein, dass sie mal erwähnt hat, dass sie noch weitere Brüder gehabt hat, die aber mittlerweile alle verstorben sind. Ich fürchte, mehr weiß ich nicht.«

»Sie haben mir schon sehr geholfen, Frau Krause. Haben Sie vielen Dank. Auf Wiederhören.«

Marc legte den Hörer auf und starrte noch mehrere Sekunden lang gedankenverloren auf den Apparat. Dann riss er sich zusammen und machte sich eine kurze Notiz, die ihn daran erinnern sollte, sich mit dem Nachlassgericht München in Verbindung zu setzen, um die Angaben von Frau Krause nachzuprüfen. Allerdings hatte er keinen Zweifel daran, dass es sich bei der in München verstorbenen Franziska Seidler um die Schwester des Professors gehandelt hatte. Und das bedeutete, dass sich seine größte Hoffnung, hinter das Geheimnis von Seidlers Nachlass zu kommen, in nichts aufgelöst hatte. Aber mit diesem Problem würde er sich später noch beschäftigen können. Jetzt musste er sich zuerst einmal um die Lebenden kümmern.

Kapitel 10

Dr. Elisabeth Günther saß an ihrem Schreibtisch im achten Stock des hufeisenförmigen Bürokomplexes aus rosafarbenem Granit und Glas in Berlin-Moabit, der das Bundesinnenministerium beherbergte, und dachte fieberhaft darüber nach, was der Brief, der ihr vor zehn Minuten vorgelegt worden war, für sie und ihre Karriere bedeuten konnte.

Schließlich sprang sie auf, durchmaß mit schnellen Schritten den langen Gang, der ihr Büro mit dem ihres Chefs verband, und schreckte dadurch die beiden Angehörigen der Sicherungsgruppe des BKA auf, die gerade im Vorzimmer mit den Sekretärinnen flirteten.

Reflexartig ließen sie die rechte Hand zu den Sig-Sauer-9-mm-Pistolen in ihren Schulterhalftern fahren, entspannten sich jedoch schnell wieder, als sie die parlamentarische Staatssekretärin erkannten.

Elisabeth Günther ignorierte Schneiders Prätorianergarde und hastete weiter, ohne ihre Geschwindigkeit zu verringern.

»Ist er da?«, rief sie einer verdutzten Sekretärin im Vorbeilaufen zu.

»Ja, aber ...«

Doch in diesem Moment war Elisabeth Günther bereits hinter der doppelten Verbindungstür verschwunden und stürmte auf den Bundesinnenminister zu. Sascha Schneider blickte nicht sonderlich überrascht von der vor ihm liegenden Akte auf. »Ah, Elisabeth. Was liegt denn heute an, das nicht noch fünf Minuten warten könnte?«

Elisabeth Günthers Brustkorb hob und senkte sich schwer. »Es ist keine Zeit für deine Scherze, Sascha«, sagte sie ärgerlich und versuchte zu Atem zu kommen. »Wenn ich bisher der Auffassung war, eine Sache sei dringend, dann war sie es auch. Und diese hier ist keine Ausnahme.«

Immer noch nach Luft ringend, überreichte sie Schneider das Schreiben und wartete gespannt auf seine Reaktion.

Dabei fiel ihr nicht zum ersten Mal in den letzten Wochen auf, dass der Minister müde aussah und tiefe Ringe unter den Augen hatte.

»Eine Anfrage von einem Rechtsanwalt aus Bielefeld«, erläuterte sie, während Schneider die Zeilen überflog. »Es geht um den Tod von Klaus Helms vor neun Jahren in Bad Reichen. Dieser Rechtsanwalt, Hagen heißt er, vertritt jetzt die Tochter von Helms in einem Sozialgerichtsverfahren. Er will offenbar den ganzen Fall wieder aufrollen und hat uns als oberste Aufsichtsbehörde um die Namen und Anschriften der beiden GSG-9-Männer gebeten, die damals kurzzeitig in Verdacht standen, Helms aus Rache für den Tod ihres Kameraden erschossen zu haben.«

Schneider hatte seine Lektüre in dem gleichen Augenblick beendet, in dem Elisabeth Günther ihren Vortrag abgeschlossen hatte.

»Ja und, wo ist das Problem?«, fragte er gelangweilt. »Diese Sache ist doch schon seit Jahren erledigt und wir haben damit nicht das Geringste zu tun. Warum regst du dich so darüber auf?«

Elisabeth Günther stemmte die Fäuste in ihre Hüften. »Na, hör mal. Immerhin musste wegen der Schießerei in Bad Reichen schon einmal ein Bundesinnenminister zurücktreten. Dazu noch sein Sprecher. Der Polizeikoordinator im Innenministerium und der Generalbundesanwalt wurden entlassen. Und es gab zig Versetzungen im BKA. Das war ein regelrechtes Gemetzel. Ich möchte nicht, dass es dich als Nächsten trifft, wenn diese Angelegenheit wieder hochkocht.«

»So, möchtest du das wirklich nicht?« Schneider sah seiner parlamentarischen Staatssekretärin lange prüfend in die Augen. »Schließlich könnte mein Rücktritt deine Chance sein, meine Nachfolgerin zu werden. Wie sieht es aus, Elisabeth, hättest du nicht Lust, Kalif anstelle des Kalifen zu werden?«

Für mehrere Sekunden breitete sich eine peinliche Stille aus.

»Das glaubst du doch wohl nicht im Ernst?«, brauste Elisabeth Günther schließlich auf. Für Schneiders Geschmack den Bruchteil einer Sekunde zu spät. »Ich würde nie etwas tun, was dir schaden könnte«, fuhr sie fort. »Du weißt sehr genau, dass du dich immer voll auf mich verlassen kannst.«

»So, weiß ich das?« Schneider starrte seine Staatssekretärin noch immer an, als versuche er in ihr Gehirn einzudringen und ihre Gedanken zu lesen.

Elisabeth Günther merkte, dass ihr abwechselnd heiß und kalt wurde, und hielt es für klüger, das Thema zu wechseln. »Wichtig ist im Moment zu klären, wie wir auf diese Anfrage reagieren«, sagte sie in einem um Geschäftsmäßigkeit bemühten Tonfall. »Meiner Meinung nach dürfen wir keinesfalls die Büchse der Pandora öffnen, sonst werden wir diese Geister niemals wieder los. Du weißt ja, wie empfindlich die Öffentlichkeit mittlerweile darauf reagiert, wenn dein Name in Zusammenhang mit Terroristen genannt wird.«

Schneider seufzte theatralisch. »Du hast natürlich Recht«, stimmte er zu. »Unsere Freunde von der *Bild* würden versuchen, das so hinzudrehen, als wäre Helms damals mein bester Kumpel gewesen.«

»Wundert dich das?« Elisabeth Günther erlaubte sich ein schwaches Grinsen. »Die nehmen es dir eben ein wenig übel, dass du 1968 ›Springer-Mörder‹, ›Enteignet Springer‹ und ›Bild hat mitgeschossen‹ gebrüllt hast.«

Schneider winkte genervt ab. »Wie dem auch sei. Hast du das schon von unseren Juristen prüfen lassen? Ich meine, kann uns dieser Anwalt irgendwie zwingen, die Namen der GSG-9-Männer herauszugeben?«

Elisabeth Günther schüttelte den Kopf. »Ich habe keine Ahnung. Ich habe es für sinnvoller gehalten, die Sache erst mal mit dir abzuklären. Aus politischer Sicht sozusagen.«

Schneider dachte einen Moment nach. »Okay«, verkündete er dann das Ergebnis seiner Überlegungen. »Wir machen es wie folgt: Wenn es eine Möglichkeit gibt, die Veröffentlichung der Namen zu verhindern, werden wir das auch tun. Einen neuen Unruheherd kann ich im Augenblick wirklich nicht gebrauchen. Versuch also, diesen Anwalt irgendwie abzuwimmeln. Aber bitte so, dass in der Öffentlichkeit nicht der Eindruck entsteht, wir hätten etwas zu verbergen. Wie wäre es zum Beispiel, wenn du ihn nach Berlin einlädst und ihm persönlich klar machst, dass da leider nichts zu machen ist. Wir würden ja gern, aber, aber ... Du weißt schon, so in der Richtung. Mit deinem Charme dürfte das doch wohl kein Problem sein, oder?« Er grinste anzüglich.

Elisabeth Günther legte die Stirn in Falten. »Solange du nicht von mir verlangst, dass ich mit diesem Typen ins Bett gehe, ist mir alles recht. Gut, ich werde es versuchen.«

»Nicht *versuchen*, Elisabeth.« Schneider sah sie hart an. »Ich will, dass diese Sache aus der Welt geschafft wird, und dann nichts mehr davon hören. Kriegst du das hin oder muss ich mich selbst darum kümmern?«

»Nein, nein, das geht schon in Ordnung«, versicherte Elisabeth Günther hastig. »Betrachte das Problem als erledigt.«

Kapitel 11

Marc saß im *Café Einstein,* einem Straßenbistro am Berliner Prachtboulevard Unter den Linden und ließ sich die warme Vormittagssonne in das Gesicht scheinen. Er hatte sich an einen Tisch am Rand des Gastronomiebetriebes gesetzt, damit das bevorstehende Gespräch mit Elisabeth Günther möglichst ungestört verlaufen konnte. Die Gefahr einer Störung war allerdings ohnehin nicht sehr groß, da nur ein kleiner Teil der Tische besetzt war.

Marc hätte nicht überraschter sein können, als Melanie gestern Nachmittag den Anruf aus dem Bundesinnenministerium in sein Büro weitergeleitet und ihn mit der parlamentarischen Staatssekretärin verbunden hatte. Mit einer derart schnellen Reaktion auf seine Anfrage hatte er nicht gerechnet. Und noch mehr: Die Staatssekretärin hatte sich nicht mit einer schriftlichen Antwort begnügt, sondern es sich nicht nehmen lassen, ihn für den nächsten Tag um zehn Uhr morgens zu einem persönlichen Gespräch in die Hauptstadt einzuladen. Marc war sich nicht sicher gewesen, ob er das als positives Zeichen werten sollte. Auf jeden Fall fand er sich jetzt in Berlin wieder, genehmigte sich ein Frühstück auf Staatskosten und wartete auf Elisabeth Günther. Er war davon überzeugt, sie auf den ersten Blick erkennen zu können, obwohl er sie nur einmal kurz im Fernsehen gesehen hatte.

Gleich nach dem Telefonat hatte er Melanie gebeten, aus dem Internet alle verfügbaren Informationen über die parlamentarische Staatssekretärin herunterzuladen, und seine Sekretärin hatte tatsächlich ganze Arbeit geleistet. Mittlerweile war er mit den wesentlichen Stationen des Lebens von Elisabeth Günther bestens vertraut und er musste zugeben, dass er tief beeindruckt war: Während ihrer Schulzeit hatte sie im Alter von sechzehn Jahren begonnen, nebenher als Model zu jobben. Mit dieser Tätigkeit hatte sie ihr Studium der Psychologie von 1978 bis 1982 finanziert. Bereits 1980 wirkte sie bei den gerade gegründeten Grünen mit. 1985 wurde sie persönliche Referentin des bundesweit ersten grünen Landesinnenministers Sascha Schneider in Hessen. In dieser Funktion blieb sie, bis sie 1994 für die Grünen in den Deutschen Bundestag einzog, wo sie sofort zur ›Miss Bundestag‹ gewählt wurde. Und 1998 schließlich folgte der bisherige Höhepunkt ihrer Karriere, als sie nach dem Sieg der SPD und der Grünen bei der Bundestagswahl parlamentarische Staatssekretärin unter ihrem alten Freund und Förderer Sascha Schneider wurde, der zum Bundesinnenminister ernannt worden war.

Marc sah auf seine Armbanduhr. Schon fünf Minuten nach zehn. Aber vermutlich hatte eine parlamentarische Staatssekretärin auch noch etwas anderes zu tun, als sich um die Anfragen von Rechtsanwälten zu kümmern. Marc trank seinen Kaffee aus und überlegte, ob er sich noch einen bestellen sollte. Da hörte er hinter sich eine dunkle Frauenstimme.

»Herr Hagen, nehme ich an?«

Ein Rest Kaffee verirrte sich in Marcs Luftröhre und löste einen mittleren Hustenanfall aus. Als er sich wieder einigermaßen beruhigt hatte, sprang er ungelenk von seinem Platz auf und drehte sich um.

»Hagen«, würgte er mühsam hervor und streckte die Hand aus, die Elisabeth Günther sofort ergriff.

»Es tut mir Leid, dass ich Sie erschreckt habe, Herr Hagen. Das lag nicht in meiner Absicht. Normalerweise löst mein Erscheinen andere Reaktionen aus.«

Sie lachte ihm freundlich ins Gesicht und Marc spürte, wie ihm das Blut in die Wangen schoss.

»Nein, nein, es war meine Schuld«, versicherte er schnell. »Ich hatte nur aus irgendeinem Grund damit gerechnet, dass Sie aus der anderen Richtung kommen, vom Reichstag.« Er deutete mit dem Kinn die Straße hinunter Richtung Brandenburger Tor und betrachtete die Staatssekretärin fasziniert. Eine klassische Schönheit, die Marc entfernt an Catherine Zeta-Jones erinnerte. Trotz ihrer dreiundvierzig Jahre konnte er in ihrem Gesicht nicht eine Falte entdecken, sodass sie mindestens zehn Jahre jünger wirkte. Bekleidet war sie mit einem dunkelblauen Kostüm, das die Formen ihres Körpers perfekt zur Geltung brachte. Marc fiel auf, dass sie ihm in direkter Linie in die Augen blicken konnte. Demnach musste sie auch ohne ihre Pumps an die eins achtzig messen. Plötzlich wurde er von ihrer Stimme aus seinen Tagträumen gerissen.

»Wenn Sie dann meine Hand loslassen würden, könnten wir uns vielleicht setzen, Herr Hagen. Das dürfte für uns beide bequemer sein.«

Das Lachen, das sie folgen ließ, verursachte ein wohliges Kribbeln in seiner Brust und er spürte, dass er schon wieder rot anlief.

»Äh, natürlich, nehmen Sie doch Platz. Darf ich Ihnen etwas bestellen?«

»Was hatten Sie denn?«, fragte sie mit Blick auf den Tisch. »Ah, ich sehe schon. Das amerikanische Frühstück. Das nehme ich auch.«

Während Marc die Bestellung aufgab, setzte sich Elisabeth Günther und schob die Sonnenbrille in ihre schwarzen Haare.

»Ich muss mich für meine Verspätung entschuldigen, Herr Hagen. Aber Sie wissen ja, wie das ist. Termine, Termine, Termine. Manchmal kommt man einfach nicht raus. Umso erfreulicher ist es da, dass Sie die Zeit gefunden haben, nach Berlin zu kommen. Ich denke einfach, es ist besser, diese etwas delikate Angelegenheit in einem persönlichen Gespräch unter erwachsenen Menschen zu regeln.«

Sie hielt einen Moment inne, um Marc die Gelegenheit zu geben, ihre Einleitung mit einem Nicken zu bestätigen. Er tat ihr den Gefallen und sie fuhr befriedigt fort: »Sie haben sich vielleicht gefragt, warum ich für unser Treffen dieses Caféhaus vorgeschlagen habe? Das Wetter war in den letzten Tagen einfach zu schön und hier ist es auch nicht so förmlich wie bei mir im Büro, nicht wahr? Außerdem kann ich Ihnen verraten, dass sich hier viele Politiker zu informellen Treffen verabreden. *Hier* werden die wichtigen Entscheidungen getroffen, nicht im Bundestag oder in irgendwelchen Ministerien.«

Sie klopfte mit dem Zeigefinger auf die hölzerne Tischplatte. Marc brachte erneut nicht mehr als ein stummes Nicken zu Stande. Irgendwie irritierte es ihn, dass ihre dunklen Augen nie sein Gesicht verließen.

»Hatten Sie eine gute Anreise, Herr Hagen? Ich habe vermutet, dass Sie im *Adlon* übernachten werden, und deshalb einen Ort in der Nähe für unser Treffen vorgeschlagen.«

»Äh, nein. Das *Adlon* war es nicht direkt.« Marc verstummte und kämpfte dagegen an, schon wieder knallrot zu werden. Dass er an diesem Morgen um vier Uhr früh in Bielefeld losgefahren war, um die Kosten für die Übernachtung zu sparen, brauchte die Staatssekretärin schließlich nicht zu wissen.

»Ich werde leider nachher keine Gelegenheit haben, mich in dieser schönen Stadt noch ein wenig umzusehen, weil ich gleich nach Bielefeld zurück muss«, fügte er hinzu.

Der Kellner stellte das Frühstück auf den Tisch und die Staatssekretärin schenkte sich und Marc eine neue Tasse Kaffee ein. Noch immer ließen ihre Augen ihn nicht los.

»Stimmt, Sie kommen ja aus Bielefeld. Die Stadt ist mir nicht unbekannt. Ich habe da mal ein paar Semester Psychologie studiert.«

Marc runzelte die Stirn. Nein, dass die Günther in seiner Heimatstadt studiert hatte, hatte er nicht gewusst. Aber das war ein guter Ansatzpunkt, das Gespräch in Gang zu halten. Auf einmal kam ihm ein Gedanke. »Wenn Sie in Bielefeld studiert haben, haben Sie vielleicht auch Vorlesungen von Professor Dr. Seidler besucht? Der war da mal Dozent für Psychologie.«

Elisabeth Günther legte den Kopf in den Nacken und gab dadurch den Blick auf ihren schlanken Hals frei, der in einem perfekten elliptischen Bogen in ihr energisches Kinn einmündete. »Seidler, Seidler«, murmelte sie leise vor sich hin und strich sich eine Haarsträhne aus dem Gesicht. Dann schüttelte sie resigniert den Kopf.

»Nein, tut mir Leid, aber ich kann mich an diesen Namen beim besten Willen nicht erinnern. Kann sein, dass ich ihm mal über den Weg gelaufen bin, aber das ist ja alles schon Ewigkeiten her.«

»Sooo lange kann das eigentlich nicht zurückliegen«, hörte Marc sich sagen und verfluchte sich für diesen Satz, kaum dass er ihn ausgesprochen hatte. Mit Altherrencharme würde er wohl kaum weiterkommen.

Zu seinem großen Erstaunen schien Elisabeth Günther sich trotzdem zu freuen. Sie lächelte ihn an und ihre Blicke trafen sich wieder. Die Staatssekretärin legte ihre Hand leicht auf seinen Unterarm, wobei ihre Armreifen mit einem leisen Klirren gegeneinander stießen. Der feine Geruch von Chanel Nr. 5 wehte zu ihm herüber und Marc ertappte sich dabei, wie er ihre Hand studierte. Kurze Nägel, kein Lack, kein Ehering. Die Frau brachte ihn immer mehr aus dem Gleichgewicht.

»Sie schmeicheln mir, Herr Hagen«, sagte Elisabeth Günther sanft. »Aber ich kann Ihnen versichern, dass ich mein Studium bereits vor zwanzig Jahren beendet habe. Und ich muss Ihnen noch etwas gestehen: Ich habe zugesehen, dass ich möglichst schnell aus diesem Provinzkaff herauskam. Ich kann gar nicht verstehen, dass ein Mann wie Sie es da aushalten kann. Wie ich Sie einschätze, würden Sie doch wesentlich besser nach München, Hamburg oder Berlin passen.«

Marc saß kerzengerade in seinem Stuhl. »Oh, vielen Dank. Sie haben natürlich Recht. Viel ist in Bielefeld wirklich nicht los. Kein gutes Pflaster, um es zu etwas zu bringen. Das erkennt man schon daran, dass es kaum Berühmtheiten gibt, die in der Stadt aufgewachsen sind. Im Moment fällt mir da nur Ingolf Lück ein, Sie wissen schon, dieser Fernsehclown. Ach ja, und Horst Wessel ist auch ein gebürtiger Bielefelder. Allerdings spricht man in der Stadt davon nicht mehr ganz so gerne.«

Elisabeth Günther lachte wieder ihr dunkles Lachen und legte den Kopf schief. »Ja, das kann ich mir vorstellen. Aber überlegen Sie sich das doch mal mit einer anwaltlichen Tätigkeit in einer richtigen Stadt. Ich habe über das Ministerium durchaus einige Verbindungen. Haben Sie keine Scheu, sich bei mir zu melden, falls Sie Interesse haben.«

Vor Marcs geistigem Auge tauchte ein glänzendes Messingschild mit seinem Namen auf, auf dem sich die sanften Wellen der Spree spiegelten. Er seufzte und schüttelte die verstörenden Bilder ab.

»Frau Dr. Günther, wir sind hier ja nicht zusammengekommen, um Höflichkeiten auszutauschen. Haben Sie sich mit meiner Anfrage befassen können?«

Die Staatssekretärin machte ein Gesicht, als habe sie Schwierigkeiten, bei dem abrupten Themenwechsel mitzuhalten. Dann straffte sie die Schultern und ging zu einem geschäftsmäßigen Tonfall über. »Sie kommen schnell zur Sache, Herr Hagen, und das schätze ich bei meinen Gesprächspartnern außerordentlich. Ich kann Ihnen auch im Namen des Ministers versichern, dass uns die Bedeutung dieser Angelegenheit sehr bewusst ist und auch persönlich am

Herzen liegt. Wir haben volles Verständnis für den Wunsch Ihrer Mandantin, den tragischen Tod ihres Vaters aufzuklären.«

Marc konnte sein Glück kaum fassen. »Soll das heißen, dass Sie mir die Namen der beiden GSG-9-Männer nennen werden?«

Elisabeth Günther setzte ein bedauerndes Gesicht auf. »Ich fürchte, dass wir so weit nicht werden gehen können, Herr Hagen. Wie Sie ja wissen, ist der Bundesinnenminister der oberste Dienstherr sowohl des Bundeskriminalamtes als auch der GSG 9. In dieser Funktion haben wir natürlich eine Fürsorgepflicht für unsere Beamten, die sogar gesetzlich festgeschrieben ist und die es uns verbietet, derartige Informationen an die Öffentlichkeit zu geben. Gerade die Beamten der GSG 9 und des BKA sind in einem sehr sensiblen Bereich tätig und bedürfen deshalb auch eines besonderen Schutzes. Sie werden sich sicherlich vorstellen können, was passieren kann, wenn die Identitäten dieser Männer bekannt werden. Sowohl ihr Leib und Leben als auch das ihrer Familien wären unmittelbar gefährdet. Da ist nichts zu machen.«

»Oh«, war das Einzige, was Marc in seiner Enttäuschung hervorbringen konnte. Er hatte natürlich damit gerechnet, dass er die Namen nicht erfahren würde. Aber die Ablehnung jetzt so direkt zu hören war doch sehr ernüchternd.

»Nicht dass Sie mich falsch verstehen, Herr Hagen«, fuhr die Staatssekretärin fort. »Von mir aus könnten Sie die Namen gerne wissen, aber ich *darf* sie einfach nicht herausgeben. Diese Regierung hat mit der Aktion in Bad Reichen nichts zu tun und ist an einer vollständigen Aufklärung der Vorgänge genauso interessiert wie Sie. Wir wissen sehr genau, wer die Sache damals verbockt hat und dass die Damen und Herren von der CDU 1993 einiges unter den Teppich gekehrt haben, vor allem was die politischen Verantwortlichkeiten angeht. Es waren schließlich wir Grünen, die nach der Katastrophe in Bad Reichen gefordert haben, dass das Bundeskriminalamt Kompetenzen an die Landeskriminalämter abgibt, um die Allmacht des BKA zumindest etwas zu begrenzen. Natürlich ist bis jetzt in dieser Hinsicht nichts passiert. Doch ich kann Ihnen versichern, dass wir in unserem Hause eine entsprechende Initiative vorbereiten, um Vorkommnisse wie die in Bad Reichen in Zukunft möglichst ausschließen zu können. Mir ist bewusst, dass der erschossene Polizist und auch der Vater Ihrer Mandantin dadurch nicht wieder lebendig werden, aber vielleicht ist es für Frau Helms ja ein kleiner Trost, dass das Risiko derartiger Fehlschläge wie in Bad Reichen künftig minimiert wird.«

»Ich weiß nicht, ob sich Frau Helms damit zufrieden geben wird«, sagte Marc vorsichtig. »Gibt es denn gar nichts, was Sie für mich tun können?«

Elisabeth Günther sah ihren Gesprächspartner eine Weile schweigend an, als versuche sie, sich über etwas Schwerwiegendes klar zu werden. Sie hatte nicht geglaubt, dass sich ein Anwalt dermaßen schnell würde einwickeln lassen, aber es schien tatsächlich so, als habe sie diesen Idioten schon sturmreif geschossen. Jetzt war es an der Zeit, den Sack zuzumachen. Die Staatssekretärin schaute sich nach allen Seiten um, als wolle sie sicher gehen, nicht belauscht zu werden, und beugte sich verschwörerisch vor.

»Passen Sie mal auf, Herr Hagen.« Sie sprach betont langsam. »Alles, was ich Ihnen ab sofort mitteile, muss unter uns bleiben. Ich begebe mich auf ein gefährlich dünnes Eis. Aber Sie sollen wissen, dass wir Ihnen helfen wollen, soweit es irgendwie geht.« Sie wartete einen Moment, um sich zu vergewissern, dass sie Marcs volle Aufmerksamkeit hatte. »Vielleicht habe ich doch noch etwas Interessantes für Sie. Aber das kann ich Ihnen nur präsentieren, wenn Sie mir vorher etwas versprechen. Ein Gentleman's Agreement sozusagen. Sie machen auf mich den Eindruck eines Menschen, dem man vertrauen kann. Sie können mir glauben, dass ich dieses Angebot nicht jedem machen würde.«

Sie nickte weise zu ihren eigenen Worten. Marc hing wie gebannt an ihren Lippen.

»Sie haben keinerlei rechtlichen Anspruch auf die Preisgabe der Identitäten«, fuhr Elisabeth Günther fort. »Sie können allenfalls einigen politischen Wirbel veranstalten. Sind wir uns so weit einig?«

Marc hob die Hände zu einer unbestimmten Geste. Er wusste natürlich, dass die Staatssekretärin Recht hatte.

»Was haben Sie denn zu bieten?«, tastete er sich vorsichtig vor.

»Ah, ich sehe, wir verstehen uns.« Elisabeth Günther lehnte sich entspannt zurück. »Bevor ich die Katze aus dem Sack lasse, muss ich ganz sicher sein können, dass ich mich wirklich auf Sie verlassen kann. Sie haben im Gegensatz zu mir schließlich nichts zu verlieren. Also, Sie versuchen nicht, über die Presse oder das Sozialgericht an die Namen der Beamten zu kommen, dafür bekommen Sie von mir eine andere wichtige Information über die Aktion in Bad Reichen.« Sie hielt einen Moment inne, neigte den Kopf und sah ihn unverwandt an. »Wie sieht es aus? Haben wir einen Deal?« Sie beugte sich vor und streckte ihm ihre Hand entgegen.

Marc ging im Kopf schnell noch einmal die verschiedenen Optionen durch. Obwohl ihn eine innere Stimme warnte, kam er zu dem Schluss, dass er keine andere Wahl hatte. Mit einer schnellen Bewegung ergriff er ihre Hand und drückte sie kurz. »In Ordnung, Sie können sich auf mich verlassen. Also, was haben Sie?«

Die Staatssekretärin nickte zur Bestätigung, dass sie von einem vernünftigen Menschen nichts anderes erwartet hatte, und senkte ihre Stimme um ein paar Dezibel mehr. »Halten Sie sich fest! Ich kann Ihnen ein Videoband geben. Ein Video von dem Einsatz in Bad Reichen.«

Marc spürte, dass sein Puls schneller ging. Das war ja noch besser als die Namen der GSG-9-Männer.

»Um Gottes willen, bitte erwarten Sie nicht zu viel«, wehrte Elisabeth Günther ab, als sie seinen Gesichtsausdruck sah. »Es handelt sich nicht um ein offizielles Video des BKA. Es ist zwar ein Dokumentationstrupp des BKA mit nach Bad Reichen gereist, aber aufgrund der mobilen Situation war ein Einsatz nicht möglich. Nein, ein GSG-9-

Mann hat ein quasi privates Video zur Erinnerung angefertigt. Leider beginnen die Aufnahmen erst kurz nachdem die Schüsse gefallen sind und Klaus Helms bereits tödlich getroffen auf den Gleisen liegt. Außerdem waren wir natürlich aus nahe liegenden Gründen gezwungen, die Gesichter der Beamten, die auf dem Video zu sehen sind, unkenntlich zu machen. Aber vielleicht haben Sie dafür ja trotzdem eine Verwendung.«

Elisabeth Günther wusste, dass das nicht der Fall sein würde. Sie hatte das Band gestern noch angefordert und es sich die ganze Nacht wieder und wieder angesehen, bis sie überzeugt war, dass es nichts Wesentliches enthielt. Niemand würde damit etwas anfangen können, aber irgendeinen Köder hatte sie schließlich gebraucht.

Marcs anfängliche Euphorie war in eine tiefe Ernüchterung umgeschlagen. Ein Videoband, das *nach* den tödlichen Schüssen aufgenommen worden war. Was sollte das bringen? Andererseits war es besser, als mit völlig leeren Händen nach Bielefeld zurückzukehren. Vielleicht konnte das Band wenigstens dazu beitragen, dass Christina glaubte, dass sich etwas tat und die Sache voranging.

»Kopf hoch, Herr Hagen«, sagte Elisabeth Günther. »Ein Wunder habe ich Ihnen nie versprochen. Aber das ist nun mal alles, was ich habe. Und Sie können mir glauben, dass ich lange mit dem BKA diskutieren und meinen ganzen Einfluss geltend machen musste, bevor die sich mit der Herausgabe des Films einverstanden erklärt haben. Die wollten den am liebsten für immer in ihrem Archiv verschwinden lassen. Vielleicht sollten Sie die Aufnahmen auch einfach als wertvolles Zeitdokument ansehen, das Ihrer Mandantin helfen kann, den Tod ihres Vaters besser zu begreifen und zu verarbeiten.«

»Also gut«, sagte Marc. Irgendwie hatte er das Gefühl, hereingelegt worden zu sein. »Ich kann mir das Band ja mal ansehen. Haben Sie es dabei?«

»Aber ja.« Die Staatssekretärin begann, geschäftig in ihrer schwarzen Lackhandtasche herumzusuchen, und förderte schließlich eine Hülle mit einem Videoband und einen Umschlag zu Tage. »So, da haben wir zunächst einmal unsere offizielle schriftliche Erklärung, dass wir die Preisgabe der Namen der GSG-9-Männer ablehnen müssen, und zum anderen das Band.«

Marc streckte den Arm aus, um beides an sich zu nehmen, aber die Staatssekretärin legte die Hand noch einmal auf die Videokassette. »Sie denken daran, Herr Hagen? Das Bundesministerium des Inneren ist damit aus der Sache raus. Keine weiteren Aktivitäten mehr, durch die der Minister in diese Sache hineingezogen werden kann?«

Marc zögerte den Bruchteil einer Sekunde. Dann nickte er. »Sie können sich auf mich verlassen.«

Kapitel 12

»Also, was hat es in Berlin gegeben? Haben Sie die Namen?«

Marc wischte sich den Schaum vom Mund. Er hatte Christina gleich nach seiner Rückkehr angerufen und für 20 Uhr in das *Limerick* bestellt. Jetzt saß sie mit wachsender Ungeduld vor ihm und wartete auf eine Antwort.

»Nein.«

»Wie ›nein‹?«

»Welchen Teil von Nein haben Sie denn nicht verstanden?«, fragte er gereizt. »Nein, ich habe die Namen nicht. Und dann habe ich noch eine schlechte Nachricht für Sie.« Er sah Christina ernst an. »Ich war eben noch kurz in der Kanzlei und habe die Post durchgesehen. Der *Spiegel* hat sich unter Hinweis auf den presserechtlichen Informantenschutz geweigert, den Namen des BKA-Mannes, der 1993 die Hinrichtung Ihres Vaters gesehen haben will, preiszugeben. Sie hätten zwar durchaus Verständnis für unsere Anfrage, aber sie müssten ihre Quellen schützen und so weiter und so weiter.«

Christina hatte Schwierigkeiten, diese Mitteilungen zu verarbeiten.

»Dann ist jetzt alles aus, oder?«, fragte sie schließlich. »Wir sind in einer Sackgasse gelandet.« Auf ihrem Gesicht breitete sich eine tiefe Verzweiflung aus.

»Ganz so schlimm ist es noch nicht«, versuchte Marc sie zu beruhigen. »Es gibt immerhin auch einen winzigen Hoffnungsschimmer. Ein bisschen Kooperationsbereitschaft scheint im Ministerium vorhanden zu sein. Ich habe von dieser Staatssekretärin ein Video erhalten, das kurz nach dem Einsatz in Bad Reichen aufgenommen worden ist.«

Christinas Interesse war sofort neu entfacht. »Und, was ist damit?«, fragte sie aufgeregt. »Muss man Ihnen denn jedes Wort einzeln aus der Nase ziehen!«

Marc schüttelte den Kopf. »Es tut mir Leid, aber es ist für mich nicht ganz einfach, darüber zu sprechen. In der Sache wird uns das Band leider nicht weiterbringen. Ich habe mir die Aufnahme seit meiner Rückkehr aus Berlin mindestens zehn Mal angesehen, aber nichts gefunden, was uns helfen könnte. Allerdings ...«, er hielt einen Moment inne, befand aber, dass sie ein Recht hatte, alles zu erfahren, »... allerdings ist Ihr Vater zu sehen, wie er nach den Schüssen auf den Gleisen liegt. Das sind keine sehr schönen Bilder.«

Christina versuchte sich nichts anmerken zu lassen, doch Marc blieb nicht verborgen, dass sie blass geworden war. Sie räusperte sich. »Na und, glauben Sie im Ernst, ich hätte diese Bilder nicht schon in der Zeitung gesehen? Sie haben ihn damals doch präsentiert wie ein erlegtes Raubtier. Wann kann ich mir das Video angucken?«

»Von mir aus gleich, wenn wir hier fertig sind. Aber ich muss Sie noch einmal warnen. Die Bilder sind nicht ohne, selbst für einen Außenstehenden.«

Christina schob das Kinn vor. »Sie haben ja gehört, es macht mir nichts aus. Und was ist nun mit den Namen von den GSG-9-Männern? Haben wir noch eine Chance, an die ranzukommen?«

»Ich weiß es nicht«, gab Marc zu. »Ich werde morgen auf jeden Fall einen entsprechenden Antrag beim Gericht stellen. Was dabei rauskommt, kann ich Ihnen natürlich nicht sagen. Ich sehe allerdings eher schwarz.«

Marc hatte sich noch auf der Rückfahrt von Berlin entschieden zu versuchen, die Herausgabe der Namen über das Sozialgericht zu erzwingen. Das war zwar ein klarer Wortbruch gegenüber Elisabeth Günther, andererseits hatte er seinen Verzicht nicht schriftlich erklärt und sah sonst keine andere Möglichkeit, Christina zu helfen. Und weiter von ihr beschäftigt und bezahlt zu werden.

»Nun, Frau Helms, das ist ja auch der eigentliche Grund unseres Treffens«, fuhr er fort. »Wir hatten bislang noch keine Gelegenheit, unsere Taktik für das Verfahren morgen zu besprechen.«

»Was soll es da denn noch zu besprechen geben? Sie haben doch eben selbst gesagt, dass wir nichts mehr haben, womit wir weitermachen könnten.«

Marc hob beschwichtigend die Hände. »Nun warten Sie den morgigen Tag erst mal ab. Sie werden doch wohl nicht schon die Flinte ins Korn werfen wollen, schließlich fangen wir gerade erst an. Also, ich habe meine alten Kontakte zum Sozialgericht ein wenig genutzt. Wir wissen ja schon aus der Ladung, dass wir es morgen mit einem Herrn Reinhold zu tun bekommen. Er ist erst seit knapp vier Monaten Richter und noch in der Probezeit. Ich glaube, das ist morgen erst seine zweite oder dritte Sitzung.«

»Ist das gut oder schlecht?«, fragte Christina.

Marc trank sein Glas aus und signalisierte der Bedienung, dass sie ihm noch ein Bier bringen sollte.

»Ich glaube, das ist für uns recht positiv«, log er dann. Es nutzte schließlich nichts, Christina weiter zu verunsichern. »Ich habe Ihnen ja schon erklärt, dass es sich um einen so genannten Erörterungstermin handelt. Das heißt, die Sache wird morgen noch nicht entschieden, sondern der Richter will die Sache nur mit uns besprechen. Dieser Reinhold wird uns mit Sicherheit fragen, warum wir bisher nur eine vorläufige Klagebegründung abgegeben haben, obwohl die Klage schon seit Wochen anhängig ist. Dazu sollten wir uns etwas einfallen lassen. Ich kann natürlich vorbringen, dass ich erst vor vier Tagen das Mandat übernommen habe und mich noch einarbeiten muss. Dann müssen wir halt abwarten, wie er darauf reagiert.«

»Mir ist egal, wie er reagiert. Ich bin nur an Gerechtigkeit für meinen Vater interessiert.«

Marc lachte laut auf und Christina sah ihn irritiert an. »Ich werde Ihnen jetzt einmal etwas verraten, Frau Helms. Ein Richter ist nicht an Gerechtigkeit interessiert. Ein Richter will das Verfahren vom Tisch haben, egal wie.«

»Sie meinen also, er wird mich unter allen Umständen dazu bringen wollen, die Klage zurückzuziehen?«

»Damit ist zu rechnen. Ich könnte es ihm auch nicht verdenken. Wenn ich ehrlich bin, würde ich an seiner Stelle genauso vorgehen. Nach Lage der Akten ist für uns ja wirklich nicht viel drin.«

»Und was können wir dagegen machen?«, wollte Christina wissen.

»Wir müssen ihn irgendwie beschäftigen, damit er nicht auf dumme Gedanken kommt. Das ist der große Vorteil, dass Reinhold ein Proberichter ist. Sie müssen sich vorstellen, dass so ein Anfänger in den ersten drei Jahren bis zur Ernennung zum Richter auf Lebenszeit eigentlich auf die Liste der bedrohten Arten gehört. Die können manchmal gar nicht so schnell gucken, da sind sie schon wieder draußen und müssen sich nach einem neuen Job umsehen. Ein Proberichter muss während seiner Probezeit möglichst eine Sache vermeiden: Er darf unter keinen Umständen negativ auffallen, das heißt, er muss versuchen, möglichst wenig Fehler zu machen. Und genau bei diesem wunden Punkt werden wir morgen ansetzen.«

»Wie kommt es eigentlich, dass Sie so viel über Proberichter wissen? Kennen Sie welche?«

Marc nahm einen langen Schluck von dem Bier, das die Bedienung gerade vor ihn auf den Tisch gestellt hatte. »Nun, ich war bis vor anderthalb Jahren selbst einer«, sagte er dann. »Sogar beim Sozialgericht Detmold. Ich hatte ursprünglich angenommen, dass Sie zu mir gekommen sind, weil Sie das wussten und einen Experten für Sozialrecht gesucht haben.«

»Nein, das war mir nicht bekannt. Aber warum haben Sie aufgehört?«

Marc starrte an Christina vorbei aus dem Fenster. »Ich hatte einigen Ärger mit dem Präsidenten.« Dann lächelte er sie an. »Die Einzelheiten erzähle ich Ihnen vielleicht später mal.«

Christina nickte langsam. »Entschuldigen Sie, ich war neugierig. Verraten Sie mir denn wenigstens, warum Sie überhaupt Richter werden wollten?«

»Das weiß ich heute selbst nicht mehr so genau. Vielleicht hat es damit zu tun gehabt, dass mein Vater auch Richter ist. Er ist momentan am Oberlandesgericht in Dresden. Komisch, was einem bei diesem Thema alles wieder so einfällt. Zum Beispiel mein Vorstellungsgespräch. Ich saß vor einer Art Kommission und die wollten von mir dasselbe wissen wie Sie. Warum ich Richter werden wolle. Mit dieser Frage hatte ich natürlich gerechnet und denen irgendwas erzählt, von dem ich glaubte, dass sie es hören wollten. Doch dann hat mich einer etwas gefragt, worauf ich nicht vorbereitet war: Ob ich einen Menschen foltern würde, wenn ich dadurch etwas erfahren würde, das das Leben von tausend anderen Menschen retten könnte.«

»Und, was haben Sie geantwortet?«, fragte Christina gespannt.

»Ich habe lange überlegt, weil ich natürlich nicht wusste, was die hören wollten. Irgendwie war mir klar, dass die Antwort entscheidend für meine Einstellung sein würde. Schließlich habe ich meinen ganzen Mut zusammengenommen und mich für die Wahrheit entschieden. Ich habe gesagt, ja, ich würde es tun. Danach durfte ich sofort gehen. Umso überraschter war ich, als ich drei Wochen später die Nachricht bekommen habe, als Richter am Sozialgericht Detmold anfangen zu dürfen.«

»Haben Sie jemals rausgekriegt, ob die Antwort richtig war?«

»Gibt es da überhaupt eine richtige und eine falsche Antwort? Auf jeden Fall scheint mir die Antwort nicht geschadet zu haben. Wie gesagt, das ist lange her. Aber jetzt müssen Sie mir auch was über sich erzählen. Wie sind Sie zu Ihrem Pädagogikstudium gekommen?«

Christina zuckte mit den Achseln. »Eigentlich wollte ich ja Psychologie studieren, aber dazu hat mein Notendurchschnitt nicht gereicht. Also bin ich auf Pädagogik ausgewichen, weil mir gesagt wurde, dass man vielleicht in einem späteren Semester die Chance hat, zur Psychologie zu wechseln. Das hat aber leider bisher nicht geklappt und jetzt ist der Zug wahrscheinlich abgefahren.«

Marc war auf einmal hellhörig geworden. Er erinnerte sich an Wolters Geschichte vom Stammtisch, wonach Christina selbst ein halbes Jahr in psychiatrischer Behandlung gewesen war. Vielleicht waren ihre psychischen Probleme ja auch der Grund für ihren Berufswunsch gewesen. Marc fragte vorsichtig nach. »Wollten Sie immer schon Psychologie studieren oder hat sich das erst in letzter Zeit ergeben?«

»Nein. In mir war eigentlich schon immer der Wunsch, einmal etwas mit Problemkindern zu machen. Ich hoffe, dass ich nach meinem Pädagogikstudium so etwas wie eine psychotherapeutische Beratungspraxis für solche Kinder aufbauen kann. Wenn das nicht klappen sollte, werde ich vielleicht versuchen, meine Lehre abzuschließen.«

Marc nippte erneut von seinem Bier. Offenbar hatte Christina seine Anspielung auf ihre eigenen psychischen Probleme nicht verstanden. Oder sie war nicht bereit, ihm etwas darüber zu erzählen.

»Sie haben eine Lehre begonnen?«, fragte er.

»Ja, als Fernmeldeanlagenelektronikerin. Das hört sich jetzt vielleicht komisch an, aber meine Großeltern und meine Mutter haben darauf bestanden, dass ich etwas ›Anständiges‹ lerne, bevor sie mein Studium finanzieren.«

»Sie haben die Lehre aber offenbar nicht beendet?«

»Nein, ich bin drei Wochen vor der Abschlussprüfung freiwillig ausgestiegen. Ich hatte von Anfang an einige Probleme. War gar nicht so leicht, als einzige Frau unter lauter Männern. Irgendwann ist die Sache eskaliert und ich habe die Brocken hingeschmissen, ohne weiter darüber nachzudenken. Heute ärgere ich mich natürlich darüber, dass ich nicht bis zum Ende durchgehalten habe.«

»Wie sind Sie denn gerade auf diese Lehre gekommen? Wenn Sie vorhatten, einmal mit Kindern zu arbeiten, wäre es doch sinnvoller gewesen, eine Ausbildung zur Erzieherin zu machen.«

»Da haben Sie sicher Recht. Vordergründig habe ich mich für die Lehre als Fernmeldeanlagenelektronikerin entschieden, weil ich schon als Kind gerne auf Bäume geklettert bin und erfahren hatte, dass man in diesem Beruf häufig auf die Masten mit den Hochspannungsleitungen steigen muss. Der wahre Grund war aber wohl der, dass mein Vater ebenfalls diese Ausbildung begonnen hatte, nachdem er vom Gymnasium geflogen ist. Ich habe meinen Vater früher so wenig gesehen, dass ich ihm wahrscheinlich unbewusst nacheifern wollte, um ihm zumindest auf diese Weise nahe zu sein.«

Marc stutzte einen Moment. »Aber Sie haben mir doch bei unserem ersten Gespräch erzählt, Ihr Vater habe Sie häufig besucht.«

»Häufig habe ich nicht gesagt. Es waren vielleicht zwei oder drei Besuche im Jahr. Ich kannte sein Gesicht hauptsächlich von diesen rot umrandeten Menschenjagdplakaten, an denen ich jeden Tag auf dem Weg zur Schule vorbeigehen musste. Erinnern Sie sich noch? *Terroristen. Vorsicht Schusswaffen! 50.000 DM Belohnung. Hinweise an jede Polizeidienststelle!* Es ist nicht sehr angenehm, so etwas über den eigenen Vater lesen zu müssen. Und ich war natürlich nicht die Einzige, die diese Plakate gesehen hat. Sie können sich gar nicht vorstellen, wie grausam Kinder sein können. Während meiner ersten Jahre auf dem Gymnasium haben sie immer geschrieen: ›Hilfe, da kommt die Tochter von dem Mörder!‹, wenn ich auf den Pausenhof getreten bin, und sind alle weggerannt. Es gab niemanden, der etwas mit mir zu tun haben wollte. Eines Tages habe ich in meiner Verzweiflung gesagt, wenn sie damit nicht aufhörten, würde ich meinem Vater Bescheid sagen. Von dem Tag an war Ruhe. Gespielt hat natürlich erst recht niemand mehr mit mir. In der Oberstufe ist das Verhalten bei einigen meiner Mitschüler dann in das genaue Gegenteil umgeschlagen. Auf einmal war es toll, was die RAF machte, und ich war so eine Art Star. Aber das war fast genauso schlimm für mich.«

»Hat Ihnen Ihr Vater je erzählt, warum er sich der RAF angeschlossen hat?«, fragte Marc. »Ich meine, das bedeutete doch schließlich ein gewaltiges Opfer, jahrelang im Untergrund leben zu müssen. Ich kann mir vorstellen, dass das nicht angenehm ist.«

Christina nickte. »Ja, aber das war es ihm wert, weil er von seinem Kampf überzeugt war. Ich habe ja schon erzählt, dass er vom Gymnasium geflogen ist. In der Lehre hat er es auch nicht lange ausgehalten. Danach ist er durch die Welt gereist, vor allem Afrika und Indien haben ihn beeindruckt. Er war entsetzt von dem, was er da gesehen hat. Er hat einmal zu mir gesagt, er habe damals begriffen, dass die Menschen in der Dritten Welt nur deshalb so arm sind, weil sie von uns, den kapitalistischen Ländern, ausgebeutet werden. Also hat er beschlossen, etwas dagegen zu unternehmen.«

Marc runzelte die Stirn. »Indem er sinnlos Menschen umgebracht hat?«

»Das hat mein Vater nie getan!«, erwiderte Christina aufgebracht. »Nur weil die Bundesanwaltschaft bis heute nicht weiß, wer hinter den Morden an von Braunmühl, Herrhausen und Rohwedder steckt, wurde alles meinem Vater in die Schuhe geschoben. Dabei gibt es nicht den geringsten Beweis dafür, dass er etwas damit zu tun hatte.«

Marc verzog skeptisch den Mund. »Ach, kommen Sie, Frau Helms. Das glauben Sie doch selber nicht. Ihr Vater hat mehrere Jahre im Untergrund gelebt. Nach seinem Tod ist ein Brief der RAF aufgetaucht, in dem zugegeben wurde, dass er zur so genannten Kommandoebene der Guerilla gehört hat. Sie können mir also nicht erzählen, dass er die ganzen Jahre nur Däumchen gedreht hat.«

»Auf wessen Seite stehen Sie eigentlich?«, brüllte Christina plötzlich. »Sie sind mein Anwalt und ich verlange von Ihnen, dass Sie mir glauben!«

»Nur weil ich Ihr Anwalt bin, heißt das noch lange nicht, dass ich die Augen vor der Realität verschließen muss.«

»Welcher Realität denn? Meinen Sie die Realität, dass man in diesem Land schon dann wegen der Mitgliedschaft in einer terroristischen Vereinigung in den Knast kommt, wenn man jemanden kennt, der einen kennt, der mal für die RAF ein Fahrrad geklaut hat?«

»Nein. Ich rede von der Realität eines Haares, das am Tatort des Rohwedder-Mordes gefunden worden ist und letztes Jahr zweifelsfrei Ihrem Vater zugeordnet werden konnte.« Marc bemerkte, dass auch er lauter geworden war. Er hatte Christina nur etwas provozieren wollen, aber jetzt stritten sie so, dass die Gäste von den Nachbartischen bereits auf sie aufmerksam wurden.

Doch für eine Beruhigung der Lage war es zu spät, denn Christina schrie bereits zurück. »Das sind verdammte Lügen! Mit einem einzelnen Haar kann man alles und nichts beweisen. Nicht mal das BKA hat meinen Vater aufgrund dieses Haares als Täter oder auch nur Tatbeteiligten bezeichnen wollen. Es bestehe nur der *Verdacht* einer Tatbeteiligung und bei welchem der gesuchten angeblichen Terroristen besteht der schließlich nicht?«

»Also hat Ihr Vater während der immerhin neun Jahre im Untergrund nur sinnlos seine Zeit totgeschlagen. Eine Art Buchhalterseele im Untergrund. Ist es das, was Sie mir weismachen wollen?«

Christinas Brauen zogen sich zusammen wie Gewitterwolken kurz vor dem großen Sturm. »Ich dulde nicht, dass Sie meinen Vater hier lächerlich machen! Ich werde Ihnen jetzt mal was sagen: Mein Vater hat mir von allen Aktionen erzählt, an denen er beteiligt war. Er hat an den Überfällen auf die Kreissparkasse in Hildesheim 1984, auf die Dresdner Bank in Euskirchen 1985, auf einen Geldboten in Lünen 1988 und auf zwei Supermärkte in Hessen 1989 teilgenommen. Außerdem war er bei dem Überfall auf einen Waffenhändler in Königstein im November 1984 und auf einen anderen Waffenhändler in Bad Cannstatt im Frühsommer 1985 dabei. Das war alles. Bei keiner dieser Aktionen ist ein Mensch zu Schaden gekommen. Wenn Sie weiter so über meinen Vater reden, werde ich mir einen anderen Anwalt suchen.«

Marc hatte zwar eigentlich vorgehabt, den Streit zu beenden, doch er konnte sich nicht mehr zurückhalten.

»Ach, das ist ja interessant«, sagte er mit einem höhnischen Unterton in der Stimme. »Einen anderen Anwalt wollen Sie sich nehmen? Wo, bitte schön, wollen Sie den denn hernehmen? In Bielefeld haben Sie doch schon alle Kanzleien durch. Es gibt keinen einzigen ...« Marc unterbrach sich, weil plötzlich ein Mann neben ihrem Tisch stand. Marc hatte nicht die geringste Ahnung, wie lange der Unbekannte da schon stand und ihren Streit verfolgte. Das heruntergekommene Aussehen des Mannes ließ Marc an einen Obdachlosen denken. Die fettigen Haare standen wirr von seinem Kopf ab und er hatte sich wohl mindestens seit zwei Wochen nicht mehr rasiert. In seinem Mundwinkel steckte eine Zigarette, die fast bis auf den Filter heruntergebrannt war. Marc war schon versucht, einen Euro aus seinem Portmonee zu holen, als der Fremde ihn ansprach.

»Sind Sie Herr Hagen?«

Marc nahm die Hand von seiner Geldbörse und nickte erstaunt. Woher kannte der Penner seinen Namen?

»Es tut mir Leid, dass ich Ihre kleine Diskussion gestört habe, aber ich glaube, es ist wichtig. Sie müssen Frau Helms sein?« Er reichte Christina die Hand über den Tisch, die sie mit einem fragenden Seitenblick auf Marc ergriff.

»Ihre Sekretärin hat mir erzählt, dass ich Sie wahrscheinlich hier finden kann«, erklärte der Mann. »Außerdem hat sie eine ziemlich gute Beschreibung von Ihnen geliefert. Darf ich mich einen Augenblick zu Ihnen setzen?«

Ohne eine Antwort abzuwarten, zog der Unbekannte einen Stuhl vom Nachbartisch heran und nahm darauf Platz.

»Aber ich habe mich ja noch gar nicht vorgestellt. Mein Name ist Conzen, Martin Conzen. Ich bin Journalist und Mitarbeiter bei der *Süddeutschen Zeitung.*«

»Aha.« Marc betrachtete den Mann jetzt mit einem gewissen Interesse. »Und was können wir für Sie tun, Herr Conzen?«

»Die Frage ist falsch gestellt, Herr Hagen.« Conzen lächelte ihn nachsichtig an und zeigte dabei seine nikotingelben Zähne. »Die richtige Frage muss lauten, was *ich* für *Sie* tun kann. Ich habe heute von einem ehemaligen Arbeitskollegen beim *Spiegel* erfahren, dass Sie dort um die Bekanntgabe des Namens des BKA-Mannes gebeten haben, der vor neun Jahren Klaus Helms' Ermordung gesehen haben will.«

Marc nickte. »Stimmt, ich habe beim *Spiegel* angefragt, aber eine Absage erhalten. Was haben Sie mit dieser Geschichte zu tun?«

Conzen zündete sich eine neue Zigarette an und inhalierte tief. »Ich, mein junger Freund, war der Journalist, der 1993 für den *Spiegel* die Berichte über die Aktion des BKA und der GSG 9 in Bad Reichen geschrieben hat. Dieser BKA-Mann hat sich damals mir persönlich anvertraut und ich habe ihm geglaubt. Deshalb habe ich meine gesamte Berichterstattung auf die Mordtheorie gestützt. Außerdem gab es da ja auch noch diesen Kioskbesitzer.«

»Peter Graf«, half Marc nach.

»Richtig, so hieß er. Leider hat sich später herausgestellt, dass es mit der Glaubwürdigkeit dieses Mannes nicht weit her war. Und dann hat auch noch mein Informant einen Rückzieher gemacht. Vielleicht können Sie sich vorstellen, wie ich auf einmal dastand. Ich war damals schon fünfzehn Jahre beim *Spiegel* und einer der bekanntesten deutschen Journalisten. Mit einem Mal zählte das nicht mehr und ich wurde von allen belächelt. Mit meiner Karriere ging es bergab. Der Chefredakteur hat mir schließlich irgendwann nahe gelegt zu gehen und ich bin der Bitte nachgekommen, weil ich glaubte, überall wieder unterkommen zu können. Leider war das ein Irrglaube. Wenn man in der Branche einmal unten durch ist, kriegt man kaum noch eine Chance. Die letzten Jahre habe ich mich als freier Mitarbeiter durchgeschlagen.«

Der Kellner kam an den Tisch und Conzen bestellte sich ein Guinness und einen Schnaps.

Marc nutzte die Unterbrechung, um nachzufragen. »Und wie wollen Sie uns jetzt helfen?«

»Nun, ich bin durch Ihr Schreiben an den *Spiegel*, das mir mein ehemaliger Kollege zugefaxt hat, über das anhängige Sozialgerichtsverfahren informiert und weiß, dass Sie an dem Namen meines damaligen Informanten interessiert sind.«

Marc tauschte einen schnellen Blick mit Christina. Das war ja fast zu schön, um wahr zu sein. Oder lief er in eine Falle?

»Natürlich sind wir das«, sagte er vorsichtig. »Aber haben Sie denn keine Angst vor den Folgen? Immerhin ist diesem BKA-Mann vom *Spiegel* Informantenschutz zugesagt worden. Wenn rauskommt, dass man sich darauf nicht verlassen kann, dürfte das für die Glaubwürdigkeit des *Spiegel* ein schwerer Schlag sein.«

Conzen lächelte still in sich hinein. »Das mag sein. Ich sehe allerdings keine Veranlassung, auf die Damen und Herren vom *Spiegel* irgendwelche Rücksichten zu nehmen. Nicht, nachdem die mich damals praktisch rausgeworfen haben. Und mit diesem Herrn vom BKA, der so schnell den Schwanz eingezogen hat, als es ernst wurde, habe ich auch noch ein Hühnchen zu rupfen. Für mich ist das also eine gute Gelegenheit, zwei Fliegen mit einer Klappe zu schlagen.«

»Sie wollen sich rächen?«, mischte sich jetzt auch Christina in das Gespräch ein.

Conzen sah sie mit erhobenen Augenbrauen an. »Rache ist ein zu großes Wort«, sagte er. »Ich würde allerdings nicht im Mitleid ertrinken, wenn Herr Augstein und dieser Herr vom BKA mal merken, wie es ist, wenn es einem nicht so gut geht. Was zählt das schon gegen die letzten acht Jahre, die ich praktisch in der Gosse verbracht habe. Aber das ist nicht mein Hauptbeweggrund. Diese Geschichte hat mich damals in den Abgrund gerissen, jetzt soll sie mich wieder hochbringen. So einfach ist das.« Er schnippte mit den Fingern.

»Und wie soll das gehen?«

Conzen wandte sich wieder Marc zu, der die Frage gestellt hatte. »Nun, ich werde Ihnen den Namen meines Informanten verraten und verlange dafür, dass ich Sie begleiten darf, wenn Sie ihn über die Aktion in Bad Reichen und den Tod von Klaus Helms befragen.«

»Das ist alles?«

»Nicht ganz. Außerdem hätte ich gerne von Ihnen und Frau Helms die Exklusivrechte für die Berichterstattung an der ganzen Geschichte. Irgendwie habe ich im Urin, dass daraus noch eine große Sache wird. Und mein Gespür für eine gute Story hat mich bisher selten im Stich gelassen.«

Marc legte die Stirn in Falten. Er hatte das unbestimmte Gefühl, dass Conzen nicht die ganze Wahrheit sagte. »Ist da sonst noch was?«, fragte er misstrauisch. »Sie verlangen kein Geld für Ihre Information?«

Conzen drückte seine Zigarette aus und legte mit übertriebener Theatralik die flache Hand auf sein Herz. »Nicht einen Cent, bei meiner Ehre«, versicherte er feierlich. »Das Einzige, was ich will, ist, an Ihren Ermittlungen teilnehmen zu dürfen. Und natürlich später darüber zu berichten.«

Marc sah zu Christina hinüber. »Das müssten Frau Helms und ich natürlich besprechen. Wenn Sie uns einen Moment alleine lassen würden?«

»Selbstverständlich, kein Problem.« Conzen stand auf und streckte sich. »Ich muss sowieso aufs Klo. Sagen wir, ich bin in fünf Minuten wieder da. Reicht Ihnen das?«

Marc nickte. »Ich denke schon.«

Conzen zog sich zurück und Marc blickte ihm nach, bis er hinter der Toilettentür verschwunden war.

»Was halten Sie von der Sache?«, fragte er an Christina gewandt, doch er konnte die Antwort bereits an ihrem Gesicht ablesen.

»Ich finde, wir sollten unbedingt auf seinen Vorschlag eingehen«, sagte sie begeistert. »Sie haben doch eben selbst gesagt, dass wir sonst kaum einen Ansatzpunkt haben. Was haben wir schon zu verlieren?«

»Ich weiß nicht« erwiderte Marc nachdenklich. »Der Typ ist nicht ganz koscher. Ich bin mir sicher, dass er uns nicht alles gesagt hat, was er weiß.«

»Sie sind ein unverbesserlicher Pessimist, Herr Hagen. Ich sage, wir machen es.« Christina lehnte sich zurück und verschränkte die Arme, um die Unumstößlichkeit ihres letzten Satzes zu demonstrieren.

Da Marc kein sachliches Gegenargument einfiel, stimmte er schließlich zu. »Also gut. Und noch etwas: Es tut mir Leid, was ich eben gesagt habe. Über Ihren Vater und so. Sind wir wieder Freunde?«

Er reichte ihr die Hand und Christina schlug, ohne zu zögern, ein. »Freunde«, bestätigte sie. »Ich war ja auch nicht gerade nett zu Ihnen. Aber bei diesem Thema reagiere ich nun einmal etwas emotional.«

Bevor Marc noch etwas erwidern konnte, kehrte Conzen zurück und nahm seinen Platz wieder ein. »Nun, wie sieht es aus?«

»In Ordnung, wir können es so machen«, antwortete Marc für Christina mit. »Nennen Sie uns den Namen Ihres Informanten.«

Conzen nickte zufrieden. Er steckte sich die nächste Zigarette an. »Saalbach heißt er. Werner Saalbach. Er hat ein halbes Jahr nach der Sache in Bad Reichen beim BKA aufgehört und es inzwischen bis zum Sicherheitschef einer großen Bank in Frankfurt gebracht. Ich habe ihn seit 1993 weder gesehen noch gesprochen, aber von mir aus können wir ihn gleich morgen aufsuchen.«

»Morgen wird es nicht gehen«, erwiderte Marc sofort. »Wir haben um halb zehn einen Termin beim Sozialgericht und morgen Nachmittag bin ich wegen eines Termins in meiner Eigenschaft als Nachlasspfleger verhindert. Wie sieht es mit Freitag aus?«

Conzen nickte, ohne in einem Kalender nachsehen zu müssen. »Von mir aus geht das klar. Werden Sie uns begleiten, Frau Helms?«

Christina schüttelte bedauernd den Kopf. »Ich werde leider nicht mitkommen können. Ab morgen beginnt ein dreitägiges Seminar bei dem Professor, der meine Diplomarbeit betreut. Das Ganze findet auch noch auf Borkum statt. Ich verpasse schon den ganzen Vormittag wegen dieses Gerichtstermins und muss gleich anschließend losfahren. Aber Sie kommen schon ohne mich klar. Ich bestehe aber darauf, dass Sie mich sofort anrufen, wenn Sie mit diesem Saalbach geredet haben. Versprochen?«

Marc nickte. »Da sehe ich kein Problem.« Und an Conzen gewandt: »Machen Sie den Termin mit Saalbach klar?«

Conzen verzog den Mund, als habe er auf eine Zitrone gebissen. »Ich halte es für gar nicht klug, unseren Besuch anzukündigen. Ich vermute, unser Freund wird nicht gerade begeistert sein, wenn wir ihn wegen dieser Sache sprechen wollen. Meiner Meinung nach dürfte ein Überraschungsangriff die beste Strategie sein. Aber ich werde mich natürlich erkundigen, ob er überhaupt im Lande ist, damit wir nicht umsonst nach Frankfurt fahren – da fällt mir noch etwas ein. Ich würde Sie gerne morgen zu diesem Gerichtstermin begleiten. Das könnte ein guter Einstand für unsere zukünftige Zusammenarbeit sein.«

Marc setzte ein bedauerndes Gesicht auf. »Das wird leider nicht gehen. Es handelt sich um eine nicht öffentliche Sitzung, bei der keine Besucher und insbesondere auch keine Presse zugelassen sind.«

Conzen wirkte enttäuscht und Marc beschloss, ein Bonbon hinterherzuschieben. »Wir haben allerdings etwas anderes für Sie. Ein Video.« Er sah schnell zu Christina und holte ihr stummes Einverständnis ein. »Ich war heute im Bundesinnenministerium in Berlin und habe von der parlamentarischen Staatssekretärin persönlich ein Videoband von dem Einsatz in Bad Reichen erhalten. Wir wollen uns die Aufnahme gleich noch ansehen. Wenn Sie Lust haben ...?«

Conzen richtete sich erfreut auf. »Natürlich bin ich interessiert. Sie sagen, Sie haben das Band von der Staatssekretärin bekommen. Darf ich fragen, ob das zufällig Frau Dr. Günther war?«

Marc musterte ihn erstaunt. »Ja, so heißt sie. Ist Ihnen die Dame bekannt?«

»Sie ist mir einmal vorgestellt worden, als ich vor kurzem wegen eines Interviews beim Innenminister war. Dabei fällt mir ein: Werfen Sie morgen einen Blick in die *Süddeutsche*, es könnte Sie interessieren. Die Günther ist so etwas wie der Minenhund von Schneider. Wenn es irgendwo etwas Schwieriges oder Unangenehmes für den Minister zu erledigen gibt, schickt er sie vor. Sie können sich auf die Tatsache, dass Elisabeth Günther sich persönlich um Sie gekümmert hat, also durchaus etwas einbilden.«

Marc zuckte mit den Achseln. »Ich fand sie eigentlich ganz nett.«

Conzen lachte. »Dann muss Ihnen da was entgangen sein. Sie dürfen diese Frau nicht unterschätzen, die ist knallhart. Aber egal. Wenn wir uns heute noch das Video ansehen wollen, müssen wir langsam los.« Er stürzte den Schnaps herunter und nahm einen langen Zug von seinem Guinness.

Marc sah auf die Uhr. Es war bereits kurz nach neun. »Sie haben Recht. Wir wollten uns das Band in meiner Wohnung ansehen. Es ist also am besten, wenn Sie gleich hinter mir herfahren.«

Conzen senkte den Kopf. »Das wird nicht möglich sein. Ich bin seit einiger Zeit auf öffentliche Verkehrsmittel angewiesen. Ein paar übereifrige Bullen haben gemeint, mich nach einer Kneipentour anhalten zu müssen. Leider hatten sie den richtigen Riecher.«

Kapitel 13

Marc schob die Videokassette in den Schlitz und drückte die Play-Taste. Dann setzte er sich neben Christina auf das Sofa.

Conzen hatte es sich mit einem Bier in der rechten und einer Zigarette in der linken Hand auf Marcs einzigem Sessel bequem gemacht.

Auf dem Bildschirm erschien zuerst Schneegeriesel, dann wurden Gleise und eine Lok und schließlich das Bahnhofsgebäude von Bad Reichen sichtbar. In einiger Entfernung hing ein Hubschrauber in der Luft. Unten links wurde das Datum angezeigt: 27.6.1993. Eine wacklige Handkamera vollzog einen unruhigen Horizontalschwenk und streifte dabei die Bahnhofsuhr. Es war genau 15.36 Uhr. Dann kam Leben in die unwirkliche Szenerie. Polizeibeamte in Zivil wimmelten hektisch durcheinander und brüllten einander unverständliche Kommandos zu. Einige schauten direkt in das Objektiv, andere wandten sich ab, als sie merkten, dass sie gefilmt wurden. Ein Beamter hatte offensichtlich so etwas wie einen Weinkrampf. Er hockte am Boden und wurde dabei von rhythmischen Zuckungen durchschüttelt, während ein anderer beruhigend auf ihn einsprach. Die Gesichter der Männer waren elektronisch verzerrt und verfremdet worden, man sah nur flirrende Scheiben.

Die Kamera wurde langsam weitergeschwenkt, bis das Bild schließlich auf dem Bahnsteig verharrte. Dort lag ein Mann, von dem nur die Beine zu sehen waren. Der Rest des Körpers wurde von einem in grellem Orange gekleideten Notärzteteam verdeckt, das in professioneller Betriebsamkeit agierte.

»Das ist Michael Zöllner, der erschossene GSG-9-Mann«, erklärte Marc, während das Band weiterlief.

Der Kameramann zoomte die Szene heran, merkte dann aber wohl, dass es hier nichts mehr zu sehen gab, und zog wieder auf die Totale zurück. Die Kamera machte einen weiteren ruckeligen Schwenk zu den Gleisen und ins Bild kam eine leblose Person, die von zwei GSG-9-Männern mit Pistolen im beidhändigen Anschlag gesichert wurde, obwohl das offensichtlich überflüssig war, da der Mann keinerlei Regung erkennen ließ. Der eine GSG-9-Mann trug ein bordeauxrotes Polohemd, der andere eine blaue Jacke. Beide waren mit Jeans bekleidet. Die Kamera tastete sich näher an den Mann auf den Gleisen heran. Er lag auf dem Rücken leicht nach links geneigt, quer zur Gleisrichtung, die Füße zum Bahnsteig gerichtet.

Marc warf einen kurzen Blick auf Christina, die sich immer mehr in sich zurückzuziehen schien und leise vor sich hin murmelte. »Warum kümmert sich denn keiner um ihn? Mein Gott, warum kümmert sich denn niemand um ihn?«, glaubte er zu verstehen.

Auf dem Bildschirm setzte erneut die Zoomfahrt ein. Der Kopf von Klaus Helms wurde herangeholt, bis er den Bildschirm fast ganz ausfüllte. Der Kameramann fokussierte und man konnte jetzt ganz deutlich das Einschussloch auf der rechten Schläfe erkennen.

Christina schlug sich erschrocken beide Hände vor den Mund und wurde weiß wie eine Wand. Marc drückte die Pausentaste seiner Fernbedienung und das Bild fror ein.

»Es tut mir Leid, dass Sie sich das hier anschauen müssen, Frau Helms, aber ich hatte Sie ja gewarnt. Das Video beginnt nur wenige Minuten nach dem Ende des Schusswechsels. Die Pistole von Klaus Helms ist schon nicht mehr zu sehen, da sie vermutlich von den beiden GSG-9-Männern entfernt wurde. Wie Sie sehen, sind die Gesichter der Beamten unkenntlich gemacht worden, bevor die Kassette an mich herausgegeben worden ist. So, ich lasse das Band jetzt weiterlaufen.«

Das Fernsehbild erwachte wieder zum Leben. Der Kameramann zoomte zurück, sodass man im Hintergrund ein weiteres Rettungsteam erkennen konnte, das mit einer ratternden Rollbahre auf Klaus Helms zulief. Die Notärzte und Rettungssanitäter stürzten sich geradezu auf den Körper, binnen Sekunden war Helms in einem Pulk von Menschen verschwunden. Die Kamera blieb eine Weile auf die hektische Aktivität auf den Bahngleisen gerichtet. Zwei Mitglieder des Ärzteteams sahen sich an und schüttelten resigniert mit den Köpfen. Trotzdem beschäftigten sie sich weiter mit dem leblosen Körper. Nun kam wieder der Bahnsteig ins

Bild, wo der tödlich getroffene GSG-9-Mann auf eine fahrbare Trage gelegt und weggebracht wurde. Die kleine Prozession verschwand in der Unterführung. Dann kehrte die Kamera zu der Stelle des Bahnsteigs zurück, wo der Mann vorher gelegen hatte. Die riesige, dunkle Blutlache wurde noch einmal in Großaufnahme gezeigt, bis die Szene schließlich in einer Abblendung versank. Damit endete die achtminütige Aufnahme und Marc ließ das Band an den Anfang zurücklaufen.

»So, das war's, aber ich hatte Ihnen ja schon vorher gesagt, dass Sie sich nicht zu viel davon versprechen sollten. Meiner Meinung nach bringt das Video nicht viel Neues. Immerhin wird aber die Aussage dieses Kioskbesitzers zumindest zum Teil bestätigt. Sie haben ja die Männer gesehen, die Helms gesichert haben: Einer war blond und hatte eine blaue Jacke an, der Dunkelhaarige trug ein bordeauxrotes *Lacoste*-Hemd. Das deckt sich genau mit dem, was Peter Graf gesagt hat.« Marc richtete den Blick auf Conzen, der noch immer wie gebannt auf den schwarzen Bildschirm starrte.

»Darf ich das Ganze noch mal sehen?«, bat der Journalist schließlich. »Ich glaube, da ist noch was anderes.«

Marc zuckte die Achseln und startete die Aufnahme erneut. Christina schien sich noch nicht von dem Schock des Anblicks ihres toten Vaters erholt zu haben. Mit kalkweißem Gesicht starrte sie aus dem Wohnzimmerfenster in die inzwischen stockdunkle Nacht. Marc begann allmählich, sich Sorgen um sie zu machen.

»Möchten Sie vielleicht ein Glas Wasser, Frau Helms?«, fragte er.

Anstatt ihm eine Antwort zu geben, sprang Christina auf und stürzte aus dem Zimmer. Selbst durch zwei geschlossene Türen hindurch konnte Marc die würgenden Geräusche aus dem Badezimmer hören. Conzen indes schien von den Geschehnissen um ihn herum nichts mehr mitzubekommen. Er hatte sich der Fernbedienung bemächtigt und ließ das Band mal vor- und mal zurücklaufen, abwechselnd in Zeitlupe und im Zeitraffer. Dabei glotzte er intensiv auf den

Bildschirm, so, als wollte er ihn hypnotisieren und ihm dadurch irgendwelche Geheimnisse entlocken.

Nach dem dritten oder vierten Durchlauf rieb er sich nacheinander Kinn und Hinterkopf. »Ich bin mir ganz sicher, dass wir irgendetwas Wichtiges übersehen«, sagte er mehr zu sich selbst. Dann spulte er das Band wieder zurück, um es ein weiteres Mal zu studieren.

Marc schüttelte ungeduldig den Kopf. »Herr Conzen, ich kann Ihnen versichern, dass da nichts ist. Sonst hätte uns das Ministerium das Band wohl auch kaum zur Verfügung gestellt.«

Conzen winkte ungeduldig ab. »Da ist noch was, glauben Sie mir. Lassen Sie mich am besten einfach in Ruhe.«

Marc wollte noch etwas sagen, doch in diesem Moment kam die blasse Christina in das Wohnzimmer zurück.

»Entschuldigung«, sagte sie leise mit der Andeutung eines Lächelns. »Ich hoffe, ich habe Ihr Bad nicht allzu sehr versaut.«

Marc machte eine wegwerfende Handbewegung. »Das macht nichts. Kann ich Ihnen jetzt etwas anbieten? Einen Tee vielleicht? Sie sehen so aus, als ob Sie einen vertragen könnten.«

Er erntete ein dankbares Lächeln und wollte sich schon auf den Weg in die Küche machen, als er noch einmal innehielt. »Für Sie auch, Herr Conzen?«

Doch der Journalist schien völlig in einer anderen Welt gefangen zu sein und gab nur ein undefinierbares Grunzen von sich.

»Ich fürchte, den haben wir noch eine ganze Weile am Hals«, sagte Marc zu Christina. »Wenn Sie das Video nicht mehr sehen können, sagen Sie mir einfach Bescheid, dann schmeiße ich ihn raus.«

»Danke, es geht schon.« Christina schenkte ihm noch ein Lächeln. »Inzwischen habe ich mich an die Aufnahme gewöhnt. Schlimm war es nur beim ersten Mal.«

Marc nickte und ging in die Küche, um Wasser aufzusetzen und zwei Tassen auszuspülen. Als er zurückkam, war

Christina damit beschäftigt, seine Regale zu inspizieren. Schließlich zeigte sie auf einen schmalen Buchrücken. »*Weißt du eigentlich, wie lieb ich dich hab?*«, las sie den Titel laut vor. »Ich kenne das Buch. Mein Exfreund hat es mir zu Weihnachten geschenkt. Von wem haben Sie es bekommen? Oder haben Sie sich das selbst gekauft?« Sie lachte Marc schelmisch an.

»Sehr witzig. Ich sehe, es geht Ihnen schon wieder wesentlich besser. Jetzt können wir nur noch hoffen, dass unser Freund nicht die ganze Nacht vor der Glotze hängt.«

Er deutete mit dem Kinn auf Conzen, der inzwischen nur noch einen Meter vom Fernseher entfernt im Schneidersitz auf dem Teppichboden hockte.

»Ich weiß genau, dass es da ist«, fluchte der Journalist leise vor sich hin, als habe er Marcs Bemerkung gehört. »Und ich werde hier nicht eher aufstehen, bis ich es gefunden habe.«

Zwei Stunden später hatten sie den Tee ausgetrunken. Marc sah auf seine Armbanduhr, die auf kurz nach halb zwölf stand. Neben dem Journalisten standen fünf leere Bierdosen und ein voller Aschenbecher, aber er schien noch immer nicht genug von der Aufnahme zu haben.

Christina war neben Marc auf dem Sofa eingenickt, im Schlaf war sie so nah an ihn herangerutscht, dass ihr Kopf auf seiner Schulter lag. Marc hatte es geschehen lassen und es seitdem nicht mehr gewagt, sich zu bewegen, um sie nicht zu wecken. Jetzt fuhr er hoch, als Conzen ein lautes Grunzen von sich gab und begann, langsam seine Glieder zu recken, bis sie knackten.

»Es hat keinen Zweck«, bemerkte er enttäuscht. »Ich komme einfach nicht drauf, was es ist. Haben Sie eigentlich den Aktenordner von Frau Helms mit den Unterlagen über Bad Reichen zur Hand? Den würde ich mir gerne einmal ansehen.«

Marc war heilfroh, dass der Journalist endlich Anstalten machte, seine sinnlose Aktion zu beenden. Daher nickte er eilfertig und holte die Mappe mit seinen Kopien aus dem Arbeitszimmer. Conzen begann die Unterlagen durchzuarbeiten. Doch schon nach wenigen Minuten rieb er sich müde die Augen.

»Nein, das bringt nichts«, sagte er. »Ich kann mich einfach nicht mehr konzentrieren. Darf ich das mitnehmen? Ich verspreche Ihnen, dass ich Ihnen die Sachen morgen oder spätestens übermorgen zurückgebe.«

Marc zögerte einen Moment. Einerseits bot sich die Chance, Conzen endlich loszuwerden, andererseits wusste er nicht, wie weit er ihm trauen konnte. Schließlich kannte er den Mann kaum.

»Ich weiß nicht«, sagte er vorsichtig. »Das muss Frau Helms entscheiden. Schließlich sind es ihre Sachen.«

Er rüttelte Christina leicht an der Schulter, bis sie verwirrt die Augen aufschlug. Offenbar brauchte sie eine Weile, bis ihr klar geworden war, wo sie sich befand.

»Keine Angst, Frau Helms, Sie sind bei mir«, beruhigte Marc sie leise, während Christina langsam zu sich kam. »Sie müssen jetzt gehen. Es ist schon spät und wir haben morgen einen anstrengenden Tag vor uns. Herr Conzen hat mich gebeten, ihm Ihre Unterlagen über den Tod Ihres Vaters für ein paar Tage auszuleihen. Ich sehe da kein Problem, zumal es sich um Kopien handelt.«

Christina dachte einen Moment nach, dann nickte sie. »In Ordnung. Aber nur unter der Bedingung, dass Sie mich mit nach Hause nehmen, Herr Conzen.«

Der Journalist unterbrach sein Gähnen und lächelte sie an. »Kein Problem, das Taxi geht auf mich. Wenn Herr Hagen so freundlich wäre und uns eins bestellt, kann ich Sie zu Hause absetzen lassen.«

»Wo sind Sie untergekommen, Herr Conzen?«, wollte Marc wissen.

»In einem Hotel in der Bielefelder Innenstadt. Nichts Besonderes, aber ich will ja auch nicht lange bleiben. Immerhin habe ich einen Videorekorder auf meinem Zimmer. Wenn Sie mir erlauben würden, auch das Band mitzunehmen, könnte ich mich noch einmal damit beschäftigen. Ich bin überzeugter denn je, dass darauf etwas Entscheidendes zu sehen ist.«

Marc zögerte erneut, dann beschloss er endgültig, dem Journalisten zu vertrauen. Wie es im Moment aussah, war Conzen schließlich der einzige Mensch, der ihnen helfen wollte und es vielleicht sogar konnte.

Die Stille explodierte. Marc fuhr aus dem Tiefschlaf hoch und saß aufrecht in seinem Bett. Jemand musste sich an ihn herangeschlichen haben und einen Wecker genau neben seine Ohren gehalten haben. Doch dann war das quälende Geräusch genauso schnell wieder verschwunden, wie es gekommen war.

Marc tastete nach seinem Wecker und warf einen Blick auf die grünen Leuchtdioden. Viertel nach vier. Er begann sich zu fragen, ob er einer Sinnestäuschung erlegen war, als er das Geräusch wieder hörte, diesmal jedoch noch lauter und drängender als beim ersten Mal.

Mit verklebten Augen entwirrte Marc sich aus seiner Bettdecke und schlurfte barfuß durch das Schlafzimmer bis zu seiner Wohnungstür, hinter der er die Quelle des unerträglichen Krachs vermutete. Der Finger eines Wahnsinnigen musste auf seiner Türklingel festgefroren sein, denn sie schrillte nun ohne Unterbrechung. Marc blickte durch den Spion in das hell erleuchtete Treppenhaus. Dann hörte er ein lautes Stöhnen und wusste im gleichen Moment, dass es aus seiner Kehle gekommen war. Wütend riss er die Tür auf.

»Was soll das, Conzen? Sind Sie total verrückt?«

»Ja, ja. Fragen Sie mich jetzt bloß nicht, ob ich weiß, wie spät es ist. Wie wäre es, wenn Sie mich erst mal reinlassen? Ich kann Ihnen dann alles erklären.«

Ohne eine Antwort abzuwarten, drängte er sich an dem verdutzten Marc vorbei. In der Hand hielt er eine weiße Plastiktüte. Langsam löste Marc sich aus seiner Erstarrung und folgte dem Journalisten in das Wohnzimmer. Dort hatte Conzen seinen Mantel auf die Couch geworfen, hockte vor dem Videorekorder und machte sich schon wieder an dem Gerät zu schaffen.

»Sie erlauben doch …?«, fragte er rhetorisch. »Sie werden sofort verstehen, um was es geht.«

Marc nickte ergeben. Er beschloss, diesem Irren einfach seinen Willen zu lassen. Wahrscheinlich war das ohnehin der einzige Weg, in dieser Nacht noch etwas Schlaf zu bekommen.

Conzen nahm die Kassette aus der Plastiktüte und legte sie in das Fach des Rekorders. »Es tut mir Leid, dass ich Sie geweckt habe, aber ich musste Ihnen das einfach sofort zeigen. Und glauben Sie nicht, ich hätte bis jetzt ein Auge zubekommen. Ich habe die ganze Zeit damit verbracht, die Unterlagen von Frau Helms durchzusehen. Zum Glück waren einige Fotos dabei, die damals in der Presse veröffentlicht worden sind. Mir wären vor Erschöpfung fast die Augen zugefallen, aber vor einer halben Stunde bin ich endlich drauf gekommen. Sehen Sie sich die Bilder an.«

Er startete den Videorekorder und reichte Marc zwei Fotos, die offenbar aus einer Zeitung ausgeschnitten worden waren. Sie zeigten Klaus Helms, der nach dem Schusswechsel auf den Gleisen des Bad Reichener Bahnhofs lag. Marc warf nur einen kurzen Blick auf die Aufnahmen. »Ja, und? Was soll damit sein?«

»Das wird Ihnen sofort klar werden. Nur noch einen winzigen Moment. Soooo, jetzt.« Conzen drückte auf eine Taste und das Fernsehbild erstarrte. »Hier sehen Sie, wie Klaus Helms im Jahr 1993 unmittelbar nach der Beendigung der Schießerei auf den Gleisen liegt. Und jetzt vergleichen Sie das Videobild mal mit denen, die später in der Presse erschienen sind.«

Marc unterdrückte ein Gähnen, nahm sich die Fotos dann aber doch vor und warf abwechselnd einen Blick auf die Aufnahmen in seiner Hand und den Fernseher.

»Ich sehe nichts«, sagte er schließlich. »Wo ist da ein Unterschied?«

Conzen schüttelte ungeduldig den Kopf. »Nein, nein. Sie

müssen schon genau hinsehen. Diese Zeitungsfotos sind zwar etwas unscharf, aber das entscheidende Detail ist eigentlich recht gut zu erkennen. Ich will Ihnen aber gerne auf die Sprünge helfen, schließlich habe ich es auch nicht gleich gemerkt. Sie müssen auf die rechte Hand von Helms achten.«

Jetzt fiel es auch Marc auf. »Ah, auf dem Video liegt seine rechte Hand *unter* seinem Körper, während sie sich auf den Zeitungsbildern *neben* seinem Körper befindet. Aber was hat das zu bedeuten?«

»Das bedeutet, dass die Stellung seiner rechten Hand verändert wurde. Wie Sie sehen, war der Notarzt zum Zeitpunkt des Beginns der Videoaufnahme noch nicht anwesend. Man sieht ja später, wie er kommt. Erst der Notarzt hat Helms' Körper in eine andere Lage gebracht, wodurch die rechte Hand neben seinen Körper kam. Und diese Bilder sind dann in den Medien veröffentlicht worden.«

Marc massierte sich die Augenlider. »Das habe ich schon verstanden. Ich kapiere aber immer noch nicht, was daran so bedeutsam sein soll.«

Conzen runzelte genervt die Stirn. »So viel Begriffsstutzigkeit kann man nur mit der Uhrzeit entschuldigen. Noch einmal: Die Hand von Helms lag zunächst unter seinem Körper und nach der Behandlung durch die Rettungskräfte neben seinem Körper. Fällt Ihnen immer noch nichts auf?«

»Was denn?« Marc schüttelte verwirrt den Kopf. »Der Notarzt hat die Lage seiner Hand verändert, na und? Schließlich musste er ihn irgendwie behandeln.«

»Ich will Ihnen jetzt einmal die offizielle Version der Staatsanwaltschaft Schwerin zum Tode von Klaus Helms vorlesen. Ah ja, da habe ich es schon. Also: ›... ist davon auszugehen, dass Helms sich in dem Moment erschoss, als er rücklings auf den Schienen zu liegen kam.‹ Zitat Ende. Nun frage ich Sie: Wie soll Helms, der ja bekanntlich Rechtshänder war, sich auf den Schienen liegend erschossen haben, wenn sich seine rechte Hand *unter* seinem Körper befand?«

Marcs Kopf war auf einmal wie leer. Krampfhaft suchte er nach einer Erklärung. »Nun, äh, vielleicht …«

»Wollen Sie behaupten, Helms habe seine rechte Hand schnell noch unter seinem Körper versteckt, *nachdem* er sich den Kopfschuss verpasst hat? Nun, das ist vollkommen unmöglich. Nach einem Kopfschuss ist kein Mensch mehr zu einer solchen Handlung, gewollt oder ungewollt, in der Lage, weil die Hand sofort erschlafft. Außerdem kommt es natürlich zu einem Rückstoß, sodass die Hand neben den Körper fallen *muss.* Wenn man sich im Liegen erschießt, kann die Hand also keinesfalls unter den Körper gelangen. Ich habe das alles gestern Abend schon vor Augen gehabt, aber irgendwie habe ich den Sinn der Botschaft nicht sofort erfasst.« Conzen sah Marc triumphierend an.

Der dachte einen Moment nach. So einfach konnte die Sache doch nicht sein. »Nun, das hört sich ganz plausibel an«, räumte Marc schließlich ein. »Aber vielleicht hat Helms sich ja mit der linken Hand erschossen. Das wäre doch möglich, auch wenn er Rechtshänder war.«

»Mit der linken Hand in die rechte Schläfe?« Conzen betrachtete ihn, als müsse er mit einem Analphabeten eine Diskussion über Goethes gesammelte Werke führen. »Können Sie sich diese Verrenkung vorstellen? Nein, wenn er sich mit der linken Hand erschossen hätte, dann allenfalls in die linke Kopfseite, das Einschussloch ist aber eindeutig rechts.«

»Mhm, vielleicht hat er sich aber gar nicht im Liegen, sondern im Rückwärtsfallen erschossen. Sie wissen ja, Helms wurde das erste Mal getroffen, als er noch auf dem Bahnsteig stand, und kippte dann nach hinten. Die Pistole hatte er schließlich die ganze Zeit in der Hand.«

Conzen schüttelte wieder den Kopf. »Nein, nein, so kann es auch nicht gewesen sein. Wenn Helms sich tatsächlich im Fallen erschossen hätte, hätte das doch wohl zumindest einer der über hundert anwesenden Beamten sehen müssen, glauben Sie nicht? Aber nicht einer hat bei seiner Vernehmung einen Selbstmord bestätigt. Die Version der Staatsanwaltschaft macht überhaupt nur dann Sinn, wenn er sich auf den teilweise nicht einsehbaren, tiefer liegenden Gleisen erschossen hat.«

Marc lehnte sich erschöpft in seinem Sessel zurück und öffnete den Mund zu einem herzhaften Gähnen. »Ich denke, Sie haben etwas vergessen. Zwischen dem Schusswechsel und dem Start der Videoaufnahme sind doch einige Minuten vergangen. Wir wissen ja nicht, was in der Zeit passiert ist. Vielleicht lag die rechte Hand von Helms zuerst neben seinem Körper, wurde dann aber von einem der GSG-9-Männer verändert.«

»Ach?« Conzen warf ihm einen höhnischen Blick zu. »Und warum sollte der das getan haben? Um einen Selbstmord zu vertuschen?«

»Nein, aber vielleicht, um ihn in die stabile Seitenlage zu bringen. Wenn ich mich an meinen Erste-Hilfe-Kursus vor ein paar Jahren noch richtig erinnere, sieht die Art, wie Helms dort liegt, doch genau danach aus.«

»Vielleicht, vielleicht, vielleicht«, äffte Conzen ihn nach. »Sie arbeiten nur mit Spekulationen. Von all dem findet sich aber nichts in den Akten. Die GSG-9-Männer 6 und 8, die zuerst bei Helms waren, haben übereinstimmend ausgesagt, sie hätten Helms mehrere Minuten lang mit vorgehaltener Waffe gesichert. Und nichts anderes ist auf dem Video zu sehen. Sie haben nichts davon gesagt, dass sie ihn berührt haben, geschweige denn, dass sie seine Lage verändert haben, bevor der Notarzt eingetroffen ist.«

»Vielleicht können wir das die Herren 6 und 8 selbst fragen, wenn wir erst mal ihre Namen kennen«, lenkte Marc ein, der spürte, dass die Müdigkeit ihn übermannte. »Ich hoffe, dass uns in der Frage morgen die Verhandlung vor dem Sozialgericht weiterbringt. Ich bin mehr denn je davon überzeugt, dass Nummer 6 und 8 der Schlüssel für die Aufklärung der Ereignisse in Bad Reichen sind. Natürlich ist es möglich, dass sie Klaus Helms aus Rache für den Tod ihres Kameraden ermordet haben. Sie haben Zöllner doch auf dem Video gesehen. Wenn einer meiner Freunde langsam neben mir verbluten würde, würde ich vielleicht auch durchdrehen und den Täter erschießen, wenn ich dazu die Gelegenheit hätte. Aber ohne die beiden GSG-9-Männer werden wir nicht weiterkommen.«

»Ich befürchte, dass Sie Schiffbruch erleiden werden, was die Namen dieser Beamten angeht«, erwiderte Conzen frostig.

War der Journalist beleidigt, weil Marc seine Bemühungen nicht ausreichend gewürdigt hatte? Marc sagte schnell: »Ich will gerne zugeben, dass das sehr erstaunlich ist, was Sie auf diesem Band entdeckt haben, Herr Conzen. Wenn Frau Dr. Günther jemals davon erfahren sollte, wird sie sich wahrscheinlich vor Wut in den Hintern beißen. Aber ein Beweis für einen Mord ist das noch lange nicht. Zumindest kein Beweis, der vor einem deutschen Gericht Bestand hätte.«

Der Journalist wirkte auf einmal nicht mehr so enthusiastisch wie zuvor. »Also gut, wenn Sie meinen. Ich bin mir nun auf jeden Fall sicher, dass Klaus Helms ermordet wurde. Wenn auch vielleicht aus einem anderen Grund, als Sie annehmen.«

Kapitel 14

Als Marc knapp vier Stunden später in die Straße einbog, in der sich Christinas Wohnung befand, stand sie bereits vor ihrer Haustür. Erleichtert stellte er fest, dass sie heute auf ihre üblichen Jeans verzichtet hatte und eine weiße Bluse und eine graue Stoffhose trug.

»Guten Morgen, ich hoffe, dass Sie nicht zu lange gewartet haben«, begrüßte Marc seine Mandantin, nachdem sie auf dem Beifahrersitz Platz genommen hatte. Er fädelte sich wieder in den dichten Berufsverkehr ein.

»Nein, kein Problem«, erwiderte Christina, während sie sich anschnallte. »Aber ich schnappe morgens immer gerne noch ein bisschen Luft. Das könnte Ihnen übrigens auch gut tun. Sie sehen nicht besonders munter aus.«

Marc warf ihr einen beleidigten Blick zu. »Im Gegensatz

zu Ihnen hatte ich auch kaum Gelegenheit zum Schlafen. Conzen ist mitten in der Nacht noch mal bei mir aufgetaucht. Langsam finde ich es ein wenig merkwürdig, wie sehr er sich in dieser Sache engagiert.«

»Was hat er denn noch gewollt?«

»Sie haben doch gestern selbst mitbekommen, wie fasziniert er von diesem Video war. Er meint, irgendetwas Entscheidendes darauf gesehen zu haben. Ob es wirklich so wichtig ist, werden wir noch ... Scheiße!«

Marc musste scharf abbremsen, um nicht auf seinen Vordermann aufzufahren. Vor ihnen staute sich der Verkehr in einer unübersehbaren Schlange.

»Das fehlte gerade noch«, fluchte er. »In dieser Scheißstadt passiert erst jahrelang gar nichts und dann müssen alle Straßen gleichzeitig repariert werden.«

Christina bedachte ihn mit einem ironischen Seitenblick. »Regen Sie sich doch nicht gleich so auf. Es macht auf den Mandanten keinen guten Eindruck, wenn der Anwalt beim ersten kleinen Hindernis nervös wird. Haben Sie keine Musik?«

Marc schaltete die Lüftung auf Umluft, um zu verhindern, dass Auspuffgase in das Wageninnere gelangen konnten, und begann, in seinem Handschuhfach herumzukramen. Schließlich zog er eine Kassette heraus und versenkte sie in dem Schacht seines Rekorders. Sekundenbruchteile später erfüllte die Grabesstimme von Ian Curtis das Wageninnere. Christina hörte eine Weile zu.

»Was ist das?«, fragte sie dann. »Das habe ich noch nie gehört. Ist das neu?«

Marc musste lächeln. »Nein, eher nicht. Das ist Joy Division. Der Sänger hat sich schon 1980 das Leben genommen.«

Eine Weile herrschte Schweigen.

»Wissen Sie auch, warum er sich umgebracht hat?«, fragte Christina in die Stille.

»Er hat immer gesagt, er wolle keine fünfundzwanzig Jahre alt werden. Und das hat er dann ja auch geschafft. Der wahre Grund waren aber wahrscheinlich seine Depressionen.

Er hatte wohl schon ein paar Selbstmordversuche hinter sich.«

Erneut herrschte unbehagliches Schweigen.

Christina knetete ihre Hand, als müsse sie sich zu irgendetwas durchringen.

»Ich habe das auch getan«, sagte sie schließlich leise.

»Was?«, fragte Marc, obwohl er die Antwort kannte.

»Selbstmordversuche. Ich habe schon zweimal versucht, mich umzubringen. Das war kurz nach dem Tod meiner Mutter vor zwei Jahren. Ich hatte plötzlich das Gefühl, ganz allein auf der Welt zu sein, obwohl meine Großeltern immer für mich da waren. Aber das war irgendwie nicht das Gleiche wie Eltern. Das Gefühl wurde immer schlimmer, bis ich irgendwann glaubte, innerlich gestorben zu sein. Kennen Sie das? Man ist in seinem Inneren vollkommen starr, wie tiefgefroren.«

Marc schüttelte den Kopf. »Nein, so etwas ist mir noch nie passiert«, sagte er. »Gott sei Dank.«

»Ja, seien Sie froh. Ich konnte nichts mehr essen, ich konnte nicht mehr schlafen, ich konnte einfach gar nichts mehr tun. Eine so genannte ›psychoreaktive Depression‹, wie mir die Ärzte später erklärt haben. Als ich es nicht mehr ausgehalten habe, habe ich das erste Mal versucht, mir die Pulsadern aufzuschneiden. Zum Glück habe ich etwas falsch gemacht und bin lebend gefunden worden. Ich bin dann für ein paar Wochen in eine Klinik gekommen und schließlich wieder entlassen worden. Ich war gerade einen Tag zu Hause, als ich es ein zweites Mal versucht habe.«

»Mein Gott, das ist ja schrecklich.«

»Ja, nicht? Im Nachhinein sehe ich das auch so. Aber ich dachte, es gäbe keinen anderen Ausweg mehr. Ich bin dann wieder in die Psychiatrie gekommen, diesmal für fast ein halbes Jahr.«

Marc legte den ersten Gang ein und fuhr ein paar Meter weiter. Dann kam der Verkehr erneut zum Stillstand und Marc starrte aus dem Seitenfenster. Der makellose blaue Himmel ließ vermuten, dass es heute noch heißer werden würde als gestern. Christina war also tatsächlich einige Monate in der ›Klapsmühle‹ gewesen, wie Thomas Wolters es beim Juristenstammtisch genannt hatte. Allerdings nicht wegen einer ›paranoiden Schizophrenie‹, sondern wegen Depressionen und zwei Selbstmordversuchen. Marc kam der Gedanke, dass die Veranlagung zum Suizid vererbbar sein könnte.

»Und, geht es Ihnen jetzt besser?«, fragte er.

Christina musterte ihn etwas erstaunt. Dann lächelte sie. »Warum fragen Sie? Haben Sie Angst, dass ich noch immer selbstmordgefährdet bin und Sie deswegen eines Tages Probleme bekommen könnten?«

»Nein, nein«, versicherte er etwas zu schnell. »Aber man kann in die Menschen ja nicht hineinschauen und ich bin schließlich kein Psychiater oder Psychologe.«

»Sie brauchen keine Angst zu haben. Ich werde Ihre kostbaren Sitzbezüge schon nicht mit meinem Blut verunreinigen. Nein, im Ernst. Bei meinem zweiten Klinikaufenthalt bekam ich eine gute psychotherapeutische Betreuung. Ich habe dort gelernt, dass man sich im Leben Ziele setzen muss, für die es sich zu kämpfen lohnt. Und genau das tue ich jetzt. Ich habe damals darüber nachgedacht, was ich eigentlich vor allem anderen will, und bin zu dem Schluss gekommen, dass das die Aufklärung des Mordes an meinem Vater ist. Und wie Sie sehen, habe ich meine Mission noch nicht aus den Augen verloren.«

Sie lächelte wieder. Hundert Meter vor ihnen gingen die Bremslichter aus und die Fahrzeuge setzten sich langsam in Bewegung. Wie fallende Dominosteine erloschen die Lichter vor ihnen eines nach dem anderen, bis die rhythmische Welle endlich auch den Golf erreichte. Marc ließ den Motor wieder an und gab Gas.

Sie passierten die Baustelle, die den Stau verursacht hatte. Davor hing das übliche perfide Schild: *Wir bauen für Sie*, stand dort in riesigen schwarzen Lettern auf gelbem Grund. Obwohl Marc die Absicht erkannte, stellte sich bei ihm sofort das übliche schlechte Gewissen ob seiner vorherigen

Ungeduld ein: Die Planer des städtischen Tiefbauamtes wollten nur das Beste für die Bürger und jetzt wurde einem auch noch bewusst gemacht, dass man selbst für den Zeitverlust verantwortlich war, den man und – schlimmer noch – auch die Mitmenschen erleiden mussten.

Marc döste vor sich hin und war in Gedanken schon im Gerichtssaal. Plötzlich fiel ihm Conzens seltsame Bemerkung aus der letzten Nacht wieder ein. Was mochte der Journalist wohl damit gemeint haben, für den Mord an Klaus Helms könne es auch ein ganz anderes Motiv gegeben haben?

Christinas panische Stimme schreckte Marc auf: »HALT! SOFORT ANHALTEN!«

Marc fuhr zusammen und trat voll in die Bremsen, bis der Wagen quietschend zum Stehen kam. Hinter ihm wurde empört gehupt.

»Um Gottes willen, was ist passiert?«, rief er.

Christina hatte sich auf ihrem Sitz umgedreht und sah durch die Heckscheibe nach hinten. »Die Katze, haben Sie die Katze nicht gesehen?«

»Welche Katze?«

»Die da am Straßenrand liegt.«

»Das war eine Katze? Egal, auf jeden Fall ist das Tier schon lange tot.«

»Das können Sie gar nicht wissen. Wir werden jetzt sofort nachsehen und das Tier zum Arzt bringen, falls es noch leben sollte. Ich kenne einen Tierarzt hier in der Nähe.«

Marc versuchte, auf Christinas Gesicht ein Anzeichen dafür zu entdecken, dass sie sich einen Scherz mit ihm erlaubte, doch sie schien es vollkommen ernst zu meinen.

»Sind Sie noch ganz bei Verstand?«, sagte er. »Erst dieser Stau und jetzt auch noch das? In genau dreißig Minuten beginnt die Verhandlung. Unsere Chancen stehen schon schlecht genug, da können wir es uns nicht leisten, den Richter zu verärgern, indem wir zu spät kommen.«

»Wir steigen sofort aus und sehen nach«, befahl Christina in einem Ton, der keinen Widerspruch duldete.

Marc versuchte es trotzdem. »Nein, das tun wir nicht. Man muss Sie ja vor sich selbst schützen. Ich fahre jetzt weiter, und damit basta.«

Er griff nach dem Zündschlüssel, doch Christina hielt seine Hand zurück und sah ihm ernst in die Augen. »Ich sagte, wir steigen aus.« Ihre Stimme war auf einmal von einer feinen Eiskruste überzogen. »Ich zahle Ihnen vierhundert Euro am Tag und dafür werden Sie gefälligst tun, was ich Ihnen sage.«

Ohne seine Reaktion abzuwarten, stieß sie die Beifahrertür auf und verließ den Golf. Marc grummelte noch etwas in sich hinein, stellte den Wagen dann aber doch etwas weniger verkehrsbehindernd ab und folgte ihr. Christina hockte im Straßengraben und kümmerte sich um das wimmernde Fellbündel. Das Tier schien tatsächlich nur verletzt zu sein.

»Nun stehen Sie nicht einfach so rum«, fuhr sie ihn wütend an. »Helfen Sie mir!«

Christina nahm die angefahrene Katze auf den Arm und Marc öffnete den Deckel seines Kofferraums.

»Was soll das?«, fragte Christina.

»Nun, ich dachte, die Katze soll mit«, entgegnete er hilflos. Offenbar hatte er schon wieder etwas falsch verstanden.

»Aber doch nicht im Kofferraum! Stellen Sie sich mal vor, Sie wären verletzt und müssten allein im Dunkeln liegen. Die Katze kommt auf den Rücksitz. Und beeilen Sie sich gefälligst, sie ist völlig verängstigt und hat mich schon ein paar Mal gekratzt.«

Marc seufzte. Immer an das Geld denken, sagte er, ohne die Lippen zu bewegen, gebetsmühlenartig vor sich hin. Er nahm die Luftmatratze aus dem Kofferraum und breitete sie auf dem Rücksitz aus. Christina bettete das Tier darauf und setzte sich daneben.

Keine zehn Minuten später hatten sie den Tierarzt gefunden. Zum Glück war in der Praxis nicht allzu viel los und sie kamen gleich an die Reihe. Christina versprach, nach dem Gerichtstermin wiederzukommen, und stieg zu Marc ins Auto.

»*Jetzt* können wir zu diesem Termin fahren«, sagte sie.

Marc zog es vor, nicht darauf einzugehen, sondern weiter den Beleidigten zu spielen. So verbrachten sie den Rest der Fahrt, ohne ein weiteres Wort zu wechseln.

Auf dem Gerichtsparkplatz stellte Marc den Golf unter einer Schatten spendenden Ulme ab. Marcs Nervosität stieg. Seit seiner Kündigung vor achtzehn Monaten hatte er das Sozialgericht nicht mehr betreten und war gespannt, ob sich etwas verändert hatte. Schon an den Pförtner konnte er sich nicht mehr erinnern, das Personal des Sozialgerichts wechselte also immer noch so häufig wie die Jahreszeiten.

Marc sah auf seine Uhr. »Es ist jetzt genau eine Minute vor halb zehn«, verkündete er anklagend.

Christina blieb ihm keine Antwort schuldig. »Na sehen Sie. Dann sind wir ja pünktlich.«

Wieder verkniff sich Marc eine Erwiderung. Dass sie ihr rechtzeitiges Erscheinen allein dem Umstand zu verdanken hatten, dass er während der Fahrt nahezu jede Ampel und Geschwindigkeitsbegrenzung missachtet hatte, war ihr offenbar entgangen.

Als sie den Saal betraten, war die Richterbank, die wie ein Altar auf einem kleinen Podest an der Stirnseite des Raumes stand, noch nicht besetzt. Dafür hatte der Vertreter des beklagten Versorgungsamtes Bielefeld bereits seinen Platz an der nördlichen Längsseite des Raumes eingenommen. Marc begrüßte seinen Gegner mit einem Handschlag, dann bedeutete er Christina an dem gegenüberstehenden kleinen Tisch Platz zu nehmen. Bevor er sich neben sie setzte, nahm er seine zusammengeknüllte Robe aus dem Aktenkoffer und streifte sie über. Der Richter ließ sich immer noch nicht blicken.

Der Vertreter des Versorgungsamtes hatte seine Akten fein säuberlich vor sich aufgestapelt, die Kanten genau bündig mit dem Tisch ausgerichtet. Um sich die Zeit zu vertreiben, spielte er mit einem Gummiband und strahlte dabei eine professionelle, in zahlreichen siegreichen Schlachten gestählte Gelassenheit aus. Als Marc wieder bewusst wurde, dass er als Rechtsanwalt noch nie in diesem Saal tätig geworden war, machte sich heftiges Lampenfieber bemerkbar. Er blickte zu der noch immer verwaisten Richterbank, die im rechten Winkel in einer Entfernung von etwa vier Metern zu ihm stand und bis vor anderthalb Jahren sein Arbeitsplatz gewesen war. Ein merkwürdiges Gefühl, jetzt von hier aus nach oben blicken zu müssen.

Endlich war aus dem Beratungszimmer ein Geräusch zu hören und die Tür, die den Nebenraum mit dem Saal verband, öffnete sich. Herein rauschte ein junger Mann in einer blauen Robe und nahm hinter seinem Stuhl Aufstellung.

Marc stupste Christina an, erhob sich von seinem Platz und betrachtete den Mann etwas genauer. Er hatte den jungen Richter zuvor noch nie gesehen, da der zu seiner Zeit noch nicht am Sozialgericht beschäftigt gewesen war. Für einen kurzen Augenblick kam Marc der Gedanke, er könne es hier sogar mit seinem unmittelbaren Nachfolger zu tun haben, aber dann fiel ihm ein, dass Reinhold erst seit einem guten Vierteljahr als Richter tätig war. So sah der junge Mann auch aus. Er hatte das dreißigste Lebensjahr wahrscheinlich noch nicht vollendet und wirkte mit seinen strubbeligen Haaren, den Segelohren, den Sommersprossen und der Harry-Potter-Brille eher wie ein Abiturient als ein Volljurist.

Reinhold sah mit einem vor Aufregung leicht geröteten Gesicht auf die Parteien herab und leckte sich kurz die Lippen, um sich auf das Reden vorzubereiten. »Ich eröffne die heutige Sitzung der 5. Kammer des Sozialgerichts Detmold und rufe die Sache Helms gegen das Land Nordrhein-Westfalen auf. Nehmen Sie bitte Platz.«

Na bitte, das hatte ja schon mal geklappt. Man konnte dem Richter die Erleichterung über den gelungenen Auftakt förmlich ansehen. Reinhold zog seinen Stuhl zurück und versuchte, sich möglichst würdevoll zu setzen. Dann schlug er eine Akte auf und platzierte ein DIN-A4-Blatt so neben sich, dass er es immer genau im Blick hatte. Marc konnte aus seiner Position zwar nicht erkennen, was auf dem Blatt stand, wusste aber trotzdem, worum es sich handelte: den Ablaufplan für eine sozialgerichtliche Sitzung, den sich jeder Proberichter, der noch keine Routine besaß, mit in den Termin nahm, um nichts zu vergessen und nicht aus dem Konzept zu geraten. Das Ganze begann mit der Eröffnung der Sitzung und endete mit dem Vermerk, dass die mündliche Verhandlung geschlossen werden musste. Dazwischen standen alle möglichen Reaktionen auf alle denkbaren Anträge der Parteien. Marc musste grinsen. Wahrscheinlich war Reinhold mit dem gleichen Plan ausgestattet, den auch er nach seinem Amtsantritt erhalten hatte und der seit Generationen unter den Proberichtern des Sozialgerichts Detmold kursierte. Marcs Aufzeichnungen hatten sogar noch den Hinweis enthalten, dass man nicht vergessen durfte, zu Beginn einer Sitzung das Barett abzunehmen, obwohl die Kopfbedeckung schon Jahrzehnte zuvor abgeschafft worden war.

Reinhold warf einen weiteren Blick auf seinen Zettel und Marc ahnte, was der Richter gerade las: *Zuerst feststellen, wer alles da ist.*

Prompt blickte Reinhold auf und sah zu Marc und Christina herüber. »So, dann fangen wir mal an. Es erscheint die Klägerin und Herr Rechtsanwalt Hagen, ist das richtig?« Er musterte Marc wie ein seltsames Tier. Wahrscheinlich hatte er von seinen Kollegen gehört, dass dies der Mann war, der vor achtzehn Monaten das Handtuch geworfen hatte und freiwillig aus dem Richterdienst ausgeschieden war.

Marc beschloss, erst einmal gut Wetter zu machen. »Jawohl, Herr Vorsitzender, das ist völlig korrekt«, bestätigte er geflissen und Reinhold nickte befriedigt.

»Und für das beklagte Land erscheint ...?«

»Oberregierungsrat Wüllner unter Hinweis auf die bei Gericht hinterlegte Generalterminsvollmacht.«

Reinhold nickte wieder. Bisher war alles gut gegangen. Er hakte im Geiste den zweiten Punkt seines Ablaufplanes ab und hielt die bisherigen Angaben mit seinem Diktiergerät fest. Dann widmete er sich der vor ihm liegenden Akte.

»Jaaa«, setzte Reinhold an, während er seine Notizen überflog. »Wir haben hier also ein Verfahren auf Gewährung von Waisenrente nach dem Opferentschädigungsgesetz. Die Klägerin, Frau Helms, meint, ihr Vater sei Opfer eines vorsätzlichen Mordes oder zumindest Totschlags geworden und sie habe daher Anspruch auf diese Rente. Habe ich das bisher so richtig wiedergegeben, Herr Rechtsanwalt?«

Bevor Marc antworten konnte, vernahm er ein Geräusch und die Tür des Sitzungssaales ging auf. Reinhold zuckte zusammen, als sei er mit einem Elektroschockgerät gefoltert worden. Schlagartig saß er aufrecht. Marc blickte ebenfalls zur Tür. Ein massiger Mann hatte den Saal betreten und nahm auf den Zuschauerstühlen Platz. Marc erkannte ihn sofort. Zumindest etwas hatte sich hier also nicht geändert. Hollmann, der Präsident des Sozialgerichts Detmold. Als er Marc erkannte, erstarrte er kurz. Marc nickte ihm zu, aber Hollmann tat so, als habe er es nicht gesehen. Marc nahm es gleichmütig hin. Richter, die freiwillig ihren Dienst quittierten, waren in der Justiz in etwa so beliebt wie Leprakranke. Auf Reinholds Stirn und Oberlippe hatten sich dicke Schweißperlen gebildet, die unter den starken Deckenstrahlern glänzten. Marc konnte den jungen Richter gut verstehen. Er erinnerte sich nur zu genau an die cholerischen Anfälle seines ehemaligen Dienstvorgesetzten.

Christina beugte sich zu Marc herüber. »Wer ist das?«, flüsterte sie mit einem Blick auf Hollmann. »Ich dachte, hier darf niemand rein, weil die Sitzung heute nicht öffentlich ist.«

»Der darf das«, antwortete Marc mit gedämpfter Stimme. »Das ist der Präsident des Sozialgerichts.«

»Aha, und warum hat der Richter so eine Angst vor ihm?«

Marc musste lächeln. »Haben Sie das auch bemerkt? Offenbar will er Reinhold überhören. So nennt man die Besuche des Dienstvorgesetzten in einer Sitzung, der die Verhandlungsführung eines Proberichters zu überprüfen hat. Das Ergebnis kommt dann später ins Zeugnis und entscheidet mit darüber, ob der Richter eine Anstellung auf Lebenszeit bekommt.«

Reinhold hatte sich inzwischen wieder etwas gefangen. Er straffte die Schultern, versuchte so zu tun, als sei Hollmann gar nicht anwesend, und wandte sich wieder Marc zu. »Nun, Herr Rechtsanwalt?«

»Sie haben die Sachlage völlig zutreffend geschildert, Herr Vorsitzender«, versicherte Marc. »Meine Mandantin ist der festen Überzeugung, dass ihr Vater, Herr Klaus Helms, am 27. Juni 1993 vorsätzlich von einem Angehörigen der GSG 9 erschossen worden ist, und zwar zu einem Zeitpunkt, als er bereits vollkommen wehrlos war.«

»Aber das ist doch ein ausgemachter Quatsch«, ging Oberregierungsrat Wüllner dazwischen. »Entschuldigen Sie bitte, Herr Vorsitzender, aber diese Sache ist vor neun Jahren bis ins letzte Detail von der Staatsanwaltschaft Schwerin untersucht worden. Und seitdem steht fest, dass das ehemalige RAF-Mitglied Klaus Helms Selbstmord begangen hat.«

Während Reinhold noch überlegte, ob er den Vertreter des Versorgungsamtes dafür rügen sollte, dass der ohne Aufforderung das Wort ergriffen hatte, schoss Marc schon zurück. »*Mutmaßliches* RAF-Mitglied bitte, Herr Kollege. Klaus Helms ist niemals wegen einer Mitgliedschaft in einer terroristischen Vereinigung verurteilt worden. Er ist während seines ganzen Lebens sogar überhaupt nie wegen irgendeiner Straftat verurteilt worden.«

Wüllner hob die Hand zu einer entschuldigenden Geste. »Also schön, *mutmaßlicher* Terrorist, bitte sehr. Tatsache ist aber, dass er bei seiner Verhaftung einen jungen Polizisten erschossen hat, auch wenn Helms aufgrund seines Todes dafür nicht mehr belangt werden konnte. Oder wollen Sie das bestreiten, Herr Anwalt? Hier sollen aus Tätern Opfer gemacht werden, und das stört mich an dieser Sache ganz gewaltig.«

Während Marc und Wüllner sich weiter beharkten, schielte Reinhold nervös zu Hollmann herüber. Die Verhandlung hatte gerade erst begonnen und schon war sie im Begriff, ihm zu entgleiten. Reinhold entschied, dass es an der Zeit war, den Richter herauszukehren, wenn er die Kontrolle über den Verfahrensablauf nicht völlig verlieren wollte. Also schob er seine Brille, die ihm durch den Schweiß bis fast auf die Nasenspitze gerutscht war, am Steg nach oben und hob die Hände, als wollte er den Saal segnen.

»Meine Herren, bitte, wir wollen doch ruhig und sachlich bleiben. Herr Hagen, ich habe Ihre Klagebegründung, die ja leider erst gestern bei mir eingegangen ist, natürlich auch gelesen, aber es ist mir ein völliges Rätsel, wie Sie eine vorsätzliche Tötung von Herrn Helms nachweisen wollen. Sie wissen ja, dass die Beweislast in diesem Verfahren bei Ihnen liegt, und ich sehe ebenfalls nicht, was das Gericht hier noch ermitteln könnte. Der Tod von Herrn Helms liegt jetzt neun Jahre zurück und damals konnte, worauf Herr Wüllner schon hingewiesen hat«, er blickte den Vertreter des Versorgungsamtes um Zustimmung heischend an, »keine Fremdeinwirkung festgestellt werden. Das Ganze dürfte also mehr oder weniger aussichtslos sein. Ich habe daher auch vor, Ihren Prozesskostenhilfeantrag abzulehnen. Und ganz davon abgesehen: Aufgrund des Alters der Klägerin geht es ohnehin nur um die Gewährung einer Rente für allenfalls einen Monat. Sie sollten mal in sich gehen und sich überlegen, ob der ganze Aufwand überhaupt lohnt.«

Marc spürte, dass Christina etwas sagen wollte, und legte schnell seine Hand auf ihren Arm, um sie zurückzuhalten. Ein Streitgespräch Christinas mit dem Richter wäre der Sache nicht förderlich. »Das sehen wir anders, Herr Vorsitzender«, erwiderte er hastig. »Ich sage Ihnen ganz offen, dass es meiner Mandantin nicht um das Geld geht, sondern um Gerechtigkeit. Und dafür wird sie kämpfen. Nun zur Sache. Wir sind dabei, Zeugen ausfindig zu machen, die damals in Bad Reichen dabei waren. Und ich kann Ihnen mitteilen, dass unsere Suche bereits erfolgreich war.«

»Ach, und wer soll das sein?« Reinhold war hellhörig geworden und Wüllner legte sein Gummiband zur Seite und griff nach seinem Kugelschreiber.

»Es handelt sich um Herrn Peter Graf, der früher einen Kiosk im Bahnhof von Bad Reichen betrieben hat. Ich habe ihn vor drei Tagen persönlich aufgesucht und er hat mir bestätigt, dass Klaus Helms von einem Mitglied der GSG 9 gezielt durch einen aufgesetzten Nahschuss umgebracht wurde. Das hatte ich aber bereits in meiner Klagebegründung ausgeführt.«

Wüllner legte den Kuli wieder zur Seite. »Ich habe Ihre Klagebegründung zwar noch nicht gelesen, aber Sie sprechen doch jetzt wohl nicht von diesem Alkoholiker, dem schon vor neun Jahren kein Mensch geglaubt hat?«

Marc warf ihm einen vernichtenden Blick zu. »Nein, ich spreche von einem unbeteiligten Zeugen, der 1993 den ganzen Ablauf genau beobachtet hat und der *nicht* betrunken war, auch wenn der Herr auf der Gegenseite das gerne hätte.«

»Und wer sind die anderen Zeugen, von denen Sie eben gesprochen haben?«, ging Reinhold dazwischen.

»Ich beantrage die Vernehmung der in den Ermittlungsakten der Staatsanwaltschaft Schwerin, die Ihnen ja vorliegen, als GSG 9 Nr. 6 und Nr. 8 geführten Beamten.« Marc war selbst erstaunt, wie ruhig ihm dieser Satz von den Lippen kam. »Dabei handelt es sich um die beiden Männer, die nach der Schießerei in Bad Reichen als Erste bei dem kampfunfähigen Klaus Helms waren und ihn nach der Aussage des Zeugen Graf hingerichtet haben sollen.«

Reinhold rückte seine Brille auf dem Nasenrücken zurecht und sah zu Wüllner herüber. »Was sagen Sie dazu?«

»Das ist reine Zeitverschwendung, Herr Vorsitzender. Die genannten Beamten standen schon 1993 in Verdacht, etwas mit Helms' Tod zu tun zu haben, sind aber durch die damaligen Ermittlungen vollständig rehabilitiert worden. Sie haben gegenüber der Staatsanwaltschaft ausgesagt, dass sie den tödlichen Schuss weder abgegeben noch gesehen haben, wie er abgegeben wurde. Eine weitere Vernehmung dieser Männer wird also absolut nichts bringen.«

Marc schüttelte erneut den Kopf. »Wir bestehen darauf, dass die beiden Zeugen in einem ordentlichen Gerichtsverfahren vernommen werden. Bei der Befragung durch die Staatsanwaltschaft vor neun Jahren waren die beiden Beschuldigte, durften also lügen. Als Zeugen müssen sie die Wahrheit sagen.«

»Aber Herr Hagen, das ist doch lächerlich«, brauste Wüllner auf. »Sie wissen doch so gut wie ich, dass kein Zeuge Angaben machen muss, wenn er Gefahr läuft, sich dadurch selbst zu belasten. Diese beiden GSG-9-Männer werden also einen Teufel tun und hier zugeben, dass sie etwas mit dem Tod von Helms zu tun haben. Wobei diese Annahme an sich vollkommen absurd ist«, fügte er nach kurzem Nachdenken hinzu.

»Ich beglückwünsche Sie, dass Sie schon vorher genau wissen, wie ein Zeuge sich einlassen wird«, entgegnete Marc scharf. »Wir bestehen auf jeden Fall darauf, dass die beiden hier zu den Vorkommnissen in Bad Reichen vernommen werden.«

Reinhold wiegte den Kopf hin und her. Schließlich schien er sich zu einer Entscheidung durchgerungen zu haben. »Ich fürchte, Herr Hagen hat Recht, Herr Wüllner.« Reinhold blickte den Vertreter des Versorgungsamtes an, als erwarte er eine Bestätigung, erhielt aber keine Reaktion. »Das Sozialgericht ist verpflichtet, den Sachverhalt von Amts wegen aufzuklären. Ich kann den Antrag von Herrn Hagen nicht einfach mit der Begründung ablehnen, ich könne mir schon denken, was die Zeugen aussagen werden. Das wäre eine unzulässige vorweggenommene Beweiswürdigung. Ich werde mich also an das Bundesinnenministerium wenden, mit der Bitte, mir die Klarnamen der genannten Beamten zu nennen. Wir müssen halt abwarten, was dabei rauskommt.«

Wüllner verzog unwirsch den Mund, sagte aber nichts.

Marc hatte inzwischen das Schreiben, das Elisabeth Günther ihm in Berlin überreicht hatte, aus seiner Mappe geholt. »Das wird nicht viel bringen, Herr Vorsitzender. Ich habe beim Bundesinnenministerium bereits nach den Namen angefragt, aber leider nur diese Antwort bekommen.« Er reichte das Schreiben an den Richter weiter.

Reinhold warf einen schnellen Blick auf seinen Plan, um zu prüfen, wie nun zu verfahren sei. Schließlich hatte er die richtige Stelle gefunden und schaltete sein Diktiergerät wieder ein. »Der Bevollmächtigte der Klägerin überreicht ein Schreiben des Bundesministeriums des Inneren vom 7. August 2002, das der Vorsitzende verliest.« Er schaltete das Gerät ab und nahm sich das Schreiben vor.

»Also: *Betrifft: Auskunft über die Identität von Angehörigen des Bundesgrenzschutzes, hier: der GSG 9. Bezug: Ihre Anfrage vom 5.8.2002.*

Sehr geehrter Herr Rechtsanwalt,
leider muss ich Ihnen mitteilen, dass ich keine Möglichkeit sehe, Ihrem Ersuchen zu entsprechen und Ihnen die Namen von Personen zu nennen, die an dem Einsatz in Bad Reichen am 27. Juni 1993 beteiligt waren.
Nach § 119 Absatz 1 des Sozialgerichtsgesetzes ist eine Behörde zur Vorlage von Unterlagen oder Akten oder zu Auskünften nicht verpflichtet, wenn die zuständige oberste Aufsichtsbehörde erklärt, dass das Bekanntwerden des Inhalts dieser Akten, Urkunden oder Auskünfte dem Wohl des Bundes oder eines deutschen Landes nachteilig sein würde oder dass die Vorgänge nach einem Gesetz oder ihrem Wesen nach geheim gehalten werden müssen.
Als die zuständige oberste Aufsichtsbehörde der GSG 9 und des Bundeskriminalamtes stelle ich fest, dass die von Ihnen erwünschte Auskunft eine Gefahr für Leib und Leben der an dem Einsatz in Bad Reichen beteiligten Angehörigen der GSG 9 und des Bundeskriminalamtes bedeutet und damit dem Wohl des Bundes Nachteile bereiten würde. Die erwünschte Auskunft kann daher nicht erteilt werden.
Ich bedaure, Ihnen keine günstigere Mitteilung machen zu können, und verbleibe mit vorzüglicher Hochachtung,
Dr. Elisabeth Günther,
parlamentarische Staatssekretärin im Bundesministerium des Inneren als Vertreterin des Bundesministers des Inneren.«

Reinhold blickte wieder auf und nickte erleichtert. »Da haben Sie es ja schwarz auf weiß, Herr Hagen. Kurz und knapp, aber unmissverständlich. Sie wissen doch selbst, dass eine derartige Sperrerklärung der obersten Dienstbehörde für die Gerichte bindend ist und die Zeugen dann nicht zur Verfügung stehen. Ich sehe mich daher leider gezwungen, Ihren Beweisantrag, die GSG-9-Männer, die in den Akten als die Nummern 6 und 8 geführt werden, als Zeugen zu vernehmen, abzulehnen.«

Mit dieser Reaktion hatte Marc gerechnet. »Entschuldigung, dass ich Ihnen widerspreche, aber ich beurteile das etwas anders. Vermissen Sie nichts in dem Schreiben des Bundesministeriums?«

Reinhold warf einen verwirrten Blick auf das Schreiben und dann wieder auf Marc. »Was soll ich denn da vermissen?«, fragte er zurück.

»Eine Begründung. Schlicht und einfach eine Begründung für die Ablehnung der Bekanntgabe der Namen. ›Nachteile für das Wohl des Bundes‹, ›Gefahr für Leib und Leben der GSG-9-Männer‹, das sind doch Allgemeinplätze. Meinen Sie nicht, dass das Ministerium uns zumindest eine Erklärung schuldet?«

»Nein, das tut es nicht«, ging Wüllner dazwischen. »Erstens liegt die Begründung klar auf der Hand und zweitens ist sie überflüssig.«

»Das, Herr Kollege, sieht die Rechtsprechung aber vollkommen anders.« Genüsslich zog Marc einige Kopien aus seinen Unterlagen hervor. »Ich habe hier die einschlägige Kommentierung von Meyer-Ladewig zum Sozialgerichtsgesetz sowie von Kleinknecht/Meyer und von Kopp zu den analogen Vorschriften in der Strafprozessordnung und in der Verwaltungsgerichtsordnung. Alle gehen davon aus, dass das Gericht in eigener Verantwortung prüfen muss, ob von der Vernehmung der Zeugen wegen einer angeblichen Gefahr für ihr Leib und Leben abzusehen ist. Deswegen *muss* die Sperrerklärung der obersten Dienstbehörde eine Begründung enthalten, die dem Gericht die Gründe der Sperre verständlich macht und es in die Lage versetzt, auf die Bereitstellung des Beweismittels zu drängen. Dazu gibt es auch eine Entscheidung des Bundesgerichtshofes aus dem Februar 1993, die in der NJW veröffentlicht ist. Ich habe mir die Freiheit genommen, alles für Sie zu kopieren. Die entscheidenden Stellen habe ich mit Textmarker gelb gekennzeichnet.«

Er stand auf und legte sowohl Reinhold als auch Wüllner ein umfangreiches Konvolut von Unterlagen auf den Tisch. Der junge Richter begann sofort wieder heftig zu schwitzen. Mit so etwas hatte er nicht gerechnet. Verzweifelt durchforstete er seinen Plan nach einem rettenden Hinweis, wie weiter vorzugehen war, konnte aber keinen finden. Im Saal herrschte Totenstille, das einzige Geräusch stammte von dem nervösen Papiergeraschel, das Reinhold erzeugte. Normalerweise hätte der Richter jetzt unter einem Vorwand die Sitzung kurz unterbrechen, sich alles in Ruhe durchlesen und in der hauseigenen Bibliothek kundig machen können. Das ging angesichts von Hollmanns Anwesenheit natürlich nicht, da dies das Eingeständnis bedeutet hätte, dass er sich nicht ausreichend vorbereitet hatte. Reinhold sah hektisch zu Hollmann herüber, als habe er von dort Hilfe zu erwarten. Marc folgte seinem Blick, aber der Präsident saß mit versteinerter Miene und vor der Brust verschränkten Armen da und wartete auf eine Entscheidung. Reinhold hatte die Grobdurchsicht der Unterlagen inzwischen beendet und die Stille schien noch an Intensität zuzunehmen. Fast tat Marc der junge Richter Leid.

»Und was soll ich Ihrer Meinung nach jetzt tun?«, fragte Reinhold schließlich hilflos.

Marc atmete tief durch. Jetzt war es an der Zeit, ihn auf den richtigen Weg zu bringen. »Sie haben es ja gelesen. Der Richter muss die zuständige Behörde, hier also das Bundesinnenministerium, zu einer *detaillierten* Äußerung über ihre Sicherheitsbedenken veranlassen. Vorher darf der Richter den Beweisantrag nicht ablehnen.«

Reinhold wurde noch konfuser. Es gab für einen Richter

kaum etwas Schlimmeres, als dermaßen auf dem falschen Bein erwischt zu werden.

»Das bringt doch alles nichts«, mischte sich Wüllner wieder in die Diskussion ein. »Was erwarten Sie sich von einer ergänzenden Äußerung des Ministeriums? Die Begründung ist doch ganz klar. Es ...«

»Entschuldigung, dass ich Sie gleich unterbreche«, fiel Marc ihm ins Wort. »Aber ich lege schon Wert auf die Begründung des Innenministers, nicht auf Ihre.«

Wüllner lief vor Wut rot an und wollte zu einer heftigen Entgegnung ansetzen, aber zum Glück hatte Reinhold die Sprache und seine richterliche Würde wiedergefunden. »Also, es sieht so aus, als hätten Sie Recht, Herr Hagen. Ich sehe keine andere Möglichkeit, als eine ausführliche Stellungnahme des Bundesinnenministeriums anzufordern, aus welchem Grund eine Gefahr für Leib und Leben der GSG-9-Männer und damit für das Wohl des Bundes besteht. Wollen Sie dazu noch etwas sagen, Herr Wüllner?«

Der Oberregierungsrat schüttelte müde den Kopf. Marc meinte sehen zu können, was er dabei dachte. Er hatte sein Möglichstes getan, um diesen Schwachsinn zu verhindern, jetzt war er es leid. Schließlich war er nur der Vertreter einer objektiven Behörde. Sollte doch das Gericht seine Zeit mit sinnlosen Ermittlungen vergeuden.

»Ich begrüße Ihre Entscheidung ausdrücklich, Herr Vorsitzender«, ergriff Marc das Wort. »Ich möchte allerdings darauf hinweisen, dass ich in dieser Sache bereits persönlichen Kontakt mit einer Vertreterin des Innenministeriums hatte. Leider hat sich die zuständige parlamentarische Staatssekretärin, Frau Dr. Günther, mir gegenüber geweigert, eine Begründung abzugeben. Ich habe den Eindruck gewonnen, dass die Damen und Herren in Berlin in dieser Sache mauern und bei einer weiteren schriftlichen Befragung nichts Neues herauskommen wird. Ich möchte daher einen weiteren Beweisantrag stellen.«

Er machte eine bedeutungsvolle Pause. Dann sagte er langsam: »Ich beantrage, zu der Frage, aus welchen Gründen bei der Bekanntgabe der Namen der GSG-9-Männer 6 und 8 deren Leib und Leben sowie das Wohl des Bundes gefährdet sein sollen, die Vernehmung des Bundesinnenministers, Herrn Sascha Schneider.«

Reinhold saß da wie vom Donner gerührt. Es verging eine ganze Weile, bis sein Gehirn wieder begann zu arbeiten und Befehle an seinen Körper zu senden.

»Ist das Ihr Ernst, Herr Rechtsanwalt?«, fragte er schließlich, als könnte er nicht glauben, was er da eben gehört hatte. »Sie wollen, dass hier ein Bundesminister vernommen wird? Ich meine, das dürfte dann doch wohl etwas über das Ziel hinausschießen.«

»Aber keineswegs. Schließlich dürfte der Behördenleiter am ehesten beurteilen können, warum das Leben seiner Beamten gefährdet sein soll.«

»Warum beantragen Sie nicht gleich die Vernehmung des Bundeskanzlers?«, fragte Wüllner mit ätzender Ironie. »Oder gleich des ganzen Kabinetts? Herr Vorsitzender, Sie sehen doch, dass die Gegenseite hier nicht an Sachaufklärung, sondern an Stimmungsmache interessiert ist.«

Marc überging den Einwurf. »Ich bleibe bei meinem Antrag. Im Übrigen hätte ich ihn gerne ins Protokoll aufgenommen, nur damit er später nicht aus Versehen in Vergessenheit gerät.«

Reinhold diktierte den Antrag in sein Gerät und starrte dabei aus dem Fenster, als denke er fieberhaft über etwas nach.

»Also gut, wir machen es wie folgt: Ich werde heute noch Kontakt mit dem Bundesinnenministerium aufnehmen, um zu klären, wie wir in dieser Sache am besten weiterkommen. Danach werde ich mich umgehend mit Ihnen in Verbindung setzen. So, das wär's dann erst mal für heute.«

»Das haben Sie toll gemacht, Herr Hagen, wirklich. Haben Sie gesehen? Der Richter und der Typ vom Versorgungsamt waren völlig mit den Nerven fertig. Jetzt weiß ich, dass ich mich für den richtigen Anwalt entschieden habe.«

Christina plapperte aufgeregt weiter. Sie saßen in Marcs Wagen und waren auf dem Weg zum Tierarzt, um nach der verletzten Katze zu sehen. »Glauben Sie wirklich, dass dieser Richter sich trauen und Schneider als Zeugen nach Bielefeld laden wird?«

Marc zuckte die Achseln. »Keine Ahnung. Es kommt sehr darauf an, wie das Ministerium reagiert. Wenn die patzig werden, kann es durchaus sein, dass auch ein Mensch wie Reinhold aus der Haut fährt. Ich kenne Richter, die sehr ungehalten reagieren, wenn sie meinen, ihre Unabhängigkeit sei in Gefahr. Wir müssen also abwarten. Auf jeden Fall haben wir keinen Anspruch darauf, dass Schneider selbst kommt. Der Minister muss die Erklärung nicht persönlich abgeben, sondern kann das einem seiner Beamten überlassen. Immerhin haben wir es geschafft, dass der schwarze Peter wieder beim Ministerium in Berlin liegt.«

»Ich dachte, Sie hätten dieser Frau Dr. Günther versprochen, weder über die Presse noch über das Gericht zu versuchen, an die Namen der Beamten zu kommen. Haben Sie überlegt, was sie tun wird, wenn sie von Ihrem Antrag erfährt, Schneider als Zeugen zu vernehmen?«

Marc versuchte zu lächeln, brachte aber nur eine schiefe Grimasse zu Stande. Tatsächlich war ihm bei dem Gedanken an die Reaktion der parlamentarischen Staatssekretärin nicht wohl.

»O ja, das habe ich«, sagte er. »Und ich fürchte, die Dame wird nicht allzu erfreut sein.« Er hielt einen Moment inne. »Nein«, sagte er dann noch einmal leise zu sich selbst. »Erfreut sein wird sie mit Sicherheit nicht.«

Kapitel 15

Die Bielefelder Universität erinnerte von außen an den Kampfstern Galactica und von innen an eine riesige Bahnhofshalle. Marc stand in ihrer Mitte und versuchte verzweifelt sich zu orientieren. Obwohl er hier über fünf Jahre studiert hatte, hatte er nicht die geringste Ahnung, wo die Fakultät für Psychologie in dem unübersichtlichen Gebäude untergebracht war. Wegen der Semesterferien hielten sich fast keine Studenten in der Uni auf und so gab es niemanden, den er hätte fragen können. Schließlich fand er ein Hinweisschild auf den von der Haupthalle abgehenden T-Zahn, dessen vierter und fünfter Stock von den Psychologen belegt wurde. Er fuhr mit dem Fahrstuhl nach oben und durchstreifte die langen Korridore, bis er vor einer grauen Tür mit der Zimmernummer *T-4-102* und dem darunter angebrachten Namensschild *Professor Dr. Ulrich Reichert* stehen blieb. Sofort spürte er eine Beklommenheit, die ihn jedes Mal erfasste, wenn er es mit einem Psychologen zu tun bekam. Irgendwie hatte er das Gefühl, dass diese Leute in ihm lesen konnten wie in einem offenen Buch und über seine dunkelsten Geheimnisse und tiefsten seelischen Abgründe Bescheid wussten, sobald sie ihn nur ansahen. Er holte noch einmal tief Luft, dann klopfte er und öffnete die Tür. Das Büro dahinter war mit grauem Linoleum ausgelegt und rundum mit Regalen versehen, die mit wissenschaftlichen Zeitschriften und Büchern so voll gestopft waren, dass sich die Bretter fast durchbogen. Auch auf den Fensterbänken und dem großen Schreibtisch stapelten sich gewaltige Aktenstöße. Der etwa fünfzigjährige Mann, den man in dem ganzen Papierwust kaum wahrnahm, sah aus wie eine Parodie auf Marcs Ängste. Seine weißen, aus der hohen Stirn zurückgekämmten Haare glichen einer wallenden Löwenmähne und fielen in sanften Wellen bis in den Nacken, was dem Mann das Aussehen eines Dirigenten oder Konzertpianisten verlieh.

Endlich schien der Weißhaarige von Marcs Anwesenheit Notiz genommen zu haben, denn er wandte den Blick von seinen Unterlagen auf. Durchdringende schwarze Augen musterten Marc. »Ja, bitte?«

»Mein Name ist Hagen. Ich bin Rechtsanwalt und als Nachlasspfleger tätig. Wir hatten vorgestern miteinander telefoniert.«

»Aber ja, natürlich«, nickte der Weißhaarige. »Sie kommen wegen Professor Dr. Seidler. Mein Name ist Reichert.«

Sie schüttelten sich die Hände.

»Sie wundern sich vielleicht, wie es hier aussieht«, sagte Reichert, während er bunte Schnellhefter von seinem Besucherstuhl räumte. »Aber die Semesterferien sind die einzige Zeit im Jahr, in der ich die Gelegenheit habe, Arbeiten in Ruhe zu korrigieren. So, das hätten wir. Nehmen Sie Platz. Was kann ich für Sie tun?«

»Herr Professor Reichert«, hob Marc an, »wenn ich Sie am Telefon richtig verstanden habe, waren Sie mehrere Jahre bei Professor Seidler Assistent.«

Reichert lehnte sich zurück und faltete die Hände vor dem Bauch. »Das ist richtig. Ich kannte Professor Seidler schon sehr lange. Das erste Mal habe ich ihn 1975 getroffen, als ich als junger Diplom-Psychologe und Doktorand von der Universität Marburg nach Bielefeld gewechselt bin und sein wissenschaftlicher Mitarbeiter wurde. Wir haben bis 1982 zusammengearbeitet, also praktisch bis Professor Seidler gehen musste.«

»Er *musste* gehen?«, vergewisserte sich Marc.

Reichert rutschte unbehaglich auf seinem Stuhl hin und her. »Nun, ich weiß nicht, ob ich Ihnen das erzählen soll. *De mortuis nihil nisi bene,* so heißt es ja wohl.«

»Herr Professor Reichert, ich würde nicht fragen, wenn es nicht wichtig wäre«, drängte Marc.

Reichert starrte zum Fenster hinaus. Marc wartete geduldig, er hatte es schließlich nicht eilig. Außerdem hatte er den Schlafmangel, den Conzens Störung in der letzten Nacht verursacht hatte, immer noch nicht überwunden, weshalb ihn nun eine müde Ruhe überkam. Bis zum nächsten Satz des Professors, der seiner Psychologenphobie neue Nahrung gab.

»Wie hat es Ihnen in Berlin gefallen?«, fragte Reichert.

Marc klappte der Mund auf. »Woher wissen Sie …?«, brach es aus ihm heraus.

Reichert zeigte auf Marcs Jackentasche, aus der ein Stück

Papier herausschaute. »Das ist doch ein Stadtplan von Berlin oder täusche ich mich?«

»Ach, daher.« Marc entspannte sich wieder. »Ich hatte leider keine Zeit für eine Stadtbesichtigung, weil ich beruflich dort war.«

»Ja, ja, Berlin«, seufzte Reichert. »Ich hatte meine erste ordentliche Professur an der Freien Universität. Das ist auch schon wieder ein paar Jahre her. Aber Sie sind ja schließlich nicht gekommen, um etwas über mich zu erfahren, sondern über Professor Seidler.« Er hielt wieder einen Moment inne. »Also gut, ich denke, früher oder später wird es Ihnen ohnehin irgendjemand erzählen. Professor Seidler ist Anfang der achtziger Jahre vollkommen aus der Bahn geworfen worden. Er war monatelang nicht in der Universität und der ganze Lehrstuhl ist völlig den Bach runtergegangen. Ich habe getan, was ich konnte, aber alleine war das nicht zu schaffen. Schließlich ist Seidler vom Amtsarzt dienstunfähig geschrieben worden und das war es dann mit seiner wissenschaftlichen Karriere. Eine Schande, eine absolute Schande für einen derart genialen Menschen.«

»Warum Professor Seidler so aus der Bahn geworfen wurde, können Sie mir nicht zufällig sagen?«, fragte Marc ohne große Hoffnung.

Zu seinem Erstaunen wurde Reichert laut. »Und ob ich das kann! Ich habe es schließlich hautnah mitbekommen. Schuld an allem war dieses Weib, diese kleine Schlampe, die ihm den Kopf verdreht hat. Vielleicht kennen Sie sie ja sogar. Die Gute hat nämlich mittlerweile Karriere in der Politik gemacht und ist sogar Staatssekretärin in irgendeinem Ministerium. Elisabeth Günther heißt sie.«

Das war ein Ding! Gestern hatte Marc noch mit ihr Kaffee getrunken und jetzt lief ihm ihr Name in einem ganz anderen Zusammenhang schon wieder über den Weg. Er erinnerte sich, dass er Elisabeth Günther nach Professor Seidler gefragt hatte, sie aber abgestritten hatte, ihn zu kennen.

»Ich sehe an Ihrer Reaktion, dass Ihnen die Dame nicht unbekannt ist«, sagte Reichert zufrieden. »Nach ihrer Ernennung war sie allerdings auch in so ziemlich jeder Talkshow Gast, die es in diesem Land gibt. Die Journalisten haben sich auf sie gestürzt wie die Piranhas auf eine Kuh im Amazonas, wenn Sie mir diesen Vergleich gestatten. Kein Wunder. Ein junge hoffnungsvolle Politikerin, die auch noch wie ein Fotomodell aussieht. Leider kann man im Fernsehen und auf den vielen bunten Bildern ihren Charakter nicht so gut erkennen wie ihre Figur.«

»Und Frau Günther war eine Bekannte von Professor Seidler?«, brachte Marc, immer noch verblüfft, hervor.

»Bekannte ist gut.« Reichert lachte bitter auf. »Seine Geliebte war sie, und das über zwei Jahre. Ich glaube, es war 1979 oder 1980, als sie hier als Psychologiestudentin aufgetaucht ist und so ziemlich jedem Mann in der Fakultät den Kopf verdreht hat. Die Frau war eine Augenweide. Mit zweiter Wahl hat sie sich allerdings nicht lange aufgehalten.« Er starrte für einen Moment gedankenverloren auf die Stapel in seinen Regalen. »Nun ja, sie wollte halt den Professor und den hat sie dann auch schnell bekommen. Fast jeden Tag stand sie bei mir auf der Matte und wollte mit Seidler sprechen. Irgendwann hat sie ihn vor einem Hörsaal abgefangen. Von da an war es um Seidler geschehen und sie waren praktisch unzertrennlich. Ich habe mir zuerst nichts dabei gedacht, schließlich war er nicht verheiratet. Aber er ist ihr völlig verfallen. Wenn ich jemals in meinem Leben einen Lehrbuchfall von Hörigkeit gesehen habe, dann war das bei Seidler in dieser Beziehung.«

»Und irgendwann ging es mit den beiden wieder auseinander?«

Reichert schnaubte entrüstet. »Nicht irgendwann. Genau einen Tag nach ihrem Examen! Seidler hat sie natürlich die ganze Zeit protegiert und ihr zu einer exzellenten Note verholfen. Als sie das Diplom dann in der Tasche hatte, hat sie ihn fallen lassen wie eine heiße Kartoffel.«

»Und wie hat Professor Seidler darauf reagiert?«

»Zuerst konnte er es nicht glauben. Er hat gedacht, sie erlaubt sich einen ihrer Scherze mit ihm. Dann hat sie ihm gesagt, dass sie an die Goethe-Universität nach Frankfurt wechseln wollte, um da zu promovieren. Seidler hat wochenlang versucht, sie zurückzugewinnen, bis er erfahren hat, dass sie in Frankfurt schon mit einem anderen Professor zusammen war, der ihre Doktorarbeit betreute. Selbst da begriff er nicht, der alte Idiot. Er ist ihr sogar hinterhergefahren. Wie ich gehört habe, hat sie ihm dann vor versammelter Mannschaft vor den Kopf geknallt, dass sie ihn nie geliebt habe.«

»Das war für ihn sicherlich ein schwerer Schlag«, nickte Marc.

»›Schwerer Schlag‹ ist kein Ausdruck für das, was mit ihm passiert ist. Nein, eine ganze Welt ist für ihn zusammengebrochen. Wie oft hat er mir erzählt, dass er endlich die Frau fürs Leben gefunden habe und sie sofort nach dem Diplom heiraten wolle. Und dann das! Seidler hat keine einzige Vorlesung mehr gehalten und ich musste den ganzen Lehrstuhl alleine schmeißen. Ich habe ihm das nicht übel genommen, schließlich wusste ich, dass er für diese Entwicklung nicht verantwortlich war. Eines Tages erhielt ich dann eine lapidare Mitteilung vom Dekan, Seidler komme nicht mehr zurück, und das war es.«

»Haben Sie jemals erfahren, warum er die Sache mit Elisabeth Günther nie überwinden konnte?«

»Nicht genau, ich habe ihn schließlich nicht behandelt. Aber es war auf jeden Fall eine schwere krankhafte Entwicklung. Ich habe mal gehört, dass Seidler in dem Wahn gelebt haben soll, er sei immer noch mit der Günther zusammen.«

Marc fiel ein, dass in Seidlers Schlafzimmer beide Bettseiten bezogen waren. Und dann war da ja auch noch der Schmuck, den Marc in dem Sekretär gefunden hatte. »Hatten Sie zu Professor Seidler nach seinem Ausscheiden noch Kontakt?«, wollte Marc als Nächstes wissen.

Reichert schüttelte bedauernd den Kopf. »Nein, leider nicht. Ich bin Mitte der Achtzigerjahre aus Bielefeld weggegangen, weil ich nach meiner Habilitation einen Ruf an die FU Berlin erhalten habe. In Bielefeld bin ich erst wieder seit zwei Jahren. Ich habe ein paarmal versucht, ihn telefonisch zu erreichen, aber ohne Erfolg. Irgendwann habe ich es dann drangegeben. Von seinem Tod habe ich erst durch Ihren Telefonanruf erfahren.«

»Hat es Sie überrascht, dass er sich das Leben genommen hat?«

»Nicht wirklich«, antwortete Reichert, ohne zu zögern. »Wenn es jemals einen sicheren Selbstmordkandidaten gegeben hat, dann war das Professor Seidler nach seiner Trennung von Elisabeth Günther. Mich hat eher gewundert, dass er es nicht früher getan hat.«

»Offenbar hat Seidler in letzter Zeit noch einmal eine dramatische Entwicklung durchgemacht«, erzählte Marc. »Seine Nachbarn und ein Freund von ihm haben mir erklärt, dass er schon Wochen und Monate vor seinem Tod seine Wohnung nicht mehr verlassen hat.«

Reichert nickte bedächtig. »Eine Agoraphobie. Ja, das passt gut ins Bild.«

»Eine was?«

»Agoraphobie, Platzangst. Bei manchen Menschen ist sie so ausgeprägt, dass sie sich nicht mehr außerhalb ihrer eigenen vier Wände bewegen können.«

»Aber er war doch Professor für Psychologie. Hätte er sich nicht selbst aus dieser Krise befreien können?«

Reichert lächelte traurig. »Das Gegenteil ist richtig. Er hätte wissen müssen, dass er auf jeden Fall die Hilfe eines anderen Psychologen oder Psychiaters benötigt. Wahrscheinlich hatte er aber kein Vertrauen mehr in seine eigene Wissenschaft. Das gleiche Phänomen gibt es bei Chirurgen. Die sind auch die schwierigsten Patienten, wenn sie mal selbst operiert werden sollen. Das liegt wohl daran, dass sie genau wissen, was alles schief gehen kann.«

Marc machte sich ein paar Notizen auf seinem Block und blätterte ein paar Seiten zurück, bis er auf die Angaben Galetzkes stieß.

»Ist Ihnen bekannt, ob Professor Seidler Freunde hatte?«, fragte er.

»Nein, tut mir Leid. Wie gesagt, ich hatte mit ihm seit 1982 nichts mehr zu tun. Da müssen Sie jemand anders fragen.«

»Aber über seine Arbeit bis zu seinem Ausscheiden können Sie mir doch etwas erzählen.«

»Ja, natürlich.« Reicherts Augen begannen zu leuchten. »Professor Seidler hat sich hauptsächlich mit Märchenforschung befasst.«

»Märchenforschung?« Marc sah den Professor mit großen Augen an. »Aber Seidler war doch Psychologe und kein Germanist?«

Auf Reicherts Gesicht erschien ein nachsichtiges Lächeln. »Das ist richtig. Aber man kann Märchen auf verschiedene Weise betrachten. Literarisch, historisch, volkskundlich und eben auch tiefenpsychologisch. Und genau das hat Professor Seidler getan. Vielleicht muss ich dazu etwas ausholen. Seidler hat einige Zeit in der Schweiz studiert und war ein Anhänger von Carl Gustav Jung. Haben Sie den Namen schon einmal gehört?«

Marc schüttelte den Kopf.

»Jung war ein Anhänger von Freud, hat sich aber später von ihm gelöst und eine eigene tiefenpsychologische Richtung, die analytische Psychologie, begründet. Ich will Sie jetzt nicht mit den Einzelheiten langweilen, aber Jung war der Auffassung, dass jeder Mensch nicht nur ein persönliches Unterbewusstsein hat, sondern darüber hinaus durch ein gemeinsames Unterbewusstsein, dem so genannten kollektiven Unterbewusstsein, mit der ganzen Menschheit verbunden ist. In diesem kollektiven Unterbewusstsein spielen sich psychische Prozesse ab, die in den Märchen zum Ausdruck kommen. Deshalb hat Jung in seinen Forschungsarbeiten den psychologischen Gehalt von Märchen, Mythen und Sagen aus der ganzen Welt miteinander verglichen. Jung hat Märchen sogar als eine ›Anatomie der Seele‹ beschrieben. Märchen stellen vor allem Reifungs-, Ablösungs- und Individualisierungsprozesse von Kindern symbolisch dar. Deshalb spielen Symbole in Märchen auch so eine große Rolle. Figuren wie der König, die Prinzessin, die Hexe und der Wolf sind also keine konkreten Personen, sondern nur lebendige Symbole mit einem gewissen symbolischen Stellenwert. Können Sie mir bis hierher folgen?«

»Es geht. Können Sie das vielleicht ein bisschen weniger abstrakt erklären?«

»Gerne. Der Frosch ist zum Beispiel *das* Sexsymbol. Haben Sie eine Idee, wie er dazu geworden ist?«

Er sah Marc auffordernd an. Als Reichert keine Antwort erhielt, gab er sie selbst. »Nun, Frösche zeichnen sich vor allem durch ihre nackte Haut aus. Ihr Leben beginnt am Abend in der Dämmerung, sie sind feucht und glitschig und sondern Schleim ab. Außerdem haben sie die Fähigkeit sich aufzublasen, was natürlich an die männliche Erektionsfähigkeit erinnert. Und denken Sie an das Märchen vom Froschkönig. Worum geht es da wirklich?«

Wieder sah er Marc mit erhobenen Augenbrauen an, erhielt als Reaktion aber nur ein Achselzucken.

»Nun, da haben wir zunächst einmal eine Königstochter, ein Mädchen, das offenbar in der Pubertät ist und dem beim einsamen Spiel im großen, dunklen Wald seine goldene Kugel in den Brunnen fällt. Und was macht der Frosch? Er hilft der Prinzessin, ihre Kugel zurückzubekommen, verlangt dafür aber, ihr ›Geselle‹ zu werden und Tisch und Bett mit ihr zu teilen. Erinnern Sie sich, wie er an ihre Tür hämmert und sie ihn nicht reinlassen will? ›Königstochter, jüngste, mach mir auf!‹ Sie soll also aufmachen, soll sich ihm öffnen. Insgesamt handelt es sich bei diesem Märchen also um die Geschichte eines Mädchens, das in die Geschlechtsreife kommt, aber nicht weiß, wie es damit umgehen soll. Schließlich hilft der Prinzessin der König, ihr Vater, der Mann, der sie freigeben muss, indem er ihr befiehlt, den Frosch hereinzulassen, damit die beiden in Kontakt treten können. – Man kann mit diesen Märchenmotiven in der psychotherapeutischen Praxis hervorragend menschliche Probleme darstellen und erläutern und auch Träume von Patienten verstehen.«

»Aha, das habe ich nicht gewusst«, gab Marc zu. »Das mit den Symbolen meine ich.«

Reichert seufzte tief. »Da sind Sie nicht der Einzige. Sie glauben gar nicht, was wir für Probleme mit Feministinnen haben, die uns vorwerfen, Märchen seien chauvinistisch, weil die Stiefmütter dort immer als böse dargestellt würden, obwohl das im wirklichen Leben doch gar nicht so sei. Einmal hat so eine Gruppe von Frauen sogar Seidlers Büro besetzt. Diese Menschen begreifen einfach nicht, dass die Stiefmutter, wie übrigens auch die Hexe, im Märchen eben nur ein Symbol ist. Stiefmütter und Hexen haben im Märchen quasi die *Funktion* böse zu sein und müssen dann natürlich auch immer so dargestellt werden.«

Marc dachte einen Moment über das Gehörte nach. Seidler war also gewissermaßen ein Experte für Symbole gewesen. Langsam formte sich in ihm ein Gedanke.

»Was ist mit der Zahl 7?«, fragte er. »Handelt es sich dabei ebenfalls um ein Symbol?«

»Natürlich. In Märchen haben viele Zahlen eine besondere Bedeutung, insbesondere die 3, die 7 und die 12. Gerade die 7 tritt sehr häufig auf. Sie wird benutzt, um eine Einheit zu symbolisieren: die sieben Zwerge hinter den sieben Bergen in Schneewittchen, die sieben Schwaben, der Wolf und die sieben Geißlein und die sieben Raben.«

Marc hatte sich auf seinem Spiralblock Notizen gemacht. Jetzt stutzte er. Was hatte Gabriel im *Limerick* über die Bedeutung der beiden Bögen auf Seidlers Hinweis gemutmaßt? Ein stilisierter Vogel. Das musste er genauer wissen.

»Von einem Märchen, das *Die sieben Raben* heißt, habe ich noch nie etwas gehört«, sagte Marc.

»Nicht?« Der Professor musterte ihn erstaunt. »Das wundert mich. *Die sieben Raben* ist ein sehr bekanntes Märchen der Gebrüder Grimm. Ein Mann und eine Frau haben sieben Söhne zur Welt gebracht, aber keine Tochter, obwohl sie sich sehnlichst eine wünschen. Nach vielen Jahren klappt es dann doch noch mit dem Mädchen, das aber bei der Geburt so klein und schmächtig ist, dass der Vater Angst hat, dass es nicht lebensfähig ist. Also will er sie nottaufen und schickt seine Söhne zum Wasserholen. Als sich ihre Rückkehr verzögert, befürchtet der Vater, dass seine Tochter ungetauft sterben muss, und er wünscht in seinem Zorn, dass seine sieben Söhne zu Raben werden. Und da es sich um ein Märchen handelt, passiert genau das und die Jungen fliegen davon. Wider Erwarten berappelt sich das kleine Mädchen und überlebt. Der Vater bereut seine Worte natürlich, aber da ist es zu spät. Jahre später erfährt die Tochter vom Schicksal ihrer Brüder und davon, dass ihre Geburt der Anlass für ihre Verwandlung in Raben war. Sie macht sich auf die Suche und nach einigen Abenteuern findet sie ihre Brüder im Glasberg, gibt ihnen die menschliche Gestalt zurück und lebt glücklich mit ihnen zusammen. Und wenn sie nicht gestorben sind …«

Die Eingebung traf Marc wie ein Blitz. Natürlich! Schlagartig fiel ihm die Familiengeschichte der Seidlers ein, die er von Galetzke erfahren hatte. Sieben Brüder und eine jüngere Schwester, die nach ihrer Geburt so knapp an der Schwelle zum Tod stand, dass man ihr die Nottaufe gegeben hatte. Und dazu noch Seidlers verschlüsselte Hinweise auf die 7 und einen Vogel. Auf einmal passte alles zusammen. Der Professor hatte seine Schwester auf dieses Märchen aufmerksam machen wollen, um ihr seinen Nachlass zukommen zu lassen. Seidlers Schwester war schließlich selbst an der Numerologie interessiert gewesen, und aufgrund der frappierenden Ähnlichkeit des Märchens mit ihrer Familiengeschichte und der bekannten Forschungsarbeiten ihres Bruders über Symbolik hätte sie den Zusammenhang mit Sicherheit erkannt. Dass seine Schwester sterben würde, bevor sie den Zettel an sich nehmen konnte, hatte Seidler schließlich nicht ahnen können.

Marc glaubte nun zu wissen, wo der Professor seinen Nachlass versteckt hatte: Er war im Glasberg, was auch immer das sein mochte.

»Sie sagten eben, die Schwester in dem Märchen habe ihre Brüder im ›Glasberg‹ gefunden«, sagte Marc laut. »Gehe ich recht in der Annahme, dass auch der Glasberg ein Symbol ist?«

Die Frage überraschte Reichert. »Natürlich ist der Glasberg ein Symbol«, antwortete er mit einer Mischung aus Enttäuschung und leichter Verärgerung in der Stimme. »Ich habe mich gerade bemüht, Ihnen zu erklären, dass *alles,* was Sie in einem Märchen finden, symbolhaft ist. Außerdem müssten Sie sich eigentlich auch denken können, dass es so etwas in der Realität natürlich nicht gibt. Ein gläserner Berg! Falls Sie jemals einen finden sollten, sagen Sie mir bitte Bescheid. Dann können wir berühmt werden.«

Marc war rot geworden und beschloss, das Thema vorerst nicht weiter zu vertiefen.

»Noch eine letzte Frage«, sagte er schnell. »Ist Ihnen bekannt, dass Professor Seidler sich mit Numerologie befasst hat?«

Reichert machte eine unbestimmte Geste. »Da muss ich passen. Für abwegig halte ich das nicht. Soweit ich weiß, betrachten Numerologen auch die Zahlen nur als Symbole. Es kann also gut sein, dass er sich dafür interessiert hat. Schließlich war Jung ebenfalls ein Anhänger der Grenzwissenschaften.«

»Man kann also sagen, dass sich im Leben von Professor Seidler alles nur um die Beschäftigung mit Symbolen, in welcher Form auch immer, gedreht hat?«

Von Reichert kam sofort heftiger Widerspruch: »Nein, jetzt machen Sie es sich zu einfach. Wenn bei Ihnen der Eindruck entstanden sein sollte, dass Seidler ein weltfremder Spinner war, dann ist das nicht zutreffend. Er war ein brillanter Wissenschaftler, zumindest bis zu seinem Zusammenbruch Anfang der Achtzigerjahre. Er hatte sehr weit gespannte Interessen. Ich weiß zum Beispiel, dass er sich sehr für klassische Musik und für Literatur interessiert hat, aber auch für Archäologie. In der Zeit, in der ich ihn kannte, war er mehrfach auf Studienreisen in Ägypten und in Griechenland.«

»Gibt es sonst noch etwas, das Sie mir über Professor Seidler sagen könnten? Wissen Sie, ob er Vermögen hatte? Oder ist Ihnen ein Angehöriger von ihm bekannt?«

»Nein. Wir hatten eine reine Arbeitsbeziehung. Ich kann mich nicht daran erinnern, dass er mich je zu sich nach Hause eingeladen hätte. Über sein Privatleben weiß ich also rein gar nichts.« Er zögerte kurz und grinste etwas verlegen. »Bis auf die Sache mit Elisabeth Günther natürlich.«

Marc trommelte mit den Händen auf seine Oberschenkel und stand auf. »Dann will ich Sie jetzt nicht länger von Ihrer Arbeit abhalten, Herr Professor Reichert. Ich danke Ihnen, dass Sie sich so viel Zeit für mich genommen haben.«

Die nächsten zwei Stunden verbrachte Marc in der Unibibliothek der Linguisten und Literaturwissenschaftler, wo er seine schlimmsten Befürchtungen bestätigt fand. Er las das Grimm'sche Märchen von den sieben Raben durch, erfuhr aber nichts Neues, was er aus dem Gespräch mit Reichert nicht schon wusste. Dann suchte er im Computer nach dem Stichwort ›Glasberg‹, konnte aber nur wenige Hinweise auf weiterführende Literatur entdecken. Am aufschlussreichsten erwiesen sich schließlich die großen Enzyklopädien von Meyer und Brockhaus. Dort wurde der Glasberg übereinstimmend als mythologischer Berg im Märchen beschrieben. Doch auch das hatte ihm Reichert schließlich bereits erklärt.

Marc rieb sich verzweifelt die Stirn. Verdammt! Wie sollte er Seidlers Nachlass an einem Ort finden, den es nur in der Mythologie gab?

Marc las die Erläuterungen in *Meyers Enzyklopädie* zu dem Stichwort ›Glasberg‹ ein zweites Mal durch. Am Ende hieß es dort: *Das Glasbergmotiv tritt als Requisit häufig dann auf, wenn der normale Handlungsablauf durch eine unlösbar erscheinende Aufgabe gebremst wird.*

Marc schloss die vom Schlafmangel und der Neonbeleuchtung in der Bibliothek brennenden Augen und schlug das Lexikon zu. Treffender hätte man seine eigene Situation nicht beschreiben können: Er stand bei seiner Suche wieder ganz am Anfang.

Als Marc die Bibliothek verlassen hatte, beschloss er, in der Unihalle noch einen Kaffee zu trinken. Auf dem Weg zum Getränkeautomaten kam er an einem Zeitschriftenladen vorbei und erinnerte sich an Conzens Tipp der letzten Nacht. Langsam ließ er seinen Blick über die Auslage schweifen.

Die Bildzeitung feierte großformatig den neuen deutschen Fußballjahrhundertspieler der Woche. Dann entdeckte er die *Süddeutsche Zeitung*. Die Schlagzeile fiel ihm sofort ins Auge: *Das Doppelleben des Sascha S.*

Marc zog die Zeitung aus dem Ständer und stellte fest, dass tatsächlich Martin Conzen den Artikel verfasst hatte. Er kaufte sich ein Exemplar, holte sich einen Kaffee und ging damit in die kleine Stehcafeteria vor Hörsaal Nummer sechs. Dort trank er den Pappbecher in kleinen Schlucken leer und ging dabei die Titelstory der *Süddeutschen* über den Bundesinnenminister durch. Mit dieser Geschichte hatte sich Martin Conzen im Innenministerium sicherlich keine neuen Freunde gemacht.

Kapitel 16

»Elisabeth, könntest du bitte *sofort* kommen!«

Dr. Günther seufzte und legte den Hörer mit einer erschöpften Geste auf die Gabel zurück. Sie kannte diesen Ton und wusste nur zu gut, dass Sascha Schneider keinen Wunsch geäußert hatte. Irgendetwas war schief gegangen und sie würde es ausbaden müssen, daran konnte es keinen Zweifel geben. Sie beschloss, die Sache so schnell wie möglich hinter sich zu bringen, und sprang von ihrem Stuhl auf. Auf dem Flur fiel sie in einen leichten Trab und hörte dabei dem Stakkato ihrer klackernden Absätze auf dem Parkett zu.

Als sie das Vorzimmer des Ministers erreichte, wurde sie von der Sekretärin gleich durchgewinkt. Sie verlangsamte ihr Tempo, versuchte ihren leicht erhöhten Pulschlag unter Kontrolle zu bringen und betrat Schneiders Büro, wo sie zu ihrem Erstaunen feststellte, dass er nicht allein war. Ministerialdirigent Battenberg, der schon unter der Vorgängerregierung seinen Dienst verrichtet hatte, und der Pressereferent Schüttler bevölkerten den Raum. Elisabeth Günther nickte beiden kurz zu und warf ihnen einen fragenden Blick zu, aber weder Battenberg noch Schüttler wagten es, eine Miene zu verziehen.

Selbst wenn er gute Laune hatte, konnte man Sascha Schneider nicht als angenehmen Menschen bezeichnen, und gute Laune hatte er heute ganz bestimmt nicht. Wie ein gereizter Tiger lief er die zehn Meter lange Bahn vor der Fensterfront seines Büros auf und ab und schimpfte wie ein Rohrspatz. In der rechten Hand hielt er eine zusammengerollte Zeitung, als wollte er damit ein lästiges Insekt erlegen. Und tatsächlich ließ er sie jedes Mal auf die Tischplatte knallen, wenn er auf seinem Weg an seinem Schreibtisch vorbeikam.

Augenscheinlich war gerade Schüttler das Hauptziel von Schneiders Zorn, denn der junge Mann stand mit puterrotem Kopf und gesenktem Blick wie ein Schuljunge in der Mitte des Raumes. Dabei machte er ein Gesicht, als wünschte er nichts sehnlicher, als dass sich jetzt der Boden vor ihm auftun würde, damit er in dem Loch verschwinden konnte.

Er wurde von Schneider passiert und der Minister brüllte plötzlich: »›Das Doppelleben des Sascha S.‹! Wie kann man nur so einen Unsinn schreiben? Ich habe nie ein Doppelleben geführt. Ich hatte erst ein Leben und jetzt führe ich ein anderes, wo ist da das gottverdammte Problem? Ich habe in der Vergangenheit Fehler gemacht und die habe ich korrigiert, ist das nicht mehr erlaubt? Wozu leiste ich mir eigentlich einen Pressereferenten, wenn in diesem Land jeder Schmierfink schreiben kann, was er will? Erklären Sie mir das, Schüttler!«

Endlich blieb Schneider stehen und wartete mit hochgezogenen Augenbrauen auf eine Reaktion des Behördensprechers.

Elisabeth Günther ahnte, dass der junge Mann seinem

Minister jetzt nur zu gerne einen Vortrag über die im Grundgesetz verankerte Meinungsfreiheit im Allgemeinen und die Bedeutung der Pressefreiheit im Besonderen gehalten hätte, es aber in Anbetracht der Laune seines Chefs klugerweise vorzog, den Mund zu halten und weiter zerknirscht zu schweigen. Obwohl Schüttler noch nicht lange im Ministerium arbeitete, hatte auch er schon mitbekommen, dass man Schneiders Ausbrüche am besten überstand, wenn man einfach in Deckung blieb und wartete, bis der Sturm sich wieder legte.

Immerhin wusste Elisabeth Günther jetzt die Ursache für den neuesten Anfall des Ministers. Sie hatte den Artikel von Martin Conzen selbst erst vor einer Viertelstunde gelesen. Lauter Anspielungen, Gerüchte und Spekulationen, die sich alle um eine angebliche Sympathisantenschaft Schneiders zur RAF in den Siebzigerjahren rankten. Am übelsten war dabei sicherlich die Vermutung, Schneider habe auf Bitten seiner alten Freundin Petra Lessing einen Audi angemietet, in dem später der von der RAF entführte und ermordete Arbeitgeberpräsident Hanns-Martin Schleyer aufgefunden worden war. Kein Wunder, dass Schneider außer Rand und Band war.

Elisabeth Günther atmete erleichtert durch, als ihr bewusst wurde, dass sich die Wut des Ministers nicht gegen sie richten konnte. Schließlich hatte sie Schneider ausdrücklich davor gewarnt, diesem Conzen ein Interview zu geben. Sie warf einen kurzen Blick auf ihren immer noch tobenden Chef und entschied, dass es jetzt an der Zeit war, etwas Öl auf die Wogen zu gießen und Schüttler zur Seite zu springen, bevor Schneider ihn feuerte. Der neue Sprecher des Bundesinnenministeriums war zwar ein Idiot, der nur über Beziehungen auf seinen Posten gelangt war, aber man konnte nie wissen, ob man ihn nicht doch noch eines Tages brauchen würde. Also nutzte sie eine Pause, die Schneider zum Atemholen brauchte.

»Sascha, ich finde, du übertreibst. Herr Schüttler kann schließlich nichts für diesen Artikel. Und wenn man ihn genau liest, steht da ja auch gar nichts Neues drin. Nur die üblichen Verdächtigungen, die schon seit Monaten durch die Landschaft geistern.«

Wie erwartet, erntete sie einen dankbaren Blick des Pressereferenten, den sie mit einem gönnerhaften Nicken erwiderte. Aber als sie danach in Schneiders Gesicht sah, biss sie sich auf die Lippen. Offenbar hatte ihr sonst so unfehlbarer Instinkt sie diesmal getrogen.

»Halt du dich bitte da raus, Elisabeth!«, sagte der Minister kalt. »Zu dir komme ich gleich.«

Elisabeth Günther spürte, dass ihr Gesicht heiß wurde. Dass sie vor versammelter Mannschaft derart abgekanzelt wurde, war ihr noch nie passiert. Aber was hatte das zu bedeuten? Gab es da doch etwas, mit dem sie sich Schneiders Unmut zugezogen haben konnte? Ihr Verstand lief auf Hochtouren, aber ihr fiel einfach nichts ein. Im Gegenteil, gerade gestern hatte der Minister sie noch ausdrücklich für ihre hervorragende Arbeit gelobt.

Schneider schien indessen mit Schüttler fertig zu sein und wandte sich der Staatssekretärin zu. Elisabeth Günther hatte erhebliche Mühe, ein halbwegs gelassenes Gesicht zu machen.

»Kommen wir also zum nächsten Problem«, fuhr Schneider fort. »Ich hatte eigentlich gedacht, dass man sich wenigstens auf dich verlassen kann, Elisabeth. Aber offenbar habe ich mich getäuscht. Battenberg, würden Sie Frau Dr. Günther bitte von dem Telefongespräch berichten, von dem Sie mir eben erzählt haben.«

Battenberg nickte beflissen und warf einen Blick auf seine Notizen. Elisabeth Günther wurde vor Anspannung fast übel. Was in drei Gottes Namen passierte hier eigentlich?

»Ich habe mir alles genau aufgeschrieben, damit ich nichts vergesse«, setzte der Ministerialdirigent an, während er sich umständlich eine Lesebrille aufsetzte. »Also, vor etwa einer halben Stunde hat mich ein Richter Reinhold vom Sozialgericht Detmold angerufen. Anscheinend hat da heute Vormittag eine Verhandlung in Sachen Christina Helms, der Tochter des verstorbenen RAF-Terroristen Klaus Helms, stattgefunden, während der ein Rechtsanwalt Hagen aus Bielefeld beantragt hat, Herrn Minister Schneider als Zeugen zu der Frage zu vernehmen, warum die Namen der GSG-9-Männer, die 1993 an dem Einsatz in Bad Reichen beteiligt waren, nicht bekannt gegeben werden können. Eigentlich war dieser Richter sehr höflich. Er hat sich mehrfach für die Unannehmlichkeiten entschuldigt, die er uns und insbesondere dem Minister bereitet, aber er hat auch unmissverständlich zu erkennen gegeben, dass er keine Möglichkeit sieht, den Antrag abzulehnen. Das ist im Wesentlichen der Stand der Dinge.«

Battenberg steckte seinen Zettel wieder weg und Schneider ergriff wieder das Wort. Er war ganz ruhig, gefährlich ruhig sogar.

Elisabeth Günther musste schwer schlucken. Da war ihr sogar der tobende Schneider noch lieber gewesen.

»Kannst du mir das erklären, Elisabeth?«, sagte Schneider scharf. »Irgendein dahergelaufener Rechtsanwalt aus Bielefeld will, dass ich in dieses Provinznest fahre und als Zeuge aussage, und so ein Richterfuzzi hat nichts Besseres zu tun, als ihn darin auch noch zu unterstützen. Ich hatte dich doch ausdrücklich gebeten, dich um die Sache mit der Helms und diesem Hagen zu kümmern, und soweit ich mich erinnere, hast du mir gestern gesagt, die Angelegenheit sei aus der Welt. Was soll also dieser Scheiß?«

Elisabeth Günther hatte sich noch nicht von ihrem Entsetzen erholt. Dieses kleine Arschloch von Rechtsanwalt! Am Mittwoch war er noch so von ihr besessen gewesen, dass er ihr fast auf den Rock gesabbert hätte, und nur einen Tag später war er anscheinend schon wieder bereit, das heilige Versprechen, das er ihr gegeben hatte, zu brechen. Offenbar hatte sie diesen Hagen unterschätzt. Aber jetzt musste sie erst einmal irgendwie reagieren. Hilfe suchend sah sie sich im Raum um und glaubte, auf Schüttlers Gesicht den Schatten eines schadenfrohen Grinsens zu bemerken. Mit diesem kleinen Speichellecker würde sie sich später befassen. Zunächst galt es, aus der Schusslinie zu kommen.

Schneider hatte ihr Zögern bemerkt und setzte seinen unterbrochenen Marsch vor dem Fenster wieder fort.

»Ich verstehe es nicht«, sagte er abwesend. »Von Schüttler bin ich so was ja mittlerweile gewöhnt, aber von dir, Elisabeth? Mein Gott, gibt es denn niemanden, der mich von diesem Schmierfinken Conzen und diesem Winkeladvokaten aus Bielefeld befreit?«

Endlich hatte Elisabeth Günther ihre Sprache wiedergefunden. »Ich kann dir das erklären, Sascha. Mir wäre es allerdings lieb, wenn wir das unter vier Augen besprechen könnten.« Sie richtete einen bezeichnenden Blick auf die beiden Beamten.

Schneider dachte einen Augenblick nach, dann schickte er Schüttler und Battenberg mit einem Kopfnicken aus dem Raum.

»Also, was ist da schief gelaufen, Elisabeth?«, fragte er.

»Sascha, du musst mir glauben: Ich hatte mit diesem Hagen eine *Vereinbarung*, dass er die Sache fallen lässt und weder über die Presse noch über das Gericht versucht, an die Namen der GSG-9-Männer zu kommen. Du hättest ihn sehen sollen. Er hat mir förmlich aus der Hand gefressen. Offenbar hat er sich aber nicht an unsere Vereinbarung gehalten. Aus welchem Grund, kann ich dir im Augenblick nicht sagen.«

»Haben wir eine schriftliche Verzichtserklärung?«, wollte Schneider ungerührt wissen.

Elisabeth Günther senkte den Blick. »Leider nicht. Ich habe das nicht für erforderlich gehalten. Hinterher ist man natürlich immer schlauer.«

Schneider musterte sie mit seinen wässrigen Leguanaugen. »Elisabeth, ich will von dir keine Erklärung und keine Entschuldigung. Ich erwarte nur, dass du dieses Problem beseitigst, und zwar sofort. In dieses Ministerium muss wieder Ruhe einkehren. Und das wird es nicht, wenn ich als Zeuge vor diesem Gericht erscheinen muss. Die ganze Pressemeute wird sich auf mich stürzen. Du kannst dir die Schlagzeilen sicherlich vorstellen, wenn ich aussage, dass ich die Namen der Beamten nicht preisgeben darf. ›Was hat Schneider jetzt wieder zu verbergen?‹ Nein, so weit darf es nicht kommen! Ich will nicht wissen, wie du das machst, aber ich will Resultate sehen. Und ich will ab sofort keine Ausreden mehr, ist das klar, Elisabeth?«

Die parlamentarische Staatssekretärin nickte gehorsam, ohne etwas zu erwidern.

Schneider ließ sich schwer in seinen Drehsessel fallen. Mit einer Handbewegung bedeutete er Elisabeth Günther, ihm gegenüber Platz zu nehmen. Dann rieb er sich müde die Augen und schlug einen versöhnlicheren Ton an: »Ach, Elisabeth, manchmal kommt alles auf einmal. Vielleicht habe ich etwas heftig reagiert, aber dieser Conzen-Artikel hat das Fass zum Überlaufen gebracht. Die CDU fordert zum hundertsten Mal meinen Rücktritt und May gibt den ganzen Tag Interviews im Fernsehen und im Radio. Der Kanzler hat auch schon angerufen. Er ist stinksauer, das kann ich dir flüstern. Ob an der Sache mit der Lessing und der Schleyerentführung etwas dran sei, wollte er wissen. So einen Scheiß muss ich mir von dem Kanzler anhören! Ich habe eine Stunde auf ihn einreden müssen, bis er sich einigermaßen beruhigt hat.«

Elisabeth Günther wiegte verständnisvoll ihren Kopf. Sie witterte eine Chance, das Vertrauen ihres Chefs zurückzuerobern. »Um May würde ich mir keine Sorgen machen«, sagte sie mit einem Augenzwinkern. »Seitdem der Verbotsantrag gegen die NPD beim Bundesverfassungsgericht läuft und wir das Programm für aussteigewillige Rechtsextremisten in Gang gesetzt haben, melden sich fast täglich neue Informanten aus der rechten Szene beim Verfassungsschutz. Man glaubt gar nicht, was man da alles erfährt. Offenbar war unser Freund May als Student nicht nur in der Burschenschaft, sondern hat Ende der Sechzigerjahre unter einem Pseudonym auch Artikel in der *Deutschen Nationalzeitung* über die so genannte Auschwitzlüge verfasst. Der israelische Botschafter und der Vorsitzende des Zentralrates der Juden in Deutschland werden ganz sicher nicht erfreut sein, wenn sie erfahren, was der heutige Fraktionsvorsitzende der CDU in seiner Jugend alles so von sich gegeben hat. Vielleicht sollten wir May ja mal einen diskreten Hinweis geben. Ich bin mir sicher, dass er sich dann mit weiteren Rücktrittsforderungen sehr zurückhalten wird.«

»Ist das wahr?« Schneider war wieder hellwach. »Warum weiß ich davon noch nichts?«

Elisabeth Günther gestattete sich ein Lächeln. »Ich habe es gerade erst erfahren. Die Sache ist auch noch nicht ganz in trockenen Tüchern. Aber ich dachte, an einem solchen Tag willst du auch mal eine gute Nachricht hören. Vielleicht gibt es sogar noch mehr.« Die Staatssekretärin machte ein geheimnisvolles Gesicht.

Schneider klopfte ungeduldig mit den Fingerkuppen auf seiner Schreibtischplatte. »Nun mach es nicht so spannend. Wenn du noch mehr Neuigkeiten hast, sag es. Im Moment kann ich positive Nachrichten wirklich gebrauchen.«

»Also gut. Es geht um den Kanzler. Auch um den musst du dir keine Sorgen machen. Er hat mal wieder eine neue Freundin.«

»Ach so.« Schneider verzog enttäuscht das Gesicht. »Wo ist denn da die Neuigkeit? Das ist doch dann schon die dritte oder vierte seit Beginn der Legislaturperiode. Daran haben sich die Leute inzwischen gewöhnt. Im Gegenteil, ich glaube, sie wären sogar enttäuscht, wenn sie nichts mehr über seine Seitensprünge lesen könnten. Es gibt Menschen, denen einfach alles verziehen wird.«

»Das kann schon sein. Aber ich glaube, die Öffentlichkeit würde anders reagieren, wenn herauskäme, dass die neue Freundin des Kanzlers enge Kontakte zum russischen Geheimdienst hat.«

Schneider blieb vor Überraschung der Mund offen stehen. »Ist das gesichert?«

Elisabeth Günther nickte. »Kommt ganz frisch vom Verfassungsschutz. Wenn das rauskommt, wird sich der Kanzler nicht mehr lange halten können. Denk an die Profumo/Keeler-Affäre in England. Vor der Bundestagswahl darf davon natürlich nichts bekannt werden. Und wer weiß? Vielleicht schlägt dann die Stunde des Vizekanzlers …«

Sie warf Schneider einen bedeutungsschwangeren Blick zu. Der lehnte sich nachdenklich in seinem Sessel zurück und starrte minutenlang an die Decke. Wahrscheinlich überlegt er sich, wie er sein neues Büro im Bundeskanzleramt einrichten soll, ging es Elisabeth Günther durch den Kopf.

Endlich beugte sich der Innenminister wieder nach vorne. »Schau an, schau an«, grinste er. »Unser Kanzler. Und ich hatte gemeint, dieser Tag sei ein für allemal versaut. Ich habe ja immer gewusst, dass man auf dich bauen kann, Elisabeth. Du bist wirklich die Einzige, der ich in diesem ganzen Laden vertraue und bei der ich mir sicher sein kann, dass sie meine Probleme löst.«

Es war kurz vor 22 Uhr, als Elisabeth Günther in ihren silbergrauen Audi TT stieg und sich endlich auf den Weg nach Hause machte. Eine geregelte Arbeitszeit kannte sie zwar seit dem Beginn ihrer Tätigkeit für Schneider sowieso nicht mehr, aber der zurückliegende Tag war mit Sicherheit einer der aufreibendsten der letzten Jahre gewesen. Gleich nach ihrem Gespräch mit Schneider hatte sie sich mit Richter Reinhold vom Sozialgericht Detmold in Verbindung gesetzt und das weitere Vorgehen in der Sache Helms mit ihm abgesprochen. Nach langem Zureden hatte sie ihn so weit gebracht, dass er auf eine Vernehmung des Ministers verzichtete. Andererseits hatte er sich aber auch nicht mit einer schriftlichen Beantwortung seiner Anfrage zufrieden geben wollen. Schließlich hatten sie sich darauf geeinigt, dass sich die Staatssekretärin persönlich nach Detmold begeben würde, um als Zeugin vor dem Sozialgericht Stellung zu nehmen. Und noch einen weiteren Teilerfolg hatte sie erzielen können: Reinhold hatte ihr am Anfang des Gesprächs einen Termin in vier Wochen in Aussicht gestellt, aber die Worte des Ministers waren unmissverständlich gewesen. Das Problem sollte *sofort* beseitigt werden. Schließlich hatte sie sich mit Reinhold auf einen Termin für den nächsten Freitag, also in genau acht Tagen, verständigen können. Der Richter hatte versprochen, ihre schnelle Zeugenvernehmung beim Versorgungsamt und bei Rechtsanwalt Hagen durchzusetzen.

Rechtsanwalt Hagen! Elisabeth Günther kam fast die Galle hoch, als dieser Name wieder in ihr Bewusstsein trat. Den ganzen Nachmittag hatte sie gebraucht, den Wortbruch dieses Winkeladvokaten zu verarbeiten und mit den Folgen fertig zu werden, und nun brachen die frischen Wunden wieder auf. Dafür würde er bezahlen!

Was hatte Schneider noch gesagt? *Gibt es denn niemanden, der mich von diesem Schmierfinken und diesem Rechtsanwalt befreit?*

Elisabeth Günther sprach die Worte laut vor sich her und dachte angestrengt nach. Irgendwo hatte sie so etwas Ähnliches schon einmal gehört oder gelesen, aber sie kam einfach nicht darauf, wann und wo das gewesen sein könnte. Mit einem schnellen Kopfschütteln vertrieb sie die Gedanken.

Sie passierte das Wohngebäude für Bundesangestellte im Moabiter Werder, einen gigantischen Bau, der sich schlangenförmig an der Spree entlangwand. Auch ihr war vor einiger Zeit eine der siebenhundert Wohnungen angeboten worden, aber als sie jetzt die zahlreichen unbeleuchteten Fenster sah, wusste sie, dass sie sich richtig entschieden hatte. Sie ließ die Geisterstadt links liegen, überquerte die Spree und umfuhr kurz darauf die Siegessäule auf der Straße des 17. Juni, um sie gleich darauf wieder in Richtung Süden auf der Hofjägerallee zu verlassen.

Keine fünf Minuten später parkte sie den Audi in der Tiefgarage des Appartementhauses im Tiergarten-Dreieck und ließ sich von dem Fahrstuhl in die zehnte Etage bringen, in der sich ihre Wohnung befand. Sie schloss die Tür auf, ließ ihre Tasche auf den Boden fallen und streifte die Pumps von den müden Füßen. Dann ging sie gemächlich über die leise knirschenden Eichenholzdielen in ihr Wohnzimmer und warf sich auf die zinngraue Couch. Dort blieb sie zehn Minuten regungslos sitzen, bis sie plötzlich ein

Hungergefühl verspürte. Sie nahm den Hörer von der Station und gab eine dreistellige Nummer ein.

Im Erdgeschoss wurde gleich nach dem ersten Läuten abgenommen. In diesem Haus funktionierte einfach alles perfekt, das Personal eingeschlossen.

»Richard? Dr. Günther hier, Appartement 1024. Könnten Sie mir eine Pizza bestellen? – Bitte? – Ach, irgendwas mit Tunfisch. Danke. Und dann könnte meine Wohnung auch mal wieder eine Totalreinigung vertragen. Ich bin morgen den ganzen Tag außer Haus. Können Sie das für mich organisieren? – Sie sind ein Schatz. – Ja, Ihnen auch eine gute Nacht. Bis dann.«

Sie betätigte die Austaste und ließ den Apparat in ihren Schoß fallen. Der Portier, der auf Neudeutsch ›Doorman‹ hieß und sich um alles kümmerte, von Theaterkarten bis zur Ausrichtung von kompletten Geburtstagsfeiern, war der ausschlaggebende Grund dafür gewesen, dass sie sich hier eingemietet hatte.

Langsam fühlte sie sich etwas besser und drückte sich mühsam aus den tiefen Polstern ihres Sofas hoch. Von ihrem Wohnzimmer gelangte sie in die ultramoderne, offene Küche, die ganz in einem hochglänzenden weißen Lack gehalten war. Dort goss sie sich einen Whiskey ein und ging zurück in das Wohnzimmer, wo sie sich vor das große Fenster stellte. Langsam ließ sie die bernsteinfarbene Flüssigkeit und die beiden Eiswürfel in ihrem Glas kreisen und genoss die herrliche Aussicht auf den Landwehrkanal und den dahinter im Dunkel liegenden Tiergarten. Einen schöneren Blick konnten auch die preußischen Kaiser und Könige nicht gehabt haben. Auf einmal fiel es Elisabeth Günther wieder ein. König, natürlich! Irgendein englischer König hatte vor Jahrhunderten einen Streit mit dem Erzbischof von Canterbury gehabt. Heinrich Beckett, richtig, so hatte der Erzbischof geheißen. Als der Streit eskalierte, hatte der englische König in einem Wutanfall vor seinem Gefolge ausgerufen: »Was für Feiglinge habe ich um mich, dass keiner mich von diesem elenden Priester befreien will!« Genau, und dann waren vier

Ritter, die das gehört hatten, nach Canterbury aufgebrochen und hatten Beckett in seiner Kathedrale vor dem Altar ermordet. Als daraufhin eine Welle der Abscheu durch ganz Europa ging, hatte auch der König die Tat scharf verurteilt und vorgegeben, das nicht beabsichtigt zu haben. Die Geschichte endete damit, dass die vier Ritter zum Tode verurteilt wurden und der König nach einem Bußgang nach Canterbury rehabilitiert wurde. Elisabeth Günther nickte bedächtig. Ja, so war es offenbar schon immer gewesen: Die Kleinen hing man auf und die Großen ließ man laufen. Dabei hatte sie nicht den geringsten Zweifel daran, dass der englische König mit seinem Ausruf genau das beabsichtigt hatte, was eingetreten war: die endgültige Lösung des Problems Beckett. Und nichts anderes wollte auch Sascha Schneider. Die Beseitigung der Probleme Conzen und Hagen, egal wie.

Je mehr Elisabeth Günther über diese Sache nachgrübelte, desto besser gefiel ihr der Gedanke. Sie würde Sascha Schneiders Ritter sein. Eine moderne Jeanne d'Arc, die den rechtmäßigen Thronfolger vor allen Gefahren schützen und schließlich dafür sorgen würde, dass er das bekam, was ihm zustand: das Amt des Bundeskanzlers. Nach den neuesten Enthüllungen des Bundesamtes für Verfassungsschutz über die Spionagekontakte der neuen Freundin des Kanzlers standen die Chancen dafür besser als je zuvor. Und Schneider würde ihr ihren Einsatz nicht vergessen. Er wusste nur zu gut, was sie in den letzten Jahren für ihn getan hatte. Doch vorher musste sie noch mit Schneiders Feinden fertig werden. Allerdings würde sie verdammt vorsichtig vorgehen müssen. Jeder kleine Fehler konnte ihr das Genick brechen – und sie wollte schließlich nicht das gleiche Schicksal erleiden wie die vier Ritter.

Sie dachte noch eine Weile über ihre Idee nach, dann nahm sie das Telefon zur Hand und tippte einige Zahlen ein. Sie kannte die Nummer immer noch auswendig, selbst nach so vielen Jahren noch.

Es läutete dreimal, dann wurde abgenommen.

Niemand sagte ein Wort. Elisabeth Günther hörte nur ein leises, gleichmäßiges Atmen, aber sie wusste sofort, dass er es war. Sie holte tief Luft, dann war sie bereit, den Rubikon zu überschreiten.

»Armin?«, sagte sie und hob dabei fast unmerklich die Stimme. »Ich brauche deine Hilfe.«

Kapitel 17

»Irgendwas stimmt nicht.«

»Hm?« Conzen schreckte aus dem Halbschlaf hoch und blickte Marc verwirrt an.

»Ich sagte, irgendwie kommt mir das komisch vor. Schon seit wir in Bielefeld losgefahren sind, habe ich das Gefühl, dass wir verfolgt werden. Ein hellblauer Citroën CX. Der Wagen ist mir ein paar Mal aufgefallen. Zuerst habe ich nur an einen Zufall geglaubt und dann war er auch auf einmal verschwunden. Aber als wir eben von der Autobahn runtergefahren sind, habe ich ihn wieder gesehen.«

Conzen veränderte seine Sitzhaltung und verrenkte den Hals, um nach hinten schauen zu können.

»Ich sehe nichts«, verkündete er nach einer Weile. »Da ist doch weit und breit niemand. Schon gar kein Citroën. Haben Sie sich die Nummer gemerkt? Vielleicht waren es verschiedene Wagen.«

»Das glaube ich kaum. So viele CX gibt es in Deutschland schließlich nicht mehr.« Marc warf einen Blick in den Rückspiegel. »Aber Sie haben Recht, jetzt ist er wieder weg. Vielleicht sehe ich ja wirklich Gespenster. Nun gut. Habe ich Ihnen eigentlich schon von dem Anruf erzählt, den ich gestern noch bekommen habe?«

Conzen warf ihm einen interessierten Blick zu. »Nein, das haben Sie nicht. Gibt es was Neues in der Sache Helms?«

»Das könnte man so sagen. Ich glaube, ich habe mich in dem Richter getäuscht. Dieser Reinhold hat tatsächlich gleich nach der Verhandlung im Bundesinnenministerium in

Berlin angerufen und denen mitgeteilt, dass er Schneider als Zeugen vernehmen will.«

»Und, hat es funktioniert?«

»Teils, teils. Schneider wird zwar nicht selbst nach Bielefeld kommen, aber dafür seine parlamentarische Staatssekretärin Elisabeth Günther schicken. Sie hat allerdings ausdrücklich darum gebeten, schon in der nächsten Woche vernommen zu werden. Offenbar kann sie es nicht erwarten, mich wieder zu sehen.«

Conzen schüttelte sich eine Camel aus seiner Packung und drückte den Zigarettenanzünder. »Da sollten Sie sich warm anziehen. Wie gesagt, mit der Dame ist nicht zu spaßen.«

Marc zuckte die Achseln. »Ich weiß nicht. Zu Reinhold meinte sie, dass sie ihrer Zeugenvernehmung mit großer Ruhe und Gelassenheit entgegensieht.«

»Oha.« Conzen zündete sich die Zigarette an, inhalierte tief und stieß den Rauch gegen den Dachhimmel des Golf wieder aus. »Dann ist es sogar noch schlimmer, als ich dachte. Wenn ein Politiker sagt, dass er einem Gerichtsverfahren mit Gelassenheit entgegensieht, dann gehen bei mir sämtliche Warnlampen an. Sehen Sie sich vor.«

»Wir müssten übrigens gleich da sein. In dem Handschuhfach liegt ein Stadtplan von Frankfurt. Vielleicht können Sie den mal rausholen. Ohne Hilfe werde ich die First Capital Bank nicht finden.«

»Das sehe ich anders.« Conzen wies mit seinem rechten Daumen aus dem Seitenfenster auf einen glänzenden Wolkenkratzer mit der Aufschrift *FCB,* der in einiger Entfernung in den Himmel ragte.

Wenige Minuten später hatten sie den Golf geparkt und standen vor der gläsernen Eingangstür der deutschen Hauptniederlassung der First Capital Bank of Ohio. Marc legte den Kopf in den Nacken und sah an der Fassade der ganz in Grau und Silber gehaltenen High-Tech-Konstruktion hoch.

»Ganz schön beeindruckend, was?« Conzen stieß Marc in

die Seite. »Na, dann wollen wir mal. Und denken Sie daran: Das Reden übernehme ich.«

Die automatischen Glastüren glitten lautlos zur Seite und sie betraten eine gewaltige atriumartige Lobby, die sich offen bis in die obersten Etagen erstreckte. Untereinander waren die Stockwerke mit Rolltreppen und zapfenförmigen Außenfahrstühlen verbunden.

Die beiden Besucher lösten sich von dem beeindruckenden Anblick und gingen auf einen frei stehenden kreisrunden Schalter zu, der die Mitte des Foyers einnahm. Eine strenggesichtige Empfangsdame mit einem symmetrischen, kinnlangen Pagenschnitt musterte sie so misstrauisch, als habe sie ein palästinensisches Märtyrerkommando vor sich.

Conzen trat an den Tresen und überreichte der jungen Frau, die laut Namensschild Klenke hieß, seinen Presseausweis.

Frau Klenke warf einen kurzen Blick auf den Namen und bedachte den Journalisten mit einem gekünstelten Lächeln. »Was können wir für Sie tun, Herr Conzen?«

»Wir, das heißt, Herr Hagen und ich, würden gerne mit Herrn Saalbach sprechen. Soweit ich weiß, ist er der Sicherheitschef Ihres Unternehmens.«

»Haben Sie einen Termin mit Herrn Saalbach?«

»Nein, den haben wir nicht. Aber vielleicht hat er ja trotzdem ein paar Minuten Zeit für uns. Ich kann Ihnen versichern, dass es nicht allzu lange dauern wird und wirklich sehr dringend ist.«

Frau Klenke behielt ihr Lächeln bei. »Einen Moment bitte.«

Sie wandte sich ab und griff zu einem Telefon. Dann führte sie mit leisen Worten ein kurzes Gespräch, legte den Hörer auf und drehte sich wieder um.

»Es tut mir wirklich Leid, aber Herr Saalbach ist im Augenblick sehr beschäftigt und kann Sie beim besten Willen nicht empfangen. Er sagt, Sie möchten doch bitte das nächste Mal vorher einen Termin vereinbaren.«

Jetzt lächelte auch Conzen. »Das werden wir natürlich gerne tun, aber wo wir nun schon einmal hier sind, wären wir ihm sehr verbunden, wenn wir gleich mit ihm sprechen könnten. Sehen Sie, ich schreibe für die *Süddeutsche Zeitung* an einem Bericht über den Bankenplatz Frankfurt, der in den nächsten Tagen in Druck gehen soll. Da wäre es doch bedauerlich, wenn gerade die First Capital Bank nicht erwähnt werden würde.«

Auf Frau Klenkes Stirn erschien eine steile Falte genau zwischen ihren Augen. »Einen Moment bitte.«

Sie griff wieder zum Telefonhörer und flüsterte in den Apparat. Das Gespräch war diesmal noch kürzer als beim ersten Mal. »Wie gesagt, es tut mir Leid, aber Herr Saalbach ist unabkömmlich«, verkündete sie mit einem übertrieben bedauernden Gesichtsausdruck.

»Das macht fast gar nichts«, erwiderte Conzen fröhlich. »Wir warten einfach, bis Herr Saalbach Zeit für uns hat.«

Er packte Marc am Ärmel und machte Anstalten, zu der kleinen Ledersitzgruppe im hinteren Bereich der Halle zu gehen.

Frau Klenke wedelte aufgeregt mit den Händen. »Herr Conzen, ich kann Ihnen versichern, dass Warten absolut keinen Zweck hat«, rief sie. »Herr Saalbach hat den ganzen Tag Termine, bis spät in den Abend.« Ihre Stimme war am Ende schrill geworden.

»Kein Problem«, rief Conzen über seine Schulter. »Wir warten gerne. Und wenn Herr Saalbach heute keine Zeit mehr für uns hat, dann nehmen wir uns hier in Frankfurt ein Hotel und kommen morgen früh und die ganze nächste Woche wieder, bis Herr Saalbach uns empfängt.«

In Frau Klenkes Blick war jetzt eine mittlere Panik zu erkennen. Sie hatte in dieser Bank eigentlich nur zwei Aufgaben, nämlich erbetene Besucher weiterzuleiten und unerbetene abzuwimmeln, und war gerade dabei, in einer Hälfte ihres Arbeitsbereiches zu versagen. Sie riss den Hörer von der Station und sprach hektisch in die Muschel.

Marc und Conzen hatten sich derweil auf den würfelförmigen Ledersesseln niedergelassen.

»Jetzt kommt es darauf an«, raunte Conzen Marc zu.

»Entweder werden wir gleich von den schwarzen Sheriffs rausgeschmissen oder sie lässt uns durch.«

Sekunden später stöckelte Frau Klenke auf sie zu. Das Lächeln in ihrem Gesicht war verschwunden. »Herr Saalbach ist bereit, Sie zu empfangen«, sagte sie säuerlich. »Fünf Minuten hat er gesagt. Wenn Sie mir folgen wollen.«

Conzen warf Marc einen schnellen Na-bitte-Blick zu und ging hinter Frau Klenke her zu einem der gläsernen Außenaufzüge, die an der Wand wie riesige Tränen auf- und abliefen.

»Den nehmen Sie bis in den 25. Stock. Dort wird sich jemand um Sie kümmern.« Ohne ein weiteres Wort ließ sie die Eindringlinge stehen und wackelte zu ihrem Schalter zurück.

»Ich glaube kaum, dass wir uns hier schon viele Freunde gemacht haben«, bemerkte Marc, während sie nach oben fuhren und die Lobby unter ihnen immer kleiner wurde. Schnell passierten sie die verglasten Stockwerke, in denen sie die Bankangestellten beobachten konnten. Im 25. Stock wurden sie von einer anderen jungen Frau in Empfang genommen, die wie Frau Klenke einen schwarzen Pagenkopf und ein blaues Kostüm trug, dafür aber Siegrist hieß. Sie führte die beiden einen langen Korridor entlang, von dem links und rechts gläserne Türen in gläserne Abteile abgingen, in denen Anzugträger vor ihren PCs saßen.

»Dieses Gebäude ist hundertsiebzig Meter hoch und nach dem Vorbild der Hongkong and Shanghai Bank in Hongkong von dem britischen Architekten Norman Foster entworfen worden«, erklärte Frau Siegrist wie eine Fremdenführerin ihren staunenden Begleitern.

Schließlich hielt sie am Ende des Ganges vor einem natürlich ebenfalls verglasten Eckbüro mit der Aufschrift *Werner Saalbach, Leiter des Sicherheitsdienstes,* in dem ein gereizt aussehender Mann Ende vierzig auf sie wartete. An der Decke hingen zahlreiche Monitore, auf denen einzelne Bereiche der Bank zu sehen waren. Frau Siegrist öffnete die Tür, wechselte ein paar Worte mit Saalbach und ließ Marc und Conzen eintreten. Dann zog sie sich geräuschlos zurück. Saalbachs dunkles Haar war militärisch kurz geschnitten, seine sonnengebräunte rechte Wange zierte eine Narbe, die vermutlich von einer Mensur stammte. Er trug ein graues Jackett und darunter einen schwarzen Rollkragenpullover. Mehr konnte Marc nicht erkennen, da Saalbach hinter einem wuchtigen Schreibtisch saß und keinerlei Anstalten machte aufzustehen, um seine Besucher willkommen zu heißen.

»Was wollen Sie, Conzen?«, schnauzte er den Journalisten anstelle einer Begrüßung an.

»Guten Tag, Herr Saalbach«, entgegnete er freundlich. »Herr Hagen und ich haben nur ein paar Fragen an Sie und schon sind Sie uns wieder los. Vielleicht dürfen wir solange Platz nehmen?«

Ohne eine Aufforderung abzuwarten, ließ er sich in einen der beiden Besucherstühle fallen und bedeutete Marc, es ihm gleichzutun.

»Wir haben uns lange nicht mehr gesehen, Herr Saalbach«, eröffnete Conzen das Gespräch. »Warten Sie mal, das müssen jetzt fast neun Jahre her sein. Ich muss sagen, Sie haben es in der Zwischenzeit weit gebracht.« Er machte eine Handbewegung, die das ganze Büro umfasste.

Saalbach hatte die Arme vor der Brust verschränkt und hörte schweigend zu.

»Sicherheitschef in einer so großen Bank, ich muss schon sagen, ein beachtlicher Aufstieg für einen mittleren BKA-Beamten. Was mich allerdings wundert, sind die vielen Monitore, die Sie hier haben. Ich meine, bei den ganzen gläsernen Büros können Sie doch auch so genau beobachten, was hier vor sich geht. Das muss der Traum eines jeden Sicherheitsexperten sein.«

Saalbach platzte die Geduld. »Kommen Sie zur Sache, Conzen. Und erzählen Sie mir nicht diesen Scheiß mit dem Artikel über den Bankenstandort Deutschland. Was wollen Sie wirklich? Sie haben noch genau vier Minuten.«

Um seine Worte zu unterstreichen, zog er seine Breitling-Armbanduhr vom Handgelenk und legte sie vor sich auf dem Schreibtisch. Dann lehnte er sich wieder zurück und kreuzte die Arme.

Conzen sah kurz zu Marc hinüber. »Sie können sich sicherlich denken, dass es um die Ereignisse in Bad Reichen im Sommer 1993 geht. Der junge Mann neben mir ist Herr Hagen. Herr Hagen ist Rechtsanwalt und versucht im Auftrag der Tochter von Klaus Helms vor dem Sozialgericht Detmold zu beweisen, dass ihr Vater damals gezielt von der GSG 9 getötet wurde. Und in diesem Zusammenhang wäre es wichtig, wenn wir Ihnen noch ein paar Fragen stellen könnten. Schließlich haben Sie mir vor neun Jahren detailliert die Hinrichtung von Helms durch zwei der Beamten beschrieben.«

Saalbach warf Marc einen kurzen Blick zu, als nähme er dessen Anwesenheit jetzt zum ersten Mal zur Kenntnis, und schüttelte dann den Kopf. »Was hat Herr Hagen hier zu suchen?«, sagte er. »Soweit ich mich erinnern kann, hat mir Ihr Käseblatt versichert, dass mein Name nicht weitergegeben wird.«

»Moment.« Conzen hob den Zeigefinger. »Ihnen ist vom *Spiegel* Vertraulichkeit zugesichert worden, nicht von mir persönlich. Ich bin dort seit Jahren nicht mehr beschäftigt und das hat zufällig eine Menge mit Ihrem damaligen Aussageverhalten zu tun. Sie hatten mir versprochen, Sie würden Ihre Angaben dem Staatsanwalt gegenüber wiederholen, aber dann sind Sie abgetaucht und haben mich im Regen stehen lassen. Das war für meine Karriere nicht unbedingt förderlich.«

»Mir kommen gleich die Tränen. Tatsache ist, dass der *Spiegel* mir den vollen presserechtlichen Informantenschutz zugesichert hat. Das habe ich sogar schriftlich. Und lassen Sie die Haarspaltereien. Als ehemaliger Mitarbeiter des *Spiegel* sind selbstverständlich auch Sie an diese Vereinbarung gebunden. Ich hätte nicht übel Lust, Sie wegen der Weitergabe meines Namens an einen Dritten zu verklagen. Und das werde ich bestimmt tun, wenn Sie nicht sofort diese Bank verlassen.«

»Nicht so schnell, Herr Saalbach.« Conzen rutschte noch ein Stück tiefer in seinen Stuhl, um deutlich zu machen, dass er nicht daran dachte, sich so einfach vertreiben zu lassen. »Was der *Spiegel* Ihnen 1993 versprochen hat, ist, dass wir Ihren Namen nicht an eine *Behörde* weitergeben werden, also weder an Ihren damaligen Arbeitgeber, das BKA, noch an die Staatsanwaltschaft oder an ein Gericht. Und daran werde auch ich mich halten, das heißt, ich würde mich bei einer gerichtlichen Befragung immer auf mein Zeugnisverweigerungsrecht berufen. Es gibt dagegen keine Vereinbarung mit Ihnen, die es dem *Spiegel* oder mir verbieten würde, Ihren Namen einem sonstigen Dritten gegenüber zu erwähnen. Lesen Sie sich den Text ruhig noch einmal durch.«

»Und was soll das? Haben Sie vor, mich in diesem Gerichtsverfahren als Zeugen zu laden?«

Conzen schüttelte den Kopf. »Nichts dergleichen, denn das dürften wir nach unserer Vereinbarung ja gerade nicht. Herr Hagen möchte lediglich ein paar Antworten, die ihm vielleicht in seinem Verfahren weiterhelfen können.« Er warf Marc einen aufmunternden Blick zu, der ihm anzeigen sollte, dass es an der Zeit war, in das Gespräch einzusteigen.

Marc reagierte auch sofort: »Bitte, Herr Saalbach. Nur zwei oder drei Fragen. Wir wären nicht den weiten Weg von Bielefeld nach Frankfurt gefahren, wenn es nicht wirklich wichtig wäre.«

Saalbach musterte Marc erstaunt, als wunderte er sich, dass Conzens Begleiter überhaupt in der Lage war zu sprechen. »Nun passen Sie mal auf, Herr Hagen«, sagte der Sicherheitschef bestimmt. »Ich will mit der Sache in Bad Reichen nichts mehr zu tun haben. Ich bin schon seit Jahren nicht mehr beim Bundeskriminalamt und habe, wie Herr Conzen eben zutreffend bemerkt hat, mittlerweile einen durchaus beachtlichen beruflichen Aufstieg hinter mir. Ich habe also nicht die geringste Lust, wegen dieser Sache in die Schlagzeilen zu kommen und mir von Ihnen meine Karriere ruinieren zu lassen.«

»Wir werden Sie ganz aus diesem Verfahren raushalten«, versicherte Marc ihm schnell. »Das Einzige, was wir von Ihnen wissen wollen, sind zwei Namen, nämlich die der beiden GSG-9-Männer, die Klaus Helms vor neun Jahren erschossen haben. Ich darf aus Ihrer damaligen Aussage zitieren.« Marc nahm einen dünnen Ordner aus seiner Aktentasche und zog ein Blatt daraus hervor. »Da ist es schon. Ich zitiere: ›Helms lag auf den Bahngleisen. Ein Kollege kniete auf ihm. Helms hatte keine Bewegungsmöglichkeit mehr. Seine Waffe befand sich etwa zwei Meter von ihm entfernt, er hatte keine Möglichkeit mehr, das Schießgerät zu erreichen. Auch hatte er keine Sekundärwaffe bei sich. Nach etwa zwanzig Sekunden ist dann der tödliche Schuss gefallen. Ein Kollege von der GSG 9 hat aus einer Entfernung von Maximum zwanzig Zentimetern gefeuert. Die Tötung glich einer Exekution. Ein anderer GSG-9-Mann stand direkt daneben und hat nicht eingegriffen.‹ Zitat Ende.« Marc schaute von seinen Unterlagen auf. »Nun, was sagen Sie dazu, Herr Saalbach? Das waren doch Ihre damaligen Worte ...«

»Was ich dazu zu sagen habe?« Saalbach schnaufte erregt. »Nichts habe ich dazu zu sagen. Ich weise nur noch einmal ausdrücklich darauf hin, dass Sie es bitter bereuen werden, wenn mein Name im Zusammenhang mit dieser Erklärung in der Öffentlichkeit auftauchen sollte.«

»Ist das eine Drohung, Herr Saalbach?«, fragte Conzen amüsiert.

»Nein, das ist ein Versprechen. Als Sicherheitschef einer der größten Banken der Welt habe ich durchaus einige Möglichkeiten, Ihnen das Leben zur Hölle zu machen. Außerdem verfüge ich nach wie vor über beste Kontakte zum BKA. Glauben Sie mir, ich kenne Mittel und Wege, Sie effektiv zum Schweigen zu bringen.«

»Wovor haben Sie eigentlich so eine Angst, Herr Saalbach?« Wieder Conzen.

Marc warf ihm einen warnenden Blick zu, den Mann nicht zu sehr zu provozieren. Aber es war bereits zu spät.

»Ich habe keine Angst!« Der Sicherheitschef brüllte es fast. »Ich will nur in Ruhe gelassen werden. Sie werden dieses Gebäude jetzt unverzüglich verlassen und sich nie wieder hier blicken lassen. Sie haben ab sofort Hausverbot. Beide. Falls ich Sie noch einmal hier erwischen sollte, werden Sie merken, dass mit mir nicht zu spaßen ist.«

»Noch eine Drohung.« Conzen grinste Saalbach offen ins Gesicht. »Sie müssen wirklich eine wahnsinnige Angst haben.«

Marc war klar, dass sie so nicht weiterkamen. »Herr Saalbach, bitte«, sagte er mit einem verzweifelten Unterton in der Stimme. »Ich habe hier ein Video von dem Einsatz in Bad Reichen. Wenn Sie sich das ansehen könnten.«

Saalbach wandte seinen Blick von Conzen ab. »Wir haben hier keine Möglichkeit, Videos abzuspielen.«

»In einem Weltkonzern soll es keinen Videorekorder geben?«, wunderte sich Conzen. »Dass ich nicht lache! Wir sind doch gerade an einem Konferenzraum vorbeigekommen, in dem eine ganze Fernsehanlage installiert war.«

Marc verdrehte genervt die Augen und Saalbach riss endgültig der Geduldsfaden. »Ich habe keine Lust, mit Ihnen über diese Sache zu diskutieren. Ich werde mir dieses Video nicht ansehen und das ist meine letzte Aussage zu diesem Thema. Zum letzten Mal: Verlassen Sie mein Büro und dieses Gebäude! Zwingen Sie mich nicht, den Sicherheitsdienst zu alarmieren.«

»Ich dachte, das seien Sie selbst.« Conzen erhob sich von seinem Platz. »Aber gut, wir gehen. Machen Sie sich keine Umstände, wir finden alleine raus.«

»Sind Sie sicher, dass das die richtige Taktik war?«, fragte Marc den Journalisten, als sie wieder in dem Golf auf dem riesigen Parkplatz der FCB saßen.

Conzen hob zerknirscht die Schultern. »Tut mir Leid, mit mir sind wohl ein wenig die Pferde durchgegangen.« Er machte eine kurze Pause. »Dieser Saalbach ist für mich einfach ein rotes Tuch. Als ich ihn eben gesehen habe, ist alles wieder hochgekommen. Sie hätten ihn mal 1993 erleben sollen, als er mich das erste Mal beim *Spiegel* angerufen hat. Wir haben uns in einem Wald getroffen, weil er Angst hatte, mit mir gesehen zu werden. Damals war er noch so klein mit Hut.« Conzen deutete mit Daumen und Zeigefinger eine Spanne von knapp fünf Zentimetern an. »Was haben wir nicht alles für ihn gemacht. Sogar einen Psychologen hat der *Spiegel* ihm zur Verfügung gestellt, weil er fix und fertig war. Mindestens ein Dutzend Mal hat er mir erzählt, was er in Bad Reichen gesehen hat, und ich habe damals gegen viele Widerstände durchgesetzt, dass seine Version im *Spiegel* gedruckt wird. Dann war er auf einmal spurlos verschwunden und hat sich nie wieder gemeldet. Ich habe erst vor ein paar Monaten durch Zufall erfahren, was aus ihm geworden ist. Na egal, auf jeden Fall war ich nach dieser Geschichte beim Chefredakteur unten durch. Und jetzt will Saalbach auf einmal mit nichts etwas zu tun haben. Dieses Arschloch! Aber Sie haben ihn ja selbst erlebt.« Mit zitternden Händen fingerte er eine Zigarette aus seiner Packung und zündete sie an.

Marc zog den Aschenbecher heraus und kurbelte das Seitenfenster herunter. »Und wie soll es jetzt weitergehen?«, fragte er. »Wir sind nicht einen Schritt weitergekommen.«

»Wir haben zwar eine Schlacht verloren, aber noch nicht den ganzen Krieg«, erwiderte Conzen. »Ich gebe zu, dass ich die Sache eben in den Sand gesetzt habe, aber ich werde meinen Fehler wieder gutmachen. Wir werden es einfach noch mal versuchen. Wenn Saalbach hier nicht mit uns reden will, werden wir es eben bei ihm zu Hause versuchen. Vielleicht ist er dort ja auskunftsfreudiger.«

»Das glauben Sie ja selbst nicht«, sagte Marc ohne jede Begeisterung. »Sie haben ihn doch gehört, er hat uns am Ende regelrecht bedroht. Warum sollte er uns später mehr sagen?«

»Das weiß ich nicht«, räumte Conzen ein. »Aber wenn wir es nicht wenigstens versuchen, werden wir es nie erfahren.«

Marc sah auf die Uhr und seufzte. »Also gut, dann lassen Sie uns jetzt etwas essen. Ich habe einen Bärenhunger. Und heute Abend fahren wir zu Saalbach nach Hause.«

»Das wird leider nicht gehen«, entgegnete Conzen kleinlaut. »Es gibt da nämlich noch ein Problem: Ich habe nicht die geringste Ahnung, wo er wohnt.«

Marc warf ihm einen erstaunten Blick zu. »Das ist nicht Ihr Ernst? Wir brauchen doch nur im Telefonbuch nachzusehen.«

»Glauben Sie, das hätte ich nicht schon getan? Leider ist er als Leiter eines Sicherheitsdienstes offenbar auch auf seine eigene Sicherheit bedacht und hat sich eine Geheimnummer geben lassen. Es wird uns also nichts anderes übrig bleiben, als hier auf ihn zu warten.«

»Wir sollen hier rumstehen, bis dieser Herr geruht, nach Hause zu fahren? Das kann doch noch ewig dauern!«

Conzen nahm einen letzten Zug von seiner Zigarette und schnippte sie aus dem Fenster. »Damit müssen wir rechnen. Aber ich fürchte, wir haben keine Wahl.«

Die nächsten Stunden verbrachten sie damit, den sich langsam leerenden Parkplatz zu beobachten. Conzen rauchte eine Zigarette nach der anderen und verließ den Wagen nur, um Nachschub von einem Automaten zu besorgen. Um kurz nach 16.30 Uhr strömte eine gewaltige Welle Menschen aus dem Gebäude, als wäre dort ein Damm gebrochen, aber Saalbach war nicht dabei. Dann kehrte wieder Langeweile ein. Um neunzehn Uhr standen nur noch wenige Fahrzeuge auf dem Parkplatz, fast alle in der Nähe der Eingangstür und fast ausnahmslos deutsche Modelle der Oberklasse. Anscheinend waren die leitenden Angestellten der FCB jetzt unter sich.

Um Viertel nach neun wurde Marc von Conzen angestoßen. Er richtete sich auf und sah gerade noch, wie Saalbach das Gebäude durch den Haupteingang verließ und auf einen kirschroten BMW der 5er Klasse zusteuerte. Sekunden später heulte der Motor auf und Saalbach setzte rückwärts aus der Parklücke. Conzen gab Marc einen zweiten Knuff in die Seite. »Es geht los.«

Marc ließ dem Sicherheitschef einen Vorsprung von mehreren Wagenlängen und setzte sich dann hinter ihn.

Zum ersten Mal in seinem Leben verfolgte er einen anderen Fahrer. Der Citroën CX von der Autobahn fiel ihm wieder ein und er schaute schnell in den Rückspiegel, aber hinter ihm war die ganze Straße frei. Die Rushhour war schon lange vorbei, sodass Marc keine Probleme hatte, Saalbach im Auge zu behalten. Andererseits war dadurch natürlich die Gefahr größer, selbst entdeckt zu werden. Marc verspürte ein kribbelndes Unbehagen in seinem Magen. Er hatte keine Lust, von einem ausgebildeten Elitepolizisten wie Saalbach verprügelt zu werden. Der Mann hatte offensichtlich eine sehr kurze Lunte und vermittelte nicht den Eindruck, viel Spaß zu verstehen.

Sie folgten Saalbach durch ein Gewerbegebiet in Richtung der Frankfurter Innenstadt. Sie kamen gut voran und brauchten für den Weg ins Zentrum nur knappe zehn Minuten. An einer großen Kreuzung stoppte Marc den Wagen direkt hinter dem BMW und klappte den Sonnenschutz herunter. Der rechte Blinker des BMW begann orange zu leuchten. Marc sah auf das Hinweisschild neben der Ampel.

»Er will offenbar zum Bahnhof«, sagte er zu Conzen, der seine Annahme mit einem stummen Nicken bestätigte.

Sekunden später wurde die Ampel grün und Saalbach bog ab. Sie gelangten zu einer Straße, die rechts und links von hohen Bürogebäuden gesäumt wurde, die um diese Uhrzeit wie schwarze Monolithen wirkten. Die beiden Fahrbahnen trennten sich und schlossen in der Mitte einen lang gezogenen Parkplatz ein. Saalbach wurde merklich langsamer und drehte in Schrittgeschwindigkeit eine Runde nach der anderen um den Parkplatz. Nach der zweiten Umkreisung ließ Marc sich etwas zurückfallen. Was zum Teufel trieb Saalbach da bloß? Er konnte sich beim besten Willen nicht vorstellen, was der ehemalige BKA-Mann in dieser ausgestorbenen Gegend wollte. Und warum parkte er nicht einfach? In der Mitte waren schließlich genug Buchten frei. Saalbach setzte seine Umrundungen unbeeindruckt fort.

Auf einmal durchzuckte Marc ein Verdacht. »Verdammt, ich glaube, er hat uns entdeckt!«, sagte er aufgeregt zu Conzen. »Und ich Idiot fahre jetzt schon zum vierten Mal diesen Kreis hinter ihm her und wundere mich, warum er das tut.«

»Ich denke, Ihre Sorge ist unbegründet«, erwiderte der Journalist gelassen. »Die Musik spielt da drüben.«

Er zeigte aus dem Beifahrerfenster und Marc richtete seine Aufmerksamkeit auf den Bürgersteig. Erst jetzt bemerkte er die Frauen, die dort in aufreizender Kleidung unter dem matten Licht der Straßenlaternen am Bordstein standen oder langsam auf und ab schlenderten.

Natürlich! Sie waren auf dem Frankfurter Straßenstrich gelandet. Saalbach steuerte seinen BMW in eine Parkbucht und stellte den Motor ab. Marc lenkte den Golf drei Plätze daneben. Die Gefahr einer Entdeckung war gering, da die Dämmerung inzwischen in ein schützendes Halbdunkel übergegangen war. Im BMW leuchtete in regelmäßigen Abständen die Glut einer Zigarettenspitze auf und weißer Rauch strömte aus einem schmalen Fensterspalt nach draußen.

»Das ist eine gute Idee.« Conzen steckte sich die nächste Camel ins Gesicht.

»Offenbar ist unser Freund mit dem gegenwärtigen Angebot nicht zufrieden«, sagte er nach dem ersten Zug. »Jetzt sitzt er da und wartet auf Nachschub. Und er ist nicht der Einzige.«

Er deutete zum Fenster hinaus und Marc erkannte in den anderen parkenden Autos schemenhafte Gestalten, die regungslos wie Raubtiere darauf lauerten, dass sich am Straßenrand etwas tat.

Conzen drehte die Rückenlehne des Beifahrersitzes nach hinten. »Jetzt können wir wieder nur warten«, sagte er. »Aber vielleicht haben wir endlich auch mal ein bisschen Glück.«

Bevor Marc ihn fragen konnte, was er damit meinte, wurde seine Aufmerksamkeit von Saalbachs Wagen in Anspruch genommen. Dort flog eine noch glühende Zigarettenkippe in weitem Bogen aus dem Seitenfenster, dann leuchteten die

Scheinwerfer des BMW auf. Der Verkehr war wieder dichter geworden und Saalbach brauchte eine ganze Weile, bis er sich in den Autokorso einreihen konnte, der langsam seine Kreise um den Parkplatz zog. Marc folgte ihm auf dem Fuße und schaffte es so eben, direkt hinter den BMW zu kommen. Saalbach drehte einen weiteren Kreis und begann den nächsten. Die Silhouetten der Prostituierten glitten langsam an ihnen vorbei.

Marc warf Conzen einen genervten Blick zu. »Wie lange soll das noch so gehen? Kann sich dieser Typ nicht mal entsch...«

Conzen schrie laut auf. »Vorsicht!«

Marc stieg heftig in die Bremsen, der Wagen kam wenige Zentimeter hinter dem BMW zu stehen. Zum Glück schien der Sicherheitschef von dem Beinaheunfall nichts mitbekommen zu haben, denn Saalbach machte keinerlei Anstalten auszusteigen oder sich auch nur umzudrehen. Stattdessen lehnte er sich quer über den Beifahrersitz und entriegelte die Seitentür seines Wagens, um eine Prostituierte, die dort schon auf ihn wartete, einzulassen. Die Innenbeleuchtung des BMW sprang an und Marc und Conzen konnten beobachten, dass die Frau mit Saalbach zu verhandeln begann. Marc trommelte mit seinen Fingern ungeduldig auf das Lenkrad. Hinter ihm hupten die ersten Autofahrer, die auch nicht weiterkamen, weil der BMW die Straße blockierte.

Auf einmal klopfte jemand hart gegen die Seitenscheibe. Marc zuckte zusammen und kurbelte das Fenster einen Spalt herunter. Sein Blick fiel auf das dick geschminkte Gesicht einer Frau undefinierbaren Alters, auf deren Kopf schräg eine rote Perücke saß. Sie beugte sich herab und ein Schwall süßen Parfüms und alkoholgeschwängerten Atems wurde in den Innenraum des Golf geschwemmt. Ihre üppigen Brüste waren genau auf Marcs Augenhöhe.

»Na, wie isses mit uns beiden, Kleiner?«, fragte eine raue Stimme, die Marc eher einem Mann zugeordnet hätte. Dann entdeckte sie Conzen auf dem Beifahrersitz. »Sieh an, da ist ja noch einer. Was seid ihr denn für zwei? Ich nehme auch beide, aber nur hintereinander. Mit zwei Männern fahr ich auf keinen Fall los. Dafür bekommt ihr von mir aber auch einen Sonderpreis. Fünfzig für beide. Na, wie isses?«

Marc spürte, dass er einen knallroten Kopf bekommen hatte. Seine Hände umklammerten das Lenkrad und er starrte angestrengt zur Frontscheibe hinaus, als ob es dort etwas Faszinierendes zu sehen gäbe.

»Also, äh, das ist offenbar ein Missverständnis.« Er brachte die Worte kaum heraus. »Wir müssen nur hier warten, weil wir an dem Wagen vor uns nicht vorbeikommen. Wir wollen Ihre Dienste wirklich nicht in Anspruch nehmen. Tut mir Leid, dass Sie sich umsonst bemüht haben.«

»Red doch keinen Scheiß«, kreischte die Rothaarige los. »Ihr seid doch schon mindestens zehn Mal hier rumgefahren. Glaubst du, ich bin blind? Oder seid ihr nur gekommen, um euch aufzugeilen, ihr verdammten Spanner? Seht bloß zu, dass ihr weiterkommt, und lasst euch hier nicht mehr blicken. Sonst gibt's Ärger!«

Zum Abschied trat sie mit der Spitze ihrer Highheels gegen die Fahrertür des Golf und stakste wütend zu ihrem Platz zurück.

Marc kurbelte schnell das Fenster hoch und blickte zu Conzen herüber, der sich vor Lachen kaum halten konnte. »Wie konnten Sie dieses Angebot nur ablehnen, Herr Hagen? Jetzt ist sie weg und kommt garantiert nie wieder. Dann können Sie auch gleich weiterfahren.«

»Ich würde ja gerne, aber …« Marc sah nach vorne und stellte fest, dass die Straße wieder frei war. »Verdammt, Saalbach ist verschwunden!«

»Nun ja, während Sie mit Ihrer Herzdame geflirtet haben, hat sich unser Freund entschieden und ist mit seiner Auserwählten von dannen gezogen.«

Marc stöhnte auf. »Dann war die stundenlange Warterei und die Verfolgung durch halb Frankfurt ja umsonst.«

Conzen tätschelte ihm beruhigend den Arm. »Nur nicht aufregen. Ich sehe, Sie sind mit den Gesetzen der Straße nicht vertraut. Saalbach wird wiederkommen. Erfahrungsgemäß legen diese Damen großen Wert darauf, nach getaner Arbeit wieder zurückgebracht zu werden.«

»Erfahrungsgemäß?«, grinste Marc.

»Das haben mir Freunde erzählt.« Conzen grinste zurück. »Und jetzt fahren Sie erst mal wieder auf den Parkplatz, damit wir Saalbach bei seiner Rückkehr nicht verpassen. Aber suchen Sie sich eine möglichst dunkle Ecke aus. Ich habe keine Lust auf eine zweite Begegnung mit Ihrer neuen Freundin. Oder gar mit dem Freund Ihrer Freundin. Oder haben Sie es sich inzwischen anders überlegt und wollen sich doch die Wartezeit mit ihr vertreiben?«

Bei dem Gedanken lief Marc ein kalter Schauer über den Rücken. »Nein, danke.«

»Das kann ich gut verstehen. Die sah aus, als hätte sie eine Möse, wo ein ganzer Zug durchpasst.«

Marc verkniff sich eine Bemerkung. »Was haben Sie vorhin gemeint, als Sie gesagt haben, wir hätten vielleicht doch noch Glück?«, wechselte er das Thema.

Conzen machte ein geheimnisvolles Gesicht. »Das, mein Freund, werden Sie bald erfahren.«

Kapitel 18

Eine halbe Stunde später sahen sie Saalbachs auffälligen Wagen wieder. Er hielt am Straßenrand, die Beifahrertür öffnete sich und eine Frau stieg aus. Sie schlug die Tür zu und Saalbach gab sofort wieder Gas. Marc konnte es sich leisten, dicht hinter ihm zu bleiben, da es inzwischen stockdunkel war. Sie verließen das Zentrum und erreichten nach einer Fahrt von etwa fünfzehn Kilometern ein ruhiges Wohngebiet auf einem kleinen Hügel in einem nordwestlichen Vorort von Frankfurt. Dort passierten sie eine lange Reihe schmucker Häuser, die sich hinter hohen Hecken zu verstecken suchten. Schließlich setzte Saalbach den Blinker und fuhr auf eine lange Auffahrt, die zu einem weißen Einfamilienhaus mit blauem Krüppelwalmdach gehörte. Als die

Bremslichter vor ihm aufleuchteten, beschloss Marc noch ein paar Meter weiterzufahren, bis er sicher sein konnte, dass Saalbach den Wagen verlassen hatte.

Neben der blauen Eingangstür von Saalbachs Haus fiel helles Licht aus einem Fenster. Dahinter hantierte eine blonde Frau Anfang dreißig. Sekunden später krachte ein Rollladen herunter und die Hausfront lag im Dunkeln.

»Ich wusste doch, dass wir Glück haben«, sagte Conzen leise. »Na, dann wollen wir mal. Und denken Sie daran: Das Reden übernehme wieder ich. Keine Angst. Diesmal werde ich es nicht vermasseln.«

Sie stiegen aus und gelangten über eine sanft ansteigende, gepflegte Rasenfläche zur Haustür. Ein Schild daneben verkündete: *Hier wohnen Werner, Meike und Tobias Saalbach.*

Conzen drückte auf den Klingelknopf und wartete. Nach einer Weile hörten sie von innen tapsende Schritte, dann wurde die schwere Holztür mühsam aufgezogen. Vor ihnen stand ein etwa vierjähriger blonder Junge im Schlafanzug und starrte sie mit großen Augen an.

»Na, wer bist du denn?«, fragte Conzen und ging in die Hocke. »Sagst du deinem Vater, dass wir ihn sprechen wollen?«

Der Kleine stob entsetzt davon. »Papa, Papa, da sind zwei fremde Männer an der Tür!«

Marc und Conzen hörten Saalbachs Stimme aus einem der hinteren Räume. »Was für Männer? Und was ist mit dir? Solltest du nicht schon lange im Bett sein?«

Als der Sicherheitschef der FCB im Flur erschien und sie erkannte, schien er vor Erstaunen fast einen halben Meter zurückzuprallen. Sekunden später hatte er sich wieder gefangen und starrte sie finster an. »Was wollen Sie denn schon wieder? Habe ich mich nicht deutlich genug ausgedrückt? Wie oft soll ich Ihnen denn noch sagen, dass ich mit Ihnen nichts zu tun haben will?«

»Möchten Sie gar nicht wissen, was wir von Ihnen wollen?«, gab Conzen unbeirrt zurück.

»Ich weiß, was Sie wollen, und ich habe Ihnen darauf

schon geantwortet. Und jetzt verschwinden Sie von meinem Grundstück!«

Saalbach machte Anstalten, ihnen die Tür vor der Nase zuzuschlagen, aber Conzen hatte bereits einen Fuß in den Flur gesetzt. »Nicht so schnell, Herr Saalbach. Ich finde, Sie könnten wenigstens so höflich sein und uns zu sich hereinbitten. Ihre Nachbarn müssen von unserem Gespräch ja nicht unbedingt etwas mitbekommen.«

»Ich habe mit Ihnen nichts zu besprechen!«, brüllte Saalbach. »Hauen Sie ab, sonst hole ich die Polizei!«

Conzen schüttelte traurig den Kopf. »Schon wieder eine Drohung. Warum drohen Sie uns eigentlich immer, Herr Saalbach? Wir haben Ihnen doch nichts getan. Wissen Sie nicht, dass nur schwache Menschen drohen? Wenn Sie nicht mit uns sprechen wollen, würden wir uns gerne mit Ihrer Frau unterhalten.«

»Mit meiner Frau?« Saalbachs Kiefer sackte herunter. »Was haben Sie mit meiner Frau zu bereden?«

»Nun, da Sie nicht bereit sind, Herrn Hagen in der Sache Helms zu helfen, muss er sein Geld eben auf andere Weise verdienen. Sie müssen wissen, dass Herr Hagen nicht nur Fälle vor dem Sozialgericht übernimmt, sondern auch Scheidungen bearbeitet. Das ist durchaus lukrativ. Und deshalb hätte er gerne Ihre Frau gesprochen.«

Saalbach musterte Conzen verwirrt. »Was soll der Quatsch? Meine Frau hat nicht vor, sich scheiden zu lassen.«

»Jetzt vielleicht noch nicht. Aber nachdem wir mit ihr gesprochen haben, bestimmt. Oder meinen Sie, sie legt keinen Wert darauf zu erfahren, wie ihr Ehemann seinen Feierabend verbringt, bevor er in sein trautes Heim zurückkehrt? Haben Sie wenigstens ein Kondom benutzt? Ich bin mir sicher, dass Ihre Frau das auch interessiert.« Conzen holte tief Luft und rief laut über die Schulter des ehemaligen BKA-Mannes hinweg: »Frau Saalbach, wir müssen Sie dringend sprechen! Hallo, Frau Saalbach!«

»Verdammt, seien Sie still!«, fuhr Saalbach ihn an. »Ich habe nicht die geringste Ahnung, wovon Sie reden.«

Marc konnte trotz der Dunkelheit erkennen, dass Saalbach blass geworden war.

»Sie brauchen davon auch keine Ahnung zu haben«, entgegnete Conzen. »Hauptsache, Ihrer Frau werden die Augen geöffnet. Frau Saalbach, sind Sie da?« Die letzten Worte hatte Conzen wieder gerufen.

Saalbach sah sich unruhig um. »Verdammt, Sie sollen still sein! Ich …«

»Wer ist denn da, Werner?« Die junge Frau, die sie eben noch in der Küche gesehen hatten, tauchte hinter ihrem Mann auf.

Mit einem kleinen Stöhnen legte Saalbach den Kopf in den Nacken, dann riss er sich zusammen und drehte sich mit einem Lächeln um. »Nichts, Schatz«, sagte er, um einen beiläufigen Tonfall bemüht. »Nur ein paar alte Freunde von früher, die mich besuchen wollten.«

»Und da lässt du sie einfach so vor der Tür stehen?« Sie warf ihrem Mann einen vorwurfsvollen Blick zu und wandte sich an Marc und Conzen. »Sie müssen Werner entschuldigen. Er muss immer sehr lange arbeiten und ist meist ziemlich müde, wenn er nach Hause kommt. Manchmal vergisst er sein gutes Benehmen.«

Conzen hob beruhigend die Hand. »Dafür haben wir volles Verständnis. Wer so lange und hart arbeitet wie Ihr Mann, der hat sogar das Recht, erschöpft zu sein. Wir waren zufällig in der Gegend und dachten, das wäre vielleicht eine gute Gelegenheit, Werners Familie kennen zu lernen. Ihren netten Sohn haben wir ja eben schon gesehen.«

»Aber natürlich.« Meike Saalbach war sichtlich begeistert. »Ich bin dabei, noch eine Kleinigkeit für Werner zuzubereiten. Wollen Sie nicht mit uns essen? Es ist genug für alle da.«

»Ich glaube kaum, dass die beiden so viel Zeit haben«, unterbrach Saalbach seine Frau und lächelte gequält. »Ich schlage vor, wir unterhalten uns drinnen kurz über die alten Zeiten und dann geht ihr wieder. Einverstanden?«

»Einverstanden!«, strahlte Conzen ihn an. »Nichts anderes wollen wir. Ein schnelles Gespräch über die Vergangenheit und schon sind wir wieder weg.«

Saalbach schloss die Augen, als ob er Mühe hätte, sich zu konzentrieren. »Also gut. Kommen Sie ... Kommt rein. Zehn Minuten, mehr nicht. Dann muss ich mich um meine Familie kümmern.«

Er führte Marc und Conzen in eine Art Arbeitszimmer und zeigte auf zwei Stühle, die vor einem bumerangförmigen Schreibtisch standen.

»Setzen Sie sich«, sagte er. »Ich würde Ihnen ja gerne etwas zu trinken anbieten. Allerdings würde das Ihren Aufbruch weiter verzögern. Also, was wollen Sie?«

Conzen überging die Unverschämtheit und nahm rittlings auf einem der Stühle Platz. Er holte eine Zigarettenpackung aus seiner Tasche und zog den auf dem Tisch stehenden Glasaschenbecher zu sich herüber.

»Ich darf doch? Sie wissen sehr genau, was wir wollen, Herr Saalbach. Nur ein paar Antworten. Ich schlage vor, wir sehen uns das Video an und stellen die eine oder andere Frage. Danach werden wir verschwinden und Sie und Ihre Familie werden uns nie wieder sehen.«

Saalbach überlegte einen Moment. Dann stand er auf und öffnete die Flügeltüren eines Wandschranks. Zum Vorschein kam eine Fernseh-Video-Kombination von Sony.

»Geben Sie her«, sagte er widerwillig. Er nahm Marc die Kassette ab und schob sie in den Rekorder.

In diesem Moment ging die Tür auf und Frau Saalbach steckte ihren Kopf in das Zimmer. »Möchten deine Freunde vielleicht etwas zu trinken?«, fragte sie freundlich und sah Marc und Conzen dabei an.

»Jetzt nicht!«, brüllte ihr Mann und Meike Saalbach zog sich beleidigt zurück.

Der Sicherheitsmann drückte den Play-Knopf der Fernbedienung und nahm hinter seinem Schreibtisch Platz. Als er die ersten Bilder des Bad Reichener Bahnhofs aus dem Jahr 1993 sah, zuckte er zusammen.

»Das ist die Privataufnahme eines GSG-9-Mannes, der an

dem Einsatz beteiligt war«, erklärte Marc. »Ich weiß nicht, ob Ihnen die Existenz dieses Videos bekannt ist. Es beginnt einige Minuten nach den tödlichen Schüssen. Wie Sie sehen, sind die Notärzte bereits anwesend und kümmern sich um den tödlich getroffenen GSG-9-Mann Michael Zöllner.«

Saalbach schloss erschöpft die Augen. »Wenn ich geahnt hätte, was aus dieser Sache wird, hätte ich mich nie beim *Spiegel* gemeldet«, sagte er unendlich müde. »Damals ging es mir nicht besonders gut. Ich steckte gerade in der Scheidung von meiner ersten Frau und dann sind auch noch meine Eltern kurz hintereinander gestorben. Ich weiß wirklich nicht mehr, welcher Teufel mich geritten hat, dass ich mich an die Presse gewandt habe. Aber man muss wohl für alle Fehler im Leben irgendwann bezahlen.«

»Jetzt kommt die entscheidende Stelle«, sagte Conzen ungerührt und griff nach der Fernbedienung. Er wartete ein paar Sekunden und drückte dann auf die Pausentaste.

»Es geht um diese beiden Männer«, erklärte er und zeigte dabei auf das Standbild. »Der Mann in der blauen Jacke und der Mann in dem weinroten *Lacoste*-Hemd, die neben Klaus Helms stehen. Können Sie uns etwas zu den beiden sagen?«

»Ich sehe, Sie haben ordentlich recherchiert«, bemerkte Saalbach anerkennend. »Ich weiß zwar nicht, wie Sie an das Video gekommen sind, aber Sie müssen über gute Quellen verfügen.«

»Ist einer von den beiden der Mann, der Klaus Helms erschossen hat?«, schaltete sich Marc in das Gespräch ein. »Wir haben schon eine positive Identifizierung von einer anderen Seite und brauchen eigentlich nur noch eine Bestätigung.«

»Jetzt hören Sie mir mal zu!« Saalbachs Züge verfinsterten sich. »Ich werde zu meiner damaligen Aussage keine Stellungnahme abgeben. Und ich werde nie vor einem Gericht aussagen. Dafür nehme ich sogar in Kauf, dass Sie mit meiner Frau reden. Unser Deal lautete, ich sehe mir das Video an und Sie verschwinden wieder.«

»Die Namen, wir brauchen die Namen der beiden Männer, Herr Saalbach«, erinnerte ihn Conzen.

Saalbach seufzte tief. »Ich kenne nur den Mann in dem dunkelroten Lacoste-Hemd. Jürgen Konniecka, ein GSG-9-Mann aus Erlangen. Das haben Sie nicht von mir, verstanden? Auch er ist schon lange nicht mehr bei der Truppe.«

Conzen hatte sich den Namen auf einem Zettel notiert und sah wieder auf. »Und wo finden wir diesen Konniecka?«, wollte er wissen.

»Das kann ich Ihnen nicht genau sagen. Ich habe ihn allerdings vor kurzem im Fernsehen gesehen, als ein Boxkampf aus Köln übertragen wurde. Er hat Darius Michalczewski beim Einmarsch in die Halle als Bodyguard begleitet. Auf seinem T-Shirt war ein Aufdruck *VIP Protection Cologne.* Ich habe am nächsten Tag angerufen. Es handelt sich um eine Kölner Agentur, die Leibwächter für Großveranstaltungen und Prominente vermittelt. Konniecka hat sie nach seinem Ausscheiden aus der GSG 9 gegründet und ist mittlerweile gut im Geschäft. Eine Menge Kollegen vom BKA und der GSG 9 sind heute im privaten Sicherheitsbereich beschäftigt. Aber wer will es uns verdenken – bei der miserablen Bezahlung im Staatsdienst?«

»Und wer ist der andere Mann?«, fragte Conzen und streifte die Asche seiner Zigarette ab.

»Das weiß ich nicht. Bei der Aktion in Bad Reichen waren fast hundertfünfzig Beamte im Einsatz. Glauben Sie im Ernst, dass ich alle Namen kenne? Ich habe den Mann in der blauen Jacke vor der Sache in Bad Reichen nie gesehen und er ist mir auch später nie mehr über den Weg gelaufen. So, und jetzt lassen Sie mich endlich zufrieden.«

Marc war im Begriff aufzustehen, als er von Conzens Stimme zurückgehalten wurde.

»Was ist mit Sonja Boge?«, ließ der Journalist unvermittelt verlauten.

Marc warf ihm einen erstaunten Seitenblick zu und ließ sich wieder in seinen Stuhl zurückfallen.

»Wir würden gerne mit ihr sprechen«, fügte Conzen hinzu.

Saalbach schüttelte den Kopf. »Wie kommen Sie darauf, dass mir ihr Aufenthaltsort bekannt ist?«

»Nun, Sie waren doch 1993 einer der Top-Beamten in Bad Reichen«, kam Marc dem Journalisten zu Hilfe, ohne zu wissen, worauf der mit seiner Frage hinauswollte. »Da interessiert man sich doch dafür, was aus den Leuten geworden ist, die man dort festgenommen hat.«

Saalbach zog hörbar die Luft ein, als ob er zu einer wütenden Antwort ausholen wollte, doch dann schien er zu resignieren. »Sonja Boge ist 1994 wegen Mordes an dem Kollegen Michael Zöllner und sechsfachen Mordversuchs angeklagt worden, obwohl sie in Bad Reichen nicht einen einzigen Schuss abgegeben hat«, sagte er. »Die Staatsanwaltschaft hat ihr die Schüsse von Klaus Helms auf die Polizeibeamten als Mittäterin zugerechnet. Meiner Meinung nach eine fragwürdige Konstruktion, aber das werden Sie als Jurist sicher besser beurteilen können. Auf jeden Fall hat das Oberlandesgericht Frankfurt am Main die Anklage der Staatsanwaltschaft in vollem Umfang zugelassen und Sonja Boge wäre wohl wegen Mordes zu einer lebenslangen Freiheitsstrafe verurteilt worden, wenn sie vorher nicht einen Deal abgeschlossen hätte. Sie hat über ihre Zeit im Untergrund in der RAF ausgepackt und kam dadurch in den Genuss der Kronzeugenregelung. Deshalb hat sie nur fünf Jahre bekommen, von denen sie drei abgesessen hat, und ist dann mithilfe des BKA an einem sicheren Ort untergetaucht. Das weiß ich aber nur vom Hörensagen. Schließlich bin ich schon 1994 aus dem Verein ausgestiegen. Ihr heutiger Aufenthaltsort ist mir also nicht bekannt.«

»Aber Sie haben doch noch gute Kontakte zum BKA«, beharrte Conzen. »Damit haben Sie zumindest heute Mittag geprahlt.«

Saalbach gab ein leises Stöhnen von sich. »Und Sie haben mich heute Mittag nur gebeten, mir das Video anzusehen und die Namen der beiden GSG-9-Männer zu nennen. Von Sonja Boge war nie die Rede.«

»Aber die Sachlage hat sich etwas zu unseren Gunsten geändert, finden Sie nicht?«, warf Marc ein. »Immerhin sind uns einige pikante Details aus Ihrem Privatleben bekannt, die wir vor ein paar Stunden noch nicht gewusst haben. Und die Ihre Frau bis jetzt noch nicht weiß.«

»Sie sind ein verdammter Erpresser, Hagen!«, giftete Saalbach. »Also gut. Ich werde sehen, was ich für Sie tun kann. Aber ich kann nichts versprechen.«

»Sie sollten sich Mühe geben«, bestärkte Conzen. »Wir sind uns sicher, dass Sie uns über das BKA ein Gespräch mit Frau Boge vermitteln können.«

»Verschwinden Sie!«, wiederholte Saalbach noch einmal in scharfem Tonfall. »Ich werde mich bei Ihnen melden, sobald ich etwas herausgefunden habe.«

Marc schloss den Golf auf und ließ Conzen einsteigen. Dann steckte er den Schlüssel in das Zündschloss, ließ die Hand jedoch noch in der Luft schweben, bevor er ihn umdrehte, und sah zu dem Journalisten hinüber.

»Was sollte denn die Geschichte mit Sonja Boge?«, fragte er. »Sie wird uns kaum helfen können, den Mord an Klaus Helms zu beweisen. Schließlich hat sie die tödlichen Schüsse nicht gesehen.«

»Nur so ein Gefühl«, antwortete Conzen. »Ich fand einfach, es war eine gute Gelegenheit, Saalbach danach zu fragen.«

Marc fragte nicht weiter nach. Er kannte den Journalisten immerhin schon so gut, dass ihm klar war, dass er im Moment nicht mehr erfahren würde. »Immerhin hat Saalbach uns den Namen eines der beiden GSG-9-Männer genannt. Nach dem, was wir von dem Kioskbesitzer wissen, muss das der GSG-9-Mann sein, der in den Akten als die Nummer 8 geführt wird, also derjenige, der nicht auf Klaus Helms geschossen hat, sondern der nur daneben stand. Insofern haben wir Glück, denn er dürfte auf jeden Fall auskunftsfreudiger als die Nummer 6 sein. Die Frage ist nur, wie wir an die Adresse von diesem Typen kommen.«

»Jürgen Konniecka«, murmelte Conzen vor sich hin. »Das müsste doch rauszukriegen sein. So geläufig ist der Name ja nicht. Und Saalbach hat gesagt, ihm gehört in Köln diese

VIP Protection Cologne. Da liegt die Vermutung nahe, dass Konniecka in Köln lebt. Wenn wir Glück haben, steht er sogar im Telefonbuch. Ansonsten bleibt uns die Möglichkeit, über seine Agentur Kontakt zu ihm aufzunehmen.«

Marc gähnte und warf einen Blick auf seine Uhr. »Aber das werden wir heute nicht mehr schaffen. Es ist gleich zwölf und ich bin hundemüde. Wir sollten uns in der Nähe ein ruhiges Hotel suchen und morgen früh weitermachen. Dieser Konniecka läuft uns schließlich nicht weg.«

Nach einer unruhigen Nacht auf einer zu weichen Motelmatratze, die Gift für seinen Rücken gewesen war, lenkte Marc den Golf am nächsten Morgen auf die A 3 in Richtung Norden. Jürgen Konnieckas Anschrift hatten sie tatsächlich problemlos über die Telefonauskunft erfahren. Wie vermutet, lebte er in Köln, genauer im Stadtteil Rodenkirchen, wo er auch seine Bodyguard-Agentur betrieb.

Nach zwei Stunden verließen sie die Autobahn wieder. Marc hatte die ganze Zeit die Straße hinter sich im Rückspiegel kontrolliert, aber der hellblaue Citroën, den er nicht vergessen konnte, war nicht wieder aufgetaucht. Jetzt wurde er von Conzen unter Zuhilfenahme eines Stadtplans, den sie an einer Autobahnraststätte erstanden hatten, durch den Straßendschungel der rheinischen Metropole dirigiert. Um kurz vor zwölf hatten sie die angegebene Adresse in der Dürerstraße gefunden. Die Hausnummer 14 entpuppte sich als ein kleines Schlösschen im Zuckerbäckerstil mit vielen kleinen Türmchen, Bögen, Erkern und Zinnen.

»Schon wieder so ein Nobelschuppen«, stellte Conzen fest.

»Allerdings scheint Geld nicht vor schlechtem Geschmack zu schützen.« Marc deutete auf die zwei großen Gipsbüsten im griechischen Stil, die die Einfahrt flankierten.

»Ich glaube, ich habe den falschen Beruf gewählt. Ich hätte auch zur GSG 9 oder zum BKA gehen und hinterher Karriere in der Privatwirtschaft machen sollen.«

Marc warf einen skeptischen Blick auf Conzens Bierbauch, zog es aber vor, seine Gedanken für sich zu behalten.

Stattdessen sagte er: »Dann wollen wir mal sehen, ob unser Freund auch da ist. Sie haben mir immer noch nicht verraten, warum Sie sich geweigert haben, ihn anzurufen. Dann wüssten wir jetzt wenigstens, ob er zu Hause ist.«

»Damit er Lunte riecht und sofort abtaucht?« Conzen schüttelte in gespielter Verzweiflung den Kopf. »Herr Hagen, Sie müssen noch viel lernen. Es ist immer besser, das Überraschungsmoment auf seiner Seite zu haben, glauben Sie mir.«

»Hoffentlich kommen wir nicht so überraschend, dass wir wieder stundenlang warten müssen«, entgegnete Marc. »Der Nachmittag auf diesem Parkplatz gestern hat mir gereicht. Wie wollen wir eigentlich vorgehen? Ich meine, dieser Konniecka ist doch schließlich nichts anderes als ein staatlich ausgebildeter Killer. Ich habe im Fernsehen mal einen Bericht über die GSG 9 gesehen. Wo die hinlangen, da wächst kein Gras mehr. Beim Zielschießen haben die eine Trefferquote von mehr als fünfundneunzig Prozent. Wer weiß, wie so ein Typ reagiert, wenn wir ihn einfach so mit dem Verdacht konfrontieren, er habe Klaus Helms' Exekution in Bad Reichen zumindest gebilligt. Vielleicht macht er mit uns kurzen Prozess.«

»So schlimm wird es schon nicht werden«, sagte Conzen leichthin. »Das werden wir nie erfahren, wenn wir die ganze Zeit im Auto sitzen bleiben. Wir sollten den Stier bei den Hörnern packen!«

»Das nennen Sie einen Plan? Ich finde …«

Doch Conzen hatte schon die Beifahrertür geöffnet und sich auf den Weg zu Konnieckas Haus gemacht.

Marc stieg ebenfalls aus, reckte langsam und unter Schmerzen seinen steifen Rücken und sah sich nervös um. Die Dürerstraße lag wie ausgestorben da. Auch hinter den Fenstern von Konnieckas Nachbarn war kein Mensch zu sehen. Marc musste sich beeilen, um den vorpreschenden Journalisten nicht aus den Augen zu verlieren. Er überquerte die Straße und folgte einem gepflasterten Weg, der durch den Vorgarten bis zu der weißen Eingangstür führte. Dort holte er Conzen ein, der gerade den Knopf neben dem einzigen Namensschild *Konniecka* drückte.

Als niemand öffnete, klingelte der Journalist erneut, diesmal allerdings etwas länger, doch noch immer tat sich im Inneren des Hauses nichts. Conzen versuchte es wieder, bis Marc seinen Finger von der Klingel zog.

»Das hat doch keinen Zweck«, zischte er. »Sie sehen doch, dass er nicht da ist.«

Conzen grinste ihn wissend an. »Sie haben doch nur Angst, dass wir diesen ›Killer‹, wie Sie ihn genannt haben, bei seinem Mittagsschläfchen stören könnten und er sich dafür fürchterlich an Ihnen rächt. Aber Sie haben Recht. Er scheint wirklich nicht zu Hause zu sein. Wir werden es später noch mal probieren müssen.«

Marc wollte sich umdrehen, als er von Conzen am Arm gepackt wurde. »Halt, warten Sie mal! Hören Sie das nicht?«

Marc hielt mitten in der Bewegung inne und lauschte. Dann schüttelte er den Kopf. »Da ist nichts.«

»Doch, doch, ich bin mir ganz sicher. Die Geräusche kommen von da drinnen.«

Conzen legte ein Ohr an die Haustür und horchte. Dann winkte er Marc zu sich. »Kommen Sie mal her. Das ist doch Musik, oder nicht?«

Marc stellte sich lustlos neben den Journalisten. Dann vernahm auch er einzelne Töne.

»Stimmt, das ist tatsächlich Musik. Die muss sogar ziemlich laut sein, dass man sie durch die dicke Tür hören kann. Wahrscheinlich ein Radio oder der Fernseher. Und jetzt lassen Sie uns gehen.«

Er wollte den Journalisten mit sich fortziehen, aber der schüttelte seine Hand unwirsch ab.

»Wieso denn? Wenn in dem Haus Musik läuft, muss schließlich jemand da sein.« Conzen läutete erneut Sturm, gab es aber schnell wieder auf. »Das hat keinen Zweck. Wahrscheinlich hat Konniecka die Lautstärke so aufgedreht, dass er das Schellen nicht hören kann.«

Marc schüttelte den Kopf. »Ich glaube, er ist wirklich nicht zu Hause. Er ist wahrscheinlich zum Einkaufen gegangen und hat vergessen, den Fernseher auszumachen. Oder er hat ihn absichtlich angelassen, damit er sich nicht so einsam fühlt, wenn er zurückkommt. Ich mache das auch manchmal.«

Conzen sah ihn zweifelnd an. »Und was sagt Ihr Psychiater dazu? Ich werde mich hier mal ein bisschen umsehen.«

Marc spürte, wie sich ihm die Nackenhaare aufstellten. »Umsehen? Was soll das heißen? Sie wollen hier doch wohl nicht etwa einbrechen?«

»Natürlich nicht. Umsehen heißt umsehen. Wenn Sie Angst haben, können Sie ja im Wagen warten.«

Ohne sich weiter um Marc zu kümmern, betrat der Journalist den Rasen und begann das Haus zu umrunden. Dabei wuchtete er sich auf jede Fensterbank hoch und spähte durch die Scheiben. Marc schaute sich unbehaglich um, ob einer der Nachbarn ihr merkwürdiges Treiben bemerkte, aber noch immer hatte niemand die Vorhänge zur Seite geschoben.

Er überlegte einen Moment und folgte dem Journalisten schließlich. Ein schneller Gang um das Haus war ja wohl nicht verboten, oder? Als er Conzen wieder sah, hatte der schon die Rückseite des Anwesens erreicht. Die Musik war nun deutlich zu hören. Conzen schaute auch hier durch jedes Fenster und rüttelte leicht an den Rahmen, um zu prüfen, ob sie verschlossen waren.

»Nichts zu machen«, verkündete er. »Durch die Gardinen ist nicht das Geringste zu erkennen.«

Marc wollte sich erleichtert abwenden, da hörte er Conzens leise Stimme: »Herr Hagen, ich hab es! Die Terrassentür ist nur zugezogen, aber nicht verriegelt.«

Wie vom Blitz getroffen, fuhr Marc herum. »Was soll das heißen? Sie wollen da doch wohl nicht etwa reingehen?«

»Warum nicht? Vielleicht liegt Konniecka in seiner Wohnung und braucht unsere Hilfe. Womöglich hat er sich ein Bein gebrochen oder er hatte einen Herzinfarkt. Würden Sie sich wünschen, in so einer Situation einfach liegen gelassen zu werden?«

Marc trat kalter Angstschweiß auf die Stirn. Er sah die Schlagzeilen in der Bildzeitung von morgen vor sich: *Bielefelder Rechtsanwalt bei Einbruch in Kölner Wohnung auf frischer Tat ertappt.* Oder noch schlimmer: *Bielefelder Rechtsanwalt bei Einbruchsversuch von ehemaligem GSG-9-Mann erschossen.*

Es war bereits zu spät. Conzen hatte die gläserne Schiebetür zur Seite gedrückt und war in dem dahinter liegenden Raum verschwunden. Die Musik dröhnte mit voller Lautstärke durch die geöffnete Tür ins Freie. Marc zögerte, dann betrat er ebenfalls das Wohnzimmer. Sein erster Blick fiel auf eine dreiteilige Couchgarnitur aus cremefarbenem Leder, die um einen in der Wand eingelassenen Kamin gruppiert war. Dann machte er die Ursache des mittlerweile unerträglichen Krachs aus: ein Großbildfernseher von Philips, auf dem MTV lief. Marc wollte durchatmen, als ihn eine laute Stimme zusammenfahren ließ.

»Herr Konniecka, sind Sie zu Hause?«, brüllte Conzen, um den Lärm des Fernsehers zu übertönen. Und dann noch einmal: »Herr Konniecka!« Er warf Marc einen genervten Blick zu und deutete mit dem Kinn auf den Fernseher. »Machen Sie doch mal das Ding da aus! Man versteht ja sein eigenes Wort nicht.«

Marc fand die Fernbedienung auf einem gläsernen Beistelltisch und drückte den Ausknopf.

Schlagartig herrschte Totenstille.

»Herr Konniecka!«, rief Conzen zum dritten Mal. »Sind Sie da?«

Er lauschte dem Hall seiner Worte nach und sagte zu Marc: »Das hat alles keinen Zweck. Wir müssen das Haus systematisch durchsuchen. Ich schlage vor, Sie fangen dahinten an und ich nehme mir die Räume auf der anderen Seite vor.«

»Meinen Sie nicht, dass wir es langsam übertreiben?«, sagte Marc und sein Magen zog sich weiter zusammen. »Wir befinden uns schließlich in einem wildfremden Haus. Das ist mir durch meine Tätigkeit als Nachlasspfleger zwar nicht ganz fremd, aber da arbeite ich mit ausdrücklicher Genehmigung des Gerichts. Lassen Sie uns gehen.«

»Noch nicht«, wehrte Conzen ab. »Wo wir schon mal hier sind, können wir uns auch gleich in allen Räumen umsehen. Noch strafbarer machen wir uns dadurch schließlich auch nicht mehr.«

Marc seufzte tief. Gegen diese Argumentation war kein Kraut gewachsen. Conzen war schon nicht mehr zu sehen, also setzte auch Marc seinen Erkundungsgang fort. Er warf einen kurzen Blick auf eine teuer wirkende Einbauküche und befand sich auf dem Weg zurück in das Wohnzimmer, als Conzen mit zitternder Stimme sagte: »Herr Hagen, kommen Sie bitte mal her. Sofort, wenn es geht.«

Marc verdrehte die Augen und folgte der Stimme in ein Schlafzimmer.

Noch in der Tür erstarrte er zur Salzsäule. Auf dem breiten Doppelbett lag ein Mann im Schlafanzug, der ihn blicklos anstarrte. Sein Kopf lehnte an einem hochgestellten Kopfkissen und war leicht nach links gesackt. Mitten auf seiner Stirn prangte ein dunkles Loch, das an den Schönheitsfleck einer Inderin erinnerte. Auf dem Bett hatte sich eine fast schwarze Blutlache gebildet, die an einer Stelle von dem weißen Laken auf den blauen Teppichboden tropfte. Eine schreckliche Mischung aus Gehirnmasse, Blut und Knochensplittern war auf der Wand hinter dem Bett verteilt.

Marc ging wie ferngesteuert drei Schritte auf den leblosen Körper zu. Erst jetzt konnte er erkennen, dass der Hinterkopf des Mannes fast ganz fehlte. Im ganzen Raum hing ein intensiver Geruch von Blut. Marc merkte, dass er am ganzen Körper zitterte. Er hatte solche Szenen zwar schon hundertmal im Fernsehen gesehen, aber die Realität war etwas anderes.

»Tja, ich glaube, wir haben den Hausherrn gefunden«, hörte er Conzen in die Stille sagen. »Allerdings ist er so tot wie …«, er hielt einen Moment inne und suchte nach einem passenden Vergleich. »… wie ein toter Fisch«, fiel ihm schließlich nur ein.

Eine bittere Flüssigkeit stieg in Marc Kehle auf und er schloss schnell die Augen, um den Brechreiz zu unterdrücken. Auf einmal kam ihm ein schrecklicher Gedanke. Was, wenn der Killer noch irgendwo in der Wohnung war und nur auf einen günstigen Moment wartete, erneut zuzuschlagen?

In diesem Moment hörte er hinter sich das metallisch trockene Geräusch, das beim Durchladen einer Pistole entstand, und eine kalte Stimme befahl: »Die Pfoten hoch und keine Bewegung. Alle beide.«

Marc spürte, dass etwas Warmes seine Beine herunterlief.

Kapitel 19

Zwei Stunden später saß Marc in einem der zahlreichen Sessel in Konnieckas weitläufigem Wohnzimmer, hatte das Gesicht in den Händen vergraben und schämte sich. Er hatte sich zweimal übergeben müssen und mehrere Minuten gebraucht, um seine Hose mit Flüssigseife so gut es eben ging zu reinigen. Ein Mittel, um den Gallegeschmack aus seinem Mund zu bekommen, hatte er dagegen nicht gefunden.

Im Haus herrschte eine fast gespenstische Atomsphäre. Die gesamte Wohnung des toten GSG-9-Mannes war mit wattstarken Scheinwerfern grell ausgeleuchtet. Um Marc herum arbeitete ein halbes Dutzend Männer der Kölner Kriminalpolizei, die in ihren weißen Kapuzenanzügen aussahen wie Angehörige eines Ebola-Bekämpfungsteams. Einige der Experten sicherten Mikrofasern mit Klebefolien, andere staubten Telefon und Möbel zur Abnahme von Fingerabdrücken ab und wiederum andere steckten Gegenstände in durchsichtige Plastikbeutel. Aus dem Schlafzimmer flackerten Lichtblitze. Offenbar wurde die Leiche gerade fotografiert.

Marc sah zu der kleinen Versammlung von Männern in Zivil, die eifrig miteinander diskutierte. Endlich löste sich ein großer Mann aus der Gruppe, duckte sich unter einem Absperrband aus Plastik hindurch und kam auf Marc zu.

Der Mann hatte sich Marc bereits als Kriminalhauptkommissar Roeder von der Kölner Mordkommission vorgestellt. Mit seinen herabhängenden Tränensäcken unter den roten Augen und den losen Hautfalten am Kinn erinnerte er an einen traurigen Basset.

Er musterte Marc mit einem Blick, der leichte Besorgnis verriet: »Na, Herr Hagen, geht es Ihnen inzwischen wieder etwas besser?«, sagte er. »Wir haben Ihre Angaben inzwischen überprüft. Danach dürften Sie tatsächlich als Täter ausscheiden. Jürgen Konniecka ist nach Auskunft der Rechtsmediziner seit mindestens sechs Stunden tot. Das *Motel Kürten* hat uns gerade bestätigt, dass Sie und Herr Conzen zu dieser Zeit noch in Frankfurt waren. Es tut mir Leid, dass meine Kollegen Sie so erschreckt haben, aber die konnten ja nun wirklich nicht ahnen, was hier vor sich geht. Stellen Sie sich vor, Sie würden von Nachbarn alarmiert, die verdächtige Gestalten um ein Haus herumschleichen sehen. Und als Sie der Sache nachgehen, finden Sie eben diese Gestalten neben einer Leiche. Da würden Sie doch auch als Erstes Maßnahmen zur Eigensicherung ergreifen, nicht wahr?«

Marc brachte immer noch kein Wort heraus und nickte nur. Er hatte für alles Verständnis, er wollte nur noch weg hier. Dann bemerkte er Conzen, der hinter Roeder durch die Terrassentür trat.

»Haben Sie die gute Nachricht schon gehört, Herr Hagen?«, fragte der Journalist aufgeregt. »Wir sind entlastet. Jetzt glaubt endlich auch dieser Herr, dass wir mit dem Mord nichts zu tun haben.« Er bedachte Roeder mit einem vernichtenden Blick.

Der Kommissar zog seine Hose über den Schmerbauch und räusperte sich. »Das erklärt aber immer noch nicht, warum Sie hier eingedrungen sind, Herr Conzen.«

»Das habe ich Ihnen doch schon zigmal erklärt«, brauste Conzen auf. »Wir hatten die Befürchtung, Herrn Konniecka könnte etwas zugestoßen sein, und deshalb haben wir uns entschlossen, nachzusehen. Wie sich herausgestellt hat, war unsere Annahme ja nicht ganz unbegründet. Haben Sie schon eine Idee, was hier passiert sein könnte?«

Roeder schüttelte den Kopf und warf seine fleischigen Kinnladen dabei wie ein Hund hin und her. »Nein, ein Selbstmord ist auszuschließen. Die Tatwaffe ist verschwunden und der Schuss wurde aus einer Entfernung von mehreren Metern abgegeben. Trotzdem wurde Konniecka genau zwischen die Augen getroffen. Sieht nach einer Hinrichtung wie bei einem Auftragsmord aus. Dafür spricht auch, dass dem ersten Anschein nach nichts fehlt. Das müssen wir allerdings noch genauer prüfen. Aber vielleicht können Sie mir jetzt endlich erzählen, was Sie von Konniecka wollten? Sie wollen mir doch wohl hoffentlich nicht weismachen, dass Sie ganz zufällig hier in der Gegend herumgestreunt sind?«

Roeder hatte Marc angesehen, bekam aber wieder von Conzen eine Antwort.

»Natürlich nicht. Ich bin, wie Sie ja mittlerweile wissen, freier Mitarbeiter der *Süddeutschen Zeitung* und plane eine Reportage über die GSG 9. Ausbildung, Einsätze und so weiter. Da interessiert mich natürlich auch, was aus GSG-9-Männern nach ihrem Ausscheiden aus der Truppe geworden ist. In diesem Zusammenhang habe ich den Namen Jürgen Konniecka in Erfahrung gebracht und wollte ihn interviewen. So einfach ist das.« Conzen hob die Hände zu einer entwaffnenden Geste.

»Aha, so einfach ist das.« Roeder deutete mit dem Kinn auf Marc. »Und zu so einem Interview bringen Sie immer gleich einen Anwalt mit?«

»Herr Hagen ist Experte für Medienrecht. Sie müssen verstehen, dass bei so einer Reportage immer zahlreiche rechtliche Fragen zu klären sind, insbesondere wenn es um so sensible und sicherheitsrelevante Einrichtungen wie die GSG 9 geht. Was darf der Beamte sagen, was unterliegt der Geheimhaltung, was darf überhaupt veröffentlicht werden? Ich hatte Herrn Hagen gebeten, mich zu beraten.«

Marc öffnete stumm den Mund, wurde aber von einem scharfen Blick Conzens am Reden gehindert.

»Aha.« Roeder fuhr sich mit der fleischigen Hand über sein Gesicht und sah noch trauriger aus. Es war offensichtlich, dass er dem Journalisten kein Wort glaubte. »Darf ich fragen, wann und wo Sie sich mit Herrn Konniecka für dieses Interview verabredet haben?«

Conzen schüttelte bedauernd den Kopf. »Das war leider nicht möglich. Wir haben mehrfach versucht, ihn zu erreichen, hatten aber keinen Erfolg und haben dann beschlossen, unser Glück spontan zu versuchen.«

»Sie haben mit Konniecka also nie geredet?«

»Wir haben ihn vor dem heutigen Tag weder gesehen noch gesprochen. Wir haben ihn überhaupt nicht gekannt.«

Roeder rieb sich das Kinn mit Daumen und Zeigefinger. »Sie haben also auch keine Ahnung, wer diese Sauerei hier angerichtet haben könnte?«

Conzen breitete langsam die Arme aus und ließ sie wieder sinken. »Nein, tut mir Leid, dass wir Ihnen da nicht helfen können, Herr Kommissar.«

Der Beamte nickte ein paarmal, als sei er mit der Auskunft eigentlich ganz zufrieden, doch dann verfinsterte sich seine Miene schlagartig. »Warum habe ich eigentlich das Gefühl, dass Sie mich verarschen wollen, Conzen?«, fauchte er den Journalisten an. Und an Marc gewandt: »Und was ist mit Ihnen, Herr Hagen? Haben Sie auch eine Meinung zu dieser Sache?«

In diesem Moment wurde der tote Körper Konnieckas in einen schwarzen Leichensack gehüllt auf einer Bahre an ihnen vorbei aus dem Haus getragen. Marc zuckte zusammen und sein Magen hob sich erneut. Als er sich wieder etwas gefangen hatte, schüttelte er stumm den Kopf. Nein, er hatte nichts zu sagen. Er wollte nur seine Ruhe haben.

Roeder drehte sich achselzuckend weg und sah wieder Conzen an. »Nun, wir werden Ihre Geschichte natürlich gründlich überprüfen. Noch sind Sie nicht aus dem Schneider. Wir haben später mit Sicherheit weitere Fragen an Sie. Halten Sie sich also zu unserer Verfügung und verreisen Sie in nächster Zeit nicht. In Ordnung?«

Conzen nickte brav. Roeder blickte zu Marc und holte dann tief Luft, um sich zur Ruhe zu zwingen. »Herrn Hagen brauche ich wohl nicht darum zu bitten. Er wird in der nächsten Zeit ohnehin nicht in der Lage sein, große Sprünge zu machen. Und jetzt hauen Sie ab.«

Am späten Nachmittag saßen sie an einem mit Holz eingefassten Resopaltisch eines McDonald's-Restaurants in der Nähe der A 2. Marc hielt eine Cola in der Hand, an der er ab und zu nuckelte, und betrachtete mit Abscheu den fettigen Big Mäc auf Conzens Tablett.

»Es ist mir ein völliges Rätsel, wie Sie etwas essen können«, sagte er. »Haben Sie schon vergessen, wie Konnieckas Kopf aussah?«

Conzen pflückte ungerührt die Gurken von seinem Hamburger. »Nein, habe ich nicht, aber deshalb kann ich doch nicht bis an mein Lebensende fasten. Mein Magen hängt mir in der Kniekehle.«

Er nahm einen herzhaften Biss und kaute genüsslich. Marc sah ihm eine Weile schweigend zu und wartete, bis Conzen einen Großteil seines Fleischklopses vertilgt hatte.

»Warum haben Sie diesem Roeder eigentlich nicht die Wahrheit gesagt?«, wollte er schließlich wissen. »Aus welchem Anlass wir Konniecka aufsuchen wollten, meine ich. Wenn die Polizei den wahren Grund rausfindet, wird sie uns wegen Ihrer Geschichte nur wieder verdächtigen.«

»Die Wahrheit?« Conzen schnaubte. »Was hätte ich ihm denn sagen sollen? Dass wir glauben, Konniecka sei vor neun Jahren an der Ermordung von Klaus Helms beteiligt gewesen? Nein, bevor ich nicht ganz genau durchblicke, was da abgelaufen ist, sage ich kein Wort mehr als notwendig. Wer weiß, vielleicht steckt dieser Kommissar ja mit in dieser Sache drin.«

»Roeder? Und von welcher Sache sprechen Sie eigentlich? Sie hören sich ja schon an, wie einer von diesen Verschwörungsfanatikern.«

»Ist das so abwegig? Was, wenn es sich wirklich um eine

Verschwörung handelt? Ist Ihnen noch nicht aufgefallen, dass es sich ja wohl kaum um einen Zufall handeln kann, dass dieser Konniecka kurz vor unserem Besuch ermordet wurde?«

Marc sog an seinem Strohhalm. »Natürlich ist mir der Gedanke gekommen. Aber wer soll dahinter stecken?«

»Nun, wer könnte ein Interesse daran haben, Konniecka zu beseitigen?«, fragte Conzen zurück.

Marc hob die Schultern. »Mir fallen einige Leute ein. Zum Beispiel der andere GSG-9-Mann, die Nummer 6, der Klaus Helms den tödlichen Nahschuss verpasst haben soll. Schließlich musste er befürchten, dass Konniecka uns die Wahrheit über das sagt, was in Bad Reichen passiert ist.«

Conzen fischte sich ein paar Pommes aus der Tüte und schob sie sich in den Mund. »Das würde natürlich voraussetzen, dass die Nummer 6 von unserem bevorstehenden Besuch gewusst hat, was wiederum bedeuten würde, dass Saalbach ihn unmittelbar nach unserem Verschwinden angerufen und gewarnt haben muss. Andererseits hat Saalbach behauptet, der Name von GSG 9 Nummer 6 sei ihm nicht bekannt, und das kam mir auch durchaus glaubhaft vor.«

»Und wenn Saalbach selbst einen Grund hatte, Konniecka aus dem Weg zu räumen?«, schlug Marc vor. »Vielleicht ist er tiefer in die Sache verstrickt, als wir angenommen haben.«

Conzen wischte sich mit einer Papierserviette die fettigen Finger ab und nahm einen Schluck von seinem Bier. »Das ist nicht möglich. Als Sie eben auf der Toilette waren, habe ich zu Hause bei Saalbach angerufen und unter einem Vorwand mit seiner Frau gesprochen. Saalbach hat sein Haus gestern Abend nicht mehr verlassen.«

»Aber dann verstehe ich nicht, wo Sie hier eine Verschwörung sehen.«

Conzen schob sein Tablett beiseite, lehnte sich zurück und zündete sich eine Zigarette an. Er nahm einen tiefen Zug, behielt den Rauch lange in der Lunge und stieß ihn genüsslich wieder aus. »Dann will ich Ihnen jetzt mal eine kleine Geschichte erzählen«, setzte er an. »Sie beginnt Ende der Sechzigerjahre und handelt von einem Mann, der inzwischen groß Karriere gemacht hat. Die Rede ist von unserem sehr verehrten Herrn Bundesinnenminister Sascha Schneider, der früher enge Kontakte zur linksextremen Szene hatte. Ich weiß, wovon ich rede, schließlich war ich damals ganz gut mit ihm befreundet. Die Kontakte sind lange bekannt, die Frage ist nur, wie weit sie gegangen sind. Jedenfalls hält sich hartnäckig das Gerücht, dass Schneider in den Siebzigerjahren nicht nur ein Mitläufer war, sondern die RAF auch aktiv unterstützt hat. Er soll insbesondere seiner Exfreundin Petra Lessing, die später an der Schleyer-Entführung beteiligt war, geholfen haben. Dazu müssen Sie wissen, dass Sascha Schneider damals viele Freundinnen hatte, meine Frau eingeschlossen. Das hat ihm sogar den Spitznamen ›Henry‹ eingebracht, Sie wissen schon, von dem englischen König Heinrich der Achte, der ja auch einen immensen Frauenverschleiß gehabt haben soll. Ich habe von mehreren glaubwürdigen Informanten aus der Szene erfahren, dass ein Mann mit dem Decknamen Henry von etwa 1975 bis 1977 im Umfeld der RAF aktiv gewesen sein soll. Unter anderem soll er den Wagen besorgt haben, in dessen Kofferraum der ermordete Hanns-Martin Schleyer später aufgefunden worden ist. Außerdem soll dieser Henry eng mit Klaus Helms, der ebenfalls bereits in den Siebzigern zum Umfeld der RAF gehörte, zusammengearbeitet haben.«

Marc hatte mit offenem Mund zugehört. »Sie wollen behaupten, dass Sascha Schneider mit diesem Henry identisch ist?«, fragte er entgeistert.

Conzen schüttelte den Kopf. »Das darf ich nicht behaupten, denn dafür habe ich leider keine Beweise. Aber ich versuche seit Jahren, den entscheidenden Hinweis zu finden. Und Ihr Verfahren mit Christina Helms ist wahrscheinlich meine letzte Chance.«

Marc nickte langsam. Er hatte geahnt, dass Conzen ihm nicht die ganze Wahrheit über seine Beweggründe, Christina zu helfen, verraten hatte. Nun kam das wahre Motiv zum Vorschein: Rache. Simple, gewöhnliche Rache.

»Ich verstehe allerdings immer noch nicht, was Schneider mit der Ermordung Konnieckas zu tun haben soll«, sagte er.

»Sie haben mich auch nicht ausreden lassen. Etwa Ende der Siebziger-, Anfang der Achtzigerjahre hat Sascha Schneider eine Kehrtwendung um hundertachtzig Grad hingelegt. Vom Staatsfeind zum Oberrealo der Grünen und schließlich ab 1985 zum hessischen Innenminister. Spätestens von dem Zeitpunkt an wollte er von seiner Vergangenheit nichts mehr wissen. Zumindest nicht von dem Teil, den er nicht folkloristisch mit Hausbesetzerromantik und aufrechter Demonstriererei gegen den Vietnamkrieg und Fahrpreiserhöhungen verklären konnte. Das ging auch über viele Jahre gut, bis er im Mai 1993 erfahren hat, dass sein alter Kumpan Klaus Helms verhaftet werden sollte. Helms hat eine ganz andere Karriere als Schneider hingelegt. Er ist 1984 endgültig in den Untergrund abgetaucht und gehörte seitdem zur so genannten Kommandoebene der dritten Generation der RAF. Schneider musste also erst nicht befürchten, dass Helms in der Öffentlichkeit auspacken würde, und konnte ruhig schlafen. Bis zu dem Tag im Frühjahr 1993, an dem er erfahren hat, dass der Verfassungsschutz durch einen V-Mann an Helms und seiner Freundin Sonja Boge dran war und ihre Verhaftung unmittelbar bevorstand.«

»Aber woher soll er davon gewusst haben?«, warf Marc ein. »Die Festnahme von Helms in Bad Reichen war eine Aktion des Bundes, also des Bundesgrenzschutzes und des Bundeskriminalamtes, aber Schneider war damals noch nicht Bundesinnenminister.«

Conzen musste schmunzeln. »Sie haben natürlich Recht. Er hat es trotzdem gewusst und ich will Ihnen sagen, warum. Er war zwar noch nicht Bundesinnenminister, aber hessischer Innenminister, und der hessische Verfassungsschutz, dessen oberster Chef Schneider war, hat den V-Mann geführt, der Klaus Helms und Sonja Boge 1993 ans Messer geliefert hat. Also war natürlich auch Schneider über die Aktion in Bad Reichen informiert. Er hat das später sogar zugegeben und der Bundesregierung vorgeworfen, durch den dilettantischen Einsatz der GSG 9 sei sein V-Mann jetzt für weitere Einsätze verbrannt. Ursprünglich war wohl vorgesehen gewesen, dass der V-Mann bei der Aktion ›entkommen‹ sollte, um weitere RAF-Mitglieder enttarnen zu können.«

»Gut, Schneider hat also von der bevorstehenden Festnahme gewusst. Und was hat das mit dem Tod von Helms zu tun?«

»Können Sie sich das nicht denken? Versetzen Sie sich doch mal in Schneiders Lage. Er weiß, dass Helms' Verhaftung unmittelbar bevorsteht und dass Helms eine langjährige, wenn nicht sogar eine lebenslange Freiheitsstrafe droht. Er weiß aber auch, dass Klaus Helms einen Trumpf in der Hand hat: Er kennt die Verbindungen des amtierenden hessischen Innenministers Sascha Schneider zur RAF. Was meinen Sie, was Helms da für einen Deal mit der Bundesanwaltschaft hätte aushandeln können? Auf Schneider hätte er mit Sicherheit keine Rücksicht genommen. Schließlich hat der nach Meinung der linken Szene seine Ideale verraten.«

»Sie meinen, Schneider hatte ein starkes Interesse daran, dass Helms der Polizei nicht lebend in die Hände fiel?«

»Liegt das nicht auf der Hand? Was hätten Sie an Schneiders Stelle getan? Seelenruhig zugesehen, wie Helms alles kaputtmacht? Nein, das kann ein Mensch wie Sascha Schneider nicht hinnehmen. Ich kenne ihn, glauben Sie mir. Dieser Mensch geht über Leichen. Über Kontakte zur GSG 9, die er als Innenminister von Hessen mit Sicherheit hatte, muss es ihm gelungen sein, zumindest zwei ihrer Mitglieder dafür zu gewinnen, Helms zu liquidieren. Wahrscheinlich hat er ihnen Geld geboten. Sie wissen ja, dass Schneider 1988 reich geheiratet hat. Seine dritte Frau.«

Marc konnte es nicht fassen. Völlig verwirrt schüttelte er den Kopf. »Der Bundesinnenminister soll zwei Killer mit Helms' Ermordung beauftragt haben? Und Sie glauben, dass er auch Konnieckas Tod angeordnet hat?«

»Das würde ins Bild passen. Ich stelle mir das Ganze so vor: Nachdem wir Saalbach gestern Abend verlassen haben, wird dem klar, was er getan hat. Er hat sich und Schneider in unmittelbare Gefahr gebracht, indem er uns Konnieckas Namen verraten hat. Wenn der ausgepackt hätte, wären sie beide geliefert gewesen. Also muss Saalbach seine Scharte wieder auswetzen und ruft sofort Schneider an. Und der schickt sein Killerkommando los, um die Schwachstelle zu beseitigen.«

»Aber das würde ja bedeuten, dass auch Saalbach an dem Mord in Bad Reichen beteiligt war. Warum hat er dann aber dem *Spiegel* gesteckt, dass Helms hingerichtet worden ist?«

Conzen warf die Arme in die Luft. »Das dürfen Sie mich nicht fragen. Wahrscheinlich hat er den Druck nicht ausgehalten und ist schlichtweg durchgedreht. Sie haben ja gehört, dass er damals erhebliche private Probleme hatte. Aber irgendwann haben ihn seine Kumpane wieder auf Kurs gebracht. Sie haben seine Hütte doch gesehen. Glauben Sie im Ernst, dass er sich das alles in den paar Jahren selbst erarbeitet hat? Nein, für mich steht fest, dass Saalbach an der Verschwörung beteiligt gewesen sein muss. Es kann einfach kein Zufall sein, dass Konniecka ausgerechnet in der Nacht ermordet wird, in der wir von Saalbach seinen Namen erfahren haben.«

»Das sind doch alles nur Vermutungen!«, wandte Marc ein. »Ist es nicht möglich, dass Sie einfach zu viele Oliver-Stone-Filme gesehen haben? Ihre ganze Theorie beruht allein auf der Annahme, dass Schneider dieser Mann war, der unter dem Decknamen Henry für die RAF gearbeitet hat. Und Sie haben selbst gesagt, dass es dafür keine Beweise gibt.«

»Das ist richtig«, pflichtete Conzen ihm widerstrebend bei. »Es gibt keine Beweise. Noch nicht, um genau zu sein. Aber ich kann bereits jetzt nachweisen, dass Schneider die Mittel und die Gelegenheit hatte, Helms liquidieren zu lassen. Sobald ich beweisen kann, dass Schneider und Henry ein und dieselbe Person sind, habe ich auch ein handfestes Motiv.«

»Ah, ich beginne zu verstehen. Deshalb haben Sie von Saalbach verlangt, er solle über das BKA ein Gespräch mit Sonja Boge vermitteln. Sie hoffen, dass sie Ihnen den entscheidenden Hinweis für die Verbindung Sascha Schneiders zu ihrem damaligen Lebensgefährten Klaus Helms liefert.«

Martin Conzen studierte den aufsteigenden Rauch seiner Zigarette. Dann lächelte er. »Ich sehe schon, ich kann Ihnen nichts mehr vormachen. Ja, die Gelegenheit, Saalbach um ein Gespräch mit Sonja Boge zu bitten, war einfach zu günstig. Ich bin mir sicher, dass die Boge uns einiges über Sascha Schneider erzählen kann. Und dann wird nichts und niemand mehr seinen Arsch retten können.« Er nahm einen letzten Zug von seiner Zigarette und warf die Kippe in seinen halb vollen Bierbecher, wo sie mit einem scharfen Zischen erlosch.

»Sie mögen Sascha Schneider nicht besonders«, stellte Marc fest. »Das hat mit der Sache mit Ihrer Frau und ihm zu tun, stimmt's?«

Conzen starrte mehrere Sekunden auf einen unsichtbaren Punkt an der Wand. »Mein Verhältnis zu Sascha Schneider tut hier nichts zur Sache«, erwiderte er kühl. »Ich weiß nur, dass der Mann für dieses Land untragbar ist. Ich verstehe auch nicht, warum Sie ihn so in Schutz nehmen. Haben Sie sich keine Gedanken darüber gemacht, warum das Bundesinnenministerium alles tut, um zu verhindern, dass Sie die Namen der GSG-9-Männer erfahren? Die tun doch alles, um Ihren Prozess zu torpedieren.«

»Natürlich tun sie das. Ich bezweifle nur, dass eine CDU-Regierung anders reagieren würde. Außerdem bin ich mir nicht sicher, ob wir das alles nicht überbewerten. Konniecka war schließlich als Bodyguard beschäftigt. In einem solchen Job hat man sicherlich nicht nur Freunde und bewegt sich in einem recht zweifelhaften Milieu. Soweit ich weiß, bewachen diese Securityleute zunehmend auch Zuhälter, Bordellkönige und andere dubiose Gestalten aus der Halbwelt. Vielleicht hatte Konniecka einfach Ärger mit jemandem, dem er mal auf die Füße getreten ist. Und dieser Jemand hat jetzt mit ihm abgerechnet.«

»Ja, natürlich.« Conzen betrachtete Marc mit einem spöttischen Blick. »Und der große Unbekannte hat sich für seine

Rache ausgerechnet den Tag ausgesucht, an dem wir Konnieckas Namen erfahren und ihn aufsuchen wollen.«

»Das ist immerhin möglich«, sagte Marc ohne rechte Überzeugung. »Ich … einen Moment.«

Er zog sein trillerndes Handy aus der Jackentasche und drückte auf die Sprechtaste. »Ja?«

»Verdammt noch mal, Herr Hagen! Wo stecken Sie denn? Sie hatten mir doch versprochen, sich sofort zu melden, nachdem Sie in Frankfurt bei diesem Saalbach waren.«

Marc schloss die Augen. Scheiße! Christina Helms hatte er in der ganzen Aufregung völlig vergessen. Glühend heiß fiel ihm ein, dass er ihr ja zugesagt hatte, sie sofort nach dem Gespräch mit Saalbach anzurufen. Er hatte gestern Abend in dem Motel in Frankfurt sogar noch an sie gedacht, war dann aber von der Müdigkeit übermannt worden und eingeschlafen.

»Oh, hallo, Frau Helms«, flötete er in den Apparat. »Was macht das Seminar? Wie ist es denn so auf Borkum?«

»Windig«, fertigte sie ihn ab. »Kommen Sie zur Sache, Herr Hagen! Das Gespräch ist teuer.«

»Also gut. Ich habe eine gute und eine schlechte Nachricht für Sie. Die gute ist, dass wir tatsächlich von diesem Saalbach den Namen des GSG-9-Mannes Nummer 8 erfahren haben. Und damit komme ich auch schon zu der schlechten Neuigkeit: Leider ist der Mann letzte Nacht ermordet worden, bevor wir mit ihm sprechen konnten.«

Am anderen Ende der Leitung herrschte sekundenlange Stille. Dann hörte er Christinas atemlose Stimme wieder. »Ermordet? Was soll das heißen?«

»Nun, man hat Konniecka, so heißt der Mann, in seinem eigenen Schlafzimmer erschossen. Wir waren bis vor ein paar Stunden in seiner Wohnung. Anfangs hat die Polizei sogar uns verdächtigt, etwas mit seinem Tod zu tun zu haben. Aber ich hoffe, dieser Verdacht ist aus der Welt. Alles Weitere erzähle ich Ihnen, wenn wir wieder in Bielefeld sind.«

»Das ist ja schrecklich. Da versucht doch offenbar irgendjemand, unsere Zeugen aus dem Weg zu räumen. Wie sollen wir denn jetzt die Ermordung meines Vaters beweisen? Was ist denn mit dem anderen GSG-9-Mann, der Nummer 6?«

Marc hörte, dass Christinas Stimme immer dünner und brüchiger geworden war. Er musste sie irgendwie aufmuntern. »Den kannte Saalbach angeblich nicht. Aber wir haben die Nummer 8 identifiziert und ich bin mir sicher, dass wir auch noch Hinweise auf die Nummer 6 bekommen werden. Mit etwas Glück werden wir auch ihn finden.«

Und das hoffentlich lebend, ging es ihm durch den Kopf.

Kapitel 20

Den Eingang des *Underground* markierten zwei Suchscheinwerfer, deren Licht über den sternenlosen Himmel strich, als tastete es das Firmament nach feindlichen Flugzeugen ab. Kurz vor Mitternacht traf Marc vor der ehemaligen Werkhalle ein, die bis vor wenigen Jahren Bestandteil eines Stahlwerks gewesen war, und sah noch einmal an sich selbst herunter: schwarzes T-Shirt, schwarze Jeans, schwarze Schuhe. Er wusste, dass er mit dieser Kleidung garantiert nicht auffallen würde. Er zog die eiserne Eingangstür auf und sofort dröhnte ihm ein monotoner und stampfender Rhythmus entgegen.

Seine Augen brauchten fast eine halbe Minute, bis sie sich auf die Finsternis eingestellt hatten. Schemenhafte, fast ausnahmslos in schwarzem Lack, Leder und Latex gekleidete Gestalten bewegten sich in dem diffusen Licht wie ihre eigenen Schatten. Marc drängelte sich zu der fast quadratischen Tanzfläche, die in der Mitte der riesigen Halle angelegt war. Die Ecken wurden von vier hohen Masten begrenzt, an denen Boxen aufgehängt waren. Von dort hämmerte ein düsteres Stahlgewitter mit infernalischer Lautstärke auf die Anwesenden hernieder.

Marc nahm seinen Stammplatz ein. Gleich links von ihm stand eine kleine Gruppe von vier etwa zwanzigjährigen Mädchen, die in dunkelgrüne und schwarze Kleider aus Samt gewandet waren und direkt der großen Ballszene aus *Tanz der Vampire* entsprungen zu sein schienen. Sie versuchten verzweifelt, den gelangweilt-melancholischen Gesichtsausdruck von Angelica Houston als Morticia aus der *Addams Family* zu imitieren, sahen mit ihren weiß geschminkten Gesichtern und schwarz umrandeten Augen und Lippen allerdings eher aus wie eine Familie von Waschbären.

Zwei Düsen an der Decke trieben dichte weiße Trockeneisnebelschwaden durch den Raum, die Marc binnen Sekunden so eingehüllt hatten, dass es ihm unmöglich war, noch irgendetwas in der großen Halle zu erkennen. Doch zu seinem Erstaunen gestattete es ihm gerade diese relative Abgeschiedenheit inmitten der brodelnden Menschenmenge endlich, sich einigermaßen zu entspannen. Gestern Abend hatte er sich noch mit Christina getroffen und ihr Genaueres von den Besuchen bei Saalbach und Konniecka erzählt. Sie war über den Tod Konnieckas tief betroffen und war sogar kurz davor gewesen, ihre Klage vor dem Sozialgericht zurückzuziehen. Er hatte geschlagene drei Stunden auf sie einreden müssen, bis er sie davon überzeugt hatte, weiterzumachen.

Die künstliche Nebelwand riss auf und gab den Blick auf die mit schwarzen Körpern gefüllte Tanzfläche frei. Direkt vor ihm befand sich ein junges Mädchen. Ihre Bewegungen wirkten in dem stroboskopischen Licht wie abgehackt. Auf einmal hatte Marc das Gefühl, sie habe ihn angelächelt. Irritiert drehte er sich um, um nachzuprüfen, ob sie jemand anderen angesehen haben konnte, doch als er sich ihr wieder zuwandte, lächelte sie ihm direkt in das Gesicht. Kein Zweifel, sie meinte ihn. Ihm wurde warm. Er straffte die Schultern, zog den leichten Bauchansatz ein und betrachtete die Tänzerin genauer. Sie war eine schöne Frau. Ein ebenmäßiges Gesicht, das von langen schwarzen Haaren umrahmt wurde. Am rechten Oberarm trug sie eine Tätowierung in Form einer Blume. Bekleidet war sie mit einem schwarzen Lack-Minirock und hochhackigen Stiefeln. Ihre üppige Oberweite hatte sie in ein schwarzes Lack-Bustier gezwängt, das nur von zwei hauchdünnen Spagettiträgern gehalten wurde. Marcs Mund wurde trocken, er schluckte. Jetzt müsste man diese Träger mit einer …

»Entschuldigung, haben Sie mal 'ne Schere?«

Marc schreckte hoch und spürte eine Hand, die sich auf seine Schultern gelegt hatte. Er drehte sich um und sah in das gepiercte Gesicht einer sommersprossigen jungen Frau.

»Wie bitte?«, fragte er verstört.

»Ob Sie mal 'ne Zigarette haben?«, wiederholte sie mit wachsender Ungeduld.

»Oh, tut mir Leid.« Marc hob entschuldigend die Hände. »Ich rauche nicht, aber …«

Er brach mitten im Satz ab, denn die Bittstellerin hatte sich schon seinem Nebenmann zugewandt. Erst dann erreichte die ganze Botschaft mit voller Wucht sein Bewusstsein. »Sie!« Dieses Mädchen hatte ihn gesiezt! War er mit seinen einunddreißig Jahren schon so alt? Unbehaglich sah er sich um, in der irrationalen Annahme, von allen Seiten beobachtet zu werden. Zwei der jungen Barockdamen begannen zu lachen und Marc war davon überzeugt, dass sie ihn gemeint hatten. Ein weiterer Hitzewall durchlief ihn. Seine gute Laune war verflogen. Er begann, sich wieder in Richtung Ausgang zu arbeiten, doch dann bemerkte er in der schwarz uniformierten Masse einen Kopf, der ihm bekannt vorkam.

»Hallo, Gabriel!«, brüllte er seinem Freund ins Ohr. »Hat Julia dir für heute Abend Ausgang gegeben?«

Gabriel Wagner lächelte etwas gequält. »Hallo, Marc. Mir ist zu Hause die Decke auf den Kopf gefallen. Aber lass uns doch an die Bar nebenan gehen, damit wir nicht so schreien müssen.«

Gemeinsam verließen sie die große Halle durch eine dicke Eisentür, die die Diskothek von der ehemaligen Kantine des Stahlwerks abteilte. Die Musik drang jetzt nur noch stark gedämpft zu ihnen herüber.

»Wie sieht es bei dir aus?«, setzte Gabriel die unterbrochene Unterhaltung fort. »Die Trommeln berichteten mir, dass du Ärger mit der Polizei hattest?«

Marc wunderte sich nicht, dass die Geschichte bereits die Runde gemacht hatte. Gerüchte verbreiteten sich in Bielefelder Anwaltskreisen schneller als eine Grippeepidemie.

»Stimmt. Ich habe gestern Vormittag in Köln mehr oder weniger zufällig einen Toten gefunden. Für ein paar Stunden haben die Bullen wohl gedacht, ich hätte was mit der Sache zu tun. Du hättest diesen Kommissar mal sehen sollen! Der hat sich richtig gefreut, mal einen Anwalt in die Mangel nehmen zu können.«

»Du hast sogar unter Mordverdacht gestanden?«

Marc überlegte kurz und entschied, dass es besser war, Gabriel ein paar Brocken hinzuwerfen, bevor die Gerüchteküche überkochte. »Dieser Verdacht ist mittlerweile ausgeräumt. Die Bullen haben festgestellt, dass ich für die Mordzeit ein Alibi habe. Es geht um diese Sache Christina Helms. Ich bin dabei, die Leute aufzutreiben, die den Tod ihres Vaters beobachtet haben wollen. Das scheint einigen Herrschaften nicht zu passen. Leider blicke ich da aber selbst noch nicht so ganz durch.«

»Ja, ja«, seufzte Gabriel gedankenverloren. »So ist es wohl immer: Man versteht nie etwas und eines Abends endet es damit, dass man daran stirbt.«

Marc sah ihn irritiert an. »Häh?«

»Oh, das ist ein Zitat von Eddie Constantine aus *Lemmy Caution gegen Alpha 60.* Ein Godard-Film. Den musst du doch schon mal gesehen haben.«

Marc zuckte die Achseln. »Tut mir Leid, nein. Fürs Kino habe ich im Moment absolut keinen Kopf. Diese Sache Helms nimmt mich voll in Anspruch. Wie läuft es bei dir?«

»Lass mich bloß zufrieden.« Gabriel winkte müde ab. »Ich habe genug von arroganten Richtern, nervenden Mandanten und Zehn-Stunden-Arbeitstagen. Ich bin kurz davor, den ganzen Krempel einfach hinzuschmeißen und mir einen neuen Job zu suchen. Alles, nur nicht mehr Anwalt.«

»Aber ich kann doch davon ausgehen, dass du mich wenigstens noch in meinem Anwaltsgerichtsverfahren vertrittst, oder?«, fragte Marc erschrocken.

Gabriel nickte beruhigend. »Das wird schon klappen. Hast du davon eigentlich was Neues gehört?«

»Nein, aber die Verhandlung ist ja bereits in drei Wochen. Wir müssen uns in nächster Zeit unbedingt mal zusammensetzen.«

»Und wie sieht es mit deiner anderen Sache aus?«

Marc sah ihn mit leeren Augen an. »Welche andere Sache?«

»Diese Nachlasssache. Mein Gott, als ob du so viele Mandate hättest! Wegen der du nach dieser geheimnisvollen Zahl 7 gefragt hast.«

»Ach das.« Marc machte eine abfällige Handbewegung. »Das Ding ist gegessen. Ich bin in einer Sackgasse gelandet, aus der ich nicht mehr rauskomme. Es sei denn, du kannst mir sagen, wo ich einen Glasberg finde.«

Jetzt war es Gabriel, der nicht mehr mitkam. »Du sprichst in Rätseln. Erst die 7 und jetzt ein Glasberg? Du meinst einen richtigen Berg aus Glas?«

Marc schüttelte den Kopf. »Vergiss es. Was ist eigentlich ...?«

»Sag mal, kennst du den Typen?«, fiel Gabriel ihm ins Wort. »Oder warum winkt der dir die ganze Zeit zu?«

Marc folgte Gabriels Blick und sah zu seinem großen Erstaunen Martin Conzen, der sich durch die Menge auf ihn zukämpfte. Marc musste grinsen. Mit seinem 68er-Look wirkte der Journalist hier ungefähr so exotisch wie ein Eskimo in der Sahara.

»Und ist das nicht diese Christina Helms, die hinter dem Typen hermarschiert?«, drang Gabriels Stimme wieder an Marcs Ohr. »Ich habe wirklich keine Lust auf eine zweite Begegnung mit dieser Dame. Außerdem muss ich sowieso los, sonst wird Julia sauer. Wir sehen uns dann morgen beim Stammtisch.«

Gabriel klopfte Marc kurz auf die Schulter und verdrückte sich in dem Moment, als Conzen sie erreichte.

»Hallo«, begrüßte der Journalist Marc. »Wir haben Sie gesucht.«

»Ich habe mir schon gedacht, dass Sie nicht freiwillig hier

sind.« Er nickte seiner Mandantin zu, die sich noch immer die Ohren zuhielt. »Hallo, Frau Helms. Sie sehen auch nicht besonders glücklich aus.«

»Nun ja, es ist etwas ...«, sie suchte nach dem richtigen Wort, »... morbide, oder nicht? Ich hätte nicht gedacht, dass Sie in solche Läden gehen.«

»Sonst hätten Sie mich nicht engagiert oder was wollen Sie damit sagen? Sehen Sie, da sind noch drei Plätze frei.«

Marc zeigte auf eine Reihe fest installierter Hocker am äußersten Ende der langen Bar.

»Kann ich Ihnen etwas bestellen?«, fragte er die noch immer sichtbar benommene Christina, als sie sich gesetzt hatten.

Seine Mandantin hob mit einer unschlüssigen Geste die Hand. »Was kriegt man denn hier? Egal, ich nehme das Gleiche wie Sie. Hauptsache, es ist was Alkoholisches.«

»Und Sie, Herr Conzen?«

»Ein Bier, bitte.«

Marc winkte dem Mädchen hinter der Theke zu. »Drei Bier«, brüllte er und erhielt ein Kopfnicken zum Zeichen dafür, dass sie ihn verstanden hatte. »Woher wussten Sie, wo ich bin?«, fragte er Conzen.

»Ich habe die Privatnummer Ihrer Sekretärin ausfindig gemacht. Die hat mir gesagt, dass Sie sich fast jeden Sonntagabend hier herumtreiben.«

»Das heißt, es gibt etwas Neues?«

»Es hat sich einiges getan«, bestätigte Conzen. »Zunächst einmal bekam ich heute Nachmittag einen Anruf von unserem Freund Saalbach. Offenbar hat er sich tatsächlich beim BKA für uns eingesetzt. Er hat es geschafft, uns einen Termin mit Sonja Boge zu vermitteln.«

»Das ist ja fantastisch«, sagte Marc begeistert. »Allerdings widerspricht das natürlich Ihrer Vermutung, Saalbach stecke mit Sascha Schneider unter einer Decke und habe ihn vor unserem bevorstehenden Besuch bei Konniecka gewarnt. Dann würde er uns wohl kaum helfen.«

Conzen winkte lässig ab. Der Journalist machte auf Marc einen sehr zufriedenen Eindruck. »Ob ich mich geirrt habe, wird sich noch herausstellen«, sagte er gutmütig. »Immer schön einen Schritt nach dem anderen.«

»Wann können wir mit der Boge sprechen?«

Conzen holte scharf Luft. »Das ist der kleine Haken an der Sache. Sonja Boge ist nur noch morgen zu erreichen, danach fliegt sie nach Lateinamerika, wo sie offenbar einige Zeit bleibt. Wenn wir sie also vorher noch sehen wollen, müssen wir uns beeilen.«

»Das macht gar nichts«, versicherte Marc schnell. »Ich habe morgen ohnehin nichts Besonderes vor. Wo können wir sie treffen?«

»Sie hält sich zurzeit in Amsterdam auf, von dort wird sie morgen starten. Wir haben für zwölf Uhr mittags einen Termin im *Hotel Pulitzer* im Amsterdamer Zentrum. Saalbach hat gesagt, wenn es morgen nicht klappt, wird es dieses Jahr gar nichts mehr werden.«

Marc zögerte nicht eine Sekunde. »In Ordnung. Wann sollen wir losfahren?«

Conzen verzog den Mund. »Das ist das nächste Problem. Kurz nach Saalbachs Anruf erreichte mich der nächste. Im Moment scheinen sich die Ereignisse zu überschlagen. Der Anrufer war ein ehemaliger Angehöriger der GSG 9, der mitbekommen hat, dass wir uns für die Geschehnisse in Bad Reichen 1993 interessieren. Er behauptet, er sei damals dabei gewesen und könne mir etwas Wichtiges darüber erzählen. Und das ist noch nicht alles. Er hat Andeutungen gemacht, dass er etwas über Sascha Schneiders Verstrickungen in die linke Szene weiß.«

Marc spürte einen erneuten Adrenalinstoß. »Das wird ja immer besser. Vielleicht hat er sogar die Hinrichtung von Klaus Helms beobachtet und will sein Schweigen brechen.«

Conzen zuckte die Achseln. »Er hat keine Einzelheiten genannt. Wenn es stimmt, dass er tatsächlich bei der GSG 9 war und auspacken will, könnte uns das natürlich ein großes Stück weiterbringen. Leider hat er mich morgen für Punkt elf Uhr in das Sony Center nach Berlin bestellt. Ich musste mich also blitzschnell entscheiden. Amsterdam oder Berlin.

Ich wollte ihn nicht bitten, unser Treffen wegen Sonja Boge zu verschieben, sonst hätte ich ihn womöglich verscheucht und er hätte sich nie mehr gemeldet.«

Die Bedienung stellte drei große Gläser mit Bier auf den Tresen. Marc drückte ihr einen Zehneuroschein in die Hand und verzichtete auf sein Wechselgeld.

»Ich habe also zugesagt«, fuhr Conzen fort. »Das bedeutet natürlich, dass ich nicht mit nach Amsterdam kommen kann. Sie werden also meinen Part übernehmen und die Boge zu meiner Henry-Theorie und insbesondere zu Schneiders Verbindungen zur RAF befragen müssen. Im Übrigen brauchen Sie aber auch nicht alleine zu fahren. Sonja Boge hat sich zu dem Treffen nur unter der Bedingung bereit erklärt, dass sie dabei Klaus Helms' Tochter kennen lernt. Frau Helms war auch sofort einverstanden, Sie zu begleiten.«

Marc sah seine Mandantin an. Die Vorstellung, mit ihr nach Amsterdam zu fahren, gefiel ihm.

»Für kein Geld der Welt würde ich auf dieses Treffen verzichten wollen«, bestätigte Christina. »Diese Frau hat immerhin fast zehn Jahre wie eine Ehefrau mit meinem Vater zusammengelebt. Wenn es auf dieser Welt einen Menschen gibt, der mir etwas über ihn erzählen kann, dann sie.«

»Wie erkennen wir Frau Boge?«, fragte Marc Conzen.

»Sie wird Sie erkennen. Wir können uns dann ja morgen Abend wieder in Bielefeld treffen, um unsere neuen Informationen auszutauschen. Wer zurückkommt, versucht, sich mit dem anderen in Verbindung zu setzen. Einverstanden?«

Kapitel 20

»Schauen Sie mal da.« Christina zeigte auf das Schild, das die nächste Autobahnausfahrt *Bathmen* anzeigte und begann fast gleichzeitig zu singen, wobei sie die hohe Falsettstimme von Prince imitierte: »Batman.« Und dann noch einmal etwas lauter: »Batman.« Sie lachte. »Haben Sie schon einmal einen so dämlichen Namen für eine Stadt gesehen?«

Marc schüttelte amüsiert den Kopf. »Nein, aber Sie dürfen nicht vergessen, dass wir seit einer halben Stunde in den Niederlanden sind. Die Käsköppe sind nun mal so.«

»Wie weit ist es denn noch bis Amsterdam?«, erkundigte sich Christina.

»Es dürften noch knapp über einhundert Kilometer sein. Wir müssten also in gut einer Stunde da sein. Was mich wundert, ist das Hotel, in dem wir Sonja Boge treffen sollen. Ich habe heute Morgen in einem Reiseführer nachgesehen. Das *Pulitzer* ist ein richtiger Luxusschuppen. Wie kommt ein ehemaliges RAF-Mitglied auf die Idee, sich in einem Fünf-Sterne-Hotel zu verabreden?«

Christina nagte auf ihrer Unterlippe. »Vielleicht hat das BKA sie eingeladen. Es scheint doch so zu sein, dass die Bullen immer noch genau über ihren Aufenthaltsort informiert sind und offenbar auch einen gewissen Einfluss auf sie ausüben können.«

»Mich würde interessieren, was Sie von ihr denken«, sagte Marc. »Schließlich hat Ihr Vater Ihre Mutter doch die ganze Zeit mit Sonja Boge betrogen, wenn man es so sehen will.«

Christina starrte lange aus dem Seitenfenster. »Ich weiß nicht«, sagte sie schließlich. »Ich hoffe, ich sehe nach dem Gespräch klarer. Einerseits bin ich davon überzeugt, dass das Verhältnis meines Vaters mit Sonja Boge eine Ursache für die Erkrankung und letztlich den Tod meiner Mutter war. Andererseits muss mein Vater sie sehr geliebt haben und sie ist wahrscheinlich der einzige Mensch, von dem ich mehr über ihn erfahren kann. Ich gehe also gewissermaßen neutral in dieses Treffen.«

»Dann hoffe ich für Sie, dass Sie nicht allzu enttäuscht werden.« Marc warf einen nervösen Blick in den Rückspiegel, der Christina nicht verborgen blieb.

»Warum schauen Sie eigentlich die ganze Zeit in den Spiegel? Ist jemand hinter uns?«

Marc zögerte einen Moment, bevor er antwortete. Aber warum sollte er Christina nichts von seinem Verdacht erzählen? »Heute habe ich noch niemanden bemerkt«, erklärte er.

»Aber auf der Fahrt mit Conzen nach Frankfurt hatte ich das Gefühl, dass uns jemand verfolgt.«

Christina lockerte ihren Gurt und sah interessiert nach hinten. »Also mir kommt nichts verdächtig vor«, ließ sie ihn dann wissen.

»Das sagte ich ja gerade. Heute ist mir auch noch nichts aufgefallen. Aber sicher ist sicher.«

Er steuerte den Golf auf die linke Spur und beschleunigte ihn trotz der Geschwindigkeitsbegrenzung auf über hundertfünfzig Stundenkilometer. Wenn tatsächlich jemand hinter ihnen war, musste ihr unsichtbarer Verfolger sich jetzt Mühe geben, mit ihnen Schritt zu halten, aber nichts geschah. Marc fragte sich, ob er vielleicht begann, genauso paranoid zu werden wie Professor Seidler. Dann fiel ihm noch etwas auf. Irgendetwas war in den letzten fünf Minuten anders gewesen. Auf einmal wurde es ihm schlagartig klar. Er hatte Christina Helms zum ersten Mal lachen gesehen.

Zur selben Zeit verließ ein ebenfalls gut gelaunter Martin Conzen im Berliner Bahnhof *Zoologischer Garten* den ICE *Hoffmann von Fallersleben* und machte sich auf den Weg zur U-Bahn. Ja, er fühlte sich so gut wie seit Jahren nicht mehr. Fast hätte er begonnen, laut auf der Straße zu singen. Bald würde er erfahren, was der geheimnisvolle Anrufer über den Einsatz in Bad Reichen wusste. Und vielleicht würde ihm der Mann sogar den fehlenden Beweis für Schneiders Verbindungen zur RAF und seine Verstrickung in die Ermordung von Klaus Helms, Jürgen Konniecka und … Conzen wagte kaum, das zu denken … Hanns-Martin Schleyer liefern. Ein Grinsen machte sich auf seinem Gesicht breit. Er hatte es einfach im Urin, dass dieses Gespräch den entscheidenden Durchbruch seiner jahrlangen Ermittlungen gegen Schneider bringen würde. Dann würde er diesem Dreckschwein, das es quasi vor seinen Augen mit seiner Frau getrieben hatte, alles heimzahlen. Sascha Schneider war praktisch schon Geschichte.

Auf dem U-Bahnsteig wimmelte es von Menschen. Conzen sah nach oben. Die Anzeigetafel kündigte den nächsten Zug in zwei Minuten an. Er bahnte sich einen Weg durch die Menge bis zur Bahnsteigkante.

Rechts von Conzen stand ein Mann im Nadelstreifenanzug mit einem ledernen Aktenkoffer in der rechten und der lachsfarbenen deutschen Ausgabe der *Financial Times* in der linken Hand, den der Journalist ohne Schwierigkeiten als Banker verbuchen konnte. Anscheinend war es selbst für Menschen mit Geld günstiger mit der U-Bahn zum Büro zu fahren, als sich mit dem Mercedes durch die verstopften Berliner Straßen zu quälen. Links von dem Journalisten kabbelte sich eine Gruppe etwa zehn- bis zwölfjähriger Kinder, die in ihren Sommerferien offenbar nichts Besseres zu tun hatten, als auf einem U-Bahnsteig zu spielen.

Nun konnte er einen gelben Wagen sehen, der mit einer Geschwindigkeit von fast sechzig Stundenkilometern in den Bahnhof einfuhr. Die Schulkinder machten Faxen und taten so, als ob sie sich gegenseitig auf die Gleise schubsen wollten. Conzen schüttelte den Kopf. Als U-Bahnwagenfahrer musste man wahrscheinlich Nerven wie Drahtseile haben. Er hatte vorhin noch in der Zeitung gelesen, dass sich allein an den beiden wichtigsten Berliner U-Bahnlinien jährlich neunzehn Menschen in Selbstmordabsicht vor den Zug warfen. Conzen schloss die Augen, als er darüber nachdachte, was diese Menschen im Augenblick des Zusammenpralls wohl fühlen mochten.

Bevor er diesen Gedanken vertiefen konnte, wurde er abgelenkt, denn er verspürte den starken Windsog der sich nähernden Bahn. Hinter ihm wurde die Menge noch unruhiger und drängelte sich so dicht zusammen, dass ihm fast der Atem genommen wurde. Unfreiwillig wurde er ein Stück weiter vorwärts in Richtung der Kante geschoben. Verdammt, merkten diese Menschen denn gar nicht, dass das hier gefährlich werden konnte? Conzen wollte sich wütend umdrehen, um seinem Hintermann die Meinung zu sagen, konnte sich aber kaum noch bewegen. Daher zog er es vor, sich auf den einfahrenden Wagen zu konzentrieren, der jetzt nur noch wenige Meter von Haltepunkt entfernt war.

Und dann wurde sein schlimmster Albtraum wahr. Der Journalist spürte einen harten Stoß gegen sein Kreuz und wurde nach vorne katapultiert. Verzweifelt ruderte er mit den Armen, fand sein Gleichgewicht aber nicht wieder. Die Gleise stürzten auf ihn zu, während der Zug von links mit quietschenden Bremsen heranbrauste. In einer letzten verzweifelten Willensanstrengung warf Conzen die Arme nach hinten und suchte nach Halt, griff aber ins Leere.

Die Gedanken rasten in Lichtgeschwindigkeit durch seinen Kopf. Gleich würde er vor diesem Zug landen und das wäre dann das Ende. Aber er wollte so nicht enden! Nicht so, nicht hier und nicht zu diesem Zeitpunkt! Schließlich hatte er noch eine Mission zu erfüllen, und bevor er sein Ziel nicht erreicht hatte, durfte, nein konnte er einfach nicht sterben.

Das Wunder geschah. Mit seiner rechten Hand bekam er tatsächlich eine Hand voll dicken Stoff zu fassen. Mit einem Ruck endete sein Sturz so plötzlich, wie er begonnen hatte. Im gleichen Augenblick raste der Zug, nur Millimeter von ihm entfernt, an ihm vorbei, stoppte und eine Tür öffnete genau vor seiner Nase mit einem pneumatischen Zischen, als sei nichts geschehen. Conzen wurde von einer Welle der Erleichterung durchflutet. Er sah sich um, aber niemand schien die Beinahe-Katastrophe, die ihn fast das Leben gekostet hätte, bemerkt zu haben. Stattdessen hörte er hinter sich eine zornige Stimme. »He, könnten Sie vielleicht endlich Ihre Hände von mir nehmen?«

Conzen blickte in ein Gesicht, das starke Ähnlichkeit mit einer Karnevalsmaske hatte. In der Mitte prangte eine riesige, fleischige Nase über einem struppigen Vollbart, der einen schiefen Mund mit vorstehenden Zähnen umrahmte. Die Haare hingen dem Mann bis tief in die Stirn, auf der Nase trug er eine Brille, Modell Kassengestell der Sechzigerjahre, auf der buschige Augenbrauen festgewachsen zu sein schienen. Der Journalist war von diesem Gesicht so überrascht, dass er den Mann sekundenlang nur anstarrte und dabei sogar vergaß, sich darüber zu wundern, warum sein unbekannter Retter trotz der sommerlichen Temperaturen einen dicken Wintermantel trug. Dann senkte er den Blick und stellte fest, dass seine Hand noch immer den Mantelaufschlag des Unbekannten umkrampfte. Erschrocken ließ er das Revers los.

»Bitte entschuldigen Sie«, stieß er hervor. »Das war sozusagen ein Notfall. Eines von den Blagen hat mich gestoßen und ich wäre fast vor dem Zug gelandet.« Er bedachte die Kinder, die rechts und links an ihm vorbei in das Abteil strömten, mit einem wütenden Blick. Aber der Fremde war nur mäßig an den Einzelheiten von Conzens wundersamer Rettung interessiert, denn er schüttelte verständnislos den Kopf und ließ ihn einfach stehen.

Conzen schaffte es gerade eben noch, in den Wagen zu gelangen, bevor sich die Türen wieder schlossen, und klammerte sich an einem der Haltegriffe fest. Nur langsam beruhigte sich sein rasender Pulsschlag. Gleichzeitig erfasste ihn eine seltsame Euphorie. Er hatte es tatsächlich geschafft und war dem fast sicheren Tod von der Schippe gesprungen. Zweifellos ein gutes Omen, das nur eines bedeuten konnte: Er wurde auf dieser Welt noch gebraucht, um Sascha Schneider endlich das Handwerk zu legen.

Nach einer einstündigen Fahrt durch die Amsterdamer Innenstadt, die nur aus Kanälen, Straßenbahnschienen und schmalen Einbahnstraßen zu bestehen schien, hatte Marc seine Suche nach einem kostenlosen Parkplatz aufgegeben. Jetzt stand der Golf in einem Parkhaus, das einem großen Kaufhaus angeschlossen war, wurde aber gegen Zahlung von vier Euro pro Stunde immerhin bewacht. Ein Umstand, der angesichts der hohen Amsterdamer Beschaffungskriminalitätsrate nicht zu verachten war.

Christina und er hasteten durch die Stadt, um die verlorene Zeit wieder aufzuholen. Sie erreichten das *Pulitzer* gerade eben noch zum vereinbarten Zeitpunkt.

Nach weiteren zehn Minuten des Herumirrens stellten sie fest, dass das Hotelbistro, in dem sie Sonja Boge treffen sollten, nach hinten heraus lag, mit Blick auf die Keizersgracht.

Das Bistro war leer. Nicht einmal Personal war zu sehen. Marc durchschritt den ganzen Raum und stieß wenige Meter dahinter auf einen begrünten Innenhof, der von den vierundzwanzig Grachtenhäusern, die zu dem Luxushotel umgebaut worden waren, umschlossen wurde. Offenbar war der Bistrobetrieb wegen des guten Wetters heute nach draußen verlegt worden, denn in dem Innenhof wuselten Kellner mit dunkelroten Hemden und schwarzen Schürzen zwischen großen weißen Sonnenschirmen und schwarz lackierten Tischen. Gäste gab es allerdings auch hier nicht viele. Nur ein Tisch war mit Geschäftsleuten, die hier ein spätes Frühstück einnahmen, besetzt. Marc und Christina wählten einen Platz in einer ruhigen Ecke. Marc setzte sich auf einen Stuhl, von dem aus er das Bistro überblicken konnte, und schlug die Speisekarte auf.

»Wie sieht es mit Ihnen aus, Frau Helms?«, fragte er nach einer Weile. »Ich nehme ein Clubsandwich und einen Kaffee. Wollen Sie auch etwas essen?«

Christina griff nach der Karte und warf einen kurzen Blick hinein. »Gibt's hier nichts zu rauchen?«, fragte sie enttäuscht. »Ich habe gehört, das könnte man in Amsterdam überall bestellen.«

Marc seufzte. Christina interessierte sich vermutlich nicht für eine Packung Marlboro. »Das ist hier kein Coffeeshop, Frau Helms«, tadelte er sanft. »Sie müssen Ihre Drogengelüste später befriedigen.«

Christina setzte ein gespielt zerknirschtes Gesicht auf. »Dann nehme ich eben nur einen Kaffee, Sie alter Spießer«, antwortete sie fröhlich und schaute sich um. »Sonja Boge scheint noch nicht hier zu sein.«

Marc nickte. »Aber das gibt mir die Zeit, vorher noch einmal auf die Toilette zu gehen. Sie können ja schon mal für uns bestellen.«

Er verließ den Innenhof und gelangte in ein unübersichtliches System von Korridoren und Treppen. Er folgte diversen Hinweisschildern, die den Weg Richtung WC wiesen, und begann langsam zu verstehen, warum Sonja Boge sich gerade für diesen Treffpunkt entschieden hatte: Die Gänge bildeten ein fast labyrinthisches Gewirr, aus dem man kaum wieder ohne fremde Hilfe herausfinden konnte. Falls Sonja Boge darauf angewiesen sein sollte, schnell von hier zu verschwinden, würde es kaum möglich sein, ihr zu folgen. Allerdings – warum sollte sich das ehemalige RAF-Mitglied heute noch bedroht fühlen? Hatte sie Angst vor der Rache ehemaliger Genossen oder folgte sie einfach nur den Instinkten und Mustern, die sie in ihrem jahrelangen Leben im Untergrund erworben hatte?

Endlich hatte er die Toilette gefunden und nach etlichen Irr- und Abwegen gelangte er wieder zurück in den Innenhof.

»Mein Gott, wo bleiben Sie denn?«, empfing ihn Christina. »Ich hätte nicht gedacht, dass ein Mann so viel Zeit auf dem Klo verbringen kann.«

»Das nächste Mal nehme ich mir Brotkrumen oder Kieselsteine mit«, erwiderte er in Erinnerung an die kürzlich gehörten Märchen. »Dann geht es mit Sicherheit schneller.« Bevor Christina fragen konnte, was das bedeuten sollte, fügte er hinzu: »Hat sich die Boge inzwischen blicken lassen?«

Christina blickte ostentativ nach rechts und links. »Sehen Sie sie hier irgendwo?«

Marc überging die spitze Bemerkung. »Dann, schätze ich, bleibt uns nichts anderes übrig, als weiter zu warten.«

Martin Conzen war genervt. Er stand jetzt schon seit fast zweieinhalb Stunden wie bestellt und nicht abgeholt im Sony Center herum, ohne dass sich jemand mit ihm in Verbindung gesetzt hatte. Mit der flachen Hand rieb er heftig über seine Stirn und versuchte, sich den genauen Wortlaut des gestrigen Telefongesprächs mit dem angeblichen GSG-9-Mann in Erinnerung zu rufen. Hatte er irgendetwas falsch verstanden? Nein, er war sich sicher. Er sollte um Punkt elf Uhr an dem kreisrunden Brunnen des Sony Centers erscheinen und warten, bis er angesprochen wurde.

Wütend knüllte er die drei Zeitungen zusammen, die er zum Zeitvertreib durchgelesen hatte, und beförderte sie in den nächsten Papierkorb. Das gute Gefühl vom Vormittag war wie weggeblasen. Verarschen konnte er sich schließlich auch alleine. Er warf einen letzten Blick in die Runde und machte sich dann missmutig auf den Rückweg. Die U-Bahnsteige waren immer noch – oder schon wieder – gut gefüllt. Während Conzen wartete, ging er noch einmal die verschiedenen Möglichkeiten durch. Entweder war er einem Spinner aufgesessen, der seinen Artikel in der *Süddeutschen* gelesen hatte und sich wichtig machen wollte, oder der Anruf war echt und dem Informanten war etwas zugestoßen.

Die U-Bahn näherte sich. Der Journalist ging die paar Schritte vor. Das Gedränge war weit weniger fürchterlich als noch vor ein paar Stunden. Plötzlich nahm Conzen hinter sich eine flüchtige Bewegung wahr. Er drehte sich um und sah zum zweiten Mal an diesem Tag in das merkwürdige Karnevalsgesicht. Bevor er darüber nachdenken konnte, ob das ein Zufall war, wurde die nicht gestellte Frage auch schon beantwortet. Wieder verspürte er einen gewaltigen Stoß in seinem Rücken und wieder wurde er nach vorne geschleudert. Doch dieses Mal gab es nichts, woran er sich hätte festhalten können. Das Letzte, was Conzen wahrnahm, war das helle Licht eines Scheinwerfers, das rasend schnell auf ihn zukam und immer größer wurde, bis es sein Gesichtsfeld völlig ausfüllte.

Marc sah wohl zum zwanzigsten Mal auf seine Uhr. Mittlerweile war es kurz vor eins und Sonja Boge hatte sich immer noch nicht blicken lassen.

»Wir geben ihr noch eine halbe Stunde«, sagte er zu Christina. »Wenn sie dann immer noch nicht aufgetaucht sein sollte, verbuchen wir diesen Trip als schlechte Erfahrung und verschwinden wieder.«

Wie auf ein geheimes Zeichen trat in diesem Moment eine etwa fünfundvierzigjährige Frau mit fast knabenhafter Figur an ihren Tisch und nickte ihnen zu. Sie hatte kurz geschnittene graublonde Haare und wache grüne Augen, um die sich kleine Fältchen gebildet hatten. In dem dunkelblauen Hosenanzug wirkte sie wie eine der Geschäftsfrauen, die im *Pulitzer* herumliefen. Eigentlich eine gut aussehende Frau, dachte Marc. Wenn da nicht dieser harte Zug um den Mund gewesen wäre, den auch die dezente Schminke nicht hatte wegretuschieren können.

»Entschuldigung, ist dieser Stuhl noch frei?«, fragte sie auf Deutsch.

Marc sah auf. »Nein, tut mir Leid. Wir erwarten noch jemanden.«

»Das will ich doch hoffen.« Die Frau lächelte und streckte ihren Arm aus. »Mein Name ist Sonja Boge. Und Sie müssen Herr Hagen sein. Ich freue mich, Sie kennen zu lernen.«

Einen Moment war Marc sprachlos, dann drückte er die Hand, die sich erstaunlich zart anfühlte. »Guten Tag. Sie müssen meine Verblüffung verstehen, Sie sehen gar nicht aus wie ...«

»Wie eine gefährliche Terroristin?« Sonja Boge gab ein freudloses Lachen von sich. »Sie kennen doch sicher die alte Regel der Guerilla. Ein Revolutionär muss sich verhalten wie ein Fisch im Wasser, wenn er im See nicht auffallen will. Und du ... Entschuldigung, Sie müssen die Tochter von Klaus sein.«

Sie löste ihre Hand aus Marcs und reichte sie Christina. »Ihr Vater hat mir viel von Ihnen erzählt, Christina«, erklärte sie. »Ich darf Sie doch so nennen? Aber Sie sind mir aus Klaus' Schilderungen einfach so vertraut.«

Christina nickte freundlich, sagte aber nichts.

Sonja Boge ließ sich auf dem freien Stuhl nieder und studierte Christinas Gesicht, als wollte sie irgendeine Ähnlichkeit mit Klaus Helms feststellen. »Ich habe nur wegen Ihnen dieses Risiko auf mich genommen und mich bereit erklärt, mich mit Ihnen zu treffen«, sagte sie. »Als ich die Anfrage vom BKA bekommen habe, wollte ich mich zuerst weigern, aber dann fand ich, dass Sie ein Recht auf dieses Treffen haben. Sie müssen entschuldigen, dass ich mich erst so spät zu erkennen gegeben habe, aber ich musste Sie schließlich erst abchecken. Ich habe die ganze Zeit da drüben gesessen.«

Sie zeigte auf einen der Tische, an dem sich mehrere Anzugträger unterhielten. »Die gehören alle zu mir und helfen, dass dieses Treffen reibungslos über die Bühne geht.«

Plötzlich kam Marc ein Gedanke. »Kann es sein, dass das BKA mich seit einigen Tagen überwacht?«, fragte er.

Sonja Boge lächelte dünn. »Sie überschätzen meine Wichtigkeit bei weitem«, antwortete sie. »Ich habe mit dem BKA eigentlich seit Jahren nichts mehr zu tun. Die wissen zwar, wo ich mich aufhalte, aber das ist dann auch schon alles. Wenn Sie beschattet werden sollten, muss das jemand anders sein. Ich kann Ihnen aber versichern, dass Ihnen niemand bis in das *Pulitzer* gefolgt ist. Das hätte man mir mit Sicherheit mitgeteilt und unser Treffen würde nicht stattfinden.«

»Leben Sie hier in Amsterdam?«, meldete sich Christina erstmals zu Wort.

Sonja Boges Lächeln hellte sich eine Spur auf. »Sagen wir mal so: Bis heute habe ich in der Nähe gelebt.«

Als ein Kellner vorbeikam, bestellte sie sich ein Heineken und Marc nutzte die Gelegenheit, noch zwei Kaffee nachzuordern.

»Also, was kann ich für Sie tun?«, fragte Sonja Boge und sah dabei Christina an. »Ich weiß von Klaus, dass er nicht so viel Kontakt zu Ihnen haben konnte, wie er das gerne gehabt hätte. Ich kann Ihnen das erklären und bin bereit, Ihnen alles zu erzählen, was ich über ihn und seine Zeit in der RAF weiß.«

Marc fiel auf, dass Sonja Boge die drei Buchstaben nicht einzeln aussprach, sondern in einem Wort: ›Raff‹.

»Wir würden gern mehr über das Innenleben der RAF erfahren«, antwortete er für seine Mandantin. »Und ganz besonders interessiert uns natürlich, wie Sie Klaus Helms kennen gelernt haben und wie es dann mit Ihnen weitergegangen ist.«

Sonja Boge rieb sich die Hände wie ein alter Landser, den man gebeten hatte, etwas über seine Erlebnisse im Zweiten Weltkrieg zu erzählen. »Nun, ich schlage vor, ich fange einfach mit meiner Geschichte an und danach können Sie Ihre Fragen stellen. In Ordnung?«

Marc und Christina nickten gleichzeitig.

Sonja Boge schloss die Augen, als müsse sie sich die Ereignisse erst wieder ins Gedächtnis rufen. Als sie sie wieder öffnete, lächelte sie: »Gut, dann passen Sie mal auf.«

Kapitel 22

»Alles begann im Jahr 1976, als ich aus einer niedersächsischen Kleinstadt nach Hannover gezogen bin, um dort Chemie zu studieren. Die Uni war für mich eine ganz neue Welt. Zum ersten Mal in meinem Leben kam ich richtig mit Politik in Berührung. Ziemlich bald engagierte ich mich in der Anti-AKW-Bewegung. Und es dauerte nicht lange, bis ich die Vorlesungen nur noch sporadisch besuchte, weil mir die politische Arbeit einfach wichtiger war. Ich wollte endlich selbst etwas tun, etwas verändern. Dann habe ich von den unmenschlichen Haftbedingungen der RAF-Gefangenen erfahren. Sie müssen sich vor Augen führen, wie es Ende 1976, Anfang 1977 in diesem Land aussah. Die RAF-Gründer Baader, Ensslin und Raspe waren damals alle schon lange im Knast und standen in Stuttgart-Stammheim vor Gericht.

Zu der Zeit fand in der Uni eines Abends eine Veranstaltung des Hannoveraner ›Komitees gegen die Isolationsfolter‹ statt. Derartige Komitees waren damals in vielen Städten in der BRD gegründet worden. Ich war entsetzt, als ich in dem Vortrag gehört habe, dass die politischen Gefangenen im so genannten toten Gefängnistrakt total isoliert und von jeder akustischen und visuellen Verbindung zu anderen Häftlingen abgeschlossen waren.

Ich war so aufgewühlt, dass ich noch am gleichen Abend

Mitglied des Komitees geworden bin. Ich kann heute gar nicht mehr zählen, bei wie vielen Demonstrationen für die Zusammenlegung der politischen Gefangenen ich mitmarschiert bin, obwohl ich wegen eines angeborenen Hüftleidens schon immer leicht gehbehindert war.

Richtig los ging es dann im Frühsommer 1977. Eines Tages wurde ich von einem Kommilitonen, den ich aus der Arbeit im ›Komitee‹ und der ›Roten Hilfe‹ kannte, gefragt, ob ich bereit wäre, meinen Pass einer Person zur Verfügung zu stellen, die ›Ärger mit den Bullen‹ hatte, wie er es nannte. ›Wir brauchen deine Solidarität‹, hat er gesagt. Ich wusste zwar nicht genau, um was es ging, ahnte aber, dass er meinen Pass für einen Angehörigen der Guerilla haben wollte. Ohne zu zögern, habe ich ihm meine Ausweise gegeben und das war dann praktisch der Beginn meiner illegalen Arbeit.

Mit der Zeit wurden die ›Bitten‹ immer größer und ich bin immer mehr in die Illegalität gerutscht. Im Juli 1977 habe ich fast jeden Nachmittag in einer kleinen Werkstatt geholfen, geklaute Autos umzufrisieren. Meine Arbeit bestand darin, neue Motor- und Fahrgestellnummern einzustanzen, neue Tür- und Zündschlösser einzubauen und die Wagen umzuspritzen. Dadurch hatte ich wohl meine technischen und handwerklichen Fähigkeiten und meine Zuverlässigkeit endgültig unter Beweis gestellt und mich für höhere Aufgaben qualifiziert. Eines Morgens setzte sich ein Typ, den ich vorher noch nie gesehen hatte, ungefragt zu mir an den Tisch in der Mensa. Der kam gleich zur Sache.

›Du bist doch die Sonja Boge, oder?‹, hat er gefragt. ›Wir beobachten dich jetzt schon eine ganze Zeit. Du hast dich sehr für die Gefangenen engagiert. Die Frage ist, willst du nur über die Gefangenenbefreiung reden oder auch konkret was für die RAF tun? Wie ernst ist es dir, etwas zu verändern?‹

Bei diesem Gespräch ist sie zum ersten Mal gefallen, die magische Abkürzung RAF, die Angst und Schrecken unter den Herrschenden verbreitete. Sie glauben gar nicht, wie stolz ich in diesem Augenblick war. *Ich* wurde gefragt, ob ich aktiv am bewaffneten Kampf gegen den Imperialismus teilnehmen wollte. Man hatte mir Vertrauen geschenkt und mich für würdig befunden. Trotzdem hat der Typ wohl bemerkt, dass ich einen winzigen Augenblick mit meiner Antwort zögerte.

›Ich weiß, das kommt etwas überraschend‹, hat er gesagt. ›Aber du kennst doch die alte Losung Che Guevaras: Es ist die Pflicht eines jeden Revolutionärs, die Revolution zu machen. Reden ohne Handeln ist Unrecht. Du musst dich jetzt entscheiden, wir werden dich nicht noch einmal fragen. Also, bist du für oder gegen das System?‹

Schließlich habe ich zugesagt, ihm aber auch klar gemacht, dass ich noch nicht bereit wäre, den letzten Schritt in die Illegalität zu gehen. Ich konnte mir damals nicht vorstellen, auf jeden Kontakt zu meinen Eltern, Geschwistern und alten Freunden zu verzichten. Der Typ meinte, das wäre völlig in Ordnung. Sie wären auf aktive Helfer in der Legalität sogar dringend angewiesen. Er ist abgezogen mit den Worten, er werde sich wieder bei mir melden.

Drei Tage später war es dann so weit. Irgendwo in der Uni stand er auf einmal wieder neben mir und nannte mir eine Adresse im Ihme-Zentrum in Hannover, wo ich mich am Nachmittag melden sollte. Als Erkennungszeichen sollte ich eine aktuelle *Frankfurter Rundschau* mitnehmen. Ich werde diesen Tag nie vergessen. Es war vor fast genau fünfundzwanzig Jahren, der 16. August 1977, der Tag, an dem Elvis Presley gestorben ist.

Um 14 Uhr habe ich mich in meinem alten Simca auf den Weg zu der angegebenen Wohnung gemacht. Ich war so aufgeregt, dass ich fast kotzen musste. Ich war im Begriff, mein bisheriges bürgerliches Leben aufzugeben. Alle paar Sekunden habe ich in den Rückspiegel gesehen und bin mehrere Kreise und Umwege gefahren, um eventuelle Verfolger abzuschütteln. So ein Schwachsinn, als ob die Bullen damals schon irgendeine Ahnung von meiner Existenz gehabt hätten! Als ich das Ihme-Zentrum erreichte, war ich von dem Anblick wieder einmal erschlagen, obwohl ich es natürlich beileibe nicht zum ersten Mal sah. Eine gigantische Wohnmaschine auf hunderttausend Quadratmetern, fünfhundert Meter lang und hundertachtzig Meter breit, die Platz für dreitausend Menschen in riesigen Betonsilos bot.

Wie es mir aufgetragen worden war, parkte ich in der Tiefgarage und fuhr mit dem Fahrstuhl in den fünften Stock. Die Anlage war geradezu ideal für eine konspirative Wohnung. Das Ihme-Zentrum stand halb leer und von den wenigen Mietern kannte kaum einer seinen Nachbarn. Es gab also niemanden, der dumme Fragen stellen konnte, und man erreichte in wenigen Minuten eine Schnellstraße, die direkt zur Autobahn führte.

Schließlich stand ich vor der Tür mit der Nummer 436. Vor Nervosität habe ich so geschwitzt, dass meine Hand von der abfärbenden Druckerschwärze der *Frankfurter Rundschau* ganz schwarz wurde. Nach ein paar Sekunden hatte ich den Eindruck, dass ich durch einen Spion gemustert wurde, und habe die Zeitung hochgehalten. Gleich darauf ging die Tür auf und zum ersten Mal in meinem Leben stand ich einem leibhaftigen Mitglied des innersten Kreises der RAF gegenüber. Er sah allerdings ganz anders aus, als ich ihn mir vorgestellt hatte. Während ich, wie alle meine Freunde, lange Haare, ein Palästinensertuch, Jeans und eine abgewetzte Lederjacke trug, hatte er einen kurzen Fassonschnitt, war frisch rasiert und mit einer braunen Stoffhose und einem taillierten Seidenhemd bekleidet. Sein rechter Arm war dick verbunden und steckte in einer Schlinge.

›Ich heiße Felix‹, begrüßte er mich und streckte mir seine unverletzte Hand entgegen. ›Komm doch erst mal rein.‹

Ich erinnere mich, dass ich vollkommen verschüchtert war und kaum gewagt habe zu atmen. Ich habe meinen Namen genuschelt und bin ihm in das Wohnzimmer gefolgt. Auch hier war alles ganz anders, als ich gedacht hatte. Die gesamte Atmosphäre war kein bisschen revolutionär, sondern eher spießbürgerlich. Irgendwie sah es so aus wie die Mustereinrichtung eines Möbelhauses. Statt der Poster von Che Guevara, Ho Chi Minh oder Malcolm X, die ich aus den Wohnungen meiner Freunde kannte, hingen nur billige Drucke und ein Setzkasten an der Wand.

Felix drückte mir ein Bier in die Hand, deutete auf seine moosgrüne Sitzlandschaft und ich nahm sprachlos Platz.

›Du wunderst dich vielleicht, wie es hier aussieht‹, schien er meine Gedanken zu erraten. ›Aber wir brauchen einfach ein paar Räume zum, wie soll ich es nennen, zum Repräsentieren, wenn mal ein Postbote, Stromableser, Nachbar, Vertreter oder der Hausverwalter kommt. Ist alles schon vorgekommen. Die Einrichtung haben wir bei Neckermann bestellt. Deutsche Wertarbeit. Ich zeige dir gleich auch den Rest der Wohnung. Aber jetzt entspann dich erst mal.‹

Er setzte sich eine Flasche Bier an den Hals und trank sie mit zwei Zügen leer. Ich habe an meiner nur genippt und immer noch nicht gewagt, etwas zu sagen.

›So, Sonja, du willst uns also helfen‹, fuhr er schließlich fort. ›Ich habe schon gehört, dass du in Ordnung bist. Das Erste, was wir jetzt für dich brauchen, ist ein Deckname.‹

›Ein Deckname?‹ Mein Erstaunen nahm kein Ende.

›Natürlich, wir haben hier alle Decknamen. Oder glaubst du im Ernst, dass ich Felix heiße? Ich glaube, ich muss dir was erklären. Wir haben aus den Verhaftungen der Gründer gelernt und wollen nicht die gleichen Fehler machen wie sie. Daher haben wir von der südamerikanischen Guerilla das strikte Abschottungsprinzip übernommen. Die RAF besteht heute aus mehreren Gruppen, die kaum etwas voneinander wissen und vollkommen autark arbeiten. Jeder erfährt nur so viel, wie er für seine eigenen Aufgaben unbedingt wissen muss. Ein wichtiger Bestandteil dieses Prinzips ist, dass wir alle Decknamen haben. Wenn einer von uns verhaftet wird, kann er die Namen der anderen nicht verraten, auch nicht unter Folter. Außerdem können die Bullen zum Beispiel bei einer Telefonüberwachung so nicht wissen, wer gemeint ist. Wir brauchen also auch für dich einen neuen Namen. Außerdem ist eh nur wichtig, was einer tut, nicht wie einer heißt und wo er herkommt. Was vorher war, zählt jetzt nicht mehr.‹

Ich stammelte völlig kopflos. ›Ich habe nicht die geringste Ahnung, was für ein Name das sein kann, soll oder darf.‹

Felix antwortete: ›Mein Gott, das ist doch völlig egal, solange es nicht dein eigener ist. Pass mal auf. Ich habe den Decknamen Felix, also der Glückliche, gewählt, weil ich vor ein paar Jahren mal fünf Richtige im Lotto hatte. Vielleicht regt es deine Fantasie an, wenn ich dir gleich die anderen Mitglieder der Hannoveraner Sektion vorstelle. Außer uns beiden besteht sie aus vier Genossen, zwei Männern und zwei Frauen. Das sind wie du alles Legale. Die Decknamen der Männer sind Clarence und Johannes, die der Frauen Poet und fette Henne. Clarence heißt so, weil er einen leichten Silberblick hat, du weißt schon, wie dieser schielende Löwe aus *Daktari*. Johannes hat ein bisschen Ähnlichkeit mit dem jungen Johannes Heesters. Poet heißt so wegen ihres Nachnamens. Und dann ist da noch die fette Henne. Sie heißt so, weil …‹

Ich winkte schnell ab. ›Danke, erspar mir die Einzelheiten. Ich kann es mir lebhaft vorstellen. Ich möchte Anna heißen. So hieß meine Großmutter. Ich hoffe, dagegen ist nichts einzuwenden.‹

›Also gut, nennen wir dich Anna. Komm, ich zeige dir den Rest unserer Behausung.‹

Die Wohnung war erstaunlich groß, fast neunzig Quadratmeter, verteilt auf drei Zimmer. Felix führte mich zuerst in einen Raum am anderen Ende des Flures. Hier sah es endlich so aus, wie ich es bei Revolutionären erwartet hatte. Ein Lager nach dem Vorbild der südamerikanischen Landguerilla: ein paar Schaumstoffmatratzen, ein Klappstuhl, ein Telefon, eine Nachttischlampe und ein Radio, aus dem pausenlos der Polizeifunk quäkte. Ein paar Decken, die vor dem Fenster befestigt waren, sorgten dafür, dass selbst mit einem Fernrohr niemand hineinschauen konnte. Das ganze Zimmer stank nach kaltem Zigarettenrauch.

Auch der letzte Raum war fast vollkommen abgedunkelt. Er diente als eine Werkstatt. Eine Wand war mit Werkzeug aller Art voll gehängt. ›Auch alles von Neckermann‹, bemerkte Felix dazu. An den übrigen Wänden stapelten sich Dutzende von leeren Obstkisten, Persil-Tonnen und großen Familienpackungen Pampers. Ich Idiotin habe mich tatsächlich gefragt, wo so viele Kleinkinder herkommen. Zum Glück habe ich das aber nicht laut gesagt, sonst wäre ich bei Felix wohl endgültig unten durch gewesen.

In der Mitte des Zimmers stand eine Vorrichtung, die mit einer schwarzen Plastikplane bedeckt war. Als Felix die Plane zur Seite schlug, kam eine Art Raketenwerfer zum Vorschein, der wie eine kleine Stalinorgel aussah. Die Anlage war etwa achtzig mal sechzig mal siebzig Zentimeter groß und bestand aus zweiundvierzig neben- und übereinander aufgeschichteten Stahlrohren mit einer Länge von jeweils sechzig Zentimetern. Das Ganze war durch ein Gewirr aus Kabeln und Drähten miteinander verbunden.

›Hier ist das gute Stück‹, sagte er. Man konnte Felix den Stolz auf sein Werk förmlich ansehen. ›Ich bin jetzt seit drei Monaten dabei, dieses Ding zusammenzubauen. Vor einer Woche habe ich die Anlage das erste Mal in einer Kiesgrube ausprobiert. Das war schon sehr Erfolg versprechend, aber leider ist etwas schief gegangen.‹ Er hob seinen verbundenen rechten Arm in die Luft, um das Dilemma zu demonstrieren. ›Jetzt sind nur noch ein paar kleinere Nachbesserungen nötig. Leider kann ich das wegen meiner Hand nicht mehr alleine machen. Und deshalb sind wir auf dich gekommen. Als Chemiestudentin müsstest du mir eigentlich helfen können.‹

Fasziniert betrachtete ich die Abschussanlage. Nun sah ich Felix mit ganzen anderen Augen. Ich war fast schon enttäuscht von ihm gewesen. Jetzt war mir klar, dass er einiges auf dem Kasten haben musste, wenn er diesen Apparat ganz alleine auf die Beine gestellt hatte.

›Mein Gott, wie habt ihr denn die ganzen Teile für dieses Ding zusammenbekommen?‹, fragte ich ihn. ›Und wie habt ihr das ganze Zeug unbemerkt hier hochgeschafft?‹

Felix freute sich sichtlich über meine Begeisterung. ›Nun, die Beschaffung des Materials war die Aufgabe der anderen vier Gruppenmitglieder. Wir haben zwei Teams, je ein Mann und eine Frau, die getrennt voneinander operiert haben. Sie kennen sich nicht einmal untereinander. Aber von dem Abschottungsprinzip habe ich dir ja schon erzählt. Das eine Team besteht aus Johannes und der fetten Henne, das andere aus Poet und Clarence. Beide Teams haben in Hannover und der Umgebung die Kaufhäuser und Fachgeschäfte mit den Teilen leer gekauft, die wir für die Anlage gebraucht haben. Sie sind dafür bis nach Göttingen, Kassel und Hamburg gefahren, um die Sachen zu organisieren. Sie konnten ja schlecht in einen einzigen Laden gehen und Dutzende von Wasserhahnverlängerungen kaufen. Da wäre ja jeder Verkäufer sofort misstrauisch geworden. Das Zeug haben sie dann in einem Ford Transit mit dem Schriftzug *Sofort-Kundendienst* verstaut und in den Verpackungen, die hier herumstehen, nach oben geschafft. In einem normalen Haus hätte man sich über unseren Verbrauch an Pampers wahrscheinlich gewundert, aber was ist in dieser Betonwüste schon normal?‹

Eine Frage brannte mir auf den Lippen. Obwohl ich Angst vor der Antwort hatte, musste ich sie stellen. ›Was wollt ihr mit dem Ding anfangen?‹ Ich deutete auf den Raketenwerfer.

Felix sah mir lange in die Augen. ›Du stellst zu viele Fragen‹, kanzelte er mich dann kurz ab. ›Auch du wirst nur das erfahren, was du unbedingt für deine Arbeit wissen musst. Schließlich kennen wir dich noch nicht. Wenn alles zufriedenstellend läuft und das Teil funktioniert, werde ich dir schon alles sagen.‹

Die nächsten Tage half ich Felix dann, die Abschussanlage fertig zu stellen. Die Mitglieder der beiden Organisationsteams bekam ich die ganze Zeit nicht zu Gesicht, obwohl ich sehr gespannt auf sie war. Wir haben Tag und Nacht gearbeitet.

Schließlich war der Raketenwerfer fertig und Felix lud alle Mitglieder der Hannoveraner Gruppe für den Abend des 23. August zu einer Art Abschlussfete in die Wohnung ein.

Leider kamen nur die beiden Männer, die sich an dem Abend auch zum ersten Mal sahen. Felix machte geheimnisvolle Andeutungen, dass Poet bereits an der Planung einer anderen, viel größeren Aktion beteiligt sei. Später habe ich dann erfahren, dass es sich um die Vorbereitungen zur Schleyer-Entführung gehandelt hatte und dass Poet der Deckname für Petra Lessing gewesen ist. Auch die fette Henne, die Partnerin von Johannes, war an diesem Abend aus Gründen, die ich vergessen habe, verhindert. Kann sein, dass sie krank war. Ich habe sie auch später nie kennen gelernt. Es war damals gar nicht so selten, dass Sympathisanten und aktive Legale irgendwann kalte Füße bekamen und sich wieder ganz still und leise von der Guerilla zurückzogen.

Auf jeden Fall sah ich an diesem Abend Klaus Helms das erste Mal. Er war der Mann, der mir als Johannes vorgestellt wurde. Er trug eine Baskenmütze und eine John-Lennon-Brille und ich war sofort fasziniert von ihm. Er war eher still, nachdenklich und verschlossen, aber schon nach wenigen Sätzen merkte man, dass er zu den Menschen gehörte, die nie aufgeben, wenn sie sich einmal ein Ziel gesetzt haben. Clarence schielte tatsächlich stark, aber ihn habe ich kaum beachtet, weil ich nur Augen für Klaus hatte. Den Klarnamen von Clarence habe ich übrigens nie erfahren und er hat, glaube ich, später auch nie wieder an einer Aktion der RAF teilgenommen.

An diesem Abend waren wir zunächst alle blendender Laune. Clarence hatte ein paar Flaschen Wein mitgebracht, Klaus Shit und Marihuana. Felix zeigte den beiden den fertigen Raketenwerfer und erklärte seine Funktionsweise. Die Geschosse waren so konstruiert, dass sie bei einem Aufprall in über hundert Splitter explodieren würden. Schon ein einziger von ihnen konnte tödlich sein. Wir haben den Wein leer gemacht und einen Joint nach dem anderen kreisen lassen, bis wir alle völlig zugedröhnt waren. Ich habe mich fast die ganze Zeit mit Ihrem Vater unterhalten. Wir haben von Anfang an auf einer Wellenlänge gelegen, das habe ich sofort gespürt. Seelenverwandtschaft, so nennt man das wohl.

Und dann kam der große Moment. Felix eröffnete uns, wofür die Anlage eingesetzt werden sollte.

›Aufgepasst, aufgepasst‹, rief er wie jemand, der eine Attraktion im Zirkus ankündigt. ›Das Geheimnis wird nunmehr gelüftet. Wir werden dieses schöne Gerät dazu benutzen, den Herren in der Bundesanwaltschaft in Karlsruhe kräftig einzuheizen. Die Aktion findet übermorgen, also am 25. August, statt. Das Gebäude der Bundesanwaltschaft wird natürlich Tag und Nacht streng bewacht. Deshalb werden wir den Mietern der gegenüberliegenden Wohnung einen kleinen Besuch abstatten und die Anlage dort aufbauen. Das ist mal gerade zwanzig Meter von der Bundesanwaltschaft entfernt. Und dann ...‹, er warf die Arme in Luft, ›...wumm! Wir benützen einen Zeitzünder, das heißt, wenn die Geschosse einschlagen, sind wir schon längst über alle Berge. Ich werde vor Ort sein, weil ich die Anlage aufbauen und einstellen muss. Ihr habt mit der Aktion ab sofort nichts mehr zu tun, den Rest machen die Karlsruher Genossen. Ich möchte euch deshalb schon jetzt für eure hervorragende Arbeit danken.‹

Felix schaute zufrieden in die Runde. Mit einem Mal war es totenstill und alle waren schlagartig wieder nüchtern. Clarence war der Erste, der seine Sprache wieder fand und seine Bedenken vorbringen konnte. ›Aber in der Bundesanwaltschaft arbeiten doch auch Sekretärinnen, Boten und andere ganz normale Angestellte. Vielleicht sind sogar Besucher anwesend. Wenn das Ding losgeht, werden die doch auch getroffen.‹

Felix wirkte erstaunt. Er hatte wohl nicht mit Widerspruch gerechnet. Dann fegte er den Einwand mit einer knappen Handbewegung zur Seite. ›Die arbeiten nur in den unteren Stockwerken‹, sagte er kurz. ›Wir zielen mit unserer Anlage auf die oberen Etagen. Da sitzen ausschließlich die Bundesanwälte und ihre unmittelbaren Helfershelfer gemütlich an ihren Schreibtischen und planen den systematischen Mord an den Gefangenen und die Menschenjagd auf uns. Im April haben wir den Chef des Terrorapparates Bundesanwaltschaft hingerichtet, weil er für den Tod von Holger und Ulrike verantwortlich war, jetzt ist der Rest dran. Keines von diesen Schweinen darf sich sicher fühlen, auch nicht in seinem eigenen Bau! Wenn sie uns Schmerzen zufügen, werden wir ihnen die gleichen Schmerzen zufügen, wenn sie uns nicht leben lassen, müssen sie wissen, dass sie auch nicht leben können. Krieg kann nur mit Krieg beantwortet werden. Wir haben diesen Krieg nicht begonnen und nicht gewollt.‹

Clarence schaute sich Hilfe suchend um, bekam aber von uns keine Unterstützung, obwohl auch wir ein flaues Gefühl im Magen hatten. Klaus saß in seiner Ecke und sagte nichts und ich habe nur den Blick gesenkt und auf den Boden gestarrt.

Schließlich wandte Clarence sich wieder verzweifelt an Felix. ›Aber wie wollt ihr ausschließen, dass nicht auch eine kleine Stenotypistin, die sich gerade zufällig in den oberen Stockwerken aufhält, getroffen wird? Ich dachte immer, das oberste Ziel der Guerilla sei es, die Verletzung Unbeteiligter zu verhindern.‹

Felix schüttelte genervt den Kopf. ›Natürlich richten sich unsere Aktionen nie gegen das Volk und unbeteiligte Zivilisten, sondern gegen den imperialistischen Apparat. Unser Hauptziel ist und bleibt die Vernichtung des faschistischen Herrschaftssystems mit allen Mitteln. Wir schwätzen nicht nur, wir treffen den Staat, wo wir ihn treffen können. Und wenn dabei ein paar Angestellte der Bundesanwaltschaft mit draufgehen, so what? Diese Typen sind doch nichts anderes als Bullen in Zivil und Ulrike hat gesagt, dass Bullen keine Menschen sind und natürlich auch auf sie geschossen werden darf.‹

Clarence stand kurz vor einem Nervenzusammenbruch. Er hatte die ganze Sache offenbar bis zu diesem Zeitpunkt als eine Art ›Revoluzzerspiel‹ gesehen und nicht damit gerechnet, dass auch Menschen dabei zu Schaden kommen könnten.

›Du hast sicher mit allem Recht, Felix‹, habe ich mich dann eingemischt. ›Aber um ehrlich zu sein, habe auch ich geglaubt, dass unsere Aktion direkt der Befreiung der Gefangenen dient.‹

›So, hast du geglaubt?‹, höhnte Felix. Er war wie ausgewechselt. Zum ersten Mal kehrte er jetzt heraus, dass er im Gegensatz zu uns nicht nur ein Freizeitrevolutionär war. ›Vor ein paar Tagen hattest du von Tuten und Blasen noch keine Ahnung und jetzt meinst du auf einmal beurteilen zu können, welche Aktion sinnvoll ist und welche nicht. Gib zu, du hast gedacht, wir marschieren mit dem Teil nach Stammheim, schießen da ein Loch in die Mauer, holen die Gefangenen raus und hauen ab.‹

Sofort wurde ich wieder rot. So etwas Ähnliches hatte ich mir in meiner damaligen Naivität tatsächlich vorgestellt.

Felix war inzwischen richtig in Rage. ›So ein Schwachsinn! Ich habe euch doch schon erklärt, dass wir den Gefangenen mit dieser Aktion konkret helfen. Das Ganze ist eine Warnung an den Staat in einer Situation, in der sich über vierzig politische Häftlinge im Hungerstreik befinden. Mit dieser Aktion werden wir den Staat weich klopfen! Sie sollen sehen, dass wir es ernst meinen.‹

Langsam beruhigte er sich wieder und sagte etwas milder: ›Ich kann euch ja verstehen. Die Gefangenen müssen raus, das ist das oberste Ziel. Wir brauchen die Gründer der RAF, um das Konzept Stadtguerilla weiterführen zu können. Keiner verfügt über so eine Erfahrung und so ein Durchsetzungsvermögen wie Andreas, Gudrun und Jan. Ich habe Nachrichten von Andreas erhalten, wonach er stinksauer ist, dass wir keine Befreiungsaktion zu Stande bekommen. Er hat ja auch Recht. Die Sache mit Ponto ist völlig schief gegangen und war dilettantisch geplant. Andreas hat uns aufgefordert, endlich zu handeln, sonst dürften wir uns nicht mehr RAF nennen. Die Gefangenen haben sogar schon überlegt, gemeinsam Selbstmord zu verüben. Unser Anschlag ist also auch ein Signal an die gefangenen Genossen. Seht her, wir sind noch da. Im Übrigen müsst ihr euch über die Befreiung keine Gedanken machen. Eigentlich dürfte ich es euch gar nicht sagen, aber ein anderes Kommando ist bei den Vorbereitungen. Ihr werdet schon bald sehen, was passiert.‹ Er machte ein geheimnisvolles Gesicht und klatschte in die Hände wie ein Grundschullehrer, der eine widerspenstige Klasse zur Räson bringen will. ›Und jetzt Schluss mit der Debatte. Clarence, hol doch mal den Bommerlunder aus dem Kühlschrank.‹

Damit war die Diskussion beendet. Zumindest für Felix. Clarence hat den ganzen Abend keinen Ton mehr gesagt. Er hat sich relativ früh aus dem Staub gemacht und sich nie mehr blicken lassen. Ich bin mit Klaus noch in die Hannoveraner Innenstadt gefahren, wo wir in einer Kneipe versackt sind. Ich hatte eigentlich die gleichen Bedenken wie Clarence, aber Klaus hat mich davon überzeugt, Vertrauen in die Guerilla zu haben und einfach abzuwarten.

Zwei Tage später war es dann so weit. Ein Kommando der RAF ist in die Wohnung eines Karlsruher Ehepaares gegenüber der Bundesanwaltschaft eingedrungen und hat dort den Raketenwerfer aufgestellt. Er hat allerdings nicht funktioniert, weil Felix den Wecker, der den Zündmechanismus in Gang setzen sollte, nicht aufgezogen hatte. Ob er das absichtlich nicht getan hat, weil ihm doch noch Bedenken gekommen sind, oder ob er es schlichtweg vergessen hat, weil er wieder einmal betrunken oder bekifft war, ist nie geklärt worden.

Nach dieser Sache und der Schleyer-Entführung, die nur ein paar Tage später begann, sind wir zuerst einmal alle auf Tauchstation gegangen. Ich bin mit Klaus in eine Wohnung nach West-Berlin gezogen, wo wir versucht haben, der Jagd des Polizeiapparates zu entkommen. Wir haben damals noch in der Legalität gelebt und beide gejobbt. Eine Zeit lang habe ich sogar noch versucht, mein Studium wieder aufzunehmen, aber das hatte keinen Zweck mehr. Klaus hatte damals noch regelmäßigen Kontakt zu Ihrer Mutter, Christina. Er hat auch Sie oft gesehen, aber wahrscheinlich werden Sie sich daran kaum noch erinnern können.

Während der nächsten Jahre befand sich die so genannte zweite Generation der RAF, die die Schleyer-Entführung geplant und durchgezogen hat, dann fast komplett auf der Flucht. Nach und nach wurden alle Illegalen gefasst. Ende 1982 saß praktisch die ganze Gruppe von 1977 in Haft und die alte RAF war tot. Das Jahr 1983 haben wir dann dafür gebraucht, den Kontakt zu den übrig gebliebenen Genossen wieder zu intensivieren und neue Strukturen aufzubauen. 1984 sind Klaus, ich und einige andere dann endgültig in den Untergrund gegangen. Das war für mich nicht einfach, weil ich immer noch einen ganz guten Draht zu meinen Geschwistern hatte. Auch Klaus ist die fast endgültige Trennung von seinem einzigen Kind sehr schwer gefallen, aber wir haben uns gemeinsam zu diesem Schritt entschlossen, weil es unserer Ansicht nach die einzige effektive Möglichkeit des Kampfes gegen den Staat war. Nach den Erfahrungen mit dem Raketenwerfer im August 1977 haben Klaus und ich uns allerdings geschworen, nur noch an Aktionen teilzunehmen, bei denen eine Gefährdung Unbeteiligter ausgeschlossen war, und das haben wir auch bis zum Ende durchgehalten.

Die nächsten Jahre haben wir in fast vollkommener Isolation verbracht. Sie können mir glauben, dass das Leben im Untergrund unheimlich hart ist und nichts mit Romantik zu tun hat. Man ist dauernd unterwegs, dauernd auf der Suche nach neuen Wohnungen, Fahrzeugen, Papieren und vor allem nach Geld. Diese Suche hat fast unsere ganze Zeit in Anspruch genommen. Dazu kam die ständige Angst, gefasst zu werden. Sobald ich einen Touristen mit einer Kamera gesehen habe, bin ich weggerannt. Es hätte ja ein Zivilbulle sein können. Oder ich hätte auf einem Zufallsschnappschuss identifiziert werden können. Man ist gezwungen, ständig zu lügen. Schließlich traut man keinem Menschen mehr. Niemand weiß, wo du bist, ja, ob du überhaupt noch lebst. Niemand vermisst dich, wenn du plötzlich abkratzt. Irgendwann kam dann der Zeitpunkt, an dem ich fast durchgedreht wäre. Ich habe zu Klaus gesagt, dass ich dieses Leben nicht mehr aushalten würde, aber er wollte davon nichts wissen. Ihr Vater konnte unheimlich hart sein. Das Wort

Kompromiss war für ihn ein Schimpfwort. Für ihn gab es nur Schwarz oder Weiß und dazwischen musste man sich entscheiden. Die einzige Ausnahme waren Sie, Christina. Er hat alles darangesetzt, Sie regelmäßig sehen zu können, und dafür hat er beträchtliche Risiken auf sich genommen.

Auf jeden Fall war ich froh, als ich im Frühjahr 1992 Jochen kennen lernte. Dass er mich und Klaus anderthalb Jahre später in Bad Reichen ans Messer liefern sollte, konnte ich damals natürlich nicht ahnen. Jochen ist fast auf dem gleichen Weg zur RAF gestoßen wie ich fünfzehn Jahre zuvor. Zuerst hat er kleine Unterstützerdienste für uns geleistet. Er hat Autos und Wohnungen für uns angemietet und Botengänge gemacht. Außerdem war er ein richtiger Technik-Freak und hat unser Computersystem auf Vordermann gebracht. Dadurch hat er sich auch mein Vertrauen erworben. Was ich nicht wusste, war, dass er spätestens seit Mitte der Achtzigerjahre für den hessischen Verfassungsschutz gearbeitet hat.

Im Februar 1992 kam es dann zu dem ersten Treffen zwischen uns in Brüssel. Ich war vor allem froh, dass ich mal wieder mit einem Menschen aus der ›richtigen Welt‹ über die wahren Probleme in der Szene und in der Gesellschaft reden konnte. Schließlich lebten Klaus und ich wie Fische in einem Aquarium und nahmen alles nur noch verzerrt wie durch eine dicke Glasscheibe wahr. Jochen und ich haben Tag und Nacht über Gott und die Welt diskutiert. Nach diesem ersten Treffen hatten wir 1992 noch drei weitere Treffen. Wir haben wieder geredet, geredet und geredet. Dass der Verfassungsschutz die ganze Zeit mitgehört hat, weil Jochen verwanzt war, habe ich natürlich auch erst viel später erfahren.

Im April 1993 kam es dann zu unserem fünften Treffen über vier Tage in Bingen. Ich war zu der Zeit mit Jochen schon so gut befreundet, dass ich ihm meine geheimsten Gedanken anvertraute. Bei diesem Gespräch habe ich Jochen dann auch gesagt, dass ich schon lange Zweifel hätte, ob es nicht besser sei, aufzugeben. Ich war damals wieder einmal vollkommen am Ende. Die DDR existierte nicht mehr als sichere Rückzugsmöglichkeit und alle Genossen, die sich 1980 dahin abgesetzt hatten, waren aufgeflogen und verhaftet worden. Jochen hat mir gut zugeredet und mir gesagt, dass einige der in der DDR verhafteten RAF-Mitglieder von der Kronzeugenregelung Gebrauch gemacht und dadurch einen ganz beträchtlichen Straferlass bekommen hätten. Das käme auch für mich noch in Betracht, da die Kronzeugenregelung gerade noch im Dezember 1992 im Bundestag verlängert worden sei. Wir haben noch eine Zeit lang hin und her geredet und über die Möglichkeit, mich bei der Staatsanwaltschaft zu stellen, philosophiert, aber dann bin ich wieder auf den Boden zurückgekommen und habe klipp und klar gesagt, dass das so nicht läuft. Ich habe Jochen auch von meinen zahlreichen Gesprächen mit Ihrem Vater über dieses Thema erzählt. Klaus war immer strikt gegen ein Aufgeben. Er hat zu mir gesagt, ich bräuchte mir keine Gedanken über eine lebenslange Freiheitsstrafe zu machen, vor der ich eine so große Angst hatte. Klaus hat mir versichert, dass wir im Falle einer Festnahme nichts zu befürchten hätten. Er wisse Dinge, die ihn vor einem längeren Gefängnisaufenthalt bewahren könnten, und dieses Wissen werde auch mich schützen. Ich bräuchte mir also keine Sorgen zu machen. Ich habe natürlich gefragt, was er damit meinte, aber er hat nur geheimnisvoll den Kopf geschüttelt und gesagt, das würde ich dann schon noch sehen. Wenn er auspacken würde, würden Köpfe rollen. Ich bin dann nicht länger auf diesem Thema herumgeritten.

Als ich Jochen von diesen Gesprächen im Frühjahr 1993 erzählte, hatte er wie immer für alles Verständnis und sagte mir, ich könne mir die Sache mit meinem Ausstieg ja noch mal überlegen. Er war damals außer Klaus der einzige Mensch, dem ich vertraut habe. Tatsächlich waren der Verfassungsschutz und das BKA aufgrund seiner Berichte schon eifrig dabei, unsere Festnahme zu planen. Am Ende unseres Aufenthalts in Bingen verabredete ich mit Jochen das nächste Treffen im Juni in Bad Reichen und sagte, dass auch Klaus kommen würde. Was dann passiert ist, wissen Sie ja. Dieses Schwein hat uns verraten – was Klaus das Leben kostete.

Im Knast ist mir dann angeboten worden, die Kronzeugenregelung für mich in Anspruch zu nehmen. Ich habe lange überlegt, ob ich mich darauf einlassen sollte. Schließlich habe ich mich mit der Staatsanwaltschaft geeinigt, dass ich aussagen, aber keinen einzigen Namen nennen würde. Damit schienen sie auch durchaus zufrieden gewesen zu sein. Wegen meiner Aussage ist kein einziger Genosse verhaftet worden. Ich bin nicht stolz auf meinen Deal mit dem Staat, aber ich sah keinen anderen Weg. Nach meiner Festnahme war ich psychisch derart angegriffen, dass ich kurz vor einem Selbstmord stand. Einen jahrelangen Knastaufenthalt hätte ich auf keinen Fall ausgehalten. Was hätte ich also tun sollen?

Nach drei Jahren wurde ich entlassen und bin in das Zeugenschutzprogramm des BKA gekommen. Einige Monate habe ich in wechselnden geheimen Objekten gewohnt, wobei ich ständig von Beamten bewacht wurde. Ich habe zwar nie ernsthaft damit gerechnet, dass sich Genossen für meine Aussagen rächen würden, schließlich habe ich kaum etwas preisgegeben. Andererseits war das auch nicht völlig auszuschließen.

Inzwischen ist es mit der Bewachung durch das BKA vorbei. Allerdings wissen die immer noch, wo ich mich aufhalte, und schauen ab und zu mal rein, wie es mir geht. Mit einigen Leuten habe ich mich sogar angefreundet. So haben Sie mich schließlich auch finden können. Und jetzt sitze ich eben hier.

Das ist eigentlich alles, was ich Ihnen sagen kann.«

Kapitel 23

Sonja Boge saß reglos da, bis sie die Bilder der Vergangenheit mit einem Kopfschütteln abschaltete. Sie trank einen Schluck aus ihrem Glas, befeuchtete mit ihrer Zunge die ausgetrockneten Lippen und lächelte Christina und Marc unsicher an.

Eine ganze Weile sagte keiner etwas, schließlich brach Christina das Schweigen. »Können Sie mir nicht noch mehr über meinen Vater erzählen? Ich meine, wie er so war.«

Sonja Boge seufzte tief. »Was für ein Mensch Ihr Vater war? Das weiß ich eigentlich selbst nicht so genau, obwohl ich fast sechzehn Jahre mit ihm zusammengelebt habe. Ich habe ja schon erwähnt, dass er eher introvertiert war und über seine Gefühle eigentlich nie gesprochen hat. Nur nach den Treffen mit Ihnen war er wie ausgewechselt. Tagelang hat er mir erzählt, wie groß Sie geworden sind, was Sie gerade in der Schule machen, und ich musste mir alle Fotos ansehen, die Sie ihm mitgegeben hatten. Ich glaube, tief in seinem Inneren hat er sich immer nach einem Familienleben gesehnt.«

»Aber warum ist er dann nicht zu uns zurückgekommen?« Christina standen die Tränen in den Augen.

Sonja Boge hob hilflos die Hände. »Ich weiß es nicht. In den letzten Jahren unserer Beziehung hatten wir viele Probleme. Sie müssen sich das einmal vorstellen: Wir haben Jahr um Jahr praktisch ununterbrochen aufeinander gehockt und hatten sonst niemanden, mit dem wir hätten reden können. Eigentlich hielt uns nur noch unser gemeinsamer Kampf zusammen. Nachdem ich den Glauben an den Sinn der RAF langsam verlor, hatten wir kaum noch Gemeinsamkeiten. Klaus weigerte sich jedoch, darüber zu sprechen. Für ihn war jedes Abweichen Schwäche und ein Verrat an der Sache. Für ihn gab es kein Zurück.«

Marc fragte: »Was glauben Sie, was in Bad Reichen geschehen ist?«

Sie dachte eine Weile nach. »Nun, Sie wissen ja, dass ich nichts von Klaus' Tod mitbekommen habe«, sagte sie dann. »Als ich ihn das letzte Mal gesehen habe, standen wir zusammen in der Unterführung des Bahnhofs. Ich sah etwas auf dem Fahrplan nach und Klaus und Jochen waren vorgegangen. Auf einmal hörte ich einen lauten Ruf und der ganze

Tunnel war plötzlich voller Menschen. Ein Typ kam auf mich zu, holte eine Pistole hervor und riss mich zu Boden. Bevor ich kapierte, was los war, zog er mir eine schwarze Gesichtsmaske verkehrt herum über den Kopf, sodass ich nichts mehr sehen konnte. Dann begann die Schießerei. Ich habe laut geschrien und hatte Angst, mich übergeben zu müssen und zu ersticken. Irgendwann hat jemand die Maske so weit hochgezogen, dass zumindest mein Mund frei kam und ich wieder atmen konnte. Später ist die Maske mit Klebeband befestigt worden und gleich darauf wurde ich weggebracht. Von Klaus' Tod habe ich erst am nächsten Tag erfahren.«

Marc hatte den Eindruck, die Augen von Sonja Boge wären feucht geworden. Sie wischte schnell mit der Hand über das Gesicht und lächelte, als sei nichts geschehen.

»Halten Sie einen Selbstmord meines Vaters für möglich?«, fragte Christina. »Ich meine, Sie müssten das doch am besten beurteilen können.«

Sonja Boge schüttelte den Kopf. »Ein Selbstmord ist vollkommen ausgeschlossen«, sagte sie entschieden. »Ihr Vater war von seinem Kampf überzeugt. Seiner Meinung nach hätte man diesen Kampf auch noch als Gefangener fortsetzen können, zum Beispiel mit Hungerstreiks. Für ihn bedeutete jeder tote Kämpfer eine Schwächung der Sache der Revolution. Und dann war er ja auch noch davon überzeugt, wegen seines Wissens nicht lange im Gefängnis bleiben zu müssen. Warum hätte er sich also selbst töten sollen?«

Marc schürzte die Lippen. Er hatte sich schon während Sonja Boges Bericht eine Notiz gemacht, bei diesem Punkt noch einmal nachhaken zu wollen. »Haben Sie eine Idee, was er mit seinen Andeutungen gemeint haben könnte, bei seiner Verhaftung würden Köpfe rollen?«

Sonja Boge schüttelte den Kopf. »Nein, tut mir Leid. Ich habe nicht die leiseste Ahnung.«

Marc nickte langsam. Jetzt war es an der Zeit, die entscheidende Frage zu stellen. »Haben Sie während Ihrer Mitgliedschaft in der RAF jemals von einem Genossen mit dem

Decknamen Henry gehört? Insbesondere in Zusammenhang mit Petra Lessing, die, wie Sie ja eben erzählt haben, den Decknamen Poet hatte?«

Sonja Boge schien verwirrt. »Henry?«, fragte sie, als höre sie dieses Wort zum ersten Mal. »Wer soll das sein?«

Marc atmete tief durch und dachte kurz nach. Dann entschloss er sich, ihr von der Theorie zu erzählen, die er vor zwei Tagen von Martin Conzen gehört hatte. »Henry soll der Code-Name des heutigen Bundesinnenministers Sascha Schneider in der RAF gewesen sein. Sie wissen ja vielleicht, dass Schneider Mitte der Siebzigerjahre kurzzeitig ein Verhältnis mit Petra Lessing hatte. Allerdings soll ihr Kontakt damals nicht abgebrochen sein, sondern Schneider soll ihr auch später noch geholfen haben. Es wird sogar gemunkelt, er habe seiner alten Freundin den Wagen besorgt, in dem Schleyer später tot aufgefunden wurde. Wissen Sie irgendetwas darüber?« Er betrachtete Sonja Boge gespannt.

Sie brauchte offenbar eine Weile, bis sie diese Information verarbeitet hatte, dann verzog sich ihr Mund zu einem breiten Grinsen und sie prustete laut los. »Wer hat Ihnen denn den Bären aufgebunden? Ich habe in den letzten Jahren zwar mit großem Unverständnis und Wut zur Kenntnis genommen, dass bei manchen Menschen die Wandlungsfähigkeit und Machtgier so stark ausgeprägt sind, dass sie kein Problem damit haben, politische Hundertachtzig-Grad-Wendungen zu vollziehen, aber – nein. Natürlich war Sascha Schneider in der Frankfurter Spontiszene engagiert und das waren beileibe keine Chorknaben. Aber eines können Sie mir glauben: Nach allem, was ich über die RAF weiß, und das ist nicht wenig, hat es dort nie einen Henry gegeben und auch über einen Kontakt von Sascha Schneider zu Petra Lessing wüsste ich Bescheid. Eine gemeinsame Freundin hat mir sogar mal erzählt, Petra habe von diesem Typen die Nase voll gehabt, nachdem sie seine WG in Frankfurt verlassen hatte.«

Marc rieb sich die Nase. Er konnte nicht glauben, was er da eben gehört hatte. Conzen war sich doch so sicher gewesen. »Aber Sie haben doch selbst gesagt, dass die einzelnen Gruppen der RAF strikt voneinander getrennt operiert haben«, insistierte er. »Vielleicht war Henry alias Schneider ja Unterstützer oder Mitglied eines anderen RAF-Kommandos.«

Sonja Boge schüttelte erneut den Kopf. »Auch das halte ich für ausgeschlossen. Wir, das heißt die RAF, hatten mit den Frankfurter Spontis nie etwas am Hut. Im Gegenteil, das waren für uns noch schlimmere Gegner als der Staat. Es hieß sogar, dass Andreas Baader ernsthaft erwogen hat, die Spitzen der Frankfurter Spontiszene, allen voran Sascha Schneider, zu liquidieren. Daran mögen Sie ermessen, wie unser Verhältnis zu dieser Truppe war.«

»Aber die Verbindung Sascha Schneiders zur RAF würde doch gut zum Verhalten von Klaus Helms passen«, startete Marc einen letzten verzweifelten Versuch. »Schließlich sagte der, im Falle einer Verhaftung habe er gute Chancen, mit einer geringen Strafe davonzukommen, und es würden Köpfe rollen. Könnte er nicht den Kopf von Sascha Schneider gemeint haben?«

Sonja Boge hob den rechten Zeigefinger. »Bei dieser Argumentation übersehen Sie eines. Alles, was Klaus über eine Verbindung Sascha Schneiders zu Petra Lessing gewusst hätte, hätte Petra natürlich erst recht gewusst. Und Petra sitzt nach wie vor im Knast. Glauben Sie im Ernst, die wäre noch da drin, wenn sie tatsächlich etwas über Kontakte Schneiders zur RAF wüsste? Petra hätte entweder längst einen Deal mit der Staatsanwaltschaft gemacht oder sie wäre aufgrund ihres Wissens liquidiert worden, ganz einfach. Diese Mär mit Henry sollten Sie schnell wieder vergessen.«

Marc wechselte einen Blick mit Christina. Sonja Boges Argumente hatten durchaus etwas für sich. Nein, sie waren sogar absolut überzeugend. Marcs Gedanken wanderten zu Conzen. Wie würde der Journalist wohl reagieren, wenn er ihm seine schöne Theorie heute Abend rechts und links um die Ohren hauen würde?

Marc merkte, dass Sonja Boge ihn anstarrte. »Wie bitte?«

»Ich habe Sie gefragt, ob ich sonst noch etwas für Sie tun kann«, wiederholte die Exterroristin etwas ungeduldig. »Mein Flug geht in knapp zwei Stunden.«

»O ja, Entschuldigung. Eine Frage noch. Was ist eigentlich aus den anderen Mitgliedern der Gruppe von 1977 geworden, die an dem Anschlag auf die Bundesanwaltschaft beteiligt waren. Petra Lessing alias Poet sitzt also im Knast.«

»Ja«, nickte Sonja Boge. »Felix, von dem ich später erfahren habe, dass er in Wirklichkeit Hanns Joachim Maak hieß, ist 1979 bei seiner Festnahme erschossen worden. Er erlitt also in etwa das gleiche Schicksal wie Klaus vierzehn Jahre später. Ansonsten gab es zwischen 1977 und 1982 eine starke Fluktuation bei der RAF durch Verhaftungen und Neuzugänge. Bei vielen setzte insbesondere nach der Schleyer-Entführung auch ein Denkprozess ein und einige haben sich von uns abgewendet. Das war offenbar auch bei Clarence und der fetten Henne so, von denen ich nie wieder etwas gehört habe.« Sonja Boge sah demonstrativ auf die Uhr.

»Haben Sie vielen Dank für Ihre Bereitschaft, uns so detaillierte Auskünfte über das Innenleben der RAF zu geben«, verstand Marc die Geste richtig.

»Keine Ursache«, winkte Sonja Boge ab. »Ich habe Ihnen keine Geheimnisse verraten. Alles, was Sie von mir erfahren haben, war bereits Gegenstand meiner Aussage bei meiner Verhandlung vor dem Oberlandesgericht Stuttgart. Und ich hatte so Gelegenheit, Klaus' Tochter kennen zu lernen.«

Sie schenkte Christina ein warmes Lächeln und griff nach ihrer Hand, die sie aber sofort wieder losließ, als wäre sie über ihr eigene Sentimentalität erschrocken.

»So, jetzt muss ich aber los«, sagte sie schnell. »Sie haben ja vermutlich schon gehört, dass ich mich auf einen längeren Auslandsaufenthalt begebe. Wir werden uns also nicht wieder sehen.«

Die Rückfahrt von Amsterdam verlief fast in völliger Stille. Christina hatte sich auf dem Beifahrersitz zusammengerollt und schlief arglos und unschuldig wie ein kleines Kind. Um ihre Lippen spielte ein feines Lächeln, als träumte sie von Weihnachten.

Wenigstens sie scheint das Gespräch mit Sonja Boge zufrieden gestellt zu haben, dachte Marc. Er wäre froh gewesen, wenn er dasselbe auch von sich hätte behaupten können. Nach Sonja Boges Dementi war alles noch komplizierter geworden. Conzens Theorie von der Verwicklung Schneiders in die Ermordung Klaus Helms' und damit auch Konnieckas hatte sie mit einem Satz zerstört. Aber wer sonst konnte Konniecka auf dem Gewissen haben, wenn Schneider als Auftraggeber ausfiel? Marc seufzte tief. Vielleicht war Conzen bei seinem Treffen mit dem GSG-9-Mann in Berlin ja auf eine heiße Spur gestoßen.

Nach zwei Stunden erreichten sie endlich wieder Bielefeld. Marc mutmaßte, dass in Christina ein kleiner Wecker eingebaut war, denn kurz nachdem sie die Stadtgrenze passiert hatten, bewegte sie sich und schlug die Augen auf. Sie reckte sich langsam wie eine Katze, wobei ihr T-Shirt hochrutschte und den Blick auf ihren flachen, gepiercten Bauch freigab. Marc musste sich beherrschen, um sie nicht zu lange anzustarren. Sie ist eine Mandantin, ermahnte er sich.

»Oh, wir sind schon da«, sagte Christina mit einem Blick aus dem Fenster. »Was liegt als Nächstes an?«

»Während Sie geschlafen haben, habe ich mindestens ein halbes Dutzend Mal versucht, Conzen zu erreichen, aber er muss sein Handy ausgeschaltet haben. Es wird uns also nichts anderes übrig bleiben, als uns ein Restaurant zu suchen und es später noch einmal bei ihm zu probieren.«

»Vielleicht hat sich sein Treffen in Berlin aus irgendwelchen Gründen verzögert«, sagte Christina. »Ich habe auf jeden Fall einen Bärenhunger. Ich schlage vor, Sie setzen mich zuerst bei mir zu Hause ab, damit ich mich ein bisschen frisch machen kann, und holen mich dann in einer Stunde wieder zum Essen ab.«

Marc sah auf die in das Armaturenbrett eingelassene Uhr. Es war kurz nach acht. Genug Zeit, sich zu duschen, umzuziehen und es dann noch einmal bei Conzen zu versuchen.

»In Ordnung«, sagte er und bog in die Straße ein, in der Christina wohnte. »Ich komme um Viertel nach neun wieder bei Ihnen vorbei.«

Er ließ Christina aussteigen, wendete in einem weiten Bogen und fuhr zu seiner Wohnung. Als er auf das Hochhaus zufuhr, erkannte er schon von weitem, dass er bei seinem hastigen Aufbruch am frühen Morgen vergessen hatte, das Licht in der Küche auszuschalten. Den Mann in dem dunklen Ford auf der anderen Straßenseite bemerkte er dagegen nicht.

Kapitel 24

Um halb zehn saßen Christina und Marc an einem Vierertisch im *Rosenhof,* einem italienischen Restaurant auf einem kleinen Hügel im Westen Bielefelds, das normalerweise einen schönen Blick über weite Wiesen und Felder bis zu den Hängen des Teutoburger Waldes bot. Wegen der schnell hereinbrechenden Dämmerung konnten sie jetzt allerdings nur knapp hundert Meter weit sehen. Der Kellner brachte zwei Karaffen Chianti, nahm die Bestellung für das Essen auf und zog sich wieder zurück.

Marc prostete Christina zu. »Auf unsere Fahrt nach Amsterdam«, sagte er. »Leider haben wir von der Stadt ja kaum etwas gesehen. Aber Sie werden da wohl noch einmal hinkommen.«

»Und dann als Erstes einen Coffeeshop aufsuchen«, ergänzte Christina lachend und stieß ihr Glas gegen Marcs. »Haben Sie Conzen inzwischen erreicht?«

Marc wurde sofort wieder ernst. »Nein, und langsam fange ich an, mir Gedanken zu machen. Er wollte doch am frühen Abend zurück in Bielefeld sein.«

»Da wird schon nichts passiert sein«, erwiderte Christina leichthin. »Vielleicht hat er tatsächlich eine neue Spur gefunden, der er sofort nachgegangen ist. Ich bin mir sicher, dass er sich spätestens morgen melden wird.«

»Ich hoffe, Sie haben Recht. Was meinen Sie eigentlich: Schneider scheint ja doch keinen Grund gehabt zu haben, Ihren Vater und Konniecka töten zu lassen. Wer war es dann?«

»Vielleicht doch dieser Saalbach«, schlug Christina vor. »Er wusste schließlich, dass Sie und Conzen Konniecka aufsuchen wollten. Wenn er von ihm etwas zu befürchten hatte, musste er sofort handeln.«

»Das gibt aber keinen Sinn. Wenn Saalbach tatsächlich so eine Angst vor Konnieckas Aussage gehabt hätte, hätte er uns ja nicht sofort auf seine Spur setzen müssen, sondern zuerst einmal auf Zeit spielen können. Nein, ich glaube nicht, dass Saalbach etwas mit seinem Tod zu tun hat. Da muss noch etwas anderes hinter stecken.«

»Ich finde, Sie sollten sich darüber keine allzu großen Gedanken machen«, meinte Christina. »Die Polizei wird den Mord an Konniecka schon aufklären. Wenn es um ehemalige Kollegen geht, sind die Bullen immer sehr eifrig.«

Marc nippte an seinem Rotwein. »Wir wissen ja nicht mal, ob Konniecka überhaupt ermordet worden ist.«

»Wie bitte?«

»Ich sagte ...«

»Ich habe Sie akustisch schon verstanden. Wie würden Sie es denn nennen, wenn Ihnen jemand eine Kugel durch den Kopf jagt?«

Marc seufzte, er hatte jetzt wirklich keine Lust, juristische Grundsatzdiskussionen zu führen, und bereute seine Bemerkung schon wieder. Daher sagte er: »Schon gut. Vergessen Sie, was ich eben gesagt habe.«

»O nein«, brauste Christina sofort auf. »Das will ich jetzt genau wissen. Wieso ist Konniecka Ihrer Ansicht nach nicht ermordet worden?«

»So habe ich das nicht gesagt.« Marc hob die rechte Hand. »Ich habe lediglich angemerkt, dass ich nicht weiß, ob er ermordet worden ist. Solange wir das Motiv für seinen Tod nicht kennen, ist das nicht zu entscheiden. Schließlich kann es sich auch um Totschlag gehandelt haben. Das ist aus juristischer Sicht durchaus ein beträchtlicher Unterschied, weil Mörder grundsätzlich immer mit einer lebenslangen Freiheitsstrafe bestraft werden müssen. Bei einem Totschläger sieht das schon ganz anders aus. Im Extremfall kann er mit weniger als fünf Jahren davonkommen. Leider ist der Unterschied zwischen Mord und Totschlag in der Bevölkerung kaum bekannt.«

Christina dachte über das Gehörte nach. Dann sagte sie: »Also, wenn ich ehrlich sein soll, ich kenne den Unterschied auch nicht. Ich dachte immer, Mord ist, wenn man einen Menschen vorsätzlich tötet, und Totschlag ist mehr aus Versehen.«

Marc holte Luft. Jetzt war er mitten in der Debatte, die er eigentlich hatte vermeiden wollen. »So wie Sie denken die meisten Menschen. Das liegt wahrscheinlich an diesen Fernsehsendungen wie *Derrick* oder dem *Tatort,* wo jedes Tötungsdelikt immer gleich ein Mord ist. Wahrscheinlich hört sich das einfach besser an.« Er senkte die Stimme und sprach das Wort noch einmal wie ein Burgschauspieler mit einem theatralisch rollenden R aus: »Morrrd. Was Sie meinen, ist eine so genannte fahrlässige Tötung. Mord und Totschlag sind dagegen beides Vorsatzdelikte, das heißt, der Täter wünscht den Tod eines anderen Menschen oder nimmt ihn zumindest billigend in Kauf. Der Unterschied ist also ein anderer: Ein Mörder muss zusätzlich zu der vorsätzlichen Tötung noch so genannte Mordmerkmale verwirklichen. Aber das zu erklären würde jetzt wirklich zu weit führen.«

Er griff nach seinem Glas und erkannte an Christinas Gesichtsausdruck, dass er so schnell nicht wieder von dem Thema herunterkommen würde.

»Nein, nein, das interessiert mich jetzt«, sagte sie eifrig. »Was soll das sein, ›Mordmerkmale‹?«

»Also gut. Ein Mörder ist jemand, der heimtückisch, grausam, aus Mordlust, aus Habgier oder aus sonstigen niedrigen Beweggründen tötet. Das sind alles so genannte Mordmerkmale. Grausam wäre es zum Beispiel, wenn Sie jemanden langsam zu Tode foltern. Ein schneller Schuss in den Kopf, der sofort zum Tod führt, wie bei Konniecka, ist dagegen nicht grausam, obwohl das Ergebnis natürlich dasselbe ist.«

»Aha, und deshalb war es bei Konniecka kein Mord, sondern Totschlag?«

»Nein, nein, nicht unbedingt«, widersprach Marc. »Der Tod Konnieckas war nur nicht grausam. Es könnte jedoch noch ein Mord aus niedrigen Beweggründen in Betracht kommen. Aber wie gesagt, solange wir das Motiv des Mörders nicht kennen, ist das nicht zu entscheiden.«

»Und was sind niedrige Beweggründe?«

»Neid, Rassenhass, Ausländerfeindlichkeit und eventuell auch Eifersucht.«

»Eventuell?«

»Ja, die Rechtsprechung macht da durchaus sehr feine Unterschiede. Wenn Sie zum Beispiel Ihren Ehemann aus Eifersucht töten würden, weil er eine Geliebte hat und Sie deshalb völlig verzweifelt sind, dann hätten die Gerichte durchaus Verständnis für Ihre Tat und würden Sie wahrscheinlich nur als Totschlägerin verurteilen. Wenn Sie dagegen einen Mann, den Sie nur heimlich anhimmeln, umbringen würden, weil er von Ihnen nichts wissen will und Sie nach dem Motto handeln, ›Wenn ich ihn nicht kriege, dann soll ihn auch keine andere haben‹, hätten Sie ein Problem. Sie sollten sich also in Acht nehmen, falls Sie bereits meinen Tod planen sollten. Außerdem habe ich Sie schließlich noch nicht abgewiesen.«

Christina verzog den Mund zu einem müden Grinsen. »Sehr witzig. Und wie sieht es mit Tötung aus Rache aus? Wäre das auch ein niedriger Beweggrund? Diese GSG-9-Männer haben meinen Vater in Bad Reichen doch vielleicht aus Rache für den Tod ihres Kameraden erschossen.«

»Mein Gott, ich bin kein Strafrechtler. Ich denke aber, dass für Rache das Gleiche gilt wie für Eifersucht. Es kommt eben darauf an, ob man einen gefährlichen Erpresser tötet, der einen jahrelang fast zum Wahnsinn getrieben hat, oder ob man seine Lage womöglich selbst verschuldet hat. Das ist ohne genaue Kenntnis des Einzelfalls kaum zu beantworten.

Ich fürchte jedoch, dass man die GSG-9-Männer kaum wegen Mordes aus niedrigen Beweggründen verurteilen würde, selbst wenn sie ihren Kameraden rächen wollten. Man wird ihnen mit Sicherheit ihre damalige psychische Verfassung zu Gute halten. Schließlich wurde Zöllner genau vor ihren Augen erschossen.«

Christina schüttelte empört den Kopf. »Das hört sich für mich so an, als ob sich Polizisten in diesem Land alles erlauben dürfen. Auf jeden Fall wären sie aber doch wohl wegen heimtückischen Mordes dran. Schließlich haben sie einen wehrlosen Menschen erschossen.«

»Ich fürchte, ich muss Sie da schon wieder enttäuschen. Ihr Vater war sicherlich wehrlos, als er erschossen wurde, aber zur Heimtücke gehört nach der gängigen Definition nicht nur die Wehrlosigkeit des Opfers, sondern auch seine Arglosigkeit, die der Täter gezielt ausnutzen muss.«

»Das ist doch lächerlich. Natürlich war mein Vater arglos. Er war ja wahrscheinlich nicht einmal mehr bei Bewusstsein, als sie ihm die Pistole an den Kopf gehalten haben. Argloser geht es doch nun nicht.«

Marc atmete tief durch. »Sie irren sich. Arglos kann nur sein, wer überhaupt die Fähigkeit zum Argwohn hat. Nach Auffassung der Gerichte kann ein Säugling zum Beispiel nicht arglos sein, ein Schlafender dagegen sehr wohl, weil er ›seine Arglosigkeit mit in den Schlaf nimmt‹, wie es so schön heißt. Jemand, der wie Ihr Vater bewusstlos ist, ist allerdings nach der ständigen Rechtsprechung des Bundesgerichtshofes im Gegensatz zu einem Schlafenden nicht arglos. Fragen Sie mich jetzt bitte nicht, warum. Es macht auch keinerlei Sinn, sich über den Bundesgerichtshof aufzuregen. Das bringt genauso wenig, wie wenn Sie sich den Regen wegwünschen.« Marc bereitete sich auf neuen heftigen Protest Christinas vor.

Stattdessen war sie plötzlich in Gedanken vertieft. »Ein Opfer muss also arg- *und* wehrlos sein, damit man den Täter wegen Mordes drankriegen kann?«, fragte sie schließlich. »Eines von beiden reicht nicht aus?«

»Nein.« Marc war erleichtert, dass sie ihren Vater offenbar für einen Moment vergessen hatte und auf eine abstraktere Ebene zurückkehrte. »Wenn Sie einem Opfer zum Beispiel in offen feindseliger Haltung entgegentreten und ihm eventuell sogar vorher ankündigen, dass Sie ihn gleich um die Ecke bringen wollen, könnten Sie nicht wegen heimtückischen Mordes verurteilt werden, weil Ihr Opfer im Augenblick der Tat nicht mehr arglos ist. Er weiß schließlich, was ihm blüht. Da kann er so wehrlos sein, wie er will. Gucken Sie mich nicht so komisch an. Ich habe diese Rechtsprechung nicht erfunden.«

»Aber das ist doch eine große Ungerechtigkeit gegenüber schwachen Menschen, die es sich nicht leisten können, ihrem Opfer ›offen feindselig‹, wie Sie es nennen, gegenüberzutreten«, sagte sie.

Marc nickte. »Sie haben das Problem sehr richtig erkannt. Die momentane Rechtslage ist vor allem eine Benachteiligung von Frauen, sprechen Sie es ruhig aus. Es ist eine Tatsache, dass über neunzig Prozent aller Menschen, die wegen eines vorsätzlichen Tötungsdeliktes angeklagt werden, männlich sind. Männern wird bei der Tötung einer Frau aber häufig eine so genannte Affekttat aus einer momentanen Gefühlsaufwallung zugebilligt, während das für eine Frau schon wegen ihrer körperlichen Unterlegenheit kaum in Betracht kommt. Eine Frau, die gedenkt, ihren Mann zu töten, muss wesentlich planvoller vorgehen. Nicht umsonst ist Gift die klassische Tötungsmethode der Frauen. Das wird ihnen von den Gerichten dann natürlich sofort als Heimtücke ausgelegt. Im Ergebnis stehen Frauen wegen eines Tötungsdeliktes zwar nur relativ selten vor Gericht, aber wenn, dann werden sie meist auch gleich als Mörderinnen verurteilt.«

Für einen Augenblick herrschte Schweigen.

»Das habe ich alles nicht gewusst«, sagte Christina. »Diese GSG-9-Männer könnten also nur wegen Mordes an meinem Vater verurteilt werden, wenn er zum Zeitpunkt der Tat noch bei Bewusstsein war?«

»Wenn sie ihn tatsächlich getötet haben sollten, um ihren Kameraden zu rächen, hätten Sie Recht. Wenn sie dagegen als bezahlte Auftragskiller tätig geworden sind, woran ich bis zu dem Gespräch mit Sonja Boge heute Mittag fest geglaubt habe, käme natürlich wiederum eine Mordverurteilung wegen Habgier in Betracht. Und damit ist die kostenlose Strafrechtsvorlesung beendet.« Marc trank seinen Wein aus. Er merkte, dass ihn das Gespräch mit Christina angestrengt hatte. »Ich fürchte, mit unserem Essen wird es noch eine Weile dauern. Ich gehe mal zu Toilette. Lassen Sie sich nicht von fremden Männern ansprechen, solange ich weg bin.«

Er stand auf und suchte das WC, das sich im Eingangsbereich des Restaurants befand. Im Vorraum wusch sich gerade ein Mann die Hände. Marc betrat die einzige Kabine und schloss die Tür hinter sich ab. Er wischte die Sitzfläche mit Toilettenpapier ab, ließ die Hose zu Boden gleiten und setzte sich gemächlich. Nach einer Weile hörte er, dass die Tür zu den Toilettenräumen geöffnet und wieder geschlossen wurde. Dann herrschte Stille. Marc machte sich an die Entzifferung der Klosprüche, mit der die ehemals weiße Trennwand der Kabine in Augenhöhe voll gekritzelt war. Plötzlich hörte er, dass die Außentür zur Herrentoilette erneut geöffnet wurde und jemand hereinkam. Marc horchte mehrere Sekunden, dann kam ihm die Sache merkwürdig vor. Niemand trat an das Urinal heran, um seinen Strahl gegen das Becken zu richten, niemand wusch sich die Hände. Aber da war jemand. Marc war sich völlig sicher. Ja, er meinte sogar, leise Atemgeräusche zu hören.

Langsam wurde ihm mulmig. Die ganze Welt schrumpfte auf die nur einen Quadratmeter große Kabine um ihn herum zusammen. Er sah auf seine Hose, die schlaff zwischen seinen Knöcheln hing und seine Bewegungsfähigkeit beträchtlich einschränkte. Trotz seiner Angstgefühle musste er unwillkürlich lächeln, als er sich an das Gespräch von eben erinnerte. Im Moment war er zweifellos wehrlos, aber mit seiner Arglosigkeit war es vorbei. Er rechnete jeden Moment damit, dass die Tür aufflog und er in den Lauf einer Pistole starrte. So ähnlich musste sich Konniecka kurz vor seinem Ableben gefühlt haben. Marc spürte, wie sich auf seiner Stirn und unter seinen Achselhöhlen eine dicke Schweißschicht bildete. Langsam begann er, sich aufzurichten und seine Hose hochzuziehen.

Nun schlurften langsame Schritte über die Fliesen. Marc hielt in seiner Bewegung inne und erstarrte. Die Schritte stoppten und der schmale Spalt zwischen dem Boden und der Klotür wurde durch einen schwarzen Schatten verdunkelt. Dann hämmerte jemand laut gegen die Tür direkt vor seiner Nase.

»Herr Hagen?«, fragte eine tiefe Männerstimme.

Marc überlegte einen Moment, ob er antworten sollte. Was, wenn ihn der Typ einfach durch die geschlossene Tür erschoss, sobald er bejahte? Vielleicht würde der Kerl auch wieder verschwinden, wenn er nur den Mund hielt.

»Herr Hagen, ich weiß, dass Sie da drin sind. Sie können also ruhig mit mir sprechen.«

Marc sah sich verzweifelt in seinem Gefängnis um und suchte nach einer Fluchtmöglichkeit. Aber die gab es natürlich nur in Hollywoodfilmen.

»Was wollen Sie?«, würgte er hervor.

»Mit Ihnen reden. Mehr nicht.«

Ein tiefer Seufzer entwich Marcs Kehle. Wer reden wollte, wollte normalerweise nicht schießen. Zumindest nicht sofort. »Warten Sie einen Moment«, sagte Marc mit neuem Mut. »Ich komme raus.«

»Mir wäre es lieber, wenn Sie das nicht tun würden«, erwiderte der Mann ruhig. »Ich würde mich gerne erst mal nur mit Ihnen unterhalten und hören, was Sie zu meinem Vorschlag zu sagen haben. Wenn wir uns nicht einigen können, bin ich wieder weg.«

»Also, was wollen Sie?«, sagte Marc. »Wie heißen Sie? Ich spreche nicht gerne mit Unbekannten.«

»Mein Name tut nichts zur Sache, genauso wenig wie mein Gesicht«, wurde er abgefertigt. »Ich habe gehört, dass Sie sich dafür interessieren, was 1993 wirklich in Bad Reichen geschehen ist. Ich war damals als Angehöriger der GSG 9 dabei.«

Marcs Interesse erwachte und er war auf einmal voll konzentriert. Genau das Gleiche hatte doch der geheimnisvolle Anrufer gesagt, der Conzen heute nach Berlin bestellt hatte.

»Sind Sie der Mann, der gestern mit Martin Conzen Kontakt aufgenommen hat?«, fragte er schnell. »Wo ist Conzen, warum meldet er sich nicht?«

Auf der anderen Seite war es für einen Moment still. »Ich weiß nicht, wovon Sie reden«, sagte der angebliche GSG-9-Mann schließlich. »Sie sind der Erste, mit dem ich über diese Sache spreche.«

Marc war sich nicht im Klaren darüber, ob er seinem unsichtbaren Gesprächspartner trauen konnte. Also beschloss er, ihn auf ein Probe zu stellen. »Sie waren also mit der GSG 9 in Bad Reichen?«, fragte er scheinbar beiläufig. »Waren Sie GSG 9 Nummer 6?«

Der Mann hinter der Kabinentür verstand offenbar sofort, wovon Marc sprach. »Nein, ich war die Nummer 4«, kam die prompte Antwort.

Marc versuchte sich die Skizze wieder ins Gedächtnis zu rufen, die er anhand der Aussagen der GSG-9-Männer angefertigt hatte. Richtig, GSG 9 Nummer 4 war der Mann gewesen, der den Ausgang zu den Bahnsteigen 3 und 4 hatte sichern sollen, auf die Klaus Helms zunächst hatte flüchten können. Marc nickte stumm.

»Ich höre Ihnen immer noch zu«, sagte er laut.

»Ich habe gelesen, was mit meinem Kameraden Jürgen Konniecka in Köln passiert ist«, fuhr der Mann fort. »Ich habe selbst ein wenig recherchiert. In der Zeitung stand, dass ein Rechtsanwalt am Tatort angetroffen wurde. Ich habe meine alten Kontakte zur Polizei spielen lassen und mir wurde gesteckt, dass es sich dabei um Sie gehandelt hat. Sie wollen beweisen, dass Klaus Helms in Bad Reichen erschossen wurde. Für mich steht fest, dass Jürgens Tod etwas mit den Geschehnissen in Bad Reichen zu tun haben muss. Sie können sich bestimmt vorstellen, dass ich nicht so enden möchte wie Jürgen. Deshalb möchte ich für eine gewisse Zeit untertauchen. Aber dazu braucht man Geld. Ich denke, 25.000 Euro würden mir helfen.«

Ah, daher weht der Wind, dachte Marc. »Und die 25.000 wollen Sie von mir?«, fragte er. »Ich fürchte, da muss ich Sie enttäuschen. Ich kann bei weitem nicht so viel bezahlen. Und meine Mandantin, Frau Helms, auch nicht. Wir müssen uns irgendwie anders einigen.«

»Das wird nicht nötig sein«, sagte die Stimme hinter der Tür. »Ich habe in Erfahrung gebracht, dass Sie mit diesem Journalisten zusammenarbeiten. Conzen. Sie haben seinen Namen ja eben selbst schon erwähnt.«

»Sie wissen eine ganze Menge. Aber Herr Conzen verfügt ebenfalls nicht über Beträge, die es Ihnen ermöglichen würden, für längere Zeit abzutauchen.«

»Herr Conzen vielleicht nicht, aber seine Zeitung. Die *Süddeutsche* würde für die Wahrheit über Bad Reichen doch bestimmt einiges springen lassen.«

»Vielleicht«, gab Marc vorsichtig zu. »Doch das müsste ich natürlich zuerst mit Herrn Conzen abklären. Ich weiß im Moment leider nicht, wo er steckt. Vielleicht ist es sinnvoll, wenn Sie mir schon mal ein paar Einzelheiten mitteilen, die ich dann an ihn weitergeben kann.«

»Ich habe Ihnen doch schon gesagt, dass ich der GSG-9-Mann Nummer 4 bin. Reicht das nicht fürs Erste?«

Marc war sich jetzt sicher, dass er von dem Unbekannten nichts zu befürchten hatte, und sein Selbstbewusstsein kehrte zurück. Schließlich wollte dieser angebliche GSG-9-Mann etwas von ihm.

»Ich fürchte nicht. Wer sagt mir denn, dass Sie nicht nur ein Spinner sind, der mir meine Zeit stehlen will? Wenn nicht sogar Schlimmeres. Nein, wenn wir ins Geschäft kommen wollen, muss ich schon ein wenig mehr erfahren. Ich bin mir sicher, dass auch die *Süddeutsche* nicht die Katze im Sack kaufen will.«

Auf der anderen Seite herrschte Schweigen. Dann meldete sich die Stimme wieder. »Na gut. Aber nicht hier, wo wir jede Sekunde gestört werden können. Haben Sie heute noch Zeit, sagen wir in einer Stunde?«

In einer Stunde würden sie mit dem Essen fertig sein. »In Ordnung«, antwortete Marc. »Wenn der Treffpunkt nicht zu weit entfernt ist.«

»Nein, nein. Ich weiß einen Ort hier ganz in der Nähe. Weikertstraße 46. Sagt Ihnen das was?«

Marc kannte die Straße tatsächlich. Was ihn allerdings wunderte, war, dass sich dieser GSG-9-Mann in Bielefeld so gut auskannte. Er musste sich den Platz schon vorher ausgeguckt haben. Eine Erkenntnis, die nicht zu Marcs Beruhigung beitrug. Die Weikertstraße lag mitten in einem Gewerbegebiet, das um diese Zeit natürlich wie ausgestorben war. Kein schöner Treffpunkt mit einem Menschen, der sich weigerte, seinen Namen zu nennen, und von dem man nicht wusste, wie er aussah. Trotzdem sagte er: »Gut, ich werde da sein. Ich bin aber nicht allein. Frau Helms sitzt im Restaurant und wartet auf mich. Das wissen Sie wahrscheinlich schon. Sie würde mir nie verzeihen, wenn sie bei unserem Gespräch nicht dabei sein könnte.«

Der Unbekannte zögerte erneut. »Also gut, aber sonst niemand«, beschied er Marc dann. »Ich will keinen Massenauflauf. Die Sache ist für mich schon riskant genug. Wenn ich außer Ihnen und Frau Helms noch jemanden sehe, bin ich weg und werde mich auch nie mehr bei Ihnen melden. Ist das klar?«

»Vollkommen. Also dann, bis in einer Stunde.«

Kapitel 25

Als Marc und Christina um kurz vor elf in der Weikertstraße eintrafen, war es stockfinster. Hinter der angegebenen Adresse verbarg sich ein verlassenes, unübersichtliches Fabrikgelände. Nur der Eingangsbereich wurde vom fahlen Licht einer Straßenlaterne beleuchtet, dahinter verlor sich das weitläufige Gelände in tiefster Dunkelheit.

»Wo genau wollte uns dieser GSG-9-Mann denn treffen?«, fragte Christina.

Marc zuckte die Schultern. »Er hat mir nur diese Adresse genannt. Wahrscheinlich wartet er irgendwo auf diesem Grundstück auf uns.« Er sah sich unbehaglich um. »Mir ist nicht ganz wohl bei der Sache. Ich finde es hier irgendwie unheimlich. Außerdem kennen wir diesen Menschen nicht. Was ist, wenn er uns nur hierher locken wollte, um uns …« Sein Blick führte den Satz zu Ende. »Na, Sie wissen schon. Sie müssen zugeben, dass dieser Platz für einen Hinterhalt wie geschaffen ist.«

Christina musterte ihn streng. »Nun stellen Sie sich nicht so an. Wer nichts wagt, der gewinnt auch nichts. Bislang haben Sie noch nicht allzu viel herausbekommen, das zur Aufklärung des Mordes an meinem Vater beitragen könnte.«

Mit diesen Worten ließ sie ihn stehen und ging durch das große Tor, das nur durch eine Schranke gesichert wurde. Marc lief rot an und überlegte sich für einen Moment, einfach zu verschwinden. Sollte Christina doch sehen, wie sie ohne ihn klarkam. Aber dann schluckte er seine Wut herunter und folgte seiner Mandantin auf das Grundstück. Er würde es sich nie verzeihen können, wenn ihr etwas zustieße. Mit ein paar schnellen Schritten schloss er zu ihr auf.

Schweigend wateten sie hintereinander durch öligen Schlamm, vorbei an Lagerhallen und Schrotthalden, die sich schemenhaft von der Dunkelheit abhoben. Nach einem Marsch von mehreren Minuten konnten sie endlich das Hauptgebäude der Industrieruine ausmachen, das wie eine riesige schwarze Wand vor ihnen aufragte.

Marc betrachtete seine durchnässten und verdreckten Schuhe. »Mist«, sagte er. »Die waren ganz neu. Eigentlich wollte ich die morgen früh bei einem Gerichtstermin anziehen. Das kann ich jetzt …«

»Scht«, zischte Christina. »Ich glaube, ich habe da was gehört.«

Marc verstummte sofort und horchte angestrengt in die Dunkelheit.

»Ich glaube, da ist nichts«, sagte er dann laut zu seiner eigenen Beruhigung und schaute auf seine Uhr. »Es ist jetzt kurz nach elf. Ich schlage vor, dass wir wieder gehen, wenn der Kerl nicht innerhalb der nächsten fünf Minuten hier auftaucht.«

»Ein bisschen mehr Zeit werden wir ihm schon geben müssen«, erwiderte Christina. »Vielleicht ist er ja aufgehalten worden.«

Marc seufzte resigniert. Er ließ sich auf einem Haufen Bruchsteine nieder und schob die Hände in die Taschen. »Wie Sie meinen. Schließlich sind Sie der Boss.«

»Da! Jetzt habe ich das Geräusch wieder gehört. Ich glaube, es kam von dem Gebäude.«

Marc schüttelte ungehalten den Kopf. »Da ist nichts, glauben Sie es mir. Ich habe sehr gute Ohren.«

»Doch, ich bin mir ganz sicher. Schauen Sie doch mal nach.«

Marc zuckte zusammen und bohrte die Hände tiefer in die Taschen. »Wieso ich? *Sie* haben dieses angebliche Geräusch schließlich gehört.«

»Aber ich bin der Boss, wie Sie eben sehr richtig festgestellt haben. Wenn Ihnen das zu viel wird, kann ich meine vierhundert Euro am Tag aber auch gerne einem anderen Rechtsanwalt bezahlen.«

»Versuchen Sie es doch. Ich glaube kaum, dass Sie einen anderen Dummen finden werden, der mit Ihnen mitten in der Nacht Räuber und Gendarm spielt.«

»Seien Sie sich da nicht so sicher. Also, was ist jetzt?«

Mark holte tief Luft. »Ja, ja. Können wir nicht einfach so tun, als hätte ich schon nachgesehen, aber nichts gefunden?«

»Sie sind ein verdammter Feigling! Dann gehe ich eben selbst.«

»Moment mal! Sie haben gut reden. Wer hat denn vor zwei Tagen eine Leiche gefunden und wäre dabei fast erschossen worden, Sie oder ich? Ich habe keine Lust, so zu enden wie dieser Konniecka.«

Christina verdrehte die Augen. »Gehen Sie jetzt oder nicht?«

»Schon gut. Wenn ich in fünf Minuten nicht zurück bin, verschwinden Sie von hier und rufen die Polizei.«

Marc stand ächzend von seinem Platz auf und tastete sich vorsichtig vor. Nach dreißig Metern hatte er das große Gebäude erreicht und drehte sich noch einmal um. Christina war schon nicht mehr zu sehen. Er näherte sich weiter dem dunklen Umriss des Eingangs und schaute zu den scheibenlosen schwarzen Fenstern hoch, die ihn wie tote Augen anstarrten. Auch Türen waren nicht mehr vorhanden. Schließlich trat er ein. Im Stillen verfluchte er sich dafür, dass er vergessen hatte, die Taschenlampe aus dem Handschuhfach des Golf mitzunehmen. Ohne künstliches Licht konnte man hier nicht die Hand vor Augen erkennen. Um ihn herum herrschte eine tiefe Stille. Nichts bewegte sich, kein Vogel zwitscherte, kein Straßenverkehr war zu hören, kein Hund bellte. Es war *zu* still für Marcs Geschmack. Vorsichtig spähte er in den dunklen Raum vor ihm.

»Hallo, ist da jemand?«, flötete er zaghaft und hoffte dabei inständig, dass ihn niemand hörte. Was für eine dämliche Frage, ging es ihm durch den Kopf. Zu Recht wurde der Fragesteller in Horrorfilmen dafür unverzüglich mit einem grauenvollen Tod bestraft.

»Hallo«, rief er noch einmal, diesmal eine Spur lauter. Doch außer dem leisen Echo seiner eigenen Stimme konnte er wieder nichts hören und er schloss erleichtert die Augen. Gott sei Dank. Christina musste sich getäuscht haben, hier war kein Mensch.

Er ging langsam zurück, bis er wieder zu der Stelle kam, an der er Christina verlassen hatte.

Sie war weg.

Marc sah sich um. Da war der Schrotthaufen, auf dem er eben noch gesessen hatte. Das konnte doch nicht wahr sein! Diese Sache wuchs sich langsam zu einem Albtraum aus.

»Christina?«, rief er in panischer Angst. »Wo stecken Sie? Wenn das ein Scherz sein soll, ist das nicht mehr lustig.«

In diesem Moment löste sich ein Schatten aus der Dunkelheit und jemand legte ihm die Hand auf die Schulter.

»Kommen Sie, Herr Hagen«, sagte die gleiche männliche Stimme, die er schon von der Toilette des *Rosenhofs* kannte. »Frau Helms ist in dem ersten Lagerhaus dort drüben.«

Marc fuhr herum und sah in das mit Kohle geschwärzte Gesicht eines Mannes, der zudem noch einen Filzhut bis tief in die Stirn gezogen hatte.

»Haben wir vor einer Stunde miteinander gesprochen?«, fragte Marc zur Sicherheit.

»Keine Angst, ich bin der, auf den Sie gewartet haben«, beruhigte ihn der Mann.

»Sie sind spät dran.« Marc konnte sich die Bemerkung nicht verkneifen.

»Ich musste mich schließlich zuerst einmal vergewissern, dass Sie alleine sind und nicht verfolgt werden.«

»Und, ist alles in Ordnung?«

»Sonst wäre ich jetzt nicht hier. Bitte, da hinein.«

Er deutete auf die Eingangstür eines niedrigen fensterlosen Flachdachgebäudes. Als Marc eintrat, stellte er fest, dass der Raum von einer auf dem Boden liegenden Taschenlampe beleuchtet wurde, die bizarre Schatten an die Wand warf. Im Lichtkegel erkannte er Christina, die auf einer umgedrehten Holzkiste saß.

»Ah, endlich«, sagte sie und es hörte sich an wie ein Vorwurf.

Marc wollte zu einer wütenden Entgegnung ansetzen. Schließlich war sie es ja gewesen, die ihn fortgeschickt hatte und dann verschwunden war. Doch er nahm wortlos auf einer anderen Kiste Platz. Der Mann mit dem schwarzen Hut hockte sich ihnen gegenüber auf den Boden, sodass er den Eingang ständig im Auge hatte, und lehnte seinen Rücken gegen die Wand. Marc sah jetzt auch, dass seine gesamte Kleidung schwarz war. Er musste etwa Mitte dreißig sein, allerdings waren seine Gesichtszüge hinter der dicken schwarzen Schminke kaum zu erkennen. Unter seinem Hut schaute feuerrotes Haar hervor. Er war höchstens mittelgroß, aber seine geschmeidigen, muskulösen Bewegungen deuteten an, dass man sich besser nicht mit ihm anlegte.

»Also, was haben Sie zu bieten?«, fragte Marc.

Der schwarze Mann verschränkte die Finger ineinander und ließ die Gelenke knacken. Dann begann er zögernd zu sprechen: »Ich muss zunächst vorausschicken, dass ich mich nicht bei Ihnen gemeldet hätte, wenn die Sache mit Jürgen Konniecka nicht passiert wäre. Sein Tod hat mir zu denken gegeben. Irgendwas läuft hier schief und ich habe das dumpfe Gefühl, dass Jürgen nicht der letzte GSG-9-Mann ist, der durch diese Sache in Schwierigkeiten kommt. Ich war immerhin neun Jahre bei der Truppe und konnte mich stets auf meinen Instinkt verlassen. Sie können mir glauben, dass ich einige nicht ganz ungefährliche Einsätze hinter mir habe, aber jetzt habe ich zum ersten Mal in meinem Leben richtig Angst.« Nach dieser Einleitung verfiel er fast eine halbe Minute in ein nachdenkliches Schweigen.

»Offenbar haben Sie aber keine Angst vor mir«, durchbrach Marc schließlich die Stille. »Nach einigen Zeitungsberichten bin ich doch so etwas wie ein Hauptverdächtiger für den Tod Ihres Kameraden.«

Das schien den Mann zu amüsieren, denn er lächelte. »Nehmen Sie es mir nicht übel, Herr Hagen, aber dass Sie Jürgen erschossen haben, das traue ich Ihnen nicht zu. Nach allem, was ich darüber gelesen habe, war das absolute Profiarbeit.«

Marc wusste für einen Moment nicht, ob er beleidigt sein oder sich geschmeichelt fühlen sollte. »Sie meinen also, dass der Tod Jürgen Konnieckas etwas mit den Ereignissen von 1993 zu tun hat?«, fragte er, um zum eigentlichen Thema ihres Treffens zurückzukehren.

Der GSG-9-Mann musterte ihn erstaunt. »Sie nicht? Für mich gibt es daran nicht den geringsten Zweifel. Es kann kein Zufall sein, dass er am gleichen Tag erschossen wurde, an dem Sie ihn aufsuchen wollten.«

»Dann schlage ich vor, Sie erzählen uns einfach, was damals in Bad Reichen wirklich passiert ist. Anschließend kläre ich mit Martin Conzen, ob die *Süddeutsche* bereit ist, etwas für Ihre Geschichte zu bezahlen.«

Der Schwarzgekleidete überlegte nur eine Sekunde. »Einverstanden. Wenn ich die Geschichte nicht offiziell bestätige, wird Ihnen ohnehin kein Mensch glauben. Und das werde ich frühestens dann tun, wenn wir uns über das Finanzielle geeinigt haben. Ansonsten werde ich abstreiten, je mit Ihnen gesprochen zu haben. Es nützt Ihnen also nichts, wenn Sie versuchen, mich hier aufs Kreuz zu legen.«

Marc nickte. »In Ordnung. Also, was ist auf dem Bahnhof passiert?«

Der GSG-9-Mann hob den Blick zur Decke. »Es ist für mich nicht einfach, über diese Sache zu sprechen. Ich habe die ganzen Jahre mit keinem Menschen darüber geredet, nicht einmal mit meiner Frau. Aber ich denke, jetzt ist der richtige Zeitpunkt gekommen. Soweit es mich betrifft, beginnt die Geschichte im Mai 1993, als ich bei einer eilig einberufenen Einsatzbesprechung erfahren habe, dass im Juni die Verhaftung der zwei mutmaßlichen Top-RAF-Terroristen Sonja Boge und Klaus Helms auf dem Bahnhof in Bad Reichen erfolgen sollte. Wir sind von diesem Treffen durch einen V-Mann informiert worden, der auf Sonja Boge angesetzt war und vom hessischen Verfassungsschutz geführt wurde. Die GSG 9 sollte die Verhaftung durchziehen, weil wir schon lange keinen spektakulären Einsatz mehr gehabt hatten. Es gab Forderungen, dass wir aufgelöst und auf die SEKs der Länder verteilt werden sollten. Da kam uns dieser Einsatz gerade recht. Bereits bei diesem ersten Treffen im Mai wurden uns Videos, Luftaufnahmen und Fotos von dem Bad Reichener Bahnhof gezeigt und unsere Taktik abgesprochen. Der Zugriff sollte in der Unterführung erfolgen, um keine Fahrgäste in Gefahr zu bringen. Ich sollte allerdings nicht dem unmittelbaren Zugriffsteam angehören, sondern nur melden, wann die Zielpersonen die Gaststätte, in der das Treffen stattfinden sollte, verlassen, und anschließend den Ausgang zu den Bahnsteigen 3 und 4 sichern.

Gut einen Monat später war es dann so weit. Unsere GSG-9-Einheit mit fünfzehn Mann wurde auf den Bahnhof in Bad Reichen verlegt. Aus diesen fünfzehn Mann wurden zwei Spezialeinsatztruppen, so genannte SETs, gebildet. Das erste SET, bestehend aus acht Mann, war für die direkte Überwältigung vorgesehen und an der Treppe zum Bahnhofsvorplatz postiert. Das alternative Zugriffs-SET sollte am Aufgang zum Bahnsteig 1/2 warten. Den Aufgang zum Bahnsteig 3/4 sollte ich, wie gesagt, alleine sichern.

Am 27. Juni hat dann jeder um 9 Uhr vormittags seine vorher festgelegte Position eingenommen. Wir hatten also noch massenhaft Zeit. Aus Tarnungsgründen konnten wir weder Helme noch schusssichere Westen tragen. Wir wollten schließlich nicht sofort als Polizisten auffallen. Also haben wir unsere ganz normale Freizeitkleidung getragen und mussten unsere Pistolen irgendwo unter der Jacke verstecken. Wie sich später herausstellte, kostete das dann den Kameraden Zöllner das Leben.

Um 12 Uhr kam der Führer des ersten SETs auf mich zu und teilte mir mit, meine Aufgabe habe sich leicht verändert. Es war der Kamerad, der später als GSG 9 Nummer 6 bezeichnet wurde. Ich sollte zwar nach wie vor den Ausgang 3/4 sichern, aber sofort, nachdem ich über mein Funkgerät die Zugriffsmeldung erhalten hatte, meinen Posten verlassen und ebenfalls in die Unterführung kommen. Ich habe mich zwar etwas gewundert, weil das nicht unserer üblichen Vorgehensweise entsprach, aber immerhin kam die Order von meinem direkten Vorgesetzten, dem Unterabschnittsleiter ›Zugriff‹. Er hat mir versichert, das wäre mit der Einsatzleitung, also mit Kriminaldirektor Weißkirch, so abgesprochen, und damit war die Sache für mich erledigt.

Zwei Stunden später wurde es dann ernst. Der V-Mann hatte sich mit Helms und Sonja Boge getroffen und sie hatten gemeinsam die Bahnhofsgaststätte betreten. Um circa Viertel nach drei haben sie die Gaststätte wieder verlassen und sind in Richtung der Unterführung gegangen, was ich dann auch sofort an den Einsatzleiter weitergegeben habe. Gleich darauf kam der Zugriffsbefehl von Weißkirch. Als ich gesehen habe, dass die drei in dem Tunnel verschwunden sind, habe ich meine P 7 gezogen, entsichert und vorgespannt. Dann konnte ich nur noch abwarten, was passiert. Mein linkes Ohr hatte ich die ganze Zeit am Funkgerät, bis ich eine Stimme hörte, die von Jürgen Konniecka, GSG 9 Nummer 8. Die Meldung war zwar etwas verstümmelt, aber zwei Worte waren gut verständlich: ›Zugriff erfolgt‹. Gemäß meiner Order habe ich daraufhin meine Pistole wieder gesichert, eingesteckt und mich auf den Weg in die Unterführung gemacht. Allerdings kam mir die Sache schon etwas merkwürdig vor, weil es so ruhig war. Normalerweise erfolgt ein Zugriff durch uns immer so, dass wir laut losbrüllen, um die Zielperson einzuschüchtern und so zu lähmen. Aber diese Aktion musste in völliger Stille abgelaufen sein. Nun, ich hatte meine Befehle und bin die Stufen runtergegangen. Sie werden sich mein Erstaunen vorstellen können, als ich das untere Ende der Treppe erreichte und auf einmal Klaus Helms sah, der seelenruhig an mir vorbeilief. Eine Verwechselung war ausgeschlossen, weil wir vor dem Einsatz Fahndungsfotos und zusätzlich von dem V-Mann eine genaue, aktuelle Personenbeschreibung erhalten hatten. Außerdem hatte ich Helms ja schon gesehen, als er vorher aus der Gaststätte getreten war. Auf jeden Fall war ich vollkommen perplex. Ich habe mir trotzdem nichts anmerken und Helms passieren lassen. Ich bin dann weiter in Richtung Bahnsteig 1/2 gegangen, wo die Boge stand und den Fahrplan studierte. Erst als ich genau auf ihrer Höhe war, hat der Kamerad Nummer 6 den unmittelbaren Zugriffsbefehl erteilt. Er brüllte ›Jetzt!‹, und das gesamte erste Zugriffs-SET ist an mir vorbei und von hinten auf Helms zugestürmt. Die Entfernung zu ihm betrug da noch etwa fünfzehn Meter. Helms sah sich um und wählte dann den einzig möglichen Fluchtweg, nämlich die nordöstliche Treppe hoch zum Bahnsteig 3/4, die ich gerade runtergekommen war. Die Kameraden sind hinter ihm her die Treppe hoch, dann habe ich sie aus den Augen verloren. Das Ganze hat sich natürlich in Sekundenbruchteilen abgespielt. Ich war zwar für die Überwältigung nicht eingeteilt, aber weil ich zum Zeitpunkt des Zugriffsbefehls genau neben Sonja Boge stand, habe ich meine Waffe gezogen und sie zu Boden gedrückt. Sie leistete keinerlei Widerstand. Dann habe ich die ersten Schüsse von oben gehört.

Den Bahnsteig betrat ich erst einige Minuten später. Helms lag reglos auf den Gleisen und wurde von den Kameraden 6 und 8, also unter anderem auch von Konniecka, gesichert. – So, das wäre von meiner Seite aus erst mal alles.« Er holte tief Luft und zündete sich eine Zigarette an.

Marc fragte: »Haben Sie sich später bei Konniecka erkundigt, warum er den erfolgreichen Zugriff schon gemeldet hatte, obwohl Helms und Boge noch gar nicht festgenommen worden waren?«

Der GSG-9-Mann stieß den Rauch langsam aus der Nase aus. »Natürlich. Konniecka hat gesagt, das Ganze müsse auf einem Missverständnis beruhen. Er habe zwanzig Minuten vor dem Zugriff auf dem Parkplatz des Bahnhofs einen verdächtigen Opel Kadett gesehen und deshalb durchgegeben: ›*Wenn* Zugriff erfolgt, kontrolliert den Kadett.‹ Offenbar sei diese Meldung durch das Funkloch im Tunnel nur bruchstückhaft zu mir durchgedrungen, sodass ich nur die Worte ›Zugriff erfolgt‹ verstanden hätte.«

»Und das kam Ihnen nicht komisch vor?«, warf Christina ein.

»Zuerst nicht, nein. Probleme mit den Funkgeräten hatten wir damals recht häufig.«

»Es hat Sie auch nicht gewundert, dass sämtliche Ausgänge durch dutzende Beamte gesichert wurden, während an dem zu den Bahnsteigen 3 und 4 nur ein Mann stand, nämlich Sie, der dann auch noch abgezogen wurde?«

»Na ja, ich wurde ja nicht direkt abgezogen, sondern mir wurde gesagt, ich solle meinen Posten erst *nach* dem Zugriff verlassen.«

Christina schüttelte den Kopf. »Aber irgendwann muss Ihnen doch der Gedanke gekommen sein, dass für meinen Vater absichtlich eine Art ›Mauseloch‹ offen gehalten wurde, durch das er – zumindest vorläufig – flüchten sollte. Das ist doch wohl offensichtlich.«

»Für mich aber zuerst nicht«, widersprach der GSG-9-Mann heftig. »Sie müssen wissen: Bei fast jedem Einsatz geht irgendetwas schief. Zum Glück hat es meist nur nicht so katastrophale Folgen wie in Bad Reichen.«

»Doch dann haben Sie sich Gedanken gemacht und gemerkt, dass das keine normalen Pannen waren«, nahm Marc den Faden wieder auf.

Der GSG-9-Mann senkte den Blick. »Das ist richtig. Und zwar zwei Tage später, nachdem sich die erste Aufregung gelegt hatte. Weißkirch, der verantwortliche Einsatzleiter, hat mich zu sich zitiert und mich angebrüllt, warum ich in drei Herrgottsnamen entgegen dem ausdrücklichen Befehl meinen Standort am Ausgang zu den Bahnsteigen 3 und 4 verlassen hätte. Das Ganze wäre nicht passiert, wenn ich da geblieben wäre. Ich hätte Helms ganz bequem abfangen können, als er die Treppen hochgelaufen kam.«

»Und da wurde Ihnen bewusst, dass Ihr Abzug von dem Bahnsteig doch nicht mit der Einsatzleitung abgesprochen war?«

Der GSG-9-Mann nickte. »Das war die eine Möglichkeit, ja. Ich habe zu Weißkirch aber erst mal nichts gesagt. Schließlich war er vom BKA und ich wollte zuerst mit meinen Kameraden von der GSG 9 reden. Mich hat natürlich insbesondere interessiert, was die Nummer 6 dazu meinte, von der ich den Abzugsbefehl bekommen hatte.«

»Und was hat der Mann Ihnen zur Erklärung gesagt?«

»Dass er meinen sofortigen Abzug nach dem Zugriff sehr wohl mit Weißkirch abgesprochen habe. Offenbar wolle der aber seine Haut retten und könne sich deshalb an nichts mehr erinnern.«

»Haben Sie ihm das geglaubt?«, fragte Marc.

»Nun, ich hatte meine Zweifel, aber schließlich konnte ich seine Version nicht widerlegen. Außerdem glaubt man einem Kameraden natürlich eher als diesen Sesselfurzern vom BKA.«

»Für mich ist der Fall klar«, stellte Christina aufgebracht fest. »Mein Vater sollte von vorneherein gar nicht in diesem

Tunnel überwältigt werden. Er wurde auf diesen Bahnsteig getrieben, damit man ihn praktisch ›auf der Flucht‹ erschießen konnte. Womit sie nicht gerechnet haben, ist, dass mein Vater sich gewehrt und sofort zurückgeschossen hat. Deshalb konnten sie ihn erst später auf den Gleisen durch den Kopfschuss erledigen.«

Marc hatte das Gleiche überlegt und sah den GSG-9-Mann an. »Kann es so gewesen sein?«

Der starrte zu Boden. Schließlich blickte er wieder auf. »Ich weiß es nicht. Am Anfang habe ich das für undenkbar gehalten, aber dann habe ich erfahren, dass die Funkgeräte völlig in Ordnung waren und dass es auch kein Funkloch gab. Ich musste also davon ausgehen, dass die angebliche Meldung des erfolgten Zugriffs von Konniecka fingiert war, um mich von meinem Platz wegzuholen. Nach und nach sind immer mehr Merkwürdigkeiten ans Tageslicht gekommen, über die ja auch in der Presse berichtet worden ist. Schließlich habe ich mir das Gleiche zusammengereimt wie Sie: Klaus Helms sollte seine Festnahme nicht überleben. Das ist die einzige logische Erklärung für das, was in Bad Reichen passiert ist.«

»Aber wo ist das Motiv?«, bohrte Marc weiter. »Nach dem, was Sie uns erzählt haben, scheidet Rache für Ihren ermordeten Kameraden Zöllner aus. Die Absicht, Klaus Helms in Bad Reichen zu liquidieren, muss schon lange vorher festgestanden haben. Fragt sich, wer den Plan entwickelt hat und aus welchem Grund.«

»Das frage auch ich mich seit Jahren, ohne zu einem Ergebnis gekommen zu sein«, sagte der ehemalige GSG-9-Mann. »Ich bin mir aber sicher, dass unsere Führung und die große Mehrheit meiner Kameraden von der GSG 9 nichts davon gewusst haben. Die Männer waren nach dem Einsatz völlig entsetzt. Ein paar haben sogar geweint. Weißkirch hat der missglückte Einsatz so mitgenommen, dass er seinen Dienst quittieren musste. Zwei Jahre später hat er sogar versucht, sich das Leben zu nehmen. Nein, für ihn würde ich meine Hand ins Feuer legen.«

»Gilt diese Einschätzung auch für Ihre Kameraden mit den Nummern 6 und 8?« Christina schien die Gedanken des Mannes erraten zu haben, denn er schloss die Augen und legte den Kopf in den Nacken.

»Wie gesagt, anfangs hätte ich das nie geglaubt, aber mittlerweile ...« Er ließ den Satz unvollendet.

»Und Sie haben wirklich keine Idee, warum die beiden das getan haben könnten?«, fragte Marc noch einmal nach. »Ober besser gesagt, wer ihr Auftraggeber war?«

Nummer 4 hob die Hände. »Ich habe nicht die geringste Ahnung, warum diese Sache so abgelaufen ist. Das werden Sie selbst herausfinden müssen. Aber so weit es in meinen Möglichkeiten steht, bin ich gerne bereit, Ihnen zu helfen. Schließlich geht es auch um meinen Kopf.«

»Warum sind Sie mit Ihrem Verdacht damals nicht an die Öffentlichkeit gegangen?«, erkundigte sich Marc.

»Weil die beiden für mich immer noch Kameraden waren, egal, was sie getan haben. Sie müssen verstehen, die GSG 9 ist auf absolute Kameradschaft aufgebaut. Wer zum Außenseiter wird und ausschert, ist schnell unten durch. Außerdem habe ich mir gedacht, dass die Staatsanwaltschaft schon herausfinden wird, was da nicht stimmt. Leider ist dann ja alles anders gekommen. Und schließlich hatte ich keinen einzigen Beweis für meinen Verdacht.«

»Und jetzt haben Sie den?«, warf Christina ein.

»Nein, aber ich bin bereit, als Zeuge vor Gericht all das zu wiederholen, was ich Ihnen gerade erzählt habe. Das sind zwar noch keine Beweise, aber doch immerhin starke Indizien für einen geplanten Mord, nicht wahr? Natürlich werde ich das erst dann tun, wenn ich das Geld habe«, fügte er schnell hinzu.

»Warum wenden Sie sich nicht einfach an die Polizei?«, wollte Marc wissen.

Der GSG-9-Mann bedachte ihn mit einem mitleidigen Blick. »Weil, mein lieber Freund, das BKA und die GSG 9 die Polizei *sind.* Und bevor ich nicht ganz genau weiß, warum Jürgen Konniecka umgebracht worden ist und wer dahinter steckt, werde ich erst mal abtauchen. Und dazu brauche ich die 25.000 Euro.«

»Vielleicht wäre es sinnvoll, wenn Sie sich direkt mit der *Süddeutschen* in Verbindung setzen würden«, schlug Marc vor. »Sobald die Ihre Geschichte veröffentlicht haben, haben Sie doch nichts mehr zu befürchten.«

»Das sehe ich etwas anders. Außerdem möchte ich zuerst die finanzielle Seite geklärt haben. Leider hatte ich mit meinen beruflichen Aktivitäten nach meinem Ausscheiden aus der GSG 9 nicht so viel Glück wie einige andere meiner Kameraden. Ich bin auf das Geld wirklich angewiesen.«

»Also gut«, sagte Marc. »Ich werde versuchen, die Sache mit Herrn Conzen zu klären, und Ihnen morgen zumindest schon mal eine Zwischennachricht geben. Ich weiß allerdings nicht, wie schnell diese Zeitungen arbeiten. Eines würde mich noch interessieren. Wir wussten schon aus anderen Quellen, dass Jürgen Konniecka der GSG-9-Mann Nummer 8 war. Aber wer ist GSG 9 Nummer 6?«

Der Rothaarige verschränkte die Arme vor der Brust. »Nein, so läuft das nicht. Sobald Sie den Namen haben, könnten Sie sich direkt mit ihm in Verbindung setzen und ich verliere den letzten Trumpf, den ich habe. Die Identität der Nummer 6 werden Sie von mir erst erfahren, wenn ich die 25.000 in der Tasche habe, nicht eine Sekunde vorher.«

»Aber Ihren Namen dürfen wir doch jetzt wissen?«

Der Mann zögerte nur einen winzigen Moment. Dann zuckte er gleichgültig mit den Achseln. »Warum nicht?«, sagte er, warf seine Zigarette zu Boden und trat sie aus. »Mich wird in der nächsten Zeit ohnehin niemand gegen meinen Willen finden. Mein Name ist Bender. Peter Bender.«

Kapitel 26

Am nächsten Morgen begann Marcs Arbeitstag um 9.30 Uhr mit einem Termin beim Amtsgericht. Allerdings war es ihm unmöglich, sich auf die Verhandlung zu konzentrieren, weil er in Gedanken immer noch bei dem Treffen mit Peter Bender war. Die Geschichte, die er von dem ehemaligen GSG-9-Mann gehört hatte, hatte ihn nur noch mehr verwirrt. Sie passte zwar einerseits wieder zu Conzens Theorie, wonach ein mächtiger Hintermann die Liquidation von Klaus Helms angeordnet und organisiert hatte, andererseits kam ja Sascha Schneider dafür offenbar nicht in Betracht. Aber wer konnte sonst dahinter stecken?

Nach dem Ende der Verhandlung aktivierte Marc sein Handy und wählte Conzens Nummer, aber es kam noch immer keine Verbindung zu Stande. Allmählich begann er, sich ernsthafte Sorgen um den Journalisten zu machen. Als er auf die Uhr sah und feststellte, dass er sich beeilen musste, wenn er noch rechtzeitig zu seinem nächsten Termin, einer Wohnungsbesichtigung in einer Nachlasssache, erscheinen wollte, schob er aber erst mal alle dunklen Gedanken beiseite.

Um kurz vor eins traf er wieder in seinem Büro ein. Melanie hatte heute frei und Marc nutzte die Ruhe der Mittagszeit, um den aufgelaufenen Papierkram und einige Anrufe zu erledigen. Zwischendurch versuchte er immer wieder, Conzen auf seinem Handy zu erreichen, hatte aber keinen Erfolg. Wo zum Teufel steckte der Journalist bloß? Marc legte den Hörer auf und dachte darüber nach, was er tun konnte. Schließlich ließ er sich von der Auskunft die Nummer der First Capital Bank in Frankfurt geben. Er erreichte die Zentrale und verlangte, Werner Saalbach zu sprechen. Die weibliche Stimme am anderen Ende war ihm bekannt.

»Ich weiß nicht, ob Herr Saalbach gerade Zeit hat«, teilte Frau Klenke ihm mit.

»Wenn Sie ihm meinen Namen sagen, wird er sich die nehmen«, versicherte ihr Marc. »Versuchen Sie es doch einfach.«

Eine halbe Minute später hatte er den Sicherheitschef der FCB am Apparat. Seine Stimme schien vor Aggressivität zu bersten. »Was wollen Sie schon wieder, Hagen? Habe ich Ihnen nicht schon genug geholfen?«

»Hallo, Herr Saalbach«, begann Marc freundlich. »Hat Herr Conzen sich vielleicht während der letzten beiden Tage noch einmal bei Ihnen gemeldet?«

Vom anderen Ende der Leitung kam ein resigniertes Seufzen. »Nein, hat er nicht, Gott sei Dank. War's das?«

»Nicht ganz. Ich nehme an, Sie haben von Jürgen Konnieckas Ableben erfahren?«

»Kann sein«, antwortete Saalbach langsam. Schlagartig schien er auf der Hut zu sein. »Aber er hatte halt einen riskanten Job.«

»Sie sehen also keine Verbindung zwischen seinem Tod und unserem Gespräch am Abend vorher?«

Saalbach ging in die Luft. »Wenn Sie damit andeuten wollen, dass ich etwas mit der Sache zu tun habe, dann sind Sie auf dem Holzweg!«, schrie er. »Ihr Freund Conzen hatte offenbar dieselbe Idee wie Sie. Er hat meine Frau noch am Samstag angerufen und die hat ihm das Gleiche gesagt, was ich jetzt Ihnen sage: Ich habe mein Haus nicht mehr verlassen, nachdem Sie verschwunden sind. Meine Frau wird Ihnen das gerne ein zweites Mal bestätigen.«

Marc ließ sich nicht aus der Ruhe bringen. In einem gleich bleibend gelassenen Ton meinte er: »Das will ich gerne glauben. Aber vielleicht haben Sie ja jemanden über unseren bevorstehenden Besuch bei Konniecka informiert?«

»Ich sage es Ihnen ein allerletztes Mal«, vernahm Marc die angespannte Stimme des Sicherheitschefs. »Ich habe niemandem von unserem Gespräch erzählt.«

Marc schüttelte stumm den Kopf. So kam er nicht weiter. »Nur noch eins: Sagt Ihnen der Name Peter Bender etwas?«

Saalbach stutzte. »In welchem Zusammenhang?«

»Er soll 1993 als Angehöriger der GSG 9 bei dem Einsatz in Bad Reichen dabei gewesen sein.«

»Richtig, jetzt fällt es mir wieder ein. Wie sind Sie an seinen Namen gekommen?«

»Das spielt keine Rolle. Wissen Sie noch, welche Aufgabe er bei der Festnahme von Helms und Boge hatte?«

»Nein, das ist zu lange her. Ich hatte Ihnen ja schon erklärt, dass in Bad Reichen fast hundertfünfzig Mann im Einsatz waren. Daran kann ich mich beim besten Willen nicht mehr erinnern.«

»Der Mann, von dem ich spreche, ist etwa eins fünfundsiebzig groß, eher schmächtig gebaut und hat rote Haare«, half Marc nach. »Kommt Ihnen das bekannt vor?«

»Ja, das ist Peter Bender«, bestätigte Saalbach. »Aber was er auf dem Bahnhof nun genau gemacht hat ...«

»Gut. Auf jeden Fall danke ich Ihnen für Ihre Auskünfte. Ach ja, noch eine Bitte. Wenn Herr Conzen sich mit Ihnen in Verbindung setzt, rufen Sie mich doch bitte sofort an.«

Er gab Saalbach seine Telefonnummer und legte auf. Peter Bender war also tatsächlich kein Spinner oder Trittbrettfahrer. Vielleicht konnte Conzen über seine Verbindungen mehr über ihn herausfinden. Conzen! Marc wählte erneut erfolglos die Handynummer des Journalisten und sah sich missmutig in seinem Büro um. Heute hatte er nichts mehr zu tun und mit Mandanten war sowieso nicht zu rechnen. Außerdem war er gestern erst spät ins Bett gekommen und hatte noch Schlaf nachzuholen. Marc nahm die Füße vom Schreibtisch und beschloss, nach Hause zu fahren.

Sein erster Gang führte ihn in die Küche, wo er sich eine Dose Bier aus dem Kühlschrank holte. Er riss sie auf und ließ sich auf seine Wohnzimmercouch fallen. Mit ein paar Schlucken leerte er die Dose und griff zur Fernbedienung. Vielleicht kam er so auf andere Gedanken. Er spulte das einliegende Band seines Videorekorders zurück, drückte die Play-Taste und der RTL-Spielfilm, den er vor ein paar Tagen aufgenommen hatte, startete. Uschi Glas als couragierte Anwältin, die vor Gericht einen Zeugen nach allen Regeln der Kunst auseinander nahm und dabei ihr aus allen Poren schwitzendes Opfer permanent umkreiste wie ein Aasgeier seine Beute. Marc musste grinsen. Was der Amtsrichter wohl heute Morgen zu ihm gesagt hätte, wenn er es gewagt hätte, bei der Zeugenbefragung einfach aufzustehen und in dem Saal herumzulaufen? Offenbar bezogen diese Fernsehheinis ihr Wissen über die Verhältnisse in deutschen Gerichten aus amerikanischen Anwaltsserien.

Nach einer Viertelstunde hatte er genug. Er drückte die Austaste in dem Moment, als Uschi Glas ihre heulende Mandantin in den Arm nahm und ihr mitfühlend über das Haar streichelte.

Eigentlich hätte er sich jetzt aufraffen und eine Runde Joggen gehen sollen, merkte dann aber, dass er vor lauter Müdigkeit Schwierigkeiten hatte, aus seinem Sofa hochzukommen. Auch hatten sich schon wieder die Schmerzen in seiner Lendenwirbelsäule eingestellt. Kein Wunder, schließlich hatte er während der letzten Tage stundenlang im Auto gesessen.

Marc zappte sich weiter durch die dreißig Kanäle, bis er bei einer Sendung des dritten Fernsehprogramms des Bayerischen Rundfunks hängen blieb. Die Kamera schwenkte über eine weite Ebene bis zu einem zerwühlten, grasüberwachsenen Hügel, der von einem Gewirr kreuz und quer laufender Steinmauern durchzogen war. Aus dem Off kam die sonore Stimme eines Sprechers, der die Bilder mit einem rollenden R kommentierte.

»Troja, ein Ort, der unsere Fantasie immer noch beflügelt. Im 18. und 19. Jahrhundert wurden die großen Epen Homers, die vom trojanischen Krieg berichten, die *Ilias* und die *Odyssee,* als reine Erfindungen Homers, als Sagen und Legenden, gedeutet. Troja galt als ein rein mythologischer Ort, der symbolisch die dunklen Wolken darstellte, während das mykenische Griechenland und seine Helden die Rolle der Sonne spielten. Erst Heinrich Schliemann …«, auf dem Bildschirm wurde ein Porträtfoto des Archäologen eingeblendet, »… kam in den Sechzigerjahren des 19. Jahrhunderts auf den bahnbrechenden Gedanken, Homer als bare Realität zu lesen, als die Schilderung der griechischen Antike. Er glaubte an die individuelle Existenz von Achilles, Hektor und Äneas und vertrat die Auffassung, dass es unerklärlich sei, warum die *Ilias* genaue geografische Angaben zur Lage Trojas machte, wenn die Geschichte keinen historisch wahren Kern beschreiben würde. Also beschloss Schliemann, die *Ilias* einfach wörtlich zu nehmen und so die historische Genauigkeit Homers zu beweisen. Im Jahr 1868 traf er in der Troas ein und überprüfte die dortige Topografie im Hinblick auf die Beschreibungen und geografischen Angaben in Homers Epen. Und so kam es schließlich zur Wiederentdeckung …«

Nein, danke. Marc hatte keine Lust auf trockenen Schulfunk. Vielleicht lief irgendwo ein Spielfilm. Er drückte die Kanäle weiter durch und landete auf dem Verkaufssender QVC, wo Schmuck feilgeboten wurde. Eine blonde Frau mit schwarzem Haaransatz, deren Lächeln so falsch war wie ihre Haarfarbe, quasselte wie ein Wasserfall ohne Punkt und Komma, als ob ihr Leben davon abhängen würde: »Bei uns geht es jetzt weiter mit Weißgold. Gold ist einfach ein edles Material. Macht Freude, so was zu tragen. Hellt die Stimmung auf. Schöner Schmuck kann einen, wenn man nicht so gut gelaunt ist, in gute Stimmung versetzen. Vielleicht ist das Ihr neues Lieblingsstück? Diese Fantasiestampato-Ohranhänger. 585er Weißgold, also eine ganz hohe Legierung. Die Fantasieglieder sind im Wechsel mattiert und hochglanzpoliert und auch noch eine tolle Wertanlage. Ich sage immer, man kauft keinen Schmuck, sondern man tauscht ihn nur ein. Schließlich bekommt man für das Geld einen Gegenwert. Diese Ohrstecker sind etwas ganz Selbstbewusstes. Ich könnte mir vorstellen, dass auch Sie eine selbstbewusste Frau sind und dementsprechend auch zu diesen Ohrsteckern greifen könnten. Die entsprechen nämlich genau *Ihrem* Typ. Und wie heißt es? Sage mir, was du trägst, und ich sage dir, wer du bist. Also tragen Sie etwas Ausgefallenes, ein bisschen was Extravagantes, und dann unterstreichen Sie vielleicht auch Ihren Typ. Abgesehen davon kann das jede Frau tragen, ob blond, ob rot, ob dunkel. Diese Ohranhänger in diesem Weißgold passen zu jedem Typ Frau.«

Marc sprang weiter von Kanal zu Kanal. Er stieß auf eine Talkshow bei SAT.1. Eine vollschlanke Moderatorin stand vor dem Studiopublikum und verkündete: »Unser heutiges

Thema lautet: ›Ich kann jede kriegen.‹ Unser erster Gast ist David. David ist zwanzig Jahre alt. Na, David, wie viele Frauen hattest du denn schon?« Die Kamera schwenkte zu einem jungen Mann mit einem Liter Gel in den pechschwarzen Haaren, der sich in einem Sessel lümmelte. David streckte die Beine aus und grinste breit. »Achtzig Stück«, sagte er dann und zog die Nase hoch.

Das war genug. Marc nahm die Fernbedienung und ließ David mit einem Knopfdruck verschwinden.

Er schloss die Augen und versuchte ein Nickerchen zu machen. Aber etwas ließ ihm keine Ruhe. Ein merkwürdiges Gefühl, gerade eben etwas gehört oder gesehen zu haben, was wichtig war. Etwas, das in sein Unterbewusstsein gelangt war und nun an die Oberfläche drängte. Was war es nur? Nach einer Weile gab er es auf, darüber nachzudenken. Wenn es wirklich eine Bedeutung hatte, würde es ihm früher oder später schon wieder einfallen.

Mit dieser Gewissheit schaffte er es schließlich doch noch, alle Gedanken zu verdrängen und in einen traumlosen Schlaf hinüberzugleiten.

Er wachte auf, weil sich sein Rücken mit einem ziehenden Schmerz bemerkbar machte. Ein Blick auf die Uhr verriet Marc, dass es früher Abend geworden war. Vorsichtig horchte er in seinen Körper hinein und taxierte die Schmerzen. Wie ein alter Mann hievte er sich aus dem Sofa.

Vielleicht war Conzen nun erreichbar. Er nahm den Hörer von der Station, hatte aber noch immer kein Glück. Plötzlich kam ihm ein Gedanke. Über die Auskunft ließ er sich mit der *Süddeutschen Zeitung* in München verbinden und fragte dort nach Martin Conzen. Marcs Hoffnung stieg, als er nicht sofort abgewimmelt wurde und bei Mozarts kleiner Nachtmusik auf seinen nächsten Gesprächspartner warten musste. Er war fest davon überzeugt, jeden Moment Martin Conzen an den Apparat zu bekommen, als er die Stimme einer jungen Frau in der Leitung hörte.

»Jutta Kaminski, guten Tag.«

»Mein Name ist Hagen, guten Tag. Ich weiß nicht, ob ich bei Ihnen richtig bin. Ich versuche jetzt schon seit zwei Tagen Herrn Martin Conzen zu erreichen. Herr Conzen ist als freier Mitarbeiter bei Ihnen beschäftigt und …«

»Ich weiß Bescheid. Es tut mir Leid, Herr Hagen, aber ich fürchte, ich habe schlechte Nachrichten für Sie. Wir haben heute Vormittag von der Polizei die Mitteilung erhalten, dass Herr Conzen gestern in Berlin ums Leben gekommen ist.«

Marc hatte für einen Moment das Gefühl, von einem der Klitischko-Brüder einen Faustschlag in den Magen bekommen zu haben. Er schnappte mühsam nach Luft. Dann bemerkte er, dass seine Lippen sich bewegten, aber es kamen keine Worte.

»Herr Hagen, sind Sie noch da?«, fragte Frau Kaminski besorgt.

»Was ist passiert?«, brachte er schließlich hervor.

Frau Kaminski schien einen Moment zu überlegen, ob ihr Gesprächspartner überhaupt Anspruch auf diese Information hatte, aber dann siegte ihr professioneller Mitteilungsdrang. »Soweit ich weiß, ist er von einer U-Bahn erfasst worden. Ein tragischer Unfall. Näheres wissen wir leider auch nicht. Wenn Sie mir …«

Ohne etwas zu sagen, drückte Marc die Austaste und schnitt so Jutta Kaminski das Wort ab. Martin Conzen lebte nicht mehr. Nach Jürgen Konniecka schon der zweite Tote. War das ein Zufall oder hatte jemand den Journalisten zum Schweigen bringen wollen? Die Frau hatte zwar etwas von einem Unfall erwähnt, trotzdem hatte Marc das ungute Gefühl, dass die Einschläge immer näher kamen. Und mit Conzen war auch seine letzte Verbindung zur *Süddeutschen* abgerissen. Glühend heiß fiel Marc ein, dass er Peter Bender versprochen hatte, sich heute noch bei ihm zu melden. Marc griff nach seiner Jackentasche und suchte die Handynummer, die er gestern Abend von dem GSG-9-Mann bekommen hatte.

Es läutete viermal, dann kam eine Verbindung zu Stande.

»Jaaa?« Die männliche Stimme am anderen Ende fragte es mehr, als dass sie es sagte.

»Herr Bender?«, erkundigte Marc sich vorsichtig.

»Am Apparat.«

»Ich wollte Ihnen nur mitteilen, dass etwas dazwischengekommen ist. Ich habe wichtige Neuigkeiten für Sie. Das möchte ich aber nicht am Telefon besprechen. Man weiß schließlich nie, wer da alles mithört. Können wir uns irgendwo treffen? Dieselbe Stelle wie beim letzten Mal. Schaffen Sie das in einer halben Stunde?«

Am anderen Ende war es still. Marc hatte den Eindruck, dass jemand den Hörer zuhielt und leise mit einer anderen Person tuschelte. Dann vernahm er die Stimme von eben wieder.

»Das geht klar. In einer halben Stunde. Aber sagen Sie mir doch gerade noch mal, wo unser letztes Treffen stattgefunden hat. Sie wissen ja, dass ich in letzter Zeit viel um die Ohren hatte.«

Marc jagte ein Schauer durch den Körper. Eine beklemmende Angst packte ihn und er wollte das Gespräch beenden, doch dann besann er sich eines Besseren. »Sie sind nicht Peter Bender«, brüllte er in den Apparat. »Wer sind Sie?«

Wieder war es für ein paar Sekunden still. »Mein Name ist Weber«, sagte der Mann. »Hauptkommissar Weber von der Kriminalpolizei Bielefeld. Wir sind hier in Herrn Benders Hotelzimmer. Ich muss Ihnen leider mitteilen, dass Herr Bender verstorben ist. Darf ich denn jetzt auch wissen, mit wem ich es zu tun habe?«

Marc drückte schockiert die Austaste. Scheiße, dachte er. Verdammte Scheiße!

Kapitel 27

Die folgende Nacht bekam Marc fast kein Auge zu. Sein Rücken, vor allem aber das Adrenalin und die ständige Grübelei über den Tod von Jürgen Konniecka, Martin Conzen und Peter Bender ließen ihn nicht zur Ruhe kommen. Auch wenn er nicht genau wusste, wie Bender und Conzen ums Leben gekommen waren, war er sich fast sicher, dass jemand versuchte, systematisch alle Personen aus dem Weg zu räumen, die etwas über die wahren Hintergründe der Ereignisse in Bad Reichen wussten. Unmittelbar nachdem Marc die schrecklichen Neuigkeiten erfahren hatte, hatte er seine Wohnungstür mit allen verfügbaren Schlössern verriegelt und Christina angerufen, um sie zu ermahnen, ab sofort besonders vorsichtig zu sein. Christina war genauso betroffen wie er, als sie von Conzens und Benders Tod erfuhr.

Für einen Moment war Marc versucht gewesen, Saalbach in Frankfurt anzurufen, um ihn ebenfalls zu warnen, glaubte aber dann, damit den Bock zum Gärtner zu machen. Saalbach hatte bei ihrem letzten Telefonat zwar alles abgestritten, trotzdem war ihm als einzigem Menschen bekannt gewesen, dass Marc und Conzen im Begriff waren, Jürgen Konniecka aufzusuchen. Ihm fiel ein, dass Saalbach bei ihrem ersten Gespräch versucht hatte, sie unter Hinweis auf seine angeblich guten Kontakte zum BKA massiv einzuschüchtern. Dass der Mann tatsächlich noch hervorragende Beziehungen zu seinem ehemaligen Arbeitgeber haben musste, hatte er durch die Vermittlung des Treffens mit Sonja Boge bewiesen. Marc schlug sich mit der flachen Hand vor die Stirn, als ihm klar wurde, dass er Saalbach durch seinen Anruf am Morgen wahrscheinlich auch auf die Spur von Peter Bender gebracht hatte. Das konnte einfach kein Zufall sein. Auch wenn Saalbach nicht selbst der Täter war, musste er zumindest die Hintermänner dieser Verschwörung informiert haben. Nein, Saalbach war sein Hauptverdächtiger. Oder besser gesagt sein einziger Verdächtiger.

Und falls er Saalbach Unrecht tat und der mit der ganzen Sache doch nichts zu tun hatte, konnte er sich als ehemaliger BKA-Mann wohl immer noch selbst schützen. Für einen Moment war Marc beruhigt. Bis ihm bewusst wurde, dass es die ehemaligen GSG-9-Männer Bender und Konniecka auch nicht geschafft hatten, dem Killer zu entkommen.

Marc verscheuchte die bedrückenden Gedanken. Zuerst einmal musste er für seine eigene Sicherheit sorgen.

Um vier Uhr morgens fiel Marc endlich in einen unruhigen Schlaf und träumte von einer blond gefärbten Frau, die wie Uschi Glas aussah und in Troja nach Ohrhängern aus 585er Weißgold suchte.

Um halb sieben schlug er die Augen wieder auf. Eine Weile hörte er den Vögeln und dem langsam erwachenden Haus zu. Um ihn herum rauschten Wasserleitungen, Klospülungen wurden betätigt, die ersten Wohnungstüren schlugen zu und auf dem Bürgersteig rumorten die Müllmänner.

Er würde sowieso nicht mehr schlafen können, also stand er auf und kochte Kaffee. Mit der dampfenden Tasse setzte er sich in sein Wohnzimmer und überlegte, ob er die Polizei anrufen sollte. Nach wenigen Sekunden verwarf er die Idee wieder. Was hatte Peter Bender gestern noch gesagt? »Solange ich nicht genau durchblicke, was hier vor sich geht, werde ich erst einmal abtauchen.« Vielleicht sollte auch Marc danach handeln ... Allerdings hatte er noch einiges zu erledigen.

Er zog sich schnell an und fuhr mit dem Fahrstuhl nach unten. Beim Verlassen der Tiefgarage und auf dem ganzen Weg in sein Büro klebten seine Augen am Rückspiegel, aber er konnte niemanden ausmachen, der ihm folgte.

Um kurz vor acht stellte er den Golf auf dem Parkplatz vor seiner Kanzlei ab und betrat das Bürogebäude. Zwischen den Detektiven und schwarzen Sheriffs fühlte er sich gleich etwas sicherer. Er ging in sein Büro und schaltete seinen Computer und die Kaffeemaschine ein. Melanie war noch nicht da. Die nächsten zwei Stunden bereitete Marc die Vernehmung von Elisabeth Günther vor. Man konnte schließlich nie wissen, wann man wieder dafür Zeit haben würde. Dann rief er noch einmal bei der *Süddeutschen* an, aber dort gab es noch immer keine genaueren Informationen darüber, wie Martin Conzen ums Leben gekommen war.

Um Viertel vor zehn hörte er ein Geräusch an der Tür und ging unter seinem Schreibtisch halb in Deckung, als er kapierte, dass es Melanie war, die versuchte, die bereits geöffnete Tür aufzuschließen.

Mit einem erstaunten Gesichtsausdruck trat sie in sein Büro. »Nanu, sind Sie aus dem Bett gefallen? So früh waren Sie ja noch nie hier.«

Marc ließ den Spott widerspruchslos über sich ergehen. Im Moment hatte er weder die Lust noch die Energie für eine Kabbelei mit seiner Sekretärin.

Melanie schien seine Laune richtig zu interpretieren und zog sich schnell zurück.

Marc vertiefte sich wieder in seine Sitzungsvorbereitung und einige Diktate und kam bis zum Nachmittag gut voran. Dann ließ ihn ein Klopfen an der Tür hochfahren.

Melanie steckte den Kopf in das Büro. »Ich weiß, dass Sie nicht gestört werden wollen, Herr Hagen. Aber ich glaube, es ist wichtig. Draußen warten zwei Herren von der Kriminalpolizei, die Sie sprechen wollen.«

Marc seufzte. Er war fast erleichtert, dass ihm die Entscheidung nun aus der Hand genommen wurde. »Führen Sie die Herren bitte herein«, sagte er und stand mit zitternden Knien auf.

Sekunden später kehrte Melanie in Begleitung zweier Männer zurück. Das traurige Hundegesicht des einen erkannte Marc sofort. Hauptkommissar Roeder von der Kölner Kripo. Er trug den gleichen billigen blauen Polyesteranzug wie vor ein paar Tagen. Den anderen Mann hatte Marc noch nie gesehen. Er war kleiner und zierlicher als Roeder und hatte ein spitzes, schmales Gesicht mit hageren Wangen, das ihm das Aussehen eines Wiesels verlieh. Dazu passte auch sein Blick, der unentwegt in Bewegung zu sein schien. Bekleidet war das Wiesel mit einer hellen Hose und einem Sakko mit Fischgrätmuster.

Roeder streckte seine Hand aus. »Herr Hagen, schön, Sie wieder zu sehen. Ich hoffe, Sie haben mich inzwischen nicht vergessen. Und das«, er zeigte auf das Wiesel, »ist mein Kollege Hauptkommissar Weber von der Bielefelder Mordkommission.«

Marc schüttelte beiden die Hand und zeigte auf seine Besucherstühle.

»Darf ich Ihnen etwas zu trinken anbieten?«, fragte er, nachdem alle Platz genommen hatten.

»Ein Wasser wäre nett«, erwiderte Roeder und sah seinen Begleiter an. »Sie auch? Also dann zwei. Aber nur, wenn es keine Umstände macht.«

Melanie verschwand ins Vorzimmer.

»Also, wie kann ich helfen?«, eröffnete Marc das Gespräch.

»Können Sie sich das nicht denken?«, fragte Roeder zurück.

»Ich vermute, Sie sind gekommen, um mir Neuigkeiten über Conzens Tod mitzuteilen«, sagte Marc.

Roeder und Weber machten große Augen und tauschten erstaunte Blicke aus. Sie wirkten ehrlich überrascht.

Der Kommissar aus Köln hatte sich als Erster wieder gefangen. »Martin Conzen ist tot?«, fragte er. »Wann ist das passiert?«

»Mir wurde gesagt, er sei in Berlin von einer U-Bahn überrollt worden. Mehr weiß ich auch nicht. Ich hatte gehofft, Sie wüssten mehr.«

»Wir hatten bis gerade von Herrn Conzens Tod keinerlei Kenntnis«, entgegnete Roeder. »Aber danke für den Hinweis. Wir werden das natürlich überprüfen.«

Die Tür öffnete sich und Melanie kehrte mit zwei Perrier-Flaschen und ebenso vielen Gläsern zurück. Sie stellte alles vor die Beamten auf den Tisch, goss ihnen ein und erntete dafür ein dankbares Lächeln. Dann zog sie sich wieder zurück. Marc wartete einen Moment, bis seine Besucher einen Schluck getrunken hatten.

»Wenn Sie nicht wegen Conzen gekommen sind, warum sind Sie dann hier?«, erkundigte er sich.

Roeder nickte seinem Begleiter zu und der bisher stumme Bielefelder Kommissar ergriff das Wort. »Herr Hagen, kann es sein, dass wir gestern miteinander telefoniert haben?«

Weber, natürlich. Marc erstarrte innerlich und hörte sogar auf zu atmen. Jetzt nur nichts anmerken lassen.

»Äh, gestern, sagen Sie? Nun, da müsste ich nachdenken. In welchem Zusammenhang denn? Vielleicht können Sie mir etwas auf die Sprünge helfen?«

Auf Webers Lippen machte sich ein ironisches Lächeln breit. »Das will ich gerne tun. Wir sind gestern Nachmittag in das *Hotel Mercure* in der Bielefelder Innenstadt gerufen worden. Ein Zimmermädchen hat dort eine männliche Leiche gefunden. Ein Peter Bender aus Bremen, wie sich sehr schnell herausgestellt hat. Der Mann ist erschossen worden. Nur eine Kugel, genau in die Stirn. Während unserer Untersuchung am Tatort klingelte auf einmal das Handy von Herrn Bender. Sie werden verstehen, dass es uns in Anbetracht der Umstände seines Ablebens sehr interessiert hat, wer da mit ihm sprechen wollte. Das anschließende Gespräch war zwar nur kurz, aber durchaus interessant. Leider hat sich der Anrufer nicht namentlich vorgestellt. Aber wo ich jetzt Ihre Stimme höre, brauche ich nicht weiter nach ihm zu suchen.«

»Darf ich fragen, wie Sie auf mich kommen?«, fragte Marc. Bender war also tatsächlich ebenfalls ermordet worden.

»Eigentlich sind wir nicht gekommen, um Fragen zu beantworten, sondern um Ihnen welche zu stellen«, antwortete Weber. Seine Blicke schossen dabei im Zimmer hin und her. »Aber gut. Wir wollen mit offenen Karten spielen. Wir haben Ihren Namen samt Adresse und Telefonnummer in einem Notizbuch von Bender gefunden. Übrigens der einzige Name aus Bielefeld und einer Umgebung von mindestens einhundert Kilometern. Und das ist nicht alles. Wir haben schnell herausbekommen, dass Peter Bender bis vor wenigen Jahren Angehöriger der GSG 9 war. Und uns sind die Parallelen zu dem ebenfalls ungeklärten Mordfall an dem ehemaligen GSG-9-Mann Jürgen Konniecka in Köln aufgefallen. Wir haben uns also mit den dortigen Kollegen in Verbindung gesetzt und siehe da: Die Kriminaltechniker haben schnell gearbeitet und festgestellt, dass beide Kugeln aus derselben Waffe abgegeben worden sind. Es muss also mit hoher Wahrscheinlichkeit derselbe Täter gewesen sein. Sie können sich unser Erstaunen vorstellen, als die Kölner Kollegen uns dann auch noch mitgeteilt haben, dass Sie am Tatort des Konniecka-Mordes angetroffen worden sind. So, jetzt sind Sie dran.« Wieder dieses süffisante Lächeln.

Marc dachte fieberhaft nach. »Nun«, sagte er. »Es steht fest, dass ich für den Tod Kommieckas als Täter nicht in Betracht komme. Fragen Sie Ihren Kollegen Roeder. Also scheide ich auch als Täter in dem Mordfall Bender aus. Und angenommen, ich sagte, *angenommen*, Sie hätten Recht, und ich wäre derjenige gewesen, der diesen Bender gestern angerufen hat: Würde das nicht sogar noch zusätzlich beweisen, dass ich mit seiner Ermordung nichts zu tun haben kann? Ich meine, ich würde Bender ja wohl nicht anrufen, wenn ich wüsste, dass er tot ist, nicht wahr?« Er lachte nervös.

Weber schürzte die Lippen und warf Roeder einen bedeutungsschwangeren Hast-du-diese-Logik-gehört-Blick zu. Dann wandte er sich wieder Marc zu. »Herr Hagen, habe ich mit einem Wort erwähnt, dass wir Sie verdächtigen, Peter Bender oder Jürgen Konniecka ermordet zu haben? Ich kann mich nicht erinnern. Aber wo Sie das Thema schon ansprechen. Vielleicht wollten Sie ja besonders clever sein und haben Bender genau aus diesem Grund angerufen.«

»Verdammt, ich bin Rechtsanwalt, kein Killer«, brauste Marc auf.

Weber musterte ihn, als habe er gerade ein Eigentor geschossen. »So, Rechtsanwalt sind Sie? Was wollen Sie damit zum Ausdruck bringen? Schätzen Sie mal, wie viele Rechtsanwälte in diesem Moment allein in der JVA Bielefeld-Brackwede einsitzen?«

Marc zuckte gleichgültig die Achseln. »Ich weiß nicht. Zwei, drei?«

Weber genoss für einen Augenblick seinen stillen Triumph. »Es sind fünfundzwanzig. Daran mögen Sie erkennen, dass Ihr Beruf keineswegs eine Garantie dafür ist, keine Straftaten zu begehen. Ein Mörder war allerdings bislang nicht dabei. Aber was nicht ist, kann ja schließlich noch werden. Sicher ist nur, dass Sie irgendwie in diese beiden Fälle verwickelt sind. Also, wo waren Sie gestern zwischen zehn und zwölf Uhr vormittags?«

»Ist das die Zeit, in der Bender ermordet wurde?«

»Müssen Sie eigentlich auf jede Frage mit einer Gegenfrage reagieren? Beantworten Sie doch erst mal unsere Fragen.«

»Gestern zwischen zehn und zwölf?« Marc rieb sich die Stirn mit der Hand. »Lassen Sie mich nachdenken. Also um halb zehn hatte ich einen Termin beim Amtsgericht. Der hat so bis gegen Viertel nach zehn gedauert. Danach war ich in einer Nachlasssache unterwegs.«

»Wie und wann haben Sie Peter Bender kennen gelernt?«, fragte Weber.

»Ich habe bislang nicht gesagt, dass ich ihn kenne.«

Weber beugte sich bedrohlich weit nach vorne. »Herr Hagen. Strapazieren Sie nicht länger unsere Geduld. Also, woher kennen Sie Bender?«

Marc lehnte sich zurück und verschränkte die Arme vor der Brust. »Es tut mir Leid, aber dazu darf ich Ihnen nichts sagen. Mein Kontakt mit Bender stand im Zusammenhang mit einem Mandatsverhältnis. Und das unterliegt, wie Sie ja sicherlich wissen, der anwaltlichen Schweigepflicht.«

So leicht ließ Weber sich nicht einschüchtern. »Handelt es sich bei diesem Mandanten vielleicht um Frau Christina Helms?«, fragte er überfreundlich.

Marc hob theatralisch die Hände. »Es tut mir Leid«, wiederholte er mit einem bedauernden Gesichtsausdruck. »Die Schweigepflicht.«

Er hatte kaum ausgesprochen, als er vor Schreck zusammenzuckte. Roeder hatte seine flache Hand mit voller Wucht auf die Schreibtischplatte knallen lassen. Marc sah den Polizisten verstört an.

»Jetzt reicht es aber, Hagen!« Roeder brüllte fast. Er sprang erregt von seinem Stuhl auf und rannte im Zimmer auf und ab. »Wir lassen uns nicht länger von Ihnen auf der Nase herumtanzen. Wir sind seit Ihrer Vernehmung in Köln nicht untätig geblieben. Wir wissen, dass Sie Frau Christina

Helms, die Tochter des ehemaligen RAF-Terroristen Klaus Helms, zurzeit in einem Verfahren vor dem Sozialgericht Detmold vertreten. In diesem Verfahren wollen Sie nachweisen, dass Helms 1993 von der GSG 9 ermordet wurde. Und nicht nur das: Sie versuchen die Identitäten der an dem Einsatz beteiligten Beamten herauszubekommen. Zumindest bei Konniecka und Bender scheint Ihnen das ja auch gelungen zu sein. Es steht also fest, dass Sie und Conzen mich in Köln schon einmal angelogen haben, als Sie behaupteten, Sie hätten Konniecka nur wegen eines allgemeinen Hintergrundberichtes über die GSG 9 aufgesucht. Sie sollten jetzt endlich auspacken, Hagen! Ihr Freund Conzen hat diese Geschichte schon nicht überlebt. Sie sollten schlauer sein.«

Statt sich wieder auf seinen Stuhl zu setzen, pflanzte Roeder seinen dicken Hintern auf die Kante der Schreibtischplatte und sah von da erwartungsvoll auf Marc hinab.

Der dachte nach. Dieser Roeder hatte vielleicht nicht ganz Unrecht, aber trotzdem. »Zunächst einmal handelt es sich bei Klaus Helms um einen *mutmaßlichen* Terroristen«, sagte er mit erzwungener Ruhe. »Er ist nie wegen der Mitgliedschaft in einer terroristischen Vereinigung oder wegen eines anderen Delikts rechtskräftig verurteilt worden. Zum anderen muss ich mich wiederholen: Ich darf Ihnen zu meinen Fällen keine Auskunft geben.«

Roeder wollte schon wieder aufbrausen, aber Weber hielt ihn zurück. »Überlegen Sie doch, Herr Hagen«, sagte der Bielefelder Kommissar in einem so übertrieben vernünftigen Ton, als müsse er einem verstockten Kleinkind erklären, dass es kein Eis mehr gab, weil es sich sonst den Magen verderben würde. »Finden Sie das nicht selbst merkwürdig? Die GSG-9-Männer, die Ihre Mandantin Frau Helms für den Tod ihres Vaters verantwortlich macht, sterben auf einmal wie die Fliegen, nachdem Sie Ihre Identität herausgefunden haben. Vermuten Sie da keinen Zusammenhang? Ich meine, Ihre Mandantin wird das plötzliche Ableben der vermeintlichen Mörder ihres Vaters wahrscheinlich nicht gerade bedauern, oder?«

Für einen kurzen Moment war Marc sprachlos. Er musste sich eingestehen, dass er in seinem tiefsten Inneren für den Bruchteil einer Sekunde an diese Möglichkeit gedacht hatte, aber laut ausgesprochen kam ihm der Verdacht Webers einfach ungeheuerlich vor. »Wollen Sie damit etwa andeuten, dass Frau Helms etwas mit diesen Morden zu tun haben könnte?«, fragte er scharf.

Weber blieb ihm eine Antwort schuldig und hob den rechten Arm stattdessen nur zu einer unbestimmten Geste.

»So, jetzt passen *Sie* mal auf«, fuhr Marc gefährlich ruhig fort. »Sie kennen Frau Helms nicht und nur deshalb schmeiße ich Sie nicht auf der Stelle raus. Denn wenn Sie sie kennen würden, dann wüssten Sie, dass Frau Helms zu solchen Taten überhaupt nicht fähig ist. Das wird für Sie wahrscheinlich nicht zählen. Aber vielleicht kann ich Sie mit schlichter, kalter Logik überzeugen. Zunächst einmal bedauert meine Mandantin den Tod dieser Männer sogar außerordentlich. Wie Sie sehr richtig gesagt haben, versuchen wir nämlich gerade in einem Gerichtsverfahren zu beweisen, dass Klaus Helms ermordet worden ist. Und diesen Beweis können wir natürlich nicht erbringen, wenn alle potenziellen Zeugen umgebracht werden. Niemand hat also weniger Interesse am Tod dieser Männer als Frau Helms.«

Er hielt einen Moment inne, um festzustellen, ob seine Botschaft angekommen war, doch die Gesichter der Polizisten blieben starr. »Falls Sie das noch nicht überzeugt, kann ich Ihnen noch etwas versichern: Christina Helms kommt als Täterin auch nicht infrage, weil sie Konnieckas Identität vor dessen Tod nicht gekannt hat. Ich habe ihr Jürgen Konnieckas Namen erst mitgeteilt, *nachdem* wir seine Leiche gefunden haben. Sie hatte also weder ein Motiv noch eine Gelegenheit, ihn zu töten. Und wenn Sie jetzt logisch weiterdenken, gilt für Frau Helms das Gleiche wie für mich: Da sie als Konnieckas Mörderin ausscheidet, kann sie auch Peter Bender nicht erschossen haben. Sie haben mir schließlich eben selbst erzählt, dass der Mörder von Konniecka und von Bender mit hoher Wahrscheinlichkeit ein und dieselbe Person ist. Dieses Verfahren nennt man Deduktion. *Damit* sollten Sie sich mal befassen, meine Herren.«

Marc sah Roeder und Weber nacheinander an. Jetzt war er richtig in Fahrt geraten. »Ich will Ihnen nicht Ihre Arbeit erklären. Doch wenn hier ein Zusammenhang zu der Sache Helms besteht, dann insoweit, dass irgendjemand versucht, alle Zeugen aus dem Weg zu räumen, die die Wahrheit über Bad Reichen kennen. Sie sollten sich also fragen: Cui bono? Wem nutzt der Tod dieser Männer und wer hatte eine Gelegenheit, sie zu ermorden?«

Eine Weile herrschte unbehagliches Schweigen, dann ergriff wieder Weber das Wort. »Sprechen Sie ruhig weiter. Das ist für uns alles sehr interessant. Wer sind denn Ihrer Meinung nach die Personen, denen die Ermordung von Konniecka und Bender nützt?«

Marc musterte ihn erstaunt. »Ja, liegt denn das nicht auf der Hand? Natürlich die Leute, die für den Tod von Klaus Helms verantwortlich sind.«

»Und wer ist das? Sie haben sich doch vor Benders Tod mindestens einmal mit ihm getroffen. Was hat er Ihnen erzählt? Und warum wollten Sie sich unbedingt noch einmal mit ihm treffen?«

Marc zögerte erneut. Vielleicht war es wirklich besser, seine Karten offen auf den Tisch zu legen, anwaltliche Schweigepflicht hin oder her. Immerhin konnte ihn die Polizei davor schützen, dass gleiche Schicksal erleiden zu müssen wie Martin Conzen. Es sei denn, die Polizei – oder zumindest Teile von ihr – steckten hinter dieser Verschwörung. Nein, er würde nichts von seinem Verdacht sagen, solange er nicht verstanden hatte, wie das alles zusammenhing.

Er murmelte: »Meine Herren, ich denke, jetzt ist der Zeitpunkt gekommen, wo ich mit einem Anwalt sprechen sollte.«

»Mit einem *Anwalt*?« Weber betonte das Wort, als handelte es sich um eine heimtückische Krankheit. »Wozu brauchen Sie einen Anwalt, Herr Hagen? Erstens sind Sie selbst Jurist und zweitens werden Sie von uns nicht beschuldigt. Haben Sie etwas zu verbergen?«

Marc schüttelte mit gespielter Traurigkeit den Kopf. »Sie wissen doch sehr genau, oder sollten es zumindest wissen, dass jeder Mensch sich in jeder Lage eines Verfahrens juristisch beraten lassen kann. Ich werde mir also Rat bei einem erfahrenen Verteidiger holen. Das wird Herr Gabriel Wagner sein. Falls Sie ihn nicht kennen sollten, seine Adresse steht in den gelben Seiten. Ab sofort laufen alle Kontakte nur noch über ihn. Und damit ist dieses Gespräch für mich beendet. Oder bin ich etwa vorläufig festgenommen?«

Weber hob abwehrend die Hände. »Um Himmels willen, nein. Wie kommen Sie auf so was? Ich möchte allerdings nicht unerwähnt lassen, dass ich über Ihre Reaktion etwas erstaunt bin, Herr Hagen. Nein, enttäuscht ist das bessere Wort. Ich hätte Sie für intelligenter gehalten. Wollen Sie es sich nicht doch noch überlegen und mit uns kooperieren?«

Marc schüttelte den Kopf, erhob sich aus seinem Sessel und streckte die Hand aus. Roeder und Weber tauschten einen Blick, dann standen auch sie langsam auf. Auf dem Weg zur Tür drehte Roeder sich um. »Sie werden noch von uns hören, Herr Hagen. Ich hoffe wirklich, Sie wissen, auf was Sie sich da eingelassen haben.«

Marc sagte nichts. Dieser Hoffnung konnte er sich nur anschließen.

Kapitel 28

Nachdem die Beamten sein Büro verlassen hatten, war Marcs Müdigkeit wie verflogen. Er rief sofort Christina an, um sie zu warnen. Schließlich war damit zu rechnen, dass Roeder und Weber sie als Nächste aufsuchen würden. Er erreichte allerdings nur ihren Anrufbeantworter und hinterließ darauf die Bitte, ihn umgehend zurückzurufen. Dann wählte er Gabriels Nummer. Marc hatte zwar nicht ernsthaft vor, sich von ihm in dieser Sache vertreten zu lassen, hielt es aber für sinnvoll, ihn zumindest zu informieren, falls die Kripo sich an ihn wenden sollte. Gabriel war zuerst zwar etwas erstaunt, versprach aber, sich sofort bei Marc zu melden, wenn die Polizei Kontakt zu ihm aufnahm.

Marc hatte gerade aufgelegt, als sein Telefon klingelte.

»Hagen.«

»Müller. Hallo, Marc.«

»Hallo, Nikolaus.« Marc lehnte sich in seinem Sessel zurück. Er freute sich regelrecht über den Anruf des Sachverständigen – das war eine gute Ablenkung. »Was kann ich für dich tun?«

»Du kannst gar nichts für mich tun. Aber ich habe etwas für dich getan. Es geht um die Wohnungsöffnung bei diesem toten Professor. Du hattest mich doch gebeten, mich wegen seiner Bücher zu erkundigen.«

»Ach ja.« Marc hatte diese Sache in der Aufregung der letzten Tage fast schon aus seinem Bewusstsein verdrängt. »Und?«, fragte er mit mäßigem Interesse.

»Das war kein großer Erfolg, wie ich schon befürchtet hatte. Ich bin mit meinem Freund, dem Archivar, noch einmal in der Wohnung gewesen. Er hat den Wert der Bücher auf etwa ein- bis zweitausend Euro geschätzt, insbesondere wegen einiger sehr schöner und wertvoller Bildbände über Archäologie und insbesondere die Ausgrabungen in Troja. Er war sogar nicht abgeneigt, die ganze Bibliothek en bloc zu erwerben.«

»Er kann sich dann ja gerne an der Versteigerung beteiligen, wenn wir keinen Erben ausfindig machen können«, gab Marc zurück. »Die Chancen dafür stehen gar nicht so schlecht. Ich habe aus München inzwischen die offizielle Mitteilung erhalten, dass Seidlers Schwester als Letzte seiner zahlreichen Geschwister kurz nach ihm verstorben ist. Wenn ich also noch weitere Erben finden will, werde ich tief graben müssen. Wo wir gerade beim Thema sind: Hast du dich auch nach dem Wert des Schmucks erkundigt?«

Am anderen Ende entstand eine kurze Pause. »Welchen Schmuck?«, hörte er Müller dann sagen.

»Der Schmuck aus dem Sekretär. Den ich dir in der Wohnung gezeigt habe. Zum Beispiel diese Ohranhänger.«

»Ach das. Ich habe dir doch schon gesagt, dass der ganze Krempel nichts taugt. Wieso sollte ich da also noch einmal nachfragen? Oder traust du meinem Urteil nicht?«

Müllers Stimme hatte am Ende einen leicht beleidigten Ton angenommen und Marc hielt es für das Beste, den Sachverständigen zu besänftigen. Schließlich würde er aller Voraussicht nach noch einige Jahre mit ihm zusammenarbeiten müssen. »Nein, nein«, wehrte er schnell ab. »Ich kann mich einfach nur nicht mit dem Gedanken anfreunden, dass Seidler rein gar nichts Wertvolles hinterlassen haben soll. Ich habe mich natürlich schon bei der Sparkasse erkundigt, bei der Seidler sein Konto hatte. Er hat sich wohl in den Achtzigerjahren einige Male verspekuliert und viel Geld verloren. Daran hat er lange geknabbert und bis Ende der Neunzigerjahre ist ein Großteil seiner Pension gepfändet worden.«

»Dann wissen wir ja jetzt, wo sein Geld geblieben ist. Er hatte schlicht und ergreifend keines mehr.«

»Ganz so ist es nicht. Er hat ja sehr sparsam gelebt und auf seinem Girokonto hatten sich fast schon wieder zehntausend Euro angesammelt. Sechs Monate vor seinem Tod hat er allerdings fast alles abgehoben. Und ich wüsste gerne, was daraus geworden ist. Außerdem hat einer seiner Freunde Goldmünzen bei ihm gesehen. Die müssen doch auch irgendwo geblieben sein.«

»Vielleicht hat das was mit diesem Schlüssel zu tun, den wir in seiner Wohnung gefunden haben«, überlegte Müller. »Hast du darüber was herausgefunden?«

Marc schüttelte geistesabwesend den Kopf, bis ihm klar wurde, dass Müller ihn nicht sehen konnte. »Bei seiner Sparkasse hatte er auf jeden Fall kein Schließfach«, sagte er. »Es sieht so aus, als ob du Recht gehabt hast. Der Schlüssel gehört wohl eher zu einer kleineren Kassette. Fragt sich nur, wo die ist.«

»Mach dir nichts draus, Marc. Ich habe dir doch schon in der Wohnung gesagt, dass es nicht unsere Sache ist, bis zum Sankt Nimmerleins-Tag zu suchen. Vergiss es einfach. Aber hör mal, ich muss Schluss machen. Meine Frau wartet auf mich. Wir sehen uns dann nächste Woche bei der Wohnungsöffnung in der Bleichstraße.«

Marc legte auf und schloss die Augen. Müller hatte natürlich Recht. Es war nicht seine Aufgabe, bis in alle Ewigkeit nach Seidlers Nachlass zu suchen. Aber so leicht wollte er sich auch nicht geschlagen geben. Wenn er sich einmal an einer Sache festgebissen hatte, dann wollte er sie auch bis zum Ende führen. Außerdem hatten sie in der Wohnung des Professors immerhin etwas von Wert gefunden. Seidlers Bildbände über Troja waren ihm ja schon bei der Wohnungsdurchsuchung aufgefallen. Troja! Hatte er nicht gerade gestern noch eine Fernsehsendung über die versunkene Stadt gesehen?

Sekunden später ruckte Marc auf. Urplötzlich hatte er seinen Denkfehler erkannt und jetzt stand alles in einem ganz neuen Licht vor ihm. Aber konnte die Lösung wirklich so einfach sein?

Marc sprang aus seinem Sessel auf und zog seine Jacke an. Im Vorzimmer stürmte er an Melanie vorbei, rief ihr schnell »Bis morgen« zu und war verschwunden.

Zwei Minuten später saß er in seinem Golf und raste zur Stadtbibliothek. Er stellte den Wagen in zweiter Reihe vor dem Eingang ab, stürmte in das Gebäude und wandte sich mit rasselndem Atem an die Information. Die junge Frau hörte ihm ruhig zu und verwies ihn dann auf die Reiseführerabteilung im ersten Stock. Marc fegte die Stufen hinauf und schon nach einer halben Minute hatte er mehrere Reiseführer aufgeschlagen vor sich liegen.

Es war alles so einfach. Der Fernsehbericht über Troja und Schliemann hatte ihn auf die entscheidende Idee gebracht. Troja war ein vergessener Ort gewesen, den man in den Bereich der Mythologie verwiesen hatte, bis Schliemann endlich den ebenso einfachen wie genialen Gedanken gehabt hatte, Homer wörtlich zu nehmen. Und nichts anderes musste er mit dem Hinweis auf den Glasberg machen: Professor Seidler einfach beim Wort nehmen. Der Glasberg war nicht nur ein mythologischer Berg mit einem bestimmten

Symbolgehalt, dieser Ort existierte tatsächlich! Marc war sich hundertprozentig sicher.

Mit zitterndem Zeigefinger fuhr Marc die Ortsregister der Reiseführer hinunter. Kein Glasberg. Marc schüttelte verwirrt den Kopf. Panisch ging er die Spalten noch einmal durch. Wieder nichts.

Er klappte die Reiseführer zu und suchte sich weitere Bücher heraus, die er über Deutschland, Österreich und die Schweiz finden konnte.

Nach zwei Stunden war er vollkommen frustriert. Es gab weder eine Stadt noch ein Dorf dieses Namens. Er hatte sogar danach geschaut, ob Glasberg vielleicht der Name eines richtigen Berges war – nichts. Verdammt! Marc lehnte sich auf dem harten Stuhl zurück und starrte an die Decke. Die ganze Aufregung war umsonst gewesen. Und dabei war er sich so sicher gewesen, wenigstens dieses eine Rätsel gelöst zu haben.

Das schrille Geräusch einer Klingel, das die Besucher der Bibliothek davon in Kenntnis setzte, dass die Schließzeit nahte, riss Marc aus seinen Gedanken. Er kontrollierte seine Uhr und stellte fest, dass es Viertel vor sechs war.

Marc verließ den Raum mit den Reiseführern und ging die Treppe langsam wieder nach unten. Er war schon fast zur Tür hinaus, als ihm noch eine Idee kam. Er drehte sich auf dem Absatz um und lief zur Information zurück.

»Gibt es eigentlich auch Bücher, in denen ausnahmslos alle Städte und Gemeinden verzeichnet sind?«, fragte er die Angestellte.

»Sie meinen wahrscheinlich ein Ortsregister«, bekam er zur Antwort. »Gleich da drüben im Präsenzbestand mit den nicht ausleihbaren Nachschlagewerken. Aber wir schließen gleich.«

Marc bedankte sich hastig und suchte das angegebene Regal. Kurz darauf hielt er *Müllers Großes Deutsches Ortsbuch der Bundesrepublik Deutschland* in den Händen. Er überflog die Blätter, so schnell es ging, dann erstarrte sein Blick auf der Mitte einer Seite. Glasberg! Ein winziger Weiler in Bayern mit fünfundzwanzig Einwohnern, drei Kilometer von Zwiesel entfernt. Er hatte das Versteck des Professors gefunden!

Marc rannte zurück in den ersten Stock. Diesmal wurde er in einem Atlas fündig. Zwiesel lag mitten im Bayerischen Wald in der Nähe der tschechischen Grenze. Er notierte sich die beste Reiseroute und entschied, Glasberg gleich am nächsten Tag aufzusuchen. Das nervöse Kribbeln in seinem Magen würde ihm keine Ruhe lassen, bis er nicht hundertprozentig sicher war, dass er mit seiner Theorie richtig lag. In der anderen Sache konnte er im Moment sowieso nichts unternehmen.

Marc bedankte sich euphorisch bei der Bibliotheksangestellten und machte sich mit neuer Energie auf den Weg nach Hause. Endlich hatte er zumindest in einer Sache den Durchbruch geschafft.

Als Marc seine Wohnungstür aufschloss, hörte er das Schellen des Telefons. Wahrscheinlich Christina, die ihn zurückrief. Mit eiligen Schritten ging er durch den Flur. Er riss den Hörer von der Station und nannte seinen Namen.

»Hallo, Herr Hagen. Roeder hier, Kripo Köln.«

Marc sog die Luft ein. »Um was geht es?«, fragte er.

»Herr Hagen, es gibt neue Erkenntnisse über den Tod Ihres Freundes Conzen«, sagte Roeder. »Wir haben uns bei den Berliner Kollegen informiert. Martin Conzen ist tatsächlich tot. Und es war kein Unfall. Ein Zeuge hat sich gemeldet, der gesehen haben will, dass Herr Conzen von einer unbekannten männlichen Person vor die U-Bahn gestoßen wurde.«

Marc schloss die Augen und seine Gedanken gingen auf Wanderschaft, während Roeders Stimme zu einem leisen Murmeln verblasste. Nun hatte er die schreckliche Gewissheit, dass auch Conzen ermordet worden war.

»Gestoßen?«, würgte er das einzige Wort hervor, das er artikulieren konnte – wie ein Schauspieler in einer der alten *Kommissar*-Folgen.

»Frau Kulanke, Ihr Mann ist tot.«

»Tot?«

»Ja, er wurde ermordet.«

»Ermordet?«

»Ja, erschossen.«

»Erschossen?«

»Ja, mit einem Gewehr.«

»Mit einem Gewehr?«

»Ja, ein Kleinkalibergewehr.«

»... haben Sie verstanden, Herr Hagen?«, drang Roeders Stimme wieder in Marcs Bewusstsein. »Wir müssen davon ausgehen, dass bei Herrn Conzens Tod eine Fremdeinwirkung vorlag.«

»Ja, ja.«

»Wir haben es also mit jemandem zu tun, der sich nicht nur darauf beschränkt, die GSG-9-Männer, die in Bad Reichen dabei waren, zu beseitigen, sondern auch die Personen, die versuchen, diese GSG-9-Männer zu finden und zu befragen. Es besteht daher die Möglichkeit, dass Sie und Frau Helms ebenfalls gefährdet sein könnten. Sie sollten sich besser überlegen, ob Sie nicht doch mit uns zusammenarbeiten wollen. Wir könnten Sie schützen und ...«

»Ja, ja, aber ich kann jetzt nicht ...« Marcs Stimme erstarb.

»Ich verstehe. Denken Sie in Ruhe darüber nach, Herr Hagen. Meine Nummer haben Sie ja. Sie können mich jederzeit erreichen, wenn Sie es sich anders überlegen.«

Dann war die Leitung tot. Wie betäubt ließ Marc den Hörer in den Schoss fallen. Conzen war ermordet worden! Dieser angebliche GSG-9-Mann hatte den Journalisten wohl nur nach Berlin gelockt, um ihn dort zu beseitigen. In ihrer Begeisterung über den Anruf hatten Conzen und er alle Wachsamkeit außer Acht gelassen. Noch schlimmer als diese Erkenntnis war aber, dass wahrscheinlich er der Nächste auf der Liste des Killers war. Vielleicht sollte er ja sogar schon tot sein, und der Mörder hatte nur noch keine passende Gelegenheit gefunden ... Der hellblaue Citroën fiel ihm wieder ein. Er hatte sich also nicht getäuscht, es gab jemanden, der hinter ihnen her gewesen war. Die Frage war nur, wie es dem Fahrer gelungen war, ihnen nach Frankfurt zu folgen, ohne direkt an ihrer Stoßstange zu kleben.

Es klickte in seinem Gehirn. Natürlich, ein Peilsender! Sein Wagen stand schließlich die ganze Nacht unbewacht in einer anonymen Tiefgarage, zu der sich jeder Schuljunge unbemerkt Zugang verschaffen konnte. Es gab eine Möglichkeit, diese Vermutung zu überprüfen. Marc warf einen Blick auf seine Armbanduhr. Kurz vor sieben. Wenn er Glück hatte, würde er noch jemanden antreffen.

Um Viertel nach sieben kam Marc auf dem Parkplatz vor seiner Kanzlei an. Um diese Uhrzeit war hier nicht mehr viel los, nur ein paar unentwegte Mitarbeiter des Sicherheitsunternehmens saßen noch hinter ihren PCs, wie Marc am Flackern der Monitore hinter den Fensterscheiben erkennen konnte. Er betrat das Gebäude und studierte die Türschilder der Detektive und Wachmänner. Die Entscheidung, an wen er sich wenden sollte, wurde ihm unverhofft abgenommen, denn hinter ihm öffnete sich eine Tür und ein Mann, den Marc vom Sehen kannte, trat auf den Flur.

»Hallo, Herr Konrad«, sprach Marc ihn an. »Sie haben doch einen Kollegen, der bei Ihnen die technischen Geräte wartet. Fotoapparate, Richtmikrofone, Videokameras, das ganze Zeug eben. Ist der Mann noch im Haus?«

Konrad zuckte die Achseln. »Keine Ahnung. Da müssen Sie selbst nachsehen. Wenn Herr Bertram noch da ist, wird er sich wahrscheinlich in seiner Werkstatt auf dem Hof aufhalten. Vielleicht erkundigen Sie sich dort.«

Marc bedankte sich. Als er wieder auf dem Parkplatz stand und sich suchend umsah, entdeckte er in der hintersten Ecke des weitläufigen Geländes tatsächlich eine kleine Halle, die ihm noch nie aufgefallen war. Aus einem der Fenster drang schwaches Licht heraus.

Marc ging auf die Bude zu und hämmerte mit der Faust gegen die Metalltür. »Herr Bertram, sind Sie da?«

Sekunden später wurde die Tür zur Seite geschoben und in der Öffnung erschien ein verhutzeltes, glatzköpfiges

Männchen, das mit seiner riesigen getönten Brille und den dicken Gläsern unweigerlich an einen Maulwurf erinnerte. Er musterte Marc von oben bis unten, wischte die ölverschmierten Hände an seinem Blaumann ab und fragte: »Ja?«

»Herr Bertram, mein Name ist Hagen. Ich bin der Rechtsanwalt, der in den Räumen Ihres Unternehmens ein Büro angemietet hat.«

Der Maulwurf hob teilnahmslos der Schultern. Marc sprach schnell weiter. »Ich habe gehört, dass Sie sich sehr gut mit technischen Geräten auskennen. Ich wollte Sie bitten, meinen Wagen einmal daraufhin zu untersuchen, ob jemand einen Peilsender installiert hat.«

Bertram zog unwirsch die Nase hoch. »Das wird nicht gehen. Ich habe seit einer halben Stunde Feierabend und bin praktisch schon auf dem Weg nach Hause.«

»Herr Bertram, es ist wirklich wichtig.« Marc musste sich zusammenreißen, um nicht vor dem Mann auf die Knie zu fallen. »Nur ein ganz kurzer Blick, bitte. Sie sollen es ja auch nicht umsonst machen.«

Er zog sein Portmonee aus der hinteren Hosentasche und holte zwanzig Euro daraus hervor. Bertram warf einen begehrlichen Blick auf den blauen Schein.

»Tja«, sagte er dann, nahm die Brille von der Nase und putzte sie ausgiebig mit einem schmutzigen Taschentuch. Er hielt sie gegen das Licht, blinzelte Marc aus seinen kurzsichtigen Augen an und setzte das Gestell wieder auf die Nase. »Ich würde Ihnen ja wirklich gerne helfen, aber ich wollte mit meiner Frau heute Abend ins Kino und danach essen gehen. Wenn ich das absage, ist sie ernsthaft sauer. Und so eine Scheidung kommt mich natürlich teurer als ein Zwanziger.«

Er lächelte Marc listig an. Der ließ den Schein seufzend wieder in seiner Geldbörse verschwinden. Nach Bertrams Aussehen und Habitus zu schließen, hatte der Mann zuletzt ein Kino von innen gesehen, als John Wayne noch durch die Prärie ritt. Aber Marc hatte jetzt weder Zeit noch Lust auf eine längere Diskussion und zauberte einen neuen Schein hervor. Als Bertram die fünfzig Euro sah, vergaß er seine Frau. Mit einer Schnelligkeit, die Marc ihm gar nicht zugetraut hätte, griff er zu und ließ den Schein in seiner Tasche verschwinden.

»Ausnahmsweise«, brummte er. »Fahren Sie Ihren Wagen mal in die Halle, da drinnen habe ich mehr Licht. Ich weiß schließlich nicht, wie lange ich brauche.«

Marc folgte seinen Anweisungen und parkte den Golf mitten in der gut hundert Quadratmeter großen Werkstatt, deren Wände mit Werkzeugen, Reifen und technischen Geräten aller Art zugestellt waren. Als er ausgestiegen war, atmete er den Geruch von Lösungsmitteln, Diesel, Öl und verbranntem Gummi ein. Von der Decke sandte eine defekte Leuchtstoffröhre zuckendes Licht und summte dabei wie eine wütende Hornisse.

»Wir haben regelmäßig mehr als fünfzig Wagen im Einsatz«, erklärte Bertram, der Marcs prüfende Blicke bemerkte. »Da lohnt es sich schon, die Karren selbst zu warten und einen eigenen Mann abzustellen. Außerdem bin ich für die technische Sonderausstattung zuständig. Sie glauben gar nicht, wie oft wir Videoüberwachungen vom Fahrzeug aus machen müssen. So, dann wollen wir mal sehen. Ich glaube, es ist am besten, wenn Sie mich in Ruhe arbeiten lassen. Ich melde mich bei Ihnen, wenn ich hier fertig bin.«

Marc gab Bertram die Durchwahl zu dem Anschluss in seiner Kanzlei und ging in sein Büro. Dort versuchte er, die restliche Post zu erledigen, konnte sich aber nicht konzentrieren. Nach zwanzig Minuten gab er es auf und blätterte stattdessen in einer uralten *Neuen Post,* die in dem kleinen Wartebereich seines Vorzimmers herumlag. Er war gerade in die Geschichte über Boris Beckers bevorstehende Scheidung vertieft, als das Telefon läutete.

»Ich bin fertig«, lautete Bertrams kurze Nachricht und Marc war schon auf dem Weg nach unten.

Als er die Werkhalle erreichte, hielt der Techniker triumphierend einen etwa münzgroßen Gegenstand in die Luft.

»Sie hatten Recht«, verkündete er. »Eine Antenne und ein

Peilsender. Der war unter Ihrer hinteren Stoßstange angebracht. Per Satellitenortung können damit alle Ihre Bewegungen erfasst werden. Aber das ist noch lange nicht alles. Schauen Sie mal her.«

Bertram öffnete die Beifahrertür und deutete auf den Innenspiegel. »Dahinter habe ich ein Miniaturmikrofon gefunden. Eine so genannte Wanze. Es sieht so aus, als wenn Sie schon seit einiger Zeit abgehört würden. Absolut professionelle Arbeit, das muss ich sagen. So was sieht man nicht alle Tage. Wer auch immer das eingebaut hat, versteht was von dem Geschäft.«

Zum zweiten Mal an diesem Tag hatte Marc das Gefühl, dass ihm die Luft wegblieb. Schwerfällig sackte er auf einen der zahlreichen Reifenstapel. Er hatte es also tatsächlich mit Profis zu tun! Einen Moment lang überlegte er, seine für morgen geplante Fahrt nach Glasberg zu verschieben, verwarf den Gedanken dann aber. Immerhin konnte er jetzt davon ausgehen, dass sein Wagen sauber war. Und wenn der Killer tatsächlich noch immer hinter ihm her war, würde er ihn wohl kaum im tiefsten Bayerischen Wald suchen.

Kapitel 29

Über Nacht hatte sich eine Gewitterfront zu einem bleigrauen Himmel aufgetürmt. Um sechs Uhr morgens wurde Marc von dem Donnergrollen geweckt. Als er den Golf eine halbe Stunde später aus der Tiefgarage steuerte, um sich auf den Weg nach Glasberg zu machen, schüttete es bereits wie aus Kübeln. Er stellte die Scheibenwischer auf die höchste Stufe, trotzdem schafften sie es kaum, mit den Wassermassen fertig zu werden.

Über die A 33 und die A 44 gelangte er auf die nach Süden verlaufende A 7, wo die Sturzflut sich zu einem leichten Nieselregen abschwächte. Alle drei Minuten wanderten Marcs Blicke zum Rückspiegel, aber es gab weit und breit kein Auto, das ihm verdächtig vorkam.

In der Nähe von Würzburg hatte der starke Wind zahlreiche blaue Streifen in die Wolken gerissen und kurz darauf hörte der Regen auf. Marc wechselte auf die A 3, die ihn an Nürnberg und Regensburg vorbei tief in den Südosten Deutschlands führte. Bei Deggendorf verließ er die Autobahn und hielt auf die tschechische Grenze zu. Eine halbe Stunde später erreichte er Regen, von wo aus ihm ein Schild den Weg nach Zwiesel wies. Auf der langsam, aber stetig ansteigenden Landstraße, die die beiden Kleinstädte miteinander verband, war er allein unterwegs. Rechts und links der Straße erstreckten sich die Felder und Wälder in sanften Wellen bis zum Horizont, der Himmel über ihm war weit und blau. In einiger Entfernung verschwammen die Ausläufer des Böhmer Waldes im Dunst.

Zwiesel war eingebettet in eine idyllische, fast toskanisch anmutende Landschaft mit dicht bewaldeten Hügeln und Tälern, durch die sich kleine Bäche wanden. Marc fuhr in das Stadtzentrum, wo er endlich das erste Hinweisschild nach Glasberg fand.

Zehn Minuten später hatte er den winzigen Weiler erreicht, eine Hand voll Häuser, die entlang einer einzigen Straße errichtet worden waren.

Marc verringerte die Geschwindigkeit, doch schon nach knapp zwanzig Sekunden hatte er das Ende der Bebauung erreicht und er wendete. Auf dem Rückweg kamen ihm Zweifel, ob Seidler seinen Nachlass tatsächlich in diesem Kaff versteckt hatte. Und wenn ja, wem konnte er es anvertraut haben?

Marc beschloss, einfach zu fragen, aber die Straße war wie ausgestorben. Dann erinnerte er sich, dass er kurz vor Glasberg eine offene Tankstelle passiert hatte. Da er sowieso Benzin brauchte, fuhr Marc den Kilometer zurück und steuerte die erste der beiden Zapfsäulen an. Er stieg aus und stemmte die Hände in den schmerzenden Rücken, um ihn zu entlasten. Nachdem er voll getankt hatte, betrat er den winzigen Shop. Das Klingeln der Türglocke schreckte einen alten Mann hinter der Kasse auf.

Marc bezahlte. »Eine Frage noch. Mein Name ist Hagen. Ich bin der im Auftrag des Amtsgerichts Bielefeld bestellte Nachlasspfleger in der Nachlasssache Professor Dr. Hans Seidler.« Er hielt dem Mann einen Ausweis vor die Nase. »Im Moment bin ich unterwegs, um den Nachlass des Professors zu sichern. Es gibt Anhaltspunkte, dass Professor Seidler Kontakt zu jemandem aus Glasberg hatte. Als Tankstellenbesitzer müssten Sie doch wissen, was im Ort so vor sich geht. Haben Sie den Namen Seidler schon einmal gehört?«

»Nee«, beschied ihn der alte Mann kurz.

Marc seufzte. Immerhin eine klare Antwort. Aber ganz so schnell wollte er sich doch nicht geschlagen geben.

»Ein Professor Seidler ist Ihnen also völlig unbekannt?«, vergewisserte er sich.

»Sach ich doch. Kenn ich nich.«

So kam er nicht weiter. »Aber die Bewohner Glasbergs kennen Sie?«

»Mhm.«

»Gibt es darunter vielleicht eine Person, der man als Fremder besonderes Vertrauen entgegenbringen würde, der man zum Beispiel eine größere Geldsumme oder andere Vermögensgegenstände bedenkenlos zur Verwahrung übergeben könnte?«

Der alte Mann sah Marc an, als habe er chinesisch gesprochen. »Hä?«

Mein Gott. »Ich meine, ob es hier in Glasberg einen Notar gibt. Oder einen Lehrer, Pfarrer, Apotheker oder etwas in der Richtung.«

»Nee, ham wer nich.«

Das hatte keinen Zweck. Marc bedankte sich und hatte die Tür schon fast erreicht, als er die Stimme des alten Mannes noch einmal in seinem Rücken hörte. »Aber wir hatten mal einen Pfarrer.«

Marc fuhr auf dem Absatz herum. »Wann?«

»Das ist noch kein halbes Jahr her. Eigentlich war er ja Pfarrer in Zwiesel, aber er hat in Glasberg gewohnt. Vor ungefähr einem halben Jahr ist er pensioniert worden und weggezogen.«

Verdammt! »Sie können mir nicht zufällig sagen, wohin?«, fragte Marc ohne große Hoffnung.

»Das weiß hier doch jeder. Er ist nach Arberdorf gezogen. Das liegt bei Grossnitz, etwa siebzig Kilometer von hier entfernt.«

Marc hätte dem Mann fast die Füße geküsst. »Können Sie mir auch seinen Namen verraten?«

»Klar kann ich das. Waidhuber. Johannes Waidhuber, ja, so heißt er.«

Marc notierte sich den Namen. Der Kassierer redete unterdessen weiter. Offenbar hatte er inzwischen Gefallen an dieser Unterhaltung gefunden. »Ob man ihm trauen kann, weiß ich natürlich nicht genau. Er war ja schließlich ein Zugereister, obwohl er fast dreißig Jahre hier gelebt hat. Aber ich habe auch nie etwas Nachteiliges über ihn gehört.«

»Vielen Dank«, sagte Marc. »Sie haben mir sehr geholfen.« Vielleicht, dachte er. Vielleicht. Dann kaufte er noch eine Landkarte und die teuerste Flasche Rotwein. Zum einen, um sich bei dem Tankstellenpächter erkenntlich zu zeigen, zum anderen, um ein Geschenk für Waidhuber zu haben.

Mithilfe der Karte suchte Marc den schnellsten Weg nach Arberdorf und anderthalb Stunden später war er dort. In einem Telefonbuch in einer Fernsprechzelle fand er die Anschrift Waidhubers und erkundigte sich bei einem Passanten nach dem Weg in die Roonstraße. Und wieder hatte Marc Glück. Der Mann kannte nicht nur die Straße, sondern konnte ihm sogar das Aussehen des gesuchten Hauses in allen Einzelheiten beschreiben. Der ehemalige Pfarrer war hier offenbar so berühmt wie ein bunter Hund, was allerdings auch nicht weiter verwunderlich war, da in Arberdorf allenfalls zweihundert Menschen lebten.

In der Roonstraße verengte sich die Fahrbahn nach wenigen Metern zu einem schmalen Schotterweg. Auf der linken Seite reichte der Wald bis an die Straße heran, auf der rechten stand Waidhubers Haus, ein Holzhaus im bayerischen

Landhausstil, das ringsum von einem verwilderten Garten umgeben war. Marc durchschritt die Pforte und kämpfte sich auf einem Pfad durch das kniehohe, mit Blumen und Wildkräutern durchsetzte Gras bis zu der braunen Eingangstür. Noch bevor er die Klingel drücken konnte, wurde ihm geöffnet und ein mächtiger Mann mit schlohweißem Haar und einem Vollbart, der bis auf seine Brust fiel, füllte den Türrahmen aus.

»Ich habe Sie kommen sehen«, sagte der Riese mit dröhnender Stimme, die Marc sich tatsächlich gut in einer Kirche vorstellen konnte. »Mein Name ist Waidhuber. Was kann ich für Sie tun?«

Marc leierte zum zweiten Mal an diesem Tag seinen Spruch herunter. »Guten Tag, Herr Waidhuber. Mein Name ist Hagen. Ich bin der vom Amtsgericht Bielefeld eingesetzte Nachlasspfleger in Sachen Professor Hans Seidler. Und in diesem Zusammenhang habe ich ein paar Fragen an Sie.«

Waidhuber zeigte nicht die Spur von Verwunderung oder Überraschung, sondern sagte nur: »Na, dann kommen Sie mal rein.«

Er führte Marc in ein ganz mit Holz ausgekleidetes Wohnzimmer, an dessen Wänden zahlreiche Jagdtrophäen hingen. Waidhuber bat ihn, auf einem Sofa Platz zu nehmen, und ließ ihn dann allein. Als er zwei Minuten später zurückkehrte, trug er eine schwarze Metallkassette in der Hand.

»Ich denke, das ist es, wonach Sie suchen. Mir war von Professor Seidler zwar eigentlich eine ältere Dame avisiert worden, die die Kassette abholen würde, aber er hat mich ausdrücklich ermächtigt, die Kassette jedem zu geben, der bei mir erscheint und in der Lage ist, sie zu öffnen. Ich darf Sie also zunächst fragen, ob Sie im Besitz des dazugehörigen Schlüssels sind.«

Marc starrte stumm auf das dunkle Metall. Er war am Ziel seiner Suche! Er hatte es ja von Anfang an geahnt. Eine Kassette.

»Ja, ich habe den Schlüssel«, sagte er zu Waidhuber, zog ihn aus seiner Hosentasche und legte ihn auf den Tisch. »Ich denke zumindest, dass es der richtige ist. Aber wie sind Sie an diese Kassette gekommen?«

Waidhuber lehnte sich genüsslich in seinem Sessel zurück und zündete sich eine schon vorbereitete Pfeife an. »Nun, das ist eine merkwürdige Geschichte. Vor etwa acht Monaten hat es bei mir geklingelt und ein Mann stand vor der Tür. Damals habe ich noch in Glasberg gewohnt. Der Mann hat sich mir als Professor Dr. Seidler aus Bielefeld vorgestellt und mir dann eine wirre Story erzählt. Er werde von einer Art Geheimorganisation verfolgt und von dieser an Leib und Leben bedroht. Er wisse nicht, wie lange er noch durchhalten könne, und suche jetzt ein Versteck für seine wertvollsten Habseligkeiten. Als er sich nach einer vertrauenswürdigen Person erkundigt habe, sei er an mich verwiesen worden. Dann hat er mich regelrecht angefleht, ob ich nicht für eine gewisse Zeit seine Sachen verwahren könne. Ich habe ihn natürlich gefragt, warum er sich nicht einfach an die Polizei wendet, aber da hat er nur hysterisch gelacht. Die Polizei stecke mit diesem Geheimbund unter einer Decke oder sei von dem Bund unterwandert, ich weiß nicht mehr, wie er sich da genau ausgedrückt hat. Auf jeden Fall rechne er täglich damit, von diesen Leuten geschnappt oder sogar getötet zu werden. Aber das hier dürfe niemals in ihre Hände fallen.« Der ehemalige Pastor hielt die Kassette in die Luft.

»Und Sie hatten keine Bedenken, die Kassette an sich zu nehmen?«, erkundigte sich Marc. »Ich meine, Sie hatten doch keine Ahnung, auf was Sie sich da einließen.«

»Natürlich war mir nicht ganz wohl bei der Sache«, räumte Waidhuber ein. »Mir war klar, dass dieser Seidler nicht ganz richtig im Kopf war. Diese ganze Geschichte mit dem Geheimbund und so. Aber wie ein Verbrecher sah er nicht aus. Nun scheint er ja offenbar tot zu sein, wenn Sie sich um seinen Nachlass kümmern müssen. Darf ich fragen, wie es passiert ist?«

»Er hat vor einigen Wochen Selbstmord begangen«, informierte ihn Marc.

»Selbstmord, so, so. Er hat schon damals den Eindruck eines Menschen auf mich gemacht, der dringend Hilfe braucht. Ich habe ihn sogar gefragt, ob er nicht lieber einen Arzt oder Psychologen aufsuchen wolle, aber da hat er wieder nur gelacht. Er komme schon zurecht, ich solle nur auf diese Kassette aufpassen. Schließlich habe ich eingewilligt. Es war als Pfarrer schließlich über Jahrzehnte meine Aufgabe, anderen Menschen zu helfen, das schüttelt man nicht so leicht ab. Und dieser hier schien Hilfe ganz besonders nötig gehabt zu haben, das können Sie mir glauben.«

»Hat Seidler sonst noch etwas zu Ihnen gesagt?«

»Nein. Er hat mir Geld für die Aufbewahrung angeboten, das ich allerdings abgelehnt habe. Dann hat er mich gedrängt, ich könne den Betrag ja meiner ehemaligen Gemeinde spenden. Da konnte ich natürlich nicht Nein sagen. Viel war es übrigens ohnehin nicht, ich glaube, so an die zweihundert Euro. Zuletzt meinte er, eines Tages werde jemand vorbeikommen, der die Kassette wieder abholt. Das sei aller Voraussicht nach seine Schwester oder ein Bote, der sich mit dem passenden Schlüssel ausweisen könne. Er ist dann verschwunden und ich habe nie wieder etwas von ihm gesehen oder gehört. Eigentlich habe ich nicht ernsthaft damit gerechnet, dass tatsächlich jemals ein Mensch in meinem Haus erscheint und sich nach Seidler erkundigt.«

Marc konnte seine Neugier kaum noch zügeln. »Haben Sie etwas dagegen, wenn wir die Kassette jetzt gleich öffnen?«, fragte er.

Waidhuber lächelte. »Im Gegenteil, ich lege sogar äußersten Wert darauf. Erstens weiß ich sonst nicht, ob Sie tatsächlich den richtigen Schlüssel haben, und zweitens will ich selbst endlich erfahren, was ich da monatelang in meinem Kleiderschrank versteckt habe.«

Marc führte den Schlüssel mit zitternden Händen und angehaltenem Atem in das Schloss. Der Schlüssel passte perfekt und ließ sich ohne Schwierigkeiten drehen. Sie hörten, wie das Schloss mit einem satten Klang aufsprang, und wechselten einen schnellen Blick. Selbst in den Augen des

Pfarrers konnte Marc einen gewissen Glanz erkennen, der an einen Schatzsucher erinnerte. Marc legte beide Zeigefinger sachte an den Deckel der Kassette und hob ihn mit angehaltenem Atem so langsam und vorsichtig an, als wollte er eine Bombe entschärfen. Der Deckel fiel zurück und Marc und Waidhuber schauten in das Innere des schwarzen Kastens.

Marc schloss die Augen sofort wieder. Statt der erhofften Goldmünzen und Geldscheine enthielt sie nichts anderes als ein paar Audio- und Videokassetten. Das durfte doch nicht wahr sein! Dafür war er durch halb Deutschland gefahren?

Marc sah sich den Fund etwas genauer an. Zwei Neunzig-Minuten-Chrom-Audiokassetten von Maxell mit der Aufschrift *Mon 1* und *Mon 2* sowie zwei BASF-Videokassetten mit den Buchstaben- und Ziffernkombinationen *III n. 9* und *Bio.* Mit leiser Verzweiflung betrachtete Marc die nunmehr leere Metallkassette von allen Seiten und schüttelte sie in der absurden Hoffnung, vielleicht einen doppelten Boden ausfindig machen zu können. Aber es war sinnlos. Diese Kassette enthielt in etwa so viele Vermögenswerte wie die philippinische Staatskasse nach der Flucht von Ferdinand und Imelda Marcos.

»Sie erlauben doch?« Waidhuber nahm dem völlig konsternierten Marc die Kassetten aus der Hand und unterzog sie einer eingehenden Untersuchung. »Haben Sie eine Ahnung, was das bedeuten soll?«, fragte er. »*Mon* und *III n. 9?*«

Marc schüttelte den Kopf. »Nein, nicht die geringste. Aber wenn sich auf diesen Kassetten nicht zufällig die Aufnahme eines bis heute noch unbekannten Beatles-Albums befinden sollte, dürfte sich der Wert eher in Grenzen halten. Haben Sie vielleicht einen Video- oder Kassettenrekorder, dass wir da mal reinhören können?«

»Da muss ich passen«, antwortete Waidhuber. »Ich habe hier draußen nicht mal mehr einen Fernseher. Doch vielleicht sind die Aufnahmen auf den Bändern wirklich wertvoll, aber in einer anderen Weise, als Sie glauben. Es wäre doch denkbar, dass Professor Seidler jemanden mit diesen Bändern erpresst hat. Und dieser Jemand ist dahinter gekommen, wer sein Erpresser ist, und war seinerseits hinter Seidler her. Der hat dann die Geschichte mit diesem Geheimbund erfunden und die Bänder einstweilen bei mir versteckt. Was halten Sie davon?«

Marc war nicht überzeugt. Das passte nicht zu dem, was er bisher über den Professor erfahren hatte.

»Das wäre natürlich theoretisch denkbar«, pflichtete er Waidhuber trotzdem bei. »Allerdings weiß ich, dass Seidler wirklich verrückt gewesen sein muss. Das haben mir mehrere Bekannte von ihm bestätigt. Nein, so perfekt kann kein Mensch einen Geisteskranken mimen, jedenfalls nicht über einen so langen Zeitraum. Ich bin davon überzeugt, dass er wirklich Angst vor diesem Geheimbund hatte und sich das nicht nur ausgedacht hat.«

»War ja nur so eine Idee«, brummte Waidhuber. »Seien Sie nicht allzu sehr enttäuscht über Ihren Fund. Mal gewinnt man und mal verliert man. So ist das nun mal im Leben. Ich bin auf jeden Fall froh, dass ich dieses Ding endlich los bin.«

Als Marc wieder auf der Straße stand, keimte in ihm ein schrecklicher Verdacht. Was, wenn die Kassetten eine neue verschlüsselte Botschaft mit Hinweisen auf das wahre Erbe oder – schlimmer noch – auf weitere codierte Nachrichten enthalten würden? Dann könnte er den Rest seines Lebens mit der Suche nach Seidlers Nachlass verbringen. Aber da würde wohl das Amtsgericht nicht mehr mitspielen und ihm den Gebührenhahn zudrehen. Marc schüttelte den Kopf, um ihn wieder frei zu bekommen. Zum Glück gab es ja eine einfache Möglichkeit, das Geheimnis der Bänder zu lüften.

Kapitel 30

Marc wartete, bis er die Landstraße wieder erreicht hatte, und beschleunigte auf achtzig. Dann konnte er es vor Spannung nicht mehr aushalten und drückte die Kassette mit der Aufschrift *Mon 1* in den Schacht seines Autoradios. Ein paar Sekunden lang hörte er nur ein unterdrücktes Rauschen, dann erfüllte die heisere Stimme von Rod Stewart den Innenraum des Golf. Marc zog erstaunt die Augenbrauen nach oben. Dass der Professor sich für Rock- und Popmusik interessierte, war so ziemlich das Letzte, was er erwartet hatte. Drei Minuten später wurde Rod Stewart langsam ausgeblendet und ein kurzer Jingle ertönte. Marc hörte eine tiefe männliche Stimme, die ankündigte:

»WDR Montalk. Der Steckbrief.«

Ein anderer Mann fragte: »Ihr Name?«

»Elisabeth Günther«, antwortete eine weibliche Stimme.

»Geboren am …?«, fragte der Mann.

»5. Mai 1959.«

»Geboren in …?«

»Bochum.«

»Familienstand?«

»Ich bin verwitwet. Mein Mann ist leider 1990 an einer schweren Krankheit verstorben.«

»Kinder?«

»Keine.«

»Beruf?«

»Mein Beruf? Diplompsychologin.«

»Aber derzeit …?«

»Derzeit bin ich als parlamentarische Staatssekretärin im Bundesinnenministerium tätig.«

»Größe?«

»Ein Meter neunundsiebzig. Früher waren es mal eins achtzig, aber ich glaube, ich bin schon etwas geschrumpft.«

»Gewicht, wenn man das bei einer Frau fragen darf? Aber ich kann unseren Hörern versichern, dass man die Frage in diesem Fall bedenkenlos stellen kann.«

Elisabeth Günther lachte kokett. Ein volles, kehliges Lachen, das Marc noch von ihrem Treffen in Berlin in Erinnerung hatte.

»Danke für die Blumen. Mein Gewicht beträgt zurzeit 57,5 Kilogramm. Dazu muss ich allerdings sagen, dass ich gerade mal wieder eine Diät mache.«

»Hobbys?«

»Uh, soll ich die jetzt alle aufzählen? Ich denke, dass wir im Verlauf unseres Gesprächs noch darauf kommen werden. Aber ich lese zum Beispiel sehr gerne. Und ich spiele Geige, wenn ich dazu mal Zeit habe. Leider viel zu selten.«

»Sportarten?«

»Sie meinen, aktiv?« Elisabeth Günther lachte wieder. »Also, auch wenn man es mir vielleicht nicht ansieht, aber ich bin vollkommen unsportlich. Allerdings sehe ich mir gerne Eiskunstlauf im Fernsehen an.«

»Besondere Kennzeichen?«

Es folgte eine kurze Pause. Dann kam die Antwort: »Eigentlich keine. Ein lautes Lachen vielleicht.«

Der Moderator hob die Stimme. »Heute Abend im Montalk auf WDR 2 aus dem ARD-Hauptstadtstudio in Berlin die parlamentarische Staatssekretärin im Bundesinnenministerium Dr. Elisabeth Günther.«

Ein neues Musikstück setzte ein, diesmal die heisere Stimme von Brian Adams. *Baby, when you're gone.* Marc drehte das Radio etwas leiser. Was für ein seltsamer Zufall! Die gleiche Elisabeth Günther, die er morgen als Zeugin vor dem Sozialgericht befragen wollte. Aber dann fiel ihm wieder ein, dass der Professor und die Günther sich ja einmal gut gekannt und sogar eine mehrjährige Beziehung miteinander gehabt hatten. Hatte Reichert, der ehemalige Mitarbeiter Seidlers, nicht sogar vermutet, dass das Ende der Liebesbeziehung Auslöser für Seidlers Wahnsinn gewesen war? Marc bekam eine Ahnung, warum Seidler diese Sendung aufgenommen hatte. Der Montalk war eine Radio-Talkshow, die jeden Montagabend von 19.05 bis 22 Uhr auf WDR 2 ausgestrahlt wurde und in der jeweils nur ein Prominenter Rede und Antwort stehen musste. In diesen drei Stunden wurde das ganze Leben des Gastes durchgesprochen. Zwischendurch wurden zur Auflockerung immer wieder so genannte Überraschungsgäste per Telefon zugeschaltet.

Marc hatte jetzt auch eine Idee, was sich hinter den anderen Kürzeln auf den Kassetten verbarg. *Bio* stand wahrscheinlich für *Boulevard Bio,* und *III n. 9* für *Drei nach neun,* eine Fernsehtalkshow im dritten Programm des NDR. Er wusste, dass die Günther in all diesen Sendungen aufgetreten war. Wahrscheinlich waren die Aufnahmen der Frau, die Seidler immer noch liebte, in seiner Wahnwelt sein kostbarster Besitz, der den Illuminaten auf keinen Fall in die Hände fallen durfte. Kein Geld, kein Gold, keine Diamanten, keine Erpressung, keine weiteren verschlüsselten Hinweise.

Marc schloss für einen Moment enttäuscht die Augen. Die ganze Sucherei war umsonst gewesen. Er hatte Stunden und Tage darin investiert, belanglose Erinnerungsstücke aufzutreiben. Für ein paar Sekunden war er in Versuchung, die Kassette zu nehmen und aus dem Fenster zu schmeißen, aber er beherrschte sich. Zum einen brauchte er die Bänder zum Nachweis seiner Aktivitäten für das Amtsgericht, zum anderen hatte er noch eine langweilige Fahrt von mehreren Stunden vor sich, die er irgendwie ausfüllen musste. Und es konnte schließlich auch ganz interessant sein, ein paar Details aus dem Leben der Frau zu erfahren, der er morgen im Gerichtssaal gegenüberstehen würde und die es immerhin geschafft hatte, einen ausgewachsenen Psychologie-Professor in den Wahnsinn zu treiben.

Die Stimme von Brian Adams verebbte mit einem immer leiser werdenden *And now you're gone.* Marc drehte den Lautstärkeregler nach rechts und der Moderator meldete sich wieder zu Wort.

»Von wegen gegangen. Sie ist gekommen. Die parlamentarische Staatssekretärin Dr. Elisabeth Günther heute Abend zu Gast im Montalk auf WDR 2 aus dem ARD-Hauptstadtstudio in Berlin. Frau Dr. Günther, 1998 Wahlsieg und die erste Koalition der Grünen mit der SPD auf Bundesebene. Können Sie sich heute noch daran erinnern, was am Wahlabend in Ihnen vorgegangen ist, als Sie von dem Sieg Ihrer Partei erfahren haben?«

»Nun, ich habe mich natürlich sehr darüber gefreut, wie Sie sich vielleicht denken können. Ich gehörte ja schon immer zu dem Teil der Grünen, der die Auffassung vertreten hat, dass das Ziel sein muss, irgendwann Regierungsverantwortung zu übernehmen. Wir hatten uns ja schon vorher mit der SPD darauf verständigt, dass Sascha Schneider im Falle eines Wahlsieges das Bundesinnenministerium leiten sollte, und für mich begann eigentlich schon am Wahlabend das intensive Nachdenken über unsere ersten Gesetzesinitiativen.«

»Ein grüner Minister und das Thema ›Innere Sicherheit‹. Hatten Sie keine Angst davor, was die Leute dazu sagen würden?«

»Nein, Herr Erdenberger, überhaupt nicht. Wir hatten schließlich schon durch unsere jahrelange Arbeit in Hessen bewiesen, dass ein grüner Innenminister nicht Anarchie bedeutet und dass Grüne nicht nur das Umweltressort erfolgreich bewältigen können.«

»War es eigentlich von Anfang an klar, dass Sie im Falle eines Wahlsieges parlamentarische Staatssekretärin im Bundesinnenministerium werden würden?«

»Sagen wir mal so: Als Sascha Schneider mich gefragt hat, kam das nicht völlig überraschend.«

»Aber man hört, dass Sie nicht ewig ›nur‹ parlamentarische Staatssekretärin bleiben wollen ...«

»Also diese Frage stellt sich mir derzeit überhaupt nicht. Ich kann sagen, dass ich meine momentane Tätigkeit sehr gerne ausübe und als parlamentarische Staatssekretärin noch viele dringende Aufgaben erledigen kann und muss.«

»Aber ein Ministeramt würde Sie doch reizen, oder nicht?«

Elisabeth Günther zögerte einen Augenblick zu lang, bevor sie antwortete, und bestätigte damit stillschweigend ihr Interesse. »Wie gesagt, die Frage ist im Augenblick rein akademisch«, sagte sie. »Die gesamte Bundesregierung macht seit Monaten einen derart fantastischen Job, dass eine Kabinettsumbildung in absehbarer Zeit ohnehin nicht zu erwarten ist.«

»Gut, ich sehe, mit dieser Frage beiße ich bei Ihnen auf

Granit. Ein anderes Thema. Wenn man Sie so im Fernsehen sieht, wirken Sie immer absolut perfekt organisiert und beherrscht. Haben Sie eigentlich keine Schwächen?«

Elisabeth Günther lachte wieder auf. »Mit Sicherheit, wie alle Menschen. Meine Hauptschwäche ist wohl die, dass ich manchmal zu ungeduldig bin. Dann kann ich auch schnell aus der Haut fahren. Aber hinterher tut es mir dann immer Leid und ich entschuldige mich sofort bei meinen Leuten.«

Marc musste grinsen. Der einzige Fehler, den ein Politiker öffentlich zugeben durfte: Ungeduld. Zum einen wirkte Elisabeth Günther auf diese Weise sympathisch, weil sie sich auf eine Stufe mit ihren Mitmenschen stellte, die sich schließlich auch mal aufregten, zum anderen brachte sie unterschwellig so auch die eigentliche Botschaft an den Mann: Sie sprühte den ganzen Tag derart vor genialen Einfällen und begnadeten Geistesblitzen, dass ihre leider nur durchschnittlich begabten Mitarbeiter ihr einfach nicht immer sofort folgen konnten. Das traurige Schicksal aller Genies.

Marc konzentrierte sich wieder auf das Interview.

»Frau Dr. Günther. Verraten Sie uns, wie Sie den heutigen Tag verbracht haben?«

»Gerne. Obwohl das mit Sicherheit nicht so aufregend ist, wie Sie sich das vielleicht vorstellen. Mein Arbeitstag beginnt eigentlich schon morgens um sechs. Dann lese ich mindestens fünf Tageszeitungen. Das Ministerium erreiche ich meist so um acht. Da geht es dann weiter mit Sitzungen und Besprechungen, die sich heute zum Beispiel über den ganzen Tag gezogen haben.«

»Wie lange arbeiten Sie an einem durchschnittlichen Arbeitstag?«

»Also, ich gehöre nicht zu den Leuten, die ihre Stunden zählen. Aber manchmal geht das schon bis spät in den Abend.«

»Aber nicht heute, denn heute ist sie hier. Elisabeth Günther, parlamentarische Staatssekretärin im Bundesinnenministerium.«

Eine weitere Unterbrechung durch Musik. Diesmal verbreiteten die Dire Straits gepflegte Langeweile. Marc stöhnte leise. Die Musikauswahl wurde immer schlimmer. Wahrscheinlich hatte der zuständige Redakteur einfach zwei Kuschelrock-Sampler eingelegt, die er jetzt abwechselnd abspielte. Marc spulte vor und landete genau an der Stelle, an der das Gespräch wieder einsetzte.

»Frau Dr. Günther, wir wollen uns jetzt Ihrer Kindheit und Jugend zuwenden. Ihre ersten Lebensjahre haben Sie in Bochum verbracht, wo Sie auch zur Schule gegangen sind. Ihr Vater war Lehrer, Ihre Mutter Hausfrau. Was verbinden Sie mit dem Begriff ›Kindheit‹? Wie haben Sie die Zeit damals empfunden?«

»Als sehr schön und behütet. Ich kann mich an meine Kindheit in Bochum gut erinnern. Doch mit zunehmendem Alter habe ich unsere häusliche Situation, insbesondere die meiner Mutter, als sehr einengend und bedrückend empfunden. Ich glaube, ich habe mir damals schon geschworen, dass ich nie so werden wollte wie meine Eltern. Ich wollte vielmehr versuchen, die Dinge selbst in die Hand zu nehmen und aktiv etwas zu verändern. Ich glaube, das war bei vielen Angehörigen meiner Generation so.«

»Im Alter von sechs Jahren sind Sie eingeschult worden.«

»Richtig. In der Grundschule ist mir besonders eine Geschichte in Erinnerung geblieben. Vielleicht haben wir so viel Zeit, dass ich die gerade erzählen kann?«

»Ich bitte sogar darum.«

»Nun, es wird doch immer wieder berichtet, dass ein bekannter Politiker schon in den Achtzigern am Tor des Kanzleramtes gerüttelt und gerufen haben soll: Ich will da rein. Bei mir war es so ähnlich, allerdings viel früher, eben in der Grundschule. Unsere Klassenlehrerin hat uns Hauffs Märchen vom *Falschen Prinzen* erzählt, der am Ende zwischen den Kästchen ›Ruhm und Ehre‹ und ›Reichtum und Glück‹ wählen muss. Die Lehrerin hat uns dann gefragt, wie wir uns entschieden hätten. Meine vierunddreißig Mitschüler haben sich alle für ›Reichtum und Glück‹ entschieden, ich war die

Einzige, die ›Ruhm und Ehre‹ gewählt hat. An dem Tag habe ich zum ersten Mal gemerkt, dass ich anders bin als die anderen und in meinem Leben wahrscheinlich nicht immer den leichtesten Weg gehen würde.«

»Eine sehr schöne Geschichte. Sie haben dann das Graf Engelbert Gymnasium in Bochum besucht. Was wissen Sie noch von dieser Zeit?«

»Man kann sagen, dass eigentlich schon damals meine politische Arbeit begann. Ich war in der Fachschaft aktiv, ein Jahr war ich sogar Schulsprecherin. Ich habe mich für Partnerschaften mit Städten in der Dritten Welt eingesetzt und war natürlich auch Mitarbeiterin der Schülerzeitung. Fragen Sie mich jetzt aber bitte nicht nach dem Namen, den weiß ich nämlich nicht mehr.« Elisabeth Günther lachte befreit auf.

»Keine Angst. Können Sie sich vielleicht noch an Schulfreunde oder Schulfreundinnen von damals erinnern? Haben Sie heute noch Kontakt zu einigen von denen?«

»Oh, da muss ich jetzt wirklich nachdenken. Nein, Kontakt besteht seit Jahren eigentlich keiner mehr. Leider, muss ich sagen. Aber ich bin jetzt auch schon sehr lange aus Bochum weg und habe auch zu viel zu tun, um die alten Beziehungen pflegen zu können.«

»Können Sie sich an den Namen Ihrer damaligen besten Freundin erinnern, die praktisch die ganze Schulzeit neben Ihnen gesessen hat?«

»Ja, das kann ich natürlich. Das war die Margret Fischer.«

Die Stimme des Moderators erklang eine Oktave höher und zehn Dezibel lauter: »Und eben die ist jetzt Ihr erster Überraschungsgast am Telefon. Allerdings heißt sie jetzt nicht mehr Fischer, sondern Rogalski. Guten Abend, Frau Rogalski.«

»Ja, guten Abend, Herr Erdenberger. Hallo, Elisabeth.«

»Margret? Bist du es wirklich?« Elisabeth Günther kreischte vor Begeisterung. »Na, diese Überraschung ist Ihnen wirklich gelungen, Herr Erdenberger. Ich glaub es einfach nicht, die Margret Fischer. Mensch, was ist denn aus dir geworden? Wie viele Jahre ist das jetzt her?«

»Es ist ein Vierteljahrhundert seit dem Abitur. Leider ist mein Leben nicht ganz so aufregend verlaufen wie deins. Ich habe geheiratet und zwei Kinder bekommen. Aber die sind jetzt auch schon fast aus dem Haus und ich fange langsam an, mich nach etwas Neuem umzusehen. Ein Studium vielleicht. Ich wohne inzwischen in der Nähe von München. Hast du dich nicht über meinen bayerischen Dialekt gewundert? Auf jeden Fall musst du mich unbedingt mal besuchen.«

»Wenn ich da mal unterbrechen darf, Frau Rogalski«, ging der Moderator dazwischen. »Sie werden später noch genügend Zeit haben, sich zu einem Treffen zu verabreden. Aber jetzt wollen unsere Hörer natürlich erst mal wissen, wie die Elisabeth Günther denn so als Schülerin war. War sie faul oder fleißig? Und hat sie Sie auch mal abschreiben lassen?«

»Elisabeth war schon als Schülerin politisch sehr aktiv. Aber sie war auch eine der Besten. Davon habe ich als ihre Tischnachbarin natürlich immer sehr profitiert. Sie war überhaupt keine Streberin und hat sich sehr für ihre schwächeren Mitschüler eingesetzt.«

»Margret, du übertreibst«, war Elisabeth Günthers mahnende Stimme zu vernehmen.

»Aber keineswegs. Und noch etwas sollte man vielleicht erwähnen. Sie hat schon damals fantastisch ausgesehen und allen Jungen den Kopf verdreht.«

»Frau Rogalski, Sie müssten Frau Dr. Günther sehen können. Sie ist ganz rot geworden.«

»Ja, also wirklich, Margret. Mach mal halblang.«

»Nein, nein. Du glaubst ja gar nicht, wie ich dich damals beneidet habe. Aber immerhin habe ich auch von deinem Aussehen profitiert. Ohne Elisabeth hätte ich nie meinen heutigen Mann kennen gelernt. Aber ich weiß nicht, ob das jetzt hierher gehört.«

»Aber natürlich. Bitte erzählen Sie uns die Geschichte, Frau Rogalski.«

»Viel gibt es da eigentlich nicht zu sagen. Mein Mann hat es damals zuerst bei Elisabeth versucht, und als er bei ihr nicht landen konnte, hat er es in seinem Frust eben bei ihrer nicht ganz so hübschen Freundin Margret probiert. Tja, und das hat bis heute gehalten.«

Allgemeines Gelächter erfüllte das Studio.

»Moment mal«, fragte Elisabeth Günther, nachdem sich alle wieder beruhigt hatten. »Du heißt jetzt Rogalski? Du willst mir doch wohl nicht erzählen, dass du Michael Rogalski geheiratet hast? Nein, ich fass es nicht! Und Michael war mal an mir interessiert? Das habe ich damals noch nicht mal gemerkt.«

»Ich auch nicht. Michael hat mir erst vor ein paar Jahren gestanden, dass er eigentlich hinter dir her war. Aber er hat freundlicherweise auch noch hinzugefügt, dass er dir mittlerweile verziehen hat, dass du ihn verschmäht hast. Sonst hätte er mich schließlich nicht kennen gelernt.«

Wieder setzte Gelächter ein. Dann fragte der Moderator: »Haben Sie noch mehr so lustige Geschichten aus Ihrer Schulzeit auf Lager?«

Für einen Moment wurde es still und Marc hörte nur das gleichmäßige Brummen des Motors.

»Andere lustige Geschichten?«, echote Margret Rogalski zögernd. »Puh, ich weiß nicht, aber da fällt mir im Moment nichts ein. Halt, doch! Elisabeth, darf ich diese Geschichte aus dem Biounterricht erzählen?«

»Welche Geschichte aus dem Biounterricht?« Elisabeth Günther schien verwirrt.

»Na, du weißt schon, als du in der zehnten Klasse dieses Referat halten musstest.«

»Ach, das«, sagte Elisabeth Günther ohne große Begeisterung. »Ich weiß nicht, ob das von allgemeinem Interesse ist.«

»Nein, nein, jetzt haben Sie uns alle neugierig gemacht, Frau Rogalski«, mischte sich Manfred Erdenberger in die Diskussion ein. »Diese Geschichte wollen wir auch noch hören.«

»Elisabeth?«, fragte Margret Rogalski zaghaft nach.

»Also gut«, gab Elisabeth Günther schließlich seufzend

ihren Segen. »Allerdings ist diese Sache nicht gerade schmeichelhaft für mich.«

»Wieso das denn nicht? Du konntest doch gar nichts dafür. Also, wie gesagt, es war im Biounterricht, ich glaube, in der zehnten Klasse. Jeder Schüler musste einen Vortrag über eine heimische Pflanze halten, die der Lehrer bestimmt hat. Dann kam der Tag, an dem Elisabeth mit ihrem Referat dran war. Sie stand einsam und allein vor der ganzen Klasse und begann, ich weiß es noch, als wäre es erst gestern passiert, mit den Worten: ›Heute behandle ich eine Pflanze aus der Gattung der Dickblattgewächse, nämlich die Fetthenne.‹ Sie können sich die Reaktion der Klasse kaum vorstellen, als dieser Satz heraus war. Alle brüllten vor Lachen. Die Situation war aber auch zu komisch. Elisabeth mit ihrer gertenschlanken Figur will über die Fetthenne sprechen. Nun, die Konsequenz aus dieser Geschichte war auf jeden Fall, dass sich das in Windeseile in der ganzen Schule rumgesprochen hat und Elisabeth von Stund an von jedem nur noch ›fette Henne‹ genannt wurde. Tja, so kommt man an einen Spitznamen. Das ging jahrelang so. Damals hat sie wirklich jeder so genannt, ich glaube, sogar ihre eigenen Eltern. Elisabeth hat das natürlich überhaupt nicht gepasst, aber Sie kennen das ja. Je mehr man sich dagegen wehrt, desto gnadenloser werden die Mitmenschen. Nennt dich eigentlich heute noch jemand so?«

Marc stellte das Radio ab. Alle seine Härchen auf seinem Unterarm hatten sich aufgestellt. Die fette Henne! Der Deckname der Frau in der RAF, die nach der Schilderung von Sonja Boge zusammen mit Klaus Helms geholfen hatte, das Material für den Raketenwerferanschlag auf die Bundesanwaltschaft im Jahr 1977 zu besorgen. Aber war das möglich? Elisabeth Günther, parlamentarische Staatssekretärin im Bundesinnenministerium, sollte *die* fette Henne sein, die vor fünfundzwanzig Jahren die RAF bei den Vorbereitungen auf einen blutigen Terroranschlag unterstützt hatte?

Auf einmal passten alle Puzzleteile zusammen. Die kryptischen Bemerkungen Klaus Helms' gegenüber Sonja Boge, er habe im Falle einer Verhaftung nichts zu befürchten, weil er etwas über eine bestimmte Person wisse. Helms war der Einzige in der damaligen Gruppe gewesen, der die Identität der fetten Henne kannte. Der Einzige außer dem Gruppenführer Felix alias Hanns Joachim Maak, der schon seit 1979 tot war. Wegen dieses Wissens hatte Klaus Helms sterben müssen. Conzen hatte mit seiner Theorie über Bad Reichen im Prinzip Recht gehabt. Allerdings war es nicht Sascha Schneider gewesen, der den Auftrag für Helms' Liquidierung gegeben hatte, sondern Elisabeth Günther. Als damalige persönliche Referentin von Schneider war sie über den Einsatz des V-Mannes und die bevorstehende Verhaftung von Helms und Boge natürlich genauso informiert wie der hessische Innenminister.

Nachdem die Ermittlungen zu den Ereignissen in Bad Reichen im Sande verlaufen waren, hatte sie sich sicher fühlen können, bis Christina Helms in Aktion getreten war. Nun musste Elisabeth Günther erneut dafür sorgen, dass alle Personen, die ihr gefährlich werden konnten, für immer verstummten. Sie war es vermutlich gewesen, die die ehemaligen GSG-9-Männer Konniecka und Bender hatte liquidieren lassen. Und sie war es auch gewesen, die den Mord an Martin Conzen veranlasst hatte. Jetzt musste sie nur noch den bisher unbekannten GSG-9-Mann Nummer 6 und Christina Helms und – Marc zögerte – ihn selbst aus dem Weg räumen, dann war Elisabeth Günther endgültig aus dem Schneider.

Marc nickte langsam wie zu seiner eigenen Bestätigung. Jetzt musste er seine Theorie nur noch beweisen. Plötzlich grinste er. Alle diese Erkenntnisse hatte er letztendlich einem Wahnsinnigen zu verdanken. Professor Seidler, der die Trennung von Elisabeth Günther nie verwunden hatte und praktisch aus dem Grab Rache nahm, auch wenn das mit Sicherheit nicht in seiner Absicht gelegen hatte.

Derart in seine Gedanken vertieft, hätte Marc fast das Schild übersehen, das eine kurvige Strecke mit einer zwölfprozentigen Steigung ankündigte. Marc konnte sich nicht daran erinnern, diese Straße auf dem Hinweg entlanggefahren zu sein. Wahrscheinlich hatte er irgendwo eine Abzweigung verpasst. Egal, die ungefähre Richtung nach Norden schien zu stimmen und an Umkehren war ohnehin im Moment nicht zu denken, da die schmale Straße auf der einen Seite von einer hohen Felswand und auf der anderen von einer stabilen Leitplanke begrenzt wurde.

Nach drei Kurven ging es steil bergan in eine immer kahler und herber werdende Landschaft. Der altersschwache Motor des Golf gab ein paar protestierende Geräusche von sich, als Marc runterschaltete, aber selbst im zweiten Gang kam er kaum noch vorwärts. Der Schweiß trat ihm immer stärker auf die Stirn und in den Nacken, während sich der Golf die Serpentinen hochkämpfte. Irgendwann musste dieser Berg doch mal ein Ende haben. Rechts gähnte mittlerweile ein tiefer Felsenabhang, der zum Glück durch eine etwa fünfzig Zentimeter hohe Bruchsteinmauer gesichert war. Marc riskierte einen schnellen Blick und erschauderte. Wer da runterstürzte, hatte keine Überlebenschance.

Nach schier endlosen zwanzig Minuten erreichte er endlich die Passhöhe. Marc lehnte sich erleichtert in seinem Sitz zurück. In einer irrationalen Gefühlsaufwallung klopfte er auf das Lenkrad des Golf. Gut gemacht. Doch dann ging es auf der anderen Seite natürlich nach unten und die Straße schien noch enger zu werden. Marc blieb im zweiten Gang und machte sich gemächlich an die Abfahrt. Immerhin hatte er das Schlimmste hinter sich. Verkehr gab es kaum, schon seit einigen Minuten war ihm niemand mehr entgegengekommen. Marc warf einen Blick in den Rückspiegel und zuckte zusammen, als dort formatfüllend das klassische Automobilgesicht eines Jeep Grand Cherokee mit den sechs senkrechten Streben, die entfernt an ein Haifischmaul erinnerten, auftauchte. Davor war ein riesiger Rammschutz aus Edelstahl montiert.

Marc fuhr äußerst rechts, um den Geländewagen vorbeizulassen, aber der Fahrer machte keinerlei Anstalten, ihn zu überholen. Marc kurbelte sein Fenster herunter und streckte den Arm heraus, um den Jeep vorbeizuwinken, aber der Allrad blieb immer noch hinter ihm. Dann eben nicht. Allerdings wäre Marc beträchtlich wohler gewesen, wenn der große Wagen nicht so dicht aufgefahren wäre, dass sein Rammbügel fast schon die Stoßstange des Golf berührte. Vielleicht wartete der andere Fahrer auf eine günstigere Gelegenheit, um ihn zu überholen.

Und tatsächlich: Zwei Kurven später öffnete sich vor ihnen eine längere gerade Strecke und der Offroader scherte aus und schob sich neben den Golf. Marc warf einen interessierten Blick aus seinem Seitenfenster, aber die fast schwarz getönten Scheiben des Geländewagens verwehrten ihm einen Blick in das Wageninnere.

Warum fuhr der Fahrer nicht endlich vorbei? Da machte der Jeep einen kleinen ausholenden Schwenker nach links und knallte anschließend mit Schwung in die Fahrerseite des Golf. Der brach sofort nach rechts aus und nur die Leitplanke verhinderte, dass er fünfzig Meter in die Tiefe stürzte. Marc fing den Golf ab, dann traf ihn schon die nächste Breitseite. Metall traf auf Metall und mit einem entsetzlichen Kreischen schlidderte der Golf fast fünfzig Meter an der Leitplanke entlang. Marcs Herz begann zu rasen, der Schweiß quoll ihm aus allen Poren. Jetzt konnte es keinen Zweifel mehr geben. Das hier war nicht nur einfach ein gefährliches Spiel, der Fahrer des Jeep wollte ihn umbringen, nichts anderes. Nach Konniecka, Bender und Conzen war nun also er an der Reihe.

Plötzlich ertönte von vorn ein lautes Hupen – ein anderer Wagen kam ihnen entgegen. Der Geländewagen wurde sofort abgebremst und schwenkte hinter dem Golf ein. Doch kaum hatte sie der entgegenkommende Wagen passiert, pendelte der Jeep auf die linke Fahrspur zurück und schloss seitlich neben dem Golf auf. Marc schüttelte verzweifelt den Kopf. Immer wieder riss der Fahrer des Jeep sein Lenkrad scharf nach rechts und drängte Mark wieder und wieder gegen die Leitplanken.

Auf einmal ließ sich der Jeep zurückfallen und verschwand

aus Marcs Blickfeld. Der konnte sein Glück kaum fassen. Hatte der Typ endlich genug? Alle paar Sekunden vergewisserte er sich im Spiegel, aber der Jeep tauchte nicht mehr auf. Erleichtert wischte Marc sich die schweißnassen Hände an der Hose ab. Was sollte das? Wenn ihn der Jeepfahrer hatte umbringen wollen, warum hatte er das nicht längst getan?

Er hatte den Gedanken kaum zu Ende gedacht, als er von hinten einen heftigen Aufprall spürte, der ihn erst in seinen Sitz zurückriss und anschließend seinen Oberkiefer auf das Lenkrad knallen ließ. Der Schmerz setzte mit der Verzögerung von ein paar Sekunden, dafür aber umso heftiger ein. Marc schmeckte Blut in seinem Mund und fuhr sich mit der Zunge über seine Zähne. Eine Ecke der Keramikkrone seines rechten Schneidezahns war abgebrochen. Der Jeep klebte an seiner Stoßstange und schob den Golf gnadenlos vor sich her. Zu seinem Entsetzen musste Marc feststellen, dass die rettenden Leitplanken ohne erkennbaren Grund geendet hatten und sich zwischen ihm und dem Abgrund nur noch eine wenige Zentimeter hohe Straßenrandmarkierung befand. In panischer Angst riss Marc das Lenkrad hart nach links. Nur den Bruchteil einer Sekunde später scherte auch der Allrad nach links aus und quetschte sich wieder neben Marc, um ein weiteres Ausweichen zu verhindern.

Marc hatte keine Chance, dem Jeep davonzufahren, also stieg er voll in die Bremsen, um der tödlichen Umklammerung zu entkommen. Aber der Fahrer des Jeep hatte sein Manöver vorausgesehen und bremste ebenfalls ab. Marc wagte einen kurzen Blick zur Seite. Die Leitplanken fehlten immer noch und ihm war bewusst, dass der nächste Angriff der letzte sein würde.

Eine Linkskurve kam auf ihn zu. Der Angreifer musste nichts weiter tun, als neben ihm zu bleiben, und er würde unweigerlich auf den Abgrund zurasen. Das war das Ende! Marc schloss die Augen. In der gleichen Sekunde hörte er vor sich eine lang gezogene Sirene, die an das Nebelhorn eines Ozeandampfers erinnerte. Marc riss die Augen auf und sah, dass ihnen auf der Gegenfahrbahn eine riesige Zugmaschine mit zwei Anhängern entgegenkam. Der Fahrer des Geländewagens verlangsamte sofort die Geschwindigkeit und versuchte sich hinter dem Golf einzuordnen.

Geistesgegenwärtig stieg Marc auf die Bremsen, um dem Jeep keine Möglichkeit zu lassen, hinter ihn zu kommen. Beide Wagen wurden immer langsamer, bis sie nebeneinander fast zum Stillstand gekommen waren, während der Lkw sich von vorne schnell näherte. Der Fahrer des Jeep schien zu begreifen, dass er so nicht wieder auf die rechte Straßenseite gelangen konnte. Er hatte nur noch eine Chance: Er musste Vollgas geben, um vor dem Golf auf die rechte Fahrbahn einscheren zu können. Marc hörte das Aufheulen des großen Motors neben sich, rammte seinen Schaltknauf nach vorne und drückte das Gaspedal bis zum Bodenblech durch, sodass der Golf fast einen kleinen Satz machte. Natürlich hatte er gegen das Beschleunigungsvermögen des Jeep keine Chance, aber die paar Meter, die er gewann, reichten, um dem Geländewagen die Rückkehr von der Gegenfahrbahn zu verwehren.

Die Sirene des Lkw war mittlerweile ohrenbetäubend laut und erst jetzt schien der Fahrer der Zugmaschine zu bemerken, dass der Jeep nicht mehr ausweichen konnte. Er leitete eine so starke Vollbremsung ein, dass sich seine Reifen in schwarzen Rauch aufzulösen schienen. Aber es war zu spät.

Mit einem grauenvollen Krachen schob sich Metall ineinander und der Jeep wurde, wie von einer Riesenfaust getroffen, fast hundert Meter zurückgeschoben, bis das ineinander verkeilte Blechknäuel zum Stehen kam. Marc gelang es, seinen Wagen vor der nächsten Kurve zum Stehen zu bringen, dann sackte er hinter dem Lenkrad zusammen.

Marc hatte nicht die geringste Ahnung, wie viel Zeit vergangen war, bis er wieder halbwegs einen klaren Gedanken fassen konnte. Mit weichen Knien stieg er aus. Inzwischen hatten einige Autos an der Unfallstelle gehalten. Der Fahrer des Lkw hockte am Straßenrand, anscheinend schwer geschockt. Ein Mann hatte eine Decke über seine Schultern gelegt und sprach leise auf ihn ein. Marc ging weiter, bis er zu dem Jeep gelangte, der wie eine zermalmte Bierdose aussah. Von dem Fahrer war nichts zu sehen.

Ein Mann trat von hinten an Marc heran. Als er das Blut in seinem Gesicht sah, fragte er atemlos: »Brauchen Sie Hilfe?«

»Nein, ich brauche ein Telefon«, antwortete Marc stotternd.

Der Mann wandte sich von ihm ab und warf einen Blick auf das Chaos aus verbogenem und gerissenem Metall und Blech. Dann schüttelte er fassungslos den Kopf. »Mein Gott, was ist hier bloß passiert?«

Kapitel 31

In letzter Minute betrat Marc den Gerichtssaal. Sein erster Blick fiel auf den Tisch der Beklagtenseite. Dort saß heute nicht wie beim letzten Termin Oberregierungsrat Wüllner, sondern der leitende Regierungsdirektor Dr. Kamnitz. Der Chef des Versorgungsamtes Bielefeld hatte es sich also nicht nehmen lassen, die Interessen seiner Behörde an diesem bedeutsamen Tag selbst wahrzunehmen. Auf den Zuschauerbänken hockte wieder Hollmann, der Präsident des Sozialgerichts. Marc nickte ihm kurz zu und ließ sich dann neben Christina nieder, die ihn bereits ungeduldig erwartete.

»Mein Gott, wo haben Sie denn die ganze Zeit gesteckt?«, begrüßte sie ihn, während Marc sich die Robe überstreifte. »Ich habe gestern den ganzen Tag versucht, Sie zu erreichen.«

»Gestern ist viel passiert«, erwiderte Marc. »Das werde ich Ihnen nach der Sitzung erzählen.«

»Aber ...«

»Ich sagte, *nach* der Sitzung. Jetzt muss ich mich auf die Verhandlung und die Vernehmung der Günther konzentrieren. Apropos, haben Sie die Dame schon gesehen?«

»Nein«, sagte Christina. »Aber auf dem Parkplatz steht ein 7er BMW mit Berliner Kennzeichen und einer ganz kurzen Nummer. Ich nehme an, dass das ihr Wagen ist. Wie sieht es Ihrer Meinung nach aus? Haben wir eine Chance, an den Namen des zweiten GSG-9-Mannes zu kommen?«

Marc sah sie an und überlegte für einen Moment, ob er ihr nicht doch schon die ganze Wahrheit erzählen sollte. Aber dafür war jetzt ohnehin keine Zeit mehr.

»Ich fürchte, unsere Chancen stehen in dieser Hinsicht eher schlecht«, sagte er. »Nach den Morden an Bender und Konniecka braucht die Günther wohl kaum noch besonders brillante Argumente, um den Richter davon zu überzeugen, dass die Beamten in Gefahr sind. Aber vielleicht sind die Namen auch gar nicht mehr wichtig«, fügte er kryptisch hinzu.

»Was soll das heißen?« Christina starrte ihn mit großen Augen an. »Wieso sind die Namen auf einmal nicht mehr wichtig? Was haben Sie ...«

Marc unterbrach sie, indem er seine Hand leicht auf ihren Unterarm legte. »Scht, es geht los.«

Reinhold betrat den Saal und nahm hinter seinem Stuhl Aufstellung. Alle Anwesenden erhoben sich fast gleichzeitig, eine Bewegung, die vom Geräusch schrappender Stühle auf dem Fußboden begleitet wurde. Reinhold ließ seinen Blick über den Saal schweifen. Marc hatte den Eindruck, dass er bei Hollmanns Anblick wieder kurz zusammenfuhr, aber vielleicht hatte er sich auch getäuscht. Reinhold hätte sich schließlich denken können, dass der Präsident des Sozialgerichts im Auge behalten wollte, ob ein Mitglied seines Gerichts nicht die ganze Innung vor dem hohen Gast aus Berlin blamierte.

Reinhold nahm hinter der Richterbank Platz und bat die Anwesenden, sich ebenfalls zu setzen. Wieder wurden Stühle gerückt, dann kehrte Ruhe ein.

»Ich rufe auf die Sache Helms gegen das Land Nordrhein-Westfalen«, diktierte Reinhold in seine Stenorette. »Es erscheint die Klägerin und Herr Rechtsanwalt Hagen, für das beklagte Land Herr ...?«

Er sah Kamnitz fragend an. Offenbar hatte er den Leiter des Versorgungsamtes bisher noch nie zu Gesicht bekommen, was aber nicht weiter verwunderlich war, weil der das Alltagsgeschäft vor Gericht sonst lieber seinen Mitarbeitern überließ.

»Meine Name ist Dr. Kamnitz«, sagte Dr. Kamnitz pikiert. Sein Gesicht zeigte eine leichte Röte.

»Aha, und haben Sie auch eine Generalterminsvollmacht?«, fragte Reinhold unschuldig nach.

Kamnitz wurde noch etwas roter. »Allerdings, ich …«

»Gut«, fiel Reinhold ihm ins Wort und atmete tief durch. »Ich denke, dann können wir jetzt beginnen.« Er drückte auf einen Knopf, der das Mikrofon auf seinem Tisch und den Lautsprecher auf dem Flur aktivierte. »Frau Dr. Günther, bitte in Saal 1 eintreten.«

Sekunden später flog die Tür auf und die parlamentarische Staatssekretärin wehte in einem weiten Sommermantel herein. Marc fiel gleich auf, dass sie darunter dasselbe körperbetonte Kostüm trug wie bei ihrem Treffen in Berlin. Offenbar handelte es sich dabei um ihre Standardkleidung, wenn es darum ging, einen Mann zu beeindrucken. In ihrer rechten Hand hielt sie eine lederne Aktenmappe. Ohne Marc oder einen anderen Beteiligten eines Blickes zu würdigen, steuerte Elisabeth Günther auf das kleine Podest zu, auf dem der Richtertisch stand. Dann streckte sie ihre Hand aus und bedachte Reinhold mit einem strahlenden Lächeln.

»Guten Morgen, Herr Vorsitzender. Ich bin Elisabeth Günther. Wir haben ja bereits miteinander telefoniert und ich möchte mich noch einmal persönlich bei Ihnen bedanken, dass Sie es ermöglicht haben, meine offenbar unumgängliche Vernehmung so kurzfristig anzusetzen. Ich kann Ihnen versichern, dass auch dem Minister sehr daran gelegen ist, diese leidige Angelegenheit möglichst schnell aus der Welt zu schaffen.«

Reinhold schien es vor Überraschung die Sprache verschlagen zu haben. So enthusiastisch war er in seiner jungen Karriere noch von keinem Zeugen begrüßt worden. Im Gegenteil, die meisten Zeugen mochten Gerichtstermine in etwa so sehr wie Zahnschmerzen und waren heilfroh, wenn sie die Saaltür wieder hinter sich schließen konnten. Marc musste Elisabeth Günther im Stillen zu ihrer Taktik gratulieren. Offenbar hatte sie begriffen, dass sie hier mit Fundamentalopposition nichts erreichen würde und sich am schnellsten aus der Affäre ziehen konnte, wenn sie volle Kooperationsbereitschaft demonstrierte.

Reinhold schien auch gleich auf ihre Masche anzuspringen. Er grinste die parlamentarische Staatssekretärin dämlich an und bat sie, hinter dem kleinen Zeugentisch, der in der Mitte des Raumes stand, Platz zu nehmen. Elisabeth Günther bedankte sich fast unterwürfig und wandte sich um. Dabei fiel ihr Blick zum ersten Mal auf Christina und Marc. Als Marc ihren Gesichtsausdruck sah, zuckte er unwillkürlich zusammen. Wenn Blicke töten könnten, hätte er sich auf der Stelle in ein kleines Häufchen Asche verwandelt.

»Frau Dr. Günther«, fuhr Reinhold betont freundlich fort. »Das Beweisthema, zu dem Sie hier gleich aussagen sollen, ist Ihnen ja bereits in der Ladung mitgeteilt worden. Es geht um die Frage, ob das Bundesinnenministerium triftige Gründe dafür hat, die Bekanntgabe der Identitäten der Beamten, die 1993 an der Aktion in Bad Reichen beteiligt waren, zu verweigern. Vor Ihrer Vernehmung muss ich Sie allerdings noch auf Ihre Wahrheitspflicht hinweisen. Das tue ich natürlich nicht, weil ich denke, dass Sie gleich die Unwahrheit sagen werden, sondern weil ich von Gesetzes wegen verpflichtet bin, *jeden* Zeugen vorher zu belehren.«

Um die Absurdität des bloßen Gedankens einer möglichen Falschaussage dieser Zeugin noch einmal zu betonen, warf er Elisabeth Günther ein entschuldigendes Lächeln zu. Dafür erntete er ein huldvolles Kopfnicken der Staatssekretärin, das ihm zu verstehen gab, dass sie volles Verständnis für die prekäre Situation des Richters hatte. Marc ahnte Schlimmes. Wenn sich der Richter und die Staatssekretärin weiter die Bälle wie zwei alte Freunde zuspielten, würde er bei ihrer Vernehmung nicht die geringste Chance haben.

Reinhold redete weiter: »Sie müssen hier also die Wahrheit sagen und dürfen nichts Wesentliches verschweigen.

Falls Sie die Unwahrheit sagen sollten, könnten Sie bestraft werden, und zwar mit einer Geldstrafe oder mit einer Freiheitsstrafe. Sie können auch vereidigt werden. Falls Sie dann einen Meineid leisten sollten, würde die Mindestfreiheitsstrafe ein Jahr betragen. Auch ein fahrlässiger Meineid ist strafbar.«

Er lächelte Elisabeth Günther wieder zu, um ihr und allen Anwesenden im Saal noch einmal zu demonstrieren, dass er diese Zeugin von der Möglichkeit eines Meineides in etwa so weit entfernt wähnte wie den Papst von einem Ehebruch. »Schließlich muss ich noch darauf hinweisen, dass sich der Eid nicht nur auf die Angaben zur Sache, sondern auch auf die Angaben zur Person erstreckt. Ich denke, Sie haben das verstanden?«

Elisabeth Günther nickte und strahlte Reinhold an, als ob das mit Abstand die beste Belehrung gewesen wäre, die sie in ihrem ganzen bisherigen Leben gehört hatte. Beruhigt setzte Reinhold seine Litanei fort. Dem Gesicht des jungen Richters war anzusehen, dass er sich zunehmend entspannte. Diese Günther schien allen Vorwarnungen zum Trotz eine höchst angenehme und umgängliche Zeugin zu sein. »Gut, dann beginnen wir mit den Angaben zu Ihrer Person. Ich brauche für das Protokoll noch einmal Ihren Namen.«

»Mein Nachname ist Günther. Meine Vornamen sind Elisabeth Gretchen.« Fast beschämt senkte sie den Blick. Schau nur, schien sie Reinhold sagen zu wollen, ich nehme deine Belehrung so ernst, dass ich vor dir sogar mein größtes Geheimnis, meinen entsetzlichen zweiten Vornamen, entblöße.

Marc hatte Mühe, ein Stöhnen zu unterdrücken. Reinhold hatte inzwischen nach ihrem Alter und ihrem Beruf gefragt und wartete auf eine Antwort.

»Ich bin dreiundvierzig Jahre alt. Ich habe ein Diplom als Psychologin, zurzeit bin ich allerdings als parlamentarische Staatssekretärin im Bundesinnenministerium tätig. Mit den Beteiligten bin ich weder verwandt noch verschwägert.«

Reinhold diktierte ihre vorweggenommene Antwort auf

die nächste Frage, die er ihr hatte stellen wollen, in seine Stenorette. »So, dann können wir jetzt wohl mit den Angaben zur Sache beginnen. Frau Dr. Günther, ich habe eigentlich nur eine einzige Frage an Sie. Sie wissen, um was es hier geht. Die Klägerin behauptet, ihr Vater sei 1993 von Angehörigen der GSG 9 in Bad Reichen ermordet worden. Ihr Anwalt hat nun beantragt, diese GSG-9-Männer als Zeugen zu vernehmen. Das Gericht kann diesem Antrag allerdings nur dann nachkommen, wenn ihm die Namen und Anschriften dieser Männer bekannt sind. Bisher haben Sie, oder genauer gesagt Ihre Behörde, sich unter Hinweis auf drohende Nachteile für das Wohl des Bundes geweigert, die Identitäten dieser Männer preiszugeben, dafür allerdings noch keine detaillierte Begründung abgegeben. Als Richter bin ich nun verpflichtet, dieser Frage nachzugehen, und deshalb sind Sie heute hier. Die Frage lautet also: Warum sehen Sie bei einer Preisgabe der Identitäten der GSG-9-Männer deren Gesundheit oder gar Leben als gefährdet an?«

Elisabeth Günther öffnete ihre Mappe und entnahm ihr ein paar Unterlagen. Dann setzte sie sich auf ihrem Stuhl zurecht, zupfte ihr Kostüm gerade und lächelte entspannt.

»Ich möchte vorausschicken, dass ich den Sperrvermerk seinerzeit nur deshalb ohne Begründung verfasst habe, weil ich davon ausgegangen bin, dass die Begründung offensichtlich ist. Das ist wohl nicht der Fall. Nun denn.« Sie legte eine kleine Kunstpause ein und sah zu Marc, um jedem im Saal deutlich zu machen, was sie von der Intelligenz dieses Anwalts hielt. »Also, das Bundesministerium des Inneren ist der Auffassung, dass eine Namensoffenlegung die Einsatzbereitschaft der Polizeibeamten in schwierigen Lagen, die eine sofortige Entscheidung über den Schusswaffengebrauch verlangen, beeinträchtigen würde. Diese Auffassung wurde in anderen Verfahren bereits von mehreren Verwaltungsgerichten bestätigt. Moment, ich habe die Entscheidungen bei mir.« Sie zog ein paar Blätter aus ihrer Aktenmappe, die sie an den Richter, Marc und den Vertreter des Versorgungsamtes verteilte. Offenbar war Elisabeth Günther von den Juristen ihres Ministeriums ausreichend mit Munition für ihre Vernehmung versorgt worden. »Ich habe die entscheidenden Passagen gekennzeichnet«, sprach sie weiter, nachdem sie sich wieder gesetzt hatte. »Wie Sie sehen, hat zum Beispiel das Verwaltungsgericht München entschieden, die Anonymität besonderer Polizeieinheiten, wie der mobilen Einsatzkommandos und der GSG 9, müsse im Interesse ihrer Funktionsfähigkeit gegenüber der Öffentlichkeit gewahrt werden. Dem ist wohl nichts hinzuzufügen. Lassen Sie mich aber noch etwas über diese im Wesentlichen juristische Begründung hinaus sagen. Das Entscheidende für uns bei der Abgabe des Sperrvermerks war, dass bei einer Preisgabe der Identitäten der Beamten, die an dem Einsatz in Bad Reichen beteiligt waren, die Gefahr droht, dass diese Racheanschlägen zum Opfer fallen. Ich sage es nicht gerne, aber leider haben sich unsere schlimmsten Befürchtungen mittlerweile bestätigt. Wir haben erfahren, dass dieser Herr ...«, sie deutete mit dem Kinn auf Marc, »... es offenbar in der letzten Woche geschafft hat, auf dubiose Weise die Namen von zwei der GSG-9-Männer, die in Bad Reichen dabei waren, herauszubekommen. Uns wurde weiter mitgeteilt, dass diese Männer praktisch unmittelbar danach förmlich hingerichtet worden sind. Ich denke, angesichts dieser Sachlage ist eine weitere Begründung der immensen Gefährdung dieser Männer entbehrlich.«

Reinhold nickte befriedigt. »Vielen Dank, Frau Dr. Günther. Ich habe keine weiteren Fragen mehr an die Zeugin. Herr Rechtsanwalt?« Er sah Marc mit erhobenen Augenbrauen an.

»Danke, Herr Vorsitzender. Ich würde in der Tat noch gerne das eine oder andere von der Dame wissen.« Mit diesem Worten wandte Marc sich der parlamentarischen Staatssekretärin zu. »Frau Dr. Günther, wenn Sie gestatten. Ich möchte darauf hinweisen, dass Sie den Sperrvermerk schon vor der Ermordung der beiden ehemaligen GSG-9-Männer verfasst haben. Dazu haben Sie eben angegeben, Sie hätten schon *vor* diesen Anschlägen die Befürchtung gehabt, die

Beamten seien gefährdet. Können Sie uns sagen, auf welchen Tatsachen diese Befürchtung beruhte?«

»Nun, ich will es natürlich versuchen«, antwortete Elisabeth Günther betont ernsthaft. »Wie Sie ja wissen, ist bei dem Einsatz in Bad Reichen der Vater Ihrer Mandantin, das mutmaßliche RAF-Mitglied Klaus Helms, ums Leben gekommen. In einer bestimmten Szene hat sich seit diesem Tag hartnäckig das Gerücht gehalten, Helms sei von der GSG 9 gezielt erschossen worden, als er bereits wehrlos war. Soweit mir bekannt ist, wird diese Theorie ja auch von Ihnen und Ihrer Mandantin verfolgt. Aufgrund dieser Gerüchte hatte der Bundesinnenminister, übrigens nicht nur der jetzige, sondern auch sein Amtsvorgänger von der CDU, schon immer die Befürchtung, die RAF könne eines Tages versuchen, Ihr ehemaliges Mitglied Klaus Helms zu rächen. Dass dieser Verdacht nicht ganz abwegig ist, zeigt die momentane Entwicklung.«

»Frau Dr. Günther, Sie erlauben, dass ich da noch einmal nachfrage. Sie haben uns gesagt, die zu erwartende Rache der RAF sei der entscheidende Grund für Ihre Weigerung gewesen, die Namen der GSG-9-Männer bekannt zu geben. Darf ich fragen, worauf Ihr Verdacht beruht, dass es sich um Racheanschläge der RAF gehandelt hat?«

Elisabeth Günther verdrehte genervt die Augen, antwortete aber ruhig: »Ganz einfach. Ich gehe von Rache aus, weil es meiner Meinung nach nur dieses eine Motiv für die Ermordung der ehemaligen GSG-9-Männer Bender und Konniecka gibt. Für ein anderes sehe ich keinerlei Anhaltspunkte.«

»Nun, vielleicht kann ich Ihnen solche Anhaltspunkte geben.« Marc fischte ein Blatt Papier aus seinen Unterlagen und überflog es kurz. »Frau Dr. Günther«, sagte er dann mit erhobener Stimme. »Ist Ihnen bekannt, dass es bereits vor der Aktion in Bad Reichen zahlreiche tote RAF-Mitglieder bei Festnahmeaktionen der Polizei gegeben hat?« Marc nahm das Blatt zur Hand und las vor: »Allein von 1971 bis 1980 wurden von der Polizei zwölf Personen erschossen, die im Verdacht standen, Angehörige der RAF zu sein. Alle Ermittlungsverfahren gegen die beteiligten Polizeibeamten wurden wegen Notwehr eingestellt. Wissen Sie etwas darüber, ob die RAF auch nur an einem dieser Beamten Rache genommen hat, obwohl deren Namen damals zumindest teilweise in der Öffentlichkeit bekannt waren?«

Elisabeth Günther zuckte gleichgültig mit den Schultern. »Darüber liegen mir keine Erkenntnisse vor.«

»Würde es Sie überraschen, wenn ich Ihnen sage, dass es gegen keinen dieser Beamten jemals einen Anschlag gegeben hat?«

»Das ist doch vollkommen irrelevant«, entgegnete Elisabeth Günther sofort. »Aus der Tatsache, dass derartige Anschläge in der Vergangenheit nicht verübt wurden, kann man doch nicht schließen, dass es auch in Zukunft keine geben wird. Außerdem darf ich an den Feme-Mord der Terrororganisation *Bewegung 2. Juni* an dem angeblichen Verräter Ulrich Schmücker erinnern, der 1974 mit einer Kugel im Kopf im Berliner Grunewald gefunden wurde. In einem Bekennerschreiben hieß es seinerzeit ausdrücklich, Schmücker sei von einem Tribunal der *Bewegung 2. Juni* wegen der Zusammenarbeit mit dem Verfassungsschutz zum Tode verurteilt worden. Es ist also …«

»Aber das lässt sich doch nicht vergleichen«, fiel Marc ihr ins Wort. »Die GSG-9-Männer sind keine Verräter.«

»Aber auch sie müssen die Rache der RAF fürchten. Die Terroristen haben in der Vergangenheit gezeigt, dass sie zu derartigen Rachemorden fähig sind. Hier ist also allemal Vorsicht am Platze. Ich habe keine Lust, irgendwann in der Zeitung davon zu lesen, dass ein GSG-9-Mann von einem ›Volkstribunal‹ der RAF zum Tode verurteilt worden ist.«

Marc zog ein weiteres Papier aus seinen Unterlagen und sagte: »Dabei übersehen Sie, dass es ein derartiges ›Tribunal‹ heute gar nicht mehr geben kann. Schließlich hat die RAF in einer Erklärung vom März 1998 ausdrücklich mitgeteilt, sie habe sich selbst aufgelöst, und diese Erklärung ist vom Bundesamt für Verfassungsschutz als glaubhaft angesehen worden. Immerhin sind seit 1992 ja auch keine Anschläge mehr verübt worden.«

Elisabeth Günther bedachte den Anwalt mit einem mitleidigen Blick. »Die RAF hat sich vielleicht aufgelöst, ja. Aber die meisten ihrer Mitglieder der so genannten dritten Generation laufen heute noch frei herum. Der Polizei ist es leider nicht gelungen, alle zu identifizieren. Außerdem gibt es noch immer genügend Sympathisanten der RAF. Ich muss es wissen, ich bekomme die Berichte des Verfassungsschutzes schließlich fast täglich auf den Tisch. Wir haben mittlerweile sogar Erkenntnisse darüber, dass spätestens im April 1999 eine Art Nachfolge-RAF gegründet worden ist. Wegen des Überfalls auf einen Geldtransporter im Juli 1999 liegen entsprechende Haftbefehle vor.«

»Gibt es Ihnen nicht zu denken, dass die beiden ehemaligen GSG-9-Männer Jürgen Konniecka und Peter Bender erst jetzt, also über neun Jahre nach der Aktion in Bad Reichen umgebracht wurden? Ein bisschen spät für eine Racheaktion, finden Sie nicht?«

Elisabeth Günther hob die Schultern. »Sie kennen doch das alte chinesische Sprichwort: Rache ist ein Gericht, das man am besten kalt genießt. Doch wo wir gerade bei dem Thema sind. Es gibt mir in der Tat zu denken, dass die beiden Beamten ermordet wurden, unmittelbar nachdem Sie ihre Identität herausgefunden haben. Ich muss meine Aussage also insofern korrigieren, dass ich davon ausgehe, dass auch noch andere Personen ein Interesse am Tod dieser Männer gehabt haben könnten. Und durch Sie haben diese anderen Personen offenbar die Gelegenheit bekommen, ihren Tod herbeizuführen.« Um keinen Zweifel aufkommen zu lassen, wen sie mit ›andere Personen‹ meinte, sah sie direkt in Christinas Gesicht und Marc folgte wie alle Anwesenden ihrem Blick.

»Wenn Sie damit andeuten wollen, dass Frau Helms etwas mit dem Tod dieser Männer zu tun haben könnte, muss ich Sie enttäuschen«, sagte er in demonstrativer Gelassenheit. »Das einzige Interesse von Frau Helms besteht darin, vor diesem Gericht nachzuweisen, dass ihr Vater in Bad Reichen ermordet wurde. Im Übrigen kann ich Ihnen versichern, dass Frau Helms als Täterin nicht in Betracht kommt. Sie können sich gerne bei Herrn Hauptkommissar Roeder von der Kölner Kripo erkundigen, wenn Sie mir nicht glauben.«

Elisabeth Günther hob kapitulierend die Arme. »Wie dem auch sei. Ich weiß nur nicht, was die ganze Fragerei soll. Zwei meiner Männer sind im Zusammenhang mit diesem Verfahren bereits getötet worden. Reicht das nicht? Und aus diesem Grund werden weder Sie noch ein anderer die Namen der übrigen Beamten erfahren. Punktum.«

Marc nahm sich einen Moment Zeit, bevor er die alles entscheidende Frage stellte. »Könnte es nicht sein, dass die Beamten aus einem bisher nicht angesprochenen Grund umgebracht worden sind?«, sagte er dann.

Elisabeth Günthers Fassade entspannter Gelassenheit begann tatsächlich zu bröckeln. An ihrer Schläfe trat eine Ader hervor und begann langsam zu pochen.

»Herrgott, das interessiert mich nicht«, fauchte sie ihn an. »Fest steht nur, dass die Männer in Gefahr sind und ihr Dienstherr sie schützen muss. Die genauen Gründe für ihren Tod sind mir nicht bekannt. Ich bin kein Hellseher.«

»Sie wissen es also nicht?«

»Nein. Ich. Weiß. Es. Nicht. Haben Sie das jetzt verstanden?«

Marc ließ sich nicht beirren. »Könnte es nicht sein, dass die ehemaligen GSG-9-Männer getötet wurden, um zu verhindern, dass sie hier vor diesem Gericht als Zeugen aussagen?«

Elisabeth Günther warf dem Richter einen Hilfe suchenden Blick zu. »Herr Vorsitzender, wie oft muss ich das eigentlich noch beantworten? Der Herr Rechtsanwalt versucht jetzt schon seit über einer halben Stunde, mir ein und dieselbe Frage auf jede nur erdenkliche Weise immer wieder zu stellen. Ich denke, es ist jetzt genug. Ich werde weitere Fragen nur noch beantworten, wenn Sie mich ausdrücklich dazu auffordern.«

Reinhold wandte sich folgsam an Marc. »Herr Hagen, ich muss gestehen, dass auch ich im Moment nicht zu erkennen vermag, wohin uns Ihre Fragen führen sollen. Ich darf darauf hinweisen, dass wir nicht hier sind, um die bedauerlichen Morde an diesen Beamten zu verhandeln, sondern um zu klären, ob das Bundesinnenministerium nachvollziehbare Gründe für seine Entscheidung hat, die Namen der an dem Einsatz in Bad Reichen beteiligten GSG-9-Männer nicht preiszugeben. Ich meine, Frau Dr. Günther hat uns eben sehr plastisch deutlich gemacht, dass das Leben der Zeugen in unmittelbarer Gefahr ist, wenn ihre Namen bekannt werden. Die Gründe für diese Gefahr haben uns nicht weiter zu interessieren. Ich sehe daher keinerlei Anlass, in dieser Richtung weiter nachzuforschen. Falls Sie mit der Entscheidung des Innenministeriums nicht einverstanden sein sollten, muss ich Sie auf den Verwaltungsrechtsweg verweisen. Dort können Sie gesondert gegen den Sperrvermerk klagen.«

»Es tut mir Leid, Ihnen widersprechen zu müssen«, entgegnete Marc. »Wir haben in *diesem* Verfahren zu klären, ob das Bundesinnenministerium tatsächlich an dem Schutz des Lebens der Beamten interessiert ist oder vielmehr daran, seine eigenen Interessen vor einer Strafverfolgung zu schützen. Und deshalb sind die Gründe für den Tod dieser Beamten hier durchaus von Bedeutung.«

Reinhold wollte zu einer Erwiderung ansetzen, aber die parlamentarische Staatssekretärin kam ihm zuvor. »Das wird ja immer grotesker!«, fuhr sie Marc an. »Wollen Sie jetzt etwa auch noch behaupten, Angehörige des Bundesinnenministeriums könnten ein Interesse daran haben, etwas zu verbergen? Ich gebe zwar gerne zu, dass in Bad Reichen nicht alles nach Plan gelaufen ist, aber das fällt eindeutig in den Verantwortungsbereich der Vorgängerregierung, nicht in den des gegenwärtigen Bundesinnenministers. Es gibt also nichts, was *diese* Regierung vertuschen müsste.«

Endlich hatte Elisabeth Günther ihm das entscheidende Stichwort geliefert und Marc nutzte seine Chance: »Nun tun Sie mal nicht so, als hätten Sie von dem Einsatz in Bad Reichen nichts gewusst, Frau Dr. Günther. Als damalige persönliche Referentin des hessischen Innenministers Sascha Schneider waren Sie doch im Vorfeld genau über die geplante Festnahmeaktion informiert, nicht wahr? Schließlich war es doch der hessische Verfassungsschutz, der den V-Mann Jochen, der den Hinweis auf das Treffen in Bad Reichen gegeben hat, geführt hat.«

Elisabeth Günther zögerte einen Sekundenbruchteil, ein Zögern, das außer Marc wahrscheinlich niemandem aufgefallen war. Dann hatte sie sich schon wieder voll unter Kontrolle. Mit leiser Empörung in der Stimme sagte sie: »Was wollen Sie damit andeuten? Wir waren zwar darüber *informiert,* dass Klaus Helms und Sonja Boge festgenommen werden sollten, aber mit dem Einsatz selbst hatten wir nicht das Geringste zu tun. Das war allein eine Aktion des Bundes, also des BKA und der GSG 9. Und für die war ausschließlich der damalige CDU-Bundesinnenminister verantwortlich. Ich werde mir hier von Ihnen nichts in die Schuhe schieben lassen.«

Marc wechselte schnell das Thema. »Haben Sie Klaus Helms vor dem Einsatz in Bad Reichen eigentlich einmal persönlich kennen gelernt?«

Das Zucken der Ader auf Elisabeth Günthers Stirn nahm zu. »Was soll diese Frage? Nein, das habe ich nicht.«

»Sicher?«

»Ganz sicher. Ich haben ihn nie gesehen. Außer natürlich die Bilder in den Zeitungen.«

»Mhm.« Marc nahm einen Kugelschreiber zur Hand und kritzelte etwas so konzentriert auf einen Zettel, als habe er soeben eine lebenswichtige Information erhalten. Christina warf ihm erstaunte Blicke zu.

Marc sah wieder auf und stellte der Staatssekretärin die nächste Frage. »Frau Dr. Günther, hatten Sie mal den Spitznamen ›fette Henne‹?«

Die parlamentarische Staatssekretärin warf Reinhold einen empörten Blick zu. »Herr Vorsitzender, was soll das? Ich habe langsam den Eindruck, dass ich hier in einen Kindergarten geraten bin. Ich bin eine viel beschäftigte Frau und habe weiß Gott anderes zu tun, als Fragen nach meinen Spitznamen zu beantworten. Als ich mich bereit erklärt habe, hierher zu kommen, bin ich davon ausgegangen, dass ich zu der Frage aussagen soll, warum wir die Identität der GSG-9-Männer nicht preisgeben können. Langsam glaube ich, dass der Herr Anwalt uns alle veralbern will.«

Reinhold nickte knapp und wandte sich Marc zu. »Herr Rechtsanwalt, ich muss gestehen, dass ich beginne, den Eindruck der Zeugin zu teilen. Haben Sie noch Fragen zur Sache oder nicht?«

Marc hob die Hand, um den Richter zu beschwichtigen. Er musste jetzt sehr vorsichtig vorgehen, wenn er nicht riskieren wollte, dass Reinhold die Vernehmung einfach abbrach. »Herr Vorsitzender, ich versuche nachzuweisen, dass der Grund für die Weigerung des Ministeriums, die Namen der Beamten bekannt zu geben, nur vorgeschoben ist und in Wirklichkeit ganz andere Dinge eine Rolle spielen. Meine Absicht wird gleich klar werden. Ich bitte um etwas Spielraum.«

Reinhold verzog den Mund. »Also gut, aber kommen Sie bitte bald zum Ende. Wir haben heute alle noch etwas anderes zu tun.«

»Vielen Dank. Frau Dr. Günther, soll ich meine letzte Frage noch einmal wiederholen?«

»Das ist nicht nötig, so schlecht ist mein Gedächtnis nicht. Ich weiß zwar nicht, woher Sie das haben, aber es stimmt. Ich hatte vor vielen Jahren einmal diesen Spitznamen, er wird allerdings schon seit längerer Zeit nicht mehr gebraucht. Mein derzeitiger Freund bevorzugt ein einfaches ›Schatz‹.«

»Dann gleich meine Anschlussfrage.« Jetzt war es an der Zeit, die Bombe platzen zu lassen. »Sie haben eben zugegeben, Sie seien vor vielen Jahren einmal unter dem Namen ›fette Henne‹ bekannt gewesen. Frau Dr. Günther, kann es sein, dass der Name ›fette Henne‹ nicht nur Ihr Spitzname, sondern auch Ihr Deckname war, unter dem Sie in der zweiten Hälfte der Siebzigerjahre für die RAF tätig waren?«

Die Wirkung dieser Frage übertraf selbst Marcs kühnste Erwartungen. Reinhold und Christina starrten ihn mit großen Augen an, während Elisabeth Günther leichenblass wurde. Sie hatte sichtlich Mühe, die Fassung zu bewahren. Trotzdem fand sie als Erste ihre Sprache wieder. Marc kam nicht umhin, dieser Frau so etwas wie Bewunderung zu zollen.

»Das ist eine ungeheure Unterstellung!«, fuhr sie ihn scharf an und begann, ihre Sachen zusammenzupacken. »Ich habe wirklich keine Lust mehr, mir diesen Schwachsinn länger anzuhören.«

Mit dieser Reaktion hatte Marc gerechnet. »Dann kann ich den Reportern draußen also gleich sagen, dass Sie die Antwort auf diese Frage verweigert haben?«

Elisabeth Günther hielt mitten in der Bewegung inne. Man konnte förmlich sehen, wie es in ihrem Kopf arbeitete. Sie ließ sich auf ihrem Stuhl nieder und kämpfte mit ihrer Erregung. »Nein, den Gefallen werde ich Ihnen nicht tun. Ich werde nicht das nächste Schwein sein, das die Presse im Sommerloch durchs Dorf treibt. Es ist nur schade, dass man mit diesen Methoden offenbar immer wieder Erfolg haben kann. Also, klipp und klar für das Protokoll: Ich hatte mit der RAF niemals etwas zu tun.« Ihren letzten Satz betonte sie Wort für Wort.

»Nicht?«, wiederholte Marc unschuldig.

»Nein!«, schrie sie und dann brachen die Worte aus ihr heraus: »Ich weiß genau, aus welcher Ecke diese Angriffe kommen. Schon seit Monaten versuchen interessierte Kreise, den Bundesinnenminister mit ähnlichen Gerüchten fertig zu machen. Nachdem man gemerkt hat, dass es bei ihm nicht klappt, versucht man es jetzt eben eine Ebene tiefer. Aber ich werde nicht zulassen, dass es den Konservativen gelingt, alle Menschen, die in den Sechziger- und Siebzigerjahren für soziale Veränderungen gekämpft haben, in die Terror-Ecke zu stellen.«

»Ich denke, dass das jetzt zu weit geht, Herr Hagen«, mischte sich Reinhold wieder ein. »Oder haben Sie Beweise für Ihre Anschuldigungen?«

»Ich muss gar nichts beweisen. Ich stelle nur Fragen an die Zeugin. Und meine nächste Frage lautet: Was wäre, wenn ich Ihnen jetzt vorhalten würde, dass mir die Aussage eines ehemaligen RAF-Mitglieds vorliegt, nach der zumindest 1977 eine Frau mit dem Decknamen ›fette Henne‹ als aktive Unterstützerin für die RAF tätig war?«

Elisabeth Günther hatte sich jetzt wieder völlig im Griff. Allerdings war sie nun auf einen Zug aufgesprungen, den sie bis zum Ende fahren musste, selbst wenn sie es mittlerweile bereute. »Dann würde ich darauf antworten, dass ich mit dieser Person nicht identisch bin«, sagte sie betont sachlich. »Ich war nie in der Unterstützerszene der RAF.«

»Aber ein Spitz- oder Deckname ›fette Henne‹ ist doch eher selten, würden Sie mir nicht wenigstens insoweit zustimmen?«

»Ich stimme Ihnen in gar nichts zu. Sie wollen mich doch wohl nicht auch noch dafür verantwortlich machen, wie die RAF ihre Decknamen ausgesucht hat?«

Marc legte eine Kunstpause ein. Diese Befragung machte ihm immer mehr Spaß. Schließlich wusste er genau, worauf er hinauswollte, während Elisabeth Günther im Dunkeln tappte.

»Ist Ihnen der Name Armin Sadler bekannt?«, fragte er unvermittelt.

Der nächste Volltreffer. Elisabeth Günther zuckte zusammen, als wäre sie von einer Peitsche getroffen worden.

Trotzdem sagte sie: »Ich habe diesen Namen nie gehört.«

Marc wedelte mit dem nächsten Blatt Papier. »Dann will ich versuchen, Ihrem Gedächtnis etwas auf die Sprünge zu helfen. Armin Sadler war neben Jürgen Konniecka und Peter Bender ein weiterer GSG-9-Mann, der 1993 an der Festnahmeaktion in Bad Reichen beteiligt war. In den Akten der Staatsanwaltschaft Schwerin ist er als GSG 9 Nummer 6 geführt worden und stand einige Zeit in Verdacht, Klaus Helms in Bad Reichen ermordet zu haben. Vor seiner Tätigkeit bei der GSG 9 war er als Personenschützer tätig. In dieser Funktion hat er mehrere Jahre den damaligen hessischen Innenminister Sascha Schneider bewacht. Tag und

Nacht. Als damalige persönliche Referentin Schneiders müssten Sie ihn also kennen.«

»Mein Gott, glauben Sie im Ernst, ich würde die Namen aller Leibwächter kennen, die mich oder Sascha Schneider in den letzten fünfzehn oder zwanzig Jahren bewacht haben? Wenn es stimmt, was Sie sagen, werde ich ihn wohl irgendwann einmal gesehen haben, sein Name sagt mir allerdings nichts.«

Marc nickte bedächtig und holte zu seinem letzten Schlag aus. »Frau Dr. Günther, haben Sie Armin Sadler vor dem Einsatz in Bad Reichen dazu angestiftet, die Festnahme des mutmaßlichen Terroristen Klaus Helms zu vereiteln und dafür zu sorgen, dass Helms bei diesem Einsatz getötet wurde, um zu verhindern, dass er etwas über Ihre Verstrickung in die RAF aussagen konnte?«

Elisabeth Günther explodierte förmlich in ihrem Sitz. »Das ist ungeheuerlich!«, brüllte sie. »Herr Vorsitzender, muss ich mir das bieten lassen?«

Reinhold war bei diesem Wutausbruch hinter seinem Tisch merklich kleiner geworden. »Frau Dr. Günther, ich muss Sie darauf hinweisen, dass Sie nach § 384 der ZPO das Zeugnis über Fragen verweigern können, deren Beantwortung Sie in Gefahr bringen würde, wegen einer Straftat verfolgt zu werden.«

»Was?« Elisabeth Günther starrte ihn wütend an. »Soll das heißen, dass Sie diesen Schwachsinn glauben?«

Reinhold rieb sich verlegen den Nacken. »Äh, nein, äh, natürlich nicht. Aber ich bin nach der Zivilprozessordnung trotzdem verpflichtet, Sie auf dieses Auskunftsverweigerungsrecht hinzuweisen.«

»Ja, bin ich denn hier nur von Verrückten umgeben?« Elisabeth Günther warf den Kopf zurück und grummelte unverständliche Worte in sich hinein.

Marc hob den Zeigefinger. »Frau Dr. Günther, darf ich Sie an die Beantwortung meiner letzten Frage erinnern?«

»Die Antwort lautet, nein. Nein, nein und nochmals nein. Sind Sie nun zufrieden?«

»Was diese Frage betrifft, ja. Kommen wir gleich zur nächsten. Haben Sie diesen Armin Sadler vor einer Woche damit beauftragt, die ehemaligen GSG-9-Männer Jürgen Konniecka und Peter Bender, die Sadler bewusst beziehungsweise unbewusst bei der Tötung von Klaus Helms geholfen haben, zu liquidieren, um zu verhindern, dass die beiden als Zeugen in diesem Verfahren aussagen können?«

Reinhold hob zaghaft die Hand. »Frau Zeugin, ich muss Sie nochmals …«

Elisabeth Günther winkte erschöpft ab. »Ich weiß, Sie müssen mich über mein Auskunftsverweigerungsrecht belehren. Anscheinend sind hier alle vollkommen wahnsinnig. Doch ich verspreche Ihnen, diese Farce wird noch Folgen haben. Für alle.«

Sie warf Marc einen hasserfüllten Blick zu. Reinhold war hinter seinem Tisch fast nicht mehr zu sehen.

»Ach ja«, schien sich Elisabeth Günther auf einmal an die Frage zu erinnern. »Auch diese Antwort lautet, nein. Ich habe niemanden mit irgendetwas beauftragt.«

Marc lächelte milde. »Sie haben es gleich überstanden, Frau Dr. Günther. Das ist jetzt das Letzte, was ich wissen will. Haben Sie Armin Sadler damit beauftragt, den Journalisten Martin Conzen und mich zu ermorden, um weitere Enthüllungen zu verhindern und dieses Verfahren zu torpedieren?«

Elisabeth Günther schüttelte müde den Kopf. »Was sind Sie nur für ein Mensch? Ich habe mich im Ministerium und beim BKA für Sie eingesetzt und jetzt beschuldigen Sie mich, ich hätte versucht, dieses Verfahren zu behindern? Die Anweisung, die Namen der GSG-9-Männer nicht herauszugeben, kam übrigens nicht von mir, sondern vom Minister persönlich. Und das aus gutem Grund. Auf jeden Fall hatte ich keine Möglichkeit, auf diese Entscheidung Einfluss zu nehmen. Trotzdem wollte ich Ihnen helfen, weil ich nachvollziehen kann, dass Frau Helms mehr über den Tod ihres Vaters erfahren will. Ich habe Ihnen sogar ein Videoband über den Einsatz in Bad Reichen zugespielt, obwohl das eigentlich außerhalb meiner Kompetenz lag.

Dafür haben Sie mir in die Hand versprochen, vor Gericht nicht weiter auf die sinnlose Offenlegung der Klarnamen der GSG-9-Männer zu drängen. Was von Ihrem Wort zu halten ist, sieht man ja jetzt. Sie sind nichts anderes als ein Verleumder und ein Lügner, Herr Hagen.«

»So?«, fragte Marc unschuldig.

»Jawohl, das sind Sie. Ich kann Ihnen eines versprechen: Falls wir uns nach diesem Verfahren noch einmal irgendwo begegnen sollten, werde ich mich mit Ihnen nur noch vor mindestens drei Zeugen unterhalten.«

»Wäre es nicht sinnvoller, wenn Sie unser Gespräch einfach heimlich mitschneiden?«, schlug Marc vor. »Wie man mit Peilsendern und Wanzen umgeht, wissen Sie ja. Oder zumindest haben Sie Ihre Leute dafür. Sie haben übrigens meine Frage noch nicht beantwortet.«

Elisabeth Günther schüttelte den Kopf. »Sie leiden offensichtlich unter Verfolgungswahn. – Nein, ich habe niemanden beauftragt, Sie oder Herrn Conzen zu ermorden.«

Marc strahlte sie an, wie ein Vater seine Tochter, die gerade eine schwere, aber unumgängliche Prüfung bestanden hatte. »Ja, das wäre es dann fürs Erste, Frau Dr. Günther.«

Auch Reinhold schien sichtlich erleichtert zu sein, dass das Verhör endlich ein Ende hatte. »Herr Dr. Kamnitz, haben Sie noch Fragen an die Zeugin?«

Der leitende Regierungsdirektor schüttelte den Kopf. »Keine Fragen.«

»Gut, Frau Dr. Günther. Das war es dann für Sie. Es ergeht folgender Beschluss: Die Zeugin wird nicht vereidigt und die Zeugin wird entlassen. Ich bedanke mich ...«

Marc erhob sich halb von seinem Stuhl. »Verzeihung, Herr Vorsitzender, aber ich denke nicht, dass wir die Zeugin schon entlassen können. Ich habe die Befragung von Frau Dr. Günther nur vorläufig beendet, weil ich vorhabe, noch einen anderen Zeugen zu hören. Danach könnten sich durchaus noch weitere Fragen an diese Zeugin ergeben.«

»Was soll das, Herr Hagen?«, fauchte der Richter, ernsthaft verärgert. »Ich habe genug von Ihren Spielchen. Von einem weiteren Zeugen ist mir nichts bekannt. Sie hatten wochenlang Zeit, Ihre Zeugen zu benennen.«

»Die hatte ich leider nicht«, widersprach Marc. »Das Erfordernis, den nächsten Zeugen zu befragen, hat sich erst im Laufe des gestrigen Tages ergeben. Der Zeuge hat den weiten Weg von Köln extra auf sich genommen, um heute hier auszusagen. Und deshalb stelle ich jetzt den förmlichen Antrag, den an Gerichtsstelle anwesenden Hermann Roeder zu vernehmen. Herr Roeder ist Hauptkommissar bei der Kölner Kripo und für die Aufklärung der Morde an den ehemaligen GSG-9-Beamten Jürgen Konniecka und Peter Bender zuständig.«

»Was soll das, Herr Hagen?« Reinhold sah ihn irritiert an. »Wir verhandeln hier nicht den Mord an diesen GSG-9-Männern, darauf habe ich Sie schon mehrfach aufmerksam gemacht. Ich werde weitere Abschweifungen nicht dulden.«

»Sie haben natürlich vollkommen Recht, Herr Vorsitzender«, versuchte Marc ihn zu besänftigen. »Aber die Befragung des benannten Zeugen Roeder wird zweifelsfrei ergeben, dass die Gründe für den Tod der ehemaligen GSG-9-Männer Konniecka und Bender unmittelbar mit denen zusammenhängen, die Frau Dr. Günther veranlasst haben, ihre Namen geheim zu halten. Ich kann Ihnen außerdem versichern, dass Herr Kriminalhauptkommissar Roeder der letzte Zeuge sein wird, dessen Vernehmung ich in diesem Verfahren beantragen werde.«

Elisabeth Günther hatte die Diskussion mit zunehmender Unruhe von ihrem Platz aus verfolgt und ihre Blicke dabei ständig zwischen Marc und Reinhold hin- und herwandern lassen. Als sie merkte, dass der Richter im Begriff war, umzuschwenken und Marcs Antrag zu entsprechen, blinzelte sie verwirrt.

»Ich fasse es nicht! «, sagte sie zu Reinhold. »Sie wollen diesen Polizisten dazu vernehmen, welche Gründe *ich* für die Erteilung unseres Sperrvermerks hatte? Das kann doch wohl nicht Ihr Ernst sein! Ich verlange, bei der Vernehmung dieses Zeugen anwesend zu sein.«

Reinhold schüttelte bedauernd den Kopf. »Das geht nicht, Frau Dr. Günther. Es handelt sich hier um eine nicht öffentliche Sitzung, bei der grundsätzlich keine Zuschauer zugelassen sind. Die einzige Ausnahme ist Herr Präsident Hollmann, der Aufgaben der Dienstaufsicht wahrnimmt.«

»Herr Vorsitzender, ich denke, wir können das abkürzen«, sagte Marc rasch. »Ich habe keine Einwände gegen die Anwesenheit von Frau Dr. Günther während der Befragung des Zeugen Roeder. Im Gegenteil, vielleicht kann Frau Dr. Günther dann gleich im Anschluss an die Bekundungen des Zeugen Roeder eine Stellungnahme aus ihrer Sicht abgeben. Das dürfte im Interesse aller Beteiligten sein.«

Marc sah fragend zu Kamnitz herüber. Der hob nur leicht die Schultern und sagte ohne großes Interesse: »Ich habe ebenfalls keine Einwände gegen die Anwesenheit von Frau Dr. Günther während der Vernehmung dieses Zeugen.«

Reinhold dachte einen Moment nach. »Gut, Frau Dr. Günther. Dann nehmen Sie dort hinten auf den Zuschauerbänken Platz. Und wir werden uns jetzt den Zeugen Roeder anhören.«

Kapitel 32

Als der Polizist den Saal betrat, hatte Elisabeth Günther bereits ihren neuen Sitz im Zuschauerbereich eingenommen. Roeder übergab dem Richter seine Aussagegenehmigung. Anschließend nahm der Kriminalhauptkommissar hinter dem Zeugentisch Platz. Mit der stoischen Ruhe eines Mannes, der schon hunderte von Auftritten in allen möglichen Gerichtssälen der Republik hinter sich gebracht hatte, ließ er die Belehrung des Richters über sich ergehen. Dann ratterte er ungefragt seine Personalien herunter.

»Mein Name ist Hermann Roeder, wohnhaft am Hohenzollernring 78 in Köln. Mein Beruf ist Kriminalhauptkommissar, mein Alter achtundvierzig Jahre. Nicht verwandt und nicht verschwägert.«

Reinhold sah zu Marc herüber. »Das ist Ihr Zeuge, Herr Hagen. Wenn Sie bitte mit Ihren Fragen beginnen würden.«

Marc wandte sich an den Kommissar. »Herr Roeder, können Sie dem Gericht kurz schildern, unter welchen Umständen wir uns kennen gelernt haben?«

Roeder schloss für einen Moment die Augen, bevor er sagte: »Das erste Mal habe ich Sie am Tatort des Mordes an dem ehemaligen GSG-9-Beamten Jürgen Konniecka gesehen. Sie sind dort von Kollegen angetroffen worden und standen für kurze Zeit unter Verdacht, etwas mit Konnieckas Tod zu tun zu haben.«

»Besteht dieser Verdacht immer noch?«

»Nein.«

»Wann haben wir uns das nächste Mal gesehen?«

»Zu unserer nächsten Begegnung kam es, nachdem ich von den Kollegen in Bielefeld von dem Mord an dem ehemaligen GSG-9-Mann Peter Bender erfahren habe. Da beide Opfer Angehörige der GSG 9 waren und die Ausführung der Tat weitgehend übereinstimmte, bestand von Anfang an der Verdacht, dass zwischen beiden Verbrechen ein Zusammenhang bestehen könnte. Deshalb bin ich von der Bielefelder Polizei hinzugezogen worden.«

»Hat sich dieser Verdacht mittlerweile erhärtet?«

»Der Verdacht ist sogar zur Gewissheit geworden. Unsere Untersuchungen haben ergeben, dass Bender und Konniecka mit derselben Waffe erschossen worden sind.«

»Haben Sie in letzter Zeit von dem unnatürlichen Tod eines weiteren ehemaligen GSG-9-Mannes Kenntnis erlangt?«

»Jawohl. Der ehemalige Angehörige der GSG 9 Armin Sadler wurde gestern Opfer eines schweren Verkehrsunfalls im Bayerischen Wald.«

Marc warf einen schnellen Blick auf Elisabeth Günther. Die parlamentarische Staatssekretärin verzog keine Miene.

»Können Sie nähere Angaben dazu machen, wie es zu diesem Unfall gekommen ist?«

»Nun, offenbar ist Sadler bei dem Versuch ums Leben gekommen, Sie von der Straße abzudrängen und zu töten. Die

Spuren, die wir gestern am Tatort gesichert haben, lassen keinen anderen Schluss zu.«

»Haben Sie Erkenntnisse darüber, dass dieser Armin Sadler auch etwas mit dem gewaltsamen Tod des Journalisten Martin Conzen in Berlin zu tun haben könnte?«

»Nach dem gegenwärtigen Erkenntnisstand besteht da ein dringender Tatverdacht. Wir haben in Sadlers Wohnung Verkleidungsutensilien gefunden, wie sie der Mörder Conzens getragen haben soll. Ein Zeuge, der den Mord an Conzen beobachtet hat, hat die Gegenstände, eine Nase aus Plastik, einen Schnurrbart, eine Brille und künstliche Augenbrauen, identifiziert und Sadler sogar auf einem Foto wiedererkannt.«

Marc schielte zwischendurch immer wieder zu Reinhold hinüber, aber der junge Richter schien keine Einwände gegen die ungewöhnliche Befragung des Zeugen zu haben. Wahrscheinlich betete er einfach ein schnelles Ende der Sitzung herbei und ließ ihn deshalb gewähren.

»Sie sagten eben, Sadler sei wie Konniecka und Bender früher bei der GSG 9 gewesen. Haben Sie noch eine weitere Verbindung zwischen den dreien festgestellt?«

Roeder neigte den Kopf. »Ich fürchte, ich verstehe Ihre Frage nicht.«

»Dann will ich versuchen, sie anders zu formulieren: Haben Bender, Konniecka und Sadler als Angehörige der GSG 9 an denselben Einsätzen teilgenommen?«

»Ach, das meinen Sie. Ja, wir haben festgestellt, dass alle drei an der Festnahmeaktion in Bad Reichen im Jahr 1993 mitgewirkt haben. In den Ermittlungsakten der Staatsanwaltschaft wurden Bender und Konniecka als GSG 9 Nummer 4 bzw. 8 und Sadler als GSG 9 Nummer 6 geführt. Sadler war in Bad Reichen der so genannte Unterabschnittsleiter ›Zugriff‹ und stand wie Konniecka für einige Wochen unter dem Verdacht, Klaus Helms ermordet zu haben. Dieser Verdacht hat sich damals allerdings nicht bestätigt. Wir wissen aber, dass Sadler und Konniecka früher, das heißt, als sie noch in der GSG 9 waren, eng miteinander befreundet waren.«

»Sie sagten eben, Sadler stehe im dringenden Verdacht, Anschläge auf den Journalisten Conzen und mich verübt zu haben. Gibt es Hinweise, dass Sadler auch etwas mit dem Tod von Konniecka und Bender zu tun haben könnte?«

»Den Verdacht gibt es, ja. Da stehen wir mit unseren Ermittlungen allerdings noch ganz am Anfang.«

Marc nickte befriedigt und wechselte das Thema. »Ich möchte dann zu einem anderen Komplex kommen. Erinnern Sie sich noch an den versuchten Raketenwerferanschlag der RAF auf die Bundesanwaltschaft in Karlsruhe im Sommer 1977?«

»Nicht direkt«, gab Roeder zu. »Aber ich habe mich gestern noch mit der Abteilung Terrorismus beim BKA in Verbindung gesetzt und mich über diesen Vorgang informiert.«

»Können Sie uns erzählen, was damals passiert ist?«

»Nun, die RAF hatte im Sommer 1977 offenbar geplant, das Gebäude der Bundesanwaltschaft in Karlsruhe mit einer Art Stalinorgel zu beschießen. Der Apparat hat allerdings nicht funktioniert, sodass niemand verletzt wurde.«

»Sind die Täter verhaftet worden?«

»Teilweise. Der mutmaßliche Haupttäter, ein Hanns-Joachim Maak, ist 1979 bei einem Schusswechsel mit der Polizei ums Leben gekommen. Das BKA geht allerdings davon aus, dass er mehrere Helfer gehabt haben muss.«

»Konnten Sie diese Helfer identifizieren?«

»Bislang nur zwei. Zum einen handelte es sich dabei um Sonja Boge, die ihre Tatbeteiligung bei ihrem Prozess 1994 gestanden hat. Weitere Personen wollte oder konnte sie damals nicht benennen. Der andere ist Klaus Helms, dessen Fingerabdrücke bereits 1977 auf der Innenseite eines der Stahlrohre gesichert worden sind, die bei dem Bau des Raketenwerfers verwendet wurden. Allerdings konnten ihm diese Abdrücke erst Jahre später zugeordnet werden, weil das BKA in den Siebzigern noch keine Fingerabdrücke von ihm besaß.«

»Sie sagten, *bislang* hätten Sie nur zwei der Helfer Maaks identifizieren können. Hat sich das in letzter Zeit geändert?«

»Jawohl, gestern ist uns eine weitere Person benannt worden, die mutmaßlich an der Vorbereitung des Anschlags auf die Bundesanwaltschaft beteiligt war.«

»Aha, und von wem haben Sie diesen Hinweis erhalten?«

Roeder musterte Marc mit einem übertrieben gespielten Ausdruck höchsten Erstaunens. »Na, von Ihnen.«

»Ah ja. Und wie ging es weiter?«

»Wir, das heißt genauer gesagt die Kollegen vom BKA, haben versucht, die von Ihnen benannte Person den Tatortspuren aus dem Jahr 1977 zuzuordnen. Eine dieser Spuren war die, natürlich gefälschte, Unterschrift einer Person auf dem Mietvertrag des Ford Transit, in dem später der Raketenwerfer nach Karlsruhe transportiert wurde. Der Transit wurde nach dem Anschlag verlassen in einem Parkhaus aufgefunden. Die Unterschrift auf dem Mietvertrag haben wir mit der auf dem Schreiben verglichen, das uns gestern von Ihnen übergeben wurde.«

»Verfügen Sie schon über das Ergebnis dieses Vergleichs?«

»Ja, das tue ich.« Roeder war sichtlich stolz auf die schnelle Arbeit der Polizei. »Unsere Handschriftexperten haben einen forensischen Schriftvergleich durchgeführt.« Er hielt ein Blatt Papier in die Luft.

»Verraten Sie uns, was bei diesem Vergleich herausgekommen ist?«, fragte Marc.

»Aber ja. Obwohl der Aussteller verschiedene Namen benutzt hat, vertreten unsere Experten die Auffassung, dass die Unterschriften mit an Sicherheit grenzender Wahrscheinlichkeit von ein und derselben Person stammen.«

»Und wie lautet der Name der Person, die das Vergleichsschriftstück, das ich Ihnen gestern übergeben habe, unterschrieben hat?«

Roeder machte eine dramatische Pause. »Bei diesem Schriftstück handelt es sich um den Brief des Bundesministeriums des Inneren vom 7. August dieses Jahres an Ihre Kanzlei, in dem Ihnen mitgeteilt wird, dass eine Weitergabe der Namen der Beamten, die an dem Einsatz in Bad Reichen im Jahr 1993 beteiligt waren, nicht möglich sei. Unterschrieben ist dieser Brief von der Frau, die jetzt dort hinten auf den Zuschauerbänken sitzt. Von der parlamentarischen Staatssekretärin Frau Dr. Elisabeth Günther.«

»Das ist ja unglaublich!« Elisabeth Günther schnellte wie ein Springteufel von ihrem Sitz hoch. »Ich weiß nicht, was diese Lügen sollen!«, schrie sie. »Ich zweifle das Ergebnis dieses so genannten Gutachtens an und verlange Einblick in sämtliche Unterlagen.«

Roeder drehte sich zu den Zuschauerbänken um. »Das ist natürlich Ihr gutes Recht, Frau Dr. Günther. Sie werden aber Verständnis dafür haben, dass ich das forensische Handschriften-Gutachten heute nicht dabeihabe.«

»Nein, ich habe überhaupt kein Verständnis«, fuhr ihn die parlamentarische Staatssekretärin an. »Mir reicht es mit diesen Verleumdungen. Ich habe mit diesem Anschlag 1977 nichts zu tun und ich habe dafür auch keinen Wagen angemietet. Ich hatte 1977 noch nicht einmal einen Führerschein, ja, ich konnte gar kein Auto fahren. *Dafür* gibt es Zeugen. Dieses Gutachten *muss* also zwangsläufig falsch sein.«

Roeder zuckte die Achseln. »Davon gehe ich nicht aus«, sagte er ruhig. »Führerscheine und Ausweise kann man fälschen. Außerdem sind Schriftgutachten bei allen Gerichten dieses Landes als zuverlässige Beweismittel anerkannt. Wir werden es ja erleben.«

»O ja, das werden wir mit Sicherheit.« Elisabeth Günther begann, mit hektischen Bewegungen ihre Sachen zusammenzupacken. Ihre dunklen Augen funkelten wie glühende Kohlenstücke. »Ich habe von dieser lächerlichen Veranstaltung genug. Sie werden von meinen Anwälten hören.«

Sie machte Anstalten aufzustehen, wurde aber von Marcs energischer Stimme zurückgehalten. »Frau Dr. Günther, wollen Sie wirklich schon gehen? Ich kann Ihnen versichern, dass Herr Roeder mit seiner Aussage noch keinesfalls am Ende ist und noch einige Überraschungen auf Sie warten. Die wollen Sie doch wohl nicht aus der Zeitung erfahren, oder?«

Elisabeth Günther erstarrte und ließ sich zurück auf ihren Stuhl fallen. »Sie haben Recht«, sagte sie, plötzlich sehr gelassen. »Es würde mich in der Tat interessieren, welche Lügen hier noch verbreitet werden. Offenbar ist in diesem Land jedes Mittel recht, um eine erfolgreiche Frau, die nicht dem üblichen patriarchalischen Klischee entspricht, fertig zu machen.«

Marc überging die Bemerkung und wandte sich erneut dem Kommissar zu. »Herr Roeder, jetzt nur mal unterstellt, das Handschriftengutachten, nach dem die Unterschrift auf dem Mietvertrag für den Ford Transit von Frau Dr. Günther stammt, sei zutreffend: Liegt dann nicht auch der Verdacht nahe, dass sich Frau Dr. Günther und Klaus Helms bereits 1977 bei der Vorbereitung des Anschlags auf die Bundesanwaltschaft kennen gelernt haben? Wir wissen ja aufgrund des Fingerabdrucks an dem Rohr, dass Helms damals mit Sicherheit dabei gewesen ist.«

Roeder wiegte den Kopf hin und her. »Im Prinzip schon. Allerdings ist es eine gesicherte Erkenntnis, dass die Strukturen der RAF schon 1977 so waren, dass sich nicht alle Beteiligten an einer Aktion unbedingt untereinander gekannt haben müssen. Ohne nähere Kenntnis vom Ablauf der Vorbereitungen des Anschlags wäre es reine Spekulation anzunehmen, Helms und Frau Dr. Günther hätten damals Kontakt zueinander gehabt.«

»Verfügen Sie mittlerweile über nähere Informationen?«

»Ja, und zwar wiederum durch Sie. Sie haben mir gestern berichtet, das ehemalige RAF-Mitglied Sonja Boge habe Ihnen bei einem Treffen in Amsterdam erzählt, dass Klaus Helms bei dieser Aktion eng mit einer unbekannten weiblichen Person zusammengearbeitet hat, die den RAF-Decknamen ›fette Henne‹ trug. Sie haben mir darüber hinaus mitgeteilt, Frau Dr. Günther habe in den Siebzigerjahren ebenfalls den recht seltenen Spitznamen ›fette Henne‹ gehabt. Diese Übereinstimmung und unser Wissen, dass die Unterschrift unter dem Mietvertrag des Tatfahrzeuges von Frau Dr. Günther stammt, begründen den dringenden Verdacht, dass sie damals in enger Verbindung zu Klaus Helms und zur RAF stand. Aufgrund dieser Verbindungen musste sie natürlich befürchten, von Klaus Helms nach dessen Verhaftung enttarnt zu werden. Unsere Ermittlungen legen den Verdacht nahe, dass Frau Dr. Günther zwei GSG-9-Männer, die an der Festnahmeaktion in Bad Reichen beteiligt waren, mit Helms' Liquidierung beauftragt hat. Der ehemalige GSG-9-Mann Armin Sadler, der gestern versucht hat, Sie zu töten, war vor seiner Tätigkeit beim Bundesgrenzschutz mehrere Jahre als Personenschützer für den damaligen hessischen Innenminister Sascha Schneider eingesetzt. Da Frau Dr. Günther die ganze Zeit persönliche Referentin von Herrn Schneider war, gehe ich fest davon aus, dass sie Sadler gekannt haben muss. Er könnte also ihr Ansprechpartner für die Planung der Ermordung von Klaus Helms gewesen sein. Schließlich war es auch Sadler, der nach der Aussage eines Zeugen dabei beobachtet wurde, wie er Klaus Helms mit einem Nahschuss praktisch hingerichtet hat. Womit Frau Dr. Günther Sadler zu dem Mord überredet haben könnte, weiß ich natürlich nicht. Ich vermute, dass es Geld gewesen ist.«

»Gibt es weitere Anhaltspunkte dafür, dass Sadler der Mann war, der Frau Dr. Günther damals geholfen haben könnte?«, wollte Marc wissen.

Roeder nickte. »Die jüngste Entwicklung spricht dafür, ja. Ich hatte ja schon am Anfang meiner Vernehmung gesagt, dass Sadler in Verdacht steht, an mehreren Mordanschlägen, unter anderem auf die ehemaligen GSG-9-Männer Konniecka und Bender, beteiligt gewesen zu sein bzw. diese sogar selbst verübt zu haben. Ein mögliches Motiv für diese Morde ist unseres Erachtens, dass Frau Dr. Günther aufgrund des Prozesses von Frau Helms befürchten musste, dass Konniecka und Bender über Bad Reichen auspacken. Bender soll kurz vor seinem Tod sogar berichtet haben, dass Sadler und Konniecka den Tod von Helms in Bad Reichen gemeinsam geplant und begangen haben und ihn ohne sein Wissen dazu benutzt haben. Wir vermuten, dass Frau Dr.

Günther Sadler deshalb damit beauftragt hat, alle potenziellen Zeugen zu beseitigen.«

Elisabeth Günther war schon wieder aufgesprungen. »Das Einzige, was ich hier zu hören bekomme, sind Vermutungen, Spekulationen und Unterstellungen. Ich habe mit dem Tod dieser Männer nichts zu tun. Wenn ich wirklich hinter dieser ganzen Sache stecken würde, hätte ich doch schon vor Jahren dafür sorgen können, dass diese angeblichen Zeugen nicht mehr reden können.«

Marc schaute zu ihr herüber. »Damals gab es aber noch keinen Prozess, in dem die beiden als Zeugen hätten aussagen können«, erklärte er. »Die Sache war Anfang 1994 doch praktisch abgeschlossen. Außerdem hatten Sie nichts zu befürchten, solange die Identitäten dieser Männer geheim waren. Erst als ich ihre Klarnamen erfahren habe, wurden Sie aufgeschreckt.«

»Aber woher sollte ich das denn wissen?«, rief Elisabeth Günther. »Ich hatte nicht die geringste Ahnung, dass Sie hinter die Namen der Männer gekommen sind.«

»Doch, hatten Sie«, widersprach ihr Marc. »Sadler hat meinen Wagen und womöglich auch meine Wohnung und meine Kanzlei verwanzt und jedes Wort mitbekommen, das dort gesprochen wurde. So hat er davon erfahren, dass ich Bender und Konniecka aufgespürt habe, und Ihnen alles brühwarm weitererzählt.«

»Nein, nein, nein!« Elisabeth Günther schüttelte energisch den Kopf. »So ist es nicht gewesen. Verdammt noch mal, ich kenne diesen Sadler nicht. Wie oft soll ich das denn noch sagen? Und der Prozess von Frau Helms wäre für mich schon gar keine Gefahr gewesen, selbst wenn Sie mit Ihrem Verdacht Recht hätten. Warum hätten Konniecka und Bender ihre Beteiligung an einer Mordverschwörung zugeben sollen? Sie hätten sich damit doch nur selbst geschadet.«

»Bender hat von der Verschwörung nichts gewusst, sondern ist von Konniecka und Sadler ohne sein Wissen benutzt worden. Also hätte er ohne Furcht vor einer Strafverfolgung reden können. Und um auf Nummer sicher zu gehen, haben

Sie Sadler beauftragt, Konniecka gleich mit zu erledigen. Wahrscheinlich wäre Sadler der Nächste auf Ihrer Liste gewesen. Aber die Arbeit hat er Ihnen gestern ja abgenommen.«

Elisabeth Günther hob in gespielter Verzweiflung – oder war sie echt? – die Arme zum Himmel. »Mein Gott, ich glaube, ich bin hier wirklich von Irren umgeben!«, brüllte sie. »Lesen Sie es mir von den Lippen ab: Ich habe diesen Sadler nicht gekannt! Das werden Sie mir glauben müssen.«

Marc lehnte sich in seinem Sessel zurück. »Ich glaube nicht, dass wir das müssen«, sagte er. »Die Polizei war in der letzten Nacht nicht untätig und hat die Liste aller Teilnehmer gecheckt, mit denen Sie von Ihrer Berliner Wohnung aus telefoniert haben. Sie haben am 8. August um 22.34 Uhr die Nummer von Armin Sadler in München angewählt und über dreißig Minuten mit ihm gesprochen. Einen Tag später war Jürgen Konniecka tot.«

»Du Dreckschwein!« Elisabeth Günthers Stimme schnappte über wie bei einer Wahnsinnigen. Dann rannte sie zum Ausgang. »Du verdammte Drecksau! Lügen, Lügen, nichts als Lügen!«

Kurz bevor sie die Saaltür erreichen konnte, wurde sie von Roeder, der ihr gefolgt war, festgehalten. »Es tut mir Leid, aber Sie werden nirgendwo mehr hingehen, Frau Dr. Günther. Sie sind vorläufig festgenommen wegen des dringenden Verdachts der Anstiftung zum Mord zum Nachteil von Jürgen Konniecka, Peter Bender und Martin Conzen sowie der versuchten Anstiftung zum Mord zum Nachteil von Herrn Hagen.«

Mit wutverzerrtem Gesicht riss sich die parlamentarische Staatssekretärin los und lief wortlos weiter.

»Frau Dr. Günther, es hat keinen Zweck«, rief Roeder hinter ihr her. »Draußen warten schon die Kollegen auf Sie.«

Elisabeth Günther fuhr herum und starrte den Kommissar mit irren Augen an. Ihre Frisur hatte sich inzwischen aufgelöst und die Haarsträhnen hingen ihr wirr ins Gesicht.

»Das hättet ihr wohl gerne«, höhnte sie. »Dass ich mich einfach so ergebe. Habt ihr nicht etwas vergessen? Wenn ich wirklich mal etwas mit der RAF zu tun hatte, wie ihr behauptet, werde ich mich wohl kaum widerstandslos festnehmen lassen. Und wisst ihr was? Ihr habt sogar Recht.« Mit diesen Worten öffnete sie ihre Mappe, griff in ein Seitenfach und zog eine großkalibrige Pistole daraus hervor, die sie abwechselnd auf Roeder und Marc richtete. »Da staunt ihr, was? Wie schnell sich das Blatt doch wenden kann. Ich bin nicht eines von den kleinen Frauchen, mit denen ihr sonst zu tun habt. Ich habe mich mein ganzes Leben lang gegen Typen wie euch wehren müssen. Ich lasse mich von euren Lügen nicht fertig machen! Ich weiß, was es heißt, zu überleben. So leicht bekommt ihr mich nicht!«

Marc beobachtete die ganze Szene wie einen surrealen Film. Er war unfähig, einen klaren Gedanken zu fassen, und starrte Elisabeth Günther an. Neben ihm hockte die genauso entsetzte Christina, die ihre Hände in seinen linken Arm gekrallt hatte. Hollmann saß reglos auf seinem Stuhl und versuchte, den Unsichtbaren zu spielen, Kamnitz und Reinhold waren hinter ihren Tischen in Deckung gegangen. Marc nahm wahr, dass der Richter versuchte, mit der rechten Hand den versteckten Alarmknopf unter seinem Tisch zu ertasten. Der Einzige, der noch halbwegs Herr der Situation zu sein schien, war Roeder. Mit beschwichtigenden Worten sprach er auf die Staatssekretärin ein.

»Frau Dr. Günther, es wäre besser, wenn Sie aufgeben, glauben Sie mir. Draußen wartet ein ganzes Sondereinsatzkommando auf Sie. Sie haben keine Chance, auch wenn Sie vorher noch ein paar von uns erschießen. Wir sollten in Ruhe verhandeln.«

Elisabeth Günther lachte hysterisch auf. »Nein, die Zeit des Redens ist vorbei. Ich weiß, was ihr wollt. Ihr wollt mich doch sowieso umbringen. Aber das wird euch nicht gelingen. Und wenn ich schon sterben muss, dann nicht alleine. Ich werde so viele von euch Schweinen mitnehmen, wie ich kann. Und die, die ich nicht mehr erwische, werden für den Rest ihres Lebens keine ruhige Minute mehr haben. Ich werde euch bis an euer Lebensende verfolgen, wenn es sein muss, noch aus dem Grab heraus. Ihr sollt alle verflucht sein! Als Erstes fange ich mit diesem Rechtsanwalt an. Leider hat Sadler gestern versagt. Aber so viel Glück wird das Schwein nicht noch einmal haben.«

Sie ging ein paar schnelle Schritte vor und zielte mit der Waffe in der ausgestreckten Hand auf Marcs Kopf. Als sie noch einen Meter von ihm entfernt war, schloss er die Augen. So fühlt man sich also, wenn man weiß, dass man gleich sterben wird, dachte er.

In diesem Moment hörte er aus Richtung der Saaltür eine ohrenbetäubende Detonation. Die Tür zerbarst und eine zweite Explosion ertönte, gefolgt von einem grellweißen Lichtblitz. Elisabeth Günther fuhr herum. Sie hielt eine Hand vor die geblendeten Augen, richtete die Waffe auf den Ausgang und schoss in das Licht. Im gleichen Augenblick flog die Tür zu dem Beratungszimmer hinter dem Richtertisch auf und mehrere vermummte Gestalten in dunkelgrünen Kampfanzügen und mit schwarzen Gesichtsmasken drängten in den Raum.

Elisabeth Günther hörte das Geräusch in ihrem Rücken und wollte sich wieder umdrehen, aber es war schon zu spät. Marc sah, dass ihre linke Kopfseite förmlich weggerissen wurde. Weitere Schüsse trafen sie in Rücken und Beine. Wie eine Betrunkene vollzog sie eine torkelnde Halbdrehung und brach dann zusammen. Durch die aufgesprengte Saaltür kamen weitere Männer des Spezialeinsatzkommandos und stürmten mit vorgehaltenen Waffen auf die am Boden liegende Gestalt zu. Doch die Sicherungsmaßnahmen waren nicht mehr erforderlich. Elisabeth Günther hatte schon aufgehört zu atmen.

Kapitel 33

Marc saß an der langen Theke des *Casablanca,* starrte in den ihm gegenüberliegenden Barspiegel, vor dem die Flaschen wie Soldaten aufgereiht standen, und wartete darauf, endlich betrunken zu werden. Zwischen einer Flasche Jim Beam und einer Flasche Johnny Walker konnte er vage sein Gesicht mit den rot geäderten Augen und dem schwarzen Schatten um das Kinn ausmachen, der sich in den letzten fünf Stunden seit dem schrecklichen Ende der Sitzung gebildet haben musste. Er war schon seit Jahren nicht mehr hier gewesen, aber jetzt hatte ihn irgendetwas hergezogen. Die Einrichtung hatte sich praktisch nicht verändert, allerdings waren ihm die anderen Gäste mittlerweile völlig unbekannt. Aus den Boxen drang schwer und leidend die Stimme von Nick Cave, passend zu seiner Melancholie. Seit dem ersten Bier, das er vor fast einer Stunde bestellt hatte, hatte er die Hand nur vom Glas genommen, wenn die Bedienung das leere gegen ein volles austauschte. Jetzt war er beim fünften und langsam breitete sich eine wohlige Wärme in seiner Magengegend aus.

Die Ereignisse des Vormittages hatten ihn schwer getroffen. Mit so einem Ende hatte er nicht gerechnet. Natürlich war ihm bewusst gewesen, dass Elisabeth Günther bei ihrer Festnahme Widerstand leisten könnte. Aus diesem Grund hatte Roeder schließlich das Sondereinsatzkommando angefordert. Hollmann, der Präsident des Sozialgerichts, und der Vertreter des Versorgungsamtes waren informiert gewesen, Reinhold hatte man dagegen nichts gesagt, damit er die Sitzung unbefangen leiten konnte. Aber vielleicht war diese ganze Aktion schlicht und einfach ein einziger Fehler gewesen. Die Idee, die Staatssekretärin während ihrer Zeugenvernehmung zu überführen, stammte von Roeder, der gemeint hatte, so könne man den Überraschungseffekt nutzen, da Elisabeth Günther während der Sitzung sicher nicht so auf der Hut wäre wie bei einer direkten Befragung durch die Polizei. Leider hatte auch der Kommissar nicht vorhergesehen, dass die Günther eine Pistole in ihrer Aktenmappe versteckt hatte. Wann und aus welchem Grund sie auf die Idee gekommen war, sich zu bewaffnen, war Marc ein Rätsel. Vielleicht hatte sie sich seit ihrer Verbindung zur Terrorszene in den Siebzigerjahren angewöhnt, eine Pistole zu tragen, vielleicht war es aber auch eine Vorsichtsmaßnahme gewesen, weil sie sich aufgrund ihrer hohen Position im Bundesinnenministerium bedroht gefühlt hatte.

Immer noch fassungslos erinnerte Marc sich an die Minuten nach der Schießerei, die lauten Rufe der Beamten, den süßlichen Geruch des Pulvers, die Blutlache um Elisabeth Günthers Kopf und die Wiederbelebungsversuche der Notärzte. Und er dachte an Christina, die sich die ganze Zeit an ihm festgeklammert hatte, während er hilflos dagestanden und nicht gewusst hatte, was er mit seinen Händen anfangen sollte. Anschließend war er geschlagene drei Stunden von der Polizei vernommen worden, obwohl Roeder alles live miterlebt hatte.

Er hatte den Kommissar gestern unmittelbar nach dem missglückten Anschlag Sadlers angerufen und ihm alles erzählt, was er in Erfahrung gebracht hatte. Zum ersten Mal wurde Marc bewusst, wie nahe er dem Tod in den letzten vierundzwanzig Stunden gewesen war. Zweimal hatte man versucht, ihn zu ermorden, aber irgendwie war er dem Tod von der Schippe gesprungen. Anscheinend war seine Stunde noch nicht gekommen.

Auf jeden Fall hatte er jetzt einen Grund zu feiern. Er stürzte den Rest seines Bieres herunter und hob sein Glas, um ein neues zu bestellen. Die Bedienung schien nur auf sein Zeichen gewartet zu haben, denn Sekunden später stand ein frisches Pils vor ihm. Er hatte gerade den ersten Schluck getrunken, als er hinter sich eine bekannte Stimme hörte.

»Hallo, Herr Hagen.« Roeder wuchtete einen der schweren Barhocker neben den von Marc und stemmte sich auf den hohen Sitz.

»Wie geht es ihr?«, fragte Marc anstelle einer Begrüßung.

Roeder verstand, wer gemeint war, und schüttelte den Kopf. »Es sieht schlecht aus«, antwortete er. »Elisabeth Günther liegt auf der Intensivstation der Städtischen Krankenanstalten. Nach allem, was ich gehört habe, lebt sie zwar im Moment noch, wird aber die nächste Nacht nicht überstehen. Zur Sicherheit haben wir aber trotzdem einen Beamten vor die Tür gesetzt. Man kann schließlich nie wissen. Ich habe diese Frau schon einmal unterschätzt.«

Marc starrte stumm auf die Flaschen hinter der Theke.

Roeder betrachtete ihn mit besorgter Miene. Dann sagte er: »Ich weiß, es ist schrecklich, mit ansehen zu müssen, wenn ein Mensch erschossen wird. Als mir das zum ersten Mal passiert ist, war ich anschließend vier Wochen dienstunfähig.«

Marc ging nicht darauf ein und trank sein Bier aus. »Wollen Sie auch eins?«, fragte er Roeder.

Der Kommissar nickte und Marc orderte nach. Während sie auf die Getränke warteten, sagte Marc: »Wäre das wirklich nötig gewesen? Ich meine, sie gleich zu erschießen. Nicht dass Sie mich jetzt falsch verstehen. Ich bin wirklich dankbar, dass mich das SEK gerettet hat, aber hätten die nicht mehr auf Arme und Beine zielen können?«

Roeder blies die Backen auf. »Ich fürchte nicht. Sie können von Glück reden, dass das SEK so vorausschauend war, den Saal mit Minikameras zu überwachen. So konnten die alles mitverfolgen. Als die Günther ihre Waffe gezogen hat, gab es nur zwei Möglichkeiten: die Günther oder Sie. Sie können sicher sein, dass diese Frau Sie, ohne zu zögern, erschossen hätte, wenn sie dazu noch die Gelegenheit gehabt hätte. Sie haben ihren Hass doch erlebt. Sie hat ja sogar noch damit gedroht, Sie aus dem Grab heraus zu verfolgen.«

Marc dachte nach. »Vielleicht haben Sie Recht«, meinte er dann. »Aber können wir wirklich sicher sein, dass nicht jemand anders Sadler beauftragt hat? Und dieser andere hat die Spuren so geschickt manipuliert, dass jetzt alles auf Elisabeth Günther hindeutet?«

Roeder holte tief Luft. »Ich kann verstehen, dass Sie ein schlechtes Gewissen haben, aber Sie machen sich vollkommen unnötig Gedanken. Der große Unbekannte ist fast immer eine Erfindung verzweifelter Angeklagter oder schlechter Verteidiger. Außerdem steht inzwischen fest, dass die Günther hinter allem steckt. Das Handschriftengutachten, das belegt, dass sie 1977 den Transit für den Anschlag in Karlsruhe angemietet hat, ist von zwei weiteren Experten bestätigt worden. Es gibt also keinen Zweifel, dass sie die RAF unterstützt hat. Genauso wenig Zweifel gibt es an ihrer Verbindung zu Sadler. Ich habe vor einer Stunde erfahren, dass wir in Sadlers Wohnung 24.300 Euro in bar gefunden haben. Gleichzeitig ist festgestellt worden, dass die Günther am 9. August 25.000 Euro von ihrem Konto abgehoben hat. Einen ähnlichen Vorgang haben wir vorher schon einmal im Mai 1993 festgestellt. Da hat sie sogar 250.000 DM abgehoben. Ja, unsere Frau Dr. Günther ist nicht unvermögend. Ihr 1990 verstorbener Mann hat ihr ein beträchtliches Vermögen hinterlassen. Ein halbes Jahr nach Bad Reichen ist Sadler bei der GSG 9 ausgestiegen und hat sich mit einem Gebrauchtwagenhandel in München selbstständig gemacht. Woher er das Geld dafür hatte, wissen wir ja jetzt.«

Marc konnte in Roeders Beweis- und Indizienkette nicht die geringste Ungereimtheit entdecken, trotzdem störte ihn etwas. Aber da er nicht erkannte, was es war, und er seine Zweifel nicht in Worte fassen konnte, sagte er hauptsächlich zu seiner eigenen Beruhigung: »Gut, das überzeugt mich. An der Komplizen- und Täterschaft von Elisabeth Günther und Armin Sadler ist also nicht zu rütteln. Mich wundert nur, dass eine intelligente Frau wie sie derart viele Fehler gemacht hat. Sie hat Sadler von ihrer Wohnung aus angerufen und sie hat das Geld für ihn von ihrem Konto abgehoben. Wenn sie vorsichtiger vorgegangen wäre, hätten Sie erhebliche Schwierigkeiten gehabt, die Verbindung nachzuweisen.«

»Sicherlich. Allerdings neigen manche Menschen ab einem gewissen Stadium ihrer Karriere dazu, unter maßloser Selbstüberschätzung zu leiden und sich für unverwundbar zu halten. Die Günther hat sich wahrscheinlich gedacht, durch ihre Position gegen alle Angriffe geschützt zu sein.«

Marc nickte mit geschlossenen Augen. »Und jetzt ist sie tot.«

»Noch nicht ganz. Aber wie ich schon sagte, wenn sie diesen Tag überleben will, braucht sie eine ganze Armee von

Schutzengeln. Auf jeden Fall müssen Sie sich wegen ihr und Sadler keine Sorgen mehr machen. Alles in allem hatten Sie ein wahnsinniges Glück.«

Marc hob sein Glas. »Genau. Und das wollen wir jetzt feiern.« Er bemerkte, dass seine Sprache schon etwas verschliffen klang. »Ich hoffe, Sie sind nicht mehr im Dienst?«

Roeder sah auf seine Uhr und zog sein Jackett aus. »Seit genau drei Minuten. Also, fangen wir an.«

Marc fuhr hoch und saß mit aufrechtem Oberkörper da. Mit einem Mal war er hellwach. Er hatte nicht die geringste Ahnung, was ihn geweckt haben mochte, und lauschte konzentriert in die Dunkelheit, hörte aber nichts außer der leise surrenden Stille. Langsam ließ er sich wieder zurücksinken. Fast gleichzeitig setzte ein Drehen und Pochen in seinem Kopf ein. Offenbar hatte dort oben eine ganze Hundertschaft Zwerge einen Rummelplatz mit diversen Fahrgeschäften eröffnet.

Marc stöhnte leise auf und veränderte seine Haltung, verfluchte sich aber gleich darauf dafür, denn bei jeder Bewegung schwappte sein Hirn gegen den Innenrand seine Schädelwand und verursachte dort einen stechenden Schmerz.

Wo war er eigentlich? In seiner Wohnung? Ja, das war sein Bett, sein Schrank, sein Schlafzimmer. Aber wie zum Teufel war er hierher gekommen?

Er erinnerte sich daran, dass er zusammen mit Roeder im *Casablanca* gewesen war. Und sie hatten getrunken, sogar sehr viel getrunken. Bei dem Gedanken an Alkohol wurde ihm richtig schlecht und er hatte erhebliche Mühe, den aufkommenden Brechreiz zu unterdrücken. Dann fiel ihm ein, dass er den Taxifahrer, der ihn nach Hause gebracht hatte, gebeten hatte, an einer Tankstelle zu halten und zwei Flaschen Rotwein für ihn zu besorgen. Und danach? Absoluter Filmriss. Wahrscheinlich hatte er den Wein auch noch ausgetrunken.

Durch die Spalten der Jalousie drang schon das erste Morgenlicht in das Schlafzimmer und ein paar Vögel begannen ein so lautes und fröhliches Gezwitscher, als ob sie sich vorgenommen hatten, ihn und seinen erbärmlichen Zustand zu verhöhnen. Und sein Rücken tat auch schon wieder weh.

Plötzlich erstarrte Marc von Kopf bis Fuß. Da waren leise Schritte auf dem Flur, er war sich ganz sicher. Und er spürte geradezu die Anwesenheit eines anderen Menschen. Irgendjemand machte sich in seiner Wohnung zu schaffen!

Der Schweiß brach aus allen Poren seines Körpers, jeder Nerv war bis zum Äußersten angespannt. Er musste sich irren.

Marc horchte noch einmal mit aller Anstrengung, die er in seinem angegriffenen Zustand aufbringen konnte, aber jetzt herrschte Totenstille und er entspannte sich wieder. Dieser verfluchte Alkohol! Nie wieder würde er ein Glas trinken. Zumindest nicht so viel, dass er davon Halluzinationen bekommen konnte.

Er wollte sich gemütlich auf sein Kissen zurückfallen lassen, als er zu seinem Entsetzen beobachtete, dass die Klinke seiner Schlafzimmertür Zentimeter um Zentimeter heruntergedrückt wurde. Er versuchte sich zu bewegen, aber alle seine Gliedmaßen waren wie einbetoniert.

Das ist ein Albtraum, dachte er, während die Tür sich langsam weiter öffnete und der Lichteinfall aus dem Flur an Intensität zunahm.

Erstarrt registrierte Marc, dass in der Türöffnung eine Hand erschien, die ein matt glänzendes Metallstück hielt. Als er begriff, dass er in den Lauf einer Pistole sah, hörte er auch schon die ersten Schüsse. Etwas explodierte in seinem Kopf und er spürte einen entsetzlichen Schmerz. Spätestens jetzt wusste er, dass er wach war. Solche Schmerzen konnte man nicht träumen.

Marcs Gedanken rasten. Elisabeth Günther hatte ihr Totenbett verlassen und war gekommen, um sich an ihm zu rächen! Aber das war doch nicht möglich …

Langsam lief das warme Blut seinen Kopf hinunter und Marc spürte, wie mit seinem Lebenssaft auch seine Lebensgeister aus seinem Körper schwanden. Dann war der

Schmerz verschwunden und eine unbeschreibliche Ruhe erfasste ihn.

Irgendetwas habe ich hier nicht kapiert, war der letzte Gedanke, der Marc durch den Kopf ging. Dann hörte alles Denken auf.

Epilog

September 2002

Christina Helms stellte ihren Honda auf dem Parkplatz ab und stieg aus. Der stürmische Wind zerrte an ihren Haaren und auch die zahlreichen bunten Blätter auf dem Asphalt kündigten den herannahenden Herbst an. Sie schloss ab und sah zu den Fenstern des Bürogebäudes hinauf. Vor nicht einmal zwei Monaten hatte sie die Kanzlei das erste Mal aufgesucht, aber es kam ihr vor, als sei das alles schon eine Ewigkeit her. Christina merkte, dass ihre Augen feucht wurden. Nie im Leben hätte sie damit gerechnet, dass sich die Dinge so entwickeln würden. Sie riss sich zusammen, wischte sich schnell die Tränen aus dem Gesicht und ging in das Büro.

Im Vorzimmer wurde sie von Melanie Rückert empfangen. Zu Christinas Erstaunen trug die Sekretärin immer noch Schwarz, obwohl seit Marc Hagens Beerdigung schon mehrere Wochen vergangen waren. Melanie hatte ihren Chef offenbar doch mehr gemocht, als das nach außen den Anschein gehabt hatte, und ihre gedrückte Stimmung hing wie ein dunkler Schatten in dem Raum.

»Sie können gleich durchgehen«, sagte Melanie tonlos. »Er erwartet Sie schon.«

Ohne anzuklopfen öffnete Christina die Verbindungstür und betrat Marc Hagens ehemaliges Büro. Der Mann hinter dem Schreibtisch erhob sich, kam ihr entgegen und gab ihr die Hand. Die ganze Szenerie erinnerte Christina derart an ihren ersten Besuch in dieser Kanzlei, dass es ihr fast wie ein Déjà-vu vorkam. Allerdings war ihr bewusst, dass der Mann, dem sie gerade die Hand schüttelte, nicht Marc Hagen sein konnte.

»Frau Helms, wie schön, dass Sie meine Nachricht erhalten haben«, sagte Gabriel Wagner. »Nehmen Sie doch Platz.«

Christina setzte sich auf den angebotenen Besucherstuhl, wartete, dass Gabriel den Chefsessel, der einmal Marcs gewesen war, eingenommen hatte, und sah ihn erwartungsvoll an. Gabriel Wagner nahm eine Akte aus einer Schublade.

»Nun, Frau Helms«, sagte er. »Ich hatte Ihnen ja schon schriftlich mitgeteilt, dass ich damit beauftragt worden bin, die Kanzlei von Herrn Hagen abzuwickeln. Ich war mit Marc sehr gut befreundet.« Seine Stimme bebte ein wenig.

Christina nickte verständnisvoll. »Ich weiß«, sagte sie. »Herr Hagen hat mir von Ihnen erzählt. Ist das nicht schrecklich, was passiert ist? Als ich die Nachricht von seinem Tod erhalten habe, konnte ich es zuerst einfach nicht glauben.«

Gabriel starrte auf den Boden. »Mir geht es heute noch so. Manchmal ertappe ich mich dabei, dass ich den Telefonhörer in der Hand halte, weil ich Marc anrufen will. Und dann wird mir erst wieder klar, dass das ja gar nicht mehr geht.« Gabriel zog die Nase hoch. »Dabei fällt mir ein: Ich habe Sie auf der Beerdigung vermisst.«

Christina lächelte verlegen. »Ich hatte in der Woche wegen meines Examens leider keine Zeit. Zwei Tage nach der Beisetzung hatte ich meine mündliche Diplom-Prüfung und die Zeit davor habe ich wirklich noch zur Vorbereitung gebraucht. Aber ich habe seinen Eltern einen langen Brief geschrieben, in dem ich mich für alles bedankt habe, was Herr Hagen für mich getan hat.«

Gabriel nickte gedankenversunken. »Hat es denn wenigstens geklappt?«, fragte er. »Das mit der Prüfung, meine ich.«

Christinas Gesicht füllte sich mit Freude. »Ja, danke. Sie dürfen jetzt Frau Diplompädagogin zu mir sagen. Wenn Sie jetzt auch noch eine Stelle für mich hätten, wäre mein Glück fast perfekt.«

Gabriel schüttelte bedauernd den Kopf. »Ich fürchte, damit kann ich nicht dienen. Leider habe ich noch eine weitere schlechte Nachricht für Sie. Und damit komme ich zu dem eigentlichen Grund unseres heutigen Treffens.«

Er schlug den vor sich liegenden Aktendeckel auf, zog ein

Schriftstück daraus hervor und schob es auf Christinas Seite des Tisches. »Das Urteil des Sozialgerichts in Ihrem Verfahren ist gestern gekommen«, sagte er. »Sie hatten sich ja mit einer schriftlichen Entscheidung ohne erneute Verhandlung einverstanden erklärt.«

Christina Helms lehnte sich zurück, ohne die Blätter eines Blickes zu würdigen.

»Und?«, fragte sie nur.

Gabriel Wagner verzog leicht den Mund, als bereite seine Aufgabe ihm körperliche Schmerzen. »Tja, ich sage es Ihnen am besten einfach so, wie es ist. Das Sozialgericht hat Ihre Klage abgewiesen.«

Für mehrere Sekunden war es in dem Büro totenstill. Christina konnte es kaum fassen. »Abgewiesen?«, fragte sie dann entsetzt. »Aber wie ist das möglich? Es ist doch bewiesen, dass mein Vater von Armin Sadler und Jürgen Konniecka in Bad Reichen im Auftrag von Elisabeth Günther umgebracht wurde. Die Polizei hat das eindeutig festgestellt, die Presse hat tagelang von nichts anderem berichtet, sogar Sascha Schneider hat das schließlich eingestehen müssen und wäre um ein Haar zurückgetreten. Und jetzt kommt dieser Richter und dreht wieder alles um?«

Gabriel schüttelte den Kopf. »Das hat er nicht«, widersprach er. »Wenn Sie das Urteil lesen, wird Ihnen alles klar werden.«

»Ich will das nicht lesen«, fauchte Christina. »Sie sind der Jurist. Wie wäre es, wenn Sie mir dieses merkwürdige Urteil erklären würden?«

Gabriel seufzte. »Also gut, aber da muss ich etwas ausholen. Das Sozialgericht ist durchaus davon ausgegangen, dass Elisabeth Günther den Tod Ihres Vaters geplant hat und er in ihrem Auftrag von Sadler und Konniecka ermordet worden ist. Grundsätzlich reicht eine derartige vorsätzliche rechtswidrige Tat für eine Rente nach dem Opferentschädigungsgesetz aus. Allerdings ...«, er hob die Hand, als er bemerkte, dass Christina ihm ins Wort fallen wollte, »... allerdings gibt es im Gesetz so genannte Versagungsgründe. Das heißt, selbst wenn feststeht, dass jemand Opfer einer Gewalttat geworden ist, ist der Gesetzgeber der Meinung, dass die Gewährung von Leistungen aus Steuergeldern in bestimmten Fällen unbillig ist, und zwar insbesondere dann, wenn die Gewalttat in dem eigenen Verhalten des Opfers begründet war.«

Bei Christina gab es kein Halten mehr. »Warum erzählen Sie mir das?«, fragte sie aufgebracht. »Was hat das mit diesem Fall zu tun? Mein Vater ist nicht aus Gründen ermordet worden, die etwas mit seinem Verhalten zu tun hatten. Die Gründe für den Mord an meinem Vater liegen ausschließlich darin, dass die Günther Angst vor seiner Aussage hatte und ihn zum Schweigen bringen wollte.«

»So könnte man es in der Tat sehen«, stimmte Gabriel ihr halbherzig zu. »Aber das Gericht ist eben anderer Meinung. Ihr Vater war nun einmal ein Mitglied der Roten Armee Fraktion, also einer Vereinigung, die in diesem Land gemeinhin als kriminell und terroristisch angesehen wird, und er ist im engen Zusammenhang mit dieser Betätigung getötet worden. Das Gericht ist der Ansicht, es widerspreche dem Gerechtigkeitsgedanken und dem Sinn und Zweck des Opferentschädigungsgesetzes, demjenigen Leistungen zu gewähren, der sich bewusst außerhalb der Rechtsgemeinschaft gestellt hat. Das OEG würde ansonsten rechtsfeindliches Verhalten praktisch belohnen und im Endeffekt sogar billigen. Die Gemeinschaft habe nicht für Schäden aufzukommen, die in einem derartigen Milieu entstehen. Aufgrund seiner gewaltbereiten Gesinnung sei eine Gewährung von Mitteln für seine Hinterbliebenen durch genau den Staat, den er sein halbes Leben bekämpft habe, ungerecht und unbillig. Das Sozialgericht Detmold hat sich dabei auf eine ähnliche Entscheidung eines Landessozialgerichts gestützt. Dabei ging es allerdings um einen Zuhälter, der …«

»Ein Zuhälter?«, schrie Christina. »Mein Vater wird mit einem *Zuhälter* auf eine Stufe gestellt?«

Gabriel Wagner hob die Hände, um sie zu besänftigen. »Nein, nein. Das heißt, ja. In gewisser Weise schon. Man kann doch nun wirklich nicht behaupten, dass Ihr Vater diesem Staat besonders viel Freude gemacht hat, auch wenn seine Motive dafür natürlich ganz andere waren als die eines Zuhälters oder Raubmörders. Auf jeden Fall ist das Gericht der Auffassung, es sei unbillig, seine Hinterbliebenen, also Sie, für die Rechtsfeindlichkeit Ihres Vaters durch eine Rente zu belohnen. Darüber mag man sich streiten, aber deshalb sind wir heute schließlich hier. Ich wollte mit Ihnen gemeinsam klären, ob Sie gegen dieses Urteil Berufung einlegen wollen. Die Möglichkeit dazu hätten Sie. Die Rechtsauffassung des Sozialgerichts würde dann in der nächsten Instanz geprüft werden.«

Christina überlegte einige Sekunden. »Und was halten Sie davon?«, fragte sie, nun in betont sachlichem Ton. »Wie sind unsere Chancen?«

Gabriel hob die Schultern. »Sie wissen ja: Vor Gericht und auf hoher See ist man in Gottes Hand. Einen solchen Fall hat es noch nicht gegeben, deshalb ist der Ausgang sehr ungewiss. Ich habe während meiner vielen Jahre als Anwalt schon die tollsten Sachen erlebt. Die Entscheidung müssen Sie alleine treffen.«

»Muss ich Ihnen das jetzt gleich sagen?«

»Nein, nein, Sie haben vier Wochen Zeit. Genug, um sich alles noch einmal in Ruhe durch den Kopf gehen zu lassen.«

»Gut, ich werde Ihnen meine Entscheidung mitteilen.« Christina schickte sich an, nach ihrer Umhängetasche zu greifen, zog ihre Hand aber wieder zurück. »Was mich noch interessieren würde: Hat die Polizei mittlerweile eine Spur von dem oder den Tätern? Ich meine, der Mord an Herrn Hagen ist doch jetzt schon einige Wochen her und die Zeitungen bringen darüber nichts mehr. Wissen Sie was?«

Gabriel betrachtete sie eine Weile schweigend, als müsse er sich zu etwas durchringen. Schließlich meinte er: »Ich weiß nicht genau, ob ich darüber reden darf, aber es gibt in der Tat eine neue Entwicklung, um nicht zu sagen, eine Sensation.« Er sog scharf die Luft ein: »Es steht fest, dass

Marc mit derselben Waffe ermordet worden ist wie die ehemaligen GSG-9-Männer Jürgen Konniecka und Peter Bender. Eine Beretta 9 Millimeter.«

Gabriel gab Christina Gelegenheit, diese Information zu verarbeiten.

Die junge Frau starrte ihn an und fröstelte, als ob ihr ein Schauer über den Körper laufen würde. »Das ist ja richtig gespenstisch«, sagte sie. »Ich war doch im Gericht dabei und habe es noch heute im Ohr, wie Elisabeth Günther gebrüllt hat, sie werde Herrn Hagen noch aus dem Grab heraus verfolgen. Fast könnte man annehmen, das sei ihr gelungen.«

Gabriel rang sich ein schwaches Lächeln ab. »Ich glaube nicht, dass die Polizei von einer Gespenstertheorie ausgeht. Nein, wir müssen jetzt alle wieder umdenken. Es steht fest, dass Armin Sadler und Elisabeth Günther für den Tod Martin Conzens und den missglückten Mordanschlag auf Marc im Bayerischen Wald verantwortlich sind. Mit dem Tod von Marc können die beiden aber nichts zu tun haben. Sadler war zu diesem Zeitpunkt bereits tot und Elisabeth Günther ist drei Tage nach ihrer Zeugenvernehmung im Krankenhaus gestorben, ohne noch einmal das Bewusstsein wiedererlangt zu haben.«

Christina legte die Stirn in Falten. »Das würde dann ja bedeuten, dass Sadler und Elisabeth Günther auch mit der Ermordung von Konniecka und Bender nichts zu tun haben. Wenn die Waffe identisch war, muss der Täter oder zumindest der Täterkreis identisch sein, nicht wahr?«

Gabriel nickte anerkennend. »Sie haben Recht. Deshalb verfolgt die Polizei inzwischen auch die Theorie, die Elisabeth Günther bei ihrer gerichtlichen Zeugenvernehmung vertreten hat: dass es doch ehemalige Mitglieder der RAF oder ihre Sympathisanten waren, die sich an den GSG-9-Männern rächen wollten. Schließlich hatte Ihr Vater in diesen Kreisen seit seinem Tod so etwas wie einen Kultstatus.«

»Klingt logisch«, bestätigte Christina. »Warum haben aber diese Sympathisanten anschließend auch noch Herrn Hagen getötet? Schließlich war er es doch, der diese ganze Verschwörung von Elisabeth Günther, Armin Sadler und Jürgen Konniecka erst aufgedeckt hat.«

Gabriel richtete den Zeigefinger auf sie. »Sehr richtig, das ist der Haken an dieser Theorie. Und es gibt noch einen anderen Grund, warum sie falsch sein muss. Denen war die Identität Konnieckas und Benders genauso unbekannt wie allen anderen auch. Wir müssen also nach einer Person oder Personengruppe suchen, die nicht nur ein Motiv, sondern auch die Gelegenheit hatte, die GSG-9-Männer zu töten.«

»Das würde wieder auf Elisabeth Günther hindeuten«, sagte Christina, schüttelte aber sofort den Kopf. »Doch das ist ja unmöglich, wie wir eben festgestellt haben. Wir drehen uns im Kreis. Oder ist Ihnen noch jemand eingefallen?«

Gabriel ließ sich mit der Antwort lange Zeit. »Ich weiß nicht, wie ich es sagen soll«, sagte er zögernd. »Ich habe mir diese Sache wohl schon Tausendmal durch den Kopf gehen lassen, bin aber immer wieder bei derselben Person gelandet.«

Christina sah ihn mit großen Augen an. »Nun machen Sie es schon nicht so spannend. Wer ist es?«

Ruhig antwortete Gabriel: »Ich fürchte, Sie sind diese Person, Frau Helms.«

Christina musterte ihn eine Weile mit reglosem Gesicht, als warte sie auf ein Anzeichen, dass er sich einen Scherz mit ihr erlaubte. Als sie merkte, dass er es ernst meinte, lachte sie laut auf. »Ich? Sie glauben im Ernst, *ich* hätte Bender und Konniecka getötet? Zugegeben, ich hatte vielleicht ein Motiv, allerdings hatte ich nun wirklich keine Gelegenheit. Schließlich hatte ich keine Ahnung, wer die verantwortlichen GSG-9-Männer waren. Sie wissen es vielleicht nicht, aber die Identität von Jürgen Konniecka ist mir von Herrn Hagen erst *nach* Konnieckas Tod mitgeteilt worden. Ich komme als seine Mörderin also nicht in Betracht. Und das Gleiche gilt für Peter Bender, denn es steht ja mit hoher Wahrscheinlichkeit fest, dass beide von derselben Person ermordet worden sind. Es ist wahr, ich weine diesen Schweinen keine Träne nach, aber mit ihrem Tod habe ich nichts zu tun.«

Wieder herrschte Schweigen, während Gabriel seinen Blick tiefer in Christinas bohrte. »Ich bewundere Ihre Intelligenz, Frau Helms«, sagte er schließlich. »Aber ich fürchte, dass Sie das doch haben. Es mag sein, dass Marc Ihnen von Konniecka erst nach dessen Tod erzählt hat, aber Sie kannten seine Identität schon vorher, nicht wahr? Erinnern Sie sich? In Marcs Wagen wurden eine Wanze und ein Peilsender gefunden. Jeder hat natürlich gedacht, Sadler habe diese Dinge in den Golf eingebaut, tatsächlich waren Sie es. Als gelernte Fernmeldeanlagenelektronikerin dürfte das für Sie kein allzu großes Problem gewesen sein. Marc hat mir erzählt, dass er sich von einem blauen Citroën CX verfolgt gefühlt hat. Ich vermute, dass Sie sich diesen Wagen bei einem Freund oder Bekannten ausgeliehen haben, um Marc unauffällig überwachen zu können. Sie haben alle Gespräche mit angehört, die in Marcs Wagen geführt wurden, und Konnieckas Namen am gleichen Abend erfahren wie Marc und Conzen. Anstatt wie die beiden anschließend schlafen zu gehen, sind Sie jedoch noch in der Nacht nach Köln gefahren und haben Konniecka in seiner Wohnung erschossen.«

Christina klatschte langsam in die Hände. »Bravo, ganz hervorragend. Das können Sie natürlich beweisen, oder nicht? Wie wollen Sie zum Beispiel nachweisen, dass ich die Wanze und den Sender eingebaut habe?«

»Das kann ich nicht, aber das muss ich auch nicht. Es ist die einzig mögliche Erklärung für das, was geschehen ist. Und schon Sherlock Holmes hat erkannt, dass die einzig mögliche Erklärung auch die richtige sein muss.«

Christina bedachte ihn mit einem amüsierten Lächeln. »Sherlock Holmes, so, so. Leider ist Ihre Prämisse falsch. Wer sagt Ihnen denn, dass es nicht doch Mitglieder der ehemaligen RAF waren, die die Wanze und den Sender in den Wagen von Herrn Hagen eingebaut haben und so an die Namen gekommen sind?«

»Das sagt mir mein gesunder Menschenverstand. Schließlich konnten diese geheimnisvollen ehemaligen RAF-

Mitglieder im Gegensatz zu Ihnen nicht wissen, dass Marc und Conzen auf dem besten Wege waren, die Identitäten der GSG-9-Männer zu enttarnen.«

»Und was sagt Ihr gesunder Menschverstand dazu, dass ich an dem Tag, an dem Herr Hagen Saalbach in Frankfurt aufgesucht hat, und in der folgenden Nacht, in der Konniecka in Köln ermordet wurde, auf Borkum war, wo ich an einem Seminar teilgenommen habe?«

Gabriel lächelte belustigt. »Mein gesunder Menschenverstand sagt dazu gar nichts. Aber Ihr Professor, den ich vor ein paar Tagen angerufen habe. Das Seminar hat zwar stattgefunden, aber ohne Sie.«

Christina riss in gespieltem Entsetzen die Hände an die Brust. »Mein Gott, jetzt haben Sie mich erwischt. Ich gestehe alles. Also gut. Ich hatte tatsächlich keine Lust an diesem Scheißseminar teilzunehmen und bin stattdessen zu Hause geblieben. Ich bekenne mich schuldig der fortgesetzten Faulheit in mindestens einem Fall. Aber jetzt muss ich los, so interessant es auch war, mit Ihnen zu plaudern.« Sie machte Anstalten aufzustehen.

Gabriel hob die Hand. »Wenn Sie jetzt gehen, Frau Helms, werden Sie nie erfahren, was ich weiß. Können Sie das riskieren? Sie sollten sich überlegen, ob Sie mich wirklich schon verlassen wollen.«

Christina ließ sich in ihren Sessel zurückfallen. »Na gut, dann erklären Sie mir, warum Sie so sicher sind, dass ich Konniecka und Bender ermordet habe.«

»Die Polizei konnte inzwischen die Kugeln, mit denen Marc, Konniecka und Bender ermordet worden sind, einer bestimmten Waffe zuordnen. Sie stammt aus einem Überfall auf einen Waffenhändler in Bad Cannstatt im Jahre 1985. Dieser Waffenhändler hat kurz vor dem Überfall Schießübungen mit der Waffe durchgeführt. Die Kugeln, die er dabei abgefeuert hat, konnten damals von der Polizei sichergestellt und jetzt mit denen aus den Morden an Marc, Konniecka und Bender verglichen werden. Haben Sie das gewusst? Alle Kugeln, die aus einer Waffe abgefeuert werden, weisen dieselben Spuren und Riefen auf, die so einzigartig sind wie die Fingerabdrücke bei einem Menschen. Faszinierend, nicht wahr?«

»Wollen Sie mich auch noch beschuldigen, ich hätte 1985 diesen Waffenhändler überfallen? Ich darf daran erinnern, dass ich da erst zehn Jahre alt war. Ich habe zwar verstanden, dass Sie der Auffassung sind, dass ich eine Massenmörderin bin, aber für so durchtrieben werden doch wohl nicht einmal Sie mich halten, oder?«

»Nein, aber Ihren Vater. Und jetzt kommen wir zu dem einzigen winzigen Fehler, den Sie gemacht haben. Oder besser gesagt vermeintlich gemacht haben. Sie haben Marc in einem Wutanfall erzählt, Ihr Vater habe Ihnen gegenüber zugegeben, diesen Überfall auf den Waffenhändler in Bad Cannstatt begangen zu haben. Sie haben Marc ferner erzählt, dass Sie sich häufig mit Ihrem Vater getroffen haben. Er hatte also die Möglichkeit, Ihnen diese Waffe zu übergeben.«

»Das beweist doch gar nichts. Er hatte dazu vielleicht die Möglichkeit, aber er hat es nicht getan. Er hätte die Waffe auch jedem anderen Mitglied der RAF oder einem Sympathisanten geben können. Und noch etwas: Ich kann vielleicht verstehen, dass Sie mir die Morde an Konniecka und Bender zutrauen. Aber nach Ihrer Theorie müsste ich ja auch Herrn Hagen erschossen haben.«

Gabriel nickte. »Allerdings. Davon bin ich fest überzeugt.«

»Ich habe es geahnt.« Christina schüttelte fassungslos den Kopf. »Warum um Himmels willen hätte ich Herrn Hagen töten sollen? Dafür gab es keinen Grund.«

»Doch, den gab es«, entgegnete Gabriel. »Zumindest aus Ihrer Sicht. Ich habe Sie eben schon auf Ihren einzigen Fehler aufmerksam gemacht, nämlich den, dass Sie Marc von dem Überfall Ihres Vaters auf den Waffenhändler in Bad Cannstatt erzählt haben. Dadurch wurde zum ersten und einzigen Mal eine Verbindung zwischen dieser Tat und der Familie Helms hergestellt. Der Polizei war nämlich gar nicht bekannt, dass der Überfall in Bad Cannstatt auf das Konto der RAF ging, geschweige denn, dass Ihr Vater daran beteiligt war. Nach dem Gespräch mit Marc muss Ihnen klar geworden sein, was Sie da getan haben. Marc war die einzige Person, die einen Zusammenhang zwischen Ihnen und der Mordwaffe vermuten konnte. Das war sein Todesurteil. Sie meinten, auf Nummer sicher gehen zu müssen. Und das war Ihr zweiter Fehler.«

»Oh, bitte, bitte klären Sie mich auf«, bettelte Christina in gespielter Übertreibung. »Warum war das ein Fehler?«

»Weil dieser Mord vollkommen überflüssig war. Marc hätte nie etwas von seinem Wissen preisgeben dürfen. Er war Ihr Anwalt, Sie waren seine Mandantin. Alle Gespräche in dieser Sache unterlagen also der anwaltlichen Schweigepflicht und waren streng vertraulich. Er hätte sich sogar strafbar gemacht, wenn er einem Dritten davon erzählt hätte. Auch vor Gericht hätte er ohne Ihre Einwilligung niemals über dieses Gespräch aussagen dürfen.«

»Moment«, unterbrach Christina. »Unterstellt, es wäre so gewesen, dann hätte es sich dabei doch gar nicht um ein Gespräch gehandelt, das in einem Zusammenhang mit meinem Verfahren stand. Sie können mir nicht erzählen, dass das auch unter die anwaltliche Schweigepflicht fällt.«

»Das war ja gerade Ihr Irrtum. Alles fällt unter die Schweigepflicht, egal ob es unmittelbar oder nur mittelbar dazugehört. Sie haben Marc die Geschichte als Ihrem Anwalt anvertraut und das allein ist entscheidend. Die Geschichte über den Überfall in Bad Cannstatt war bei ihm also absolut sicher aufgehoben.«

»Das kann nicht sein.« Christina lächelte listig. »Einem Menschen hat er offenbar trotzdem davon erzählt: Ihnen.«

»Nein. Marc hat allerdings als Gedächtnisstütze Notizen über einige Gespräche mit Ihnen angefertigt, darunter auch über dieses. Wenn Sie ihn nicht erschossen hätten, wäre ich nach seinem Tod nicht mit der Abwicklung der Kanzlei beauftragt worden, hätte nie Einblick in diese Unterlagen genommen und nie von dem Gespräch erfahren. Es handelt sich dabei im Übrigen nicht um einen Vermerk in der offiziellen Handakte, sondern um eine Kritzelei mit dem Bleistift auf einer Art Schmierzettel, den er mit Sicherheit nach Abschluss des Verfahrens vernichtet hätte. Er hatte offenbar nicht die geringste Ahnung, was für brisante Informationen er von Ihnen erhalten hatte. Wie sollte er auch?«

Christina ließ ein paar Sekunden verstreichen, bevor sie sagte: »Haben Sie eigentlich keine Angst vor mir, Herr Wagner?«

Gabriel schüttelte den Kopf. »Nein. Warum auch? Ich halte Sie für intelligent und nicht für einen skrupellosen Killer. Sie könnten nie einen anderen Menschen töten, wenn Sie nicht der Meinung wären, dafür gäbe es einen vernünftigen Grund. Ich habe Ihnen doch eben erklärt, dass Marcs Tod vollkommen überflüssig war, weil er als Ihr Rechtsanwalt der Schweigepflicht unterlag. Das gilt natürlich für jeden anderen Rechtsanwalt auch.«

»Heißt das, dass dieses Gespräch ebenfalls der Schweigepflicht unterliegt und nichts von dem, was ich hier sage, nach außen dringen kann?«

»Ich wiederhole: Das Gebot der absoluten Verschwiegenheit gilt ausnahmslos für jeden Rechtsanwalt. Alles, was Sie einem Rechtsanwalt erzählen, ist so sicher, als wenn Sie es einem Priester bei der Beichte anvertrauen. Frau Helms, es interessiert mich nicht, ob Sie diese GSG-9-Männer erschossen haben. Was mich beschäftigt, ist, warum Sie einen derartigen Hass auf Marc hatten, obwohl er sich so für Sie eingesetzt hat.«

»Wie kommen Sie denn darauf, dass ich Herrn Hagen gehasst haben könnte?«, fragte Christina entsetzt.

»Ansonsten hätten Sie wohl kaum neun Kugeln auf ihn abgefeuert. Fünf davon wären für sich alleine absolut tödlich gewesen. Ein regelrechter Overkill also. Wer so vorgeht, der muss eine unglaubliche Wut auf das Opfer haben. Warum haben Sie es nicht gemacht wie bei den beiden GSG-9-Männern? Ein sauberer Schuss in die Stirn und das war es dann. Stattdessen haben Sie fast Ihr gesamtes Magazin verballert. Was in drei Gottesnamen hat Ihnen Marc nur getan?«

Christina saß regungslos in ihrem Stuhl. Sie schien mit sich zu ringen. Plötzlich füllten sich ihre Augen mit Tränen.

»Sie verstehen gar nichts«, schluchzte sie laut. »Ich habe ihn nicht gehasst. Im Gegenteil, ich habe ihn mehr gemocht als jeden anderen Menschen auf dieser Erde. Er hat mir geholfen wie sonst keiner. Aber ich habe mich an diesem einen Abend von ihm reizen lassen und ihm von dem Überfall meines Vaters in Bad Cannstatt erzählt. Ich weiß, das war dumm von mir, aber von diesem Zeitpunkt an hing diese Geschichte ständig wie ein Damoklesschwert über meinem Kopf und er wurde zu einer Gefahr für mich. Das habe ich zumindest bis eben die ganze Zeit geglaubt. Wenn ich gewusst hätte, dass auch dieses Gespräch der anwaltlichen Schweigepflicht unterlag, wäre ich nicht auf die Idee gekommen, etwas gegen Herrn Hagen zu unternehmen. Aber ich war mir einfach sicher, handeln zu müssen, bevor er begriff, was ich ihm gesagt habe. Den Zweitschlüssel zu seiner Wohnung habe ich während eines Besuchs in seinem Arbeitszimmer gefunden und mitgehen lassen. Als ich an dem Abend nach der Verhandlung in seiner Wohnung war, war ich so fertig, dass ich kaum noch die Pistole halten konnte. Sie fragen mich allen Ernstes, warum ich ihn nicht auf die gleiche Weise erschossen habe wie diese Killerbullen? Als ich die beiden erledigt habe, habe ich es genossen, ihnen genau in die Augen zu schauen und zu beobachten, wie sie vor mir kriechen und winseln, bevor ich abdrückte. Das hätte ich bei Marc nie gekonnt. Ich habe die Waffe praktisch blind zur Tür reingesteckt, sie in Richtung seines Bettes gehalten und fast das ganze Magazin leer geschossen. Sie können mir glauben, dass das die schwerste Entscheidung meines Lebens war. Seit diesem Tag habe ich nicht eine Nacht mehr schlafen können. Diesen GSG-9-Schweinen weine ich bei Gott keine Träne nach. Aber um Marc tut es mir wirklich Leid.«

Gabriel nickte bedächtig. »Ich hatte mir gedacht, dass es so ähnlich abgelaufen ist, Frau Helms. Ich glaube, ich habe eine gute Nachricht für Sie. Sie brauchen wegen Marc keine

Gewissensbisse mehr zu haben. Drehen Sie sich doch mal um.«

Gabriel deutete zur Tür in Christinas Rücken, die sich wie auf ein Stichwort öffnete. Der jungen Frau fiel buchstäblich die Kinnlade auf die Brust. Marc betrat in Begleitung eines Mannes in Zivil und zweier uniformierter Polizeibeamter das Büro.

»Hallo, Frau Helms«, begrüßte er sie. »Kriminalhauptkommissar Roeder kennen Sie ja bereits, und das sind zwei seiner Mitarbeiter. Wie Sie sehen, waren die Berichte über mein Ableben stark übertrieben.«

Marc genoss Christina Helms' Verblüffung. Er setzte sich neben sie auf den freien Besucherstuhl, während sich die Beamten hinter Christina aufbauten.

Endlich fand die junge Frau die Sprache wieder, brachte jedoch nur ein Wort hervor. »Aber ...«

Marc beschloss, sie nicht länger zu quälen. »Sie brauchen keine Angst vor mir zu haben, Frau Helms«, sagte er. »Ich bin kein Geist. Die Polizei und ich haben es einfach für das Beste gehalten, den Attentäter in dem Glauben zu lassen, er habe Erfolg gehabt. Wir hatten schließlich nicht die geringste Ahnung, wer für die Schüsse auf mich verantwortlich sein konnte, nachdem Elisabeth Günther und Armin Sadler als Täter ausschieden. So sind wir auf die Idee mit dem vorgetäuschten Tod und dem Scheinbegräbnis gekommen.«

Christina starrte ihn immer noch mit großen Augen an.

Roeder hatte sich inzwischen lässig auf die Tischkante gesetzt und ließ das rechte Bein baumeln. »Sie fragen sich wahrscheinlich, wie Herr Hagen die neun Kugeln überlebt haben kann, die Sie auf ihn abgefeuert haben. Aber das war einfach Glück. Er hat in dieser Nacht seine Rückenschmerzen einfach nicht mehr ausgehalten und sich deshalb auf den Fußboden neben sein Bett gelegt. Da ist es härter und manchmal hilft das tatsächlich gegen seine Beschwerden, wie er uns erzählt hat. Aber das konnten Sie natürlich nicht wissen. Sie haben auf das leere Bett geschossen. Herr Hagen ist von einem Querschläger nur geringfügig am Kopf verwundet worden. Das war zwar eine ziemlich blutige und schmerzhafte Angelegenheit, aber halb so wild. Auf jeden Fall war er vorerst in Sicherheit und wir konnten in Ruhe ermitteln. Und das mit Erfolg.«

»So ist es«, übernahm jetzt wieder Marc die Gesprächsführung. »Mich hat es sowieso gestört, dass die Mordanschläge auf Conzen in Berlin und mich im Bayerischen Wald so ganz anders durchgeführt worden waren als die eiskalten Hinrichtungen von Konniecka und Bender. Allerdings habe ich dem anfangs noch keine besondere Bedeutung beigemessen. Als sich dann herausstellte, dass die Schüsse auf mich aus derselben Waffe abgegeben worden waren wie die auf Konniecka und Bender und dass diese Waffe aus dem Überfall in Bad Cannstatt stammt, habe ich mich an unser Gespräch im *Limerick* erinnert. So kam eins zum anderen. Sie werden Verständnis haben, dass ich mich in Anbetracht der Umstände nicht mehr an meine Schweigepflicht gebunden gefühlt habe. Wir brauchten allerdings ein Geständnis und so haben wir uns schließlich diese kleine Inszenierung einfallen lassen, für die sich mein Freund Gabriel Wagner dankenswerterweise zur Verfügung gestellt hat. Der Empfang im Nebenraum war übrigens ausgezeichnet. Wie Sie sehen, können nicht nur Sie mit versteckten Mikrofonen umgehen.«

Christina brauchte fast eine Minute, bevor sie sich von dem Schock erholt hatte. Dann brüllte sie los: »Ihr habt mich reingelegt! Damit kommt ihr nicht durch. Ihr habt das vertrauliche Gespräch einer Mandantin mit ihrem Rechtsanwalt abgehört. Herr Wagner hat mir versichert, dass nichts von diesem Gespräch nach außen dringt. Also kann mein angebliches Geständnis vor Gericht auch nicht verwertet werden. Das sind doch Gestapo-Methoden!«

Marc sah zu seinem Freund hinüber. »Gabriel, willst du es ihr erklären?«

Christinas Blicke irrten von einem zum anderen. »Erklären? Was soll es da zu erklären geben? Sie haben vertrauliche Gespräche abgehört.«

»Sie müssen mich eben missverstanden haben, Frau Helms«, sagte Gabriel. »Ich habe Ihnen nie zugesichert, dass unser Gespräch vertraulich ist. Ich habe lediglich ganz allgemein erläutert, dass Gespräche zwischen Rechtsanwälten und ihren Mandanten vertraulich sind und dass es deshalb völlig überflüssig war, Marc zum Schweigen zu bringen. Diese Aussage ist auch vollkommen korrekt. Aber …«

»Was ›aber‹?«, fiel Christina ihm ins Wort. »Wollen Sie behaupten, ich sei nicht Ihre Mandantin? Als Abwickler der Kanzlei von Herr Hagen besteht das Mandatsverhältnis mit Ihnen ja wohl fort. Schließlich haben Sie mich unter dem Vorwand hierher gelockt, mit mir über das Urteil des Sozialgerichts sprechen zu wollen.«

Gabriel seufzte. »Sie haben Recht. Zumindest zum Teil. Man kann darüber streiten, ob das Mandatsverhältnis fortbesteht. Nicht streiten kann man dagegen darüber, dass ich seit drei Wochen kein Rechtsanwalt mehr bin. Ich habe das Angebot einer Versicherung angenommen und bin jetzt in deren Rechtsabteilung tätig. Und ich habe Ihnen gegenüber nie behauptet, Rechtsanwalt zu sein oder als solcher für Sie tätig werden zu wollen. Das lässt sich durch das Band leicht belegen.«

Christina starrte ihn an. Dann griff sie blitzschnell mit ihrer rechten Hand in ihre Tasche, die sie über die Stuhllehne gehängt hatte. Doch die Beamten waren schneller. Mit routinierten Griffen zwangen sie Christina zu Boden und legten ihr Handschellen an. Roeder zog einen Kugelschreiber hervor und kramte damit in der Umhängetasche herum. Nach wenigen Sekunden zog er den Stift heraus, eine Pistole baumelte daran.

»Schau mal an«, sagte er und hielt sein Fundstück in die Höhe. »Eine Beretta 9 Millimeter.«

Die Beamten hatten Christina inzwischen mit sanftem Nachdruck wieder auf den Stuhl gesetzt. Sie war zu einem Häufchen Elend zusammengesackt und schluchzte stumm vor sich hin. Fast wirkte sie wie eine Gummipuppe, aus der man die Luft herausgelassen hatte.

Roeder hielt ihr die Waffe unter die Nase. »Wollen Sie dazu etwas sagen, Frau Helms?«, fragte er, doch Christina würdigte ihn nicht eines Blickes.

Marc betrachtete die Szene. Trotz allem, was passiert war, tat Christina Helms ihm Leid. Mit einer Kopfbewegung in Richtung Tür sagte er zu den Polizeibeamten und zu Gabriel: »Ich würde mich gerne für einen Moment unter vier Augen mit Frau Helms unterhalten. Würde es Ihnen etwas ausmachen, uns allein zu lassen? Ich glaube, von ihr droht keine Gefahr mehr.«

Die uniformierten Beamten sahen fragend zu Roeder herüber, der zuckte gleichgültig mit den Schultern. »Warum nicht?«, sagte er. »Kommen Sie, Herr Wagner, lassen Sie uns draußen einen Kaffee trinken.«

Als sie unter sich waren, nahm Marc in seinem Sessel hinter dem Schreibtisch Platz. Christina hing immer noch mehr auf ihrem Stuhl, als dass sie saß, und starrte den Boden an.

»Frau Helms, wenn Sie nichts dagegen haben, würde ich Sie gerne noch etwas fragen. Sie brauchen keine Angst zu haben, dass wir noch abgehört werden. Formell sind Sie immer noch meine Mandantin und ich bin immer noch Ihr Anwalt. Nichts von dem, was wir ab jetzt hier besprechen, wird nach draußen dringen, darauf gebe ich Ihnen mein Ehrenwort. Aber meinen Sie nicht, dass ich das Recht auf ein paar Antworten habe?«

Marc meinte, eine leichte Bewegung von Christinas Kopf wahrzunehmen. Er beschloss, das als zustimmendes Nicken zu werten. »Ich kann Ihre Gefühle verstehen, Sie haben das alles nur getan, weil Sie Ihren Vater geliebt haben. Vielleicht hätte ich bis zu einem bestimmten Punkt genauso gehandelt.«

Endlich schaute Christina ihn an. Zu Marcs Erstaunen spielte ein eigentümliches Lächeln um ihre Mundwinkel. »Sie verstehen nichts, Herr Hagen«, sagte sie fast höhnisch.

Marc war irritiert. »Wie?«, stotterte er hilflos. »Was soll ich nicht verstanden haben?«

»Sie denken, ich hätte meinen Vater geliebt?« Sie schnaubte laut. »Gehasst habe ich ihn. Seit Jahren. Nie in meinem

Leben habe ich einen anderen Menschen so sehr gehasst wie ihn.«

Marc bekam den Mund nicht zu. »Aber, wieso …?«

»Ist das so schwer zu begreifen? Er hat mich und meine Mutter einfach im Stich gelassen, als ich neun Jahre alt war. Können Sie sich vorstellen, was das für ein kleines Kind bedeutet? Und wofür hat er uns verlassen? Für eine völlig irrsinnige Idee.«

Marcs Überraschung hatte sich noch nicht wieder gelegt. »Aber wenn Sie auf Ihren Vater so wütend waren, warum haben Sie sich dann an seinen Mördern gerächt?«, fragte er.

»Weil diese Männer es endgültig verhindert haben, dass mein Vater zu mir und meiner Mutter zurückkehren konnte. Ich bin mir ganz sicher: Irgendwann hätte er sein sinnloses Leben, seinen sinnlosen Kampf aufgegeben und wäre wieder mit meiner Mutter zusammengezogen. Sie hat auch nur deshalb Krebs bekommen, weil sie die Trennung nie überwunden hat. Wenn mein Vater zurückgekommen wäre, wäre alles wieder gut gewesen. Und dann kamen diese Killer und haben alles kaputtgemacht.«

»Sie hatten aber doch zu Ihrem Vater die ganzen Jahre einen engen Kontakt.«

Christina lachte freudlos. »Glauben Sie wirklich, ein paar Besuche könnten den Vater ersetzen? Er hat in einer ganz anderen Welt gelebt und meine Bedürfnisse überhaupt nicht verstanden. Es ging immer nur um ihn und seinen Kampf. Bei seinem letzten Besuch im Januar 1993 hat er mir diese Waffe mitgebracht. Können Sie sich das vorstellen? Ein Vater schenkt seiner gerade siebzehnjährigen Tochter zum Geburtstag eine 9-Millimeter-Beretta, die er ein paar Jahre vorher bei einem Überfall erbeutet hat. Was er sich dabei gedacht hat, weiß ich bis heute nicht. Vielleicht sollte es für mich ein Anreiz sein, sich seinem bewaffneten Kampf anzuschließen, vielleicht glaubte er auch, ich wäre bedroht und brauchte die Waffe zu meinem Schutz. Ich war so verblüfft, dass ich ihn nicht gefragt habe. Ich habe sie versteckt und jahrelang nicht beachtet.«

Marc konnte nicht mehr klar denken. Seine Fragen kamen rein intuitiv. »Wie kam es dann, dass Sie sich wieder an die Pistole erinnert haben?«

»Das war kurz nach dem Tod meiner Mutter vor anderthalb Jahren. Ich war mir auf einmal sicher, dass mein Vater spätestens jetzt zu mir zurückgekommen wäre, wenn er noch gelebt hätte und nicht von diesen Schweinen erschossen worden wäre. Ich war damals so fertig, dass ich für einige Monate in die Psychiatrie musste. Ich glaube, ich habe Ihnen das schon einmal erzählt, dort habe ich gelernt, dass man sich Ziele setzen und dafür kämpfen muss. Ich fand mein Ziel. Die Rache für die Zerstörung unserer Familie. Und nun bekam auch diese Pistole, die mir mein Vater vor Jahren geschenkt hatte, einen Sinn. Nachdem ich aus der Psychiatrie entlassen worden war, bin ich in einen Sportschützenverein gegangen und habe jede freie Minute geübt. Dann habe ich versucht, an die Namen der GSG-9-Männer zu kommen, die meinen Vater getötet haben. Aber ihre Klarnamen wurden in den Akten der Staatsanwaltschaft ja nicht genannt.«

»Und dann sind Sie auf die Idee mit dem OEG-Verfahren gekommen«, ergänzte Marc. »Sie hatten alles von Anfang an genau geplant. Das einzige Ziel, das Sie mit dem Gerichtsverfahren verfolgt haben, war, an die Namen der GSG-9-Männer zu kommen, um sie zu töten. Dazu haben Sie mich benutzt und ich habe genau so funktioniert, wie Sie sich das vorgestellt haben. Der Nachweis, dass Ihr Vater in Bad Reichen ermordet worden ist, war für Sie absolut zweitrangig.«

»Das ist richtig. Ich wusste schließlich schon immer, dass mein Vater hingerichtet worden ist, auch wenn ich mich bezüglich des Motivs geirrt habe. Diese Bullenschweine mussten für die Zerstörung meiner Familie bezahlen. Und dabei haben Sie mir sehr geholfen. Sie haben gute Arbeit geleistet, Herr Hagen.«

Marc nahm das zweifelhafte Lob hin. »Haben Sie in Ihrer Rechnung nicht etwas vergessen?«, fragte er. »Was ist mit Sonja Boge? Ihr Vater hat immerhin sechzehn Jahre mit ihr zusammengelebt und wäre wahrscheinlich heute noch mit ihr befreundet, wenn man ihn nicht erschossen hätte. Oder wollten Sie Sonja Boge etwa auch töten?«

»Der Gedanke ist mir in der Tat gekommen«, gab Christina unumwunden zu. »Aber nachdem wir in Amsterdam mit ihr gesprochen hatten, ist mir klar geworden, dass sie nichts anderes wollte als ich auch: meinen Vater zum Aufgeben und zum Verlassen der RAF bewegen. Ich bin davon überzeugt, dass er sich von ihr getrennt hätte. Ganz abgesehen davon, wäre ich wahrscheinlich ohnehin nicht an Sonja Boge herangekommen. Das war mit diesen Bullenschweinen ganz anders. Sie hätten ihre fassungslosen Gesichter sehen sollen, als ich mit der Beretta vor ihnen stand.«

Marc nickte. »Wie haben Sie eigentlich die Sache mit Peter Bender hingekriegt?«

»Ganz einfach. Ich habe ihn am Morgen nach unserem Treffen auf seinem Handy angerufen und gesagt, die Sache mit dem Geld ginge klar. Allerdings seien noch ein paar Details zu klären. Wir haben uns in seinem Hotel verabredet. Das *Mercure* ist so groß, dass in dem ganzen Trubel niemand auf mich geachtet hat. Bender ist aus allen Wolken gefallen, als er die Waffe in meiner Hand gesehen hat. Er war krankhaft misstrauisch gegenüber allen und jedem, aber mit mir hatte er nicht gerechnet.«

»Meine Güte, Sie haben doch gehört, was er gesagt hat! Er wusste von dem Plan Konnieckas und Sadlers, Ihren Vater zu ermorden, gar nichts.«

Christina tat den Einwand mit einer lässigen Handbewegung ab. »Das hat er behauptet, ja. Vielleicht war es tatsächlich so, vielleicht wollte er sich aber nur reinwaschen. Auf jeden Fall hat er sein Wissen über den Mord jahrelang für sich behalten, ohne damit zur Staatsanwaltschaft zu gehen. Er ist also genauso schuldig wie die anderen. Nein, um ihn ist es nicht schade. Der Einzige, für den es mir wirklich Leid getan hat, waren Sie.«

Sie wollte mit ihren gefesselten Händen nach Marcs Arm greifen, aber er zog ihn schnell zurück. Christina musste vollkommen wahnsinnig sein. Er erinnerte sich an die Worte Thomas Wolters' im *Limerick*. ›Paranoide Schizophrenie‹, hatte er gesagt. Wahrscheinlich war eine stark eingeschränkte oder gar ausgeschlossene Schuldfähigkeit sowieso die einzige Chance, die Christina in einem Prozess haben würde, wenn sie nicht den Rest ihres Lebens hinter Gittern verbringen wollte. Marc vermutete, dass sie sich über die Konsequenzen ihrer Taten noch gar keine Gedanken gemacht hatte.

»Ich glaube, dass es Ihnen Leid tut«, sagte er. »Doch ist Ihnen eigentlich klar, dass Sie nun unter Umständen wegen zweifachen Mordes und Mordversuchs lebenslänglich ins Gefängnis kommen?« Er stutzte und musste gegen seinen Willen grinsen. »Da fällt mir ein, was ein Mord ist, habe ich Ihnen schon mal erklärt.«

Auf Christinas Gesicht erschien wieder dieses merkwürdige Lächeln. »Glauben Sie im Ernst, dass ich eine Mörderin bin?«, fragte sie mit den großen Augen eines unschuldigen Kindes. »Sie haben eben doch selbst gesagt, Sie hätten Verständnis für meine Gefühle diesen GSG-9-Männern gegenüber. Warum sollten die Richter das anders sehen? Und wer Verständnis hat, wird mich nicht wegen Mordes aus niederen Beweggründen verurteilen können. Heimtückisch waren meine Taten übrigens auch nicht. Bevor ich diese Schweine erschossen habe, habe ich ihnen genau erklärt, was gleich mit ihnen passiert. So waren sie zum Zeitpunkt ihres Todes nicht mehr arglos. Zumindest wird mir niemand das Gegenteil beweisen können. Bleibt also nur eine Verurteilung wegen Totschlags in einem minder schweren Fall. Sie wissen schon: eine durch den Mord an ihrem Vater traumatisierte ehemalige Psychiatriepatientin. Die Richter und die Presse werden vor Mitleid zerfließen. Ich rechne mit maximal drei bis vier Jahren, das heißt, in etwa zweien müsste ich bei guter Führung wieder draußen sein. Und ich verspreche Ihnen: Ich werde ein Musterhäftling sein.«

Marc brachte kein Wort heraus.

»Was ist los, Herr Hagen, hat es Ihnen die Sprache verschlagen? Ach, was ich Sie noch fragen wollte: Hätten Sie nicht Lust, in dem Strafverfahren als mein Verteidiger aufzutreten? Damit könnten Sie berühmt werden und Ihrer müden Kanzlei auf die Beine helfen. Außerdem gäbe das bestimmt ein paar Pluspunkte für mich. Das Opfer verzeiht der Täterin und verteidigt sie auch noch. Was halten Sie von meinem Vorschlag?«

Endlich fand Marc seine Sprache wieder. »Das ist nicht Ihr Ernst, oder? Ich werde Ihre Verteidigung mit Sicherheit nicht übernehmen. Schlagen Sie sich das aus dem Kopf!«

Christina musterte ihn durchdringend. »Aber Sie denken während des Verfahrens doch an mich, nicht wahr?«, fragte sie mit einem leichten Augenaufschlag.

Wieder fehlten Marc die Worte. Diese Frau gab offenbar nie auf. Doch zu seiner eigenen Verwunderung hörte er sich sagen: »Das werde ich. Und ich wünsche Ihnen viel Glück.«

Irgendwo tief in seinem Inneren meinte er das sogar so.

Krimis von Horst Eckert

Ausgezählt
ISBN 3-89425-265-0
Bei einer Routinekontrolle erschießt ein Autofahrer einen Polizisten und verletzt dessen Kollegen schwer. Noch zwei weitere Männer fallen dem Amokfahrer zum Opfer, bis er später tot in seinem Auto gefunden wird. Selbstmord – scheint es. Eine Polizeiaffäre nimmt ihren Anfang.

Die Zwillingsfalle
ISBN 3-89425-238-3
Ausgezeichnet mit dem ›Glauser 2001‹
Ein sechsfacher Mord in der Sauna eines Fitnesscenters bringt nicht nur die umstrittene Sokoleiterin Ela Bach ins Schwitzen. Auch die Kommissare Köster und Zander kochen ihr eigenes Süppchen.

Finstere Seelen
ISBN 3-89425-218-9
Ist der ›Kannibale‹ nach 11 Jahren wieder aktiv geworden? Gibt es einen Trittbrettfahrer? Ein komplexer Fall voller Emotionen für die Mordermittler vom KK 11.

Aufgeputscht
ISBN 3-89425-078-X
Ausgezeichnet mit dem ›Marlowe 1998‹
Drei Kommissare - ein Wettlauf um Karriere und Geld, drei Fälle, die zu einem einzigen verschmelzen, erzählt auf die harte amerikanische Art.

Bittere Delikatessen
ISBN 3-89425-059-3
Feinkostkönig Fabian wird niedergestochen; die Bluttat ist für die Medien ein gefundenes Fressen. Kommissar Engel gerät unter Druck - getrieben von Publicitysucht, gefordert vom Chef, angefeindet von Kollegen, angezogen von einer schönen Verdächtigen.

Annas Erbe
ISBN 3-89425-053-4
»Eine spannende, geheimnisumwitterte Geschichte, ... bitterböse Quasi-Enthüllungen über Filz, Korruption und Sittenpolizei, ein bißchen Liebe - und eine gekonnte Schreibe. ... ein vielversprechendes Debüt.« (Überblick)

grafit

Krimis aus Europas Süden

Sandrone Dazieri: ***Ein Gorilla zu viel***
Deutsche Erstausgabe ISBN 3-8425-503-X
Mailand: Eigentlich soll ›Gorilla‹ Sandrone nur verhindern, dass Alices Punkerfreunde die Party der Industriellenfamilie stören. Doch alles läuft aus dem Ruder und am andern Tag ist Alice tot.

Sandrone Dazieri: ***Keine Schonzeit für den Gorilla***
Deutsche Erstausgabe ISBN 3-89425-514-5
Cremona/Turin: ›Gorilla‹ Sandrone soll die wahren Hintergründe des Mordes an einem jungen Albaner herausfinden und einen Verleger beschützen, der um sein Leben fürchtet.

Guillem Frontera: ***Das Mallorca-Komplott***
Deutsche Erstausgabe ISBN 3-89425-507-2
»Spannung zeichnet den Krimi aus, der Mallorca ganz anders zeigt, als wir es aus den Reiseprospekten oder vom ›Ballermann‹ her kennen.« (Emsdettener Volkszeitung)

Jorge M. Reverte: ***Gálvez stößt an Grenzen***
Deutsche Erstausgabe ISBN 3-89425-521-8
Madrid: Journalist Julio Gálvez soll Fremdenführer für eine japanische Kollegin spielen. Ein Handtaschendiebstahl und der Verlust wichtiger Dokumente wecken Gálvez' Spürsinn. Dann tauchen die Leichen zweier marokkanischer Kinder auf und Gálvez bekommt es mit der chinesischen Mafia zu tun.

Giampiero Rigosi: ***Nachtbus***
Deutsche Erstausgabe ISBN 3-89425-522-6
Bologna: Die schöne Beischlafdiebin Leila wird von Polizei und Mafia gejagt, weil sie ein kompromittierendes Dokument entwendet hat. Auch der Nachtbusfahrer Francesco will ein neues Leben beginnen ...

Jacques Vettier: ***In eigener Sache***
Deutsche Erstausgabe ISBN 3-89425-500-5
Nizza: Die Untersuchungsrichterin Carole Ménani wird beinahe Opfer einer Vergewaltigung. Der Täter macht auch weiter auf sich aufmerksam und zwingt die Juristin, einen alten Fall wieder aufzunehmen.

grafit

Krimis aus den Niederlanden

***Henk Apotheker:* Ayse ist weg**
Deutsche Erstausgabe ISBN 3-89425-511-0
Arnheim: Im ›Türkenviertel‹ verschwindet ein 4-jähriges Mädchen.
»Apothekers Schreibkunst, die auch eine Heilkunst ist, hat einen lebenswarmen Kern: Es ist das Mitgefühl mit ihren Figuren.« (Die Zeit)
»Henk Apotheker konfrontiert den Leser in seinem Krimi nicht nur mit erschreckenden Geschehnissen, vielmehr erzählt er auch die Geschichte ›seines‹ Arnheims. Darüber hinaus zeichnet er mit ironischer Feder ein zeitgenössisches Sittengemälde seiner Landsleute. Kurz gesagt, ein Krimi, der spannend und deshalb lesenswert ist.« (NRZ)

***Felix Thijssen:* Cleopatra**
Deutsche Erstausgabe ISBN 3-89425-504-8
Privatdetektiv Max Winter wird in ein Geflecht aus Korruption, Erpressung, Ehebruch und Rache hineingezogen.
»Ein routiniert geschriebener Krimi mit dichter Atmosphäre und gut gezeichneten Charakteren, der bis zur letzten Seite fesselt.« (ekz-Informationsdienst)

***Felix Thijssen:* Isabelle**
Deutsche Erstausgabe ISBN 3-89425-513-7
Was als romantische Liebesnacht begann, endet als Tragödie: Der Liebhaber der jungen Isabelle wird vor ihren Augen erschossen, sie selbst schwer verletzt. Eine Erbschaft, ein Waisenhaus und eine Adoption bringen Privatdetektiv Max Winter und seine Freundin CyberNel auf eine Spur, die nach Frankreich führt.

***FelixThijssen:*Tiffany**
Deutsche Erstausgabe ISBN3-89425-520-X
Widerwillig nimmt sichMax Winter der jungen Prostituierten Tiffany an, die er bewußtlos zwischen den Müllsäcken vor seiner Haustür findet. Bald bemerkt er, dass hartnäckig auf seinen Findling Jagd gemacht wird.

***Jac. Toes:* Auf der Strecke geblieben**
Deutsche Erstausgabe ISBN 3-89425-506-4
Der Anwalt Fred Benter und der Journalist Donald de Wacht kommen einer vertuschten Affäre aus den achtziger Jahren auf die Spur und geraten dabei selbst in Lebensgefahr.
»Subtil die Morde, subtil aber auch die Personen, die letztlich für Aufklärung sorgen.Toes baut dabei Spannung auf, die den Leser fesselt, ihn nicht mehr loslässt.« (Emsdettener Volkszeitung)
»Jac. Toes erzählt mit viel Liebe zum Detail. Sein Krimi ist mit Humor und Ironie gewürzt, auch was die niederländische Heimat des Schriftstellers angeht.« (NRZ)

***Jac. Toes:* Tief gesunken**
Deutsche Erstausgabe ISBN 3-89425-516-1
In der Arnheimer Mafia rollen Köpfe. Eine Abrechnung unter Kriminellen? Oder hat die Polizei ihre Finger im Spiel? Fred Benter, Donald de Wacht und die Polizistin Yvon Matiber kommen einer Verschwörung auf die Spur, die ihren Ursprung in politischen Ambitionen und verletzter Eitelkeit hat.

grafit